バベル

オックスフォード翻訳家革命秘史

上

登場人物

ロビン・スウィフト（バーディー）……………バベルの学生。広東《カントン》出身
ラミズ・ラフィ・ミルザ（ラミー）……………ロビンの同級生。カルカッタ出身
ヴィクトワール・ディグラーヴ……………ロビンの同級生。ハイチ出身
レティシア・プライス（レティ）……………ロビンの同級生。イギリス出身
リチャード・リントン・ラヴェル（ディック）……オックスフォード大学教授。ロビンの後見人
グリフィン・ハーレー……………ヘルメス結社の一員
スターリング・ジョーンズ……………バベルの卒業生で優秀な翻訳家
イーヴリン・ブルック（イーヴィー）……………バベルの元学生

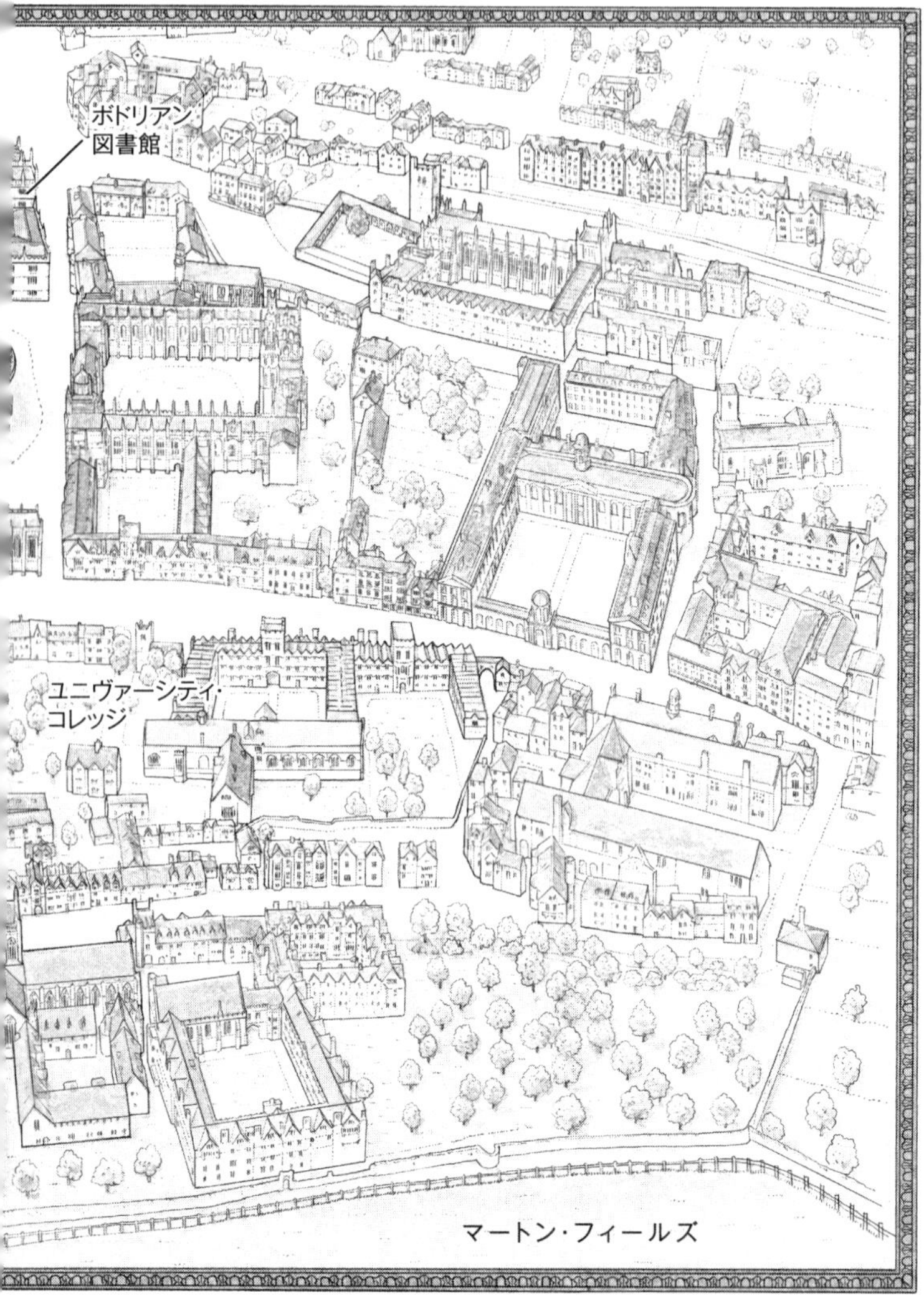
ボドリアン
図書館
ユニヴァーシティ・
コレッジ
マートン・フィールズ

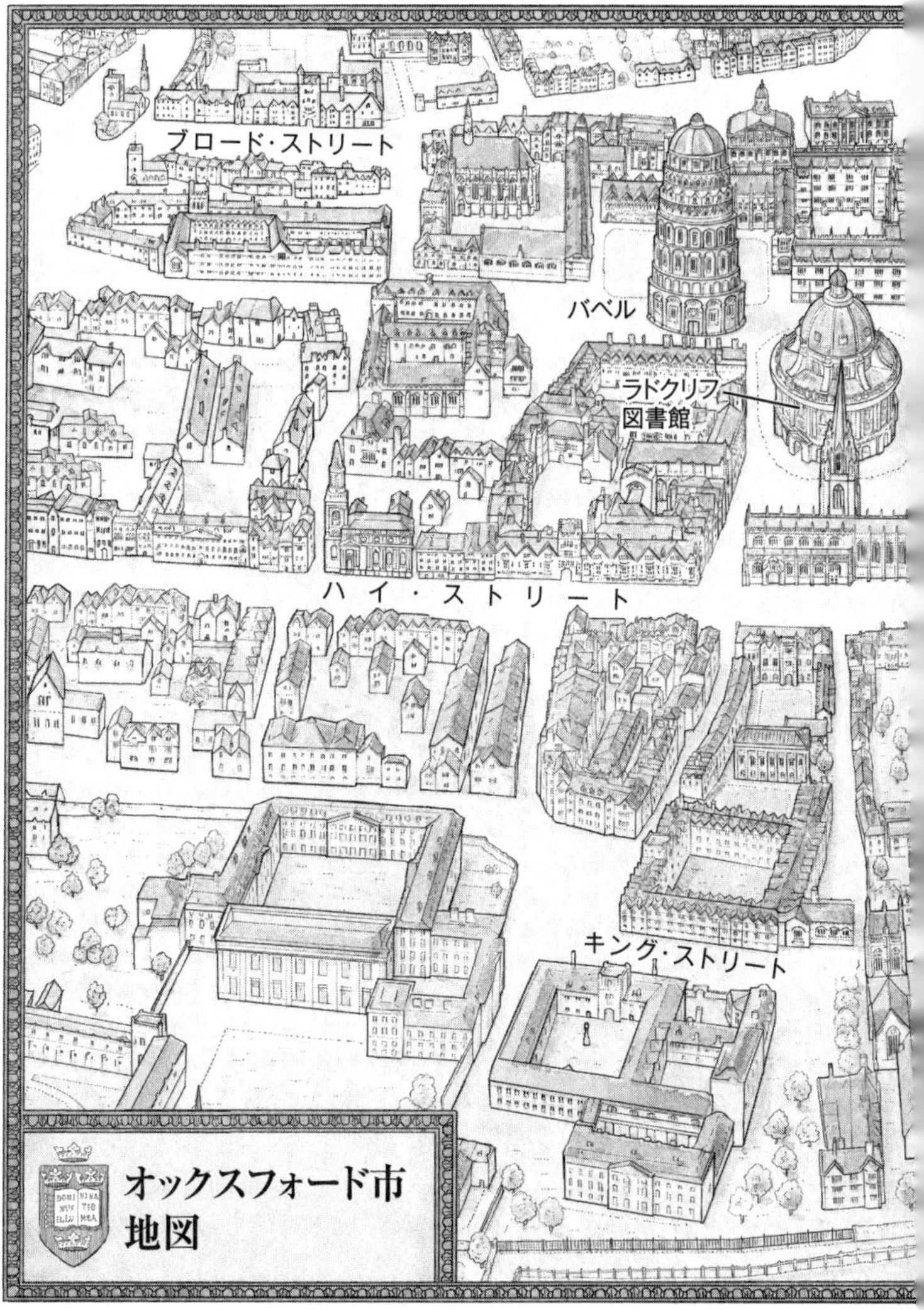
ブロード・ストリート
バベル
ラドクリフ図書館
ハイ・ストリート
キング・ストリート
オックスフォード市地図

バベル案内図

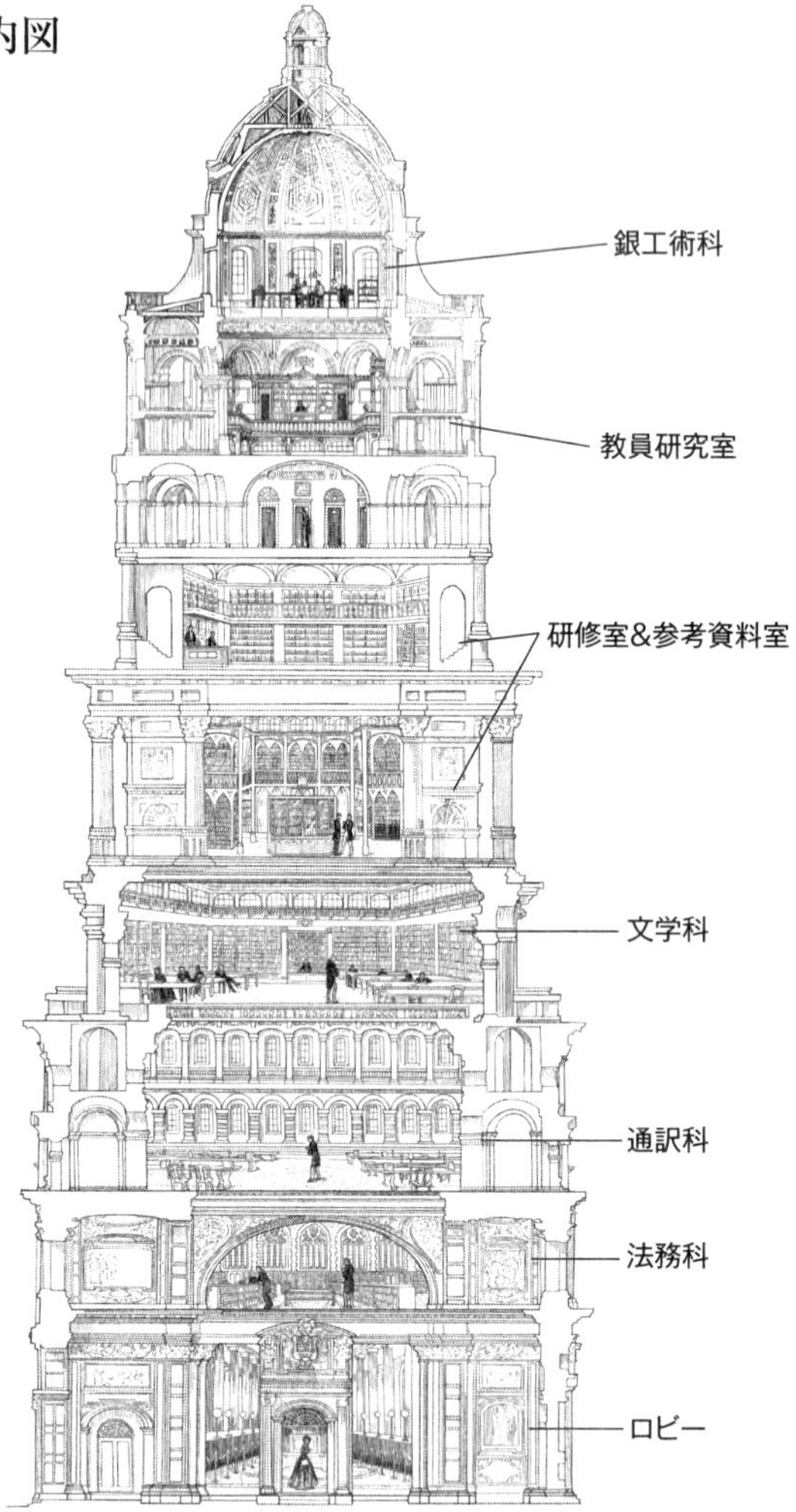

バベル　オックスフォード翻訳家革命秘史　上

ベネットに捧《ささ》ぐ
あなたはこの世の光であり、笑い声である

歴史上のイングランドの描写、
とりわけオックスフォード大学のそれに関する著者注釈

オックスフォードを舞台にした小説を書く際に厄介なのは、オックスフォードに滞在した人間がその場所の自身の記憶と小説内のオックスフォードの描写が一致しているかどうか、こちらの書いたものを事細かくチェックしてくる点だ。もしオックスフォードについて書いているのがアメリカ人なら事態はさらに悪くなる。アメリカ人に物の道理がわかろうものか？　これに対する、わたしの弁明はこうだ——

『バベル』はスペキュレイティヴ・フィクション作品であり、一八三〇年代のオックスフォードの空想版を舞台にしている。そこでの歴史は銀工《ぎんこう》によってすっかり改変されたものになっている（詳しくは後述）。とはいえ、ヴィクトリア時代初頭のオックスフォードでの生活の史実には可能なかぎり忠実でいて、物語に寄与するときにのみ嘘を導入しようとした。十九世紀初頭のオックスフォードに関する参考資料として、数あるなかでもジェイムズ・J・ムーアの痛快極まりない『オックスフォード歴史便覧《びんらん》とガイド』（一八七八）およびM・G・ブロックとM・C・カーソイズ編『オックスフォード大学の歴史』第六巻（一九九七）と第七巻（二〇〇〇）を頼りにした。

言葉遣いや一般的な生活の様子、たとえば、現代のオックスフォードの俗語からかなりかけ離れている十九世紀初頭のオックスフォードの俗語など*に関しては、アレックス・チャルマースの『オ

*たとえば、わたしがオックスフォードにいた当時、ハイ・ストリートをザ・ハイと呼んでいるのを耳にしたためしはなかったが、G・V・コックスは違う内容を語っている。

ックスフォード大学付属学寮《コレッジ》、ホール、公共建築物の歴史、創設者たちの生活を含む』(一八一〇)、G・V・コックスの『オックスフォード回想』(一八六八)、トーマス・モズリーの『回顧――主にオーリアル・コレッジとオックスフォード運動について』(一八八二)、W・タックウェルの『オックスフォード回顧』(一九〇八)などを一次資料として利用した。フィクションもまた、当時の生活について、あるいは少なくともそれがどう受け取られていたかについて、教えてくれることが多くあるので、カスバート・M・ビードの『ヴァーダント・グリーン氏の冒険』(一八五七)やトーマス・ヒューズの『オックスフォードのトム・ブラウン』(一八六一)、ウィリアム・メイクピース・サッカレーの『ペンデニスの歴史』(一八五〇)のような小説から得た細部を本書に落としこんだ。それ以外はすべてわたしの記憶と想像力の産物である。

オックスフォードに詳しく、「いや、そんなんじゃない!」と叫びたい方に向け、いくつか特殊な点を説明しよう。オックスフォード組合が設立されたのは一八五六年であるため、本書のなかではその前身である合同弁論会(一八二三年創立)の名で言及されている。わが愛すべきヴォールツ&ガーデン・カフェは、二〇〇三年まで存在しなかったのだが、とても多くの時間をわたしはそこで過ごし(かつ、とてもたくさんのスコーンを食べ)たため、ロビンと仲間たちにその楽しみを味わわせてあげたかった。本書で描かれた捻《ねじ》れた根っこ亭は存在しておらず、わたしの知るかぎりでは、オックスフォードにその名前のパブはない。また、テイラーズ・オン・ハイ・ストリートは大好きなお店なのだが、ウインチェスター・ロードにテイラーズという店はない。オックスフォード殉教者《じゅんきょうしゃ》記念碑は実在するが、完成したのは一八四三年で、本書の結末から三年経《た》っている。建設時期をほんの少し前倒ししたのは、ひとえに作中での気の利いた言及のためである。ヴィクトリア女王の戴冠式は一八三九年ではなく、実際には一八三八年六月におこなわれた。オックスフォード―パディントン間には、一八四四年まで鉄道は敷設されなかったのだが、本書ではふたつの理由から数年まえに敷設されたことにしている――まず、歴史改変物であることを前提にすれば意味をなす点と、次に登場人物たちをほんの少しだけ早くロンドンに到着させる必要があったからだ。

　記念舞踏会には相当な芸術的自由を発揮し、ヴィクトリア時代初頭のいかなる社交的な催しよりも現代のオックスブリッジのメイ・ボール／コメモレーション・ボールのほうに似ているものになっている。たとえば、牡蠣《かき》がヴィクトリア時代初頭の貧しい人々の主食だったのは知っているが、本書ではそれをご馳走《ちそう》にしている。ケンブリッジ大学モードリン校での二〇一九年のメイ・ボールのわたしの第一印象が、山積みの氷漬けの牡蠣だったからだ（ハンドバッグを持ってきていなかったため、片手で携帯電話とシャンパン・グラスと牡蠣をジャグリングした結果、ある年輩男性のお洒落《しゃれ》なドレス・シューズにシャンパンをぶちまけてしまった）。

　バベルとして知られている王立翻訳研究所の詳細な所在地に戸惑う向きもおられるかもしれない。これはわたしがそこのスペースを生じさせるために地理を歪《ゆが》めてしまったせいだ。ボドリアン図書館とシェルドニアン・シアターとラドクリフ・カメラ図書館のあいだにある緑地を想像してほしい。それをかなり拡大し、そのまんなかにバベルを置くのだ。

　もしほかに矛盾点を見つけたのであれば、本書がフィクションであることを思いだしていただきたい。

第一部

第一章

Que siempre la lengua fue compañera del imperio; y de tal manera lo siguió, que junta mente començaron, crecieron y florecieron, y después junta fue la caida de entrambos.

言語は帝国の朋友《ほうゆう》であること、またかくの如《ごと》く朋友であったが故《ゆえ》に、二者同時に勃《おこ》り、成長し、繁栄し、また二者の没落も時を同じくした。

——エリオ・アントニオ・デ・ネブリハ『カスティリャ語文法』序文より

リチャード・ラヴェル教授が広東《カントン》の狭い路地を通って、日誌に記載したかすれた住所の場所にたどり着いたころには、その家で生き残っていたのは少年ひとりだけだった。

室内の空気は饐《す》え、床はぬるぬるしていた。水差しは満杯で、手つかずのまま寝台脇に置かれていた。当初、少年は吐くのを恐れて水を飲めなかったのだが、いまは弱りすぎて水差しを持ちあげられなくなっていた。物憂げなかば夢を見ているような朦朧《もうろう》とした状態ではあったものの、まだ意識はあった。もう少ししたら、深い眠りに落ちて、二度と目覚めないだろう、と少年はわかっていた。一週間まえ、祖父母の身に起こったのはそういうことだった。その翌日、おばたちがそうなり、その次の日には、イギリス人女性のミス・ベティがそうなった。

少年の母親は、けさ息絶えた。母の遺体のそばに横たわり、肌に青色や紫色が濃くなっていくのを少年は見ていた。母が最後に言ったのは、少年の名前だった。息を継がずに二音節の名を口にする。そののち顔が弛緩《しかん》し、のっぺりとしたものになった。舌が口からはみだす。少年は膜が張ったような母の目を閉じようとしたが、何度試みてもまぶたがひらいてしまうのだった。

ラヴェル教授がノックをしてもだれもこたえなかった。玄関の扉を教授が蹴りあけたときもだれも驚いて叫んだりしなかった。玄関扉には鍵がかかっていた。流行《はや》り病に乗じた火事場泥棒が近隣の住戸を根こそぎ荒らしており、家に価値のあるものはほとんどなかったが、少年と母親は病に命を奪われるまえに数時間でも心の安逸を願っていたからだ。少年は建物の上層階の騒ぎをすべて耳にしていたとはいえ、気にする気持ちにはなれなかった。

そのころにはただ死にたいという思いしか少年にはなかった。

ラヴェル教授は階段をのぼり、部屋を横切ると、少年をしばらく見おろした。寝台で死んでいる女性に教授は気づかなかった。あるいは気づかないことにした。少年は暗がりで横たわったまま、この黒ずくめの背が高くて青白い人は魂《たましい》を刈りにきたんだろうか、と思った。

「気分はどうだ?」ラヴェル教授が訊《き》いた。

少年の呼吸は荒く、答えられなかった。

ラヴェル教授は寝台のかたわらに膝をついた。上着の前ポケットから細い銀の棒を抜きとると、それを少年のむきだしの胸に置いた。少年はたじろいだ。金属の棒は氷のようにひりひりした。

「triacle《トリアクル》」ラヴェル教授はまずフランス語で言った。次に英語で「treacle《トリークル》（解毒剤）」と口にした。

棒が青白く光った。どこからか不気味な音がやってきた。鳴り響き、歌うような音だ。少年はうめきを漏らし、横を向いて体を丸めた。舌が口から飛びだして、混乱して動きまわる。

「我慢しろ」ラヴェル教授は声を押し殺して言った。「いま味わっているものを呑《の》みこむんだ」

何秒かが経過した。少年の呼吸は落ち着いた。彼は目をあけた。ラヴェル教授の姿を先ほどよりもはっきり見分けることができた。青みがかった灰色の瞳と鉤鼻《かぎばな》——いわゆるyīnggōubí《イインゴウビイ》（鷹鉤鼻）——がわかった。それは外国人の顔にしかないものだった。

「いまの気分はどうだ?」ラヴェル教授が訊いた。

少年はいま一度深呼吸をした。そして口をひらき、驚くほど流暢《りゅうちょう》な英語で答えた。「甘い。とても甘い……」

「けっこう。それは効いたということだ」ラヴェル教授は棒をポケットに戻した。「ここにはほかにだれか生きている人間はいるのか？」

少年は一瞬黙りこんだ。一匹の蠅《はえ》が母の頬に留まり、のろのろと鼻を乗り越えていく。少年は蠅を追い払いたかったが、手を持ちあげる力がなかった。

「遺体は持っていけない」ラヴェル教授は言った。「われわれがこれからいくところには」

少年は長いあいだ母をじっと見つめた。

「本を」やがて少年は言った。「寝台の下にある」

ラヴェル教授は寝台の下に身を屈《かが》め、四冊の分厚い書籍を引っ張りだした。いずれも英語で書かれた本で、使いこまれて背がぼろぼろになっており、ページによっては磨《す》り減って薄くなっていたが、活字はまだかろうじて読めた。教授は本をぱらぱらとめくり、思わず笑みを浮かべると、鞄《かばん》に収めた。そののち、少年の痩せこけた体を両腕で持ちあげると、家から運びだした。

一八二九年、のちにアジア・コレラとして知られるようになった流行り病は、カルカッタからベンガル湾を横切り、極東に向かった――まず、シャムに、次にマニラに、そして最後に商船に乗って中国沿岸部に到達した。脱水症状を起こし、目を落ちくぼませた船員たちは珠江《しゅこう》に排泄物《はいせつぶつ》を投棄し、数千人が飲み水にし、洗濯をし、泳ぎ、水浴びをしている水を汚染した。この伝染病は高潮のように広東を襲い、波止場《はとば》から内陸の住宅地に急速に広がっていった。少年の住む地域は数週間で呑みこまれ、住民はそれぞれの家でなすすべもなく死んでいった。ラヴェル教授が広東の路地から少年を運びだしたとき、少年の住んでいた通りの人々はみなすでに死に絶えていた。

そうしたことを少年は英国商館《イングリッシュ・ファクトリー》の清潔な、採光のよい部屋で、いままで触《ふ》れたどんなものよりも柔らかくて白い毛布にくるまって目を覚ましたときに学んだ。とはいえ、毛布は不快感をほんの少し和らげただけだった。体がひどく熱く、密度の濃い、ざらざらした石のなかに舌が留まっている気がした。まるで自分の体のはるか上を浮かんでいるように感じていた。教授が口をひらくたび、赤い閃光《せんこう》をともなう鋭い激痛がこめかみを走った。

「おまえはとても運がいい」ラヴェル教授は言った。「今回の病気は触れたもののすべてをほぼ殺してしまうんだ」

少年はこの外国人の長い顔と淡い灰色の瞳を見て金縛りになり、目を見ひらいた。もし視線を外そうものなら、外国人は変身して巨鳥になってしまうだろう。カラスに。いや、猛禽類《もうきんるい》に。とても凶暴で力の強い存在に。

「わたしの言葉がわかるか？」

少年はかさかさの唇を湿らせ、返事を口にした。

ラヴェル教授は首を横に振った。「英語で。英語を使え」

少年の喉が燃えた。咳《せ》きこむ。

「おまえは英語ができるだろ」ラヴェル教授の声は警告のように響いた。「それを使え」

「母さん」少年は掠《かす》れた声で言った。「あなたは母さんを忘れた」

ラヴェル教授は返事をしなかった。すっくと立ちあがると、膝の埃《ほこり》を払ってから立ち去った。教授がその場に膝をついていた数分のあいだに積もった埃があったとしても、少年にはほとんど見えなかった。


翌朝、少年は吐かずにスープを飲み干せた。その翌朝、どうにかあまり目まいを感じずに立ちあがれた。とはいえ、しばらく使っていなかったせいで膝ががくがく揺れ、寝台のフレームを掴《つか》んで倒れないようにしなければならなかった。熱は引いていた——食欲も出てきた。その日の午後、ふたたび目を覚ますと、スープ・ボウルに代わって、二切れの分厚いパンと一塊《ひとかたまり》のローストビーフが載った皿が出された。少年は素手でそれらの食べ物を貪《むさぼ》った。腹が空いていたのだ。

その日はおおかた寝て過ごしたが、夢は見なかった。定期的にミセス・パイパーがやってきて眠りを妨げられた——ほがらかで丸々とした彼女は少年の枕をふくらませ、冷たい濡《ぬ》れた布で額を拭《ぬぐ》ってくれた。彼女が独特の訛《なま》りのある英語を話すため、少年は何度も訊き返すはめになった。

「あたしの言葉が気になる?」夫人ははじめて少年に訊き返されたときにくすくす笑った。「スコットランド人《スコット》と会ったことがないんだね」

「ス……スコット? スコットってなんです?」

「気にしなさんな」ミセス・パイパーは少年の頬を軽く叩いた。「すぐに大英帝国の姿形《すがたかたち》がわかるようになります」

その日の夜、ミセス・パイパーが夕食——またパンと牛肉だ——を運んできたとき、教授が執務室で会いたがっているという知らせを伝えた。「この上の階。右側のふたつ目の扉。まず食事をすませて。あの人はどこにもいかないから」

少年は急いで食べ、ミセス・パイパーに手伝ってもらって着替えた。その服がどこからやってきたのかわからなかった——洋服で、少年の背の低い、がりがりの体形に驚くほどぴったり合っていた。着替えが終わったころには少年はくたびれはてて、それ以上質問する気になれなかった。

階段をのぼっていくと体が震《ふる》えた。疲労からくるものか、狼狽《ろうばい》からくるものか、少年にはわからなかった。教授の執務室の扉は閉まっていた。しばらくその場で突っ立ったまま息を整えると、少年はノックをした。

「入りたまえ」教授が扉越しに声をかけた。

扉はとても重かった。どうにかあけるには扉の木材に強く寄りかからねばならなかった。部屋に入ると、本が醸《かも》しだす麝香《じゃこう》のようなインクのにおいに圧倒された。積み重ねられた本があちこちにあった――棚にきちんと並べられているものもあるにはあったが、それ以外の本は室内のいたるところにいまにも崩れそうなピラミッド形に乱雑に積みあげられていた。床に散乱しているものもあれば、光の乏しい迷宮内に行き当たりばったりに並べられている机の上で落ちそうになっているものもあった。

「こちらに」教授の姿は書棚の奥にほぼ隠れていた。少年は慎重に歩を進めて、部屋を横切った。少しでも間違った動きをすればピラミッドが崩壊するかもしれないと恐れて。

「遠慮するな」教授は、本や書類や封筒で覆われた大きな机をまえにして座っていた。机をはさんだ正面に腰をおろすよう教授は手真似《てまね》で少年に合図した。「ここではたくさん本を読ませてもらえたか？　英語は問題なかったか？」

「少しは読んだ」少年は足下に積まれている何巻かの本――リチャード・ハクルートの旅行記だと気づく――を踏まないよう気をつけて、おそるおそる腰をおろした。「あまりたくさん本はなかった。あるものを繰り返し読んだ」

生まれてこのかた広東を一度も離れたことがない人間にしては、少年の英語は驚くほど達者だった。訛りはかすかにしかない。これはひとえにあるイギリス人女性のおかげだった――ミス・エリザベス・スレート、少年はミス・ベティと呼んでおり、物心ついたときからずっといっしょに暮らしていた人物だ。自分たちの家でミス・ベティがなにをしているのか、少年はよくわからなかった――彼の家族が使用人を雇えるほど裕福でなかったのは確かだった。ましてや外国人なんて雇えるわけがなかった――だけど、だれかが彼女に給金を払いつづけていたはずだ。なぜなら彼女は家を出ていくことがなかった。伝染病に見舞われたときですら。ミス・ベティは広東語をそこそこ使えた。問題なく市内を歩きまわれる程度に。だが、少年を相手にする場合、彼女は英語しか使わなかった。彼女の唯一の義務は少年の面倒をみることであったらしく、彼女との会話を通して、のちには波止場のイギリス人船員たちとの会話を通して、少年は流暢に英語を話せるようになった。

少年は英語を話すより読むほうが得意だった。四歳になってからずっと年に二回、英語で書かれた本だけが詰まっている大きな荷物を少年は受け取っていた。差出人住所はロンドン近郊のハムステッドになっていた——ミス・ベティはその場所をよく知らないようであり、もちろん少年にいたってはなにも知らなかった。とはいえ、少年とミス・ベティは、蠟燭《ろうそく》の明かりの下、隣り合わせに座り、個々の単語を逐一指で追いながら声に出して発音したものだった。長ずるにおよんで、少年はひとりで午後のあいだずっと、擦《す》り切れたページをじっくり読んで過ごすようになった。だが、一ダースの本では半年も保《も》たなかった——それぞれの本を何度も読み返し、次の荷が届くころには中身をほぼ覚えてしまうのがつねだった。

全体像をろくに把握《はあく》していなかったものの、あの荷物は教授から届けられたものにちがいない、といま少年は気づいた。

「とても楽しんだ」少年は弱々しく答えた。すぐにもっと言葉をおぎなわなければならないと考え、付け足す。「それから、うん——英語は問題ない」

「じつにけっこうだ」ラヴェル教授は背後の本棚から一冊の本を抜き取り、テーブルの上で押しだした。「この本を以前に見たことはないだろうな？」

少年は書名に目を走らせた。アダム・スミス著『国富論《こくふろん》』。少年は首を横に振った。「あいにく、ない」

「それはかまわん」教授はその本のなかほどのページをひらき、指さした。「読みあげてくれ。ここからだ」

少年は息を吞み、咳払《せきばら》いをしてから読みだした。その本は恐ろしいほど分厚く、字がとても小さく、文章は少年がミス・ベティといっしょに読んでいた軽快な冒険小説よりかなり難しいものであるのがわかった。知らない単語に出会って舌がもつれる。意味を推測して、発音するしかない単語だ。

「しょ……植民地化をこ……試みているそれぞれの国がおのれのしょ……植民地から引きだすと……特別な利益には、二種類の異なるものがある。第一に、通常の利益で、あらゆるて……帝国がそのし……支配下にあるぞ……」少年は咳払いをした。「属……属国……*」

「そこまで」

少年は自分がいまなにを読んだのかわからずにいた。「あの、これはなんの――」

「いや、大丈夫だ」教授は言った。「おまえに国際経済学が理解できるとは期待していない。とてもよくやったぞ」教授はその本を脇へどけ、机のひきだしに手を伸ばし、銀色の棒を取りだした。「これを覚えているか?」

少年は目を大きく見ひらいて、まじまじと見つめた。不安のあまり手を触れるのははばかられた。少年はそのような棒をまえにも見たことがあった。広東では珍しいものだったが、だれもが知っていた。yínfúlù《インフウルウ》(銀符籙)、すなわち銀の護符。船の舳先《へさき》に埋めこまれていたり、輿《パランキーン》の側面に刻まれていたり、外国人街の倉庫の扉の上に設置されていたりするのを見た。それがなんなのか正確にはわからなかったし、家の者はだれも説明できなかった。祖母は金持ちの魔法の呪文と呼んでいた。神々の加護がこめられた金属のお守りだ、と。母の考えでは、ご主人さまの命令を果たすため呼びだせるよう、とらえた悪魔を封じこめているものだった。中国固有の迷信を軽蔑してはばからず、少年の母親が施餓鬼供養《せがきくよう》をするのをしょっちゅう批判していたミス・ベティですら、薄気味悪いと思っていた。「あれは魔術」少年に訊かれて、ミス・ベティは答えた。「悪魔の仕業《しわざ》、それがあれ」

そのため、少年はこの銀符籙をどう解釈していいのかわからなかったが、数日まえ自分の命を救ってくれたのがこのような棒であったのだけはわかっていた。

「さあ」ラヴェル教授はその棒を少年のほうに差しだした。「見てみろ。噛《か》みつきやしない」

少年はためらいつつも両手で棒を受け取った。棒はとてもなめらかで、触ってみると冷たかったが、それ以外は変わったところがないようだった。もしなかに悪魔が閉じこめられているとしても、巧妙に隠されていた。

「なんと書いてあるのか、わかるか?」

少年は目を凝らし、まさしく文字が書かれているのに気づいた。棒の両側面に小さな文字が綺麗《きれい》に刻まれていた――片方の側には英語の文字、反対側には漢字が記されている。「はい」

「読みあげてみろ。最初、中国語のほうを、次に英語を。はっきり口にするんだ」

少年は漢字を認識したが、書き様《よう》がほんの少し奇妙に思えた。漢字を見て、どういう意味か知らずに部首ごとに書き写したかのようだ。そこに書かれていたのは、「囫圇吞棗」という文字だった。「húlún tūn zǎo《ホウルン・トウン・ヅアオ》（文字通りの意味は「ナツメを丸呑みする」）」少年はゆっくりと読みあげた。個々の音節をはっきり発音するよう気をつける。次に英語のほうを読みあげる。「To accept without thinking《ツー・アクセプト・ウィザウト・シンキング》（「よく考えずに受け入れる」）」

棒がぶーんという音を立てはじめた。

たちまち少年の舌が膨れあがり、気道を塞いだ。少年は息ができずに喉を摑んだ。棒は少年の膝の上に落ちると、激しく振動し、まるで取り憑《つ》かれているかのように暴れた。くどい甘さが口のなかを満たした。ナツメのようだ、視野のまわりから暗黒が迫っているなか、少年はかすかに思った。強烈な味のジャムっぽいナツメ。熟れすぎて胸が悪くなるほど。少年はそのなかで溺れかけていた。喉が完全に塞がり、息ができな――

「ほら」ラヴェル教授が屈みこんで、少年の膝から棒を摑んだ。喉が詰まる感覚が消えた。少年は

＊『国富論』第四部第七章で、アダム・スミスは、植民地の防衛が資源の消耗であり、独占的な植民地貿易の経済的利得は幻想であるという根拠から植民地主義に反対意見を述べている。スミスは、次のように記している――「大英帝国は、植民地に負っている統治権から損失以外のなにも引きだしていない」

机に体を投げだして懸命に息を吸った。

「おもしろい」ラヴェル教授は言った。「こんな強い効果があるとは知らなかった。口のなかにどんな味がするんだ？」

「hóngzǎo《ホォンヅァオ》（紅棗）」涙が少年の顔を伝い落ちていた。あわてて彼は英語に切り替えた。「Dates《デーツ》」

「それでいい。とてもいいぞ」ラヴェル教授は少年の様子をしばらく観察したのち、棒をひきだしに戻した。「いいどころか、すばらしい」

少年は鼻を鳴らしながら、涙をぬぐった。ラヴェル教授は、椅子にもたれ、少年が多少恢復《かいふく》するのを待ってから先をつづけた。「いまから二日後、ミセス・パイパーとわたしはこの国を離れ、イングランドという国にあるロンドンという街へ向かう。ロンドンもイングランドも聞いたことがあるはずだ」

少年はあやふやにうなずいた。少年にとって、ロンドンはリリパットのような存在だった——はるかかなたにある想像上の幻想の地。そこでは少年のような外見や服装や話し方をする者はだれもいない。

「おまえをいっしょに連れていこうと考えているのだが、どうだ。わたしの屋敷に住んでもらう。自分で生計を立てられる年齢になるまで、衣食住を賄《まかな》おう。見返りにわたしの考えたカリキュラムに従って教育を受けてもらう。その内容は語学の勉強になる——ラテン語とギリシャ語、それにもちろん北方中国語《マンダリン》だ。気楽で快適な暮らしと、人が望める最高の教育を享受《きょうじゅ》できるぞ。わたしが見返りに期待するのは、おまえがしっかり勉学に励むことだけだ」

ラヴェル教授はまるで祈りをするかのように両手を握りしめた。少年は教授の口調に戸惑った。ひどくのっぺりとして、感情の起伏の見えない口調だった。ラヴェル教授が本気でロンドンに自分を連れていきたいと思っているのか、いないのか、判断がつかなかった。養子に取るというよりも、仕事上の提案のように思えた。

「よく考えたまえ」ラヴェル教授は話をつづけた。「おまえの母親と祖父母は亡くなり、父親はだれかわからず、親戚もいない。ここに残ってもおまえには一ペニーも手に入らん。貧困と病気と飢《き》餓《が》が待っているだけだ。運がよければ波止場で仕事が見つかるだろうが、おまえはまだ小さい。あと数年は物乞《ものご》いか盗みをして過ごすことになろう。大人になったとしても、船での重労働が関の山だ」

気がつくと少年は話をしているラヴェル教授の顔をうっとりと見つめていた。イギリス人に会ったことが一度もないわけではない。波止場で大勢の船乗りに出会っており、白人男性のさまざまな顔を見かけていた。丸い赤ら顔の人間から、病的で肝斑《かんぱん》の浮いた顔や、長く青白くて険しい顔にいたるまで。だが、教授の顔はまったく異なる謎を提示していた。彼の顔はあらゆる部分が標準的な人間の顔だった――目、唇、鼻、歯。どれもが健康的で正常だ。その声は低くて若干平板《へいばん》ではあったが、それでもちゃんとした人間の声だった。だが、口をひらくと、その口調と表情にはまったく感情が欠けていた。教授はなにも描かれていないキャンバスだった。少年は教授の気持ちを少しも推測できなかった。教授が少年の若年での避けがたい死について説明しているとき、シチューの材料を暗唱しているかのようだった。

「なぜ?」少年は訊いた。

「なにがなぜなんだ?」

「なぜぼくを望むんです?」

教授は銀の棒が入っているひきだしに向かってうなずいた。「なぜなら、おまえはさっきのアレができるからだ」

そのときになってはじめて、これは試験だったんだ、と少年は悟った。

「これがわたしが後見人になるための条件だ」ラヴェル教授は二枚綴《つづ》りの書類を机の上に滑らせた。

少年は視線を落とし、すぐに中身を読み取るのをあきらめた――ぎっしり詰まった筆記体の文字は判読不可能に見えた。「とても単純なものだが、全部読んでから署名するように。今夜、ベッドに入るまえにやってもらえるかね？」

少年は震えあがって、うなずくしかできなかった。

「けっこう」ラヴェル教授は言った。「あともうひとつ。おまえには名前が必要だといま思いついた」

「名前はある」少年は言った。「それは――」

「いや、それではうまくないんだ。イギリス人はその名前を発音できない。ミス・スレートはおまえに名前をつけたか？」

ミス・スレートは、実際のところ、名前をつけた。少年が四歳になったとき、彼女はイギリス人にまともにとりあってもらえるような名前をつけるよう強く主張した。いったいどこのイギリス人を指しているのか詳しく説明はしてくれなかったが。ふたりで子ども向けの童謡集から適当に名前を選んだところ、その音節が舌の上でしっかりとして、なめらかに感じられたので、少年は不満を抱かなかった。だが、家のなかのほかのだれもその名前を使わず、やがてミス・ベティもその名前を使うのをやめてしまった。少年はしばらく考えこんだあげく、思いだした。

「ロビン*」

ラヴェル教授は少しのあいだなにも言わなかった。その表情を見て、少年は困惑した――まるで怒っているかのように眉間《みけん》に皺《しわ》を寄せつつも、喜んでいるかのように片方の口の端《は》を吊りあげていた。「姓はどうする？」

「姓ならある」

「ロンドンで通じる姓だ。なんでも好きなものを選べ」

少年は教授を見て、目をぱちくりさせた。「姓を……選ぶ？」

苗字《みようじ》は、気まぐれに捨てたり、変えたりできるものではない、と少年は思っていた。苗字は血の繋《つな》がりを示しており、おのれの所属を示すものだ。

「イギリス人はしょっちゅう名前を作り直しているのだ」ラヴェル教授は言った。「ずっとおなじ名前を使っているのは、それにともなう肩書きがある連中だけだ。おまえにはそんなものはなにもない。自己紹介をするときの呼び名が必要なだけだ。どんな姓でもかまわん」

「じゃあ、あなたの姓をもらえますか？　ラヴェル？」

「いや、だめだ」ラヴェル教授は言った。「わたしがおまえの父親だと思われてしまう」

「ああ——確かに」少年の目は室内を懸命に見わたし、なにかとっかかりになる言葉や音をさがした。ラヴェル教授の頭上の棚にあるなじみ深い本に目が留まる——『ガリヴァー旅行記』。見知らぬ土地にきた見知らぬ人間、死にたくないなら現地の言葉を学ばなければならなかった男だ。少年は、ガリヴァーがどんな気持ちだったか、いまならわかる気がした。

「スウィフト」少年は思い切って言ってみた。「それで問題がなければ——」

少年が驚いたことに、ラヴェル教授は笑った。笑い声がその厳しい口からほとばしり、あまりに唐突で、酷薄《こくはく》にも聞こえ、少年は思わずひるんでしまった。「じつにいい。ロビン・スウィフトにおまえはなる。スウィフトくん、お目にかかれて光栄だ」

ラヴェル教授は立ちあがり、机越しに手を伸ばした。少年は外国の船員たちが波止場でたがいに挨拶《あいさつ》を交わす様子を見たことがあったので、どうすればいいのかわかっていた。少年は自分の手でその大きく、乾いた、不快なくらい冷たい手を迎えた。ふたりは握手をした。


二日後、ラヴェル教授とミセス・パイパーと、あらたに名づけられたロビン・スウィフトは、ロ

＊わたしが駒鳥《クック・ロビン》を殺した。
だれが彼が死ぬのを見たの？（マザーグースより）

ンドンへ向け出航した。そのころには何時間もベッドで休み、ホットミルクとミセス・パイパーのボリューム満点の料理という食事をつづけたおかげで、ロビンは自分の足で歩けるくらい恢復していた。ロビンは、懸命に教授に追いつこうとしながら、本で重たくなったトランクを引きずってタラップをのぼった。

世界に対する中国の窓口である広東港は、言語の宇宙だった。やかましくまくしたてられるポルトガル語、フランス語、オランダ語、スウェーデン語、デンマーク語、英語、中国語が潮の香りのなかを飛び交い、信じられないくらい相互に理解可能なピジン語と混じり合っていた。ほぼだれもがわかるのに、楽々と話せる者はほとんどいないというのがピジン語だ。ロビンはそのことをよく知っていた。波止場を走り回ってそれらの外国語を聞きかじり、船員向けに通訳してあげることがよくあった。放られた小銭一枚と笑顔がその謝礼だった。ピジン語の言語的な断片をたどってその発生源に遡《さかのぼ》ることになろうとは、ロビンは夢にも思わなかった。

三人は岸壁を歩いてハーコート伯爵夫人号に乗船する列に加わった。この船は東インド会社の船舶のひとつで、航海ごとに少数の旅客を乗せていた。その日、海は轟音《ごうおん》が鳴り響き、波が荒かった。冷たい海風に激しくコートをはためかせられ、ロビンは身震いした。船のなかに、船室か壁に囲まれたどこかに入りたくてたまらなかったのに、乗船待ちの列は停滞していた。ラヴェル教授が脇に外れて、先をうかがおうとした。ロビンもそれにならった。タラップをのぼりきったところで、乗組員のひとりが乗客をどなりつけていた。辛辣《しんらつ》な英語の母音が朝の冷気を貫く。

「こっちの言ってることがわからないのか？　ニーハオ？　レイホー？　なんにもわからんのか？」

乗組員の怒りの的《まと》は、ひとりの中国人労働者で、片方の肩にかけたリュックサックの重みで前屈《まえかが》みになっていた。仮に労働者が返事を口にしたとしても、ロビンには聞こえなかった。

「こっちの言ってることがひと言もわからないのか」乗組員は不平をこぼした。こちらの人だかりのほうを向く。「だれかこの男に、船には乗れないと言ってやってくれませんか？」

「ああ、お気の毒に」ミセス・パイパーがラヴェル教授の腕に触れて促《うなが》した。「通訳してあげられませんか?」

「わたしは広東語を話せん」ラヴェル教授は言った。「ロビン、いきなさい」

ロビンはふいに怖くなってためらった。

「いくんだ」ラヴェル教授はタラップをのぼるようロビンを押しやった。

ロビンは言い争いのなかにまろぶように分け入った。乗組員と労働者はロビンを振り向いた。乗組員はたんに迷惑そうな表情を浮かべたが、労働者はほっとした様子だった——ロビンの顔を見て同胞だとすぐに認識したようだ。目に見える範囲にいるなかで、ほかにただひとりのもうひとりの中国人である、と。

「どうしたの?」ロビンは労働者に広東語で訊いた。

「おれを乗せてくれんのだ」労働者は差し迫った口調で言った。「だが、この船でロンドンまでいく契約書がある。ほら、ここに書いてある」

労働者は折り畳んだ紙をロビンに突きつけた。

ロビンはその紙をひらいた。その紙は英語で書かれており、まさしく水夫《ラスカー》雇用契約書であるようだった——正確には、広東からロンドンまでの一航海のあいだ、賃金の支払いを保証した証明書だった。ロビンはそのような契約書を以前に見たことがあった——ここ何年か、海外における奴隷貿易の困難さと軌《き》を一《いつ》にして、年季奉公の中国人召使いの需要が増大し、こういう契約書がどんどんありふれたものになっていた。いま見ているものは、ロビンが翻訳した最初の契約書ではなかった——ポルトガルやインド、西インド諸島など遠方を目的地とした船に中国人労働者を乗船させるための契約書を見たことがあった。

どこにも問題はないようにロビンには思えた。「で、なにが問題なの?」

「こいつはなんて言ってるんだ?」乗組員は言った。「その契約書は無効だと伝えてくれ。この船に中国人を乗せるわけにはいかんのだ。中国人をひとり運んだ前回の航海で、虱《しらみ》だらけになってしまったんだ。体を洗えないやつらを運ぶ危険を冒す気はない。「風呂」と怒鳴ってもこいつはその単語を理解できなかったんだ。おい？　坊主？　おれの言ってる言葉がわかるか？」

「ええ、はい」ロビンは急いで英語に切り替えた。「はい、ぼくはちょっと——少し待ってください、これからこの人に……」

だが、なんと言えばいいのか？

労働者はわけもわからずにロビンを哀願するように見ていた。その顔は皺が刻まれ、日に焼け、六十歳に見えるくらい肌が劣化しているが、実際にはまだ三十代と思われた。ラスカーたちは老化が早い。仕事が体をぼろぼろにするのだ。ロビンは、波止場で千回はこういう顔を目にした。彼に甘い物を放ってくれた人や、名前で挨拶してくれるほどよく知るようになった人もいた。こういう顔を自分と同種のものだと見なしていた。だが、仲間の年長者のひとりがこんな寄る辺《よるべ》ない表情を浮かべているところを見たことがなかった。

やましさで腹がよじれた。言葉が舌に集まってきた。残酷で恐ろしい言葉が。だが、それらを並べてひとつの文章にはできなかった。

「ロビン」ラヴェル教授がそばにきて、痛いくらい強くロビンの肩を握った。「通訳してやるんだ」

すべてはぼくにかかっている、とロビンは悟った。選択権は彼にあった。できるのは、真実の見極めだった。なぜなら、関係者全員と話せるのは彼だけだからだ。

だが、なにを言えばいいのだろう？　乗組員がいらだちを募らせている。列に並んでいるほかの乗客たちがじれったさをくすぶらせている。彼らは疲れていて、寒さに震えており、なぜまだ乗船できないのか理解できずにいた。ラヴェル教授の親指が鎖骨の溝に食いこんできたのを感じて、ロビンの脳裏にある考えが浮かんだ——あまりに恐ろしくて膝が震えたくらいの考えだ——自分もいま問題行動を取ったら、厄介事を引き起こしたら、ハーコート伯爵夫人号は、おなじように自分を岸に残して去っていくかもしれない。

「おじさんの契約はここでは無効なんだ」ロビンは労働者に向かってささやいた。「次の船を試して」

労働者は不審の面持《おもも》ちで喘《あえ》いだ。「これを読んだのか？　ロンドンと書いてある。東インド会社と書いてある。この船だと書いてあるんだ、ハーコート伯爵夫人号だと——」

ロビンは首を横に振った。「無効なんだ」まるでそうすることでそれが事実になるかもしれないというかのようにそのセリフを繰り返した。「無効なんだ、次の船を試してみないと」

「これのどこが悪いんだ？」労働者は問い迫った。

ロビンは無理矢理言葉を絞りだすしかなかった。「たんに無効なんだ」

労働者は絶句してロビンを見た。日に焼けた顔に千もの感情が浮かんだ——怒り、いらだち、そして最後にあきらめ。ロビンは労働者が声を荒らげるかもしれない、殴りかかってくるかもしれないと恐れたが、この男にとってこういう扱いはめずらしいものではないことがすぐに明らかになった。こんなことは以前にもあったのだ。労働者は踵《きびす》を返し、タラップをおりていった。途中で乗客を押し退《の》けながら。しばらくすると、男の姿は見えなくなった。

ロビンはひどい目まいを感じた。タラップをおりていき、ミセス・パイパーのそばに身を寄せた。

「寒気がする」

「ああ、震えているじゃない、可哀想《かわいそう》に」ミセス・パイパーはすぐに翼を広げた母鶏《ははどり》のように自分のショールでロビンを包みこんだ。彼女はラヴェル教授に厳しい言葉を投げかけた。教授はため息をつくと、うなずいた。やがて三人は列のいちばんまえまで進むと、そこから船室へさっさと連れていかれた。ポーターが三人の荷物をまとめて持ち、うしろから運んできた。

一時間後、ハーコート伯爵夫人号は港をあとにした。

ロビンは分厚い毛布で肩をくるまれ、寝台に寝かされた。そこに一日じゅう留まっていたかったのに、ミセス・パイパーに促され、遠ざかっていく海岸線を眺めるため、甲板《かんぱん》にのぼり直すことになった。広東が水平線の向こうに見えなくなると、ロビンの胸に鋭い痛みが走った。ついで、引っかけ碇《いかり》に心臓を体から引っこ抜かれるかのように、生々しい喪失感を覚えた。仮にそんな事態があるとしても、生まれ故郷に足を踏み入れるのは、何年も先になるのだろうと、いまになってはじめて気がついた。その事実をどう受け止めたらいいのか、わからなかった。喪失感、という言葉では十分ではない。喪失というのは、不足を意味しているだけだ。なにかが欠けていることを意味する。だが、そこには、この断絶という完全さ、この自分が知っているあらゆるものから碇を引きあげる恐ろしさが含まれていなかった。

ロビンは吹きつける風を気にせず、大海原を見つめ、想像上の岸辺すら消え失せていくまで眺めていた。

ロビンは航海の最初の数日を寝て過ごした。まだ静養していた。ミセス・パイパーが健康のため、甲板を毎日散歩するよう口を酸っぱくして言っていたものの、はじめのころはロビンはほんの数分歩くともう横にならなければならなくなった。幸いにも船酔いするたちではなかった——子どものころ、波止場や川で過ごしていたので、不安定な揺れに対する感覚が養われていた。午後いっぱい甲板で過ごせるくらい体力がついてきた気がすると、手すりのそばで座り、止《や》むことのない波が空とともに色を変える様子を眺め、海の水しぶきが顔にかかるのを感じるのを好んだ。

ときおり、ラヴェル教授は甲板をいっしょに歩きながらロビンと話をした。教授が几帳面《きちょうめん》で寡黙な人であるのをロビンはすぐに学んだ。ロビンに必要だと思ったときにはその情報を提供したが、それ以外では、質問を放置したままにすることを選んだ。

イングランドに到着したら、ハムステッドにある屋敷で暮らすことになるだろう、と教授はロビンに言った。その屋敷に自分の家族がいるかどうか、教授は言わなかった。ミス・ベティに長年賃金を払っていたのは自分だと教授は認めたが、その理由は説明しなかった。ロビンの母親と知り合いで、それでロビンの住所を知っていたのだと教授はほのめかしたが、母親とどんな関係だったのか、あるいはどのようにしてふたりが出会ったのかについて、詳しい話はしなかった。以前に面識があったことをやっと教授が認めたのは、あの川沿いの粗末な家でロビンの一家が暮らすようになったいきさつを訊《たず》ねたときだった。

「わたしがおまえの家族を知ったとき、彼らは裕福な商人の一家だった」教授は言った。「南へ移るまえは北京《ペキン》に屋敷を構えていた。どうしてそんなことになったのかな、博奕《ばくち》か？　あの兄のせいじゃないのか？」

数カ月まえなら家族にこんな辛辣な言葉を投げかける相手には、だれであれロビンは唾《つば》を吐きかけていただろう。だが、ここ、大海原のただなかでひとりきり、親戚もおらず、持てるものはなにひとつない状態だと、怒りをかきたてることができなかった。自分のなかに残っている炎はなかった。ただ怯《おび》え、とてもくたびれていた。

いずれにせよ、いまの話は、一家の以前の財産に関して、ロビンが生まれてから数年のあいだにすっかり浪費され尽くしたと聞かされていた話と一致していた。母はそのことで、よく苦々しげに不満を漏らしていた。ロビンは詳しい内容を知らなかったが、その話には、清朝《しんちよう》中国の数多くの衰《すい》退譚《たいたん》と同様の要素が含まれていた――年老いた家長、浪費家の息子、悪意を抱いて人を操ろうとしてくる友人たち、なぜか謎めいた理由からだれも結婚しようとしない無力な娘。かつておまえは漆《うるし》塗《ぬ》りの揺り籠で寝かされていた、とロビンは言われた。むかしは、十人ほどの召使いと、北方の市場から取り寄せた珍しい食材を調理する料理人がいたんだよ。むかしは、五世帯が住めるような屋敷に暮らし、庭には孔雀《くじやく》がうろついていたのさ。だが、ロビンが知っているのは、川岸の小さな家だけだった。

「おじさんは阿片窟《あへんくつ》で金を使い果たした、と母から聞いてます」ロビンは教授に言った。「借金取りに屋敷を差し押さえられ、引っ越すしかなかったんです。そのあと、ぼくが三歳のとき、おじさんは行方知れずになり、ぼくと母、おばたちと祖父母だけになったんです。それとミス・ベティ」

ラヴェル教授は、ふむと鼻を鳴らし、当たり障りのない共感の意を表した。「それは気の毒だったな」

そうした話を別にして、教授は一日の大半を自分の船室にこもって過ごした。食事の際に食堂で見かけるのは、たまにしかなかった――ミセス・パイパーが堅パンと干し豚を皿いっぱいに載せて教授の船室まで運ばねばならなかったことのほうが多かった。

「先生は翻訳に取り組んでいるの」ミセス・パイパーはロビンに言った。「いいこと、先生はいつも旅先で巻物や古い書物を買ってるのよ。ロンドンに戻るまえに英語に翻訳する作業に着手しようとなさるの。ロンドンではとてもお忙しいから――先生はとても偉い方なの。王立アジア学会の特別研究員《フェロー》なの――船旅が平穏と静謐《せいひつ》を享受できる唯一の時間だ、といつも言ってらっしゃる。冗談じゃなく。澳門《マカオ》ですてきな同韻語辞典を何冊かお買いになった――すてきなものだけど、あたしには触らせてくれやしない。ページがすごく破れやすくなっているからと言って」

彼らが澳門にいたというのを聞いて、ロビンは仰天した。澳門訪問もしたなんて、ついぞ知らなかった。浅はかにも、ラヴェル教授が中国にやってきたたったひとつの理由は自分だと思いこんでいた。「どれくらいそこにいたんですか？　つまり、澳門に」

「ああ、二週間と少し。本来なら丁度二週間の予定だったのに、税関で止められたのよ。外国人女性を中国本土に入れたがらない――あたしは変装して、教授のおじのふりをしなきゃならなかった、信じられる？」

二週間。

二週間まえ、ロビンの母はまだ生きていた。

「大丈夫？」ミセス・パイパーがロビンの髪の毛をくしゃくしゃにした。「青白い顔をしているよ」

ロビンはうなずき、口にはできないとわかっている言葉を呑みこんだ。自分には腹を立てる資格がなかった。ラヴェル教授はロビンにすべてを約束してくれ、なんの貸しも作らなかった。ロビンが入っていこうとしているこの世界のルールをまだ完全に理解しているわけではなかったが、ロビンは自分が入っていこうとしているこの世界のルールをまだ完全に理解していた。敬意の必要性も。自分を救ってくれた人に唾を吐いてはならないのだ。

「このお皿を教授のところに運んでいきましょうか?」ロビンは訊いた。

「あら、ありがとう。とても優しいのね。そのあと、甲板にきて。いっしょに陽が沈むのを見物しましょう」

時が曖昧《あいまい》になる。陽がのぼり沈んだ。だが、決まった作業が定期的になくては——家事の手伝いもなく、水くみや遣い走りもなかった——日々はどんな時刻であってもまったく変わらないように思えた。ロビンは眠り、古い本を読み返し、甲板の上をいったりきたりした。ときどきほかの乗客と話をすることがあった。この幼い東洋人の少年の口からほぼ完璧なロンドン子訛りを耳にして、彼らは喜んでいるようだった。ラヴェル教授の言葉を思いだし、ロビンはもっぱら英語だけで暮らそうと懸命につとめていた。中国語で思いが浮かぶと、それを押し潰《つぶ》した。

自分の記憶もロビンは押し潰した。広東での暮らし——母、祖母、波止場を走り回った十年間——それらはすべて驚くほど簡単に捨て去ることができた。たぶん、この航海がとても神経に障るものであり、断絶がじつに完璧だったからだろう。ロビンは知っているものをすべて打ち捨てた。なにもしがみつくものはなかった。逃げ戻れるものはなにもなかった。彼の世界は、いまや、ラヴェル教授とミセス・パイパー、そして海の反対側にある国での希望だけだった。過去の人生を埋めた。それがとても恐ろしいものだったからではなく、それを捨てるのが生き残るための唯一の方法だったからだ。ロビンは英語を新しいコートのように身にまとい、ぴったり体に合うようできるかぎりあらゆることをおこない、数週間で、快適なくらいに着こなした。数週間経って、おもしろがって中国語でなにか言ってくれと彼に頼むものはだれもいなくなった。数週間経って、だれも彼が中国人であることを覚えていないようになった。

ある朝、ミセス・パイパーにとても早くに起こされた。ロビンは抗議の声をあげたが、夫人は執《しつ》拗《よう》だった。「ほら、これを見逃しちゃだめよ」あくびをしながら、ロビンは上着をはおった。まだ目をこすりながら、甲板に足を運ぶと、冷たい朝の霧が分厚く垂れこめており、ロビンには船の舳先がほとんど見えなかった。だが、やがて霧が晴れ、水平線に灰色がかった黒いシルエットが浮かびあがった。それがロビンがはじめて見たロンドンの姿だった。銀の街、大英帝国の首都。そしてこの時代、世界最大かつもっとも豊かな都市だった。

第二章

かの巨大な大都市、わが国の運命の源泉
そして地球自体の運命そのもの
——ウィリアム・ワーズワス『序曲』

ロンドンはくすんだ灰色だった。色彩が爆発していた。耳障りな騒音がして、活気に満ち、幽霊や墓地に取り憑かれ、不気味なくらい静かだった。ハーコート伯爵夫人号がテムズ川を遡り、内陸に入り、首都のどくどくと鼓動を拍《う》つ心臓部にある船着き場に入っていくと、ロビンは、ロンドンが広東同様、矛盾と重層性の都市であることを見て取った。世界への入り口として機能しているどの都市ともおなじだった。

だが、広東と異なり、ロンドンは機械仕掛けの鼓動を持っていた。銀が街じゅうでぶーんという音を立てている。銀は辻《つじ》馬車や自家用馬車の車輪や、馬の蹄《ひづめ》にきらめいていた。建物の窓の下や戸口の上で輝いていた。舗装路の下に埋められ、時計塔のちくたくと時を刻む針に入れられていた。店先に飾られ、看板には、そこで商《あきな》われているパンや靴や安価な装飾品に魔法の強化が施されていることを高らかに謳《うた》っていた。ロンドンの血液は、広東を支えている、がたつき、ぱきぱきと鳴る竹とはまったく異なる、鋭く小さな音色を運んでいた。それは人工的で金属的なものだった——金属砥石《といし》にナイフをこすりつけている音だ。ウィリアム・ブレイクが「冷酷な作品／わたしが目にするあまたの車輪、車輪なき車輪、暴虐の歯車でたがいに衝動によって動く＊」と詠んだ怪物めいた工業的迷宮だった。

ロンドンは世界の銀鉱石と世界の言語の両方をおおかた集め、その結果、自然が許すよりも大きく、重たく、速く、明るくなった都市だった。ロンドンは大食らいで、その戦利品をがつがつ食らって太りつづけているのにもかかわらず、どういうわけか、餓《う》えていた。ロンドンは想像を絶するほど豊かであり、みじめなほど貧しかった。ロンドンは――愛らしく、醜く、むやみに広がり、窮屈で、げっぷを漏らし、くんくん嗅ぎまわり、高潔で、偽善的で、銀メッキを施されたロンドンは――清算の日が近かった。内側からみずからを食い尽くすか、あるいは、食らうためのあらたなおいしいものや労働力や資本や文化を求めて外に打って出たときにその日はやってくるだろう。

だが、天秤《てんびん》はまだ傾いていなかった。当面、どんちゃん騒ぎは維持できるだろう。ロビンとラヴェル教授とミセス・パイパーがロンドン港におり立ったとき、波止場は植民地貿易の賑《にぎ》わいが頂点に達していた。紅茶や綿花や煙草《たばこ》の箱で重くなり、航行をより速く、安全にする銀がマストや横梁《よこばり》にちりばめられた船が、インド、西インド諸島、アフリカ、極東といった次の航海の準備のために積み荷を空けられるのを待っていた。それらの船は英国製品を世界じゅうに送り届けた。それと引き換えに銀の詰まった箱を持ち帰るのだった。

千年のあいだ、銀の棒はロンドンで――そして、まさしく世界じゅうで――用いられてきたが、スペイン帝国の最盛期以来、これほど銀の力で豊かになり、あるいは銀の力に依存している場所は、世界のほかのどこにもなかった。運河に並べられた銀がテムズ川のようなどんな川よりも運河の水を新鮮で綺麗にした。本来であれば、川のほうがそうあるべきだったのに。排水溝の銀が、雨や汚泥や汚水のにおいを目に見えない薔薇《ばら》の芳香でごまかした。時計塔の銀が、鐘の音を本来よりもはるか遠くまで届かせ、街じゅうだけでなく郊外まで、鐘の音と音がぶつかり合う不協和音を響かせた。

銀の棒は税関を通過してラヴェル教授が呼んだ二輪のハンサム型馬車の座席にも入れられていた――三人用に一本、荷物のトランク用にもう一本。狭い車内で身を寄せ合って腰を落ち着けると、ラヴェル教授は身を乗りだして、車内の床に埋めこまれた銀の棒を指さした。

「なんと書いてあるか、読めるか？」教授は訊いた。

ロビンは身を屈め、目を細くした。「速度《スピード》。それに……スペス？」

「spēs《スペース》だ」ラヴェル教授は言った。「ラテン語だ。英語の speed と語根《ごこん》を共有しており、希望や幸運や成功、目標に到達することに関わる事柄の結びつきを意味する。これが馬車をほんの少しだけ、安全に、速く走らせている」

ロビンは眉をひそめて困惑の表情を浮かべ、銀の棒に沿って指を走らせた。そんなとんでもない効果を生みだすには、小さすぎて、無害なものに見えた。「だけど、どうやって？」次にもっと切迫した質問が浮かんだ。「それとぼくは――」

「まあ、待て」ラヴェル教授はロビンの肩を軽く叩いた。「だが、そうなのだ、ロビン・スウィフト。銀の作用の秘密を知るこの世で数少ない学者のひとりにおまえはなる。そのためにおまえをここに連れてきたのだ」

馬車に二時間乗って、本来のロンドンから北に数マイルのところにあるハムステッドという名の村に着いた。そこにはラヴェル教授が所有する薄い赤色の煉瓦《れんが》と白い化粧漆喰《しっくい》でできた四階建ての屋敷があり、手入れの行き届いた緑の低木に幅広く囲まれていた。

「おまえの部屋は最上階にある」屋敷の扉の鍵をあけながら、ラヴェル教授はロビンに告げた。

「階段をのぼった右側だ」

屋敷の内部はとても暗く、肌寒かった。ミセス・パイパーがカーテンをあけてまわっているあいだにロビンはトランクを引きずって螺旋《らせん》階段をのぼり、指示通りに四階の廊下を進んだ。ロビンの

＊ウィリアム・ブレイク『エルサレム』（一八〇四年）

部屋はわずかな家具しかなかった――書き物机とベッド、椅子――そして部屋の隅にある本棚を別にすると、なんの飾りも個人の所有品もなかった。本棚にはじつにたくさんの書籍が詰まっており、それに比べるとロビンが宝物にしている個人蔵書は取るに足りないものに思えた。

興味をそそられてロビンは近づいた。この本はぼくのため特別に用意されたものなのだろうか？それはありえないな、とロビンは思った。本棚に入っている本の題名を見ると、その多くが楽しめそうなものに思えたのだけれど。いちばん上の棚だけでも、スウィフトとデフォーの本がたくさん入っていた。お気に入りの作家の作品で、存在していたのは知らなかった長篇小説だ。ああ、『ガリヴァー旅行記』がある。ロビンはその本を本棚から引き抜いた。かなり読みこまれたらしく、一部のページは皺が寄り、角に折り目がついており、紅茶かコーヒーの染みのついたページもあった。

ロビンは困惑してその本を元に戻した。自分よりまえにほかのだれかがこの部屋に住んでいたにちがいない。たぶん、だれかほかの少年だ――おない年くらいのだれか。おなじようにジョナサン・スウィフトが大好きで、この『ガリヴァー旅行記』を繰り返し読んだのだ。それが証拠に、ページをめくるため指が当たる右上の部分のインクが色褪せかけている。

しかし、それはだれだったんだろう？　ラヴェル教授に子どもはいない、とロビンは思いこんでいた。

「ロビン！」下の階からミセス・パイパーに大きな声で呼ばれた。「外に出てきて」

ロビンは急いで階段を下った。ラヴェル教授が玄関扉のそばで待っており、懐中時計をいらいらしながら見ていた。

「おまえの部屋は問題ないか？」教授は訊いた。「必要なものは全部そろっているか？」

ロビンは大げさにうなずいた。「はい、そろってます」

「けっこう」ラヴェル教授は待っている馬車をあごで指し示した。「乗りなさい。おまえをイギリス人にしなければならん」

教授は文字通りの意味で言った。その日の午後の残りの時間、ラヴェル教授はロビンをイギリス市民社会に溶けこませるための一連の手続きに彼を連れまわした。医者に会い、体重を量られ、診察を受けた。医者は少年がこの島国での生活に適していることを渋々認めた――「熱帯病にもかかっておらず、虱もいない。よかったな。年齢のわりに少し小柄だが、マトンとマッシュポテトで育てれば、大丈夫だろう。さて、天然痘《てんねんとう》の注射を打とう――そっちの袖をまくってもらおうか。痛くはない。三つ数えるんだ」床屋に会った。床屋は、ロビンのまとまりにくいあごまでの長さの巻き髪を、耳の上のところで綺麗に刈りそろえた短髪に整えた。帽子屋に会い、靴屋に会い、最後に仕立て屋に会った。仕立て屋はロビンの体の寸法を細かく測って、何反《たん》かの生地を見せた。ロビンは圧倒されて、適当に選んだ。

午後が進むと、教授とロビンは、事務弁護士《ソリシタ》との約束に合わせ、裁判所へ出かけた。その事務弁護士がロビンを連合王国の合法的な市民にし、リチャード・リントン・ラヴェル教授の後見を受けた被後見人になるための書類を作成したのだという。

ラヴェル教授は自分の名前をすらすらと署名した。ついでロビンが事務弁護士の机に向かった。その机の天板はロビンには高すぎ、そのため事務員がベンチを運んできて、ロビンはその上に立った。

「この書類にはもう署名したと思います」ロビンは下を見て言った。その書類に書かれている文言は、広東でラヴェル教授から渡された後見人契約の文言ときわめて似通っていた。

「あれはおまえとわたしのあいだの条件を記したものだ」ラヴェル教授は言った。「これはおまえをイギリス人にするものだ」

ロビンは筆記体の文字にざっと目を通した――後見人、孤児、未成年、監護権。「ぼくを息子だと主張しているんですか？」

「被後見人であると主張しているのだ。それとこれとは異なる」

どうして？　と訊きかけた。とても重要なことがその質問にはかかっていた。とはいえ、ロビンはまだ幼すぎてそれがなんなのか正確に知ることはできなかった。可能性を秘めた一瞬の間《ま》がふたりのあいだに広がった。事務弁護士が鼻を掻いた。ラヴェル教授は咳払いをした。だが、その瞬間はなんの説明もなく過ぎ去った。ラヴェル教授は進んで情報を提供しようとしなかったし、ロビンはしつこく迫らないほうがいいとすでに学んでいた。ロビンはため息をついた。

ハムステッドに戻るころには陽はとっくに暮れていた。ベッドに向かっていいですか、とロビンが訊ねたところ、ラヴェル教授は食堂へ向かうよう促した。

「ミセス・パイパーをがっかりさせてはならんぞ。午後のあいだずっと台所で料理をしていたんだ。最低でも少しは皿に料理を取りなさい」

ミセス・パイパーは彼女の持ち場である台所との楽しい再会を満喫していた。たったふたり用にしてはばかげたほど大きい食堂のテーブルには、ミルクの入ったピッチャー、白いロールパン、ローストした人参とジャガイモ、グレイビーソース、銀メッキの蓋付きボウルのなかでまだ湯気を立てているなにか、それにグレーズ・チキンが丸ごと載っていた。その日の朝以来、ロビンはなにも食べていなかった。お腹は空いているはずだったが、消耗が激しくて、そうした料理を見ただけで胃が痛くなった。

その代わりにロビンはテーブルの背後の壁にかかっている絵に目を向けた。とても無視などできない存在だった。室内でひときわ目立っていた。夕暮れの美しい都市を描いたものだったが、ロンドンではない、とロビンは思った。もっと威厳があるようだった。もっと古めかしかった。

「ああ。それは」ラヴェル教授はロビンの視線を追って言った。「オックスフォードだ」

オックスフォード。ロビンはその単語を以前に聞いた覚えがあったが、どこで聞いたかは定かではなかった。その単語の構造を分析しようとする。聞き慣れぬ英単語に出会った場合にすべてそうしているように。「う……牛の取引センター《カウ・トレーディングセンター》？　市場ですか？（Oxfordは、古英語のOxenaforda「牛が渡る川の浅瀬」に由来するが、ロビンはoxにのみ反応して、「牛」のなにか、だと推察している）」

「大学だ」ラヴェル教授は言った。「この国のあらゆる偉大なる頭脳が研究と勉学、教育のためにつどう場所だよ。すばらしい場所なのだ、ロビン」

教授は絵の中央に描かれた大きな丸屋根の付いた建物を指さした。「これはラドクリフ図書館だ。そしてこっちにあるのが」その隣の塔を指し示す。その風景画のなかでもっとも背の高い建物だった。「王立翻訳研究所だ。そこでわたしは教えており、ロンドンにいないとき、一年の大半をそこで過ごしている」

「すてきな建物ですね」ロビンは言った。

「ああ、そのとおりだ」ラヴェル教授は、らしからぬ温かい口調で言った。「地上でもっともすてきな場所だ」

目のまえにオックスフォードを思い描いているかのように、教授は両手を広げた。「全員がこのうえもなく奇《き》蹟《せき》的で魅力的なものを研究している学者たちの街を想像してみたまえ。科学。数学。言語。文学。おまえが生きてきたなかで目にしたよりもはるかにたくさんの本で埋まった建物がいくつもあるところを想像してみたまえ。考えごとをするための静かで、だれにも邪魔されない、落ち着いた場所を想像してみたまえ」教授はため息をついた。「ロンドンはくだらない話をべらべら喋《しゃべ》っている混乱した地だ。ここでなにかを成就させるのは不可能だ。街はやかましすぎる。それにおまえに多大の要求をしてくる。ハムステッドのような場所に逃げこむことはできるが、好むと好まざるとにかかわらず、わめきちらす中心部がおまえを引き戻す。だが、オックスフォードは、仕事に必要なすべての道具——食べ物、衣服、書籍、紅茶——を提供してくれたうえで、あとは放っておいてくれるのだ。文明世界におけるあらゆる知識と改革の中心地だ。それに、ここで勉強を十分進めれば、いつかオックスフォードを故郷と呼べる幸運に見舞われるかもしれない」

ここで唯一ふさわしい反応は、畏敬《いけい》のあまりの沈黙であるような気がした。ラヴェル教授はその絵を切なげに見つめていた。ロビンは教授の熱意に応えようとしたが、教授の様子を横目でちらっと見ずにはいられなかった。その目に浮かんでいる柔らかい表情に、憧れの表情に、ロビンは驚いた。教授と知り合ってまだ日が浅かったものの、ラヴェル教授がそのような愛着を表に出したところを見たのははじめてだった。

ロビンの授業は翌日からはじまった。

朝食がすむとすぐ、ラヴェル教授は、顔を洗って十分後に応接室に戻ってくるようロビンに指示した。そこにはフェルトン先生という名の笑みを浮かべた恰幅《かっぷく》のいい紳士が待ち受けていた——いいか、オックスフォードの超一流の研究者、オリエル・コレッジの人間だぞ——そして、そう、おまえがオックスフォードのラテン語学習についていけるようにしてくれるのだ。ロビンはフェルトン先生の教え子たちに比べれば少し遅れてラテン語学習をはじめることになるが、一所懸命に勉強すれば、容易に追いつけるだろう。

かくして基本語彙《ごい》を記憶する朝がはじまった——agricola《アグリコラ》、terra《テッラ》、aqua《アクワ》——気力が萎《な》えそうだったが、そのあとの頭がくらくらする名詞の語形変化と動詞の活用の説明に比べれば容易に思えた。ロビンは文法の基本を教わったことがなかった——英語でどう言えば通用するかは、正しく聞こえるかどうかで判断していた——そのためラテン語を学ぶなかで、言語自体の基本となる部分を学んだ。名詞、動詞、主語、述語、連結詞——そして主格、属格、対格……。つづく三時間でロビンはうろたえるくらいの量の素材を吸収し、授業が終わるころにはその半分を忘れていたが、言語と、それを使ってなにができるかを示すためのすべての単語に心からの感謝を抱いた。

「それでいいんだ、坊や」フェルトン先生は、ありがたいことに辛抱強い人間であり、ロビンに課した精神的な虐待に同情しているようだった。「土台作りを終えたらずいぶん楽しくなるぞ。キケロにたどり着くまで待つのだ」彼はロビンのメモを見下ろした。「だが、きみはもっとスペルに気をつけなければならんな」

ロビンは自分がなにを間違っているのかわからなかった。「どういう意味です？」

「長音符号をほぼすべて付け忘れている」

「あっ」ロビンはいらだちの声を抑えた。とてもお腹が空いていて、昼食にいけるよう早く書き取りをすませたかっただけだった。「それですか」

フェルトン先生は指関節でテーブルをコツコツと叩いた。「たったひとつの母音の長さですら重要なのだ、ロビン・スウィフト。聖書を考えてみよう。ヘブライ語の原典では、蛇が食べるようイヴを説得した禁断の果実がなんなのか特定はしていない。だが、ラテン語では、malum《マルム》は「悪」を意味し、mālum《マールム》は」彼は、ロビンのため、長音符号を強調してふたつの単語を書いた。「「林檎《りんご》」を意味するのだ。そこから原罪を林檎のせいにするのは簡単な飛躍だ。だが、われわれの知るかぎりでは、真犯人は柿でもよかったのだ」

フェルトン先生は、翌日の朝までに覚えておくべき百近い単語のリストを宿題にして、昼食どきに帰っていった。ロビンは応接室でひとりで食事をし、ハムとポテトを機械的に口に押しこみながら、自分がいま学んだ文法のわけのわからなさに目をぱちくりさせていた。

「もっとポテトを食べる？」ミセス・パイパーが訊いた。

「いえ、けっこうです」重たい食事と小さな活字を読んでいることがあいまって、眠くなってきつつあった。頭がずきずきしていた。いまほんとうにやりたいのは、長めの昼寝を取ることだろう。だが、一時休止はなかった。午後二時ちょうどにチェスターと名乗った白いほおひげの痩せた紳士が屋敷に到着し、それから三時間、ロビンのための古代ギリシャ語授業がはじまった。

ギリシャ語学習は慣れた事柄を奇妙に感じさせる訓練だった。そのアルファベットは、ローマ字と対応しているものの、ごく一部だけであり、文字は見た目のようには発音しなかった――P《ロー》は、

P《ピー》ではなく、H《イータ》は、H《エイチ》ではなかった。ラテン語と同様、名詞の語形変化と動詞の活用があったが、理解すべき法や時制や態《たい》がさらにたくさんあった。音の数は、ラテン語同様、英語よりもはるかに多かったが、その割合はラテン語の比ではなかった。ロビンはギリシャ語の高さアクセントが中国語の声調のようにならないよう、苦労しつづけた。チェスター先生はフェルトン先生より厳しく、ロビンが動詞の語尾をとちりまくると、そっけなくなり、いらいらした。その日の午後の終わりになるころには、ロビンはすっかり途方に暮れ、チェスター先生が吐き捨てるようにぶつけてくる音をひたすら繰り返すしかできなくなった。

チェスター先生は午後五時に帰った。彼もまた、ロビンが見るのもつらくなるほどの、山のような講読の宿題を残していった。ロビンは、教科書を自室に運んでから、頭をくらくらさせながら、夕食のため、よろめくように食堂に向かった。

「授業はどうだった？」ラヴェル教授が訊ねた。

ロビンは返事をためらった。「まあ、なんとか」

ラヴェル教授は口の端を歪めて笑みを浮かべた。「ちょっときつすぎる、と思っただろ？」

ロビンはため息をついた。「はい、少しだけ」

「だがな、そこが新しい言語を学ぶよさなのだ。とんでもない大仕事のように感じるべきなのだ。おじけづかなくてはならない。そうすれば、すでに知っている言語の複雑さを正しく理解できるようになる」

「でも、あんなにも複雑である必要があるんでしょうか」ロビンは突然腹が立ってきて、言った。我慢ならなかった。昼からいらだちが募っていた。「つまり、どうしてあんなに決まりがあるんです？　どうしてあんなに語尾があるんです？　中国語にはそんなものはありません。時制や名詞の語形変化や動詞の活用はありません。中国語のほうが、はるかにずっと単純で――」

「そこはおまえがまちがっている」ラヴェル教授は言った。「言語はどれもそれなりに複雑なのだ。

ラテン語はたまたま単語の形に複雑さがあるだけだ。その形態構造の豊かさは、財産であり、障害物ではない。たとえば、He will learn《ヒー・ウィル・ラーン》（彼は学ぶだろう）、Tā huì xué《タア・ホウイ・シュエ》（他会学）という文章があるとする。英語でも中国語でも単語三つが必要だ。ところが、ラテン語だと、一語で済む。Disce《ディスケ》。はるかに優雅ではないか？」

そうだろうか、とロビンは疑問に思った。

この日課——午前中にラテン語、午後にギリシャ語——は、当面のロビンの生活になった。勉強の苦しみはあったものの、ロビンはこれをありがたいと思った。ついに日々を送るなかである程度のしっかりしたものができたのだ。いまでは根なし草のように感じて当惑することが以前より少なくなっていた——自分には目的があり、居場所がある。広東の港で遣い走りをしていた少年のなかで、こういう生活がわが身にふりかかった理由に釈然としない思いを抱いていたものの、ロビンは確たる意志を抱き、我慢強い勤勉さで与えられた務めに取り組んだ。

週に二度、ロビンはラヴェル教授と北方中国語《マンダリン》*での会話練習をおこなった。最初、ロビンはその

---

*ロビンの一家が南へ移住したのはつい最近のことであり、ロビンは北方中国語と広東語を両方とも話して育った。だが、広東語はもう忘れてしまってもいい、とラヴェル教授はロビンに告げた。北方中国語は北京の清《しん》王朝の言語であり、官吏と学者の言語でもあったことから、唯一重要な方言である、と。

この見解は、先行する西欧での貧弱な研究に基づく英国学士院の経路依存性の副産物である。マテオ・リッチの葡中《ほちゅう》辞書は、彼が明《みん》王朝で学んだ北方中国語を元にしている。フランシスコ・バロ、ジョゼフ・プレマール、ロバート・モリスンの中国語辞書もまた、北方中国語を元にしている。この時代のイギリスの中国研究家は、ほかの方言よりも北方中国語にはるかに重点を置いていた。そのため、ロビンは、自分が好んでいる母語を忘れるよう命じられた。

目的がわからなかった。そこでおこなわれる会話は人工的で、堅苦しく、とりわけ、不必要に思えた。ロビンはすでに北方中国語を流暢に話せた。フェルトン先生とラテン語で会話をするときのような、語彙や発音を思いだそうとしてつまずくことはなかった。夕食はどうだったとか、天気をどう思うとかといった、つまらない質問になぜ答えなければならないのだろう？

だが、ラヴェル教授は譲らなかった。「おまえが想像するよりもずっと簡単に言葉は忘れてしまうものなのだ」教授は言った。「いったん中国語の世界で暮らすのを止めてしまうと、中国語で考えるのを止めてしまうのだ」

「だけど、英語で考えはじめるようにさせたかったんだと思ってました」ロビンは困惑して、言った。

「おまえには英語で生活してほしい」ラヴェル教授は言った。「それはほんとうだ。だが、中国語の練習もしてもらわねばならん。おまえの骨身に刻まれているであろう単語や言い回しは、あっという間に消えてしまいかねないのだ」

そんなことが以前にあったかのような教授の口ぶりだった。

「おまえは北方中国語と広東語と英語の強固な基礎があって育ってきた。それはとても幸運なことなのだ――生涯をかけておまえがいま持っているものを手に入れようとする大人がいる。仮にそうしたところで、せいぜいできるのは通じる程度の流暢さくらいのものなのだ――話すまえに必死で考え、語彙を思いだせば通用する程度――遅れることもなんの苦労もなく言葉がすらすら出てくるネイティブの流暢さには遠く及ばない。ところが、おまえは二カ国語のもっとも困難な部分をすでにマスターしている――アクセントとリズム、大人なら習得するのに永遠の時間がかかってしまうし、習得したところで万全なものにはならない無意識の微妙な言葉遣いを。だから、おまえはそれを維持しなければならない。天賦《てんぷ》の才を無駄にしてはならんのだ」

「でも、わかりません」ロビンは言った。「もしぼくの才能が中国語にあるのなら、なんのためにラテン語やギリシャ語が要るんでしょうか？」

　ラヴェル教授はクスクスと笑った。「英語を理解するためだ」

「でも、英語は知ってます」

「おまえは自分で知っていると思っているほど英語を知っていない。英語を話す人間は大勢いるが、ほんとうに英語を、そのルーツや骨格を、知っている人間はほとんどいないのだ。だが、おまえはひとつの言語の歴史や全体像や深みを知る必要がある。とりわけ、いつか駆使してやろうとして、その言語を学ぶつもりならなおさらだ。また、中国語にも精通しなければならん。それにはいまおまえが手に入れているものを練習することからはじまるのだ」

　ラヴェル教授の言うとおりだった。かつては自分の肌のように親しんでいると思っていた言語を失うのは驚くほど簡単だ、とロビンは気づいた。ロンドンで、ほかの中国人の姿を見かけず、少なくとも自分の住んでいるロンドンの周辺にはひとりもいない状態がつづくと、母語が小児の片言のようになって口から出てくるように聞こえるのだった。もっとも典型的なイギリスの空間であるあの応接室で中国語を発すると、そこには属していない気がした。作り物のように感じられた。そして、そのことがときどきロビンを怯えさせた。記憶が消えていくことがよくあり、これまでずっと使ってきた音節がふいにひどく聞き慣れないものに変わった。

　ロビンはギリシャ語とラテン語に注いでいた分の二倍の努力を中国語に注いだ。一日数時間、習字を練習し、活字の文字の完璧な写しになるくらい、一筆一筆に集中して取り組んだ。自分の記憶に手を伸ばし、中国語での会話がどんな感じだったか、口から出ていく次の単語の声調を思いだそうとして口ごもる必要がなく、舌から自然に離れていくときの北方中国語の響きはどうだったか、思いだした。

　だが、実際にロビンは忘れつづけていた。それに彼は怯えた。ときどき、練習の会話をおこなっている最中に、かつては頻繁に口にしていた単語を思いだせなくなった。そして、時々、なんと言っているのか知らずに中国語を真似て口にするヨーロッパ人の船員とおなじような発音に、自分の耳には聞こえた。

だが、ロビンはそれを直すことができた。練習を通じて、暗記を通じて、日々の作文を通じて――生きて呼吸している北方中国語とおなじではないにしろ、きわめて近いものになっていた。ロビンは、言語が心に永久に刻印を打つ年齢だった。だが、夢を母語で見るのを止めないでいられるよう、努力しなければならなかった。本気で努力した。

少なくとも週に三度は、ラヴェル教授の居間にはさまざまな来客が訪れていた。彼らも学者にちがいない、とロビンは推察した。というのも、何冊もの本や原稿を製本したものを抱えてやってくることが多かったからだ。それらについて夜遅くまでじっくり読み、議論を重ねていた。そのうち何人かは英語を話せるのが判明し、ロビンはときどき上の階の手すりに隠れて、イギリス人がアフタヌーンティーを飲みながら古代中国語の文法の細部について議論しているとても奇妙な音を盗み聞きした。

「たんなる終助詞《しゅうじょし》だよ」と、彼らのひとりが言い張り、ほかの者たちが、「まあ、全部が終助詞ということはないだろう」と言い返すのだった。

ラヴェル教授は一行がやってくるときロビンを目につかないようにさせたがっている様子だった。はっきりロビンの同席を禁じると口にすることは一度もなかったが、ウッドブリッジ氏とラットクリフ氏が午後八時に来訪するとメモを寄越《よこ》すのがつねで、ロビンはそれを自分の存在を消しておかねばならない意味だと解釈した。

ロビンはその取り決めになんの問題も覚えなかった。彼らの会話を魅力的に感じていたのは確かだった――彼らは西インド諸島の探検や、インドでの木版捺染《なっせん》木綿布を巡る交渉、中東全域での激しい動乱のような遠く離れた地のことを話題にしていた。だが、ひとまとまりの集団として見た場合、彼らはぞっとさせられる存在だった。カラスの一群のように黒ずくめの服装をして、それぞれが相当に威圧的で、厳粛かつ博学な男たちが並んでいるのだ。

そうした集まりのひとつにロビンが入りこんだただ一度の機会は、偶然からだった。ロビンは庭に出て、医師に勧められた日課の散歩をしていたところ、教授と客たちが声高《こわだか》に広東について議論しているのが聞こえてきた。

「ネーピアは愚か者だ」ラヴェル教授が話していた。「手の内を見せるのが早すぎる――狡猾《こうかつ》さがない。議会は用意ができていないし、そのうえネーピアは買弁《ばいべん》（中国の外国商館などに雇われ、取引交渉にあたった現地人）たちをいらだたせている」

「いずれはトーリー党が介入してきたがるとお考えか?」とても低い声の男が訊いた。

「まあ、そうかもしれません。ですが、船を持ちこむなら、広東にもっといい拠点を築かねばならんでしょう」

その時点でロビンは居間に思い切って入っていかざるをえなかった。「広東はどうなっているんですか?」

紳士たちはいっせいに振り向き、ロビンを見た。そこには四人いた。いずれも背が高く、みな眼鏡または単眼鏡をかけていた。

「広東はどうなっているんですか?」ロビンは再度訊いた。急に緊張してきた。

「黙りなさい」ラヴェル教授が言った。「ロビン、靴が汚れている。泥のなかを歩きまわったのだろう。靴を脱ぎ、体を洗ってきなさい」

ロビンは食い下がった。「ジョージ王は広東に宣戦布告するつもりなんですか?」

「王は広東に宣戦布告できないのだ、ロビン。だれも都市に宣戦布告したりしない」

「じゃあ、ジョージ王は中国を侵略するつもりなんですか?」ロビンはなおも食い下がった。

どういうわけか、その質問に紳士たちは笑い声をあげた。

「そうできればいいのだが」低い声の男が言った。「そうなれば今回の企てがもっと容易に成功するのではないだろうか」

長い白髯《はくぜん》の男がロビンを見おろした。「さて、きみの忠誠心はどこにあるのだ？　ここか、それとも遠い故郷か？」

「こりゃ驚いた」四番目の男が巨大な目に見えない拡大鏡を通してロビンを観察するかのように腰を曲げた。その薄い青色の目にロビンは不安を覚えた。「これが新しい子か？　前回のよりもきみに瓜二《うりふた》つじゃないか――」

ラヴェル教授の声が部屋をガラスのように切り裂いた。「ヘイワード」

「まったく、不気味なもんだ、この目を見てみろ。瞳の色じゃなくて、形が――」

「**ヘイワード**」

ロビンはうろたえて、ふたりを交互に見た。

「もう十分だ」ラヴェル教授は言った。「ロビン、**出ていけ**」

ロビンは謝罪の言葉をつぶやくと、泥まみれのブーツのことを忘れて階段を駆けあがった。肩越しにラヴェル教授の返事の断片が聞こえた――「あの子は知らないんだ。先入観を与えたくない……いや、ヘイワード、そのつもりは――」だが、安全な踊り場――そこにいると手すりから身を乗りだし、気づかれずに話を聞き取ることができた――にたどり着いたときには、彼らはすでにアフガニスタンに話題を変えていた。


その夜、ロビンは鏡のまえに立ち、自分の顔を時間をかけ、しげしげと眺めつづけ、しまいには異質なものに見えはじめた。

おばたちがおまえの顔はどこにでも溶けこめるたぐいの顔だとよく言っていた――ロビンの髪の毛と瞳は、両方とも若干茶色がかっており、ほかの家族のような藍色がかった黒ではなく、ポルトガル人船員の息子あるいは清国皇帝の後継者のどちらと主張してもそれらしく見えるものだった。だが、これは自然の偶然の配合によるもので、白人と黄色人種の人種の幅のなかのどこにでも属しうるものだとロビンはつねづね考えていた。

自分が生粋《きっすい》の中国人ではない可能性があるかどうかなんて考えたこともなかった。

だが、そうではない可能性はなんだ？　父親は白人という可能性は？　まさか父親は――

いや、いい。

この目を見てみろ。

それは議論の余地のない証拠ではないだろうか。

だとすれば、父がロビンを自分の息子だと認知しないのはなぜだろう？　なぜロビンはたんなる被後見人であり、息子ではないのか？

だが、その当時、ロビンはまだ幼くて、口にすることができない真実があるということを理解できなかった。けっして認められずにいるから、普通の生活が可能だということを。頭の上に屋根があり、一日三度の食事が保証され、一生かかっても読み切れないほどの本を手にできる。それ以上のものを要求する権利は自分にはない、とロビンは知っていた。

そのとき、ロビンは決心をした。けっしてラヴェル教授に質問をすまい。真実が属しているなにもない空間をけっしてさぐりはすまい。ラヴェル教授が自分を息子として受け入れるのでないかぎり、ロビンは教授を父親であると主張するつもりはなかった。嘘は口にされないかぎり嘘ではない。けっして訊かれない質問は回答を必要としない。両者は、真実と否定のあいだにあるほとんど知覚できない果てしない空間に完全に満足して留まりつづけるだろう。

ロビンは体を乾かし、着替え、今晩の翻訳の宿題をすませるため、机に向かった。フェルトン先生の授業は、タキトゥスの『アグリコラ』に進んでいた。

Auferre trucidare rapere falsis nominibus imperium atque ubi solitudinem faciunt pacem《オウフェレ・トゥルキダレ・ラペレ・ファルシス・ノミニブス・インペリウム・アトゥケ・ウビ・ソリトゥディネム・ファキウント・パケム・》

appellant《アッペラント》

ロビンはその一文を分析し、辞書を参照して、auferre《オウフェレ》が自分の思ったとおりの意味であることを確認すると、訳文を書きだした*。

ミカエル学期（第一学期。およそ十月初旬から十二月初旬）が十月初旬にはじまると、ラヴェル教授はオックスフォードに向けて出発し、それから八週間、そこに留まる予定だった。オックスフォードの三つの学期それぞれでおなじ行動を取る予定で、休みのあいだしか戻ってこない。ロビンはその期間を楽しみにした。授業は止まらなかったけれど、毎回後見人を失望させるリスクを冒さずに息をして、安心できるのだった。

ラヴェル教授の息遣いを肩越しに感じずに済むということは、街を探索する自由が得られることでもあった。

ラヴェル教授は小遣いをくれなかったが、ミセス・パイパーがたまに足代として小銭を渡してくれることがあり、ロビンはそれを貯めて辻馬車でコヴェント・ガーデンまでいくことができた。新聞配達の少年から乗合馬車のことを聞いて、ロビンはほぼ毎週それに乗って、ロンドン中心部を縦横に移動し、パディントン・ガーデンからザ・バンクまで出かけた。最初の数回のひとり旅は、怖かった。何度かハムステッドに戻る道が二度と見つからず、浮浪者として路上で一生を終える運命になるのだと思いこんでしまった。だが、ロビンはねばり強かった。ロンドンの複雑さに縮こまることを拒んだ。というのも、広東も迷宮ではなかったか？　歩きまわることでこの場所をホームとしようと決心した。少しずつロンドンは圧倒的ではなくなっていき、角々に潜んでロビンを呑みこもうとしてくるモンスターの噴煙をあげる歪んだ巣窟《そうくつ》っぽさが減り、仕掛けや転換点を予想できる通行可能な迷宮に近づいていった。

ロビンはこの街を読み解いた。一八三〇年代のロンドンは、爆発的に活字が普及していた。新聞や雑誌、機関誌、季刊誌、週刊誌、月刊誌、そしてあらゆる分野の本が棚を飛びだし、戸口に投げ入れられ、ほぼどの街角でも売られていた。ロビンは売店で売られているタイムズ紙やスタンダード紙、モーニング・ポスト紙を熟読し、完全には理解できないものの、エジンバラ・レビューやクォータリー・レビューのような学術誌の記事を読んだ。フィガロ・イン・ロンドン紙のような一ペニーで買える風刺紙や、扇情的な犯罪記事とか死刑囚の刑執行間際の告白連載のようなメロドラマ風偽ニュースも読んだ。もっと安いものでは、ボウビー・バグパイプ紙をおもしろく読んだ。チャールズ・ディケンズという名前の人間が書いた『ピクウィック・クラブ』という連載小説に出くわし、とてもおかしい話だったが、白人以外の登場人物全員をひどく憎んでいるようだった。ロンドンの出版産業の中心地であるフリート・ストリートをロビンは発見した。そこでは印刷機で刷《す》りたてのまだ熱い新聞が手に入った。ロビンはそこに何度も通い、街角に捨てられている一日まえの新聞の束をただで持ち帰った。

　ロビンは読んだものの半分も理解していなかった。個々の単語は全部読めたとはいえ。文章にはロビンがまだ習ったことがない政治的な引喩《いんゆ》、内輪向けのジョーク、俗語、慣習が詰まっていた。それらすべてを吸収する子ども時代をロンドンで過ごす代わりに、言語資料《コーパス》をむさぼり、トーリー党やホイッグ党、人民憲章主義者《チャーティスト》、選挙法改正論者のような事柄に関する文献を苦労しながら読み進め、それらがなんなのか記憶に留めようとした。穀物法がどういうものであり、ナポレオンという名のフランス人とどう関係しているのか、学んだ。カトリック教徒とプロテスタントが何者であり、両者のささいな（少なくともロビンにはそう思えた）教義の違いが、流血を呼ぶほど途方もなく重大であるわけを学んだ。イングランド人であることとイギリス人であることはおなじではない

＊「略奪と虐殺と窃盗——こうしたことを帝国と呼び、砂漠をこしらえる場所のことを平和と呼ぶ」

ことを学んだが、両者の違いを明確に表現するのはまだ困難だった。

ロビンは活字で街を読み、その言語を学んだ。英語の新語はロビンにとってゲームだった。単語を理解するなかで、必ずイギリス史やその文化自体に関するなにかを理解するようになったからである。ありふれた単語は、自分の知ってるほかの単語から思いがけない形で構成されていることに気づいて、ロビンは喜んだ。hussy《ハッシー》（あばずれ女）は、house（家）と wife（妻）の合成語だった。holiday（休日）は、holy（聖なる）と day（日）の合成語だった。bedlam《ベドラム》（混乱）は、信じがたいことに、Bethlehem（ベツレヘム精神科病院）が由来だった。goodbye は、信じられないことに、God be with you（あなたに神のご加護がありますように）の短縮形だった。ロンドンのイースト・エンドで、ロビンは、ロンドン子《コックニー》の押韻《おういん》俗語に出会った。当初それはロビンにとって大いなる謎だった。Hampstead（ハムステッド）が、どうして teeth（歯）を意味するようになったのか、さっぱりわからなかったからだ。* だが、いったん省かれている押韻要素を知ると、ロビンはたいへん楽しんで独自のものを作りあげた。ミセス・パイパーは、ロビンが dinner（夕食）のことを meal of saints（聖人たちの食事）と呼びだしたのをあまりおもしろいと思わなかった。**

かつては混乱させられた単語と句の正しい意味を学ぶようになってからしばらく経つと、ロビンの心はそれらに関して一風変わった連想を思い浮かべるようになった。内閣《キャビネット》は、仮装した男たちが人形のように並んでいる巨大な本棚の列だと想像した。ホイッグ党は、彼らがかぶっているカツラ《ウィッグ》に、トーリー党は若きヴィクトリア王女にちなんで名付けられているものと思った。メリルボーン（ロンドンの地名）は大理石《マーブル》と骨《ボーン》から構成され、ベルグレイヴィア（ロンドンの地名）は鐘《ベル》と墓《グレーヴス》から構成され、チェルシーは貝殻《シェル》と海《シー》から構成されていると想像した。ラヴェル教授は、図書室にアレキサンダー・ポープの著書専用の棚を設けており、丸一年というもの、ロビンはポープの『The Rape of the Lock』が「髪の房《ロック》の強奪《レイプ》」ではなく、鉄の棒を用いての姦淫《かんいん》に関するものだと思っていた。***

ロビンは一ポンドが二十シリングの価値があり、一シリングが十二ペンスの価値があることを学んだ――フロリン銀貨、グロート銀貨、ファージング硬貨の価値は、いずれはっきりと知らねばならないだろう。イギリス人といってもいろんなタイプがいるのをロビンは学んだ。中国人にいろんなタイプがいるのとまったくおなじように。そしてアイリッシュ人あるいはウェールズ人でいることは、イングランド人でいることと重要な点で違いがあるのは明白である、と学んだ。ミセス・パイパーがスコットランドという場所の出身であることを学び、また、抑揚があり、語末や子音のまえでｒ発音をする彼女の訛りがラヴェル教授のきびきびしたストレートなイントネーションと異なって聞こえる理由がわかった。

一八三〇年のロンドンは、本来望んでいる姿を決められずにいる都市であることをロビンは学んだ。銀の街《ザ・シルヴァー・シティ》は、世界最大の金融センターであり、産業と技術の最先端だった。だが、その利益は平等に分配されていなかった。ロンドンは、コヴェント・ガーデンでの演劇やメイフェアでの舞踏会の街であると同時に、セント・ジャイルズ周辺の溢《あふ》れかえるスラムの街だった。ロンドンは、社会改良者の街であり、ウィリアム・ウイルバーフォースとロバート・ウエダーバーンが奴隷制廃止を訴えた場所であり、スパ・フィールズ暴動が起こり、指導者たちが大逆罪で訴えられた場所であり、オーウェン主義者が自分たちの空想的社会主義共同体にあらゆる人を参加させようとした場所であり（社会主義とはいったいなんなのかロビンにはまだ定かではなかった）、メアリ・ウルストンクラフトの『女性の権利の擁護』がほんの四十年まえに出版され、その後、声高に主張する誇

＊Hampstead Heath（ハムステッド・ヒース。ロンドンの地名）は、teeth と押韻している。例――「彼女は baby hampsteads（乳歯）がまだ生えそろっている」

＊＊Dinner, sinner（ディナーとシナー（罪人）が押韻しており、sinner（罪人）と対語の saint（聖人）からか）

＊＊＊ありがちな誤解。rape の語をポープは「かっぱらうこと、無理矢理奪うこと」の意味で用いており、これはラテン語の rapere《ラペレ》に由来するかなり古い意味である。

り高き女権拡張論者と婦人参政権論者の波を奮い立たせた場所だった。議会で、市庁舎で、街角で、あらゆる種類の改革論者がロンドンの魂のために戦う一方で、保守的な大地主の支配階級が変革の試みにことごとく反撃しているのをロビンは知った。

こうした政治的闘争をロビンは理解していなかった。少なくとも当時は。ロンドンと、ひるがえってイングランド全体が、現状のままの姿となりたい姿のあいだで大きく分断されているのを感じただけだった。そして、それらすべての背後に銀があることを理解していた。というのも、急進派が工業化の危険について書くとき、保守派が好景気の証拠をもってそれに反論するとき、いずれかの政党がスラムや住宅、道路、交通、農業、製造業を話題にするとき、だれかがイギリスと帝国の将来について話すとき、新聞、パンフレット、雑誌、そして祈禱《きとう》書にすら、次の単語がつねにあった――**銀、銀、銀**と。

ミセス・パイパーから、イギリス料理とイングランドについて、ロビンは想像していた以上のものを学んだ。その新しい味覚に慣れるには、少し時間がかかった。広東に住んでいたころは食べ物についてあまり考えたことはなかった――日々の食事を構成していたお粥《かゆ》、饅頭《まんじゅう》、餃子《ぎょうざ》、野菜料理は、ロビンにはなんの変哲もないものに思えていた。それらは貧しい家族の主食だった。高級中華料理とはかけ離れたものだった。いま、ロビンは自分がそれらをとても恋しく思っていることに驚いていた。イギリス人はたった二種類の味覚――塩辛い味と塩辛くない味――しか通常使っておらず、ほかの味覚があることを認識していない様子だった。香辛料貿易で非常に多くの富を得ている国にしては、その市民は香辛料を用いることを極度に嫌っていた。ハムステッドにいたなかでロビンは一度も「スパイシー」どころか「香辛料がかかっている」とまともに表現できる料理を味わったことがなかった。

ロビンは食べ物を食べることよりもそれについて学ぶことに喜びを感じた。この教育は自発的にやってきた——親愛なるミセス・パイパーは、お喋り好きで、ロビンが自分の皿に載っているものに少しでも興味を示したら、ランチをサーブしながら、嬉々《きき》として講義を授けてくれるのだった。どんな形でもとてもおいしいとロビンにはわかったジャガイモは、重要な集まりの席ではけっして出してはならないものだった。というのも、ジャガイモは下層階級の食べ物と見なされていたからだ。あらたに発明された銀仕掛けの食器は、食事中、食べ物を温めるのに用いられていたが、この仕掛けを客に見せるのは無礼だったため、つねに皿の裏に銀の棒が埋めこまれているのにロビンは気づいた。コースで料理を給仕する習慣はフランスから伝わったものだったが、それがまだ普遍的規範になっていないのは、ナポレオンという名の小男に対する消えることのない怒りのせいだとロビンは知った。昼食《ランチ》と午餐会《ランチョン》と昼すぎ《ヌーン・ディナー》の食事の微妙な違いを学んだが、よく理解はできなかった。好物のアーモンド・チーズケーキは、ローマ・カトリック教徒のおかげだと学んだ。というのも、日中の断食期間は乳製品の使用を禁じられていたため、イギリスの料理人はアーモンド・ミルクを発明せざるをえなかったからだ。

　ある夜、ミセス・パイパーは、丸くて平らな円形のものを運んできた——円を等分にいくつかに切り分けた焼き菓子のようなものだった。ロビンはそのひとつを手に取り、角をためしにかじって見た。とても小麦粉の味が濃かった。毎週、母が蒸してくれたふんわりした花捲《ホアジュアン》よりも濃い味だった。まずくはなかったけれども驚くほどずっしりしていた。その少しの塊を水をたくさん口に含んで流しこんでから、訊いた。「これはなに？」

「バノックですよ」ミセス・パイパーは答えた。

「スコーンだ」ラヴェル教授が訂正した。

「正しくは、バノックなんだけど——」

「スコーンは、分割したもののことだ」と、ラヴェル教授。「バノックはケーキ全体を指す」

「いいですか、ほら、これはバノックです。この小分けしたのもバノック。スコーンというのは、あなたたちイングランド人が口に押しこむのが大好きなあの乾いたもろもろのやつのことで――」

「きみのこしらえたスコーンは例外なんだよ、ミセス・パイパー。まともな精神の持ち主なら、これを乾いていると非難したりしないだろうな」

ミセス・パイパーはお世辞に屈しなかった。「バノックなんです。この小分けしたものもバノックです。うちの祖母はバノックと呼んでいました。母もバノックと呼んでいました。だから、この小分けしたのはバノックです」

「どうしてこれは――この小分けしたものも――バノックと呼ばれているの？」ロビンが訊いた。

バノックという単語の音に、丘のなかにいる怪物をロビンは想像した。パンを捧げ物にしないかぎり、満足しないだろう、鉤爪《かぎづめ》を持ち、筋ばった生き物を。

「ラテン語のせいだ」ラヴェル教授は言った。「バノックの語源は、pānicium《パーニキウム》で、「焼いたパン」という意味だ」

その説明は説得力があるように思えたが、がっかりするくらいつまらなかった。ロビンはバノック、あるいはスコーンをもう一かじりし、今度はその濃い味を味わい、それが胃に落ち着いて満足感を得た。

ロビンとミセス・パイパーはスコーンへの深い愛を通してすぐに意気投合した。彼女はありとあらゆる形でスコーンを作った――少量のクロテッド・クリームとラズベリー・ジャムを添えたプレーン味、チーズとチャイブをちりばめた辛口。あるいは、ドライフルーツをまぶしたもの。ロビンはプレーンなスコーンがいちばん好きだった――ロビンの見解では、構想からして完璧だと思えるものをどうして損《そこ》ねなければならないのだろう？　ロビンはプラトンのイデア論を学んだばかりで、スコーンはパンのプラトン的理想であると確信していた。また、ミセス・パイパーのクロテッド・クリームはすばらしく、軽くてナッツの風味があり、しかも新鮮だった。一部の家では、ストーブの上でほぼ丸一日牛乳を煮て、表面のクリーム層を手に入れていたが、去年のクリスマスにラヴェル教授は、数秒でクリームを分離できる、銀工の便利な道具をミセス・パイパーにプレゼントしていた。

だが、ラヴェル教授はプレーン・スコーンが嫌いだったので、サルタナ・スコーンがアフタヌーン・ティーの定番だった。

「なぜサルタナ（欧州系の種なし葡萄の一品種）と呼ばれているの？」ロビンは訊いた。「ただのレーズンでしょ？」

「どうなのかしら」ミセス・パイパーは言った。「取れたところからくるんじゃないかしら。サルタナって、かなり東洋っぽいじゃない？　リチャード、どこで栽培されてるんです？　インド？」

「小アジアだ」ラヴェル教授は言った。「で、種なしなので、サルタンじゃなく、サルタナ（サルタンの王妃）なんだ」

ミセス・パイパーはロビンにウインクした。「ほらね。大事なのは子種《たね》なの」

ロビンはその冗談がわからなかったが、スコーンにサルタナ・レーズンが入っているのは好きじゃないとわかっていた。ラヴェル教授が視線を外した隙に、ロビンはサルタナを取り除き、裸にしたスコーンにクロテッド・クリームを塗って、口に放りこんだ。

スコーンを別にして、ロビンの大きな楽しみは、小説だった。広東で毎年受け取っていた二ダースの書物は、ごく細い流れだった。ひるがえっていまは紛れもない洪水に手を伸ばせていた。本を手にしていないときはなかったが、読書を楽しむ時間を自分のスケジュールに無理矢理紛れこませなければならなかった――テーブルで本を読み、自分が口になにを入れているのかなにも考えずにミセス・パイパーの料理をかっこんでいた。庭を散歩しているときも読んでいたが、それによって目まいがした。入浴中も読もうとしたが、デフォーの『ジャック大佐』の新版に濡れた、くしゃくしゃの指紋を残してしまい、恥ずかしさのあまり、その習慣をあきらめざるをえなかった。

小説をなによりも楽しんだ。ディケンズの連載は、よくできており、おもしろかったが、両手に完結した物語全体の重みを抱くのはなんという喜びだろう。手に入るかぎりのあらゆる分野の小説を読んだ。ジェーン・オースティンの全作品を楽しんだものの、オースティンが書いている社会慣習を理解するため、ミセス・パイパーにずいぶん質問しなければならなかった。（アンティグア島ってどこにあるの？　どうしてサー・トーマス・バートラムはしょっちゅうそこへいくの？）*トマス・ホープとジェイムズ・モーリアの旅行文学をむさぼり読み、彼らを通じて、ギリシャ人とペルシア人に出会った。あるいは、少なくとも彼らの空想上のバージョンに出会った。メアリ・シェリーの『フランケンシュタイン』をおおいに楽しんだが、彼女よりも才能の劣る夫による詩にはおなじことは言えなかった。過剰に芝居がかっていると感じた。

最初の学期がすんでオックスフォードから戻ってくると、ラヴェル教授は、ロビンを書店に連れていった――ピカデリーのフォートナム&メイスンの真向かいにあるハッチャーズ書店だった。ロビンは緑に塗られた入り口の外で、ポカンと口をあけ、立ち尽くした。市内散策のなかで何度も書店のまえを通りすぎてはいたが、自分が店内に入ることを許されるかもしれないとは夢にも思っていなかった。どういうわけか、書店というものは裕福な大人だけのものだという考えを育んでいたのだった。もし思い切って入ってみようとしたら、耳を摑んで引きずり出されるだろうと思っていた。

ラヴェル教授はロビンが戸口でためらっているのを見て、笑みを浮かべた。

「ここは大衆向けの店にすぎん」教授は言った。「大学図書館を見るのは、まだ待ってくれ」

店内に入ると、印刷したての本の頭がくらくらするような木材粉塵《ふんじん》のにおいが圧倒的だった。もし煙草がこれと似た香りなら、毎日でもふかしてしまいそうだ。ロビンは最寄りの本棚に歩み寄り、展示されている本のほうへおずおずと手を伸ばした。怖くてとても触れられるものではなかった――そこの本はとても新しく、ページがぱりぱり言いそうだった。背表紙にはひび割れがなく、ページはなめらかでまばゆく輝いていた。ロビンは、使いこまれ、湿気でふやけた本に慣れていた。

古典の文法書ですら、何十年まえの本だった。こうしたぴかぴかの製本されたばかりのものは、階級が違うもののように思えた。手に触れ、読むのではなく、遠いところから崇《あが》めるためのもの。

「一冊選びなさい」ラヴェル教授は言った。「はじめての本を手に入れる感覚を知っておくべきだ」

一冊選ぶ？　たった一冊、ここにある全部の宝物のなかで？　ロビンは一冊目の題名と二冊目の題名の区別がつかず、あまりの文章の量に圧倒され、ぱらぱらめくることも、決めることもできずにいた。すると、ひとつの書名に目が留まった――フレデリック・マリアット『王の所有物』。いまのところ、ロビンの知らない著者だ。だが、新作はいいものだ、とロビンは思った。

「ふむ。マリアットか。読んだことはないが、おまえとおなじ年頃の少年には人気があると聞いている」ラヴェル教授はその本を手に、ためつすがめつした。「では、これにするか？　いいんだな？」

　ロビンはうなずいた。もしいま決めなければ、一生ここを離れられないだろう、とわかっていた。ロビンは菓子店にいる餓えた男のように、選択肢に目がくらんでいたが、教授の忍耐心を試したくなかった。

　店の外に出ると、教授は茶色の包装紙にくるまれたものをロビンに手渡した。ロビンはそれを胸に抱きかかえ、家に帰るまで包装紙を破っちゃだめだと自分に言い聞かせた。ロビンはラヴェル教授に心からの感謝を伝えたが、そうすると教授がどういうわけか居心地悪そうにしたのに気づいて口を閉じた。だが、次の瞬間、教授は新しい本を抱えているのはいい気分がするのかどうか訊いてきた。ロビンが熱烈にそのとおりだと答えると、少年が覚えているかぎりはじめて、ふたりは笑みを交わした。

＊なぜなら彼は奴隷を所有していたからである。

ロビンは『王の所有物』をその週末まで取っておく計画を立てていた。丸ごと授業がない午後にじっくりページを堪能《たんのう》しようと思って。だが、木曜日の午後になって、堪えきれなくなっているのに気づいた。フェルトン先生が帰ると、ミセス・パイパーが用意してくれていたパンとチーズをがつがつと食べ、階段を駆けあがって図書室にいき、お気に入りのアームチェアに身を丸くして収まると、読みはじめた。

ロビンはたちまち魅了された。『王の所有物』は、イギリス海軍の手柄話であり、復讐《ふくしゅう》と勇気と戦いの物語であり、海戦と遠洋旅行の話だった。広東からの自分の航海に思いを馳《は》せ、そのときの思い出を、小説の文脈に組みこみ、自分が海賊と戦い、筏《いかだ》を作り、勇気と武勲の勲章を勝ち取るところを想像し――

扉が音を立ててひらいた。

「なにをしてるんだ?」ラヴェル教授が訊いた。

ロビンはちらりと顔をあげた。イギリス海軍の船が波立つ海を航海しているという心象風景があまりにも鮮明だったため、自分がいるところを思いだすのに、少し時間がかかった。

「ロビン」ラヴェル教授はふたたび言った。「**おまえはなにをしてるんだ?**」

突然、図書室の室温がひどく下がったように感じた。黄金の午後の光が暗くなった。ロビンはラヴェル教授の視線をたどり、扉の上で時を刻んでいる時計を見た。ロビンはすっかり時間を忘れていた。だが、あの針は正しいはずがなかった。ここに座って読みはじめてから三時間が経っているはずがない。

「すみません」ロビンはまだぼうっとしながら言った。はるか遠くを旅していた旅人が、インド洋から引き揚げられ、この薄暗く肌寒い図書室に放りこまれたような気がした。「そんなつもりじゃ……時間が経つのを忘れてしまって」

ロビンはラヴェル教授の表情をまったく読めなかった。それが恐ろしかった。その真意の読めない壁、その非人間的な無表情は、激怒されたよりもはるかに恐ろしいものだった。

「チェスター先生は下の階で一時間以上お待ちだった」ラヴェル教授が言った。「わたしなら十分もお待たせすることはなかっただろうが、あいにくたったいま家に帰ってきたところなのだ」

ロビンのはらわたがやましさでよじれた。「ほんとうにごめんなさい……」

「なにを読んでいるんだ？」ラヴェル教授はロビンの言葉をさえぎった。

ロビンは一瞬ためらってから、『王の所有物』を差しだした。「こないだ買ってくださった本です――大戦闘場面にさしかかって、先を少し読みたかっただけで――」

「そのけしからん本の内容がそんなに大事だと思っているのか？」

後年、そのときの記憶を振り返るときは必ず、ロビンは自分が次に取った行動がどれほどずうずうしいものだったかを思いだして、ぞっとするのだった。錯乱状態に陥って、頭のたがが外れていたにちがいなかった。あとから考えると、とんでもなく愚かしい行動だったからだ。たんにマリアットの本を閉じると、扉に向かったのだ。まるで授業に急げばよくて、このような大きな過ちが簡単に忘れ去られるものだと思っていたかのように。

ロビンが扉に近づくと、ラヴェル教授は手を振りあげ、ロビンの左頰を拳で強く殴った。

その一撃の衝撃でロビンは床に投げだされた。痛みよりもショックのほうが大きかった。こめかみに響く残響は痛くなかった。まだ――痛みは遅れてやってきた。数秒が経過し、頭に血が巡りはじめてからだ。

ラヴェル教授はそれで手を止めなかった。ロビンが朦朧としながら、膝立ちになると、教授は暖炉脇から火かき棒を手に取り、ロビンの胴体の右側に斜めに振りおろした。そしてもう一度火かき棒で打った。さらにもう一度。

ラヴェル教授が暴力を振るう人間だと一度でも疑っていたなら、ロビンはもっと震えあがったことだろう。だが、この打擲《ちょうちゃく》はあまりにも予想外であり、まったく教授らしからず、ひどく超現実的なことに思えた。許しを乞うたり、泣き声をあげたり、ましてや悲鳴をあげたりすることは思い浮かばなかった。火かき棒が肋骨《ろっこつ》に八度、九度、十度ぶつけられても――口のなかで血の味がしたとしても――ロビンが感じているのは、この事態が起こっていることへの深い当惑だった。ばかげているようだった。夢のなかにとらわれているような気分だった。

ラヴェル教授もまた、激情にかられた怒りのただなかにいる人間のようには見えなかった。彼は怒鳴っていなかった。その目は荒々しくなっていなかった。その頬は赤くすらなっていなかった。強いが狙いを定めた打撃のたびに、ただたんに恒久的な負傷を負うリスクを最小限にして最大限の苦痛を与えようとしているようだった。というのも、教授はロビンの頭をぶたなかった。ロビンの肋骨が折れるほどの強さではぶたなかった。否《いな》、容易に隠すことができ、時間が経てば完全に治る程度の傷を負わせていた。

教授は自分のしていることをよくわかっていた。以前にもこれをやったことがあるようだった。

十二度の打擲で、すべてが止んだ。はじめたときとおなじ身のこなしで、ラヴェル教授は火かき棒をマントルに戻し、一歩退くと、テーブルに腰をおろし、ロビンが黙って膝立ちになり、自分にできる精一杯のところで顔についた血を拭うのをじっと見ていた。

とても長い間を置いてから、教授は口をひらいた。「おまえを広東から連れてきたとき、なにを期待しているのかはっきり言った」

ついにすすり泣きがロビンの喉に込みあげてきた。喉を詰まらせる、遅れてやってきた感情反応だが、ロビンはそれを呑みこんだ。もしやかましい音を立てたらラヴェル教授になにをされるか怖かったのだ。

「立ちなさい」ラヴェル教授は冷ややかに言った。「座るんだ」

自動的にロビンは従った。臼歯《きゅうし》の一本が緩んでいる気がした。それを舌でさぐったところ、あらたな塩《しょ》っぱい血が溢れて舌を包み、ロビンは顔をしかめた。

「わたしを見ろ」ラヴェル教授は言った。

ロビンは顔を起こした。

「まあ、そこがおまえのいいところだ」ラヴェル教授は言った。「殴られても泣かない」

ロビンの鼻がじんじんした。涙がどっとこぼれ落ちそうになったが、必死に引っこめた。こめかみを大釘で貫かれた気がした。痛みがあまりにひどくて、息もできなかったが、それでもいまいちばん大切なのは、苦しんでいる様子を毛ほども示さないことであるようだった。いままで生きてきてこんなにみじめな気がしたことはなかった。死にたい気持ちになった。

「この家に怠け者の存在は許さない」ラヴェル教授は言った。「翻訳は簡単な職業ではないのだ、ロビン。集中を要する。おのれを律する必要がある。おまえはラテン語とギリシャ語の初等教育を逃したという不利な立場にいる。オックスフォードでの勉学をはじめるまでその差を埋めるのにたった六年しかない。怠けられんのだ。白昼夢を見て無駄に過ごす暇はない」

教授はため息をついた。「ミス・スレートの報告に基づいて、おまえが勤勉で勉強熱心な少年に育ったものと期待していた。その考えがまちがっていたのがわかった。怠惰《たいだ》と欺瞞《ぎまん》はおまえの同胞たちに共通する傾向だ。だからこそ、中国はものぐさで遅れた国のままなのだ。近隣諸国が急速に進歩に向かっているというのに。おまえたちは生まれつき、愚かで、心が弱く、努力を惜しむ存在だ。おまえはそうした傾向に抵抗しなければならんのだ、ロビン。おまえの血の汚れを克服する術《すべ》を学ばねばならん。わたしはそれができるおまえの能力に大枚を賭けたのだ。その価値があるとわたしに証明しろ。さもなくば、広東への帰りの旅費を自分で稼げ」教授は首を横に傾《かし》げた。「おまえは広東に戻りたいか？」

ロビンはぐっと呑みこんだ。「いいえ」

本気だった。この日よりあとになっても、授業でみじめな思いをしたあとでも、自分自身のありえたかもしれないもうひとつの未来をロビンは想像できなかった。広東とは疫病を意味した。広東とはこれ以上本がないことを意味した。ロンドンは望むかぎりのあらゆる物質的快適さを意味した。ロンドンは、いつか、オックスフォードにいくことを意味した。

「ならば、いま選べ、ロビン。勉学に打ちこみ、それに必要な犠牲を払い、二度とふたたびわたしの面目を失わせるようなことをしないと約束しろ。さもなければ、最初の便で故郷に帰れ。家族もなく、技能もなく、金もない状態で路上に戻ることになろう。わたしがおまえに提供しているようなたぐいの機会に恵まれることはけっしてない。ロンドンをもう一度目にすることを夢に見るだけだ。ましてやオックスフォードなど夢のまたその先の夢にすぎなくなる。おまえはけっして、金輪際、銀の棒に触れることはなくなるのだ」ラヴェル教授は背もたれに寄りかかり、冷たい、さぐるような視線でロビンをねめつけた。「さあ。選べ」

ロビンはささやくように返事をした。

「もっと大きな声で。英語で」

「ごめんなさい」ロビンはかすれた声で言った。「留まりたいです」

「けっこう」ラヴェル教授は立ちあがった。「チェスター先生が下の階で待っておられる。支度《したく》を整えて、授業にいけ」

どうにかしてロビンはその授業を最後までやり遂げた。洟《はな》をすすり、頭がぼうっとして集中力を欠き、顔の傷が大きく腫れあがる一方、胴体は服で隠れて外からは見えない一ダースの痛みでずきうずいていた。情け深いことにチェスター先生はその出来事についてなにも言わなかった。ロビンは動詞の活用の試験を受け、ことごとくまちがった。チェスター先生は辛抱強くロビンの答を訂正した。無理矢理でも平静にした快活な口調で。ロビンの遅刻でも授業は短くならなかった——夕食時間を大幅に過ぎてしまい、ロビンの人生にとって最長の三時間になった。

翌朝、ラヴェル教授はなにごともなかったかのように振る舞った。ロビンが朝食におりてくると、教授は翻訳が終わったかどうかと訊いた。ロビンはすませましたと答えた。ミセス・パイパーが卵とハムを朝食に運んできて、ふたりは必死に押し殺したような沈黙のなかで食事をした。噛むと痛みが走り、呑みこむときにもときどき痛かった――ロビンの顔は一晩でさらに腫れあがっていた――だが、ミセス・パイパーは、咬きこんだときにハムをもっと小さく切ればいいと助言しただけだった。みんなでお茶を飲み終えた。ミセス・パイパーは食器を片づけ、ロビンはフェルトン先生がやってくるまえにラテン語の教科書を取りに向かった。

逃げだすという考えはロビンに一度も起きなかった。そのときは。それから数週間のあいだにも一度も。だれかほかの子どもだったら、怯えてしまったかもしれない。機会があり次第、ロンドンの往来に逃げだしたかもしれない。もっとましで、もっと優しい扱いにふさわしい、だれかほかの子どもなら、ミセス・パイパーやフェルトン先生やチェスター先生のような大人側がひどい傷を負った十一歳の子どもにまったく無関心なのをいちじるしくまちがっていることだと気づいたかもしれない。だが、この日常への復帰をありがたいと思うあまり、ロビンは、自分のなかに起こったことを恨《うら》む気持ちすら見いだせなかった。

結局のところ、そういうことは二度と起こらなかった。ロビンは起こらないように気をつけた。つづく六年間、ロビンは消耗し尽くすくらい勉強した。国外追放の危機がつねに頭の上にぶら下がっていて、ロビンはラヴェル教授が見たいと望む学生になろうとして人生を捧げた。

ギリシャ語とラテン語は初年度が過ぎ、それぞれの言語の構成要素を十分集めて、自前で意味のある断片を組み立てることができるようになってくると、ずいぶん楽しくなった。そこからは、新しいテキストに出会うたびに暗闇で手さぐりするような状態が減って、もっと空白を埋められるような気になった。ロビンをいらだたせてきた成句の正しい文法的構築方法を突き止めることで、元の位置に本を戻したり、見当たらなくなった靴下の片割れを見つけたりしたときと似た満足を覚えた――すべての欠片《かけら》がひとつにまとまり、すべてが一体となり完成するのだ。

ラテン語では、キケロとリウィウス、ウェルギリウス、ホラティウス、カエサル、ユウェナリスを読み通した。ギリシャ語では、クセノフォン、ホメロス、リシアス、プラトンに挑んだ。やがてロビンは自分が語学に長《た》けていることに気づいた。記憶力がよく、声調やリズムの取り方がうまかった。ほどなくすると、オックスフォードの学部生ならだれもが羨《うらや》むであろうくらいにギリシャ語とラテン語が流暢なレベルに達した。やがて、ラヴェル教授はロビンの生まれつきの怠け癖についてとやかく言うのを止め、ロビンが学習の爆発的な急進捗《しんちょく》を報告するたび、うなずいて認めるようになった。

その一方で、歴史が彼らのまわりで足音高く行進した。一八三〇年、国王ジョージ四世が亡くなり、弟のウィリアム四世があとを継いだ。だれも喜ばない永遠の妥協者だった。一八三一年、あらたなコレラ流行がロンドンを席巻《せっけん》し、三万人が死亡した。その衝撃の矛先は貧しい者、困窮した者に向かった。おたがいの汚染された瘴気《しょうき》から逃れられない近くて狭い場所に住む人々に。*だが、ハムステッドの周辺は無事だった――ラヴェル教授や人里離れた壁に囲まれている屋敷に住む友人たちにとって、疫病は話のついでに触れ、同情心に顔をしかめ、すぐに忘れ去るたぐいのものだった。

一八三三年、一大事が起こった――イングランドとその植民地で奴隷制度が廃止され、自由への移行期間として六年間の徒弟期間が取って代わったのだ。ラヴェル教授の仲間たちのあいだで、このニュースは負けたクリケット試合のような軽い落胆とともに受け取られた。

「まあ、これでわれわれにとっての西インド諸島は終わりだな」ハローズ氏が不満げに言った。「あの忌まわしい道徳を説く奴隷廃止主義者どもめ。奴隷廃止へのかかる執着は、アメリカを失ったいま、イギリス人が少なくとも精神的に文化的な優越感を得る必要から生まれたものだとわたしはまだ信じとる。いったいどういう根拠があるんだ？　アフリカで、王を自称する暴君たちのもとで、あの哀れな仲間たちが一様に奴隷に戻されることはないとでも言うのか**」

「まだ西インド諸島をあきらめはしないぞ」ラヴェル教授が言った。「あそこではまだ合法的な強制労働が認められて――」

「だが、所有権がなければ、骨抜きだ」

「だけど、たぶんそれが最善の手だろう――解放奴隷は結局、奴隷よりもよく働く。奴隷制は自由労働市場よりも金がかかるのは事実だよ――」

「きみはスミスを読みすぎだ。ホバートとマックイーンは正しいアイデアを持っていた――中国人を船に満載して密輸入するんだ。***それだとうまくいく。連中はとても働き者で、おとなしい。リチャードは知っているだろうが――」

「いや、リチャードは彼らが怠け者だと考えているぞ。そうだろ、リチャード？」

「さて、わたしが望むのは」ラットクリフ氏がさえぎった。「奴隷制反対論争にあの婦人どもが参

---

*増えつづける死者数を週刊新聞が載せているのを見て、なぜお医者さんたちが動きまわって、銀で病人を治さないの、とロビンはミセス・パイパーに訊ねた。ラヴェル教授がぼくにやってくれたように。「銀は高価なの」とミセス・パイパーは答え、それがその件に関してふたりが話した最後だった。

**ここではハローズ氏は、完全にヨーロッパの発明品である「動産としての奴隷《チャテル・スレーヴァリー》」のことを失念している。そこでは奴隷は動産として扱われ、人間としては扱われない。

***まさしく、ハイチ解放につづいて、イギリス人はほかの人種の労働力輸入の考えをもてあそびはじめた。たとえば中国人（「まじめで辛抱強く勤勉な人間」）をアフリカの奴隷労働力の代替物の可能性として。一八〇六年のフォーティチュード号の試行では、「われわれと黒人たちとのあいだの障壁」を築くため、トリニダードに中国人二百人からなる植民地を設立しようとした。この植民地は失敗に終わり、大半の労働者はまもなく故郷の中国に帰還した。それでもアフリカ人労働力を中国人労働力に置換する考えは、イギリスの企業家には魅力的なものでありつづけ、十九世紀を通して、たびたび復活するのだった。

加するのを止めることだ。あの女どもは自分たちの置かれている立場を過大評価しておる。そのせいでろくでもない考えが浮かぶんだ」

「なんと」ラヴェル教授が言った。「ラットクリフ夫人は、ご自分の家庭での立場に満足しておられないのかね？」

「奴隷廃止から婦人参政権は目と鼻の先だと考えたがっている」ラットクリフ氏は意地の悪い笑い声をあげた。「一日でたどり着くだろう、と」

そしてそれを契機に、会話は女性というものの愚かさに切り替わった。

ロビンは思った。けっしてこの連中を理解してやる気にはなれない。世界とその動きを壮大なチェス・ゲームのように話題にし、国や人々を意のままに動かし、操ることができる駒だと考えている。

だが、仮に世界が彼らにとって抽象的なものであるなら、自分にとってはさらに抽象的なものだった。というのもロビンはそうした事柄になんの利害関係も持っていなかったからだ。ロビンはその時代をラヴェル屋敷の近視眼的世界のなかで過ごした。改革運動、植民地の反乱、奴隷の暴動、婦人参政権、そして最新の議会での審議はロビンにはまったくなんの意味もなかった。大事なのは、目のまえの死んだ言語であり、いつか、年月が経つにつれ一日一日近づいてくるその日に、壁の絵でしか知らない大学に――知識の街、夢見る尖塔《せんとう》の街に――入学するということだった。

仰々《ぎょうぎょう》しい儀式もなんの祝い事もなく、すべてが終わった。ある日、本を鞄に詰めながらチェスター先生が、授業は楽しかった、大学での活躍を祈っている、とロビンに言った。自分が来週オックスフォードに送られることに気づいたのは、かくなる次第だった。

「ああ、そうだぞ」訊ねられてラヴェル教授は言った。「おまえに伝えるのを忘れていたかな？大学に手紙を送った。先方はおまえを待っている」

おそらく申請手続きや、紹介状のやりとり、費用の保証状があって、ロビンの立場が確保されたのだろう。ロビンはそれらのことになにも関与していなかった。おまえは九月二十九日に寮に引っ越すことになっているので、二十八日の夜までに荷造りをすますべく最善の努力をするように、とだけラヴェル教授は告げた。「学期がはじまる数日まえに到着することになる。わたしといっしょの馬車でいくのだ」

出発前夜、ミセス・パイパーはロビンに小さくて硬く、丸いビスケットを一皿分焼いてくれた。

こってりした味でさくさくし、口のなかで溶けてしまいそうだった。

「ショートブレッドなの」ミセス・パイパーは説明した。「でも、とてもこってりしているから、一度に食べちゃだめよ。ふだんあまり作らないんだ。砂糖は子どもに悪いとリチャードが考えているから。でも、あんたにはその資格があります」

「ショートブレッド」ロビンは繰り返した。「長もちしないから？」

バノックを巡る議論の夜以来、ふたりはこのゲームに興じてきた。

「いいえ、あんた」ミセス・パイパーは笑い声をあげた。「このさくさくさのせいなの。脂肪がこのお菓子をさくさくさせる《ショートウン》の。それがここでいうショートの意味――そこから菓子をさくさくさせる油脂《ショートニング》が生まれたの」

ロビンは甘くて脂っぽい塊を呑みこんでから、牛乳をがぶ飲みして押し流した。「あなたの語源の授業を受けられなくなるのが寂しいです、ミセス・パイパー」

驚いたことに、夫人の目のまわりが赤くなった。声をくぐもらせて、彼女は言った。「食べ物が必要になったらいつでも家に手紙を出しなさい。大学のなかでなにがおこなわれているのか、あたしはろくに知らないけど、あそこの食べ物がひどいのは知ってるから」

第三章

だが、ここはけっしてそうあってはならない――われわれ残っているものにとって
けだものがいっさいいない街
それは下卑た物質的利益のためや
鋭い狼めいた力や帝国の食べ物が多すぎる饗宴《きょうえん》のために
建てられた街ではなかったのだ。

――C・S・ルイス「オックスフォード」

翌朝、ロビンとラヴェル教授は辻馬車を拾って、ロンドン中央の駅《ステーション》へ向かい、そこでオックスフォード行きの駅馬車に乗り換えた。搭乗を待っているあいだ、ロビンはstagecoach（駅馬車）の語源を推測する一人遊びをした。coach（馬車）の部分は明白だけど、なぜstageが？　平らで幅広い客席が舞台《ステージ》のように見えるからだろうか？　役者の一座がこんな形で旅をしていたか、馬車の上で芝居をおこなっていたからか？　だが、その解釈は無理がある。馬車はさまざまな形に見えるが、舞台――一段高くなった演壇――がはっきり連想されるようなものだろうか？　籠馬車《バスケットコーチ》でいいのでは？　乗合馬車《オムニコーチ》でも？

「なぜなら旅行は宿場《ステージ》ごとに馬を替える必要があるからだ」ロビンが解答をあきらめると、ラヴェル教授が説明した。「馬はロンドンからオックスフォードまでずっと走りつづけるのは嫌がるし、たいていの場合、乗ってるほうも嫌がる。だが、わたしは旅人宿が嫌いなので、一日での直行を選んだ。途中停車せずにおよそ十時間かかるので、出かけるまえにトイレをすませるように」

駅馬車にはほかに九人の乗客がいた——身なりのよい四人の小家族と、全員教授ではないかとロビンが推測した、肘につぎの当たったさえないスーツを着ている肩をすぼめた紳士たちの一団だった。ロビンはラヴェル教授と、スーツ姿の男のひとりのあいだにぎゅうぎゅうに挟まれるように座った。馬車が丸石敷き道路で跳びはねるなか、乗客たちは居眠りするか、さまざまな方向をぼんやりと眺めるかしていた。

真向かいに座っている女性が編み物越しにこちらをじっと見ているのにしばらくしてロビンは気づいた。ロビンが女性と目を合わせると、彼女はすぐにラヴェル教授のほうを向いて、訊いた。

「それって東洋人なの？」

ラヴェル教授はうたた寝から目を覚まし、さっと顔を起こした。「なんとおっしゃった？」

「あなたの連れている子どもについて訊ねているの」女性は言った。「北京からきたの？」

ロビンはラヴェル教授に目を走らせ、彼がなんと答えるのか突然とても気になった。

だが、ラヴェル教授は首を縦に振っただけだった。「広東」そっけなく答える。「はるか南だ」

「あら」女性はそう言って、教授が詳しく説明しそうにないことに明らかに失望したようだ。

ラヴェル教授は睡眠に戻った。女性は人を落ち着かなくさせるほどの好奇心を示して、ロビンを上から下へしげしげと眺めたのち、自分の子どもたちに関心を向けた。ロビンは黙っていた。ふいに胸が締め付けられる気がしたが、その理由はわからなかった。

子どもたちはロビンをじろじろ見るのを止めようとしなかった。目を大きく見ひらき、口をぽかんとあけ、それでまるで自分にもうひとつの頭が生えているのではないかという気にロビンをさせなかったとしたらたいしたものだった。しばらくして、ひとりの少年が母親の袖を引き、ひそひそ話をできるように母親を屈ませた。

「あらあら」母親はくすくす笑うと、ロビンのほうに視線を向けた。「うちの子は、あんたの目が見えるのかどうか知りたいんだって」

「ぼくが……なに？」

「目が見えるのかどうかよ？」母親は声をあげ、まるでロビンが聞き取り能力に問題を抱えているとでも言うかのように、一音節ごとに過剰にはっきり発音した（こういう態度はハーコート伯爵夫人号で頻繁に起こっており、なぜ英語を理解できない者たちをまるで耳が遠いかのように扱おうとするのか、ロビンにはついぞわからなかった）。「そんな目をしていて、ちゃんと見えるの？　それともそれはただの切れ目なの？」

「完璧によく見えますよ」ロビンは静かに答えた。

男の子はがっかりして、妹をつねることに関心を向けた。母親はなにも起こらなかったかのように編み物を再開した。

その小家族はレディングで下車した。彼らがいなくなると呼吸がかなり楽になったことにロビンは気づいた。強《こわ》ばった膝を少し休めるために通路越しに足を伸ばせるようにもなった。それまでは、ロビンにスリをされたのを目の当たりにしたかのようにびっくりしたような疑いの視線をあの母親は投げつけてきたのだった。


オックスフォードへの残り十マイルかそこらは、緑の牧草地が理想的に広がっており、ときおり牛の群れが現れた。ロビンは、『オックスフォード大学とその学寮《コレッジ》』という題名のガイドブックを読もうとしたが、頭がずきずきうずきだし、やがてこっくりこっくりとしだした。駅馬車のなかには、銀細工が取り付けられていて、アイススケートをするようになめらかな乗り心地になるものもあったが、ロビンたちの乗っている駅馬車は旧機種で、頻繁に揺さぶられて体力を消耗させられた。車輪が丸石にぶつかって跳ねる振動で目を覚ますと、ロビンはハイ・ストリートのなかほどに到着したことをあたりを見まわして気づいた。新しい生活の場の壁に囲まれた門のまんまえだった。

オックスフォードは二十二の学寮によって構成されており、そのいずれもが独自の居住用複合施設や紋章、食堂、しきたり、伝統を有していた。クライスト・チャーチ・コレッジ、トリニティ・コレッジ、セントジョンズ・コレッジ、オール・ソウルズ・コレッジは、最大規模の基金を誇り、それゆえにいちばんよい敷地になっていた。「それぞれのコレッジの庭を見るためだけにでもそうしたコレッジで友人を作りたいと思うだろう」ラヴェル教授は言った。「ウースター・コレッジやハートフォード・コレッジは無視したほうがいい。貧弱で醜悪だ」教授が言っているのが人のことなのか、庭のことなのか、ロビンには区別がつかなかった。「それからそのふたつの食事はまずい」馬車をおりる際、ほかの紳士たちのひとりが不機嫌そうな表情をロビンに向けた。

ロビンはユニヴァーシティ・コレッジで学生生活を送ることになっていた。ガイドブックによれば、そこは一般的に「ユニヴ」と呼ばれており、王立翻訳研究所に在籍する学生全員が収容されており、審美的には、「まじめで由緒ある、大学の長姉にふさわしい外観」だった。確かにゴシック様式の至聖所《しせいじょ》に似ていた――正面の壁は、なめらかな白い石を背景に、小塔と、統一された窓で構成されている。

「さて、到着だ」ラヴェル教授は両手をポケットに突っこんだ姿勢で立ち、どことなく居心地悪そうに見えた。用務員詰め所にいき、ロビンの部屋の鍵を手に入れ、ハイ・ストリートからロビンのトランクを舗装された歩道に引きあげたいま、別れが差し迫っているのは明らかなようだった。ラヴェル教授は別れにどう対処すればいいのか、たんにわかっていなかった。「さて」教授は繰り返した。「授業がはじまるまで、二、三日ある。その時間を利用してこの街を知るべきだ。地図を持ってるな――ああ、そこにある――ここはとても狭い街なので、何度かぶらつけば全部覚えてしまうだろう。おまえの同期の人間をさがすがいい。たぶんもうこっちへ移動しているだろう。この街でのわたしの住居は北のジェリコにある。その封筒に道順を書いておいた。ミセス・パイパーが来週そこで合流する。来週の土曜日にそこに食事にきたまえ。夫人は、おまえに会うのをとても楽しみにしているだろう」これだけのことを教授は暗記していたチェックリストを読みあげるかのように早口で話した。ロビンと目を合わしているのが辛《つら》そうだった。「準備万端整ったな?」

「あ、はい」ロビンは言った。「ぼくもミセス・パイパーとお会いするのをとても楽しみにしています」

ふたりはおたがいを見て、目をしばたたいた。ロビンはほかに言うべき言葉があるはずだと思った。こういう機会——成長し、家を出て、大学に入る——を大切なものとして記念する言葉が。だが、どんな言葉が適当なのか、ロビンは思い浮かべられず、どうやらラヴェル教授もできないでいるようだった。

「さて、では」ラヴェル教授は自分がもう必要とされていないことを確認するかのように、そっけなくうなずくと、ハイ・ストリートに向かって踵を返しかけた。「トランクは自分で運べるな?」

「はい、できます」

「さて、では」ラヴェル教授はまたおなじ言葉を口にすると、ハイ・ストリートに戻っていった。

それで締めくくるのは不適当な言葉だった。その先がつづくのをほのめかしている二語なのだから。ロビンはしばらくのあいだ教授の姿を見つめていて、振り返るのをなかば予想していたが、ラヴェル教授は辻馬車を拾うことだけに集中している様子だった。確かに、変だった。だが、ロビンは気にならなかった。ふたりのあいだはつねにこんなふうだったからだ——途中で終わる会話、言い残すにこしたことがない言葉。


ロビンの寮はマグパイ・レーン*四番地にあった——ハイ・ストリートとマートン・ストリートを結ぶ曲がりくねった細い路地の途中に建っている緑色に塗られた建物だ。ほかのだれかがすでに玄関扉のまえに立っていて、鍵をいじっていた。新入生にちがいない——まわりの丸石敷き道路に肩かけ鞄やトランクが散らばっていた。

ロビンが近づいてみてわかったのは、そこにいる男性はイングランド生まれではないことがきわめて明白だった。南アジア出身の可能性が高かった。ロビンは、広東でおなじ肌の色をした船乗りたちを見たことがあった。全員がインドからきた船に乗っていた。この見知らぬ男性は、なめらかな浅黒い肌を持ち、背が高く、しなやかな体つきで、ロビンがいままで目にしてきたなかでももっとも長く、もっとも黒いまつげをしていた。相手の目がロビンの体軀《たいく》を上から下へ瞬時に見て取ってから顔に落ち着くと、物問いたげに――おなじようにこちらが外国人っぽい顔つきをしていると判断しているのだろう、とロビンは思った――見てきた。

「ぼくはロビン」ロビンはいきなり言った。「ロビン・スウィフト」

「ラミズ・ラフィ・ミルザ」相手の少年は誇らしげにそう言うと、片手を差しだしてきた。ラヴェル教授とほぼそっくりなくらいとてもイギリス人っぽい発声法で話した。「あるいは、そっちがいいと思うなら、たんにラミーと呼んでくれ。それからきみは――翻訳研究所のため、ここにきたんだろ？」

「そうだ」とロビンは答えてから思いついて、「広東出身なんだ」と付け加えた。

ラミーの顔がゆるんだ。「おれはカルカッタだ」

「いま着いたばかりかい？」

「オックスフォードにという意味では、そうだ。イングランドにという意味では、ちがう――おれは四年まえ船でリヴァプール経由でイングランドにきて、いままでヨークシャーのでかくて退屈な土地に引きこもっていた。おれの後見人は、大学に入学するまえにイギリス社会に順応させたかったのさ」

＊かつてはグロープカント・レーンといい、マグパイ・レーンは、女性器いじり《グロープカント》というその名が示唆するように、元々、売春宿が集まる通りだった。このことはロビンのガイドブックには記載されていなかった。

「ぼくもおなじだ」ロビンは息せき切って言った。「どう思った?」

「ひどい天気だ」ラミーの口角の片方が歪んであがった。「それにこっちで食べられるものは魚だけだ」

ふたりは顔を見合わせてほほ笑んだ。

そのとき胸に奇妙な込みあげてくる感覚をロビンは覚えた。自分とおなじ状況に、あるいはそれと似通った状況に置かれている他人と会ったことがなかった。そして、さがしつづければ、同類を一ダースは見つけられるという強い確信を持った。訊きたいことが山のようにあったが、どこからはじめていいかわからなかった。ラミーも孤児なの? 身元引受人はだれなの? カルカッタはどんなところ? そこに戻ったことはある? どうしてオックスフォードにきたの? ロビンはふいに心配になった――舌が強ばってしまい、単語を選べなくなった――まだ鍵の件、散らばっているトランクの件があった。トランクはこの路地をまるでハリケーンに襲われて船倉を空っぽにされた船のように見せている――

「まずぼくらは――」ロビンがなんとか言葉を発しようとしたとき、ラミーが言った。「その扉をあけるべきじゃないか?」

ふたりとも笑い声をあげた。ラミーは笑みを浮かべて言った。「こいつをなかへ運ぼう」彼は爪先でトランクのひとつをつついた。「そうすればとてもおいしい甘い物が入っている箱を取りだせる。いますぐあけるべきだと思うんだ、いいかい?」

ふたりの居室は廊下をはさんで向かい合っていた――六号室と七号室だ。それぞれの部屋は、広い寝室と、ローテーブル、空の本棚、カウチが備わっている居間で構成されていた。カウチとテーブルは、両方ともあまりにも堅苦しく思えたので、ふたりはラミーの部屋の床にあぐらをかいて座ると、おたがいに見合って、両手を使ってどうしたらいいのかわからずにいる恥ずかしがりの子どもたちのように目をしばたたいた。

　ラミーはトランクのひとつからカラフルに包装されたものを取りだすと、床のふたりのあいだに置いた。「後見人のホレース・ウィルスン卿《きょう》からの餞別《せんべつ》さ。ポートワインもくれたんだけど、捨てちゃった。どれがいい？」ラミーは包みを破りあけた。「タフィーとキャラメル、ピーナツ・キャンディー、チョコレート、いろんな砂糖漬け果物……」

「うわ、すごいな――タフィーをもらうよ、ありがとう」ロビンは覚えているかぎりでは、自分と年齢が近い人間と話したことがなかった。* このときはじめて、自分がどれほど友だちがほしいのか理解したが、どうやったら作れるのかわからず、作ろうとして失敗する見込みにふいに怖くなった。もし万一ラミーがぼくのことをつまらないやつだと思ったら？　うるさいやつだと？　気を遣いすぎるやつだと？

　ロビンはタフィーをかじり、呑みこむと、膝の上に両手を置いた。

「で」ロビンは言った。「カルカッタの話をしてくれない？」

　ラミーはニヤリとした。

　それから何年ものあいだ、ロビンはこの夜のことを何度も思い返すようになる。その神秘的な錬金術に永遠に驚愕《きょうがく》した。ひどく社交性に欠け、見知らぬ人たちに厳格に育てられてきたふたりがほ

＊かつて王立アジア協会のラヴェル教授の同僚のひとりである父親とともにハムステッドを訪れたことがあるヘンリー・リトルという少年がいた。ロビンはスコーンを巡って少年を会話に引きこもうとした。会話の口火を切るにはいい話題だと思ったのだ。だが、ヘンリー・リトルはたんに手を伸ばしてきて、ロビンのまぶたをとても強く引っ張ったので、驚いたロビンは相手の臑《すね》を蹴ってしまった。ロビンは罰として自室に戻らされ、ヘンリー・リトルは庭に出された。ラヴェル教授はそれ以降、同僚たちに子どもを連れてこさせないようにした。

んの数分で気の合った者同士に変貌したというのは。ラミーはロビンが感じているのとおなじように顔を紅潮させ、昂奮《こうふん》しているようだった。ふたりは話しに話した。タブーとなる話題はないようだった。取りあげたあらゆる話題が瞬時に賛同できるものか（スコーンはサルタナ抜きのほうがおいしいよ。そのとおり）、または情熱的な議論の動機（いや、ロンドンは実際にすてきなところで、きみのような田舎者は羨ましいからたんに偏見をいだいているだけさ、ただ、テムズ川では絶対に泳ぐな）になるものだった。

　そのあと、ふたりはおたがいに詩を暗唱しだした――ガザルと呼ばれているんだ、とラミーが言ったウルドゥーのすてきな二行連句、正直言ってロビンは好きじゃなかったが、音の響きは印象的だと思っている唐《とう》の詩。それにラミーを感心させたくてしかたなかった。ラミーはとても機知に富み、よく本を読んでいて、おもしろかった。あらゆることに鋭く手厳しい意見を抱いていた――イギリス料理、イギリスのマナー、オックスブリッジのライバル意識（「オックスフォードはケンブリッジよりでかいけど、ケンブリッジのほうが綺麗なんだ。それにケンブリッジは凡庸な才能の排水溝としてやむにやまれず設立されたんだと思う」）。彼は世界の半分を旅していた。ラクナウ、マドラス、リスボン、パリ、マドリッドにいったことがあった。生まれ故郷のインドを天国だと表現した。「マンゴーだよ、バーディー」（ラミーはロビンをすでにバーディー（小鳥）と呼びはじめていた）「ばかげてるくらいジューシーで、この哀れな小さい島では似たようなものを買えっこない。最後に食べてからもう何年も経ってしまった。正統なベンガル・マンゴーを目にするためだったら、なんだって手放す」

「『千夜一夜物語《アラビアン・ナイト》』を読んだことがある」ロビンは昂奮に酔い、世慣れているように見せようとして言ってみた。

「カルカッタはアラブ世界にはないんだぞ、バーディー」

「わかってる」ロビンは顔を赤らめた。「ただ、言いたかったのは――」

だが、ラミーはすでに話をはじめていた。「きみがアラビア語を読めるなんて言わなかっただろ！」

「読めない、翻訳で読んだんだ」

ラミーはため息をついた。「だれの訳？」

ロビンは思いだそうとした。「ジョナサン・スコットのだったかな？」

「あれはひどい訳だぞ」ラミーは腕を振り回した。「捨てちゃえ。ひとつには、原語から訳したものですらない――まずフランス語に訳され、そこから英語に重訳されたんだ――次に原典とは似ても似つかぬものになっている。さらに言うとだな、ガラン――フランス人翻訳家のアントワーヌ・ガラン――は、会話部分をフランス語っぽくして、読者を混乱させると彼が思った文化的な細部を消し去ることに傾注してるんだ。ハールーン・アッラシードの愛妾《あいしょう》たちを dames ses favourites《ダーム・セー・ファヴォリート》と訳してるんだ。お気に入りの淑女たち。「愛妾」がどうして「お気に入りの淑女」になるんだ？それにかなりエロティックな場面の一部を完全に削除したうえ、気まぐれに文化的な説明を挿入しているんだ――いいかい、いやらしい場面が出てくるたびに老いぼれフランス人が首に息を吹きかけてくる状況でどうして話を読みたくなるんだ？」

ラミーは大きく身振り手振りをして話した。実際には本気で怒っているのでないのは明らかで、たんに情熱的で、すこぶる聡明《そうめい》で、全世界に知らしめねばならない真実に没頭しているだけだった。ロビンは背を反らし、ラミーの魅力的な上気した顔を見つめた。おもしろがるとともに、嬉しかった。

そのとき、ロビンは泣いてしまいそうだった。自分は絶望的なほど孤独だった。そのことをようやくいまになってわかった。だけど、いまはもう孤独じゃない。そのことがあまりにも心地よくて、自分をどう扱ったらいいのかわからなかった。

しまいには文章を言い終えることができないくらいふたりとも眠くなり、甘い物は半分消え、ラミーの床は散らばった包み紙でいっぱいになった。あくびをしながら、ふたりは手を振って、おやすみを告げた。ロビンは自分の居室に戻り、扉を勢いよく閉めると、振り返り、無人の部屋に向かい合った。ここがこれからの四年間、自分の家なのだ――低い斜めになった屋根の下にあるベッドで、毎朝目覚め、シンクの水漏れする蛇口で顔を洗い、隅の机で毎晩背中を丸めて蠟燭の蠟が床板に滴《したた》り落ちるまでその灯《ともしび》の下でペンを走らせる。

オックスフォードに到着してからはじめて、自分がここで生きていくのだと実感した。それが目のまえに広がっていくところを想像した――あの空っぽな本棚に次第に増えていく本と小さな飾り。まだトランクのなかに詰まったままの新しいぱりっとしたリネンのシャツがくたびれ、破れていく。まともに閉まりそうにない、ベッドの上の凪にかたかた揺れる窓を通して見聞きする季節の変化。そしてラミー。廊下を挟んだ真向かいの。

この暮らしはそれほど悪いものじゃないかもしれない。

ベッドは寝るための支度がされていなかったが、もう疲れ果てていて、シーツをいじくったり、掛け布団をさがしたりできなかった。そのため、横向きになって丸くなり、コートを自分の上にかけた。ほんの少しの時間でロビンは笑みを浮かべながら、眠りに落ちた。

授業がはじまるのは十月三日であり、それによってロビンとラミーは街を探索するのに丸三日かけることができた。

この三日間はロビンの人生でもっとも幸せな三日だった。本を読む必要も授業もない。講読や作文の準備も必要ない。人生ではじめて、ロビンは自身の財布とスケジュールを完全に支配でき、自由を謳歌《おうか》した。

初日は買い物に費やした。ふたりはテーラーのイード&レイヴェンスクロフトに出かけ、ガウンをあつらえた。ソーントンズ書店にいき、履修科目に必要な教科書を全部買った。コーンマーケットの家庭用品売り場でティーポットとスプーン、ベッドリネン、アルガンランプを購入した。学生生活に必要と思うものすべてを手に入れると、ふたりとも奨学金が少なからず残っていることに気づいた。なくなってしまう心配がない程度に――ふたりの受けている奨学金制度では、毎月、今月と同額のお金を引きだすことができた。

そこでふたりは散財に走った。砂糖漬けナッツとキャラメルを袋買いした。大学所有の平底小舟《パント》を借りて、その日の午後は交互に棹《さお》を操り、チャーウェル川の川岸まで向かった。クイーンズ・レーンのコーヒーハウスに赴《おもむ》くと、大枚をはたいて、ふたりとも試したことのないさまざまなペストリーに挑戦した。ラミーはフラップジャックをたいへん気に入った――「オーツ麦をこんなにおいしくするなんて」とラミーは言った。「馬の喜びが理解できた」その一方、ロビンは、たっぷり砂糖がまぶされているおかげで何時間も歯が痛くなる結果をもたらした棒状の菓子パンのほうが気に入った。

オックスフォードでは、ふたりはひどく人目についた。このことに最初ロビンは不安になった。多少は国際色が豊かなロンドンでは、外国人がこんなにじろじろと見られることはなかった。だが、オックスフォードの一般人はふたりの存在にしょっちゅう驚くようだった。ラミーはロビンよりも注目された。ロビンは近くに寄って、一定の明かりで見ないかぎり、外国人には見えないが、ラミーはすぐに、一目でほかの国の人間だとわかった。

「ああ、そうですよ」パン屋にヒンドゥスタン出身かと訊かれたとき、ロビンが聞いたことのないようなわざとらしい訛りでラミーは答えた。「向こうでは大家族でね。ここだけの話、実はぼくは王族なんですよ、王位継承権第四位――どんな王族かって？　いや、ただの地方の王にすぎません。わが国の政治制度はとても複雑なんですよ。でも、ぼくは普通の暮らしを体験したかったんです――ほら、正規のイギリスの教育を受けたかった――だからここにくるため、王宮を離れたんです」

「どうしてあんな話をしたんだい？」こちらの声が聞こえないところまでいくと、ロビンはラミーに訊いた。「それにどういう意味、ほんとに王族なのかい?」

「イギリス人はおれを見ると必ず、おれが抱えている物語からおれを判断しようとするんだ」ラミーはつづけた。「手癖の悪い薄汚れたインド人水夫か、どこかの大金持ちの召使いか、どちらかだろう、と。で、ムガール帝国の王子と思われたほうが、ずっと楽だとヨークシャーで気づいた」

「ぼくは交じって、ずっと目立たないようにしようとしてきただけだ」ロビンは言った。

「その手はおれには無理なんだ」ラミーは言った。「おれは役割を演じなきゃならない。カルカッタにいた当時、おれたちはだれもがセイク・ディーン・モハメッドの物語を口にしていた。イングランドで金持ちになった最初のベンガル出身のムスリムだ。白人のアイルランド人を妻にしている。ロンドンに地所を構えている。どうやってそうなったのか知ってるか? レストランをひらいた。それは失敗した。次に執事あるいは従者として雇われようとした。それも失敗した。そこでブライトンにシャンプー・ハウスをひらくという画期的なアイデアがひらめいたんだ」ラミーは喉を鳴らして笑った。「癒《い》やしの蒸気を浴びにきてください! インド・オイルでマッサージを受けて! 喘息《ぜんそく》もリューマチも治ります。麻痺《まひ》すら癒《いや》されます。もちろん、おれの故国ではだれもそんなことを信じちゃいない。だけど、ディーン・モハメッドがやらなきゃならなかったのは、医学的な資格を多少手に入れ、この魔法のような東洋治療法の世界を信用させることだった。それでだれもをてのひらの上で踊らせたんだ。さて、この話でなにが言いたいかわかるか、バーディー? 相手がこちらの話をする気なら、それを自分の得になるように利用するんだ。イギリス人はけっしておれを上流階級の人間だとは思わないけど、連中の空想にうまくはまれば、少なくともおれを王族だと考えるんだ」

そこがふたりの違いを際立たせる点だった。ロンドンにきて以来ずっと、ロビンは頭を低くし、同化しつづけようとしてきた。自分の異質さを小さく見せようとしてきた。目立たないようにすればするほど、人目を惹《ひ》かないと思った。だが、嫌でも目立つしかないラミーは、逆に強い印象を与えようと決めたのだ。彼は極端なくらい大胆だった。ロビンはラミーをすばらしいと思ったが、同時に少しだけ怖いと思った。

「ミルザはほんとに「王子」という意味なの？」ロビンはラミーが店員にその話をするのを三度耳にしたあとで訊ねた。

「ああ。まあ、実際には称号なんだ――ペルシア語のAmīrzādeh《アーミーズアーデ》からきた言葉だけど、「王子」というのはかなり近い意味だ（Amīrzādehの原意は、支配者を意味する「アミール」の子の意味）」

「じゃあ、きみは――？」

「いや」ラミーは鼻で嗤《わら》った。「うーん。たぶんむかしはそうだったんだろう。とにかく、一族のなかで伝わっている話だ――うちの親父が言うには、うちはムガール帝国宮廷の貴族かなにかだったらしい。でも、いまはちがう」

「なにがあったんだい？」

ラミーはロビンをまじまじと見つめた。「イギリス軍だよ、バーディー。さあ、ついてこい」


その夕方、ふたりはロールパンとチーズ、甘い葡萄《ぶどう》を詰めた籠に大枚をはたき、大学キャンパスの東部にあるサウス・パークの丘に持っていってピクニックをすることにした。木々の茂み近くにラミーが日没の祈りをおこなえるくらい人目につかない静かな場所を見つけ、草の上にあぐらをかいて座ると、素手でパンを引きちぎり、何年ものあいだ、この特異な状況に置かれているのは自分だけだと思っていた若者の憑かれたような情熱で、たがいの人生について問いただした。

ラミーはラヴェル教授がロビンの父親ではないか、とすぐさま推理を立てた。「だってそうに決まってるだろ？　そうでなきゃ、どうしてそのことをそんなに話したがらないんだ？　それにそれを別にしたところで、そもそもどうやって彼はきみの母親と知り合ったんだ？　彼はきみが知っていることを知っているのか、それとも本気でまだ隠そうとしているのか？」

ロビンはラミーの率直さに不安を覚えた。ロビンはこの問題を無視するのに慣れているあまり、こんなに遠慮のない言い方で言い表されるのを耳にすると奇妙に感じられた。「わからない。この件についてはなにもわからないんだ」

「ふーん。彼はきみに似ているのか?」

「ちょっとだけ似てると思う。教授はここで教えているんだ。東アジアの言語を担当している――会えばすぐにわかると思う」

「本人に一度も訊いたことはないのかい?」

「訊こうとしたことはないんだ」ロビンは言った。「ぼくは……教授がなんと答えるのかわからないんだ」いや、それは真実ではなかった。「つまり、教授が答えるとは思えない」

その時点でふたりは知り合ってから一日も経っていなかったが、ラミーはこの件に深入りしないほうがいいとわかるくらいにロビンの顔の表情を読むことができた。

ラミーは自身のバックグラウンドに関して、はるかにずっとオープンだった。人生の最初の十四年間をカルカッタで過ごした。ホーレス・ウィルスン卿という名の裕福な貴族に雇われた一家の長男で、下に三人の妹がいた。つづく三年間をヨークシャーの田舎にある地所で過ごし、結果として、ウィルスンを感心させ、ギリシャ語とラテン語を読み、退屈で目を抉《えぐ》りださぬようこらえた。

「ロンドンで教育を受けたのは運がよかったんだぞ」ラミーは言った。「少なくとも、週末に出かける場所がある。おれの思春期は、丘と沼しかなく、四十歳以下の人間なんてひとりも見なかったんだぞ。王を見たことはあるのか?」

これはラミーの才能のひとつだった――ロビンが追いつくのもやっとな話題転換の速さ。

「ウィリアム王を?　いや、ないよ、あまり人前に出ない人なんだ。とくに最近は、工場法や新救貧法がらみで――改革論者がしょっちゅう街なかで暴動を起こしているので、安全じゃないんだろう」

「改革論者か」ラミーはうらやましそうに繰り返した。「きみは幸運だぞ。ヨークシャーで起こるのは、年に一件か二件の結婚式くらいだった。運がよければ、雌鶏《めんどり》が外にでることがたまにあった」

「だけど、ぼくは暴動に加わったことはないよ」ロビンは言った。「正直言って、ぼくの日々はかなり単調だったんだ。終わりなき勉強——すべてはここに入る準備のために」

「だけど、おれたちはもうここにいる」

「それに乾杯」ロビンはため息をついて座り直した。ラミーがロビンにカップを渡し——蜂蜜と水にニワトコの花の濃縮ジュースを混ぜていたのだ——ふたりはカップを打ち合わせてから飲んだ。

見晴らしのよいサウス・パークから、夕暮れの黄金の毛布に覆われた大学全体が見渡せた。夕暮れの光がラミーの目を輝かせ、その肌を磨かれた青銅のように光らせた。ロビンはラミーの頬に手を置いてみたいというばかげた衝動にかられた。まさに腕を掲げてしまっていたのだ。あやうく心が肉体に追いついてことなきを得た。

ラミーは視線を落としてロビンを見た。黒い巻き毛が目にかかる。ロビンはその様子がとんでもないくらい魅力的に思えた。「大丈夫か?」ラミーが訊いた。

ロビンは肘をついて、上体を起こし、視線を街に向けた。ラヴェル教授の言うとおりだ、ロビンは思った。ここは地上でもっともすてきな場所だった。

「大丈夫だよ」ロビンは言った。「完璧な気分がするだけさ」


その週末、マグパイ・レーン四番地のほかの部屋が埋まってきた。だれも翻訳研究所の学生ではなかった。引っ越してくるなり、彼らは自己紹介した。一方的にまくしたて、自分のことばかり話し、目を見ひらき、感情をあらわにするのが習い性になっている研修中の事務弁護士、コリン・ソーンヒル。外科医を目指し、たえず物の値段を気にしている気さくな赤毛、ビル・ジェイムスン。そして廊下の突き当たりには、一組の双子の兄弟、エドガーとエドワード・シャープ——名目上は古典文学の教育を追究する二年生だが、当人たちが声高に主張するところでは、「遺産を相続するまでは、社会的側面にたんに興味を抱いているだけ」だという。

　土曜日の夜、一同は共用キッチンに隣接している談話室に酒を飲むため集まった。ビルとコリンとシャープ兄弟が全員ローテーブルのまわりに座っているところにラミーとロビンが入っていった。午後九時が集合時間だと言われていたが、しばらくまえからワインがまわされていたのは明らかだった——空になった瓶がまわりに転がっており、シャープ兄弟は体を寄せ合って前屈みになっていて、ふたりとも明らかに酔っ払っていた。

　コリンは学生用ガウンの違いについて熱弁していた。「ガウンで相手のすべてを見分けることができるんだ」コリンはもったいぶって言った。ロビンには突き止められないもの、じつに気に入らない独特のわざとらしい、怪しげな訛りを使って話していた。「学士のガウンは肘のところで絞られ、その先で終わっている。特別自費学生のガウンは絹製で、袖にプリーツが入っている。一般自費学生のガウンには袖がなく、肩にプリーツが入っている。校僕《こうぼく》（教授の下働きをすることで学費免除を受けた学生）と一般自費学生を見分けるのは簡単で、ガウンにプリーツがなく、キャップに飾り房《タッセル》がついていないのが——」

「まいったな」ラミーはそう言って、腰をおろした。「ずっとこの話をしているのかい？」

「少なくとも十分はつづけている」と、ビルが答えた。

「ああ、でも、大学の式服がちゃんとしていることは、もっとも重要だぞ」と、コリンが主張した。「オックスフォードの人間としてのおれたちのステータスを示すやり方だ。ガウンに平凡なツイードのキャップを合わせたり、ガウンにステッキを使うのは、七つの大罪のひとつと考えられている。ガウンの種類を知らずに、仕立て屋に自分は学生《スコラ》だと伝えたやつの話を聞いたことがある。もちろん学生のガウンが必要だったからなんだが、翌日、その男が奨学生《スコラ》ではなく、たんなる一般自費学生であることが明らかになって、嗤われて講堂から追い払われたんだ——」

「で、おれたちはどんなガウンを着ればいいんだ？」ラミーが口をはさんだ。「仕立て屋に正しいことを伝えたのかどうか、知りたいんだ」

「一概には言えないな」コリンが言った。「きみは特別自費学生なのか、それとも校僕なのか？　おれは授業料を払ってるが、必ずしもだれもがそうしているわけじゃない――大学の会計とどんな取り決めをしたんだ？」

「知らん」ラミーは言った。「黒いローブで通用しないのか？　おれが知ってるのは、黒いローブを手に入れたということだけだ」

　ロビンは鼻息を荒くした。コリンの目が心持ち大きくなった。「そうだけど、袖が――」

「放っとけ」笑みを浮かべてビルが言った。「コリンはステータスにひどく関心があるだけさ」

「ここではガウンをとても真剣に扱っているんだ」コリンは真顔で言った。「ガイドブックに書いてあった。ふさわしい服装をしていないと、講義に参加させてもくれないんだぞ。で、きみは特別自費学生なのか、校僕なのか？」

「そのふたりはどちらでもない」エドワードがロビンのほうを向いた。「おまえらたわごと《バブラー》言いだろ？　バブラーは全員奨学金を受けていると聞いてる」

「バブラー？」ロビンが繰り返した。その用語を耳にしたのははじめてだった。

「翻訳研究所の人間さ」エドワードはじれったそうに言った。「そうにちがいないよな。そうでなきゃ、おまえらみたいなのは入れない」

「おれたちみたい？」ラミーは片方の眉を吊りあげた。

「ところで、おまえはなんなんだ？」エドガー・シャープがいきなり訊いた。いまにも眠ってしまいそうに見えていたが、必死に体を起こし、霧を通してラミーを見ようとしているかのように目を細くした。「黒ん坊《ニグロ》か？　トルコ人か？」

「おれはカルカッタの生まれだ」ラミーがピシャリと言った。「言うなれば、インド人かな」

「ふーん」と、エドワード。

「『ロンドンの街並み、そこではターバンを巻いたムスリム、ひげを生やしたユダヤ人、毛むくじゃらのアフリカ人が茶色いインド人と出会う』」エドガーは歌うような調子で言った。その隣では、双子の片割れが鼻息を荒くすると、ポートワインをもう一口グイッと呷《あお》った。

ラミーはこのときばかりは、言い返す術を持たなかった。驚いて、エドガーを見て、目をぱちくりさせた。

「なるほど」ビルは耳をいじりながら言った。「なかなか」

「それってアナ・バーボルドだろ?」コリンが訊いた。「すてきな詩人だ。もちろん、男の詩人ほど言葉遊びが巧みじゃないが、うちの父親は彼女の作品を好んでる。じつにロマンティックだ」

「それからおまえは中国人だな?」エドガーはまぶたが閉じかかった目でロビンをねめつけた。

「中国人は女を歩けないようにするために足を縄でくくってだめにするというのはほんとか?」

「なんだって?」コリンが鼻息を荒くした。「そいつはばかげている」

「その話を読んだことがあるんだ」エドガーが語気を強めた。「教えろ、それはエロ目的なのか? それともたんに逃げられないようにするためか?」

「なんて言うか……」ロビンはどこから話をはじめたらいいのかわからなかった。「どこでもおこなわれているわけじゃない──ぼくの母親は足をくくらせていなかったし、ぼくの生まれたところでは、それに対する反対意見が多くて──」

「じゃあ、ほんとなんだ」エドガーが満足げに言った。「神よ。おまえらは邪悪だ」

「薬として幼い男子の小便を飲むのは、ほんとか?」エドガーが問いただした。「どうやって集めてるんだ?」

「その口をつぐんで、自分の服のまえにワインをこぼしつづけてろ」ラミーが鋭く言った。

そのあとすぐ、友愛を深める期待は立ち消えになった。トランプのホイスト・ゲームをやろうと提案されたが、シャープ兄弟はルールを知らず、酔いすぎて覚えられなかった。ビルは頭痛を訴えて、早めにベッドに消えた。コリンは講堂でのエチケットについてのややこしい決まり事に関してまた長広舌《ちょうこうぜつ》をはじめ、今夜のうちに全員が暗記しておいたほうがいいと提案してきたのがとても長いラテン語の祈りだったが、だれも聞いていなかった。シャープ兄弟は後悔の念を妙に示し、ロビンとラミーに翻訳に関する無意味な質問を丁寧な口調で訊ねたが、兄弟が回答にろくすっぽ興味がないのは明白だった。シャープ兄弟がオックスフォードで尊敬に値する仲間を求めていようと、それがここには見つからなかったのははっきりしていた。それから半時間ほどして集会は終了し、全員がそれぞれの部屋にそそくさと戻っていった。

その夜、寮の朝食のことで多少の文句が出ていた。だが、ラミーとロビンが翌朝キッチンに姿を現すと、テーブルの上にふたりに宛てたメモが見つかった。

イフリー・ロードのシャープ兄弟が知っているカフェにわれわれは出かける。その店はきみたちが気に入るとは思えない。じゃあ、また。

コ《C》リン・ソー《T》ンヒル

「どうやら」ラミーは皮肉な口調で言った。「連中とおれたちは別れそうだな」
ロビンはそれが少しも気にならなかった。「ぼくらだけのほうがいい」
ラミーはロビンに笑みを投げかけた。
三日目、ふたりは大学の宝石をまわって過ごした。一八三六年のオックスフォードは、変化の時代を迎えていた。みずからが生んだ富を貪る飽くことを知らぬ生き物だった。各コレッジは頻繁に修復を繰り返していた。市から次々と土地を買収し、中世の建物をもっと新しく、見栄えのいい講堂に建て替え、最近入手したコレクションを収めるための新しい図書館を建造していた。オックスフォードのほぼすべての建物には名前がついていた——機能や所在地に由来する名前ではなく、そこが造られるきっかけになった裕福で権力を持つ個人にちなんだ名前だった。たとえば、巨大で、堂々たるアシュモリアン博物館。イライアス・アシュモールの寄贈した「驚異の部屋」の品々を収蔵し、そのなかにはドードー鳥の頭部、カバの骨格標本、メアリ・デイヴィスという名のチェシャーに住む老女の頭部に生えていたという長さ三インチの羊の角が含まれている。ラドクリフ図書館は、どういうわけか外側から見るより内側から見たほうが大きく、壮大に見えるドーム形の図書館だった。そして、シェルドニアン・シアターは、皇帝の頭部《エンペラーズ・ヘッド》の名で知られている巨大な石の胸像でまわりを取り巻かれていた。胸像はいずれもまたまたメドゥーサに出くわした市井《しせい》の男性のようだった。

そして、ボドリアン図書館がある——ああ、ボドリアン、それ自体が国の宝。イングランド最大の写本コレクションの本拠地（「ケンブリッジには十万点の写本しかない」ふたりの入館を認めた職員が鼻であしらうように言った。「そしてエジンバラには、わずか六万三千点しかないんだよ」）、そのコレクションは、年間二千ポンド近い購書《こうしょ》予算を勝ち取った神学博士バルクリー・バンディネル師の誇り高き指導のもと、拡大の一途をたどっていた。

図書館の最初のツアーでふたりに挨拶にやってきたのは、ほかならぬ神学博士バンディネル師本人で、翻訳者の読書室へ案内してくれた。「事務員に案内させるわけにはいかんからな」バンディネル師はため息をついた。「普通なら、愚か者どもを勝手に歩きまわらせ、迷ったら道を訊けばいいと放っておくんだがな。だが、きみたちは翻訳家だ——ここでおこなわれていることのよさをちゃんと理解している」

バンディネル師は、がっしりした体格で、垂れ下がった目《ドルーピー》と、口角が永遠に垂れてしかめ面になっているように見える、しょぼくれた《ドルーピー》面相をしていた。それでも建物のなかを動きまわっていると、師の目は純然たる喜びに輝いた。「まず、主棟からはじめ、デューク・ハンフリー図書館までぼちぼち歩いていこう。ついてきたまえ、自由に見てまわるがいい——本というものは触ってこそ価値がある。さもなければなんの価値もない。だから、神経質にならんでいい。ここ最近の重要な入手品が自慢でな。一八〇九年に寄贈されたリチャード・ゴフの地図コレクションがある——大英博物館が欲しがらなかったんだ、信じられるか？ それから、十年かそこらまえにマローンの寄贈があった——そのおかげでうちのシェイクスピア関連の資料が大幅に拡充された。ああ、それからたった二年あとに、フランシス・ドゥースのコレクションを受け取った——フランス語と英語で書かれた一万三千巻の書籍だ。きみたちふたりともフランス語は専門にしていないようだがな……。アラビア語か？ ああ、あるぞ——こっちのほうだ。翻訳研究所はオックスフォードに大量のアラビア語資料をそろえているのだが、エジプトとシリアからいくつか詩集を手に入れており、きみたちの興味を惹くかもしれんな……」

ふたりは自分たちが自由に閲覧できる資料の量そのものに茫然《ぼうぜん》とし、圧倒され、少し怖くなって、ボドリアン図書館をあとにした。ラミーは神学博士バンディネル師の垂れ下がった二重あごの真似をしてみせたが、本気で悪意があるわけではなかった——知識のために知識の蓄積を心から愛している人を軽蔑するのは難しい。

ふたりは、用務員長のビリングスの案内でユニヴァーシティ・コレッジをまわって、その日を終えた。ここにいたるまで、自分たちのあらたな学び舎《や》のごく一部しか見ていないことに気づいた。マグパイ・レーンの家並みの東側に建っているこのコレッジは、緑豊かなふたつの中庭と、城塞に似た石造りのさまざまな建物を誇っていた。三人で歩いていきながら、ビリングスは、寄付者や建築家、その他の重要人物を含む、それぞれの建物に縁のある人の名や、彼らの経歴をずらずらと並べたてた。「……さて、エントランスの上にある彫像は、アン女王とメアリー女王のものでして、なかに入りますと、ジェイムズ二世とラドクリフ博士の像がありますす……それに礼拝堂のみごとに描かれた窓は、アブラハム・ファン・リンゲが一六四〇年に描いたものです。ええ、保存状態は大変すばらしいものです。そして、東の窓は、ヨークの彩色ガラス職人ヘンリー・ジャイルズの手になるものです……いまは、礼拝がおこなわれていないので、なかを覗《のぞ》いてみることができます。ついてきてください」

礼拝堂に入ると、ビリングスは、浅浮き彫り《フリーズ》の記念碑のまえで立ち止まった。「翻訳研究所の学生さんなんだから、これがだれだかご存じのはずですね」

ふたりは知っていた。ロビンとラミーは、ふたりとも、オックスフォードに到着してから頻繁にその名前を耳にしていた。その浅浮き彫りは、ユニヴァーシティ・コレッジの卒業生にして、一七八六年、印欧祖語《いんおうそご》がラテン語とサンスクリット語とギリシャ語を繋ぐ先行言語であったことを明らかにする基礎論文を発表した著名な天才に捧げられた記念碑だった。その人物は近年卒業した甥《おい》であるスターリング・ジョーンズを除いて、いまもなおおそらく大陸でもっとも知られている翻訳家だろう。

「ウィリアム・ジョーンズ卿です」ロビンは小壁に描かれた場面に少しまごついた。ジョーンズは書き物机のまえに、気取って足を組んで座っている一方で、明らかにインド人を意図して描かれた三人の人物が、授業を受けている子どものように、ジョーンズのまえの床におとなしく座っていた。

ビリングスは自慢げに見えた。「そのとおりです。ここで彼はヒンドゥーの法律要覧を翻訳しており、床に座っているバラモンたちがその手伝いをしています。壁にインド人が飾られているのは、このコレッジだけでしょう。ですが、ユニヴァはむかしから植民地と特別な繋がりを持ってきたんです*。そして、ご存じのように、あの虎の頭はベンガル州の象徴ですからね」

「なぜ彼だけが椅子に座っているんだい?」ラミーが訊いた。「なぜバラモンたちは床に座ってる?」

「そうですな、ヒンドゥーたちがそっちのほうを好んでいたからじゃないですか」ビリングスは言った。「ほら、連中は、あぐらをかいて座るのが好きじゃないですか。そっちのほうがずっと快適だと思ってるんですよ」
「じつに参考になる」ラミーは言った。「ちっとも知らなかった」

ふたりはボドリアンの書架の奥深くで日曜の夜を過ごした。専攻登録に基づいた推薦図書目録を渡されていたが、ふたりとも、突然の大量の自由に直面して、最後のぎりぎりになるまで放置していたのだ。ボドリアン図書館は週末午後八時に閉まることになっていた。ふたりがその入り口に到着したのは午後七時四十五分だったが、翻訳研究所の名前は、とてつもない力を有しているようで、ラミーが必要としているものを説明すると、図書館の事務職員は好きなだけ遅くまで滞在していい、と言った。扉は夜勤職員のため鍵がかけられていないので、自分の都合に合わせて、出ていけばいいとのことだった。

本で肩かけ鞄を重くし、小さな文字を見つづけたことで目をしょぼしょぼさせてふたりが書庫から出てきたころには、陽はとっくに落ちていた。夜になると、月が街灯と共謀して、淡いこの世ならぬ光で街を染めていた。足下の丸石は、異なる世紀へ連れこんでは、連れだす道のように感じられた。ここは宗教改革時のオックスフォードでありえたし、中世のオックスフォードでもありえた。ふたりは、過去の学者たちの幽霊がわかちあう時を超越した空間を移動した。

ユニヴァーシティ・コレッジへ戻るには五分もかからないが、ふたりは散歩をのばそうとして、ブロード・ストリート経由の遠回りをした。こんなにも遅くまで外出していたのははじめてだった。

＊これは事実である。ユニヴァーシティ・コレッジは、あまたいる卒業生のなかで、ベンガル州首席裁判官（ロバート・チェンバース卿）、ボンベイ州首席裁判官（エドワード・ウエスト卿）、カルカッタ州首席裁判官（ウィリアム・ジョーンズ卿）を輩出してきた。全員が白人男性である。

ふたりは夜の街を堪能したかった。ふたりは黙って歩いた。どちらも魔法の呪縛を破りたくなかったのだ。

ニュー・コレッジのまえを通りかかると、石壁の向こうから突然わき起こった笑い声が聞こえてきた。角を曲がり、ホーリーウェル・レーンに入ると、六、七人の学生の集団が目に入った。いずれも黒いガウンをまとっていたが、その足取りから、講義を終えた帰りではなく、パブを出てきたところであるのにちがいなかった。

「ベイリオル・コレッジの連中だな?」ラミーが小声で言った。

ロビンは鼻息を荒くして答えた。

ふたりは、ユニヴァーシティ・コレッジにきてまだ三日しか経っていなかったが、コレッジ間の序列とそれに関連した固定観念をすでに学んでいた。エクセター・コレッジは、上品だが知性に欠ける。ブレーズノーズ・コレッジは、がさつでワインに目がない。ユニヴの近くにあるクイーンズ・コレッジとマートン・コレッジは、無視して大丈夫。オリエル・コレッジに次いで、オックスフォードに二番目に高い授業料を支払っているベイリオルの連中は、個別指導授業に姿を見せるよりも、酒場の勘定をつけにすることで知られていた。

学生たちは近づいてきながら、ふたりのほうへ視線を投げた。ロビンとラミーは彼らに会釈をし、向こうの数名が会釈を返した。大学の紳士間で交わす相手を認めたという印だ。

道幅は広く、ふたつのグループは反対側を歩いていた。彼らは騒ぐことなく行き違ったが、ベイリオルのひとりが突然、ラミーを指さして、叫んだ。「ありゃなんだ? あれを見たか?」

その学生の友人が笑いながら、友人を引っ張った。

「いいから、マーク」ひとりが言った。「いかせてやれ——」

「待った」マークと呼ばれた青年が言った。友人たちの手を振り払う。道に立ち止まったまま、酔っ払い特有の集中力を発揮してラミーをじろじろと見た。手を中空に持ちあげ、指さす。「あいつの顔を見ろ――わかるか？」

「マーク、頼むよ」道のいちばん遠くにいた男子学生が言った。「ばかな振る舞いをするな」

もはやだれも笑っていなかった。

「あいつはヒンドゥーだぞ」マークは言った。「ヒンドゥーがここでなにをしてるんだ？」

「時々訪ねてくるだろ」ほかの学生のひとりが言った。「先週、ふたりの外国人がいたのを覚えているだろ。ペルシャのサルタンだかなんだかが――」

「ああ、覚えている、あのターバンを巻いてた連中だな――」

「だけど、あいつはガウンを着てるぜ」マークがラミーに向かって強く呼びかけた。「おい！　なんのためにガウンを着てるんだ？」

マークの口調は意地悪いものになった。まわりの雰囲気は友好的なものではなくなっていた。学生同士の連帯感というものが仮にもしあったとしても、消え失せた。

「おまえはガウンを着てはならない」マークは執拗に言った。「それを脱げ」

ラミーは一歩まえに出た。

ロビンはラミーの腕をギュッと摑んだ。「だめだ」

「もしもし、おまえに話しかけてるんだぞ」マークは道を横切って、ふたりに近づいてこようとした。「どうした？　英語を話せないのか？　そのガウンを脱げと言ったんだ、わかるか？　脱ぐんだ」

明らかにラミーは戦いたがっていた――拳を握り締め、膝をたわめて飛びだす用意をしていた。もしマークがこれ以上近づいてきたら、今夜は血を見る結果になるだろう。

だから、ロビンは駆けだした。

そうしながら、そのことにロビンは腹を立てた。自分がひどい臆病者に思えた。だが、この事態を悲惨な結末に終わらせないため、思いついた行動が唯一それだった。というのも、ラミーが衝撃を受け、ついてくるとわかっていたからだ。まさにそのとおりだった――数秒後、ロビンは背後にラミーの足音を聞き、彼の荒い息と、押し殺した罵《のの》りの言葉を耳にしながら、ホーリーウェル・レーンを駆けていった。

笑い声が――もはや浮かれ騒ぎから生まれたものではないが、先ほどとおなじ笑い声が――ふたりの背後で大きくなった気がした。ベイリオルの連中は、猿のように囃《はや》したてていた。そのげらげらという笑い声は煉瓦壁に映るふたりの影とともについてきた。一瞬、ロビンは追いかけられているのでは、と恐怖にかられた。学生たちにすぐそばまで追いつかれているのではないか、と。足音がふたりのまわりで喧《やかま》しいくらいに聞こえていた。だが、それはロビンの耳のなかで血管がどくどくと鳴っているだけだった。彼らは追いかけてこなかった。あまりにも酔いすぎていて、簡単にほかのことに興味を移すようになっており、いまごろは、次の娯楽に夢中になり、気がそがれているのだろう。

とはいえ、ロビンはハイ・ストリートにたどり着くまで走りつづけた。そこはだれもいなかった。暗闇のなかでぜいぜい喘いでいるふたりだけしかいなかった。

「畜生」ラミーは不平を漏らした。「畜生――」

「ごめん」ロビンは言った。

「謝らないでくれ」そう言いながらも、ラミーはロビンと目を合わさなかった。「きみは正しいことをしたんだ」

ロビンは自分たちふたりともそれを信じているかどうか確信が持てなかった。

ふたりは寮からかなり遠くにきていたが、少なくとも街灯の明かりの下におり、厄介事がさらに近づいてきても気づける状況だった。

ふたりはしばらく黙って歩いた。ロビンはこんな場合にふさわしい言葉を思いつけなかった。心に浮かんだどんな言葉も舌に乗せようとするとすぐに消えてしまった。

「畜生」ラミーがまた言った。ふいに立ち止まり、肩かけ鞄に手をやった。「確か――ちょっと待って」本をさぐりまわり、また毒づいた。「ノートを忘れてきた」

ロビンのはらわたが捻れた。「ホーリーウェルに?」

「ボドリアン図書館に」ラミーは鼻梁《びりよう》を指で押さえると、うめいた。「場所はわかってる――机の隅だ。ページに皺が寄るのがいやだから、そこに置いておこうとして、疲れたあまり、忘れてしまったんだ」

「あしたまで置いておけないのかい?　職員がどけるとは思わないし、もしそうしたなら、訊けばいい――」

「いや、復習メモを記してあるんだ。あした暗唱させられたらいやだな。戻って――」

「ぼくが取ってくるよ」ロビンがすぐに言った。そうするのが正しいような気がした。償いをできる気がした。

ラミーは考えこんだ。「ほんとにいいのか?」

ラミーの声にもう戦意はなかった。ふたりとも、ロビンが口にしようとしないことをわかっていた――少なくともロビンは暗がりであれば白人として通用するということを、もしロビンがベイリオルの連中と単独で出くわしても、彼らはロビンに注目しないだろうということを。

「二十分もかからない」ロビンは断言した。「戻ってきたらきみの部屋のまえに置いておく」


ロビンがひとりになるとオックスフォードは不気味な雰囲気を醸しだした。街灯の明かりはもはや暖かくなく、薄気味悪くなり、ロビンの影を丸石に歪めてのばした。ボドリアン図書館には鍵がかかっていたが、夜勤職員が窓の外で手を振るロビンに気づいて、なかに入れてくれた。職員はありがたいことにきょう出会った職員のひとりで、なにも訊かずにロビンを西棟に通してくれた。閲覧室は真っ暗で、凍えるくらい寒かった。部屋のいちばん奥に射《さ》しこむ月明かりのおかげで、かろうじて物の輪郭が見えた。震えながらロビンはラミーのノートを引っつかむと、自分の肩かけ鞄に押しこんで、急いで図書館を出た。

中庭を通りすぎたところで、複数のささやき声が聞こえた。

足取りを速めるべきだったのだが、なにかが——口調だったり、単語の並び方だったりが——ロビンを立ち止まらせた。動かずに耳を澄ましてはじめて、聞こえているのが中国語だとわかった。ひとつの中国語のフレーズが繰り返し口にされ、切迫感を増していく。

「**wúxíng**《ウウシイン》（無形）」

ロビンは壁になった角を慎重にまわりこんだ。

ホリウェル・ストリートの中央に三人の人がいた。全員細い体躯の若者で、黒ずくめの格好をしており、ふたりが男でひとりが女だった。彼らはトランクと格闘していた。底が抜け落ちたのにちがいなかった。まがうことなき銀の棒が丸石の上に散らばっていたからだ。

ロビンが近づいていくと三人とも顔を起こした。中国語で強くささやいていた男は、ロビンに背中を向けていた。仲間が動きをピタリと止めたあとになってはじめて、男は最後に振り返った。男とロビンの目が合った。ロビンの心臓が喉元まで跳ねあがった。

鏡を見ているかのようだった。

相手の目はロビンとおなじ茶色い瞳をしていた。自分とおなじまっすぐな鼻、おなじように左から右に雑にわけられて目にかかってすらいるおなじ栗《くり》色の髪の毛。

男は手にしている銀の棒を掲げた。

男がやろうとしていることをロビンはすぐに悟った。無形《ウウシイン》——中国語で、「はっきりしない、形のない、実体のない」という意味だ*。もっとも近い英語への翻訳は、「不可視《インヴィジブル》」だった。この三人は、何者であれ、隠れようとしていた。だが、なにかまずいことが起こったのだ。というのも、銀の棒は一部しか機能していなかった——三人の若者の姿は街灯の下でちらつき、ときどき透明になるようだったが、三人はけっして隠れてはいなかった。

ロビンのドッペルゲンガーは訴えるような視線をロビンに向けた。

「助けてくれ」男は懇願した。つぎに、中国語で、「**bāngmáng**（バァンマァン）」と言った。**

ロビンは自分を行動させたものがなんなのかわからなかった――先ほどのベイリオルの連中から受けた恐怖、いまこの光景のまったくの不条理さ、あるいはドッペルゲンガーの顔を見たときの混乱のせいかもしれない――だが、ロビンはまえに進み出て、銀の棒に手を置いた。ロビンのドッペルゲンガーは、なにも言わずに棒を譲り渡した。

「**無形**《ウウシィン》」母から聞いた神話や、闇に潜む精霊や幽霊のことを思いながら、ロビンは口にした。形のないもの、存在しないものを思いながら。「不可視《インヴィジブル》」

棒が手のなかで振動した。どこからともなく音が聞こえた。息が漏れるような吐息。

四人全員の姿が消えた。

いや、消えたというのは、適切とは言えない。ロビンはそれを表現する言葉を持っていなかった。それは翻訳で失われていた。中国語あるいは英語で十分に言い表すことができない概念だった。四人は存在していたが、人間の形を取っていなかった。彼らは目に見えなくなっている存在というものではなかった。彼らはまったく存在するものではなくなっていた。彼らは形のないものだった。漂い、広がった。彼らは空気となり、煉瓦壁となり、丸石となった。ロビンは自分の体を認識でき

＊無《ウウ》の意味は、「否定、ではない、なし」。形《シィン》の意味は、「見かけ、形、姿」。「無形」は、たんに目に見えないだけでなく、感知できないという意味もある。例を挙げると、北宋《ほくそう》の詩人張 舜民《ちょうしゅんみん》は、かつて「詩是無形画、画是有形詩」と記した。すなわち、「詩これ無形の画、画これ有形の詩なり」、つまり、「詩とは形のない《ウウシィン》絵《え》であり、絵とは形のある詩である」と。
＊＊幫 忙《バァンマァン》は、「助ける、手を貸す」の意味。

なかった。どこで自分が終わり、どこで棒がはじまるのか――ロビンは銀であり、石であり、夜だった。

冷たい恐怖が心を貫いた。万が、一、戻れなかった、としたら、

数秒後、ひとりの警官が通りの突き当たりに息せき切って現れた。ロビンは息を呑み、棒を強く握り締めたあまり、強い痛みが腕を駆けあがった。

警官はまっすぐロビンのほうを見つめ、目を細くして見ようとしたが、暗闇しか見えていないようだった。

「あいつらはこっちにはいない」警官は肩越しに呼びかけた。「パークスで追い詰めよう……」

警官は急いで駆けだしていき、その声が途中で途切れた。

ロビンは棒を手から落とした。もはや持っていられなくなっていた。その存在をほとんど忘れかけていた。ろくに手を使わず、指をひらくことなく、乱暴に棒を振り払い、銀から自分の存在を切り離そうとした。

うまくいった。泥棒たちは夜の闇のなかで再物質化した。

「急げ」もうひとりの男が促した。薄いブロンドの髪の毛の若者だ。「シャツに突っこんで、トランクは置いていこう」

「置いてけないわ」女性が言った。「そこから足がつく」

「さあ、ばらばらに散らばってるのを拾いあげるんだ、急いで」

三人はみな地面から銀の棒を拾い集めはじめた。ロビンは一瞬躊躇《ちゅうちょ》した。両腕を所在なげに体の脇に下げていた。そののち、身を屈めて、三人を手伝いはじめた。

この事態の不条理さがまだぴんとこなかった。いまここで起こっているのは、極めて違法なことにちがいないのは、おぼろげに理解していた。この青年たちはオックスフォードあるいはボドリアン図書館あるいは翻訳研究所とは関係があるはずがなかった。そうでなければ、真夜中に黒い服を

着て、警察から逃れて、こそこそしているはずがなかった。

正しく明らかなやるべきことは、警告を発することだった。

だが、どういうわけか、手を貸すのが唯一の取りうる手立ての気がした。ロビンはこのロジックに疑問を持たず、単純に行動に移した。夢に落ちていくようなものだった。あらかじめセリフを覚えている芝居に途中参加するようなものだった。それ以外のあらゆることが謎のままだったけれども。これは独自の内部論理を持つ幻想であり、名前を挙げられないなんらかの理由で、ロビンはその論理を破りたくなかった。

とうとうすべての銀の棒がシャツの前部やポケットに押しこまれた。ロビンは自分が拾いあげた棒をドッペルゲンガーに渡した。ふたりの指が触れあい、ロビンは寒気を覚えた。

「いこう」ブロンドの髪の男が言った。

だが、だれも動かなかった。彼らはみなロビンを見ており、彼にどう対処すればいいのか、明らかにわかっていなかった。

「もし万一、この子が――」女性が口をひらいた。

「喋らんよ」ロビンのドッペルゲンガーがきっぱりと言った。「本人はどうだい?」

「もちろん喋らない」ロビンは小さな声で言った。

ブロンドの男は納得していない様子だった。「もっと簡単なのは――」

「いや。今回はだめだ」ロビンのドッペルゲンガーはロビンを上から下まで舐《な》めるように見た。そののち、結論に達したようだ。「おまえは翻訳者だろ?」

「はい」ロビンは声を抑えて吐くように答えた。「はい、こっちに到着したばかりです」

「捻れた根っこ亭だ」ドッペルゲンガーは言った。「そこに会いにこい」

女性とブロンドの男が視線を交わした。女性が反対するかのように口をひらいたが、そこで黙り、口をつぐんだ。

「よし」ブロンドの男が言った。「さあ、いこう」

「待って」ロビンは懸命に呼びかけた。「あなたたちは何者なの――いつがふさわしいの――」

だが、泥棒たちは駆けだしていた。

彼らは驚くほど足が速かった。すぐに通りは無人になった。彼らは自分たちがそこにいた痕跡をまったく残さなかった――最後の棒にいたるまですべてを拾いあげ、トランクの残骸も抱えて、走り去っていた。彼らは幽霊だったかもしれなかった。この出会いのすべてがロビンの空想の可能性があった。もしそうだとしたら、世界は少しも変わっていないように見えるはずだった。


ロビンが戻ると、ラミーはまだ起きていた。最初のノックでラミーが扉をあけた。

「ありがとう」そう言って、ラミーはノートを受け取った。

「どういたしまして」

ふたりは立ったまま黙って相手を見つめた。

今夜起こったことに疑問の余地はなかった。自分たちがこの場所に属していないことを突然悟って、ふたりとも衝撃を受けていた。翻訳研究所に所属しているにもかかわらず、ガウンや資格にもかかわらず、自分たちの体は街なかでは安全ではないのだ。ふたりはオックスフォードにいるが、オックスフォードの人間ではない。だが、この認識の深刻さは非常に衝撃的であり、ふたりが無邪気に楽しんだ黄金の三日間に対する悪質なアンチテーゼであったため、ふたりともそれを口に出しては言えなかった。

そしてふたりはそれを口に出すつもりもけっしてなかった。あまりに辛くて真実を考えられなかった。なんでもないふりをするほうがはるかに容易だった。自分たちでできるかぎり長く幻想を紡《つむ》いでいくほうが。

「じゃあ」ロビンは弱々しく言った。「おやすみ」

ラミーはうなずくと、なにも言わずに扉を閉めた。

第四章

主《しゅ》は彼《かれ》らをそこから全地《ぜんち》に散《ち》らされたので、彼《かれ》らはこの町《まち》の建設《けんせつ》をやめた。こういうわけで、この町《まち》の名《な》はバベルと呼《よ》ばれた。主《しゅ》がそこで全地《ぜんち》の言葉《ことば》を混乱《こんらん》（バラル）させ、また、主《しゅ》がそこから彼《かれ》らを全地《ぜんち》に散《ち》らされたからである。

——『創世記《そうせいき》』第十一章第八節～九節

眠るのは無理なようだった。ロビンは暗闇のなかに自分のドッペルゲンガーの顔が浮かぶのを見つづけていた。疲労と狼狽のせいで、全部頭が勝手に空想したんだろうか？　だが、街灯はとても明るく輝いていたし、自分の双子のような相手の容貌——彼の浮かべていた恐怖、彼の浮かべていたうろたえ——がとてもくっきりとロビンの記憶に刻まれていた。あれは投影されたものではない、とロビンにはわかっていた。鏡を覗きこんでいるのともちがった。鏡像であれば、容貌は左右反転しており、世界が見ているものの誤った表示になるが、おなじものだという腹の底からの認識があった。あの男の顔にあるものは、ロビンの顔にあるものとおなじだった。

そのせいで、ぼくはあいつを助けたんだろうか？　なんらかの本能的な同情心から？

ここにきてようやくロビンは自分の行動の重大さを徐々に理解しはじめていた。ロビンは大学に対して盗みを働いた。これは試験だったのだろうか？　もっと不思議な儀式もオックスフォードではおこなわれていた。ロビンは通ったのか、それとも落ちたのか？　あるいは、あしたの朝になれば警官たちがロビンの部屋の扉を叩き、立ち去るよう命じるのだろうか？

でも、ぼくは送り返されるわけにはいかない、とロビンは思った。ここにきたばかりなんだ。突然、オックスフォードの喜び――ベッドの温《ぬく》もり、新刊書籍と新しい衣服のにおい――がロビンを不快な気持ちで身もだえさせた。というのも、いま考えられるのは、それらを全部もうすぐ失ってしまうかもしれないということだけだったからだ。汗ばむシーツの上で、ロビンは輾転反側《てんてんはんそく》し、あしたの朝、どうなるかについて微《び》に入《い》り細《さい》を穿《うが》つ想定を思い浮かべた――警官たちにベッドから引きずりだされる様子、手錠をかけられ、監獄に引きずられていく様子、ラヴェル教授が二度と自分やミセス・パイパーに連絡を取らぬよう厳しく言い渡す様子。


ついに疲れのあまり、ロビンは眠りに落ちた。しつこく扉をノックする音に目を覚ます。

「なにをしてるんだ？」ラミーが問いかけてきた。「まだ顔も洗っていないだろ？」

ロビンは目をぱちくりさせて、ラミーを見た。「なにが起こってる？」

「月曜の朝だぞ、のろま」ラミーはすでに黒いガウンをまとい、手にはキャップを持っていた。

「あと二十分で塔に着かないと」


ふたりはかろうじて間に合った――九時を告げる鐘が鳴ったとき、ふたりは、ガウンを風にはためかせながら、中庭の緑のなかをなかば駆け抜けるようにして研究所にたどり着いた。

ふたりのほっそりした若者が緑地で待っていた――研究所の同期の残り半分だろう、とロビンは思った。ひとりは白人で、もうひとりは黒人だった。

「やあ」ふたりが近づいていくと、白人のほうが挨拶した。「遅刻だよ」

ロビンは息を整えようとしながら、相手を見て、喘ぎを漏らした。「女の子だ」

これは衝撃だった。ロビンとラミーは、ふたりとも、無菌で隔絶された環境で育っており、同年代の若い娘から遠ざけられていた。女性というのは、理論上の概念であり、小説のなかの存在であり、はたまた通りの向こうにかいま見える滅多《めった》にない現象であった。ロビンが女性について知っている最高の記述は、一度ぱらぱらとめくったことがある、ミセス・サラ・エリスなる人が著《あらわ》した論説書に記載されていたもので、*そこでは若い女性は「優しく、おとなしく、繊細で、受け身の形で愛想がいいものである」とレッテルが貼られていた。ロビンが知るかぎりでは、女の子というものは、豊かな内面生活が備わっているのではなく、彼女たちをこの世のものではなくさせる、計り知れなくさせる、おそらくは人間とはまったく異なるものにさせる資質が備わった神秘的な対象だった。

「ごめん――つまり、やあ」ロビンは取り繕おうとした。「そんなつもりで言ったんじゃなくて――とにかく」

ラミーはもっとあけすけだった。「どうしてきみらみたいな女の子が？」

白人の少女は、ロビンが代わりに萎《しお》れるほどの軽蔑の表情をラミーにぶつけた。

「そうね」彼女はゆっくりとした口調で言った。「男の子でいるのは、脳細胞の半分をあきらめなきゃならないみたいなので、わたしたちは女の子になると決めたんでしょうね」

「大学当局は、若い紳士諸君を動揺させたり、注意散漫になったりさせないように、わたしたちにこんな格好をするよう命じたの」黒人の少女が説明した。彼女の英語にはかすかな訛りがあり、ロビンはフランス語に似ている訛りだなと思ったものの、確信はなかった。彼女は左脚をロビンに向かって振りだし、ぱりぱりでごわごわして、昨日買ったかのように見えるズボンを見せた。「必ずしもすべての学部が翻訳研究所ほどリベラルというわけじゃないの」

「気持ちが悪いんじゃない？」自らに偏見がないことを証明しようと、果敢にロビンは訊いた。

「つまり、ズボンを穿《は》くのは？」

「悪くないわ、だって、わたしたちには二本の脚があり、魚の尾鰭《おびれ》になっているわけじゃないから」彼女はロビンに向かって、手を差しだした。「ヴィクトワール・ディグラーヴ」

ロビンは握手をした。「ロビン・スウィフト」

ヴィクトワールは片方の眉をあげた。「スウィフト？　でも、どう見ても――」

「レティシア・プライス」白人の女の子が口をはさんだ。「気にしないなら、レティと呼んで。で、あなたは？」

「ラミズだ」ラミーは中途半端に手を差しだした。あたかも彼女たちに触れたいのかどうか、不確かでいるかのように。レティは相手に成り代わって判断を下し、その手を握った。ラミーは居心地悪そうに顔をしかめた。「ラミズ・ミルザ。友人にはラミーと呼ばれている」

「よろしく、ラミズ」レティはまわりを眺めた。「じゃあ、わたしたちが今年の同期全員というわけね」

ヴィクトワールは小さくため息をついた。「Ce sont des idiots《ス・ソン・デ・ジディオ》（こいつらばか）」と、レティに告げる。

「Je suis tout à fait d'accord《ジュ・スウィ・トゥタフェ・ダコール》（まさに同感）」レティは小声で返した。

ふたりの女性はけらけら笑いだした。ロビンはフランス語はわからなかったが、本能的に自分が評価され、足りないところがあると思われたのがわかった。

「ここにいたのか」

背の高い細身の黒人男性が現れて、それ以上の会話をせずにすんだ。彼は四人全員と握手をすると、アンソニー・リッベンだと自己紹介した。フランス語とスペイン語とドイツ語を専攻している大学院生である、と。「ぼくの後見人はロマン主義者を自任していてね」アンソニーは説明した。「自分の詩に対する情熱をぼくが継承するのを期待していたんだけど、語学に並々ならぬ才能がぼ

＊著名な作家であるサラ・スティクニー・エリスは、女性には家庭的な礼儀作法と貞淑な行動を通じて社会を改善する道徳的な義務がある、と主張する何冊かの本（『イングランドの妻たち』、『イングランドの母たち』、『イングランドの娘たち』など）を出版している。ロビンはこの件に関して強い意見はなく、たまたま、彼女の著作を手に取ったのである。

くにあるのがわかると、ここに送りこんだんだ」

アンソニーは反応を期待して口をつぐみ、四人にそれぞれの得意とする言語を言わせようとした。

「ウルドゥー語とアラビア語とペルシャ語」ラミーが言った。

「フランス語とクレオール語」とヴィクトワール。「つまり――ハイチのクレオール語、厳密に区別するのが大事だと思うなら」

「大事だよ」アンソニーは陽気に答えた。

「フランス語とドイツ語」レティが返事をする。

「中国語」とロビンは言ってから、まだ足りない気がして、「それにラテン語とギリシャ語」

「まあ、わたしたちはみんなラテン語とギリシャ語ができるわ」レティが言った。「入学するのに必須じゃない？」

ロビンの頬が赤くなった。そんなことは知らなかったのだ。

アンソニーはおもしろがっている表情を浮かべた。「すてきなコスモポリタン・グループじゃないか？　オックスフォードにようこそ！　ここをどう思う？」

「すばらしい」と、ヴィクトワールが言った。「だけど……どうかな、変わってる。本物のような気がしない。まるで劇場にいて、カーテンがおりてくるのを待っているような気がする」

「その気持ちは消えないよ」アンソニーは先頭に立って塔に向かい、一行についてくるよう合図した。「とりわけ、あの扉を通り抜けたらね。十一時まで研究所の案内をするよう頼まれた。そのあとでプレイフェア教授にきみたちを預ける。なかに入るのはこれがはじめてかい？」

四人は塔を見上げた。堂々とした建物だ――新古典主義様式で建てられた輝く白い大建造物。八階建てで、装飾用の柱と背の高いステンドグラスのはまった窓が周囲を囲んでいる。ハイ・ストリートの空に聳《そび》えており、それと比べて最寄りのラドクリフ図書館や聖母マリア大学教会をずいぶん貧弱に見せていた。ラミーとロビンは、週末、数え切れないくらいそのまえを通りすぎ、ふたりとも塔に驚嘆していたが、つねに少し離れて眺めているだけだった。あえて近づこうとしたことはなかった。このときまでは。

「壮麗だろ？」アンソニーは満足げにため息をついた。「この眺めにはけっして慣れることはない。信じようと信じまいと、これからの四年間のきみたちの家へようこそ。ここをわれわれはバベルと呼んでいる」

「バベル」ロビンは繰り返した。「だからこそ――？」

「われわれがたわごと言い《バブラー》と呼ばれているのかって？」アンソニーはうなずいた。「研究所とおなじくらい古いジョークだ。だけど、ベイリオルの一年生のだれかが、毎年九月に入学してくると自分がそのジョークをはじめて思いついたと考えるので、われわれは何十年もその聞き苦しいあだ名を付けられる運命にあるんだ」

アンソニーは玄関階段をきびきびとのぼっていった。のぼりきったところに、青と金色の紋章が扉のまえにある石に刻まれていた。オックスフォード大学の盾形紋章だ。Dominus illuminatio mea《ドミヌス・イッルミナーティオー・メア》と記されている。主はわが光なり。アンソニーの足がその紋章に触れたとたん、重たい木の扉がひとりでにひらき、黄金色のランプの光に照らされた建物の内部、すなわち階段や忙しく動きまわる黒いローブ姿の学生たち、本また本また本が姿を現した。

ロビンは立ち止まった。頭がぼーっとして、ついていけなかったのだ。オックスフォードの驚異あまたあるなかで、バベルはもっともありえないものに思えた――時が停まった塔、夢のなかの幻影。あのステンドグラスのはまった窓、あの背の高い、堂々たるドーム。すべてがラヴェル教授の食堂に飾られた絵からそのまま引っ張りだされ、このくすんだ灰色の通りにぽんと落とされたかのようだった。中世の写本に記された挿画。フェアリーランドへの入り口。毎日、ここに勉強にこなければならないというのが、自分たちになかに入る権利があるというのが、ありえないことに思えた。

それでも塔はここに、彼ら四人の真正面に立ち、待ち構えていた。

アンソニーがほほ笑みながら手招きした。「さて、なかに入ろう」

「翻訳専門機関は、いつの時代も、偉大な文明に不可欠な道具――いや、偉大な文明の中心にあった。一五二七年、スペイン国王カルロス一世が、言語解釈事務局《セクレタリア・デ・インテルプレタシオン・デ・レングアス》を創設した。そこの職員は帝国領を統治するために十余りの言語を操っていたんだ。王立翻訳研究所がロンドンに設立されたのは十七世紀初頭だったが、現在の本拠地であるオックスフォードに移ったのは、一七一五年、スペイン継承戦争が終了して、スペインが失ったばかりの植民地の言語を若者たちに使えるよう訓練するのが賢明かもしれないと判断してからだ。ああ、ぼくはこういうことを全部記憶している。いや、書いて覚えたんじゃない。ぼくのすばらしい個人的なカリスマのおかげで、院の一年のときからこの案内をおこなってきたので、すっかり上手になってるんだ。こっちからホワイエを通ろう」

アンソニーは後ろ向きに歩きながら、なめらかに話すという珍しい技能の持ち主だった。「バベルは八階建てだ」アンソニーは言った。「『ヨベル書』には、史実にあるバベルの塔は、高さ五千キユービットに達したとある――二マイル近い長さだ――それはもちろん不可能だけど、われわれのバベルはオックスフォードでもっとも背が高い建物であり、おそらくセントポール大聖堂を別にして、イングランド全土でももっとも背が高いだろう。地下室を勘定に入れずに、この塔は三百フィート近い高さがあり（三百フィートは九十メートル強）、ラドクリフ図書館の倍の高さになっていて――」

ヴィクトワールが片手を挙げた。「この塔は――」

「外から見ているよりなかに入ったほうが大きく見えるだろ？」アンソニーは訊いた。「まさしくそうなんだ」ロビンは当初そのことに気づかなかったが、いまではその矛盾に戸惑いを覚えていた。バベルの外部は巨大だったが、それでも個々の階の高い天井や聳える本棚を収められるほど高くはないように見えた。「そこが銀工術のなせるみごとな技なんだ。どんな適合対《マッチ・ペア》が関わっているのか、ぼくは知らないけどね。ぼくがここにきたときからずっとこんなだったんだ。われわれはそれを当然のことと見なしている」

　アンソニーの案内で、一行は、混み合った会計窓口に街の住民が並んで立っている何本もの列を縫って通った。「いまはロビーにいる——すべての商取引がここで扱われている。自分たちの道具のための棒を発注する地元の職人や、公共整備事業の要請をする市当局者とか、そんな感じさ。民間人が入れる塔の区域はここだけなんだ。もっとも、彼らは学生とはあまり関わったりしない——民間人の要求を処理するための職員を置いているんだ」アンソニーは一行に手を振り、あとにつづいて中央階段をあがるよう合図した。「こっちだ」

　二階は法務科だった。気難しい顔の学生たちが書類にがりがり、ペンを走らせたり、かびくさい分厚い参考資料をめくったりしていた。

「ここはいつも忙しいんだ」アンソニーが言った。「国際条約や海外貿易、そういったものを扱っている。帝国の歯車であり、世界を動かしているものだ。バベルの学生の大半は卒業後、ここに落ち着く。給料はいいし、つねに求人をおこなっている。ここでは無料奉仕《プロボノ》の仕事もけっこうたくさんある——四分割された区画のうち、南西区画は、ナポレオン法典をほかの欧州各国語に翻訳する仕事に取り組んでいるチームに割り当てられている。*だけど、ほかの区画ではかなりの金額を請求している。ここは最大規模の収入を確保している階なんだ——もちろん、銀工を別にして」

「銀工術はどこで？」ヴィクトワールが訊いた。

「八階だよ。最上階で」

「眺めがいいから？」レティが訊いた。

「火災に備えてだ」アンソニーは答えた。「だれもが脱出する時間が持てるよう、火災は建物の最上階で発生したほうがいいだろう」

　アンソニーが冗談を言っているのかどうか、だれもわからなかった。**

アンソニーは一行に次の階に繋がる階段をのぼらせた。「三階は通訳のための集合基地なんだ」ほぼ無人の部屋を身振りで示した。斜めに置かれた数客の汚れたティーカップと、机の隅に積まれた紙束がぱらぱらあるくらいで、使用感の乏しい部屋だった。「通訳たちはほとんどここにいないけど、いるときは、内密に事前資料を準備する場所が必要なため、この階全部を使うんだ。連中は政府高官や外交官の外遊に同行し、ロシアで舞踏会に出席したり、アラビアの首長たちとお茶をしたりなにやかやするんだ。そうした海外出張はとても疲れるもので、バベル出身の通訳専門職の人間はあまり多くないと聞いている。彼らは、異なる場所でそれぞれの言語を習得した生来数カ国語を操れる人間である場合が普通だ——たとえば、親が宣教師だったり、夏休みを外国の親戚のところで過ごす境遇だったり。バベルの卒業生は通訳業を避けがちなんだ」

「なぜ?」ラミーが訊いた。「楽しそうだけどなあ」

「きみの願っているのが、他人の金で海外旅行をすることだったら、おいしい勤め口だろうな」アンソニーが言った。「だけど、生来の研究者というのは、孤独な居職《いじょく》だ。旅行が楽しいのは、自分がほんとうに望んでいるのは家に留まって、暖炉のそばで一杯のお茶と本の山に囲まれることだと気づくまでだ」

「学問に対して陰気な見方をしてるわね」ヴィクトワールが言った。

「経験に裏打ちされた見方をしているんだよ。きみたちもいずれわかるだろう。通訳業に就いた卒業生は、たいてい最初の二年内に辞めている。スターリング・ジョーンズでさえ——ご存じのとおり、ウィリアム・ジョーンズ卿の甥御《おいご》だ——八カ月以上つづけられなかった。どこにいくにも一等車で旅をさせてもらっていたにもかかわらず。いずれにせよ、通訳業はそれほど魅力的なものとは考えられていないんだ。なぜなら、その仕事でいちばん大切なのは、だれかの気分を害することなく、自分の言いたい要点を伝えることなんだから。言語の複雑さをあれこれいじくりまわすことにはならない。そこにほんとうのおもしろさがあるというのにね」

四階は三階よりさらに忙しそうだった。研究員たちもずいぶん若そうだった――法務科の洗練され、整った服装の人々と比べ、髪の毛を振り乱し、肘につぎの当たった服を着たタイプの人間が多かった。

「文学科だ」アンソニーが説明した。「すなわち、外国の小説や物語や詩の翻訳業務に携わっている――その逆もあり――頻度は少ないが。正直言って、評価レベルは少し低いのだけど、通訳よりは憧れられている仕事だ。卒業後文学科への採用は、バベルの教授になるための自然な第一歩と考えられている」

「われわれのなかには、ここを本気で好きな人間がいるんだぜ」卒業生のガウンを着た若者がアンソニーの隣に歩み寄った。「彼らがことしの一年生？」

「全員がそうだ」

「大きなクラスじゃないんだな？」若者は陽気に四人に手を振った。「やあ。ヴィマル・スリニヴァサンだ。前期で卒業したばかりなんだ。サンスクリット語とタミール語とテルグ語とドイツ語を専攻している***」

---

*これは正直言って、相当好意的な法務科の説明である。法務科における翻訳者の仕事は、言葉を駆使して、ヨーロッパ側関係者に有利な条件を作りだすことにあったとも言える。たとえば、ヨーロッパの王権あるいは財産としての土地の概念をアルゴンキン族の言葉に正確に翻訳するのは明らかに難しかったにもかかわらず、パスペヘイ族長がイギリス人に「銅と引き換えに」ヴァージニア州の土地を売ったとされる怪しい取引がある。これらの問題の法的解決策は、アルゴンキン族が野蛮すぎて、そうした概念を発達させることができずにいて、イギリス人がそれを教えるために現地にいたのはいいことだった、と単純に宣言することだった。

**アンソニーは冗談を言っているのではなかった。研究所の八階は、この建物が最初に建設されて以来、七回建て直されていた。

「ここではだれもが自分のやってる言語といっしょに自己紹介するものなのかい?」ラミーが訊いた。

「もちろんそうだ」ヴィマルが答えた。「自分のできる言語がその人間のおもしろさを決めるんだ。東洋言語専攻は魅力的だ。古典語専攻は退屈だな。とにかく、この塔の最高の階にようこそ」

ヴィクトワールはとても興味深げに書架を眺めまわしていた。「じゃあ、海外で出版されたどんな本も手に入るんですか?」

「ああ、大半は手に入る」ヴィマルが答えた。

「フランス語で出版された本も全部? 刊行され次第すぐに?」

「そうだよ、欲張りさん」ヴィマルはまったく悪意もなくそう答えた。「ここの購書予算は事実上上限がないんだ。うちの司書たちは完全なコレクションを維持したがっている。とはいえ、ここに入ってくるすべてを翻訳することはできない――たんに人手が足りないんだ。古文書《こもんじょ》の翻訳がいまもわれわれの時間のかなりを占めている」

「だから、ここが毎年赤字になる唯一の部門なんだ」と、アンソニーが言った。

「人間のありようについての理解を向上させるのは、利益の問題じゃない」ヴィマルが鼻息を荒くした。「ここでは絶えず古典の更新をおこなっているんだ――前世紀と今世紀のあいだで、特定の言語に関して理解がずいぶん深まっただろ。古典も近寄りがたいままでいなきゃいけないという理由はない。ぼくは目下、『バガバッド・ギーター』のよりよいラテン語版に取り組んでいるんだ――」

「シュレーゲルがこないだ出したばかりなんだがな」アンソニーが皮肉を言った。

「十年以上まえの話だ」ヴィマルが切り捨てる。「それにシュレーゲルの『ギーター』は、ひどいもんだ。あの作品に秘められた根本の哲学を把握していないとシュレーゲル自身が言っている。それを端的に示しているのは、ヨガを表現するのにおよそ七つの異なる単語を用いていることだ――」

「とにかく」アンソニーは四人を促して、追い立てた。「あれが文学科だ。あえて言うなら、バベルの教育の最悪の使いみちだな」

「認めてないんですか?」ロビンが訊いた。ヴィクトワールの喜びをロビンは共有していた。四階で過ごす人生はすばらしいものになるだろう、と思った。

「ぼくがかい、認めるもんか」アンソニーは喉を鳴らして笑った。「ぼくはここに銀工のためにいるんだ。文学科は、ヴィマルもわかっているように、甘やかされた連中だ。ほら、なにが残念かと言うと、連中はもっとも危険な研究員になりうるんだ。なぜなら、言語をほんとうに理解しているのは連中だからだ――夢中にさせる方法を心得ており、言い回しひとつで心拍数をあげたり、肌を粟立《あわだ》たせたりする術を心得ている。だけど、自分たちの愛する心象風景をいじくるのに夢中なあまり、その生きるための活力のすべてをなにかはるかに強力なものに注ぎこむ術を考えないんだ。もちろん、なにが言いたいかというと、銀のことさ」

五階と六階は、両方とも研修室があり、参考資料が収められていた――入門書や文法書、読本、類語辞典、そしてアンソニーが主張するには、この世で話されているすべての言語の辞書が少なくとも四種類ここにはあるという。

「まあ、辞書類は塔全体に散らばっているんだけど、古文書解読級の難しい仕事をしなければならないなら、ここにくればいい」アンソニーは説明した。「ほら、塔のどまんなかにあるんだ。だから、必要なものを手に入れるのに五階までくれば十分だ」

＊＊＊サンスクリット語に関する西欧の基礎研究の多くが、ヘルダーやシュレーゲル、ボップのようなドイツ・ロマン主義派によってなされた。彼らの研究論文のすべてが英語に翻訳されたわけではなく――少なくとも、程度のよい翻訳は少なかった――そのため、バベルでサンスクリット語を研究する学生の大半もドイツ語を学ぶ必要があった。

六階の中央に置かれたガラスの展示ケースを覗くと、深紅のベルベット生地の上に赤い装幀《そうてい》の書籍が並べられていた。柔らかなランプの光が革装の表紙を照らして、書籍をとても魅力的なものに見せていた――ありふれた参考書籍というよりも魔法の本のようだった。

「ここにあるのは、文法大系書《グラマティカ》だ」アンソニーは言った。「うかつに触れないくらい、いかめしく見えるだろうけど、大丈夫、触ってかまわない。この本は参照用のものなんだ。まずベルベットで指を拭いてから」

グラマティカは、厚さはさまざまだが、おなじ装幀の書籍で、言語のローマ字名に従ってアルファベット順に、同一言語のものは刊行日順に並べられていた。グラマティカ・セット――特にヨーロッパ言語のもの――のなかには、単独で展示ケース全体を占めるものもあれば、主に東洋語の場合は、ほんの数巻しかないものもあった。中国語のグラマティカは、三巻しかなかった。日本語と朝鮮語のグラマティカは、それぞれ一巻しかなかった。驚くことにタガログ語のそれは、五巻にも達していた。

「だけど、これはわれわれの手柄じゃないんだ」アンソニーは言った。「この翻訳作業は、すべてスペイン人の手によるものなんだ。だから、表紙裏のページに、西英翻訳者のクレジット表記がなされている。それにカリブ諸語と南アジア諸語のグラマティカのかなりの部分は、まだ翻訳中なんだ――ほら、ここにある。こうした言語は、パリ条約後になるまでバベルでは関心を抱かれなかったんだ。その講和条約で、大量の領土が大英帝国のものになったからね。おなじように、アフリカ諸語のグラマティカの大半がドイツ語から英語に翻訳されていることにも気づくだろう――大方の作業をやってのけたのは、ドイツ人の宣教師と文献学者だから。ここにはアフリカの言語を担当する人間がもう何年も出てきていないんだ」

ロビンは矢も楯《たて》もたまらなくなった。逸《はや》りながら東洋語のグラマティカに手を伸ばし、巻頭部分をぱらぱらとめくりはじめた。各巻の表紙にとても綺麗な小さい文字で手書きされているのは、それぞれのグラマティカの初版を作った研究員の名前だった。ベンガル語のグラマティカには、ナサニエル・ハルヘッドの名が、サンスクリット語のグラマティカには、ウィリアム・ジョーンズ卿の名が、記されていた。これが傾向なんだな、とロビンは気づいた――筆頭著者は、それぞれの言語の母語話者ではなく、全員白人英国人男性なのだ。

「東洋語においてそれなりの研究をするようになったのはごく最近なんだ」アンソニーは言った。「この分野ではフランス人にかなり後れを取ってきた。ウィリアム・ジョーンズ卿がここの特別研《フェ》究員《ロー》だったころ、サンスクリット語とアラビア語とペルシャ語の講座を導入するのにかなりの貢献を果たしてくれたんだ――彼が一七七一年にペルシャ語のグラマティカを書きはじめた――だけど、東洋の言語の真剣な研究をおこなったのは、一八〇三年になるまで彼ひとりだけだったんだ」

「その年になにがあったんです?」ロビンが訊いた。

「その年、リチャード・ラヴェルがバベルの教授に加わった」アンソニーは言った。「彼は極東言語の一種の天才だと聞いている。ひとりで中国語グラマティカのうち二巻に貢献しているんだ」

恭《うやうや》しくロビンは手を伸ばし、中国語グラマティカの最初の巻を手元に引き寄せた。その大部《たいぶ》の本は、とてつもなく重く感じた。各ページがインクの重みで沈みこんでいるかのようだ。どのページにもラヴェル教授の細かい端整な手書き文字が記されているのがロビンにはわかった。驚くほど幅広い研究成果がそこに記されている。ロビンはその一冊をおろし、ラヴェル教授――外国人――が自分よりも自分の母語について詳しく知っていることを悟り、動揺した。

「どうしてこの本は展示ケースに入れられているの?」ヴィクトワールが訊いた。「取りだすのがめんどくさいような気がするけど」

「なぜなら、オックスフォードにあるのはこの版だけだからさ」と、アンソニーは答えた。「ケンブリッジとエジンバラとロンドンの外務省に予備の版がある。そっちは、新しい発見事項を追加するため、年一回、更新されている。だけど、ここにある版は、存在するすべての言語に関する知識を包括的に集めた唯一の信頼できる叢書《そうしょ》なんだ。きみも気づいているだろうが、新しい研究成果が手書きで加えられる――あらたな追加があるたびに印刷するのは経費がかかってしかたがないし、それに、ここの印刷機では、そんなに多くの外国の文字を処理できない」

「じゃあ、バベルに火事があったら、一年分の研究成果を失ってしまいかねないというわけ？」ラミーが訊いた。

「一年？　数十年分だろう。だけど、そんなことはけっして起こらない」アンソニーはテーブルを軽く叩いた。ロビンは何十本もの細い銀の棒がはめこまれているのに気づいた。「グラマティカは、ヴィクトリア王女よりもしっかり守られているんだ。ここにある本は、火事や洪水、それに研究所の名簿に登録されていないだれかが持ちだそうとすることに影響されないんだ。もしだれかがこの一巻を盗んだり、あるいは壊したりしようとすると、目に見えない力に打たれ、警察が到着するまで、自己の五感と目的を失ってしまうだろう」

「この棒がそんなことをできるんですか？」驚いてロビンは訊いた。

「まあ、それに近いことができる」アンソニーは言った。「推測しているだけだけどね。プレイフェア教授が防犯手段を講じており、それに関して謎めいた状態にしておくのを好んでおられるようだ。だけど、そうだ、この塔の防護装置には、驚くぞ。標準的なオックスフォードの建物に講じられた装置のように見えるだろうが、もしだれかがここに侵入しようとしたら、表の通りで血を流すはめになるだろう。ぼくは一度そんなことが起きたのを見た」

「研究施設にしてはやりすぎの防護措置じゃないですか」ロビンは言った。ふいにてのひらが汗でねばつき、ガウンで拭った。

「まあ、当然なんだよ」アンソニーは言った。「イングランド銀行にあるよりもたくさんの銀がこの壁のなかにあるんだから」

「ほんとに？」レティが訊いた。

「当然だ」アンソニーが答える。「バベルはこの国でもっとも裕福な場所のひとつなんだ。その理由を見たくないか?」

一行はうなずいた。アンソニーは指を鳴らすと、あとについて階段をのぼるよう合図した。

八階は、バベルで唯一扉と壁の向こうに隠されている箇所だった。ほかの七つの階は、オープンフロア計画に従って設計されていて、階段を囲む障壁はなかったが、八階に通じる階段の行き着く先は、煉瓦造りの廊下になり、その先は重厚な木の扉につづいていた。

「防火壁なんだ」アンソニーが説明した。「火災が起こった際に備えて。もしここでなにかが爆発したとしてもグラマティカが燃えないように、建物のほかの部分と切り離す」アンソニーは扉に体重をかけて押した。

八階は、学術図書館というよりも工房に似ていた。研究員たちが機械工のように作業台を囲んで前のめりに立っていた。その手にあらゆる形や大きさの銀の棒に対処するためのさまざまな彫刻刀を持っていた。がりがり、ぶーんぶーん、ぎゅんぎゅんという音が室内に満ちていた。窓のそばでなにかが爆発し、火花が散って、罵声があがったが、だれも顔すら起こさなかった。

ぽっちゃりした白髪の白人男性が作業スペースのまえで一行を待ち構えていた。笑い皺の刻まれた幅広い顔と、きらきら輝く瞳の持ち主で、四十歳から六十歳までのどの年齢でもありえた。黒い修士《マスターズ》ガウンは、大量の銀の屑《くず》で覆われており、動くたびにその姿が光っていた。眉は太くて黒く、このうえもなく表情を豊かに見せた。口をひらけば、情熱のあまり、その眉がいつでも顔を飛びたちそうな様子だった。

「おはよう」彼は言った。「学部長のジェローム・プレイフェア教授だ。フランス語とイタリア語に首を突っこんでいるが、いちばん好きなのはドイツ語だ。ありがとう、アンソニー、きみはここでお役御免だ。きみとウッドハウスはジャマイカ出張の準備は万端整っているのか?」

「まだです」アンソニーが答える。「あの地域の方言入門書をまださがしています。ギデオンがまた署名せずに持ちだしたんじゃないかと疑っています」

「だったら、急ぐんだな」

アンソニーはうなずくと、ロビンの同期の面々に想像上の帽子を傾けて挨拶し、重たい扉の向こうに退いた。

プレイフェア教授は四人に向かって莞爾《かんじ》とほほ笑んだ。「さて、諸君はバベルを目にした。みんなどんな気分だね？」

一瞬、だれも口をひらかなかった。レティとラミーとヴィクトワールは、全員、ロビンが感じているのとおなじように茫然としているようだった。一度に大量の情報に晒《さら》され、その影響は、いま自分が立っている地面が本物かどうか定かではないとロビンに感じさせたほどだった。

プレイフェア教授は、喉を鳴らして笑った。「わかるよ。ここにきた初日にわたしもおなじ印象を受けた。秘められた世界へ連れてこられたみたいなものだろ？　妖精宮《ようせいきゅう》で食べ物を食べるようなものだ。塔で起こっていることを知ったが最後、俗世《ぞくせ》のおもしろさは半減するんだよ」

「目がくらみそうです」レティが言った。「信じられません」

プレイフェア教授はレティにウインクした。「地上でもっともすばらしい場所だ」教授は咳払いをした。「さて、聞かせたい話がある。大仰になるのは申し訳ないが、この機会を記念したいのだ――なんと言っても、この世でもっとも重要な研究施設だとわたしが信じているところでのきみたちの初日なんだから。では、いいだろうか？」

教授は一行の承認を得る必要はなかったものの、四人ともうなずいた。

「ありがとう。さて、これから話すのは、ヘロドトスの書いたものから得た」教授は舞台で自分の立ち位置を確認している役者のように四人のまえを何歩か進んだ。「ヘロドトスは、かつて自分を裏切った十一名の王を打ち負かすため、イオニア海の海賊と盟約を結んだエジプト王プサムテク一世の話をわれわれに語ってくれる。敵を打ち倒してから、プサムテクは、イオニアの同盟者に広大な土地を与えた。だが、プサムテクは、かつての同盟者たちの裏切りを踏まえてイオニア人にはより確実な保証を欲したのだ。誤解に基づく戦争を防ぎたかった。そのため、王は若いエジプトの少年たちをイオニア人といっしょに暮らさせてギリシャ語を学ばせ、彼らが成長すれば、両者のあいだの通訳として役立てるようにしたのだ。

ここバベルでは、プサムテク王から着想を得ている」教授はぐるりを見まわし、四人それぞれにするどい眼光を向けながら話をつづけた。「翻訳とは、太古のむかしから、平和を促進させるものなのだ。その結果、外国人同士の外交や貿易、協力が可能になり、すべての人に富と繁栄をもたらす。

諸君はもう気づいているだろうが、バベルだけがオックスフォードの学部でヨーロッパ出身者以外の学生を受け入れている。この国のほかのどこにもヒンドゥー教徒やイスラム教徒、アフリカ人、中国人がおなじ屋根の下で学んでいるところはない。われわれは諸君を外国の背景があるにもかかわらず受け入れたのではなく、背景があるから、こそ受け入れたのだ」プレイフェア教授は、そこの部分をまるで大きな誇りを抱いているかのように強調した。「その出自がゆえに、諸君は、イングランドに生まれた人間には真似できない語学の才能を有している。そして、諸君は、プサムテク王の少年たちのように、その語学の才によって、世界規模の平和を実現させる存在なのだ」

教授は祈るように両手をまえに合わせた。「とにかく。院生連中は毎年わたしがこの話をするのでばかにしてくるんだ。連中はこの話を陳腐だと思ってる。だけどな、ここの置かれている状況は、それくらいの重みを要求しているとは思わんか？　結局のところ、われわれがここにいるのは、未知のものを既知にし、他者を身近なものにするためなんだ。言葉で魔法をかけるためにここにいる」

これこそ、自分が外国生まれであることに関して誰かが言わねばならなかった言葉のなかでもっとも親切なものだ、とロビンは思った。そして、いまの話に腹がよじれそうになったものの——というのも、ロビンはヘロドトスの話の関連するくだりをすでに読んでおり、エジプトの少年たちがそれでもやはり奴隷だったことを思いだしたからだった――自分がどこにも所属していないからといって、永遠に周縁にいなければならない運命にあるわけではなく、逆に、そのせいで自分が特別な存在になっていると思うと、昂奮のときめきを感じてもいた。

次にプレイフェア教授は、空いている作業台のまわりに四人を集め、実演をおこなった。「さて、一般人は、銀工術は魔法に等しいと考えている」教授はそう言いながら、袖を肘までまくりあげると、まわりの騒音に負けないよう声を張りあげた。「棒の力は銀自体にある、銀は世界を変えるほどの力を秘めた魔法の物質である、と一般に考えられている」

教授は左側のひきだしの鍵をあけ、なにも書かれていない銀の棒を一本、取りだした。「その考えは、完全に間違っているわけじゃない。われわれがやることの理想的手段になるなにか特別なものが銀にあるのは確かだ。銀は神々に祝福されているのだと思いたいところだ――結局のところ、銀は水銀《マーキュリー》を用いて精錬されるものであり、メルクリウス《マーキュリー》は、神々の使者となる神であろう？　メルクリウス、すなわち、ギリシャ神話で言うヘルメスだ。だとすれば、銀は解釈学と密接な繋がりがあるのではないだろうか？　だが、あまり空想的な話には入るまい。そうではなく、棒の力は言葉に宿っているのだよ。もっとはっきり言うと、言葉では表現することができない言語のなにかに――われわれがひとつの言語から別の言語に移動するときに失われてしまうなにかに。銀は、失われてしまうものを捕まえ、それを存在するものに変えるのだ」

教授は顔を起こし、一行の当惑した顔をじっと見た。「疑問が多々あるだろう。いまは気にするな。三年生の終わり近くになるまで、諸君が銀と取り組むことはない。そのまえに関連する理論に追いつくための時間がたっぷりとある。いま大切なのは、われわれがここでおこなっていることの重大さを理解することだ」教授は彫刻刀に手を伸ばした。「もちろん、それは魔法をかけることだ」

教授は銀の棒の一端にひとつの単語を彫りはじめた。「簡単なものをお見せしよう。効果はきわめて小さいものだが、諸君がそれを感じられるかどうか確かめてみるとしよう」

教授は棒の端に文字を刻み終えると、掲げて一行に見えるようにした。「Heimlich《ハイムリヒ》。ドイツ語で、秘密や内密《クランデスティン》を表す単語だ。いまこんなふうにわたしがドイツ語から英語に翻訳した。だが、ハイムリヒにはたんなる秘密以上の意味がある。ハイムリヒは、元々、「家」を意味するゲルマン祖語に由来する単語だ。こうした意味を集めると、なにが手に入る？　自分が所属しているどこかから離れ、外界から隔絶された状態で、秘められた、仲間うちの気持ちのようなものだ」

そう言いながら、教授は棒の反対側に英語でclandestineと刻んだ。刻み終えた瞬間、銀の棒が振動しはじめた。

「ハイムリヒ」教授は言った。「クランデスティン」

またしてもロビンは音源のないところから発せられる歌声を耳にした。どこからともなく聞こえてくる非人間的な声。

世界が変化した。なにかが四人を縛った――なにかつかみどころのない障壁が四人のまわりの空気をぼやかし、周囲の騒音をかき消し、研究員たちがひしめいている階にいるのが自分たちだけという気持ちにさせた。彼らはここで安全だった。彼らは孤立していた。ここは彼らの塔、彼らの避難所*だった。

一行はこの魔法を知らないわけではなかった。みな以前に銀の作用を目にしていた。イングランドでは見ないわけにはいかなかった。だが、棒が効果をもたらし、銀の作用が機能している先進社会の基礎であるというのを知るのと、いかに現実が歪むか、言葉がいかに説明できないものをとらえ、起こるはずのない物理的変化をもたらすかを自分の目で見るのは、大違いだった。

---

*関連するドイツ語のunheimlich《ウンハイムリヒ》（「不気味な」という意味）を参照。

ヴィクトワールは片方の手を口元に持っていった。レティは息遣いを荒くした。ラミーはまるで涙をこらえているかのように、激しくまばたきしていた。

そしてロビンは、まだぶるぶると震えている棒を見つめながら、全部価値があったのだとはっきり悟っていた。あの孤独、あの打擲、長く苦しい勉強時間、苦い強壮薬のように言語を摂取していくことは、いつかこれをできるようになるためだったのだ——すべて価値があることだった。

「最後にひとつ」四人を伴って階段をおりながらプレイフェア教授が言った。「諸君の血を採らねばならない」

「どういうことですか？」レティが訊いた。

「諸君の血だ。長くはかからない」プレイフェア教授は一行を率いて、ロビーを通り抜け、書架の奥に隠れている小さな窓のない部屋に案内した。そこは、なんのへんてつもない机と四脚の椅子があるだけだった。教授は四人に座るよう指図すると、奥の壁に向かった。そこには石の壁に隠されている何本ものひきだしがあった。教授が最上段のひきだしを手前に引いたところ、小型のガラス瓶が何重にも積み重ねられていた。ひとつひとつの瓶には、研究員の名前を記したラベルが貼られていて、そのなかに当人の血が入っていた。

「防護装置のためだ」プレイフェア教授は説明した。「バベルは、ロンドンじゅうの銀行すべてを合わせたよりも、強盗未遂に遭っている。扉で屑どもの大半を近寄らせずにいるが、研究員と侵入者を区別するためのなんらかの方法が防護装置として必要なのだ。髪の毛や爪を試してみたんだが、そういうのだと、簡単に盗まれてしまうのだよ」

「泥棒は血液も盗めますよ」ラミーが言った。

「確かに」プレイフェア教授は答えた。「だが、やつらはもっと真剣に取り組まなければならなくなるのじゃないだろうか？」

教授はいちばん下のひきだしから数本の注射器を取りだした。「袖をまくってくれ」

渋々と四人はそれぞれのガウンをまくりあげた。

「看護婦がいてもいいんじゃないですか?」ヴィクトワールが訊いた。「わたしはこいつがとても得意なんだ。血管を見つけるのにあまり時間はかからないぞ。だれが最初だね?」

ロビンが志願した。ほかの連中の様子を見てわが身にふりかかることに怯えたくなかった。次がラミーで、その次がヴィクトワール、最後にレティという順になった。全部終わるまで十五分もかからなかったし、血を抜かれたあと、だれもなんともなかったが、レティは注射針が腕を離れたときには、ひどく顔を青ざめさせていた。

「たっぷり昼食を取るように」プレイフェア教授はレティに言った。「もし残っているなら、ブラッド・ソーセージがおすすめだ」

四本の新しいガラス小瓶がひきだしに加えられ、いずれも綺麗な細かい手書き文字のラベルが貼られていた。

「さて、これで諸君は塔の仲間だ」プレイフェア教授は、ひきだしに鍵をかけると、言った。「これで塔が諸君のことを知った」

ラミーが渋い顔をした。「ちょっと気味が悪いですね」

「そんなことはあるまい」プレイフェア教授は言った。「諸君は魔法が作られる場所にいるのだ。うわべは近代的大学のそれをまとっているのだが、その中心では、バベルは古き錬金術師の隠れ家と大差ない。だが、錬金術師と異なり、われわれは事物を変容させる鍵を実際に突き止めている。鍵は物質的な存在のなかにはない。名前のなかにあるのだ」

バベルはいくつかのほかの人文系学部とラドクリフの中庭にある軽食堂《バタリー》を共有していた。そこの食べ物はとてもおいしいと言われていたが、あすの授業開始までは閉まっており、そのため四人は昼食サービスの終了時間までに間に合うよう、学寮に戻った。温かい食べ物はすべてなくなっていたが、アフタヌーン・ティーとそれに付随する料理は、夕食時まで提供されていた。一行は、トレイにティーカップとポット、砂糖壺《つぼ》、ミルクジャグ、スコーンを載せ、食堂《ホール》の長い木のテーブルを巡って、隅に空いている場所を見つけた。

「じゃあ、あなたは広東出身なのね？」レティが訊いた。彼女はとても我の強い性格だな、とロビンは気づいていた。なにもはばかることなく質問をぶつけてきて、たとえ穏当な質問でも訊問官の口調で訊くのだった。

　ロビンはスコーンをかじったところだった。かちかちに乾いていて、紅茶を一口飲まなければ答えられなかった。ロビンが答えられるようになるまえにレティはラミーに視線を向けた。「で、あなたは――マドラス？　ボンベイ？」

「カルカッタだよ」ラミーは愛想よく言った。

「父はカルカッタに駐在していたわ」レティは言った。「一八二五年から一八二八年までの三年間。現地で父をあなたが見かけたかもしれないわね」

「それはすてきだ」ラミーはスコーンにジャムを延ばしながら言った。「その親父さんはおれの妹たちに銃を向けたかもしれないな」

　ロビンはふんと鼻を鳴らしたが、レティは顔を青ざめさせた。「ヒンドゥー教徒と会ったことがあると言おうとしていただけで――」

「おれはイスラム教徒だ」

「あの、わたしが言いたいのはたんに――」

「それから、いいか」ラミーは勢いよくスコーンにバターを塗りながら言った。「正直言って、だれもがインドとヒンドゥー教を同一視したがるやり方には、とてもいらいらしてるんだ。『ああ、イスラムの教義は、異常であり、ずかずかと押し入ってきたものだ。ムガール人もたんなる侵入者だけど、伝統というものは――それはサンスクリット語にあり、ウパニシャッドに載っているんだ』」ラミーはスコーンを口に持っていった。「だけど、きみはいま言った言葉がなにを意味するのか、知りもしないだろ？」

　ふたりにとって第一印象は最悪だった。ラミーの持ち前のユーモアは、新しい知り合いには必ずしも通用しない。表面的なラミーの攻撃口調を柳に風とやり過ごさねばならないのだが、レティシア・プライスは、そういうのがまったく得意ではなさそうだった。

「ところで、バベルは」ロビンはラミーがそれ以上なにか言わないうちに口をはさんだ。「すてきな建物だった」

　レティは驚いたような表情をロビンに投げつけた。「ほんとに」

　ラミーは目を丸くして、咳払いをすると、スコーンを下に置いた。

　一行は黙って紅茶に口をつけた。ヴィクトワールは神経質そうにスプーンをティーカップにぶつけて音を立てていた。ロビンは窓の外に目を向けた。ラミーはテーブルを指でとんとん叩いていたが、レティににらまれて、それを止めた。

「ここのことをどう思う？」ヴィクトワールが会話を救おうと果敢に挑んだ。「つまり、オックスフォードシャーを。いまのところまだごく一部しか見ていない気がしてるの。とても広い州だから。つまり、ロンドンやパリとは違っているけど、隠れた名所がたくさんあると思わない？」

「信じられないよ」ロビンは多少わざとらしい熱をこめて言った。「この世のものとは思えない、どの建物を見ても――ぼくらは最初の三日間、ただ歩きまわって過ごしたんだ、目を皿のようにして。観光名所は全部見たよ――オックスフォード博物館、クライスト・チャーチ・ガーデン――」

　ヴィクトワールは片方の眉を吊りあげた。「どこにいっても入れてくれたの？」

「正直な話、そうじゃない」ラミーはティーカップを下ろした。「覚えてるだろ、バーディー、アシュモリアン博物館を――」

「確かに」ロビンは言った。「あそこの職員はぼくらがなにか盗むつもりだと思いこんでいたみたいだった。入る際と出る際にポケットを裏返しさせたもんな。まるでぼくらがアルフレッドの宝石を盗んだと確信しているかのようだった」

「わたしたちは、そもそも入れてもらえなかった」ヴィクトワールが言った。「付き添いのいない婦人は入館を認められていないと言われた」

　ラミーは憤然として訊いた。「どうして？」

「たぶん、女性の神経質な性質が理由なんでしょうね」と、レティ。「失神して絵に倒れかかったらたまらないというので」

「でも、あの色彩にはほんとにどきどきさせられた」と、ヴィクトワール。

「戦場と乳房」レティは手の甲を自分の額に当てた。「わたしの神経には負担がかかりすぎた」

「じゃあ、どうやって入ったんだ？」ラミーが訊く。

「ガイドが交代する頃合いに戻ってきて、今度は男のふりをしたの」ヴィクトワールは重々しい口調で言った。「すみません、この街に住んでるいとこを訪ねにきた田舎の青年なんですが、いとこが授業に出ているあいだ、やることがないんです――」

　ロビンは笑い声をあげた。「うまくいきっこない」

「うまくいったんだって」ヴィクトワールは強い口調で言った。

「信じられないな」

「いいえ、ほんと」ヴィクトワールは笑みを浮かべた。とても大きくて綺麗なつぶらな瞳をしているな、とロビンは気づいた。ロビンは彼女が話す調子が気に入った。なにを言っても、ロビンのなかから笑い声を引きだそうとしているかのようだった。「わたしたちが十二歳くらいだと思ったのにちがいない。だけど、夢のようにうまくいったの――」

「あなたが昂奮するまではね」レティが口をはさんだ。

「そうね、わたしたちがガイドのまえを通りすぎたところまで
はうまくいった――」

「だけど、そこでこの人はお気に入りのレンブラントの絵を見て、こんなふうに金切り声をあげたの――」レティは鳥のさえずりのような音を立てた。ヴィクトワールがレティの肩を押したが、当人も笑っていた。

「『よろしいですか、お嬢さん』」ヴィクトワールは咎《とが》めだてするガイドの真似をしようと、あごを引いて言った。「『あなたはここにいてはなりません、まわれ右をして――』」

「結局、神経が問題だったの――」

必要なのはそのやりとりだった。氷が溶けた。次の瞬間には四人全員が笑い声をあげていた――いまの冗談の正当な価値よりも多少強めではあったが、大事なのは、全員が笑っているということだった。

「だれかほかに気づいた人間はいたのかい?」ラミーが訊いた。

「いえ、ほかの人たちは、わたしたちのことをやけに痩せた新入生だと思ったくらい」レティが言った。「ただし、一度だけ、ヴィクトワールに向かって、ガウンを脱げと言った人がいたけど」

「そいつは無理矢理脱がそうとしてきた」ヴィクトワールの視線が膝に落ちた。「レティが傘で叩いて追い払ってくれた」

「おなじことがおれたちにも起こった」ラミーが言った。「きのうの夜、ベイリオルの酔っ払いに怒鳴られたんだ」

「自分たちの制服に黒い肌の人間が袖を通すのが嫌なんだ」ヴィクトワールが言った。

「ああ」ラミーが答える。「嫌みたいだ」

「ほんとに悲しいね」ヴィクトワールが言った。「そいつらは――つまり、無事に逃げられたの?」

ロビンはラミーを恐る恐る見たが、ラミーの目はまだこの話をおもしろがっている笑い皺を浮か

べていた。

「ああ、もちろんだ」ラミーはロビンの肩に腕をまわした。「おれは連中のだれかの鼻をへし折る気満々だったんだけど、こいつが賢明な行動をとった――地獄の犬に追いかけられているかのように駆けだしたんだ――だから、おれも走るしかなかった」

「ぼくは争いごとが嫌いなんだ」ロビンは顔を赤くして言った。

「ああ、そうだよな」ラミーは言った。「できるなら石のなかに消えてしまっただろう」

「そっちは残れたんだぞ」ロビンが言い返した。「ひとりで連中を片づけることができた」

「なんだと、身の毛もよだつ暗闇にきみを残しておくのか?」ラミーはニヤッと笑った。「とにかく、ひどい有様だったんだぜ。膀胱《ぼうこう》が破裂しそうなのに、トイレが見つからないかのように駆けていったんだから」

そこで、四人は、また笑い声をあげた。

ほどなくするとどんな話題も制限されていないのが明らかになった。彼らはどんなことについても話ができた。本来いるはずのない場所にいることで感じている、言葉では言い表せない屈辱感や、いままでだれにも言わずにいた秘められた不安をわかちあった。ついに自分たちのことを理解し、それぞれの経験がそれほど独特でもなく、不可解なものでもない仲間を見つけたため、なんでも共有しあった。

次に彼らはオックスフォードにくるまえにそれぞれが受けた教育について、話を交換した。ババルは、どうやら、幼いうちに候補者を選定するのが常のようだった。ブライトン南部出身のレティは、言葉を話せるようになってから並外れた記憶力で家族の友人たちを驚かせていた。そのなかのひとりが、オックスフォードの教師と知り合いで、レティに家庭教師を確保し、大学に入れる年齢になるまで、フランス語とドイツ語とラテン語とギリシャ語を叩きこんだ。

「だけど、あやうくうまくいかないところだった」レティはまばたきをした。まつげが激しくぱたぱたとする。「女の教育にけっして金は出さない、と父は言ってたので、奨学金がありがたかった。ここまでの馬車代を払うため、ブレスレットを売らなきゃならなかった」

　ヴィクトワールは、ロビンとラミー同様、後見人といっしょにヨーロッパに渡っていた。「パリに」彼女ははっきりと言った。「後見人はフランス人だったの。だけど、翻訳研究所に知り合いがいて、わたしがそれなりの年齢になったら、その人たちに手紙を書くつもりでいた。でも、その年齢になったとたん、彼が死んでしまい、しばらくのあいだ、自分がこられるかどうか確信がなかった」彼女の声が少し震えた。紅茶を一口含んでからつづける。「だけど、どうにかその知り合いたちと連絡を取ることができ、その人たちがわたしをここへ連れてくる手配をしてくれたの」と、曖昧に締めくくる。

　ロビンは、それが話の全容ではないと疑っていたが、彼もまた、痛みを取りつくろう術に長けていたので、穿鑿《せんさく》はしなかった。

　ひとつのことが四人全員を結びつけた――バベルがなければ、彼らにはこの国で行き場がないのだ。彼らは想像すらできなかった特権のため選ばれ、動機がいまひとつよくわからない権力と富を持つ男たちの資金援助を受けていた。そしてそういう特権がいつ失われるともかぎらないことを彼らは痛感していた。その不安定さが彼らを大胆であると同時に怯えもさせていた。彼らは王国の鍵を持っていた。それを返したくはなかった（「（天の）王国の鍵」は、『マタイによる福音書』十六章十九節より。ここでは、教育と援助を受ける権利を象徴していると思われる）。

　お茶を飲み終わるころには、彼らはおたがいに愛し合うようになったと言っても過言ではなかった――真の愛には時間と思い出が必要なことから、正確にはそこまでは至っていないとはいえ、第一印象が与えうるかぎりでは、愛と呼ぶものに近かった。ラミーがヴィクトワールの下手くそに編まれたスカーフを誇らしげにまとうようになり、ラミーがアラビア語の個人授業に出ているせいで否応《いやおう》なく軽食堂に遅れてやってくるときに好みの味になっているよう紅茶の茶葉をどれくらいの時間蒸らしていればいいのかロビンが正確に学ぶようになり、あるいは、レティが紙袋いっぱいのレモン・ビスケットを抱えて授業にくるのは、テイラーズ・ベーカリーがレモン・ビスケットを売りだすのが毎週水曜日であることから、水曜日の朝だと全員がわかるようになるには、まだしばらくの日々が必要だった。だが、その日の午後、彼らは確信をもって、自分たちがどのような友人になるのかを知ることができ、そのヴィジョンを愛することは愛にきわめて近いものだった。

のちにすべてが横道に逸《そ》れ、世界が半分に割れたとき、ロビンはこの日のことを、このテーブルでのこの時間のことを思い返し、なぜ自分たちはこんなにも性急に、こんなにも不注意にたがいを信頼しようとしたのだろう、と不思議に思うことになる。なぜ自分たちがたがいに傷つけあうかもしれない無数の可能性を見ようとしなかったのだろう？　なぜ立ち止まって、みずからの生まれや育ちの違いを突き詰めてみなかったのだろう？　自分たちがおなじ側にはいないし、けっしておなじ側にはなれないということを意味していたのに。

だが、答は明白だった——彼らは四人とも不慣れな環境のなかで溺れていたからであり、おたがいのなかに筏を見いだし、相手にしがみつくことが浮いているための唯一の方法だったからだ。

女性陣は寮に住むことを許されていなかった。そのため、彼女たちはガイダンス初日までロビンとラミーと出くわさなかった。その代わりにヴィクトワールとレティは、二マイルほど離れたところにあるオックスフォード通学学校のひとつの使用人用別館に寄宿していた。それはバベルの女子学生には共通した手配のようだった。ロビンとラミーは女性陣を寄宿先まで送り届けた。それが紳士としてやるべきことのように思えたからだったが、ロビンは毎晩の決まりきった行動にならないよう願った。というのも、そこまでの道のりはずいぶん離れており、この時間には乗合馬車は走っていなかったからだ。

「もっと近いところに入れてもらえなかったのか？」ラミーが訊いた。

ヴィクトワールが首を横に振った。「すべての寮が、わたしたちが近くにいると、紳士諸君を堕落させる危険がある、と口をそろえていったの」

「うへ、それは公正じゃないな」と、ラミー。

レティはおどけた目つきをラミーにぶつけた。「もっと言ってちょうだい」

「だけど、それほど悪くもないんだよ」ヴィクトワールが言った。「この通りには、おもしろそうなパブが何軒かある——黙示録《もくしろく》の四騎士亭がわたしのお気に入り。捻れた根っこ亭という店もある。それから、ルークとポーン亭という名の店があって、そこではチェスができるの——」

「ごめん」ロビンが言った。「いま、捻れた根っこ亭と言った？」

「ハロー・レーンを進んだ橋の近くにあるわ」とヴィクトワール。「だけど、あなたは気に入らないと思う。わたしたちは、ちらっと覗いて、すぐに出てきた——なかはおそろしく汚れているの。ガラスに指を走らせたら、四分の一インチの厚さの脂と汚れの塊が付いてくるわ」

「じゃあ、学生の溜《た》まり場じゃないのかい？」

「ないわね。オックスフォードの学生は絶対にあの店にはいかないわ。街の人《タウン》向けのパブであって、ガウンを着ている人間向きじゃない」

レティは前方のだらだらと進んでいる牛の群れを指差し、ロビンは会話を尻すぼみにさせた。その後、女性陣を無事寄宿先に送り届けると、ロビンはラミーにひとりでマグパイ・レーンまで戻るようにと告げた。

「ラヴェル教授に会いにいかなきゃいけないのを忘れてたんだ」ロビンは言った。ジェリコは、都合がいいことに、ユニヴより、街のこちらの部分に近かった。「長い道のりなので、きみをそこまで引っ張っていきたくない」

「教授との食事は今週末だと思っていたが」ラミーは言った。

「そうなんだ。でも、もっと早くに会いにいくことになっていたのをいま思いだした」ロビンは咳払いをした。ラミーを目のまえにして嘘をつくのが心苦しかった。「ミセス・パイパーがケーキを用意してくれていると言ってたんだ」

「それはそれは」驚いたことにラミーはなにひとつ疑わなかった。「きょうの昼食は食べられたものじゃなかったしな。ついていかなくて、ほんとにいいのか？」

「大丈夫さ。長い一日だったし、疲れた。ほんの少し、黙って歩くのもいいかなという気がする」

「まさにそうだな」ラミーは快活に言った。

　ふたりはウッドストック・ロードで別れた。ラミーは寮のある南へ戻っていった。ロビンはヴィクトワールから聞いていた橋をさがして、右に折れた。ドッペルゲンガーから小声でささやかれた文言を別にして、自分がなにをさがしているのか定かではなかった。

　答のほうからロビンを見つけだした。ハロー・レーンの途中で、うしろから足音が聞こえてきた。肩越しに振り返ると、狭い通りを黒い人影が近づいてくるのが見えた。

「ずいぶんかかったな」と、ドッペルゲンガーが言った。「ここで一日じゅう潜っていたんだぜ」

「あなたは何者だ？」ロビンは問いただした。「あなたは何者で――どうしてぼくとおなじ顔をしてるんだ？」

「ここでは止めよう」ドッペルゲンガーは言った。「この角を曲がったところにパブがある。なかに入ろう――」

「答えてくれ」ロビンは要求した。遅ればせながら危機感が芽生えていた。口がからからに乾き、心臓が激しく鼓動を拍っていた。「あなたは何者なんだ？」

「おまえはロビン・スウィフトだ」男は言った。「父親を知らないまま、不可解な英国人の子守女と、けっして供給が絶えない英語の本とともに育ち、ラヴェル教授がおまえをイングランドに連れていくため姿を現したとき、おまえは自分の母国に永遠の別れを告げた。教授が自分の父親ではないかと疑っているが、教授はおまえを自分の息子であるとはけっして認めてこなかった。今後も認めはしないだろう、とおまえは確信している。これで意味が通じるか？」

ロビンは口がきけなかった。口をひらいてはみたものの、あごが無目的にわなないているだけで、なにも言えることがなかった。

「ついてこい」ドッペルゲンガーは言った。「一杯やろう」

第二部

第五章

「悪口なんか気にしないぞ」モンクスは口をはさみ、あざけり笑った。「あんたは事実を知っており、おれにはそれで十分だ」
――チャールズ・ディケンズ『オリヴァー・ツイスト』

捻《ねじ》れた根っこ亭の奥の隅にテーブルを見つけて、ふたりは座った。ロビンのドッペルゲンガーは軽いゴールデン・エールを二杯注文した。ロビンは三度ごくごくと呷《あお》ってグラスを半分まで飲み干し、混乱は収まらないものの、心持ち落ち着いてきた。

「おれの名前は」ドッペルゲンガーが言った。「グリフィン・ラヴェルだ」

近くで見てみると、グリフィンとロビンはそれほど似ているわけではなかった。グリフィンのほうが何歳か年上で、その顔はロビンの顔がまだ獲得していない険しい成熟感を宿していた。グリフィンの声のほうが低く、のんびりしたところは少なく、主張が強かった。実際のところ、グリフィンの顔は鋭い彫りと角度だけで構成されているようだった。髪の毛はグリフィンのほうが色が濃く、肌の色は青白かった。グリフィンは、ロビンの姿を紙に印刷した挿絵のようだった。明暗差が強調され、色が白茶けたようだ。

前回見たときよりも似ている感じがする。

「ラヴェル」ロビンは繰り返し、自分がよって立つ位置を確認しようとした。「だったら、あなたは――」

「けっして認めないだろうな」グリフィンは言った。「だけど、おまえの場合も認めようとしないんじゃないか？　あの男に妻と子どもたちがいるのを知ってるか？」

　ロビンはむせた。「えっ？」

「ほんとだ。女の子と男の子、七歳と三歳だ。愛《いと》しいフィリッパとちびディック。奥さんの名前はジョハンナだ。あの男は家族をヨークシャーのすてきな地所に隠している。海外渡航の資金調達方法の一端がそこにある――あの男は元々なんの財産も持っていなかったけど、奥さんが恐ろしいくらい金持ちなんだ。その地所から年間五百ポンドは入るらしい」

「だけど、それなら――？」

「彼女がおれたちのことを知ってるかって？　絶対に知らないな。仮に知ったところで気にするとは思わないけどね。もし世間に知られたら評判は明らかに落ちるのは別にして。ふたりの結婚にもはや愛情は失われているんだ。あの男は地所が欲しく、夫人は自慢できる夫の名声が欲しかった。ふたりは年に二度くらい会ってるが、残りの時間はあの男はここか、ハムステッドに暮らしている。滑稽なことに、おれたちはあいつが大半のいっしょの時間を過ごしている子どもなんだ」グリフィンは小首を傾《かし》げた。「少なくとも、おまえはそうだ」

「ぼくは夢を見てるのか？」ロビンは口ごもりがちに訊《き》いた。

「そうだといいがな。ひどい顔つきだぞ。飲め」

　ロビンは機械的にグラスに手を伸ばした。もはや震《ふる》えていなかったが、頭がかなりぼーっとしていた。飲酒はなんの役にも立たなかったが、少なくとも両手を使ってやることを与えてくれた。

「山ほど質問があるのはわかってる」グリフィンは言った。「それに答えてやるつもりだが、まず、我慢してもらいたい。こちらにも訊きたいことがあるんだ。自分をどう呼んでる？」

「ロビン・スウィフト」戸惑いながらロビンは答えた。「知ってるでしょ」

「だけど、それはおまえが好んでいる名前なのか？」

　ロビンはその質問をどんな意図で相手が訊いているのか、わからなかった。「つまり、ぼくの最初の名前——つまり、中国名があったんだけど、だれも——ぼくは——」

「かまわん」グリフィンは言った。「スウィフト。いい名前だ。どうやってその名前を思いついた？」

「『ガリヴァー旅行記』から」ロビンは認めた。口に出して言うと、とても愚かしく聞こえた。グリフィンに関するあらゆることが、比較して自分を子どもっぽく感じさせた。「あれは——気に入っている本の一冊なんだ。ラヴェル教授は、好きな名前をなんでも選べと言って、最初に頭に浮かんだのがその名前だった」

グリフィンは唇を歪《ゆが》めた。「だとしたら、あいつは少し丸くなったんだな。おれの場合は、書類に署名するまえに街角に連れていかれ、捨て子は自分たちの捨てられた場所にちなんだ名前をつける場合が往々にしてある、と言われた。あまりおかしな響きのしない単語を見つけるまで、街を歩いてみろ、と言われた」

「そうしたの？」

「したさ。ハーレーだ。とくにどこだということではなく、たまたまある店の上にその名を見つけて、その響きが気に入った。発声するときの口の形や、二番目の音節の出し方が。だけど、おれはハーレーじゃない。おれはラヴェルだ。おまえがスウィフトではないのとおなじように」

「ということは、ぼくらは——」

「異母兄弟だ」グリフィンは言った。「やあ、弟。会えて嬉しいよ」

ロビンはグラスを置いた。「全容を包み隠さず教えてほしい」

「いいとも」グリフィンはまえに身を乗りだした。食事どきで、捻れた根っこ亭は混み合っており、個々の会話を覆い隠せるくらいがやがやと騒がしかったが、それでもグリフィンはロビンが耳を澄まさなければならないほど声を落として、静かなささやき声にした。「要するにこういうことだ。おれは犯罪者だ。仲間と協力して、銀や写本や文字を刻む道具をバベルから定期的に盗み、イングランドから世界じゅうの仲間に流している。おまえが昨夜おこなったのは、叛逆行為《はんぎゃくこうい》だ。もしだれかに見つかったら、おまえは少なくとも二十年間はニューゲート牢獄《ろうごく》に閉じこめられるだろうが、それはおれたちにたどり着こうとしておまえを拷問してからのことだ」これをグリフィンはほとんど口調も声の強弱も変えずに一気にまくしたてた。話し終えると、グリフィンは背もたれにもたれ、満足げな表情を浮かべた。

ロビンは自分にできると思える唯一のことをした。エールを酔いそうなくらいの量、一気に喉に流しこむことだった。グラスを置くと、こめかみがずきずきして、なんとか口に出せたのは、ひと言だけだった。「どうして？」

「簡単さ」グリフィンは言った。「ロンドンの富裕層以上に銀を必要としている人々がいるんだ」

「だけど――つまり、それはだれ？」

グリフィンはすぐには答えなかった。何秒かかけてロビンをためつすがめつし、まるでなにかを――いま以上の類似点、なんらかの決定的な生来の性質を――さがしているかのようにロビンの顔をしげしげと見つめた。そして、グリフィンは訊いた。「なぜおまえの母親は死んだんだ？」

「コレラで」ロビンは一呼吸置いてから答えた。「伝染病の流行があり――」

「どうやって死んだかは訊いていない」グリフィンが言った。「なぜ死んだのか、その理由を訊いている」

理由なんか知らない、とロビンは言いたかったが、知っていた。ずっと知っていたにもかかわらず、その件を深く考えないよう自分に強いてきた。いままでずっと、その疑問を具体的に自分に問わないようにしてきた。

ああ、二週間と少し、とミセス・パイパーは言った。ふたりは二週間以上、中国にいたのだ。

ロビンの目がずきっと痛んだ。目をしばたたく。「どうしてぼくの母親のことを知ってるんだ？」

グリフィンは椅子に寄りかかり、頭のうしろで腕を組んだ。「その酒を飲んでしまったらどうだ？」

店を出るとグリフィンはきびきびとハロー・レーンを歩きだし、口の端《は》から矢継ぎ早に質問を放った。「で、おまえはどこからきたんだ？」

「広東《カントン》だ」

「おれは澳門《マカオ》生まれだ。広東にいったことがあるかどうかは覚えていない。で、いつあいつはおまえを連れてきたんだ？」

「ロンドンに？」

「ちがうよ、まぬけ、マニラにだ。いや、ロンドンにだ」

ぼくの兄は、めんどくさいやつかもしれない、とロビンは思った。「六年――いや、もう七年まえかな」

「信じがたい」グリフィンはいきなり左に曲がって、バンベリー・ロードに入った。ロビンは急ぎ足でついていった。「おれをさがしにこなかったのも不思議じゃないな。もっと心を注げる相手を手に入れたわけだ」

ロビンは丸石につまずいて、まえのめりになった。体を立て直すと、急いでグリフィンを追った。ロビンはきょうまで一度もエールを飲んだことがなかった。ミセス・パイパーが料理を用意する食卓で弱いワインを飲んだことがあるくらいだ。エールのホップの後味で舌が痺《しび》れた感じになっていた。吐きたい強い衝動にかられていた。なぜこんなに飲んでしまったんだ？　頭がぼーっとして、考え事をまとめる速度が半分になった――だが、もちろん、それが狙いだったのだ。グリフィンはロビンの調子を狂わせ、油断させたがっていたのは明白だった。グリフィンは人のバランスを崩すのが好きなのではないか、とロビンは疑った。

「どこにいくの？」ロビンは訊いた。

「南だ。それから西だ。どっちでもいい。立ち聞きされないようにするには、つねに動きまわるのがいちばんいい手というだけのことだ」グリフィンはまた方向を変えてカンタベリー・ロードに入った。「じっと立っていたら、尾行しているやつが隠れて、会話を全部聞いてしまいかねないが、縦横に動きまわっていれば、連中にとってただただ大変になる」

「尾行？」

「つねに尾行があると想定しておくべきだ」

「じゃあ、パン屋に入らない？」

「パン屋？」

「友人にミセス・パイパーに会いにいくと話したんだ」ロビンの頭はまだ空回りをしていたが、自分のついた嘘の記憶ははっきり残っていた。「手ぶらで帰るわけにはいかないんだ」

「わかった」グリフィンはウインチェスター・ロードへロビンを案内した。「テイラーズでいいか？　まだあいている店はここだけなんだ」

ロビンは店のなかに入り、見つかるなかでありふれた菓子パンを急いで買った――この次テイラーズのガラスのショーケースのまえを通りすぎたときにラミーに怪しまれたくなかったのだ。自分の部屋に黄麻布《バーラップ》の袋があった――帰宅したら、店の箱は捨て、菓子パンをその袋に放りこめばいい。

グリフィンの疑心暗鬼がロビンにもうつっていた。目星をつけられ、真っ赤なペンキで塗られ、お金を払っているのにだれかに泥棒呼ばわりされそうな気になっていた。お釣りを受け取りながらもロビンはパン屋と目を合わせることができなかった。

「ところで」ロビンが店を出ると、グリフィンが言った。「おれたちのために盗みを働いてくれないか？」

「盗み？」ふたりはまたしてもばかげた足取りで徘徊《はいかい》しつづけていた。「バベルから？」

「もちろん、そうだ。ついてこいよ」

「だけど、なぜぼくが要るんだ？」

「なぜなら、おまえはあの研究所の一員であり、おれたちはそうじゃないからだ。おまえの血は塔に保管されていて、それはおまえがおれたちのあけられない扉をあけられるという意味だ」

「でも、なぜ……」ロビンの舌は大量の疑問をまえにしてつまずきつづけた。「なんのために？　盗んだものでなにをするんだ？」

「いまさっき言ったことをするだけさ。再分配するんだ。おれたちはロビン・フッドなんだ。ハハハ。ロビン。わからないか？　よし、説明しよう。おれたちは銀の棒や銀工《ぎんこう》用の材料を世界じゅうに送り届け、それを必要としている人々に渡すんだ――金持ちやイギリス人であるという贅沢《ぜいたく》を享《きょう》受《じゅ》していない人々に。おまえの母親のような人々に。ほら、バベルはまばゆい場所だけど、それがまばゆいのはとても限られた顧客相手に適合対《マッチ・ペア》を売っているからだ」グリフィンは肩越しに見やった。洗濯籠を引きずって自分たちとは反対方向に通りを歩いている洗濯女を除くと、まわりにはだれもいなかったが、それにもかかわらずグリフィンは足取りを速めた。「で、仲間に加わるのか？」

「ぼくは――わからない」ロビンは目をしばたたいた。「このままじゃ――つまり、まだ訊きたいことがたくさんあって」

　グリフィンは肩をすくめた。「じゃあ、なんでも好きなことを訊いてくれ。どうぞ」

「わ――わかった」ロビンは自分の感じている困惑を順に並べようとした。「あなたは何者《フー・アー・ユー》だ？」

「グリフィン・ラヴェルだ」

「いや、集合名詞としてのあなたたち《ユー》という意味だ――」

「ヘルメス結社だ」グリフィンはすぐに答えた。「ただのヘルメスでもいい、そっちがかまわないなら」

「ヘルメス結社」ロビンはその名前を口のなかで繰り返した。「なぜ――」

「ただのジョークさ。銀と水銀《マーキュリー》、メルクリウス《マーキュリー》とヘルメス《ハーミーズ》。ヘルメスと解釈学《ハーミニューティクス》。だれが思いついたのやら」

「で、あなたたちは秘密結社なのか？　だれもあなたたちのことを知らないのかい？」

「確実にバベルは知ってるな。おれたちはそれなりに――まあ、色々と歴史があった、とでも言おうか？　だけど、連中はたいして知りはしないし、自分たちが望んでいるほどにはおれたちのことを知らないのは、確実だ。おれたちは影に潜んでいるのが大得意なんだ」

　それほど得意じゃないだろ、暗闇での罵《のの》りや丸石の上に散らばった銀のことを考えて、ロビンは思った。それは口にせずに、「結社には何人いるんだい？」と訊いた。

「話せないな」

「本部はあるの？」

「ある」

「それがどこなのか教えてくれるだろうか？」

　グリフィンは笑い声をあげた。「絶対に教えない」

「だけど――仲間はもっといるんだろ？」ロビンは食い下がった。「せめて紹介してくれたら――」

「紹介できないし、するつもりもない」グリフィンは言った。「おれたちは会ったばかりだろ、兄弟。おれの知るかぎりでは、おまえはここで別れたとたんにプレイフェアのところに走っていくこともできる」

「でも、それならどうやって――」ロビンはいらだちのあまり、両腕を上に掲げた。「つまり、そっちはなにも教えてくれないのに、こっちには質問ばかりしてくるじゃないか」

「そうだとも、兄弟、ある程度の実力を持つ秘密組織とはそういうものだ。おまえがどんな人間かわかっていないし、これ以上詳しいことを話すほどおれはばかじゃない」

「だけど、こういうことでどれだけぼくが困難な目に遭うのか、わかってるだろ？」ロビンはグリフィンがそれなりの合理的な懸念をはねつけようとしているのだと思った。「そっちのことだってぼくはなにひとつ知らない。嘘をついているのかもしれないし、ぼくを罠《わな》にかけようとしているのかもしれない――」

「もしそうだとしたら、おまえはいまごろ退学させられているよ。だから、その可能性はない。おれたちがなんの嘘をついていると思うんだ?」

「ほかの人たちを助けようとして銀を使っているのではまったくない可能性がある」ロビンは言った。「ヘルメス結社は大規模な詐欺集団かもしれないし、金持ちになろうとして盗んだものを転売しているのかもしれない――」

「おれが金持ちになりかけているように見えるか?」

ロビンは、グリフィンの瘦せた、まともに食べていないであろう体軀《たいく》、ほつれが目立つ黒いコート、ぼさぼさの髪の毛をじっと見た。ちがうな――ロビンは認めざるをえなかった――ヘルメス結社は個人的な利益を求めている組織とは思えなかった。もしかしたらグリフィンはなんらかのほかの秘密の目的のために盗んだ銀を用いているのかもしれなかったが、そこに個人的な利得は含まれていないようだった。

「一度にどっと情報が押し寄せてきたのはわかってる」グリフィンは言った。「だけど、おまえはおれを信用するしかないんだ。ほかに方法はない」

「信用したい。つまり――ぼくはただ――とても処理できないんだ」ロビンは首を横に振った。「ぼくはこの街にきたばかりだ。バベルをはじめて目にしたばかりなんだ。あなたのことやこの場所のこともろくに知らず、なにが起こっているのかてんで見当もつかない――」

「じゃあ、どうしてあんなことをしたんだ?」グリフィンが訊いた。

「あ――あんなことって?」

「きのうの夜だ」グリフィンは横目でロビンを見た。「なんの疑問も抱かずにおれたちを助けてくれただろ。ためらいもしなかった。なぜだ?」

「わからない」ロビンは正直に答えた。

ロビンはこのことを何度も自分に問いかけていた。なぜあの棒を作動させてしまったんだろう？　たんにあの状況――真夜中、月明かり――全体がまるで夢のようで、規範や行動の結果への懸念が消えてしまったせいでも、ドッペルゲンガーを見たことで、現実そのものを疑ったせいでもなかった。説明できないより深いところでの衝動を感じたのだ。「ああするのが正しいことのように思っただけだ」

「なんだ、自分が窃盗団の手伝いをしているのがわかっていなかったのか？」

「そっちが泥棒だというのはわかっていた」ロビンは言った。「ただ……なにか悪いことをしているようには思えなかったんだ」

「それに関するおまえの勘を信用する」グリフィンは言った。「おれを信用してくれ。おれたちが正しいことをしているのだと信用しろ」

「そう言うが、正しいことってなんだ？」ロビンは訊いた。「そっちの見方では、ということか？　いったいぜんたいなんのためなんだ？」

グリフィンは笑みを浮かべた。それは特徴的で、相手を見下すような笑みだった。おもしろがっているものの目は笑っていない仮面だ。「まともな質問をはじめたじゃないか」

ふたりは遠回りしてバンベリー・ロードに戻った。ユニヴァーシティ・パークスが目のまえに青青と迫ってきて、ロビンは公園を南に突っ切ってパークス・ロードへ近道するのをなかば期待していた――夜も更け、かなり寒くなっていた――だが、グリフィンは北に向かい、街の中心部からさらに遠ざかっていった。

「この国で棒の大半がなにに利用されているか、知ってるか？」

ロビンはおおよその見当をつけて答えた。「医療？」

「ふん。めでたいな。ちがう、居間の飾りに用いられているんだ。ああそうだ――本物の雄鶏《おんどり》のように鳴く目覚まし時計や、音声命令で暗くなったり明るくなったりする照明、一日じゅう色を変えるカーテン、そういったたぐいのものだ。なぜなら、そういうのは楽しいからだ。イギリスの上流階級は購《あがな》えるからだ。そして金持ちのイギリス人がなにかを欲しいと思ったら、たいていの場合、連中はそれを手に入れられるからだ」

「そうか」ロビンは言った。「でも、それはバベルが多くの需要に応えようとして棒を売ってるからじゃないのかな――」

グリフィンがロビンの言葉をさえぎった。「バベルの一番目と二番目の収入源を知りたくないか?」

「法務関係?」

「いや。軍事需要だ。国と民間双方の」グリフィンは言った。「そしてその次が奴隷貿易による収入だ。法務関係は、それと比べると微々たる稼ぎだ」

「そんなの……そんなのありえない」

「いや、それがこの世界の仕組みなんだ。詳しく説明してやろう、兄弟。ロンドンが成長の留まるところを知らない広大な帝国の中心に座っているのは、もう気づいているだろ。その成長を可能にしているもっとも重要な存在がバベルだ。バベルは、銀を蓄えるのとおなじやり方で外国語と外国の才能を集め、それらを用いて、イングランドに、イングランドだけに利益をもたらす翻訳の魔法を作りだしている。世界で用いられている銀の棒の大多数はロンドンにあるんだ。最新かつもっとも強力な棒は、作動させるのに中国語やサンスクリット語やアラビア語が必要なんだが、それらの言語が広範に用いられている国には千本以下の棒しかなく、それも裕福で権力を持つ人間の家で使われているにすぎない。そしてそれはまちがっている。それは略奪行為だ。それは根本的に不当なんだ」

グリフィンは指揮者がおなじ音を繰り返し強調するかのように手をひらいて、言葉をはっきりと区切る癖があった。「だけど、どうしてこんなことが起こっているんだろう？」グリフィンはつづけた。「どうして外国語から生じる力が、イングランドで発生しているんだ？　これは偶然の産物じゃない。これは外国の文化と外国の資源の意図的な搾取なんだ。教授たちは塔が純粋な知識の避難所であるふりをするのが好きだ。ビジネスや商業の世俗にまみれた関心事を超えたところに位置しているようなふりをする。だけど、そんなことはない。植民地主義という事業と密接に結びついている。バベルが植民地主義という事業そのものなんだ。なぜ文学科が作品を英語に翻訳するだけで、逆のことをしないのか、自分に問うてみるがいい。あるいは、通訳たちが通訳をするため、海外へ派遣されている理由はなんだ？　バベルがやっていることはすべて帝国拡大に奉仕することなんだ。考えてみろ——ホレース・ウィルスン卿《きょう》は、オックスフォードの歴史上、はじめてサンスクリット語の寄付基金教授になった人物だが、その時間の半分は、キリスト教伝道師への個人指導に費やしている。

　要は銀を集めつづけることなんだ。われわれがこれだけの銀を所有しているのは、ほかの国をおだてあげ、操り、脅して、現金をこの国に注ぎこみつづける貿易をおこなうためなんだ。そしてわれわれはそうした貿易取引を今度はバベルの印が刻まれたおなじ銀の棒を使って強いている。その棒がわれわれの船をいっそう速くさせ、われわれの兵士をいっそう強くさせ、われわれの銃をいっそう破壊力の大きなものにさせている。それは利益の悪循環であり、なんらかの外部の力がそのサイクルを壊さないかぎり、早晩イギリスは世界のすべての富を牛耳るだろう。

　おれたちがその外部の力なんだ。ヘルメス。おれたちが銀を人々に、地域社会に、それを手にするに値する運動に流す。おれたちは奴隷の反乱に力を貸している。抵抗運動にも。おれたちは刺繍《ドイリー》を施されたナプキンを綺麗《きれい》にするために作られた銀の棒を溶かし、病気を治すためのものに作り直している」グリフィンは口調をゆるめ、ロビンの目を覗《のぞ》きこんだ。「これはすべてそのためなんだ」

いまの話は、非常に説得力のある世界観だ、とロビンは認めざるをえなかった。ただし、ロビンが大切にしているほぼすべてのものを巻きこむようにしか思えなかった。「な――なるほど」

「では、なぜためらうんだ？」

なぜ？　当然だろ。ロビンは自分の混乱を整理しようとした。たんに恐怖のせいだけではない用心すべき理由をさがそうとした。だが、まさにそれが理由だった――結果に対する恐怖、入学を勝ち取ったオックスフォードの華麗な幻想を壊してしまう恐怖。ちゃんと楽しむまえにいましがたグリフィンに汚されてしまった幻想だ。

「たんにあまりにも突然なんだ」ロビンは言った。「それにぼくはあなたに会ったばかりだ。知らないことが多すぎる」

「秘密結社というのはそういうものだ」グリフィンは言った。「理想化して考えるのは簡単だ。長い勧誘過程のはじまりだと思ってるだろ――まったく新しい世界を見せられ、すべてのコントロール・ボタンと関係者全員を見せられてから歓迎されるのだ、と。読み物や三文小説からしか秘密結社の印象を形成していないなら、儀式や合い言葉や廃墟《はいきょ》になった倉庫での秘密の会合を期待しているのかもしれない。

だけど、そんなふうに物事は動かないんだ、兄弟。これは三文小説じゃない。現実の生活は複雑で、おっかなく、不確かなんだ」グリフィンの口調が和らいだ。「理解してもらわねばならないんだが、おれがおまえにやってくれと頼んでいることは、とても危険なんだ。この銀の棒を巡って人が死んでいる――この棒を巡って何人もの友人が死ぬのを見てきた。バベルはおれたちの命を平気で奪おうとするし、捕まったヘルメスのメンバーの身になにが起こるのか、おまえは知りたくないだろう。おれたちが生き残っているのは、中心を持たないからだ。おれたちは自分たちのすべての情報を一箇所にまとめたりしていない。だから、すべての情報を時間をかけて検討してくれとおまえに頼めないんだ。おれが頼んでいるのは、信念に基づいて行動する勇気を発揮してくれ、ということだ」

そこではじめて、ロビンは、グリフィンが早口でまくしたてる様子から感じられるほど自信に満ちておらず、威圧的でもないことに気づいた。グリフィンはポケットに両手を突っこみ、肩をすぼめ、身を切る秋の風にぶるぶる震えて立っていた。そして彼は目に見えて神経質になっていた。そわそわ、びくびくしている。一文言い終わるたびに、肩越しに目を走らせていた。ロビンは混乱し、心を痛めていたが、グリフィンは怯えていた。

「こんなふうにならざるをえないんだ」グリフィンは強い口調で言った。「情報は最小限。迅速な判断が要求される。喜んでおれの世界のすべてをおまえに見せてやりたいところだ——誓ってもいいが、ひとりでいるのは楽しいことじゃない——だけど、おまえが知り合ってから一日も経《た》っていないバベルの学生であるという事実は変わらない。おれがおまえに全幅の信頼を寄せるときがくるかもしれないが、そうなるのはおまえが自分で自分の証明をし、おれにほかに取る手段がないときに限られるだろう。いまのところ、おれたちがやっていることと、おまえにやってもらう必要があることを話した。おれたちに加わってくれるだろうか？」

この会話は終わりに近づいている、とロビンは悟った。最終判断をするよう頼まれていた——そしてもしノーと言えば、グリフィンは、ロビンの知っているオックスフォードから姿を消し、この出会いが想像でしかなかったと疑いたくなるくらいに跡形もなく消え失せてしまうのだろう、とロビンは思った。「ぼくは加わりたい——本気だ、だけど、まだ結論を出せない——考える時間が必要なんだ。お願いだ」

この回答がグリフィンをいらだたせるのはわかっていた。だが、ロビンは怖がっていた。崖の縁まで連れていかれ、なんの保証もなく、飛びおりろと言われている気がしていた。七年まえ、ラヴェル教授に契約書を差しだされ、冷静な声で、自分の将来のため署名をしろと言われたときとおなじ気持ちがした。ただ、当時は、ロビンはなにも持っておらず、したがって失うものがなかった。

今回は、あらゆるものを持っていた——食べ物、衣服、雨をしのげる場所——それなのに向こう側で生き残れるかどうかなんの保証もない。

「じゃあ、五日やる」グリフィンは言った。彼は腹を立てているようだったが、とがめだててくることはなかった。「五日間だ。マートン・コレッジの庭に一本だけ樺《かば》の木が生えている——見ればそれだとわかる。もし、答がイエスなら、土曜日までにその幹に十字を刻め。もしノーなら、忘れろ」

「たった五日？」

「それまでにこの場所のあらましを摑《つか》んでいないなら、いいか、おまえはなにも理解できないだろう」グリフィンはロビンの肩を軽く叩いた。「帰り道はわかるか？」

「ぼくは——正直な話、わからない」ロビンはまわりに注意を払っていなかった。自分たちがどこにいるのか皆目見当もつかなかった。建物はただの背景になっていた。いまはゆるやかにうねる緑にまわりを囲まれているだけだった。

「いまいるのはサマータウンだ」グリフィンが言った。「綺麗なところだが、ちょっと退屈だな。この緑の途切れたところにウッドストック・ロードがある——そこで左に折れ、道なりに南へ進むと、見慣れた光景が出てくるだろう。おれたちはここで別れよう。五日だぞ」グリフィンは背を向けて、立ち去ろうとした。

「待って——どうやれば連絡を取れるの？」ロビンは訊いた。グリフィンがいまにも姿を消しそうないまになると、ロビンは離れればなれになるのがどういうわけか惜しくなってきた。もしグリフィンをこのまま立ち去らせたなら、彼は永遠に姿を消してしまうのではないかという恐怖に突然かられたのだ。これが全部夢になってしまうのではないか、と。

「言っただろ——おまえは連絡を取らないんだ」グリフィンは言った。「もし木に十字が刻まれていたら、おれから連絡する。万が一、おまえが密告者だった場合の保険だ、わかるな？」

「じゃあ、その間、ぼくはなにをすればいいんだ？」

「どういう意味だ？　おまえはまだバベルの学生だろ。それらしく振る舞え。授業に出ろ。飲みに出かけ、騒がしく口論しろ。いや――おまえは弱かったな。口論に巻きこまれるな」

「ぼくは……大丈夫。わかった」

「ほかになにか？」

ほかになにかだって？　ロビンは笑いだしたくなった。千もの質問があったが、そのいずれにもグリフィンが答えてくれる気がしなかった。一か八か、たったひとつの質問に賭けてみた。「彼はあなたのことを知ってるのかい？」

「だれが？」

「ぼくらの――ラヴェル教授さ」

「あー」今回、グリフィンは答をぺらぺらとは口にしなかった。彼はいったん押し黙ってから、口をひらいた。「よくわからない」

その回答にロビンは驚いた。「わからないの？」

「おれは三年生を終えて、バベルを離れたんだ」グリフィンは落ち着いた声で言った。「最初からおれはヘルメスに加わっていたんだが、おまえのように内部に留まっていた。ところが、あることが起こって、もう安全じゃなくなったので、逃げたんだ。そしてそれ以来、おれは……」言葉が途切れたが、グリフィンは咳払《せきばら》いをした。「だけど、それはどうでもいいことだ。おまえが知っておくべきなのは、食事の際におれの名前を出してはいけないということだけだ」

「まあ、それは当然だろうね」

グリフィンは背を向け、立ち去ろうとしたが、立ち止まり、また振り返った。「あともうひとつ。おまえはどこにいるんだ？」

「ん？　ユニヴに――ぼくらはみんなユニヴァーシティ・コレッジに入ったんだ」

「それは知ってる。どの部屋だ?」

「ああ」ロビンは顔を赤くした。「マグパイ・レーン四番地の七号室。緑の屋根の家だ。ぼくは角部屋なんだ。オリエル礼拝堂に面した斜めの窓がある」

「その部屋は知ってる」太陽はとっくに沈んでいた。ロビンは半分影に隠れているグリフィンの顔がもはや見えなかった。「そこはむかし、おれの部屋だった」

第六章

「問題は」とアリスは言いました。「言葉にとてもたくさんの意味をもたせることができるかどうかということ」

「問題は、どっちが主人になるかということ、それだけだよ」とハンプティ・ダンプティは言いました。

――ルイス・キャロル『鏡の国のアリス』

プレイフェア教授の翻訳理論入門講座は、毎週火曜日の午前中に塔の五階でおこなわれた。教授が講義をはじめ、狭い教室を朗々と響く興行師めいた声で満たすと、学生たちは落ち着いて座っていられなかった。

「もう諸君は少なくとも三カ国語をまずまず流暢《りゅうちょう》に使えるようになっており、それ自体たいしたものだ。しかしながら、本日、翻訳というものの独特の難しさを諸君に実感してもらおうと考えている。たんに「ハロー」という単語を口にするのがどれほど厄介なのか、考えてみよう。ハローというのは、とても簡単なように思えるではないか！　ボンジュール。チャオ。ハロー。などなど。だが、イタリア語から英語へ翻訳するとしよう。イタリア語では、チャオは、挨拶《あいさつ》もしくは別れ際に使うことができる――どちらの場合に使われるかは特定されていない。たんに接触時点でのエチケットを示すものだ。この言葉はベネチア語のス・チャオ・ヴォストロが語源で、「あなたの忠実なるしもべ」という意味に近い。おっと、話が逸《そ》れたな。要するに、チャオを英語に直すとき――たとえば登場人物たちが別れる場面を翻訳するならば――チャオをさよならと言ったこととして訳さねばならない。文脈からそれが明らかな場合もあれば、そうでない場合もある——ときにはわれわれは翻訳に際してあらたな言葉を付け加えねばならない。ゆえにすでにして事態はややこしくなっており、ハローをないがしろにはできないのだ。

すべての優れた翻訳者が身に付けておくべき最初の教訓は、異なる言語間では、単語あるいは概念ですら一対一の対応は存在しないということだ。スイスの言語学者、ヨハン・ブライテンガーは、言語とはたんに「交換可能であり、意味において個々に十分対応している完全に等価な単語と言葉遣いの集合体」にすぎないと主張したが、これは大きな誤りである。言語は数学のようなものではない。そして、数学ですら言語によって異なるのだ*——だが、その件については、あとでまた触《ふ》れよう」

ロビンは話をしているプレイフェア教授の顔を自分がさぐっているのに気づいた。なにをさがしているのか、定かではなかった。たぶん、なんらかの悪の証拠だ。グリフィンがおおよそを述べていたような冷酷で自分本位で裏で動く怪物を。だが、プレイフェア教授は、言葉の美しさに虜《とりこ》になっている、陽気で、ほがらかな学者にしか見えなかった。実際のところ、昼間の光を浴びた教室のなかでは、ロビンの兄の壮大な陰謀話は、じつに滑稽に思えた。

*これは事実である。数学は文化と切り離すことはできない。たとえば、数え方を例に取ると——必ずしもすべての言語が十進法を採用しているわけではない。あるいは幾何学《きかがく》——ユークリッド幾何学が想定している空間という概念は、必ずしもすべての人が共有している概念とは異なる。歴史上もっとも大きな知的転換のひとつは、ローマ数字からよりエレガントなアラビア数字への移行であり、後者の位取り記数法と、無を意味するゼロの概念が、新しい形の暗算を可能にした。とはいえ、古い慣習はなかなか死なない。一二九九年、フィレンツェの商人たちは、フィレンツェ両替商ギルド《アルテ・デル・カンビオ》から、ゼロとアラビア数字の使用を禁じられた——「人は文字により率直かつ十分に記さねばならない」。

「言語は一組の普遍概念に対する用語体系として存在するものではない」プレイフェア教授はつづけた。「もしそうであるとすれば、翻訳は高度な技能を必要とする職業にはならないだろう――たんに純粋無垢《むく》な新入生でいっぱいのクラスに辞書を持たせて座らせれば、すぐに仏典全集が棚に並ぶだろう。その代わりに、われわれは、ありがたくもキケロとヒエロニムスが明文化した長きにわたる二項対立のあいだでダンスを踊ることを学ばねばならない――verbum e verbo《ウエルブム・エー・ウエルボー》、そして、sensum e sensu《セーンスム・エー・セーンスー》。だれか――」

「言葉から言葉を」レティがすぐに答えた。「そして意味から意味を」

「よろしい」プレイフェア教授は言った。「そこがジレンマだ。単語を翻訳の単位とするのか、あるいは個々の単語の正確さよりもテキスト全体の本質を重視するのか？」

「わかりません」レティが答える。「個々の単語に信頼に値する翻訳をすれば、おなじように信頼に値するテキストが生まれるはずではないでしょうか？」

「そうなるだろうな」プレイフェア教授は言った。「繰り返すが、もし単語がすべての言語でおなじようにたがいに関連して存在しているのなら。だが、そんなことはない。schlecht《シュレヒト》とschlimm《シュリム》は、ドイツ語でおなじ「悪い」という意味だが、どちらをどういうときに使えばいいのか、きみはわかるか？　フランス語の「川」を指すfleuve《フルーヴ》あるいはrivière《リヴィエール》の使い分けは？　フランス語のesprit《エスプリ》をどう英語に訳す？　個々の単語を単体で訳すだけではなく、それを一節の文章のなかにどう適合させればいいのか、その感覚を磨かねばならない。だが、もし言語があまりにも異なっている場合、それをどうやってやればいいのだろう？　この手の差異は、けっしてささいなものではない。エラスムスが新約聖書の翻訳に際して、ギリシャ語のlogos《ロゴス》をラテン語のsermo《セルモー》と訳した理由について論文一本を丸々著《あらわ》したのを忘れてはならない。単語を一字一句対応させて翻訳するのでは、単純に不十分なのだ」

「一語一語、一行一行たどるようなかくも卑しき道を」ラミーが暗唱した。「そなたは堂々と否定するのだ」
「そは奴隷めいた精神が無理にひりだした創造物であり、詩の効果ではなく、ひたすら苦労を示すのみ」とプレイフェア教授は締めくくった。「ジョン・デナムの言葉だ。たいへんよろしい、ミルザくん。さて、いいかな、翻訳者はたんにメッセージを伝えるだけでなく、原文を書き直すのだ。そしてそこに難しさがある――書き直しは、書くことに変わりなく、書くことはつねに書き手のイデオロギーやバイアスを反映するものだ。結局のところ、ラテン語の「translatio《トランスラーティオー》」の意味は、「移すこと」だ。翻訳《トランスレーション》には、空間次元が関わっている――テキストが征服した領土から文字通り輸送され、単語が異国の地からスパイスのように届けられる。ローマからこんにちのイギリスのティールームへ旅をするとき、単語の意味はかなり異なるものになる。

そして、われわれはまだ語彙《ごい》を通過していない。もし翻訳が正しいテーマ、正しい一般的な概念を見つけるだけのことであれば、理論的には、最終的に伝えたいことを明白にできるのではないだろうか？　だが、なにかがその邪魔をする――構文や文法、形態論、正書法、これらのあらゆるものが言語の骨を構成するのだ。ハインリヒ・ハイネの詩「松の木《アイン・フィヒテンバオム》」を考えてみよう。短い詩であり、伝えたいメッセージを把握《はあく》するのはとても簡単だ。椰子《やし》の木に焦がれている松の木は、男性の女性への欲望を表している。だが、それを英語に翻訳するのは、おそろしく厄介だ。なぜなら英語はドイツ語と違って名詞の性がない。であるから、男性名詞の ein Fichtenbaum《アイン・フィヒテンバオム》（松の木）と女性名詞の einer Palme《アイナー・パルメ》（椰子の木）という二項対立を伝える術《すべ》がない。わかるかね？　つまり、歪曲《わいきょく》が生じるのは避けがたいという前提から話を進めなければならない。問題は、いかに熟慮して歪曲させるか、だ」

教授は机に置いている本をとんとんと指で叩いた。「タイトラーはみな、読み終えただろうね？」

一同はうなずいた。昨晩、ロード・アレキサンダー・フレーザー・タイトラー・ウッドハウスリーの「翻訳原理に関するエッセイ」を課題に出されていた。

「では、タイトラーが三つの基本原理を推奨しているのを読んでるだろう。それはなに――はい、ミス・ディグラーヴ？」

「第一に、翻訳は原文の完全かつ正確な考えを伝えるものである」ヴィクトワールは言った。「次に、翻訳は原文の文章のスタイルと作風を反映するものである。そして、第三に、翻訳は原典作品とおなじように読みやすいものであるべきである」

ヴィクトワールが自信たっぷりにそう言ったので、ロビンはテキストを読みあげているにちがいないと思った。ちらっと見やったところ、ヴィクトワールはなにも参照していないのを見て、ロビンはとても感銘した。ラミーもこの手の完全記憶という才能の持ち主だった――ロビンは同期の凄《すご》さに少し自信をなくしかけた。

「大変けっこうだ」プレイフェア教授が言った。「この意見は十分基本的なことに聞こえる。だが、「原文の文章のスタイルと作風」とは、どういう意味だろう？　読みやすい作品とはなにを意味しているのだろう？これらは今期われわれが取り組む疑問であり、それ自体じつに魅力的な疑問なのだ」教授は両手を組み合わせた。「またしても芝居がかった仕草で、われわれの名前、すなわち、バベルについて論じるのを許してくれたまえ――ああ、親愛なる学生諸君、当研究所のロマンチシズムからわたしは逃れられんのだ。どうか、寛恕《かんじょ》願いたい」

教授の口調には後悔の念はまったく伝わってこなかった。プレイフェア教授は、この大仰な神秘主義を愛していた。何度もリハーサルを繰り返して、長きにわたる教職生活のなかで完璧なものにしたにちがいないこの独白を愛していた。だが、だれも文句を言わなかった。彼らもまたこれを愛したのだ。

「旧約聖書最大の悲劇は、エデンの園からの人の追放ではなく、バベルの塔の崩壊である、としばしば論じられている。アダムとイヴは、神の恩寵《おんちょう》を失ったとはいえ、天使の言葉を話し、理解することはできていた。だが、人が思いあがり、天国へ通じる道を築こうと決めたとき、神は彼らの理解力を混乱させた。神は彼らを分断させ、混乱させ、地上全体にばらまいたのだ。

バベルで失われたものは、たんに人間の統一だけではなく、原初の言語なのだ——根源的かつ生来備わっている言語であり、完璧に理解可能であり、その形や内容に一切欠けるものがない言語だ。聖書学者たちはそれをアダムの言語と呼んでいる。それがヘブライ語だと考えている者がいる。現実に存在していたが、長い時のなかで失われてしまった古代の言語だと考えている者がいる。われわれが発明すべき新しい人工言語だと考えている者がいる。フランス語がその役割を満たすと考えている者がいる。英語が、略奪と変貌を終え次第、そうなるかもしれないと考えている者がいる」

「ああ、ちがいます、それは簡単です」ラミーが言った。「シリア語ですよ」

「それはとてもおもしろい意見だな、ミルザくん」ロビンはラミーが冗談を言っているのかどうかわからなかったが、ほかのだれもコメントをしなかった。プレイフェア教授はかまわず先をつづけた。「しかしながら、わたしにとってなにがアダムの言語であったかはどうでもいい。というのも、われわれはその言語に到達する手段を失ったのが明白だからだ。われわれはけっしてその神の言語を話すことはない。だが、この屋根の下に世界じゅうの言語を集め、人間の表現を全種類、あるいは可能なかぎり数多く収集することで、われわれは試せる。この死すべき平面から天に到達することはけっしてないだろうが、われわれの混乱は無限につづくものではない。翻訳の技を完璧なものにすることで、人類がバベルで失ったものを勝ち取れるのだ」プレイフェア教授は自身のパフォーマンスに感動して吐息をついた。ロビンは教授の目の隅に本物の涙が浮かぶのを見たと思った。

「魔法だ」プレイフェア教授は胸に手を押し当てた。「われわれがここでおこなっているのは魔法だ。必ずしもいつもそんなふうに感じるとはかぎらない——実際の話、今夜の実習で諸君は、そんなつかのまのものを追いかけているよりも洗濯物を畳んだほうがましだと感じるだろう。だが、諸君が試みているものの無謀さをけっして忘れるな。神にかけられた呪いを自分たちがものともしないでいることをけっして忘れるな」

ロビンは手を挙げた。「では、ここでのわれわれの目的は、人類をもっと親密にすることという意味ですか？」

プレイフェア教授は小首を傾げた。「なにを言いたいのかね？」

「ぼくはただ……」ロビンはためらった。口にしてみたものの、真剣な研究者の疑問というよりも、子どもの空想のような愚かな言葉に聞こえた。レティとヴィクトワールがロビンを見て、顔をしかめ、ラミーですら鼻に皺《しわ》を寄せていた。ロビンはもう一度訊《たず》ねてみようとした――自分がなにを訊こうとしているのかわかっていた。ただ、それを言語化するためのエレガントな、あるいは微妙な言い回しを思いつかないだけだった。「あの――聖書では、神が人間を分断したとあります。で、ぼくはこう思うんです――では、翻訳の目的は人間をふたたびいっしょにすることなのだろうか、と。われわれが翻訳するのは――どう言ったらいいんでしょう、その天国をふたたび、地上に、国家のあいだにもたらすためなのだろうか、と」

プレイフェア教授はその問いかけに困惑したようだった。だが、すぐに教授の表情は、老成した陽気な微笑を取り戻した。「うむ、もちろんだ。それが帝国の計画なのだ――そして、それゆえにわれわれは国王の意向を受けて翻訳をするのだよ」

月曜日と木曜日と金曜日、一同は語学の個人指導があり、プレイフェア教授の講義のあとでは、それは心強い確固たる基盤に思えた。

四人は、それぞれの専攻言語に関係なく、週に三回ラテン語の指導を受ける必要があった。（この段階では、ギリシャ語は、古典を専攻しない者なら、だれでも履修せずにすますことができた）ラテン語はマーガレット・クラフト教授という名の女性によって教えられ、彼女はプレイフェア教授とはこれ以上ないくらいまったく異なっていた。彼女はめったに笑わなかった。感情を見せず、一度もノートを見ることなく丸暗記で講義を進めるのだ。ノート自体はめくるのだが、ページに書いてあることをはるかむかしに記憶しているかのように話した。彼女は四人の名前を訊かなかった——指を差し、冷たく唐突に「あなた」と言ってそれぞれの学生に注意を向けるだけだった。当初、まったくまじめ腐って講義をおこなっていたが、ラミーがオウィディウスのさしておもしろくもないくだりのひとつ——ジュピター神が乙女に逃げるなと頼んだものの、「彼女はもう逃げていた」(fugiebat enim)《フギエーバト・エニム》（オウィディウス『変身物語』より）——を声に出して読むと、教授は突然少女のような笑い声をあげた。まるで二十歳も若くなったような笑い声で、実際、四人のなかに座っていてもおかしくない女学生のようだった。だが、その瞬間は過ぎ去り、教授の仮面が元に戻った。

　ロビンは彼女が好きではなかった。講義の声は、ぎこちなく、不自然なリズムがあり、思いがけないところで中断するので、論理の流れを追いにくく、彼女の教室で過ごす二時間は、永遠につづくように思えた。しかしながら、レティは魅了されているようだった。レティはクラフト教授をきらきら輝く尊敬の念をこめて見つめていた。授業が終わって出ていくときに、ロビンは戸口に立ち止まり、レティが荷物をまとめているのを待とうとした。みんなで軽食堂《バタリー》に歩いていけるように。だが、レティは出ていこうとはせずにクラフト教授の机に向かった。

「教授、ちょっとお話をさせていただきたいんですが——」

　クラフト教授は立ちあがった。「授業は終わりましたよ、ミス・プライス」

「わかっています。でも、少しのあいだ、お訊きしたかったのです——もしお時間があれば——つまり、オックスフォードにいる女性として、その、わたしたちはそんなに多くいませんので、先生の助言をお聞きしたく——」

　ロビンは話を聞くのを止《や》めるべきだと思った。曖昧《あいまい》な騎士道精神を発揮して。だが、ロビンが階段にたどり着くまえにクラフト教授の冷え冷えとした声が空気を貫いた。

「バベルは女性をほとんど差別しません。たんにわれわれの同性者で言語に関心を持つ人間がとても少ないだけです」

「ですが、教授はバベルでただひとりの女性教授です。そして、われわれはみな――つまり、ここにいる女性たち全員とわたしは――それをとても立派なことだと考えています。ですから、知りたかったんです――」

「どうやってそれをなしえたか？　一所懸命の努力と生まれついた聡明《そうめい》さです。あなたはそのことをすでにご存じでしょう」

「ですが、女性の場合は事情が異なります。そして教授は経験されているはずです――」

「議論のための適切な話題であれば、授業で取りあげますよ、ミス・プライス。ですが、授業は終わりました。あなたはわたしの時間を侵害しています」

ロビンはレティに見られるまえに急いで角を曲がり、曲がりくねった階段をおりた。彼女が皿を持って軽食堂に座ったとき、ロビンは彼女の目の縁が少し赤くなっているのを見た。だが、ロビンは気づかなかったふりをした。仮にラミーあるいはヴィクトワールが気づいていたとしてもふたりもなにも言わなかった。


水曜日の午後、ロビンは中国語の個人授業を受けた。教室にラヴェル教授がいるのをなかば期待していたが、講師はアナンド・チャクラヴァルティ教授だった。にこやかで控え目な男性で、ロンドンの高級住宅街であるケンジントンで育ったのではないかと思わせる完璧なロンドン子訛《なま》りで英語を喋《しゃべ》る人物だった。

中国語の授業はラテン語の授業とはまったく異なるものだった。チャクラヴァルティ教授はロビンに講義をしようとはせず、あるいは暗唱させようともしなかった。この個別指導を会話としておこなった。教授が質問をし、ロビンは答えようと最善を尽くす。ふたりで、ロビンの発言の意味を考える。

チャクラヴァルティ教授は、とても基本的な質問からはじめたので、当初、ロビンは答える価値があるのかどうかわからなかったが、やがてその質問の意味を分析するようになって、自分の理解をはるかに超えたところにあるとわかった。単語とはなにか？　最小限の意味の単位とはなんであり、なぜそれは単語とは異なっているのか？　単語は文字と異なっているのか？　どんなふうに中国語の話し言葉は、中国語の書き言葉と異なっているのか？

自家薬籠中《じかやくろうちゅう》のものと思っている言語を分析し、分解し、表意文字あるいは象形文字によって単語を分類する方法を学び、大半が形態論または正書法に関係するあらたな専門用語の語彙を丸ごと記憶するのは、奇妙な演習だった。自分自身の心のクレバスに細い穴を掘って進み、物事をめくりはがしてその働きを確かめるようなもので、興味をそそられると同時に不安にさせられた。

やがてきわめて難しい質問がやってきた。どの中国語の単語が認識可能な概念にまでたどれるのか？　どれがたどれないのか？　なぜ「女」という文字は、奴隷を表す文字「奴」の部首になっているのか？　よいことを表す文字「好」の部首にもなっているのか？

「わかりません」ロビンは認めた。「なぜそうなんでしょう？　奴隷と善は、両方とも本質的に女性的なものなんでしょうか？」

チャクラヴァルティ教授は肩をすくめた。「わたしもわからんよ。こういうのは、リチャードとわたしがまだ答を求めようとしている疑問だ。『中国語文法大系書《グラマティカ》』は満足いく版にはほど遠いのだよ。わたしが中国語を学んでいたとき、ろくな中英資料はなかった――アベル＝レミュザの『漢文啓蒙《エレマン・ド・ラ・グラメール・シノワーズ》』やマルチニの『漢語語法《グラマティカ・シニカ》』で間に合わすしかなかった。信じられるかね？　わたしはいまでも中国語とフランス語の両方に頭痛がつきものだ。だが、実際にきょうわたしたちは進捗《しんちょく》を果たしたと思う」

そのとき、ロビンはここでの自分の置かれている立場を理解した。たんなる学生ではなく、同僚であり、バベルには乏しい既存の知識の境界を広げられる稀有《けう》なネイティブ・スピーカーなのだ。あるいは、掘り尽くされることになっている銀鉱だな、とグリフィンの声が聞こえたが、ロビンはその考えを押し退《の》けた。

正直な話、文法大系書に貢献できるのは、わくわくさせられることだった。だが、ロビンには学ばねばならないことがまだたくさんあった。個別指導の後半は、中国の古典を読むことで費やされた。ロビンはラヴェル教授の家で古典を少しかじっていたものの、体系的に取り組んだことはなかった。古代中国語は英語にとってのラテン語のように現代の北方中国語《マンダリン》の元になった古い形であり、文章の骨子を類推することはできても、文法は非直感的であり、厳格な読書訓練を抜きにしては把握が不可能なものだった。句読法《くとうほう》はあてっこ遊びだった。名詞は読み手の気分次第で動詞になりえた。しばしば、漢字は、異なり矛盾する意味を持ち、どちらの意味を選んでも有効な解釈が可能だった。たとえば、「篤」という漢字は、「制限する」という意味と、「大きく、丈夫な」という意味を持ちうる。

その日の午後、ふたりは『詩経《しきょう》』に取り組んだ。現代の中国とはかけ離れた散漫な文脈で書かれており、漢《かん》時代の読者ですら、外国語で書かれたものだと考えた可能性があったほどのものだった。

「ここで休憩にしよう」チャクラヴァルティ教授は、「不」という漢字を二十分かけて検討したあげく、言った。その文字は、ほとんどの文脈では、否定的な「あらず、ではない」を意味したが、ある文脈では称賛の語のように思われ、ふたりがその語について知っているどんなこととともなんの関連もなかった。「これは未解決の問題として置いておくしかないだろう」

「でも、理解できません」ロビンはがっかりして言った。「どうしてそのままにしておくんですか？　この件についてだれかに訊けないんですか？　北京《ペキン》に研究旅行にいけないんですか？」

「いけるよ」チャクラヴァルティ教授は言った。「だけど、外国人に中国語を教えると死刑だと清《しん》朝《ちょう》皇帝が決めたので、ちょっと事情は難しくなっているんだよ」教授はロビンの肩を軽く叩いた。「持てるものでやりくりするんだ。きみは次善の策なんだ」

「ほかにだれか中国語を話せる人はいないんですか？」ロビンは訊いた。「学生ではぼくしかいないんですか?」

するとと、奇妙な表情がチャクラヴァルティ教授の顔に浮かんだ。ぼくはグリフィンのことを知らないことになっている、とロビンは気づいた。たぶんラヴェル教授が学部のほかの人間に秘密厳守を誓わせたんだろう。たぶん公式記録によれば、グリフィンは存在していないのだろう。

それでもロビンは追求せざるをえなかった。「ぼくより数年まえに別の学生がいたというのを聞きました。おなじように太平洋岸からやってきた人間が」

「ああ——そうだ、いたと思う」チャクラヴァルティ教授は神経質そうに机を指で叩いた。「いい子だった。きみほど勤勉ではなかったがね。グリフィン・ハーレーだ」

「いた? その人の身になにがあったんです?」

「そうだな——実を言うと、悲しい話なんだ。彼は亡くなったよ。四年生にあがる直前に」チャクラヴァルティ教授はこめかみを引っかいた。「海外の研修旅行中に病気になり、帰ってこられなかったんだ。よくあることだ」

「そうなんですか?」

「ああ、つねにある種の……リスクがある。この仕事に必然的に伴うリスクがな。海外出張は多いのだよ。人員の損耗率も高い」

「でも、まだ理解できません」ロビンは言った。「イングランドで勉強したいと願っている中国人学生はたくさんいるはずです」

机を叩くチャクラヴァルティ教授の指の速度が速くなった。「まあ、そうだな。だが、まず、国民の忠誠心の問題がある。いつなんどき清朝政府に逃げ戻るかもしれない研究者を採用するわけにはいかないんだよ。第二に、リチャードの考えなんだが……その、ある種の養育が必要だ、と」

「ぼくのような?」

「きみのような。さもないと、リチャードが考えるには……」チャクラヴァルティ教授は、こういう言い方を頻繁にしているんだ、とロビンは気づいた。「中国人はある種の生来の傾向があるという。すなわち、中国人学生はここでうまく順応するとは、リチャードは考えていないんだ」

下等な未開の人種だからな。「なるほど」

「だが、それはきみのことではないぞ」チャクラヴァルティ教授はあわてて付け加えた。「きみはちゃんと育てられた。その他色々ある。すばらしく勤勉であり、それが問題になるとは思っていないよ」

「はい」ロビンは言いたいことを呑《の》みこんだ。喉がひどく締め付けられる気がした。「とても運がよかったと思います」

　オックスフォードにきてから二度目の土曜日に、ロビンは後見人との食事のため、北に向かった。ラヴェル教授のオックスフォードの住居は、ハムステッドの邸宅に比べるとほんの少しだけつつましいものだった。ほんの少しだけ小さく、広大な緑地の代わりに建物の前後に普通の庭があるだけだったが、それでも教授の俸給で賄《まかな》えるようなものではなかった。玄関扉のそばの生垣《いけがき》には、たわわに赤く熟れたサクランボを実らせている木々が並んでいた。サクランボは秋の変わり目には旬《しゅん》を迎えているはずはないのだが。ロビンはサクランボの木の根っこの近くにある草むらをしゃがんで調べてみたら、土に埋められた銀の棒が見つかるのではないか、と疑った。

「愛《いと》しい坊や！」呼び鈴を鳴らすか鳴らさないかのうちにミセス・パイパーがロビンのそばまでやってきて、上着についた落ち葉を払い、何度もくるくるとまわらせて、きゃしゃな体つきをためつすがめつした。「なんてことでしょう、もうこんなに痩せてしまって――」

「食事がひどいんです」ロビンは言った。晴れやかな笑みが満面に広がった。ロビンは自分がどれほどミセス・パイパーに会いたかったのかわかっていなかった。「あなたの言ってたとおりです。きのうの夕食はニシンの塩漬けで――」

ミセス・パイパーは喘《あえ》いだ。「なんと」

「――コールドビーフと――」

「なんですって!」

「――それに古くなったパン」

「あまりにむごい。心配しないで、そんなものを十分おぎなえるほど作ったから」ミセス・パイパーはロビンの頰を軽く叩いた。「ところで、大学生活はどうなの? あのペラペラの黒いガウンを着てるのはどうなの? 友だちはできた?」

ロビンが答えようとしたときラヴェル教授が階段をおりてきた。

「やあ、ロビン」教授は言った。「お入り。ミセス・パイパー、彼のコートを――」ロビンはコートを脱いで、ミセス・パイパーに渡した。夫人はインク汚れの付いた袖口を不満げに確認した。

「授業はどうだ?」

「やりがいがあります、まえもって注意していただいていたように」ロビンは話しながら、自分が少し歳を取ったような気がした。どういうわけか声も低くなっていた。一週間まえに家を出たばかりなのに、何歳も歳を取り、いまでは少年ではなく、若い男性としてこの場にいられるような気がしていた。「だけど、楽しめる形でのやりがいです。多くのことを学んでいます」

「チャクラヴァルティ教授の話では、文法大系書になかなか優れた貢献を果たしたそうだな」

「望んでいるほどではありません」ロビンは言った。「どうやればいいのか見当もつかないところが古典中国語にはあります。授業時間の半分は、われわれの翻訳は当てずっぽうでしかない気がしてます」

「わたしは何十年もそんな気がしているのだ」ラヴェル教授は食堂を身振りで示した。「いこうか?」

まるでハムステッドに戻ったかのようだった。長テーブルは、ロビンが使っていたときと正確におなじように並べられ、彼とラヴェル教授は反対側に向かい合って座り、ロビンの右側には絵が掛かっていた。今回、その絵はオックスフォードのブロード・ストリートではなくテムズ川の絵だった。ミセス・パイパーがふたりにワインを注ぎ、ロビンにウインクしてから、厨房《ちゅうぼう》に姿を消した。

ラヴェル教授はグラスをロビンに向かって掲げてから、口を付けた。「ジェロームの翻訳理論の授業をとり、マーガレットとラテン語をやってるんだったな?」

「そうです。なかなかうまくいってます」ロビンはワインをすすった。「ただし、クラフト教授の講義は、だれもいない教室に向かって喋っていてもご本人は気がつかないんじゃないかなという気がしますし、プレイフェア教授は舞台へお呼びがかかる機会を逃したんじゃないかと思います」

ラヴェル教授は喉を鳴らして笑った。ロビンも不本意ながら笑みを浮かべてしまった。後見人を笑わせたことなどいままで一度もなかったのだ。

「ジェロームは、プサムテク一世の演説をしたのか? そんなことが実際にあったんでしょうか?」

「されました」ロビンは言った。「そんなことが実際にあったんでしょうか?」

「だれにもわからん。ただ、ヘロドトスがそう言っているだけだ」ラヴェル教授は言った。「別のおもしろいヘロドトスの話がある、これまたプサムテク一世に関係する話だ。プサムテク一世は、すべての地上の言語のなかでどの言語が基礎になったものなのか決めたいと願った。それでふたりの新生児を羊飼いに渡し、けっして人間の会話を聞かせるな、と命じた。しばらくのあいだ、ふたりの赤ん坊が発するのは、赤ん坊なら当然するような、喃語《なんご》だった。ところがある日、幼児のひとりが小さな両手を羊飼いに伸ばし、ベコスと叫んだ。これはフリギア語でパンを意味する単語だ。そんなわけでプサムテク一世は、フリギア人が地上に生まれた最初の人種に違いない、フリギア語が最初の言語だと、決めた。なかなかの話だと思わないか?」

「だれもその主張を受け入れないと思いますが」ロビンは言った。

「天に誓って、だれも受け入れないだろうな」

「でも、ほんとにそんな話が通用するのでしょうか？」ロビンが訊いた。「幼児が発するなにかから、われわれがなにかを学び取れるでしょうか？」

「わたしの知るかぎりでは通用しないな」ラヴェル教授は言った。「問題は、幼児を言語環境から隔絶することが不可能だということだ。仮に幼児に言語を開発させようとしたところで。子どもを買ってきて結果を見てみるのはおもしろいかもしれないが――いや、まあ、止めとこう」ラヴェル教授は首を横に傾げた。「原初の言語の可能性を考えるのは楽しいかもしれないがな」

「プレイフェア教授も似たようなことを話しておられました」ロビンは言った。「完璧で根源的かつ生来備わっている言語について。アダムの言語」

バベルである程度の時間を過ごしたことから、ロビンはいままでより自信を持って教授と話せていると感じた。従来より対等な立場に立っていた――同僚として意思疎通ができていた。食事は、訊問《じんもん》というより、おなじ魅力的な分野を研究するふたりの研究者が交わす気軽な会話のように感じられた。

「アダムの言語」ラヴェル教授は顔をしかめた。「なぜジェロームがそんなものでおまえたちの心を満たそうとするのか、わけがわからん。あれは確かに綺麗なたとえ話だが、数年おきに印欧祖語《いんおうそご》にアダムの言語を見つけようと決心したり、独自のアダムの言語を発明しようとしたりする学部生が出てきて、そのたびに厳しく叱責するか、正気に返らせようと数週間無駄な努力をせざるをえなくなるのだ」

「原初の言語は存在していないとお考えですか？」ロビンが訊いた。

「もちろん、存在していないと考えている。きわめて敬虔《けいけん》なキリスト教徒なら、存在していると考えているだろうが、そうした聖なる言葉が根源的で曖昧さのないものなら、中身を巡る論争などもっと少なくなると考えるのが普通だろう」教授は首を横に振った。「アダムの言語は英語かもしれないと考えている連中がいる――英語になるかもしれない、と――英語という言語は、ひとえにそのうしろに競争相手を確実に追いだせる軍事力を有しているという理由でだ。だが、であるなら、フランス語が普遍言語であるとヴォルテールが高らかに宣言したのはわずか一世紀まえであることを思いださねばならない。もちろん、それはワーテルローでナポレオンが大敗するまえの話だ。かつてウェッブとライプニッツが、中国語はその表意文字としての性質がゆえに普遍的に理解可能な言語だったかもしれないという考察を述べたが、パーシーが中国文字はエジプトのヒエログリフから派生したものだと主張して、その意見の誤りを指摘した。わたしが言いたいのは、こうしたことは偶発的なものだということだ。支配的な言語は、その軍事力が衰えたあとでさえ、しばらくは力を維持しつづける――たとえばポルトガル語は、迷惑がられるくらい長居をしている――だが、やがてはつねに関連性が落ちていくものだ。とはいえ、意味を理解できる純粋な領域が存在する、とわたしは考えている――すべての概念が完璧に理解できる狭間《はざま》にある言語、それはわれわれがまだ近づくことすらできないものなのだ」

「ヴォルテールのように」ロビンはワインのおかげで気が大きくなり、いまの話と関連している引用を思いだせたことで昂奮《こうふん》して言った。「自身のシェイクスピアの翻訳の序文で彼が書いているように『わたしは作家が舞いあがるところに作家とともに舞いあがろうとした』」

「まさにそのとおりだ」ラヴェル教授は言った。「だが、J・H・フレールは、どう表現しただろう？　『翻訳の言語は、可能なかぎり、純粋で、目立たず、目に見えない要素であるべきだと、われわれは考える。思考と感情を媒介《ばいかい》するものであり、けっしてそれ以上のものではない』だが、言語を通じて表現する以外の思考と感情について、われわれはなにを知っているだろう？」

「それが銀の棒に力を与えているものなのですか？」ロビンは訊いた。この会話は、ロビンから離れはじめていた。彼は自分がまだ追っていける用意のできていないラヴェル教授の理論化の深みを感じていた。迷ってしまわぬうちに話を実態のあるものに戻す必要があった。「銀の棒はその純粋な意味をとらえることで機能するんでしょうか――おおよその概算で起動させようとしたら失われてしまうものなんでしょうか？」

　ラヴェル教授はうなずいた。「それはわれわれの手に入る理論的説明に近い。だが、わたしはこうも考えている。言語が進化するにつれ、話者がどんどん世慣れて、世間ずれしていき、ほかの概念を貪《むさぼ》り、時間をかけてより多くのものを抱合《ほうごう》するように膨張、変形していくにつれ、われわれはその言語に近づいていくのだ、と。誤解の余地がどんどん減っていく。そうなってやっとわれわれは銀工術がどういう意味を持つのか解き明かしはじめるのだ」

「ロマンス系諸語の研究者は結局、言いたいことが尽きてしまうかもしれないということでしょうね」ロビンは言った。

　ロビンは冗談を言っただけだったが、ラヴェル教授はロビンの言葉に力強くうなずいた。「そのとおりだ。フランス語とイタリア語とスペイン語が本学部の主流だが、それらの言語の銀工術台帳へのあらたな貢献は年々小さくなっている。たんに大陸間の意思疎通が多すぎるのだ。あまりにも多くの借用語ができている。フランス語とスペイン語が英語に近づいていくにつれ、言外の意味《コノテーション》が変わり、一点に収束していくなどなど。いまから数十年後には、ロマンス系諸語を利用している銀の棒はなんの効果ももたらさなくなっているかもしれない。そうではなく、新境地をひらこうとしたいなら、東洋に目を向けねばならないのだ。われわれにはヨーロッパで話されていない言語が必要なのだ」

「だから中国語を専攻しているんですね」ロビンは言った。

「そのとおりだ」ラヴェル教授はうなずいた。「わたしは確信を抱いている、中国こそ未来だ、と」

「だから、あなたとチャクラヴァルティ教授は、バベルの学生たちを多様化しようとしてきたんですね？」

「学部の方針についてだれがおまえに噂話をしたんだ？」ラヴェル教授は喉を鳴らして笑った。

「そうだ、残念ながらことしはたったひとりの古典専攻しか得られず、しかもそれが女性だというのは、物足りなくもあるが、そうなるしかなかった。おまえたちの上の学年の学生たちは職を見つけるのに苦労しそうだからな」

「もし学生が担当する言語を広げるという話なら、ひとつお訊きしたいんですが……」ロビンは咳払いをした。「あの銀の棒はどこへいくんです？　つまり、だれが買っているんでしょう？」

ラヴェル教授はロビンを不思議そうに見た。「もちろん、購える人間のところにいく」

「ですが、広い範囲で銀の棒が用いられているのを目にしたのはイギリスだけです」ロビンは言った。「広東ではまったく普及していませんし、聞いたところでは、カルカッタも同様です。そしてそれは変だと思うんです――よくわかりませんが、中国人やインド人が銀の棒を機能させるのに必須の素材を供給しているのに、ほぼイギリス人だけが銀の棒を利用しているというのは、少し変じゃないですか」

「だが、それは単純に経済の問題だ」ラヴェル教授は言った。「われわれが作っているものを購入するには、膨大な資金が必要だ。イギリス人はたまたまそれを購うことができる。われわれは中国人やインド人の商人と取引をしているが、彼らは輸出手数料すら払えないことがままあるのだ」

「ですが、ここでは、銀の棒が慈善事業や病院や孤児院で利用されています」ロビンは言った。「銀の棒をもっとも必要としている人々を助けられるだけ、われわれは持っています。そんなところは、ここ以外、世界じゅうのどこにも存在していません」

危険なゲームをしている、とロビンはわかっていた。だが、明白な回答を手に入れなければならなかった。なんらかの確証がなければ、ラヴェル教授や彼の同僚全員を敵として心に描くことはできず、グリフィンのバベルに対する批判的な評価を鵜呑《うの》みにすることはできなかった。

「なんというか、大したものではない応用例を調査するのに割けるエネルギーはない」ラヴェル教授はばかにしたように言った。

ロビンは違う角度から議論を試みた。「ただ、なんと言いますか――あの、なんらかの交換があってしかるべきではないか、そうしたほうが公平だと思うんです」ロビンは酒を飲みすぎたことを後悔していた。気が緩み、失言しそうだった。知的な議論であるべきなのに、あまりにも熱をこめていた。「われわれは、彼らの言語を奪っており、彼らの世界の見方や表現の仕方を奪っています。見返りになにかを返すべきです」

「だが、言語とは」ラヴェル教授は言った。「紅茶や絹のように、購入し、代金を支払うことができる商品のようなものではない。言語は無限の資源なのだ。そして、われわれがそれを習い、それを使ったとしても――われわれはだれから盗みを働いたのだろう？」

その主張にはある程度の筋が通っていたが、その結論にあいかわらずロビンは不快感を抱いた。確かに物事はそんなに単純ではない。確かにこの話は、不公正な抑圧あるいは搾取を覆い隠している。だが、ロビンは反対意見を明確に述べることができなかった。この議論のどこに欠陥が横たわっているのか突き止められなかった。

「清の皇帝は、世界最大級の銀の埋蔵量を誇っている」ラヴェル教授は言った。「彼は大勢の学者を抱えている。英語を理解している言語学者すら抱えている。それなのになぜ彼は自分の宮殿を銀の棒で満たしていないのだ？　なぜ中国人は、その言語同様豊かにもかかわらず、独自の文法を持っていないのだ？」

「それは彼らがはじめるためのリソースを持っていないせいかもしれません」ロビンは言った。

「しかし、なぜわれわれが彼らにそのリソースを渡さねばならないのだ？」

「ですが、そこは重要な点ではありません――重要なのは、彼らがそれを必要としている以上、なぜバベルは交換プログラムで研究者たちを海外に派遣しないのでしょう？　どうやればいいのか、なぜわれわれは教えないのでしょう？」

「すべての国家はそれぞれのもっとも貴重なリソースを蓄え、外には出さないようにしているのかもしれない」

「あるいは、あなたたちが本来無償でわかちあうべき知識を外に出さないようにしているのかもしれません」ロビンは言った。「だって、言語が無償のものであり、知識が無償のものであるなら、なぜすべての文法大系書が塔のなかで鍵をかけられて保管されているんでしょう？　なぜわれわれは外国の研究者を受け入れたり、世界の別の場所で翻訳センターを開設するのに協力するための研究者を派遣したりしないんでしょう？」

「なぜならば、王立翻訳研究所として、われわれは王室の利益に奉仕しているからだ」

「それは根本的に不当だと思います」

「それがおまえの信じていることか？」冷たい切っ先がラヴェル教授の声に忍びこんできた。「ロビン・スウィフト、われわれがここでおこなっていることが、根本的に不当だと思っているのか？」

「ぼくはたんに知りたいだけです」ロビンは言った。「なぜ銀はぼくの母さんを救えなかったのかを」

　短い沈黙がおりた。

「まあ、おまえの母親については気の毒に思う」ラヴェル教授はナイフを手に取り、ステーキを切り分けはじめた。彼はあわてて、まごついているようだった。「だが、アジア・コレラは広東の貧弱な公衆衛生の産物であり、銀の棒の不公平な配給のせいではなかった。それにとにかく死者を蘇《よみがえ》らせる銀の適合対は存在しないのだ――」

「それがなんの言い訳になるんです？」ロビンはグラスをテーブルに置いた。たぶん酔っ払っているのだろう、それで好戦的になっていた。「あなたは銀の棒をあの場で持っていたじゃないですか――作るのは簡単だ、とぼくに言いましたよね――なのにどうして――」

「いいかげんにしろ」ラヴェル教授はきっぱりと言い切った。「あいつはたかが女にすぎん」

　呼び鈴が鳴った。ロビンはひるんだ。フォークが皿にぶつかり、床に落ちた。ロビンはフォークを拾いあげ、深く恥じ入った。ミセス・パイパーの声が廊下を伝って届いた。「あら、これは驚きました！　いま、食事をしているところなんですよ、すぐにご案内します――」そして、ブロンドの髪の、ハンサムで、エレガントな服装をした紳士がさっそうと食堂に入ってきた。片手に束ねた本を抱えていた。

「スターリング！」ラヴェル教授はナイフを置いて、立ちあがり、客に挨拶をした。「もっと遅くにやってくると思っていたぞ」

「予想より早くロンドンの仕事が片づいたんですよ――」スターリングの目がロビンの目をとらえ、彼は体全体を強《こわ》ばらせた。「ああ、どうも」

「どうも」ロビンは戸惑い、はにかみながら言った。いま目のまえにいるのは、かの有名なスターリング・ジョーンズだ、とロビンは悟った。ウィリアム・ジョーンズの甥《おい》で、学部のスターだ。

「その――お目にかかれて光栄です」

スターリングはなにも言わず、しばらくロビンをじろじろと見ていた。口を奇妙な形に歪める。ロビンはそのあと発せられた言葉の意味するところを読めなかった。「なんとまあ」

ラヴェル教授が咳払いをした。「スターリング」

スターリングの視線はロビンの顔にまだしばらく留まっていたが、やがて彼は目を背けた。

「とにかく、ようこそ」スターリングはあとから思いついたかのようにそう言った。すでにロビンに背を向けた状態でそう口にしたのであり、その言葉は無理矢理捻《ひね》りだされて、ぎこちなく響いた。

彼は本をテーブルの上に置いた。「あなたのおっしゃるとおりでしたよ、ディック、まさにマテオ・リッチの中国語辞典が鍵だった。ポルトガル語を通したときに起こることを見逃していたんだ。そこに、ぼくは協力できる。ここと、それからここに記した漢字を連鎖させていくと――」

ラヴェル教授は本のページをぱらぱらとめくった。「これは水に浸《つ》かってるじゃないか。言い値で払ったりしていなければいいのだが――」

「まったく払っているもんですか、ディック、ぼくをばかだと思っているんですか？」

「まあ、澳門のあとで――」

ふたりは熱のこもった議論をはじめた。ロビンはすっかり忘れられた。

ロビンは、ほろ酔い気分で、場違いな思いをしながら、見ていた。頬が赤くなっている。食事を終えていなかったが、食べつづけるのはとても不作法なことに思えた。それに食欲は失せていた。先ほど感じた自信は消えていた。ラヴェル教授の居間でカラスのような黒い姿をした客たちに笑われ、相手にされなかった愚かな幼い子どもにまたしてもなった気がした。

そして、ロビンは矛盾を不思議に思った――ロビンは彼らを軽蔑しており、彼らが悪事をたくらんでいる可能性があることを知っている、それなのに彼らの仲間に入れてもらえるくらい彼らに尊敬されたいとも思っていた。とても不思議な感情の混淆《こんこう》だった。その感情はどうやったら整理がつくのか、見当もつかなかった。

でも、い、い、話はまだ終わっていいません、ロビンは父に言いたかった。母の話をしていいたんです。

胸が締め付けられる気がした。心臓がいまにも檻《おり》を破って飛びだそうとしている獣になったかのようだった。それは珍しいことだった。このように相手にされないのは、はじめての経験ではまったくなかった。ラヴェル教授はけっしてロビンの気持ちを斟酌《しんしゃく》したことがなく、あるいは気遣いや慰めを与えたこともなく、いきなり話題を変え、冷たい無関心の壁を築き、話題にする価値もないというかのようにロビンの苦しみを矮小化《わいしょうか》するだけだった。ロビンはこれまでそれに慣れてしまっていた。

ただし、今回はちがった――おそらくはワインのせいで、あるいはあまりに長いあいだに積もりに積もり、転換点を超えてしまったせいかもしれない――ロビンはわめきたくなった。叫びたい。壁を蹴りたい。父にまともに自分のほうを見てもらうためなら、なんだってやりたいと思った。

「ああ、ロビン」ラヴェル教授は顔をあげた。「ミセス・パイパーに、コーヒーを持ってくるよう頼んでくれ、おまえが帰るまえに、いいな？」

ロビンはコートを摑み、その部屋を出た。

ロビンはハイ・ストリートを曲がってマグパイ・レーンには入らなかった。その代わり、さらに先を進んで、マートン・コレッジの敷地に入った。夜になっており、庭は歪み、不気味だった。黒い枝が閂《かんぬき》のかかった鉄の門の向こうから指のようにのびてきていた。ロビンは錠をなんとかしようといじったがだめで、息を切らしながら体を引っ張りあげ、忍び返しと忍び返しのあいだの狭い隙間を通った。数フィートほど庭に入ってから、樺の木がどんな格好をしているのか知らないことに気づいた。

うしろに下がり、あたりを見まわし、なんだかばからしい気になった。すると、なにか白いものが目に留まった――まるでなにかを賛美しているかのように、やや上向きに渦巻くように刈りそろえられた桑の茂みに囲まれている一本の薄い色の木。白い木の幹からこぶが一本突きでていた。月明かりを浴びて、それは禿《は》げ頭のようだった。水晶の玉のようでもあった。

これかもしれないな、とロビンは思った。

薄っぺらい黒いコートを着ている兄の姿を思った。月明かりを浴びてこの薄い色の木を指で撫《な》でているところを。グリフィンはおのれの芝居がかった仕草を好んでいた。

ロビンは胸のなかのとぐろを巻いた熱いもののことを不思議に思った。ここまでの長い、酔いを覚まさせる散歩でも怒りは収まらなかった。まだ叫びたいほどの感情を抱えていた。父親との食事がこんなにも腹を立たせたのか？　これはグリフィンが言っていた正当な憤怒《ふんぬ》なのか？　だが、ロビンが感じているものは、革命の炎のような単純なものではなかった。ロビンが心で感じているのは、確信ではなく、疑念、怒り、そして深い困惑だった。

ロビンはこの場所を憎んでいた。この場所を愛していた。この場所での扱われ方に腹を立てていた。それでもこの場所の一部になりたいと願っていた――なぜなら、その一部になることは、知的に対等な立場の人間として教授たちに話しかけ、偉大なゲームに加わるのは、とてもすばらしいことのように思えたからだ。

ひとつの嫌な考えが心に忍びこんできた――おまえは傷ついた幼い子どもなのだから、もっと関心を寄せてもらいたかったと願っているのだ――だが、彼はその考えを押し退けた。絶対にぼくはそんなに心が卑しくないし、絶対にぼくは相手にされないと思ったからといって父親に食ってかかったわけじゃない。

ロビンは十分なだけ見て、聞いた。バベルの根っこになにがあるのかわかっており、自分の勘が十分信用できることを知っていた。

ロビンは木に指を走らせた。爪でどうにかなるものではなかった。ナイフがあれば理想的だが、そんなものを持ち運んだことがなかった。ようやくポケットのなかにあった万年筆を取りだし、先端をこぶに押しつけた。木は引っかかりがあった。何度か強く引っかいて、十字を目に見えるようにした――指が痛くなり、ペン先は直しようがないほどだめになった――だが、少なくともロビンは印を残した。

第七章

Quot linguas quis callet, tot homines valet.《クオート・リングアース・クイス・カレット、トート・オミネース・ワレット》
話せる言語が多ければ多いほど、その人物の価値は高まる。
――カール五世

翌週の月曜日、ロビンは授業のあと自室に戻ると、窓敷居に紙片が差しこまれているのを見つけた。すばやく紙片を抜き取る。心臓をドキドキさせながら扉を叩き閉め、床にしゃがみこんで、グリフィンの読みにくい手書き文字に目を凝らした。

そのメモは漢字で書かれていた。ロビンは二度読み返したのち、うしろから読み、再度まえから読んで当惑した。グリフィンは漢字をまったく適当に並べているようで、文の意味をなしていなかった――いや、文と表現することすらできないものだった。というのも、句読点はあるものの、文字自体の並びは文法や統語法を無視したものだった。これはまちがいなく暗号だ。だが、グリフィンはロビンに暗号解読の鍵を寄越《よこ》さなかったし、ロビンにはこのわけのわからないものを解読するためグリフィンが口にしたかもしれない文学的な引喩《いんゆ》や巧妙なヒントを思いつけなかった。

やがてロビンは自分がまったく思い違いをしていたことに気づいた。これは中国語ではないのだ。グリフィンはある言語――ロビンはそれが英語だと思った――の単語を伝えるためにたんに漢字を利用しただけだった。ロビンは日記から紙を一枚破り取り、グリフィンのメモの隣に置くと、個々の漢字をローマ字にして書きだした。一部の単語は推測せざるをえなかった。漢字をローマ字表記にしたものは、英単語とはまったく異なる綴《つづ》り方をするからだった。だが、最終的に、いくつかの共通する変換パターンを導きだした結果――tè《トゥー》はつねにtheを意味し、ü《ユー》はつねにooを意味した――ロビンは暗号を解いた。


次の雨の夜。午前零時丁度に扉をあけ、玄関ホールのなかで待ち、午前零時を五分過ぎたら外に出ろ。だれにも言うな。そのあとまっすぐ帰宅しろ。

おれの指示から外れるな。記憶したら、燃やせ。


ぶっきらぼうで直接的かつ最小限の情報に留めている――まるでグリフィンその人のように。オックスフォードではしょっちゅう雨がふっていた。次の雨の夜は、あしたかもしれない。

ロビンはメモの細部を記憶に留めるまで繰り返し読み返したのち、原本と解読した結果の両方を暖炉に放りこみ、すべての紙が縮んで灰になるまでじっと見つめた。


水曜日、雨になった。午後のあいだずっと霧がかかっており、ロビンは暗くなっていく空を見ながら恐怖を募らせていた。午後六時にチャクラヴァルティ教授の研究室をあとにすると、柔らかな霧雨が歩道をゆっくりと灰色に変えていった。ロビンがマグパイ・レーンにたどり着いたころには、雨脚が強くなり、ぱしゃぱしゃと地面を叩くようになっていた。

ロビンは自室にこもり、机に課題のラテン語読本を置くと、時間になるまで少なくとも見ていようとした。

十一時半になるころには雨は止みそうにないのがわかった。冷たい音が響くたぐいの雨だった。激しい風や雪やみぞれはなくとも、路面に敷かれた丸石を打つ音自体が、氷粒が皮膚に当たってくるかのように感じられた。ロビンは、グリフィンの指示の裏にある理屈をいま理解していた――こんな夜だと、鼻の先数フィートしか見えず、仮に見えたとしても気にしたりしないのだ。こんな雨がふっていれば肩をすぼめ、うつむいて歩くしかなく、どこか暖かいところにたどり着くまでまわりのことに無関心になる。

　午前零時十五分まえ、ロビンはコートを羽織り、廊下に足を踏みだした。

「どこへいくんだい？」

　ロビンは凍りついた。てっきりラミーは寝ていると思っていたのだ。

「図書館の書架に忘れ物をしたんだ」ロビンは小声で答えた。

　ラミーは小首を傾げた。「またかい？」

「ぼくらにかけられた呪いみたいだな」ロビンは無表情を保とうとしながら、ささやいた。

「雨がふってる。あした取りにいけよ」ラミーは顔をしかめた。「なにを忘れたんだ？」

　課題本だ、とロビンは言いそうになったが、一晩じゅうそれに取り組んでいるふりをしていたので、その言い訳は通用しなかった。「えーっと――日記だよ。だれかに書いた中身を見られたらと思うと気が気でないので、置いとけないんだ――」

「なかになにが入っているんだよ、ラブレターか？」

「いや、ただ――気が気でなくなるだけだ」

　ロビンが巧みな嘘つきなのか、ラミーが眠くて気にしなかったのか。「あした起こしてくれよ」ラミーはあくびをしながら言った。「ずっとドライデンを読んでいて、もううんざりしてるんだ」

「起こすよ」ロビンは約束してから、急いで扉の外に出た。

　土砂ぶりの雨で、ハイ・ストリートを十分間歩くのに永遠の時がかかったような気がした。遠くにバベルが暖かい蠟燭《ろうそく》のように光っていた。まるで真っ昼間のように各階に煌々《こうこう》と明かりが灯《とも》っていた。窓越しに人影はほとんど見えなかったにせよ。バベルの研究員は夜昼なしに働いていたが、大半の人間は午後九時か十時には本を自宅に持ち帰り、真夜中にまだそこにいる人間は朝まで塔を離れはしないだろう。

緑地にたどり着くと、ロビンは立ち止まり、あたりを見まわした。だれの姿も見えない。グリフィンの手紙はとても曖昧だった。ヘルメス結社の工作員を見かけるまで待つべきなのか、あるいは先に進み、命令されたとおりに従うべきなのか、ロビンにはわからなかった。

おれの指示から外れるな。

午前零時を知らせる鐘の音が響いた。ロビンは急いで塔の入り口に向かった。口のなかはからからに乾き、息が切れた。石段にたどり着くと、暗闇からふたつの人影が現れた——ふたりとも黒装束で、雨のなか、顔の見分けがつかなかった。

「いけ」ふたりのうちひとりがささやいた。「急ぐんだ」

ロビンは扉に歩み寄った。「ロビン・スウィフト」ロビンは、柔らかな声で、はっきりと声に出した。

錠のなかの突起がロビンの血を認識した。錠がかちりと音を立てる。

ロビンは扉を引きあけると、背後にいた人影が塔のなかに滑りこむのに必要なだけの時間、ほんの一瞬あがり階段で立ち止まった。ふたりは階段を生き霊《レイス》のように、すばやく、音を立てずに駆けあがった。ロビンは塔の玄関ホールに立ち尽くし、額から雨滴を滴《したた》り落としながら震え、分針が五分の印に近づいていく時計を見つめた。

すべてはあまりにも簡単だった。予定の時間になるとロビンは踵《きびす》を返し、扉から出ていった。腰のところに軽くなにかが当たるのを感じたが、それ以外なにも感じなかった——ささやき声もなく、銀の棒が当たる金属音も聞こえなかった。ヘルメス結社の工作員は、暗闇に呑みこまれていた。数秒後、彼らは最初から存在していなかったかのようだった。

ロビンは塔に背を向け、マグパイ・レーンに向かって戻っていった。ひどく身震いし、いま自分がやったことの無謀さに目まいを覚えていた。

ロビンはろくに眠れなかった。悪夢に次々と襲われてベッドのなかで輾転反側《てんてんはんそく》し、シーツを汗でずくずくにし、うつらうつらしつつも警察が扉を蹴破り、牢屋に連れていかれ、全部見て、全部知ってるぞと宣告されるのではないかと不安にかられていた。ようやく眠れたのは明け方になってからだったが、そのころには疲れ切ってしまい、朝の鐘の音を聞き逃してしまった。用務員に扉をノックされ、きょうの掃除は必要かどうか訊ねられるまで目を覚まさなかった。

「あー――はい、ごめん、ちょっと待ってください、すぐに出ます」ロビンは顔に水をかけてから着替え、急いで扉を出た。同期の面々は授業まえにそれぞれの翻訳を比べようとバベル五階の研修室で会うことにしていたため、ロビンはひどい遅刻をしていた。

「やっときたか」ロビンが到着するとラミーは言った。彼とレティとヴィクトワールは、四角いテーブルのまわりに座っていた。「いっしょにこなくてごめんな。だけど、とっくに出かけたと思ったんだ――扉を二度ノックしたけど返事がなかったので」

「気にしないでくれ」ロビンは席についた。「よく眠れなかったんだ――雷が鳴っていたせいだろう」

「大丈夫なの？」ヴィクトワールが心配そうな表情を浮かべた。「ちょっと……」自分の顔のまえで曖昧に手を振る。「顔が青いよ」

「悪い夢を見ただけさ」ロビンは言った。「その、ときどきあるんだ」

その言い訳が口を出た瞬間、まぬけな感じになったが、ヴィクトワールは心配そうにロビンの手を軽く叩いた。「そうか」

「はじめない？」レティが語気強く問いかけた。「ラミーがあなた抜きで進めさせようとしないので、語彙がらみの話をしていただけ」

ロビンはあわててページをめくり、オウィディウスの昨晩の担当箇所を見つけた。「ごめん――さあ、はじめよう」

ロビンはこの勉強会を最後まで眠らずにはいられないだろうと思っていた。だが、どういうわけか、ひんやりした木にあたる暖かい陽の光や、羊皮紙をかりかりと引っかくように記されるインク、レティのきびきびした明瞭な口述がくたびれはてたロビンの心を集中させ、差し迫った放校ではなく、ラテン語がこの日のもっとも重大な課題であるように思わせてくれた。

勉強会は予想していたよりもはるかに活気があるものになった。ロビンは、自分の翻訳したものをチェスター先生の授業で読みあげるのに慣れてはいたものの、先生はそのたびに軽口まじりに訂正してくれるだけで、言い回しや句読点あるいは反復表現の頻度が過剰かどうかを巡ってこんなにも熱のこもった議論が交わされるとは予想していなかった。それぞれが劇的なくらい異なる翻訳スタイルを持っているのがすぐに明らかになった。レティは、ラテン語に備わっている文法構造におそろしくうるさいにもかかわらず、驚くほどぎこちない散文の修飾を簡単に許してしまうように見え、一方、ラミーはそれとは正反対で、修辞的な巧みさのためには技術的な正確さをいつでも捨ててしまえる心構えをしており、そのほうが伝えたいことをより明確にできると主張していた。たとえそのためにまったく新しい文言を挿入することになったとしてもだ。ヴィクトワールは英語の限界につねにいらだっているようだった――「じつにぎこちない。フランス語ならもっとうまくあてはまるのに」――そしてそれにレティがいつも激しく同意し、それにつられてラミーが鼻を鳴らすことになり、その時点でオウィディウスの話題は忘れられ、またしてもナポレオン戦争の話を繰り返すことになるのだった。

「気分はましになった？」勉強会の終わりにラミーがロビンに訊いた。

実際ましになっていた。死語の避難所に身を潜め、実害をこうむりっこない修辞的な戦争を戦うのはいい気分だった。その日の残りの時間、ごく普通に過ごせたことにロビンは驚いた。同期に交じり、プレイフェア教授の講義を聞き、タイトラーが心のなかにあるもっとも重要な事柄であるふりを平然とできたのだから。昼間の光のなかでは、昨晩の偉業ははるか遠くの夢のように思えた。日常は、オックスフォード、学習課題、教授陣、焼きたてのスコーンとクロテッド・クリームといった具体的で確実なもので構成されていた。

それでもロビンは、これが残酷なジョークであるとの潜在的な恐れを消せずにいた。この茶番劇の幕がいつおりてきても不思議ではないのだ、と。なぜなら、なんらかの結果が伴わないわけがないのではなかろうか？　かかる裏切り行為――文字通りみずからの血を与えた組織であるバベル自体から物を盗む行為――は、こんな生活を不可能にしてしかるべきだろう。

午後もなかごろになって、ひどい不安に襲われた。昨夜は正しい使命に思えたものが、いまは信じがたいくらい愚かなものに思えた。ロビンはラテン語に集中できなかった。クラフト教授に目のまえで指を鳴らされてはじめて、一文を読みあげるよう三度命じられていたことに気づいた。細部の鮮明な身の毛がよだつシナリオを繰り返し想像した――警察官が雪崩《なだ》れこんできて、指を差し、叫ぶ――**いたぞ、盗人《ぬすっと》だ**。体を固まらせ、目を丸くする同期の面々。どういうわけか検事と裁判官を兼ねているラヴェル教授が冷ややかにロビンに絞首刑を言い渡す。ロビンは、火かき棒が何度も何度も振りおろされ、冷静に順序立って自分の骨という骨がへし折られるところを想像した。

だが、そうした幻想は幻想のまま留まった。だれもロビンを逮捕にこなかった。授業はゆっくり、なんの支障もなく、なんの邪魔も入らずに進んだ。恐怖は色褪《いろあ》せていった。ロビンと同期の三人が夕食のため食堂に再集合したころには、驚いたことに、昨晩の出来事は起こらなかったものと自分に言い聞かせることができていた。そして、料理――冷めたポテトと、全力を尽くさないと嚙《か》める大きさに切れないいくらい頑丈なステーキ――をもって席につき、ラミーの装飾過剰な翻訳にクラフト教授がいらだちながら訂正を加える様子を話題にして笑い声をあげているころには、ほんとうに遠くの記憶のように感じられた。

その夜、帰宅すると窓敷居にあらたなメモが待っていた。そこに書き殴られていた伝言はとても簡潔で、今回、ロビンは頭のなかで解読することができた。

　次の連絡を待て。

自分が抱いた失望感にロビンは困惑した。きょう一日、かかる悪夢に二度と巻きこまれまいと願って過ごしたのではなかったのか？　グリフィンのからかい声を想像できた――なんだって、背中を叩いて激励してほしかったのか？　よくやったという印のビスケットがほしかったのか？

いま、ロビンは自分がそれ以上を望んでいることに気づいた。だが、いつグリフィンからふたたび連絡があるのか知る術を持たなかった。連絡は散発的なものになるだろう、とグリフィンから事前の警告はあった。再度連絡してくるまでに一学期まるまる経つかもしれない、と。必要があればロビンは召集されるだろうが、すぐではないだろう、と。翌晩、窓敷居にメモはなく、それ以降の夜も同様だった。

　数日が過ぎ、数週間が過ぎた。

おまえはまだバベルの学生だ、とグリフィンには言われた。それらしくふるまえ。

そうするのはとても簡単だとわかった。グリフィンとヘルメス結社の記憶が心の奥へ、悪夢と暗闇へ後退していくにつれ、オックスフォードとバベルでの生活がまばゆい光輝く彩りに包まれて前面に立ちあがった。

　その場所とそこにいる人々に自分がたちまち恋してしまったのにロビンは衝撃を受けた。そういうことが起こっていることに気づきさえしなかった。最初の学期は、ひとところでロビンをぐるぐる回転させた。ロビンは目をまわし、くたびれはてた。授業と課題学習が求める猛烈な読書と目をしょぼつかせる夜という決まり切ったパターンが形成され、同期の仲間たちの存在だけが唯一の喜びと慰めの源になった。女性陣——彼女たちに祝福あれ——は、ロビンとラミーの初対面のときの失礼な態度をすぐに水に流してくれた。ロビンは、自分とヴィクトワールがゴシック・ホラーからロマンス小説にいたるまであらゆる種類の文学に対して、同様の臆面もない愛情を抱いていることに気づき、ふたりはロンドンから持ちこまれる三文小説の最新作を嬉々《きき》として交換し、中身について話し合った。そして、レティは、男性陣がオックスフォードにいられる程度にばかではないと得心すると、ずいぶん寛容になった。彼女は育てられ方によって、イギリスの階級構造に辛辣《しんらつ》なウイットと鋭い理解を有しているのが判明し、男性陣のどちらにも向けられたものでないときに途方もなくおもしろいコメントを生みだすのだった。

「コリンは、家族がケンブリッジの数学専攻個人指導教官《チューター》と知り合いだからといって有力なコネを持っているふりをするのが好きな見下げ果てた中流階級の蛭《ひる》みたいなもんよ」レティはマグパイ・レーンを訪ねてくると、よくそう言った。「もし事務弁護士《ソリシタ》になりたいなら、法曹学院に見習いとして勤められるのに、ここにいるのは、名誉とコネをほしがっているから。ただし、両方を手に入れられるほど本人に魅力がないのが玉に瑕《きず》。濡《ぬ》れタオルみたいな性格をしているんだから——湿っていて、まとわりつく」

そこまで言うとレティは、コリンの目を見ひらいた暑苦しい挨拶の真似《まね》をするのがつねであり、ほかの連中は大笑いをするのだった。

ラミーとヴィクトワールとレティ——三人はロビンの人生の彩りになった。自分の学習課題以外に外界と唯一定期的に接する存在だった。彼らはほかにだれもいないため、おたがいを必要としていた。バベルの年上の学生たちは攻撃的なくらい閉鎖的だった。彼らはあまりにも忙しく、威圧的なくらいあまりにも聡明で印象的だった。学期に入って二週間が経過したころ、レティはゲイブリエルという名の奨学金給付大学院生にフランス語の読書グループに参加させてもらえないか、と大

かめたのだった。
何度かロビンが挨拶しようとしたとき、先方はロビンがブーツに付いた泥であるかのように顔をし
訛りがあった。チャクラヴァルティ教授の研究室を出入りする際にすれ違うことがよくあったが、ドイツ語
ロビンはイルゼ出島《でじま》*という名の日本人の三年生と友だちになろうとした。相手はかすかにドイツ語
胆にも頼んだところ、フランス人しか使う気になれない独特の軽蔑表現とともに直ちに拒否された。

一同は二年生と友誼《ゆうぎ》を深めようとした。マートン・ストリート沿いに住んでいる五人の白人男子学生たち。だが、これもそのうちのひとり、フィリップ・ライトが学部食事会のおり、今回の一年生は学部の方針があったからこそ、国際的な構成になったのだとロビンに言ったために、うまくいかなかった。「学部生研究理事会は、ヨーロッパ言語を優先させるか、あるいはほかの……もっと珍しい言語を優先させるかどうかで、いつももめている。チャクラヴァルティとラヴェルは、ずいぶんまえから学生の国際色を豊かにすべきだと強く主張してきている。おれの同期がみな古典専攻であるのを彼らは気に入らないんだ。あのふたりはおまえたちに肩入れしすぎだと思うな」

ロビンは礼儀正しく振る舞おうとした。「その方針はそんなに悪いことではない気がします」

「まあ、それ自体は、悪いことじゃないが、入試に合格できるくらいのおなじように能力のある候補者から居場所を奪っていることになるんだ」

「ぼくは入学試験をいっさい受けてません」ロビンは言った。

「思ったとおりだ」フィリップは鼻を鳴らすと、その夜はロビンにそれ以上なにも言わなかった。

というわけで、頻繁に話し相手になったのはラミーとレティとヴィクトワールだけで、ロビンは彼らの目を通してオックスフォードを見はじめた。ラミーはテーラーの老舗《しにせ》イード&レイヴェンスクロフトの窓にぶら下がっている紫のスカーフを熱愛しており、レティはクイーンズ・レーン・コーヒーハウスのテラス席で一冊のソネット集を手に座っている仔犬《こいぬ》のような目をした若者を見るたびにげらげら笑ってしかたがなかった。ヴィクトワールはヴォールツ&ガーデンに新しいスコーン

が売りだされるとひどく昂奮するものの、正午までフランス語の個人指導を受けているため身動きできず、結局、ロビンが買って、ポケットのなかに入れ、授業が終わるまで取っておいてやる羽目に陥るのだった。ロビンの講読課題ですら、あとでみんなとわかちあうための辛辣な意見や愚痴や、冗談のための素材として見なすようになりはじめると、まえよりずっと刺激的なものになった。

軋轢《あつれき》がなかったわけではなかった。肥大した自尊心と多すぎる意見を持つ聡明な若者がそうであるように、彼らは際限なく意見を戦わせた。ロビンとヴィクトワールは、英文学と仏文学の優劣を巡って、長々と論争を繰り返した。ふたりとも奇妙なことに自分たちの帰化先の国にすこぶる忠実だった。イングランドの最良の理論家であっても、ヴォルテールやディドロの足下にも及ばない、とヴィクトワールが主張するのだが、ロビンがボドリアン図書館から借りだした翻訳書は「原書とは比べものにならないので、いっそまったく読まないほうがまし」という前提でばかにしつづけることさえなければ大目に見てやるのに、とロビンは思うのだった。ヴィクトワールとレティは、ふだんはきわめて親しい間柄だったが、金銭問題に関して、また、レティが本人の主張するように父親から援助を打ち切られたからといってほんとうに貧しいと言えるのかどうかについて、いつも言い争っているようだった。**そしてレティとラミーは、しょっちゅう口喧嘩《くちげんか》をしていた。争点は、主に、レティは一度も植民地に足を踏み入れたことがなく、それゆえにイギリスのインド駐留の利点

*ロビン同様、イルゼは、出生名ではなく、帰化名でイギリス人には知られていた。みずから選択したイギリス風の名前（イルゼ）と、出身地である島（出島）を組み合わせた名前である。

**男性陣はこの問題に関わらないようにしていた。個人的には、レティは女性である以上、そもそもプライス家の資産を相続する権利を有していないゆえに、その意見はもっともだと、ラミーは思っていた。ロビンは、気が向いたらいつでも外食できるくらいの奨学金を四人全員がもらっているのに、レティが〝非常に困窮している〟と自嘲しているのを聞いて、よく言うよと思っていた。

について意見を述べるべきではないというラミーの主張だった。

「インドのことを少しは知ってるわよ」レティは言い張る。「いろんなエッセイを読んでるし、エリザベス・ハミルトンの『あるヒンドゥー王の書簡の翻訳』も読んだ――」

「へー、そうかい？」とラミーは訊くのだ。「インドはすてきなヒンドゥー国家で、専制的なイスラム教徒の侵略者に侵略されているとする本？　あの本のことかい？」

　そこまでいくとレティは決まって受け身にまわり、次の日まで不機嫌で、いらいらするのだった。だが、これはレティのせいばかりではなかった。ラミーはことさらレティを怒らせ、彼女の主張をことごとく粉砕しようと心に決めているように見えた。誇り高く、くじけることのない礼儀正しいレティは、ラミーが軽蔑しているイギリス人に関するすべての象徴であり、レティに母国を裏切ると宣言させるまでラミーは満足しないのではないだろうか、とロビンは疑った。

　それでもそういう喧嘩をしたからといって、ふたりがばらばらになることはなかった。むしろ、そうした議論はふたりをいっそう近づけ、舌鋒《ぜっぽう》を鋭くさせ、四人の同期というパズルに違った形ではまりこむ方法をはっきり示しただけだった。四人はいっしょに時間を過ごした。週末には、ヴォールツ&ガーデンのテラス席の隅にあるテーブルに陣取り、英語の特異性についてレティに質問を浴びせた。彼女しか英語のネイティヴ・スピーカーがいなかったからだ。（「corned[*] って、どういう意味？」ロビンは問う。「corned beef《コーンビーフ》ってなに？　牛肉になにをするわけ？」「welcher[**] ってなに？」ヴィクトワールは最新刊の三文小説から顔を起こして訊く。「レティシア、いったいぜんたい jigger-dubber[***] ってなに？」

　食堂の食事があまりにまずくて、はっきり体重が減ったとラミーが文句を言ったとき（これは事実だった。ユニヴの食堂は、くたくたに茹《ゆ》でた肉、塩で味付けしていない野菜炒め、なにが入っているのかよくわからないポタージュという定番でまわしていないときは、「インド・ピクルス」や「西インド諸島風に下味を付けた亀」と名づけられたものや「チャイナ・チロ」と呼ばれている理解しがたく、とても食べられたものでない、いずれもハラル食品ではない料理を出してきた)、四人はこっそり厨房に忍びこむと、ひよこ豆とジャガイモに、ラミーがオックスフォードの市場でかき集めてきたさまざまなスパイスで味付けした間《ま》に合わせの料理をこしらえた。それによって出来あがったものは、ところどころダマになっている真っ赤なシチューであり、あまりにスパイスが効きすぎて、全員鼻を殴られたようになった。ラミーは敗北を受け入れるのを拒んだ。その代わりに、これはイギリスには根本的に間違ったところがあるという大命題のさらなる証明である、と主張した。本物のターメリックとマスタード・シードを手に入れることができたなら、この料理ははるかにおいしくなっていたはずだから、と。

「ロンドンにはインド料理店がある」レティが反論した。「ピカデリーでカレーライスを食べることができる——」

「ほとんど味のしないドロドロしたものを食べたいのならね」ラミーはばかにしたように言った。

「ひよこ豆を平らげろよ」

レティはみじめに鼻を鳴らしながら、もう一口も食べようとはしなかった。ロビンとヴィクトワールは、スプーンにたっぷりすくったものを我慢強く口に運びつづけた。ラミーは、みんな臆病者だぞ、と言った——カルカッタでは、世界一辛いと言われている唐辛子、ブット・ジョロキアを幼《おさな》子《ご》が眉ひとつ動かさずに食べられるんだぞ、と主張した。とはいえ、そのラミーですら、自分の皿

*ロビンとヴィクトワールとラミーは、コーンビーフが穀物《コーン》とはなんの関係もなく、当該ビーフを塩漬けするために用いられる岩塩の結晶の大きさと関係していることを知って、大いに失望した。

**詐欺師、ペテン師

***看守を意味する。泥棒仲間の隠語、扉を指す jigger と閉めることを指す dub から(扉を閉める者=看守)。

の上にある燃えるように赤い塊《かたまり》を平らげるのに苦労していた。

学期の途中のある夜、四人みんなでヴィクトワールの部屋に集まったときになってはじめて、ロビンは自分がなにを持ち、なにをさがしていて、なにをやっと手に入れたのか、わかった。ヴィクトワールの部屋は、ほかの寄宿生のだれも部屋を共有したがらなかったせいで、異例にも四人の部屋のなかでいちばん広かった。彼女は寝室を独り占めしていただけでなく、バスルームと広々とした居間も独占しており、ボドリアン図書館が午後九時に閉館したあとで課題を仕上げるため、四人はその部屋に集まるようになっていた。その夜、勉強するのではなく、四人はカード・ゲームをしていた。クラフト教授が会議に出るため、ロンドンに出張していたので、その日の夜はオフになっていたからだ。だが、カードは早々に忘れられた。というのも、腐った梨の強烈な悪臭が部屋に漂っていて、四人ともそれがどこからにおっているのか突き止められなかったからだ。だれも梨を食べておらず、室内に梨を隠したりしていないとヴィクトワールは断言した。

すると、ヴィクトワールが床に転がり、笑い声とともに悲鳴をあげた。「どこに梨があるの？いったいどこ、ヴィクトワール？　どこに梨があるの？」とレティがわめきつづけたせいだ。ラミーはスペインの異端審問に関するジョークを発し、レティがそれに便乗して、ヴィクトワールに上着のポケットを全部ひっくり返して、梨の芯が隠れていないことを証明するよう命じた。ヴィクトワールは命令に従ったが、なにも出てこず、それがさらなるヒステリックなわめき声を誘発した。そしてロビンはテーブルのまえに座り、三人の様子を眺め、ほほ笑みながら、カード・ゲームが再開するのを待ったが、やがて三人ともあまりにも笑い転げているため、加えて、ラミーのカードが表向きに床の上に散らばって、すぐゲームを継続するのは無意味であるため、再開はないと悟った。その瞬間、このきわめて日常的かつ格別な瞬間が意味するものを認識して、ロビンは目をしばたたいた——この数週間で、彼らはロビンがハムステッドではけっして見つからなかったものになっていたのだ。広東のあとではけっして再び手に入るとは思っていなかったものに——彼らのことを思うと胸が痛いくらいに激しく愛する人々の集まりに。

家族に。

そのとき、ロビンは彼らを、そしてオックスフォードをこれほどまでに愛することに罪悪感を覚えた。

ロビンはこの街が好きだった。本気で好きだった。日々、軽侮を浴びていたにもかかわらず、キャンパスを歩くのは楽しかった。グリフィンのようには、たえまない疑念と反抗の態度を取ることはできなかったし、この場所へのグリフィンの憎悪と似たものをわがものとすることはできなかった。

まだ自分には幸せになる権利があるんじゃないだろうか？　ロビンはいままで胸にこんな温《ぬく》もりを覚えたことがなかった。いま実際にそうしているように、朝起きるのが楽しみなことはなかった。バベルと友人たちとオックスフォード――それらが心のなかの一部の鍵をあけてくれた。陽だまりと所属意識を感じさせてくれる場所の鍵を。自分が二度と感じることはないと思っていたものを。世界が少し暗さを減らしたような気がした。

ロビンは愛情に餓《う》えた子どもだった。それがいまたっぷりある――いま持っているものにしがみつくのは、悪いことなんだろうか？

ヘルメス結社に百パーセント入れこむ心の用意はできていなかった。だが、神に誓って、同期の仲間のだれかのためだったら、人を殺すのも厭《いと》わないつもりだった。


のちに、彼らにヘルメス結社について話すという考えが一度も浮かばなかったことにロビンは驚くことになる。結局のところ、ミカエル学期が終わるころには、命を預けられるほど彼らを信用するようになっていた――もし凍ったアイシス川（オックスフォードでのテムズ川の呼び名）に自分が落っこちたら、彼らのだれかが飛びこんで助けてくれようとすることにロビンは疑いを持っていなかった。とはいえ、グリフィンとヘルメス結社は、悪夢と影に属していた。ロビンの同期の面々は、太陽と温もりと笑い声に属しており、ふたつの世界を一緒にすることなどロビンには思いもよらなかった。

たった一度だけ、ロビンはなにか言いそうになった。ある日の昼食時にラミーとレティが——またしても——イギリス軍のインド駐留を巡って口論をしていた。ラミーは、ベンガル占領を進行中の茶番劇だと見なしていた。レティは、プラッシー村でのベンガル軍に対するイギリス軍の勝利は、ベンガル太守シラージュ・ウッダウラによる残虐な捕虜虐待と彼女が見なしているものに対する過度な報復ではあったが、もしムガール帝国側があれほどひどい支配者でなければ、イギリス軍はけっして介入する必要がなかっただろう、と考えていた。

「しかも、それほどひどい目に遭ったわけじゃない」レティは言った。「行政部門には大勢のインド人がいた。彼らに資格があるかぎり——」

「ああ、その資格というのが、英語を話し、イギリスに胡麻《ごま》をするエリート階級であるという意味だ」とラミーは言った。「われわれはたんに支配されているのではなく、不当な支配を受けているんだ。おれの国で起こっているのは、収奪にほかならない。ひらかれた貿易ではない。財政的な出血、強奪、略奪だ。われわれには彼らの協力なんて一度も必要なかった。誤った優越感から、そうした物語を構築してきただけだ」

「そう思っているなら、あなたはイングランドでなにをしてるの?」レティが挑発した。

ラミーは頭がおかしいのではないかという目つきでレティを見た。「学んでいるんだよ、お嬢さん」

「へー、帝国を撃ち倒す武器を手に入れるため?」レティはあざけった。「銀の棒を少々故国に持ち帰って、革命を起こすんでしょ? わたしたちでバベルへ行進して、あなたの意図を高らかに宣言しましょうか?」

このときばかりはラミーはすばやく応酬しなかった。「そんな単純なもんじゃないんだ」少し間を置いてから彼は言った。

「あら、そうなの？」レティは弱みを見つけた。咥《くわ》えた骨を離そうとしない犬のように、追及の手を緩めなかった。「あなたがここにいて、英語での教育を享受しているという事実が、まさにイギリス人を優越的な存在にしているようにわたしには思えるのだけど。カルカッタにもっといい語学教育機関があるのでないかぎり」

「インドには数多くの優れた宗教学校がある」ラミーは言い切った。「イギリス人を優越的にしているのは、銃だ。銃と、それを無辜《むこ》の人々に使うのにためらわない意思だ」

「じゃあ、あなたは反乱を起こしているイギリス軍指揮下のインド人兵士《セポイ》に銀を送り届けるためにここにいるってわけ？」

たぶんラミーはそうすべきだ、とロビンは口に出しかけた。たぶんそれがまさに世界が必要としていることだ。

だが、口をひらくまえにロビンは自分を止めた。グリフィンの信頼を失うのを恐れていたからではなく、ここで告白すれば彼らが築いてきた人生を台無しにしてしまうことを自分が耐えられなかったからだった。また、バベルの富の基盤がいかに明白に不公平なのか、日に日に明らかになっているにもかかわらずバベルでうまくやっていきたいと願っている自分の矛盾を解消できなかったからだった。ここでの幸福を正当化し、ふたつの世界の際《きわ》で踊りつづけられるための唯一の方法は、グリフィンからの夜の連絡を待ちつづけることだった——このきらめく輝きは犠牲を伴わねば得られないという事実に対する罪悪感を和らげるための、隠れた、沈黙の反抗だった。

第八章

われわれは当時、三カ月まえに鞭打《むち》たれ、自宅でポートワインを三杯以上飲むことを許されなかった若者たちの一群が、おたがいの部屋でパイナップルとアイスクリームを食べてくつろぎ、シャンパーニュと赤ワインで酔っ払うことを少しも下品だと考えなかったものです。

――ウィリアム・メイクピース・サッカレー『いぎりす俗物誌』

十一月後半の週、ロビンはヘルメス結社のため、さらに三度の窃盗の手助けをした。三度とも、初回同様、効率的で時計仕掛けのような決まり切った手順を踏襲していた――窓敷居にメモ、雨のふる夜、真夜中の合流、すばやく目配せしてうなずく程度に限られた共犯者との最小限の接触。ほかの工作員を間近で見たことは一度もなかった。毎回おなじ人物であるかですらわからなかった。彼らがなにを盗み、あるいはなんのために使うのかも知らなかった。わかっていたのは、曖昧に定義された帝国との戦いにおまえは貢献しているというグリフィンの言葉だけであり、ロビンはグリフィンの言葉を信じるしかなかった。

グリフィンが捻れた根っこ亭の外に呼びだしてくれて、またちょっと話をしてくれないものかとロビンは願いつづけていたが、異母兄はロビンがほんの一端を担っているだけの世界的な組織を率いるのに忙しくてそんな余裕はなさそうだった。

ロビンは四度目の盗みであやうく捕まりかけた。玄関ホールで待っているとキャシー・オニールという名の三年生が玄関扉から入ってきたのだ。あいにくキャシーはお喋り好きな上級生だった。

彼女はゲール語を専攻しており、おそらく自分の専門分野にふたりしかいない寂しさから、学部のどんな人間とも親しくなろうと積極的に努力していた。

「ロビン！」キャシーはロビンに向かって笑みを浮かべた。「こんな遅くにここでなにをしてるの？」

「ドライデンの課題図書を忘れたんです」その本を突っこんだところだといわんばかりにポケットを軽く叩いて、ロビンは嘘をついた。「ロビーに置き忘れてました」

「ああ、ドライデン、それはお気の毒。ドライデンを題材に、プレイフェア教授に何週間も議論させられたものだわ。徹底的に、でも、無味乾燥だった」

「おそろしいくらい無味乾燥です」さっさと切りあげてくれ、とロビンはひどく願った。もう午前零時を五分過ぎていた。

「授業で翻訳の読み比べをさせているでしょ？」キャシーは訊いてきた。「まえにわたしは訳語として「林檎《りんご》のような」ではなく、「赤」を選択したことで三十分近く彼に詰められた。最後にはシャツが汗でずくずくになってしまいそうだった」

六分経過。ロビンの目は階段に向かい、ついでキャシーに戻り、また階段に向かったところで、キャシーが期待をこめてこちらを見ていることに気づいた。

「へー」ロビンは目をしばたたいた。「ドライデンと言えば、ぼくはそろそろ――」

「あ、ごめんなさい、一年目はほんとに大変なのに、こうしてあなたを引き留めて――」

「とにかく、お会いできて嬉しかったです――」

「なにかわたしが役に立てるなら連絡してちょうだい」キャシーは陽気に言った。「最初はやらなきゃならないことがたくさんあるけど、どんどん楽になるはず」

「わかりました。ご連絡します――さようなら」ひどく素っ気なく答えてしまい気が引けた。彼女はとても親切であり、上級生からのそのような申し出はじつに寛大なものだった。だが、ロビンの頭を占めていたのは、上の階にいる共犯者のことであり、もしキャシーが上にあがっていくのと同時に彼らがおりてきたとしたらどうなるかだった。

「じゃあ、がんばってね」キャシーは小さく手を振ると、ロビーに向かった。ロビンは玄関ホールに引き下がり、キャシーが振り返らないよう祈った。

永遠の時が過ぎ、ふたりの黒ずくめの人影が奥の階段から急いでおりてきた。

「あの女はなにを言った？」ふたりのうちのひとりが声を潜めて訊いた。その声は奇妙なくらい聞きなじみがあったが、そのときロビンは心ここにあらずの状態で、思いだせなかった。

「愛想よくしていただけさ」ロビンは扉を押しあけ、三人は足早に少し寒い夜に出た。「そっちは問題ない？」

だが、返事はなかった。ふたりはすでに立ち去り、暗闇と雨のなかにロビンを置いていった。

もう少し慎重な性格をしていたら、ロビンはそのときヘルメス結社を辞めていただろう。かかるきわどい可能性におのれの将来をすべて賭けるようなリスクを負うことはしなかっただろう。だが、ロビンは協力を繰り返した。五回目の窃盗に協力し、六回目も協力した。ミカエル学期が終わり、冬休みが足早に過ぎ去り、ヒラリー学期（第二学期。およそ一月から三月）がはじまった。真夜中に塔に近づいても耳のなかで鼓動が響くことはなくなった。入場と退場のあいだの数分間は、もはや煉獄《れんごく》にいるようには感じられなかった。気楽に思いはじめすらした。扉を二度あけるという単純な行為に思えた——あまりに簡単なので、七回目の窃盗のころには、自分はなにも危険なことをしていないのだと思いこんでいた。

「じつに効率的だな」グリフィンが言った。「あのな、連中はおまえといっしょに仕事をするのを気に入っている。おまえは指示通りに行動し、余計なことをしない」

ヒラリー学期に入って一週間経つと、グリフィンがようやくロビンとふたりきりで会ってくれた。

またしてもふたりはオックスフォードのまわりをせかせかと歩いた。今回はアイシス川沿いにケニントンに向かって南へ進んだ。この会合は、めったに会えない厳しい上司との中間報告会のような感じで、ロビンは称賛されているのに気づき、有頂天になっている弟のように見えないようにしようとして、うまくいかなかった。

「じゃあ、ぼくはいい仕事をしているのかな?」

「とてもいい仕事ぶりだ。おれはとても満足している」

「だったら、ヘルメス結社についてもっと話してくれない?」ロビンは訊いた。「あるいは、せめて銀の棒がどこに向かうのか教えてほしい。あれを使って、なにをしているんだ?」

グリフィンは喉を鳴らして笑った。「我慢しろ」

ふたりはしばらく黙って歩いた。その日の朝、嵐があった。霧に煙《けぶ》り、暗さを増している空のもと、アイシス川は轟々《ごうごう》と音を立て、流れが速かった。世界から色が失われたような夜だった。描きかけの絵、灰色と影だけで存在しているスケッチさながらに。

「じゃあ、もうひとつ訊きたいことがある」ロビンは言った。「いまはヘルメス結社のことをあまり話してくれないだろうと思う。だけど、せめて、これがどういう結末になるのか教えてほしいんだ」

「どういう結末とは?」

「つまり——ぼくの置かれている状況さ。いまの取り決めは問題ないと思う——つまり、捕まらないかぎり——だけど、どうなんだろう、継続するのは無理な気がするんだ」

「もちろん、無理だろうな」グリフィンは言った。「おまえが必死で勉強して卒業したとする。そしたら帝国のため、あらゆるたぐいの嫌なことをやるように求められるだろう。あるいは、いまおまえが言ったように捕まるか。おれたちがそうだったようにいずれ山場を迎えるのさ」

「ヘルメス結社の人間はみんなバベルを離れているの?」

「留まったのはごく限られている」

　ロビンはそれに対してどんな気持ちを抱けばいいのかわからなかった。バベル卒業後の暮らしについて白昼夢にふけることがよくあった——希望すれば、おいしい特別研究員になれる。豪華な図書館でいまよりもたっぷりと奨学金をもらったうえで何年も研究生活を送ることが保証されるのだ。快適な寮に暮らし、余分な小遣いを望むなら、裕福な学部生にラテン語を個人教授すればいい。あるいは、購書《こうしょ》商人や同時通訳者たちとともに海外旅行をしてまわるという刺激的なキャリアもありえる。チャクラヴァルティ教授といっしょに翻訳したばかりの『荘子《そうし》』に「tǎntú《タアントゥ》*」という文言が出てくるが、これは字義通りだと「平坦な道」だが、比喩的には、「静謐《せいひつ》な暮らし」という意味である。これこそロビンの望んでいるものだった——なんの驚きもない未来に通じるなだらかで平らな道。

　むろん、唯一の障害は、ロビンの良心だった。

「できるかぎり長くバベルに留まるに越したことはない」グリフィンは言った。「つまり、そうしてもらわねばならない——内部にもっと仲間が必要かどうか、だれにもわからない。だけど、わかるだろうが、どんどん難しくなるんだ。自分の倫理観と連中に依頼される事柄との折り合いがつけられなくなるだろう。軍事研究をやれと指示されたらどうなる？　ニュージーランドやケープ植民地の最前線に送られることになったら？」

「そうした任命を回避できないのかい？」

　グリフィンは笑い声をあげた。「軍との契約が仕事の発注の半分以上を占めるんだぞ。終身在職権に不可欠な部分だ。それに軍は払いがいい——上級教職員の大多数は、ナポレオンと戦うことで財を成したんだ。親愛なる親父殿がどうやって三軒の家を維持できていると思う？　幻想を支えているのは荒事《あらごと》なんだ」

「だからなに？」ロビンは訊いた。「どうしたらバベルを離れられるの？」

「単純だ。死を偽装して地下に潜る」

「それがあんたのやったこと？」

「ああ、五年ほどまえにな。いずれおまえもそうするだろう。そしてそれからはかつて自由に出入りしていたキャンパスの影の存在となり、だれかほかの一年生が良心に目覚めて、おまえの懐かしい図書館に入館させてくれるのを祈るようになる」グリフィンは横目でロビンをちらりと見た。「この答が嬉しくないみたいだな？」

ロビンはためらった。いま感じているこの不快感をどう言語化したらいいのか、よくわからずにいた。たしかにヘルメス結社のためにオックスフォードの生活を捨てるのは、そこそこ魅力的だった。グリフィンがやっていることをやりたかった。ヘルメス結社のより深い内側の活動に入りこみたかった。盗んだ棒の行き先と、どう使われるのかを知りたかった。隠された世界を見たかった。

だが、その方向に進めば、二度と戻れない、とわかっていた。

「切り離されているのはとても辛いことに思えるんだ」ロビンは言った。「あらゆることから切り離されているのは」

「ローマ人がどうやってヤマネを太らせるのか知ってるか？」グリフィンが訊いた。

ロビンはため息をついた。「グリフィン」

「ラテン語の個人指導教官にウァッローを読まされただろ？　ウァッローは『Res Rustica《レース・ルースティカ》』＊＊で「グリラリウム」の説明をしている。非常に洗練された容器だ。まず、壺《つぼ》を用意する。ヤマネが呼吸できるように穴があけられており、内部の表面はヤマネが逃亡できないようにツルツルに磨かれている。壺のなかに餌を入れ、ヤマネが退屈してしまわないように棚や通路を作っておく。いちば

＊坦途
＊＊『農業について』

ん大事なのは、まわりを暗くしておき、ヤマネが冬眠時期だとつねに考えるようにすることだ。ヤマネはただ寝て、太るだけになる」

「わかった」ロビンはいらだって言った。「わかった。言いたいことはわかる」

「難しいのは知ってるよ」グリフィンは言った。「自分の社会的地位を象徴するものをあきらめるのは難しいものだ。おまえはまだ自分の奨学金や奨学生ガウンやワイン・パーティーを愛しているはずだ――」

「ワイン・パーティーはちがうよ」ロビンは反駁《はんばく》した。「ぼくは――つまり、ワイン・パーティーにはいかない。それに奨学金でもなければ、あのばかみたいなガウンでもない。ただ――どう言えばいいのかな、へだたりが激しすぎるとでも」

どうやって説明できるのだろう？　バベルは物質的な豊かさ以上のものだった。バベルはロビンがイングランドにいる理由だった。広東の路上で物乞《ものご》いをしていない理由だ。バベルはロビンの才能が重視される唯一の場所だった。バベルは安全さそのものだ。そして、そう、ひょっとしてそれらはすべて道義にもとるものかもしれなかった――だが、生き延びたいと願うのは、そんなに悪いことなんだろうか？

「気に病むな」グリフィンが言った。「だれもおまえにオックスフォードを出ていけと言っていない。戦略的な意味では、賢明なことではない。ほら、おれは自由であり、外に出て幸せなんだが、おれは塔に入れないんだ。おれたちは権力者たちと共生関係を結ぶという罠にはまっている。あいつらの銀が要る。あいつらの道具が要る。そして、認めるのは忌々しいが、あいつらの研究から利益を得ている」

グリフィンはロビンをぐいっと突いた。親愛の仕草のつもりだったのだろうが、ふたりともその手の仕草にあまりに慣れておらず、グリフィンがおそらく意図していたよりも威嚇しているような行動になった。「おまえは読書をつづけ、内部に留まれ。矛盾に気を揉《も》むな。さしあたり、罪悪感に苛《さいな》まれるにはおよばない。自分のグリラリウムを楽しめ、チビのヤマネ」

グリフィンはウッドストックの角でロビンと別れた。ロビンはグリフィンが巨鳥の翼のようにコートをはためかせ（グリフィンは、ワシの頭と翼、ライオンの胴を持つとされる伝説上の怪物）、通りに痩せた姿を消すのを見つめ、人がだれかをこんなにも尊敬すると同時に腹立たしく思えることを不思議に思った。


漢文でいう「二心」は、不忠あるいは裏切りの意図を指す。文字通り、「ふたつの心」を意味している。ロビンは自分が二重の意味で裏切った相手を愛しているというありえない立場にいることに気づいた。


ロビンはオックスフォードを愛していた。オックスフォードでの暮らしを愛していた。オックスフォードで、さまざまな形でもっとも特権を得ている学生集団であるたわごと言い《バブラー》たちのなかにいるのは、とてもすてきなことだった。バベルに所属していることをひけらかせば、大学のどの図書館にも入館できた。ばかげたほど豪華なコドリントン図書館にも入れたし、そこには必要とする参考文献が収蔵されていなかったものの、背の高い壁と大理石の床のせいでとても誇らしい気分にさせてくれるので、足繁《しげ》く通っていた。生活費はすべて賄われていた。ほかの校僕《こうぼく》と異なり、バベルの学生は食堂で配膳をしたり、個人指導教官の部屋の掃除をしたりする必要はけっしてなかった。部屋代、食費、授業料は、すべてバベルが直接支払っており、彼らは請求書を見たことすらなかった――それに加えて、月二十シリングの奨学金を受け取っており、好きな教材をなんでも購入できる裁量資金の使用権も与えられていた。たとえ可能性がどんなに薄くとも、金の鞘《キャップ》の万年筆が勉強に役立つと証明できさえすれば、バベルはその代金を支払っただろう。

このことの重要性がロビンの心にはじめて去来したのは、ビル・ジェイムスンが談話室にいて、しょぼくれた顔つきで紙切れに数字を書き殴っているところに出くわしたときだった。

「今月の学費《バタル》を計算しているんだ」ジェイムスンはロビンに説明した。「仕送りを使いこんでしまった――ずっと金繰りに困っているよ」

　紙に書かれた数字にロビンは驚いた。オックスフォードの学費がこんなに高いなんて想像もしていなかったのだ。

「どうするつもりなんだい？」ロビンは訊いた。

「来月まで不足分をおぎなうための質草はいくつかある。あるいは、それまで何度か食事を抜かすかさ」ジェイムスンは顔を起こした。じつに気まずそうな表情を浮かべる。「あのさ、こんなこと頼みたくないのだけど、もしよかったら――」

「もちろん」ロビンはあわてて答えた。「いくら要るの？」

「こんなはずじゃなかったんだけど、今学期の費用がかさんで――解剖学の演習で、遺体解剖費用を請求されていて、ほんとに――」

「いいって、いいって」ロビンはポケットに手を伸ばし、財布を取りだすと、硬貨を数えはじめた。そうしながら、自分がひどく尊大に見えるような気がした――その日の朝、大学の会計係から奨学金を受け取ったばかりで、つねにこんなに膨れた財布を持ち歩いているんだとジェイムスンに思われなければいいのだが、と願った。「これで少なくとも食事代にはなるかな？」

「きみは天使だ、スウィフト。来月、いちばんに返す」ジェイムスンはため息をつくと、首を振った。「バベル。あそこは面倒見がいいんだな」

　そのとおりだった。バベルはとても裕福なだけではなく、高い評価も得ていた。オックスフォードでずば抜けて権威のある学部だった。新入生が訪ねてきた親戚にキャンパスを案内する際に自慢するのはバベルのことだった。ラテン語の最優秀詩作品に与えられる年間名誉総長賞や、ケニコット・ヘブライ語奨学金を獲得するのは、必ずバベルの学生だった。政治家や貴族、塔のロビーの常連客を構成する信じられないほどの金持ちが出席する特別なレセプション*に招待されるのもバベルの学生だった。学部の年次ガーデン・パーティーにヴィクトリア王女ご自身が臨席されるという噂が一度流れたことがある。結局、それは誤りだったのだが、王女から新しい大理石の噴水が贈られ、パーティーの一週間後、緑地に設置され、プレイフェア教授が魔法をかけ、四六時中、光輝く水が空高く噴きあがり、弧を描くようになった。

ヒラリー学期のなかばになるころには、これまでのバベルの上級生たち全員と同様、ロビンとラミーとヴィクトワールとレティは、キャンパスのどこにでも自由に出入りできることをわかっている研究員特有の鼻持ちならない優越感を身につけていた。当初、食堂で尊大に振る舞ったり、無視したりした客員研究員に、こちらが翻訳を専攻していると明かすと媚《こ》びへつらい、握手を求めてきはじめたのをずいぶんおもしろく思った。とても快適でほかの学部生には入れない教員談話室に入れることは吹聴《ふいちょう》しなくなった。というのも、実際には、年老いた皺だらけの学監が隅で鼾《いびき》をかいて座っていると普通の会話すら難しくなるので、あまりそこで時間を費やしたことがなかったからだ。

ヴィクトワールとレティは、オックスフォードでの女性の存在があからさまなタブーというより公然の秘密に近いものになったのを察知して、徐々に髪を伸ばしはじめた。ある日、レティはズボンの代わりにスカートを穿《は》いて食堂に現れすらした。ユニヴの男子学生たちは、ひそひそ話をして、指差したが、職員はなにも言わず、レティはなにごともなく三皿の料理とワインを給仕された。

しかしながら、彼らがオックスフォードの共同体の一員として認められていないこともさまざま

＊こうしたレセプションは、当初楽しいものだったが、富裕な篤志家たちから、バベルの研究員たちが賓客というよりも、踊ったり、芸を見せたりすることを期待されている動物園の動物として見られているのが明らかになると、すぐに退屈なものになった。ロビンとヴィクトワールとラミーは、それぞれの出身国と思われている国の代表としてつねに扱われた。ロビンは中国の植物園と漆器に関するうんざりさせられる世間話を耐えなければならなかった。ラミーは、それがどんな意味なのかは別にして、「ヒンドゥー民族」の内情について詳細に述べることを期待された。ヴィクトワールは、不思議なことに、ケープ植民地での投機の助言を必ず求められるのだった。

な形で示された。四人のお気に入りのパブのどこであっても、ラミーが一番乗りすると、だれも接客をしにこないのだ。レティとヴィクトワールは、男性の学生が立ち会って保証してくれないかぎり、図書館から本を借りだせなかった。ヴィクトワールは店の店員にレティあるいはロビンのメイドだろうと思われていた。用務員たちは立入禁止だから緑地に入らないでほしいと四人全員にことあるごとに頼んでくるのだが、ほかの男子学生はまわりのいわゆる繊細な芝を踏みまくっていた。

　そのうえ、彼らがオックスフォードの人間のような話し方を学ぶのに数カ月は優にかかった。オックスフォードの英語はロンドンの英語とは異なっており、それはおもに学部生があらゆることに関して訛らせたり、省略したりする傾向によって発展してきたのだった。マグダリンは、モードリンと発音された。それと同様、セント・オールデート教会はセント・オールド教会になった。ラテン語のマグナ・ウァカーティオーが、夏季休暇《ロング・ヴァケーション》になり、オックスフォードでは、ロングと省略された。ニュー・コレッジは、ニューだ。セント・エドモンド・コレッジは、テディ。ロビンが「ユニヴァーシティ・コレッジ」のつもりで「ユニヴ」と言うようになるまで、数カ月かかった。スプレッドは、かなりの人数の参加者がいるパーティーを指す。ピッジは、鳩小屋《ピジョンホール》の出入り穴の短縮形で、転じて、郵便物を分類する木製の小箱のひとつを意味した。

　オックスフォード英語を流暢に使いこなすには、ロビンがけっして完全に把握することはできないと恐れている数多くの社交上の決まりや暗黙のしきたりもわがものにしなければならなかった。たとえば、四人とも、訪問用の名刺交換の特別なエチケットや、はたまた、そもそも学寮の社交上の生態系にどうやって入りこむのか、あるいはその生態系の数多くある、独立しながらも重複する層がどう機能しているのか、てんで理解できなかった*。飲めや歌えの大騒ぎや、たがの外れたパブの夜、秘密結社の会合、個人指導教官にだれそれがとんでもなく無礼を働いたお茶会、あるいはだれかの妹をだれそれが侮辱したお茶会など、よく噂に聞いていたが、四人はだれもそうした出来事を個人的に目撃したことがなかった。

「どうしておれたちはワイン・パーティーに招待されないんだろう?」ラミーが訊いた。「おれたちは感じがいいのに」

「あなたはワインを飲まないでしょ」ヴィクトワールが指摘する。

「まあ、雰囲気を味わいたいなと――」

「自分でワイン・パーティーをひらかないからよ」レティが言った。「持ちつ持たれつの経済活動。ふたりとも招待用の名刺を届けたことある?」

「招待用の名刺というものを見たことがないと思う」ロビンが言った。「なにかコツはあるの?」

「ああ、簡単簡単」ラミーは言った。「『ペンデニス様、いまいましいけだものへ、今夜、たっぷり酒を飲ませてやる。こん畜生め、おまえの敵、ミルザより』これでどう?」

「じつにお上品」レティが鼻で嗤《わら》った。「あなたが大学王族でないのは、不思議じゃない」

四人は断じて大学王族ではなかった。上の学年の白人「バブラー」ですら、大学王族ではなかった。というのも、バベルでは課題がてんこ盛りで、社交的な生活を楽しむゆとりがないからだ。その肩書きはエルトン・ペンデニスとその友人たちという名のユニヴの二年生にしかふさわしくなかった。彼らはいずれも特別自費学生だった。すなわち、入学試験を免れ、コレッジの特別研究員《フェロー》の特権を享受するため、大学に割高な学費を納めていた。彼らは食堂で教員用食卓《ハイ・テーブル》に座り、マグパイ・レーンの寮よりもはるかに立派なアパートメントを借り、好きなときにいつでも教員談話室でスヌーカーをしていた。彼らは週末には狩りやテニスやビリヤードを楽しみ、ディナー・パーティ

*コリン・ソーンヒルとシャープ兄弟を通じて、ロビンは、付き合うことになるかもしれないさまざまな人間の「グループ」に気づいた。そこには、「頭の回転の速い連中」「遅い連中」「本の虫」「紳士」「卑劣漢《ひれつかん》」「罪人」「いつもにこにこしている輩《やから》」「聖人」が含まれていた。ロビンは、たぶん「本の虫」の資格が自分にはあるだろうと思った。「卑劣漢」ではないことを願った。

ーや舞踏会に参加するため、馬車で毎月ロンドンに出かけていた。彼らはけっしてハイ・ストリートで買い物をしなかった——最新のファッションや葉巻やアクセサリーは、わざわざ値段を口にすらしない商人によってロンドンから彼らの宿舎に直送されていた。

レティはペンデニスのような少年たちに囲まれて育ったので、彼とその友人たちを奔流のような罵倒の的《まと》にした。「父親のお金で勉強している金持ちのガキども。賭けてもいいけど、あいつらは生まれてこのかた教科書を一度もひらいたことがないわ。エルトンが自分をハンサムだと思っている理由がわからない。あの唇は女の子のみたいだし、あんなに尖《とが》らせちゃだめだな。紫色のダブルのジャケットはどうかしてる。それにクララ・リリーと非公式な婚約関係を結んでいるとだれかれ問わず吹聴している理由がわからない。わたしはクララのことをよく知っているけど、彼女はウールコッツ家の長男と婚約しているのも同然なの……」

それでもロビンは彼らを羨《うらや》ましく思わざるをえなかった——この世界に生まれついて、ネイティブ・スピーカーとしてこの世界の規範をなんの苦労もなく心得ているのだから。エルトン・ペンデニスと取り巻きたちが笑いながら緑地を闊歩《かっぽ》しているのを目にすると、ほんの一瞬とはいえ、あのグループの一員となるのはどんなものだろう、とロビンは想像せずにはいられなかった。ペンデニスの生活は望ましかった。ワインや葉巻や服や豪華な食事といった、物質的な楽しみゆえではなく、それが表しているもののゆえだった——イングランドでつねに歓迎されるという保証だった。もしペンデニスの流暢さを身につけることさえできたなら、あるいはせめてそれを真似ることができたなら、ロビンもまた、牧歌的なキャンパス・ライフというタペストリーに溶けこめるだろう。そしてもはや外国人ではなくなり、毎回発音を聞かれて怪しまれ、この地にいることを疑問に思われたり、取り消されたりされることのない生粋《きっすい》のイングランド生まれになれるだろう。

ある夜、自分の郵便受《ピジョン》け《ホール》にエンボス加工された便箋用紙でこしらえたカードが入っているのを見て、ロビンは大いに衝撃を受けた。

ロビン・スウィフト――

次の金曜日にいっしょに一杯やらないか――午後七時、あるいはそれ以降の都合のつく時間にきてくれればかまわない。

とても印象的な筆跡で署名が記されており、解読するのに少し時間がかかった――エルトン・ペンデニス。

「こんなもので大騒ぎしてるのかよ」ロビンがその招待状をみんなに見せると、ラミーが言った。

「まさかいくつもりだと言うんじゃないだろうな」

「失礼にならないようにしたいんだ」ロビンは弱々しく言った。

「おまえが失礼だとペンデニスが思ったところで、なにか困るか？　おまえの非の打ちどころのないマナーを評価して招待したんじゃない。たんにバベルにいる人間と誼《よしみ》を通じたいだけだ」

「そりゃどうも、ラミー」

ラミーは皮肉を払い除《の》けた。「問題は、なぜおまえなんだ？　おれのほうがはるかに魅力的だぞ」

「あなたは上品さが足りない」ヴィクトワールが言った。「ロビンは足りてる」

「上品さってどういう意味だよ」と、ラミー。「高貴な生まれや裕福な生まれの人間を指して、人はいつもその表現を使う。だけど、実際の意味はどうなんだろう？　たんにとても裕福だと言ってるだけじゃないか？」

「マナーの文脈で使われているわ」ヴィクトワールが言った。

「じつに滑稽だな」ラミーは言った。「だけど、問題はマナーじゃない、と思う。ロビンは白人として通るけど、おれたちは通らない――だからだ」

まさかこの件で連中がこんなに失礼だとはロビンは信じられなかった。「彼らがたんにぼくを友人にしたいだけというのはありえないのかな？」

「ありえなくはないけど、可能性は低いな。おまえは知らない人と話すのは、大の苦手だろ」

「そんなことないよ」

「そんなことあるんだ。おまえは銃で撃たれそうになっているかのようにいつだって黙りこんで、部屋の隅に引っこむ」ラミーは腕を組み、小首を傾げた。「あいつらとなんのため食事をしたいんだ？」

「さあ。たんなるワイン・パーティーだろ」

「ワイン・パーティーね。で、そのあとは？」ラミーはしつこく食い下がった。「自分たちの仲間にしてくれると思ってるのか？　ブリンドン・クラブに連れていってくれると期待しているのか？」

ブリンドン・グリーンにあるクラブは、若い男性が午後の狩りやクリケットを楽しめる贅沢な飲食とスポーツ用の施設だった。会員資格は富と影響力に強く関係していると思《おぼ》しき謎めいた根拠に基づいていた。バベルの名声をもってしても、ロビンの知っているバベルの学生で、自分が招待されるかもしれないと期待している人間はだれもいなかった。

「ひょっとしたら」ロビンは天邪鬼《あまのじゃく》に答えた。「なかを見てみるのはいいかもしれない」

「わくわくしてるだろ」ラミーは非難した。「あいつらに好かれればいいと願ってるんだ」

「なんだ嫉妬しているんだ」

「シャツにワインをぶちまけられて罵られて泣いて帰ってくるなよ」

ロビンはにやっと笑った。「ぼくの名誉を守ってくれないのかい？」

ラミーはロビンの肩をぴしゃりと叩いた。「おれのために灰皿を盗んでこい。それを質に入れて、ジェイムスンの学費を払ってやろう」

どういうわけか、ロビンがペンデニスの招待を受けることにもっとも激しく反対していたのは、レティだった。図書館にいくため、コーヒー・ショップをあとにし、会話が別の方向に逸れてしばらく経つと、レティがロビンの肘を引き、ラミーとヴィクトワールより少しうしろになるようにした。

「あの男の子たちは、だめよ」レティは言った。「酒飲みで、怠惰《たいだ》で、悪い影響力がある」

ロビンは笑い声をあげた。「ただのワイン・パーティーだよ、レティ」

「じゃあ、どうしてあなたはいきたいの?」レティは執拗《しつよう》に迫った。「あなたはほとんどお酒を飲まないじゃない」

ロビンはレティがこの件をやたら大事《おおごと》にしている理由がわからなかった。「たんに興味がある、それだけさ。たぶん、ひどいものになるだろうけど」

「だったら、いかなきゃいい」レティは食い下がった。「招待状を捨ててしまいなさい」

「いやいや、それは失礼だよ。それにその夜はほんとになんの予定も入っていないんだ——」

「わたしたちといっしょにいたらいいじゃない」レティは言った。「ラミーがなにか作りたがってる」

「ラミーはいつだってなにか作りたがっているし、いつもひどい味だよ」

「へー、だったら、あいつらが仲間に入れてくれると期待しているの?」レティは片方の眉を持ちあげた。「スウィフトとペンデニス、仲のいい親友、それがあなたの望んでいるもの?」

ロビンはいらだちがぐっと込みあげた。「ぼくがほかに友だちをこしらえるのを本気で怖がってるの? 信じてほしい、レティ、きみたち以上の友はいない」

「なるほど」ショックなことに、レティシア、レティは声を詰まらせていた。彼女の目が真っ赤になっていることにロビンは気づいた。いまにも泣きだしそうなのか? いったいどうしたんだ? 「そういうことなんだ」

「たかがワイン・パーティーだよ」ロビンはやり場のない感情を抱えて言った。「どうしたの、レティ？」

「気にしないで」そう言うと、レティは足取りを速めた。「好きな人とお酒を飲めばいい」

「そうする」ロビンは言い放ったが、レティはすでに声の届かないところに遠ざかっていた。


次の金曜日の午後七時十分まえ、ロビンは一張羅《いっちょうら》の上着に袖を通し、テイラーズで買っておいたポート・ワインの瓶をベッドの下から取りだし、マートン・ストリートのフラットに向かって歩いていた。エルトン・ペンデニスの居室は苦もなく見つかった。建物に向かう途中ですら、窓から声高《こわだか》な人声やリズムのおかしなピアノの旋律が聞こえてきたのだ。

応答があるまでドアを何度かノックしなければならなかった。扉が勢いよくひらかれ、セントクラウドという名だと、かろうじて覚えている亜麻色の髪の青年が姿を現した。

「ああ」セントクラウドはまぶたが閉じかかった目でロビンを上から下まで見て言った。しこたま酒を飲んでいる様子だ。「きたんだ」

「くるのが礼儀のような気がして」ロビンは言った。「招待されたんだよね？」自分の声が質問の形になったのが腹立たしかった。

セントクラウドはロビンを見て目をしばたたくと、体の向きを変え、曖昧になかに入るよう示した。「まあ、入れよ」

なかに入ると、ほかに三人の若者が居間のラウンジチェアに腰掛けていた。室内は葉巻の煙が濃く漂っており、ロビンは入るなり咳《せ》きこんだ。

若者たちはみな箒《ほうき》のまわりの落ち葉のようにエルトン・ペンデニスのまわりに集まっていた。近くで見ると、ペンデニスの優れた容姿という評判は少しも誇張ではないようだった。ロビンがこれまでに出会ったなかでもっともハンサムな男性のひとりだった。いわゆる「バイロン的ヒーロー」の化身だ。半分閉じているような目は、濃い黒いまつげに縁取られていた。ふっくらした唇は、角張ったたくましいあごが引き立たせなければ、レティがけなしたように、少女の唇のように見えただろう。

「交友関係じゃないんだ、退屈《アンニュイ》なんだ」ペンデニスは話していた。「ロンドンは、ワン・シーズンは楽しいけど、毎年おなじ顔を目にするようになるし、女の子はどんどん綺麗になるんじゃなく、ただ歳を取っていく。一回舞踏会に出かけたら、あとはみんなおなじものに感じてしまうかもしれない。あのさ、うちの親父の友だちのひとりが親しい知人たちに集まりの場を盛りあげると約束したことがある。手のこんだディナー・パーティーの準備をしてから、奉公人に命じて、外で出くわした物乞いと浮浪者全員を招待させた。友人たちが到着すると、彼らはその雑多な落伍者《らくごしゃ》たちがへべれけになって、テーブルの上で踊っているのを目にした――抱腹絶倒ものさ。おれも招待されたかったよ」

そのジョークはそこで終わり、聞き手は予定通りに笑い声をあげた。ペンデニスは、独演を終えると顔をあげた。「ああ、どうも。きみがロビン・スウィフトだね?」

そのころにはこれが楽しい一時《ひととき》になるだろうという不確かな楽観主義は消え失せていた。うんざりしていた。「そうです」

「エルトン・ペンデニスだ」そう言ってペンデニスはロビンに手を伸ばし、握手を求めた。「きみがきてくれて、みんなとても喜んでいるよ」

ペンデニスは葉巻で室内を指してまわり、紫煙を漂わせながら人物紹介をした。「こいつがヴィンシー・ヴォルコム」ペンデニスの隣に座っている赤毛の若者がロビンに親しげに手を振った。「ミルトン・セントクラウド、音楽を提供してくれている」亜麻色の髪とそばかすのあるセントクラウドは、ピアノのまえに座っており、物憂げにうなずくと、調子外れの旋律をぽろんぽろんとふたたび弾きはじめた。「それからコリン・ソーンヒル――先刻ご承知のとおり」

「おれたちはマグパイ・レーンのおなじ寮に住んでいるんだ」コリンは勢いこんで言った。「ロビンは七号室で、おれは三号——」

「その話は聞いたよ」ペンデニスは言った。「何度も、嫌になるくらい」

コリンはたじろいだ。ラミーがここにいて目撃できればよかったのに、とロビンは思った。一瞥《いちべつ》しただけでコリンの臓腑《ぞうふ》を抉《えぐ》ることができる人間に会ったのははじめてだった。

「喉、渇いてない？」ペンデニスが訊いた。テーブルの上に並んでいるのは、ロビンが目まいするほどの豊富なアルコール類だった。「なんでも好きなものを飲んでくれればいい。みんな好みの酒がちがってるんだ。ポート・ワインとシェリーは、そこのデカンタに移してある——ああ、きみもなにか持ってきてくれたね、テーブルに置いてくれたまえ」ペンデニスはロビンの持ってきた酒瓶を見もしなかった。「アブサンはここ、ラムはそこ——ああ、ジンは少ししか残っていないけど、よかったら飲み干してくれてもいいよ、あまりおいしくないんだ。それからサドラーズからデザートを取り寄せたので、好きに食べてほしい。あんなふうに放っておくと悪くなるから」

「ワインを少し」ロビンは言った。「もしあるなら」

ロビンの同期の面々は、ラミーに遠慮して、滅多《めった》にいっしょに酒を飲まなかったし、ロビンは酒の種類や造り手について、また酒の選び方による個性の違いについて、詳しい知識をまだ持っていなかった。だが、ラヴェル教授はいつも夕食時にワインを飲んでいたので、ここではワインを選ぶのが無難に思えた。

「もちろんある。ボルドーの赤やポート・ワイン、それにもっと度数の高いものがいいならマデイラ（ポルトガル領マデイラ諸島で造られる酒精強化ワイン）もある。葉巻は？」

「あっ——いいえ、けっこうです。でも、マデイラはいいですね、ありがとう」ロビンはなみなみとマデイラを注いだグラスを手にして、空いている席に退いた。

「で、きみはたわごと言い《バブラー》なんだ」ペンデニスは椅子にもたれかかると言った。

ロビンはワインを口に含みながら、ペンデニスの物憂げな雰囲気に合わせようとした。どうしたらこんなリラックスした姿勢をこれほどまでに優雅に見せられるんだろう？　「そんなあだ名で呼ばれていますね」

「きみはなにをやってるんだ？　中国語かい？」

「北方中国語を専攻しています」ロビンは言った。「日本語との比較も勉強していますし、いずれはサンスクリット語も――」

「じゃあ、きみは中国人なんだな？」ペンデニスが迫った。「はっきりわからなかったんだ――ぼくはきみがイギリス人に見えるけど、東洋人だとコリンが断言した」

「広東生まれです」ロビンは辛抱強く言った。「だとしても、ぼくはイギリス人だと言いたいですね――」

短い間があった。

「おれは中国を知ってるぞ」ヴォルコムが口を挟んだ。「クブラ・カーン」

「はい」いまの発言がなにか意味を持っているのだろうか、と訝《いぶか》りながら、ロビンは返事をした。

「コールリッジの詩だよ」ヴォルコムがはっきりさせた。「とても東洋的な文学作品だ。しかも、どういうわけか、とてもロマン主義的でもある」

「じつに興味深い」ロビンは必死で礼儀正しくした。「その作品を読んでみなきゃ」

またしても沈黙が訪れた。会話をつづけなければというプレッシャーをロビンは感じ、逆に質問をしてみた。「それで、どんな――つまり、みなさんはなにをしてるんですか？　学位に関して、という意味です」

彼らは笑い声をあげた。ペンデニスは手の上にあごを乗せた。「するというのはぁ」間延びした声で言う。「労働者階級の言葉だよ。知的生活のほうが好きだな」

「この男に耳を貸すな」ヴォルコムが言った。「こいつは死ぬまで自分の財産を食い潰《つぶ》して暮らし、壮大な哲学的考察を客に提供しつづけるんだ。おれは牧師になり、コリンは事務弁護士になる。ミルトンは講義を受ける意欲がわけば、医者になるだろう」

「じゃあ、みなさんはここでなんらかの職業に就く訓練を受けているわけではないんですね？」ロビンはペンデニスに訊いた。

「ぼくはものを書いている」ペンデニスはわざと興味なさそうに言った。うぬぼれの強い人間が魅惑の対象になることを期待してもったいぶって話すやり方だ。「詩を書いているんだ。まだそんなにたくさんは書いていないのだけど――」

「見せてやって」コリンがタイミングよく声を張りあげた。「彼に見せてやってほしい。ロビン、ほんとに深みのある作品なんだ。聴いてみてくれ――」

「わかった」ペンデニスは身を乗りだし、不本意であるふうを装いながら、紙の束に手を伸ばした。最初からずっとコーヒー・テーブルの上にこれ見よがしに置かれていたことにロビンは気づいた。

「さて、これはシェリーの「オジマンディアス」*に対する返歌なんだ。シェリーのこの詩は、きみも知ってのとおり、過去の大帝国とその遺産に容赦なく襲いかかる時間というものに寄せた叙情詩《オード》だ。ただ、現代においては、帝国の遺産は継続させることが可能であり、まさしく、そのような歴史的な仕事をできる偉大な人士がオックスフォードにはいる、とぼくは主張してきたんだ」ペンデニスは咳払いをした。「ぼくの詩はシェリーとおなじ行ではじまる――わたしはいにしえの地からきた旅人と会った……」

　ロビンは椅子に寄りかかり、マデイラの残りを飲み干した。詩の朗読が終わり、自分の評価を必要とされているのに気づくまで数秒かかった。

「バベルでは詩に取り組んでいる翻訳者がいます」ほかにましな言葉を思いつかなかったので、当たり障りのないことを言った。

「もちろん、それとこれとはおなじじゃない」ペンデニスは言った。「詩の翻訳は、みずからのなかに創造的な情熱を抱えていない者のためだ。他人の作品を盗用してわずかばかりの名声を求めることしかできない」

　ロビンは冷ややかな笑みを浮かべた。「そんなことはないと思います」

「きみにはわからないだろう」ペンデニスは言った。「きみは詩人じゃない」

「お言葉を返すようですが――」ロビンは、少しのあいだ、グラスのステムをいじっていたが、先をつづけることに決めた。「色んな意味で、翻訳は、原作よりはるかに難しいものになりえます。ほら、詩人は自由に好きなことを言えます――自分が紡《つむ》ぐ言語の言語学的仕掛けを好きなだけ選ぶことができます。語の選択、語順、音――これらがいずれも重要であり、そのどれかが欠ければ全体が崩れてしまいます。だからこそシェリーは、詩の翻訳は、菫《すみれ》を坩堝《るつぼ》に投じるくらい賢明なことではないと記しているのです。** すなわち、翻訳者は、翻訳者であると同時に文芸評論家であり詩人である必要があるんです――仕掛けをすべて理解し、その意味を可能なかぎり正確に伝えられるくらい十分に原文を読みこんでから、みずからの判断によって、対象言語の構造を審美的に満足させられるよう翻訳した意味を並べ替え、原文と一致させなければなりません。詩人は草原を自由に駆

*多くのユニヴの学生は、パーシー・ビッシュ・シェリーの後継者であるとうぬぼれてきたが、シェリー自身はめったに講義に出席せず、『無神論の必要性』と題した小冊子の著者であることを認めなかったため放校になり、メアリーという名のすてきな娘と結婚し、のちにレーリチ湾沖で激しい嵐に遭い、溺死した。

**ロビンはシェリーをあまり好きではないけれど、翻訳に関する彼の考え方を読んだことがあり、不承不承ながら、それが敬服に値することを認めざるをえなかった――「それゆえに翻訳の空《むな》しさがある。すなわち、ある言語から別の言語に詩人の創作物を伝えようとするのは、菫の花の色や香りの形態的原理を発見しようとして、菫を坩堝に投じるくらい賢明なことではない。植物は種子から芽吹かさなければならない。さもなければ花は咲かない――そしてこれがバベルの呪いの重荷なのである」

け回ります。翻訳者は手《て》枷足枷《かせあしかせ》をはめられて踊るのです」

この長広舌《ちようこうぜつ》が終わるころには、ペンデニスと友人たちは、ロビンをどう理解したらいいのかわかっていないかのようにぽかんと口をあけ、困惑して彼を見つめていた。

「手枷足枷をはめられて踊る、か」ようやくヴォルコムが口をひらいた。「なかなかすてきな表現だ」

「だけど、ぼくは詩人じゃありません」ロビンは意図していたより多少意地悪な口調で言った。「だからぼくがなにかわかっているわけじゃありません」

不安は完全に消えていた。ロビンは、自分をどう見せるかについて、もう心配していなかった。上着のボタンがちゃんと留まっているかとか、口の端に食べカスがついていないかとかは、気にならなかった。ペンデニスに認められる必要を覚えなかった。ここにいる若者たちのだれかに認められなくたってかまわなかった。

この会合の真実がはっきりとわかり、ロビンは笑い声をあげそうになった。この連中は、ロビンを仲間に入れるため、ためつすがめつしているのではない。ロビンにいいところを見せようとしているのだ――そして、いいところを見せることで、自分たちの優越性を示し、バブラーでいることは、エルトン・ペンデニスの友人のひとりでいることほどいいものではないと証明したいのだ。

だが、ロビンは感銘を受けなかった。これがオックスフォードの社交界の頂点なのか？　こんなものが？　ロビンは彼らに心からの憐憫《れんびん》を覚えた――みずからを耽美《たんび》主義者と見なし、自分たちの人生が比類のないほど超然としているものだと思いこんでいる。だが、彼らは銀の棒に言葉を刻み、みずからの指のなかで振動するその意味の重さを感じることはけっしてない。たんに願うだけで世界の構造を変えることはけっしてない。

「じゃあ、さっきの話がきみがバベルで教わっていることなのか？」ヴォルコムが少し畏怖の念を抱いたかに見えた。いままでだれもエルトン・ペンデニスに言い返したことがないようだった。

「それとか、それ以外のこととか」ロビンは言った。口をひらくたびに頭がくらくらするような高揚感に襲われた。こいつらは無価値だ。その気になればひと言で抹殺できる。結果はどうあれ、カウチに飛びあがり、ワインをカーテンにぶちまけることも可能だった。たんになにも気にならなかったからだ。頭がくらくらするような自信からくるこの高揚感は、ロビンにはまったく異質なものだったが、気分をとてもよくしてくれた。「もちろん、バベルの真骨頂《しんこっちょう》は、銀工術です。詩に関するさっきのくだりは、たんに基本理論にすぎません」

ロビンは即興で喋っていた。銀工術の背後にある基本理論については、ごく漠然とした考えしかなかったが、いま口にしたことはもっともらしく聞こえ、思った以上に即妙だった。

「銀工術をやったことはあるのかい?」セントクラウドが問い迫った。ペンデニスはいらついた視線を向けたが、セントクラウドは食い下がった。「難しいのかな?」

「ぼくはまだ基礎を学んでいるところです」ロビンは言った。「課題授業の課程が二年あり、次にいずれかの階で一年の実習をおこない、それから自分で棒を彫ることになるでしょう」

「見せてくれないか?」ペンデニスが訊いた。「ぼくでもできるかな?」

「あなたには無理でしょう」

「どうして?」ペンデニスが訊いた。「ぼくはラテン語もギリシャ語も知ってるぞ」

「必要なレベルまで知ってやしないでしょう」ロビンは言った。「ひとつの言語に没頭しなければなりません。テキストをぽつぽつとなんとか読み解くレベルではダメです。英語以外にほかの言語で夢を見ますか?」

「きみは見るのか?」

「ええ、当然です」ロビンは言った。「結局のところ、ぼくは中国人ですから」

室内にふたたび落ち着かない沈黙がおりた。ロビンは彼らをみじめな思いから解放してやることにした。「ご招待ありがとうございます」そう言いながら立ちあがる。「ですが、図書館にいかなければならないんです」

「当然だな」ペンデニスは言った。「とても忙しくさせられているんだろう」

だれもなにも言わず、ロビンはコートをふたたび手に取った。ペンデニスはマデイラをゆっくりすすりながら、まぶたの閉じかかった目でロビンを物憂げに見つめた。コリンはせわしなくまばたきをしていた。口を一、二度ひらいたものの、言葉は出てこなかった。ミルトンは立ちあがって部屋の扉まで送っていくそぶりを見せたが、ロビンは手を振って、ミルトンを座ったままにさせた。

「出口までの行き方はわかるかい？」ペンデニスが訊いた。

「大丈夫だと思います」ロビンは去り際に振り返らずに言った。「ここはそんなに広くないので」


翌朝、ロビンはいきさつをすべて同期の面々に事細かに説明し、大爆笑を誘った。

「そいつの詩をもう一度朗読して聞かせて」ヴィクトワールが頼みこんだ。「お願い」

「全部は覚えていない」ロビンは言った。「でも、ちょっと待って――そうだ、こんな行があった
――国民の血が彼の高貴な頬を流れる――」

「うわ――なんというか、神さま――」

「そして未亡人の生え際《ウィドーズ・ピーク》（いわゆる「富士額」。この生え際があると早く夫と死別するという迷信があった）にワーテルローの魂《たましい》が宿る――」

「なんのことやらさっぱりわからない」ラミーが言った。「そいつは天才詩人だな」

レティだけが笑わなかった。「楽しい一時《ひととき》じゃなかったのが残念ね」冷たく彼女は言った。

「きみの言ったとおりだった」ロビンは大らかな気持ちでいようとして言った。「あいつらは愚か者だ、いいかい？　ぼくはけっしてきみのそばを離れるべきではなかった、親愛なるしとやかで思慮深いレティ。きみはいつだってなんにだって正しい」

レティはなにも答えなかった。本を手に取り、ズボンの埃《ほこり》を払うと、軽食堂から飛びだしていった。ヴィクトワールは追いかけていこうとしているかのように立ちあがりかけたが、ため息をつき、

首を振って腰をおろした。

「放っておきなよ」ラミーが言った。「楽しい午後を台無しにすることはない」

「彼女はいつもこんなふうなのかい？」ロビンが訊いた。「どうやったら、いっしょに暮らしていけるのか、わからないな」

「あなたはいつも彼女を怒らせる」ヴィクトワールは言った。

「彼女をかばうなよ――」

「いつもそうだよ」ヴィクトワールは言った。「ふたりともそうなんだから、しらばっくれないで。ふたりともあの子をキレさせるのが好きなんだ」

「それは彼女はいつだって自分のことばかり考えているからだよ」ラミーはばかにしたように言った。「ひょっとしてきみといるときはまったくちがう人間になるのかな。それとも、きみがたんに適応しているだけかい？」

ヴィクトワールはふたりを交互に見た。なにか決心しようとしているかのようだった。やがて、ヴィクトワールは問いかけた。「あの子に兄さんがいたのを知ってる？」

「へー、カルカッタの大金持ちかなんかかい？」ラミーが訊いた。

「亡くなったの」ヴィクトワールは言った。「一年まえに」

「ああ」ラミーは目をパチクリさせた。「気の毒に」

「名前はリンカーン。リンカーン・プライスとレティ・プライス。ふたりは子どものころ、とても仲がよくて、家族の友人たちはふたりを双子と呼んでいたくらいだった。兄のほうがレティより数年早くオックスフォードに入学したんだけど、彼はレティの半分も本好きじゃなかった。休みのたびに教育の機会を無駄にしていると言われて、父親と大喧嘩をしていた。なにが言いたいかというと、リンカーンはわたしたちのだれかよりペンデニスにずっと似ていたの。ある夜、彼は飲みに出かけた。翌朝、警察がレティの家にやってきて、リンカーンの死体が馬車の荷台の下で見つかったと伝えたの。リンカーンは道ばたで眠りこけてしまい、御者が彼を轢《ひ》いたのに気づいたのは何時間も経ってからだった。レティの兄さんは夜明けまえのどこかの時点で亡くなったと見なされたの」

ラミーとロビンは押し黙った。ふたりとも言うべき言葉を思いつけなかった。ふたりは、叱られた生徒になった気がしていた。ヴィクトワールは厳格な女性家庭教師といった役どころだった。

「レティはそれから数カ月後にオックスフォードにやってきたの」ヴィクトワールは言った。「バベルは特別推薦者以外の志願者に一般入試をおこなっていることを知ってた？　レティはそれを受験して合格したの。女性の入学を認めるオックスフォードの学部はそこだけだった。レティはむかしからバベルにいきたいと思っていた——ずっとそのための勉強をしてきた——だけど、娘を学校にいかせることを父親が拒みつづけていた。リンカーンが亡くなってはじめて、父親は娘に、入学して兄の代わりをさせることを認めたの。娘をオックスフォードに入学させるのは悪いことだけど、自分の子どもがだれひとりオックスフォードに入らないのはもっと悪いことなんだって。ひどい話じゃない？」

「知らなかった」ロビンは恥じ入った。

「あなたたちふたりが、女性としてここにいることがどれほど厳しいものか、ちゃんと理解できるとは思わない」ヴィクトワールは言った。「確かに書類の上では平等ということになっている。だけど、わたしたちのことは、ほとんど考えられていない。寄宿先の女性管理人は、恋人を連れこんでいる証拠をさがそうとしているかのように、わたしたちが外出しているあいだに持ち物検査をするんだよ。わたしたちが見せる弱さはどんなものであれ、わたしたちに関する最悪の説の証明になってしまう。曰《いわ》く、わたしたちが虚弱で、ヒステリー持ちで、生まれつき精神が弱く、やることになっているたぐいの仕事をこなせないのだ、と」

「つまり、彼女がしょっちゅう冗談の通じない態度を示しているのを大目に見ろという意味なんだな」ラミーはつぶやいた。

ヴィクトワールはおもしろがっているかのような視線をラミーにぶつけた。「ええ、あの子はときどき我慢ならない態度を示すときがある。だけど、冷酷になりたいわけじゃない。自分がここにいるべきではないと思われるのを怖がっているの。みんなから自分じゃなくお兄さんだったらいいのにと思われるのを怖がっている。少しでも道を踏み外したら家に帰されるのを怖がっている。なによりもあなたたちのどちらかがリンカーンとおなじ道のりを進むかもしれないことを怖がっている。ふたりとも、彼女に優しくしてあげて。あの子の行動がどれほど恐怖に支配されているのか、あなたたちは知らないのよ」

「あいつの行動は」ラミーが言った。「自己陶酔に支配されているぞ」

「たとえそうだとしても、わたしはあの子といっしょに生活しないといけないの」ヴィクトワールの顔が強ばった。男子ふたりにかなり腹を立てているようだった。「だから、わたしがことを穏便にすまそうとしても許してほしい」

レティの不機嫌が長くつづくことはけっしてなく、ほどなくすると彼女は無言の許しを表明した。翌日、プレイフェア教授の研究室に四人でぞろぞろと入っていく際、レティはロビンのためらいがちな笑みに自分もためらいがちな笑みで応えた。ロビンがヴィクトワールのほうを見やると、彼女はうなずいた。四人とも目指すものが一致したようだった。ロビンとラミーが自分の事情を知ったことをレティは知った。ふたりが申し訳ないと思っていることを知った。レティ自身も申し訳ないと思い、大げさに振る舞ったことを少なからず恥ずかしく思った。それ以上なにも口にする必要はなかった。

そうこうするうちにもっとエキサイティングな議論が待ち受けていた。今学期、プレイフェア教授のクラスでは、翻訳の忠実さという概念にこだわっていた。

「翻訳家はつねに忠実さに欠けると非難されている」プレイフェア教授は大きな声を張りあげた。

「では、それはなにを意味するのだ、その忠実さというのは？　だれにとっての忠実さなのか？　原文にとってか？　受け手にとってか？　書き手にとってか？　忠実さは文体とは別物なのか？　美しさとは別物なのか？　ドライデンが『アエネーイス』について書いたものからはじめよう。『わたしは、ウェルギリウスがイングランドに、しかもいまこの時代に生まれたならこう話したであろうと想定して、彼に英語を話させるように努めた』」教授は教室を見まわした。「ここにいる諸君で、それが忠実な行為だと思う人はいるかね？」

「ぼくが答えます」ラミーが言った。「いいえ、それはとうてい正しい行為とは思えません。ウェルギリウスはある特定の時間と場所に属していました。その事実を全部剝《は》ぎ取って、彼を往来で出くわすイギリス人のように話させるのは、不誠実極まりないと思います」

プレイフェア教授は肩をすくめた。「では、ウェルギリウスに、喜んで会話をしたいと思うような男ではなく、堅苦しい外国人のように喋らせるのも不誠実ではないかね？　あるいは、ガスリーがしたように、キケロをイギリス議会の議員のように描くのはどうだね？　まあ、正直な話、こうした手法は問題があるとわたしも思う。あまり行きすぎると、ポープが訳した『イーリアス』のような代物が出来上がってしまうのだ」

「ポープは同時代の最高の詩人のひとりだったと思いますが」レティが言った。

「オリジナル作品では、おそらくそうだろう」プレイフェア教授は言う。「だが、彼は原文にじつに数多くのイギリス英語特有の表現を挿入し、ホメロスが十八世紀のイギリス貴族であるかのように訳したのだ。それではギリシャ人とトロイ人の戦争というわれわれが抱いているイメージに合いようがない」

「典型的なイギリス人の傲慢さの表れのようですね」ラミーが言った。

「そういうことをするのはイギリス人だけではないよ」プレイフェア教授は言った。「ヘルダーがフランスの新古典主義者を攻撃したのは、読み手の気分を害さないよう、ホメロスにフランスの服を着せ、フランスの慣習に従う虜囚に仕立てたからだということを考えてみたまえ。それにペルシャの著名な翻訳家たちは全員、逐語的な正確性より翻訳の魂のほうを好んでいる——まさに彼らはヨーロッパ人の名前をペルシャ人のそれに変え、目標言語の格言《アフォリズム》をペルシャ語の韻文や諺《ことわざ》に置き換えるのがふさわしいとしばしば考えている。それは間違っている、と思うかね？　不誠実だと？」

ラミーは言い返す言葉を持たなかった。

プレイフェア教授はじっくり先を進めた。「もちろん、正しい答なんてものはないのだ。きみよりまえの理論家のだれもそれを解決していない。これはわれわれの分野の継続中の議論だ。シュライアマハーは、翻訳は外国語の文章であることを自明にするため、十分に不自然なものでなくてはならないと主張した。彼によれば、選択肢はふたつあるという——翻訳者が原作者をそっとしておき、読者を自分に引き寄せるか、あるいは読者をそっとしておき、原作者を自分に引き寄せるか、のどちらかだ、と。シュライアマハーは前者を選んだ。しかしながら、現在のイングランドで優勢なのは後者だ——翻訳を読んでいるとまったく思わせないくらい英語読者にとって自然な翻訳にするほうだ。

どちらが正しいと思う？　われわれは翻訳者として自分たちを目に見えない存在にすることに全力を尽くすのか？　それとも、読んでいるものが自分たちの母国語で書かれたものではないと読者に気づかせるのか？」

「それは答えるのが不可能な問いかけです」ヴィクトワールが言った。「原文をそれが書かれた時間と場所に置いたままにするのか、あるいは翻訳者のいるいまとその場所に持っていくのか。どうしたって、なにかをあきらめるんです」

「では、誠実な翻訳は不可能なのかね？」プレイフェア教授が挑発的に問いかけた。「時を超え、場所を超え、われわれはけっして無謬《むびゅう》の状態で意思疎通をおこなえないのだろうか？」

「無理だと思います」ヴィクトワールは不承不承答えた。

「だが、忠実さの対極はなんだろう?」プレイフェア教授は問いかけた。彼はこの弁証法の終点に近づいていた。いま教授が必要としているのは、パンチの効いた文言で締めくくることだけだった。「裏切りだ。翻訳とは、原典に暴力をふるうことにほかならない。元の言語を知らない外国人に向かって、原典を歪め、捻ることにほかならない。そうであるなら、われわれにはなにが残される?翻訳という行為がつねに必然的に裏切り行為であることを認める以外に、われわれはどんな結論を得られるのだろう?」

教授は、いつもそうしているように学生たちひとりひとりを順に見つめることで、この深遠な発言を締めくくった。そしてプレイフェア教授と目を合わせると、ロビンは、心の裡《うち》にひどく酸っぱい良心の呵責《かしやく》を覚えたのだった。

第九章

翻訳家はこれまでもそうであったのと変わらず、信念を欠き、鈍感な種族である——われわれに彼らがもたらす黄金の粒は、きわめて忍耐強い翻訳家の目を通したものを除けば、船に満載された黄色い砂と硫黄《いおう》にまぎれこんで隠されている。

——トーマス・カーライル『ドイツ文学の状況』

バベルの学生は三年生の終わりになるまで進級試験を受けない。そのため、トリニティ学期（第三学期、最終学期。およそ四月から六月）は、ストレスのかかり具合がまえのふたつの学期以上でも以下でもなく、またたくまに過ぎていった。レポート、読書、ラミーのポテト・カレーを完全なものにするための失敗必至の深夜の試行錯誤をあわただしくこなしているうちに、一年目は終わりを迎えた。

新しく二年生になる学生は、語学の集中研修のため、夏のあいだ海外に渡航するのが慣例になっていた。ラミーは六月と七月、マドリッドに滞在し、スペイン語の学習とウマイヤ王朝の古文書研究に費やした。レティはフランクフルトに出かけ、理解不能なドイツ哲学をひたすら読んでいたようだし、ヴィクトワールはストラスブールにいき、料理と富裕層向けの高級レストランに関する癪《しゃく》に障る意見を持ち帰った。* ロビンはこの年の夏、日本を訪問する機会があるかもしれないと期待し

＊例えば、「不運な状況をフランス人がどう表現するのか知ってる？ Triste comme un repas《トリスト・コム・アン・ルパ・》 sans fromage《サン・フロマージュ》. つまり、チーズ抜きの食事みたいに悲しい、という意味。これは、ほんとのところ、イギリスの食事すべてにあてはまる状況なの」

ていたが、北方中国語の語学力を保つため、マラッカにある英華書院に派遣された。その学校は、プロテスタントの宣教師によって運営されており、祈り、古典読解、医学、道徳哲学、論理学の授業がぎっしり詰まっていた。敷地の外へ出て、中国系住民が住んでいるヒーレン・ストリートをぶらつく機会は一度もなかった。その代わり、太陽と砂と、白人のプロテスタントたちのなかで聖書研究の勉強会が延々とつづいた。

夏が終わって、ロビンは心から嬉しかった。四人はみな日焼けし、全学期を通して口にしたよりもましな食事を取ったことから少なくとも一ストーン（六キログラム強）は体重を増やしてオックスフォードに戻ってきた。それでも、彼らのなかでたとえ可能だとしても休みを延長しようと思う者はだれもいなかっただろう。みなおたがいに会えないのを寂しく思っていた。雨とまずい食べ物がつきもののオックスフォードを恋しく思っていた。バベルの学業の厳しさを恋しく思っていた。四人の心は、新しい音と言葉で豊かになり、ストレッチを待っている引き締まった筋肉のようだった。四人は魔法をかける準備が整っていた。

今年度、彼らはついに銀工術科へ入ることを認められた。四年生になるまでみずから銀彫《ぎんぼり》をおこなうのは許されないだろうが、今学期、語源学という名の予科を受講することになる——ロビンはいささかの逡巡《しゅんじゅん》とともに知ったのだが、講師はラヴェル教授だった。

今学期の初日、四人はプレイフェア教授による特別入門セミナーを受けるため、八階にあがった。「おかえり」普段、プレイフェア教授は、地味なスーツで講義をするのだが、きょうは足首のあたりで芝居がかってシュッシュと揺れる飾り房《タッセル》が付いた黒いガウンを着用していた。「前回、諸君がこの階に入るのを認められた際、ここでわれわれが創造している魔法の一端を諸君は目の当たりにした。きょう、われわれはその神秘を丸裸にする。座りたまえ」

四人は最寄りの作業台のそばにある椅子に腰を落ち着けた。レティが視界の邪魔にならないようそばに置かれている本の山を脇へどかしたが、プレイフェア教授がいきなり怒鳴った。「それに触るんじゃない」

レティは身をすくめた。「え？」

「それはイーヴィーの机だ」プレイフェア教授は言った。「銘板が見えんか？」

まさに机のまえに小さな青銅製の銘板が設置されていた。四人は首を伸ばして、その銘板を読んだ。**この机はイーヴリン・ブルックのもの**、と記されていた。**触るな**。

レティは自分の荷物をまとめ、立ちあがると、ラミーの隣の椅子に移動した。「すみません」頰を赤く染めてレティはつぶやくように言った。

どうしたらいいのかわからず、四人ともしばらく黙って座っていた。プレイフェア教授がこんなにも感情を露《あらわ》にするのを見たことがなかったのだ。だが、唐突に教授の態度がいつもの温かいものに戻り、軽くちょっと跳ねてから、まるでなにもなかったかのように講義をはじめた。

「銀工術の根底にある基本原理は、翻訳の不可能性だ。われわれがある言葉や言い回しが翻訳不可能だと言うとき、別の言語に正確な同等表現がないことを意味している。たとえその意味をいくつかの言葉や文を連ねて部分的にとらえることができるとしても、なにかが失われるのだ——意味の隔たりに該当するなにかが。当然ながらそれは現実に生きているなかでの文化的相違によって生まれるものだ。中国語の dao《ダオ》（道）という概念を例に取ってみよう。これをわれわれは「道」「通り道」「物事があるべき方法」などと翻訳する。それでも、こうした訳語は、ダオの意味を正確に移しかえたものではない。この短い語を説明するためには大部《たいぶ》の本を一冊丸ごと必要とするのだ。ここまで、話についてこられているかね？」

四人はうなずいた。これは前学期のすべてを費やしてプレイフェア教授が彼らの頭に叩きこんできた論題以外の何物でもなかった——あらゆる翻訳は、ある程度の歪みと捻れを含んでいる、というものだ。やっとのことで、その捻れになにか手を打とうとしているように思えた。

「いかなる翻訳も原文の意味を完璧に伝えることはできない。だが、意味とはなんだ？　意味とは、われわれが自分たちの世界を表現するために用いている言葉に取って代わるなにかのことなのだろうか？　直観的に言えば、答はイエスだ。さもなければ、翻訳に欠けているものを感知する、言葉では表せない感覚がなければ、ある翻訳を正確だとか、不正確だとか批判する根拠をわれわれは持たなくなる。たとえば、フンボルト*は、言葉とは、目に見えない、触れられないなにかによって表現される概念と結び付いている、と主張している――すなわち、それは意味や概念の神秘的な領域であり、われわれが不完全な記号表現と見なしてはじめて形を取る純粋な精神エネルギーから生じるものである、と」

　プレイフェア教授は目のまえの机をとんとんと叩いた。そこには数多くの銀の棒がきちんと列に並べられていた。なにも刻まれていないものもあれば、文字が刻まれているものもある。「その意味の純粋領域――それがなんであれ、どこにあるものであれ――がわれわれの技工の核だ。銀工の基本原理は非常に単純である。片方の面にひとつの言語で、ある単語や文章を刻み、反対の面に別の言語でそれに対応する単語や文章を刻むのだ。翻訳はけっして完璧なものになりえないことから、不可欠な歪み――失われた意味または翻訳過程で歪んだもの――がとらえられ、銀によって顕現される。そしてそれは、親愛なる学生諸君よ、自然科学の範疇《はんちゅう》でもっとも魔法に近いものなのだ」教授は四人を値踏みするように見た。「まだ、話についてこられているかね？」

　一同は今度はずいぶん不安な様子になっていた。

「思うんですが、先生」ヴィクトワールが言った。「例を与えていただければ……」

「もちろんだ」プレイフェア教授は右端にある銀の棒を手に取った。「この棒の複製品をかなり多数漁師に販売した。ギリシャ語のkárabos《カーラボス》には、「船」や「蟹《かに》」、「甲虫」など、さまざまな意味がある。どこに関連性があると思うかね？」

「機能ですか？」ラミーが思い切って訊ねた。「蟹を捕獲するために船が使われた？」

「惜しいが、違う」

「形でしょうか？」ロビンが推察した。話すうちに納得できるようになった。「櫂《かい》が並んでいるガレー船を考えてください。ちょこちょこ動く脚のように見えませんか？　待った――ちょこちょこ《scuttle》走り、櫓を漕ぐ人《sculler》……」

「はしゃぎすぎだぞ、スウィフトくん。だが、正しい道に乗っている。いまは、kárabos に焦点を合わせてくれ。kárabos から caravel《カラヴェル》 が派生している。これは小型快速艇だ。両方の単語は「船」を意味しているが、kárabos だけは、ギリシャ語の原語で海の生き物の連想を保っている。ついてきているかね？」

四人はうなずいた。

教授は銀の棒の両端を軽く叩いた。それぞれの端には kárabos と caravel の文字が記されている。

「この棒を漁船に取り付けるとどの姉妹船よりも多い漁獲量がもたらされる。この棒は前世紀にとても人気が高かったのだが、使いすぎで魚が減ってしまい、漁獲高が以前とおなじくらいにまで下がってしまった。棒は現実をある程度歪めることができるが、新しい魚を物質化することはできない。そのためにはよりよい言葉が必要だろう。ここまでわかってきただろうか？」

四人は再度うなずいた。

「さて、これはもっとも広く複製されている棒の一本だ。イングランド全土の医師の鞄《かばん》に入ってい

＊カール・ヴィルヘルム・フォン・フンボルトは、一八三六年に『ヒトの言語の構造的差異および人類の知的発達に対するその影響』を書いたことでおそらくもっとも有名であり、そのなかで、彼は、特に、ある文化の言語はその話者の精神的能力や性格と深く結びついており、そのことがラテン語とギリシャ語が洗練された知的推論に、たとえば、アラビア語よりも優れている理由を説明している、と主張している。

るだろう」教授は右から二本目の棒を手に取った。「triacle《トリアクル》とtreacle《トリークル》だ」

ロビンは驚き、たじろいだ。ラヴェル教授が広東で彼を救うために使ったのがあの棒だ。あるいはその複製品だ。ロビンがはじめて触れた魔法の銀の棒だ。

「ほとんどの毒物に対する解毒剤の効果を期待して糖蜜入りの家庭治療薬がよく作られてきた。イーヴィー・ブルックという名の学生——そう、あのイーヴィーだ——による独創的な発見なのだが、薬のひどい味をごまかすため大量の糖蜜が使用されたことに関連して、十七世紀にtreacleという語が記録されていたのがわかった。イーヴィーはその語を調べ、「解毒剤」あるいは「蛇に嚙まれたときの治療法」を意味する古期フランス語のtriacleまで遡《さかのぼ》り、そこからラテン語のtheriaca《テーリアカ》、最終的にギリシャ語のtheriake《セリアキ》にいきついた。両方とも「解毒剤」を意味する」

「ですけど、適合対は、英語とフランス語の組み合わせなんですね」とヴィクトワールが言った。「どうして——」

「連鎖だ」プレイフェア教授は言った。棒をくるくる回して側面に彫られているラテン語とギリシャ語を四人に見せた。「より古い語源をガイドとして、長い距離と何世紀もの時間を隔てて意味を導くテクニックだよ。テントを建てるための予備の杭《くい》と考えてもいいかもしれない。こうすることで全体を安定させ、われわれがとらえようとしている歪みを正確に突き止めるのに役立つのだ。だが、これはきわめて進んだテクニックなのだ——いまは気にしなくていい」

教授は右から三本目の棒を手に取った。「これはつい最近ウェリントン公爵からの依頼でこしらえたものだ」教授はいかにも鼻高々という様子でそう言った。「ギリシャ語のidiótes《イディオーテス》という語は、英語のidiot《イディオット》が意味するのと同様、「愚か者」を意味している。だが、同時に「世事《せじ》に携わっていない平民」という定義も含んでいる——その愚かさは生まれつき能力を欠いているからではなく、無知と教育の欠如からくるものなのだ。われわれがidiótesをidiotと翻訳すると、知識を取り除く効果が生じるのだ。それゆえ、この棒は、人の記憶しているものを消すことができる。瞬時にだ。

学んでいたと思った物事を忘れさせてしまう。敵のスパイに目にしたものを忘れさせようとするときとても役に立つのだよ」*

プレイフェア教授はその棒を置いた。「まあ、こういうことだ。いったん基本原理を把握すれば、とても簡単になる。われわれは翻訳で失われるものをとらえる――というのも、翻訳では必ずなにかが失われるからだ――そして棒はそれを顕現させるのだ。とても簡単だろ?」

「ですが、それはばかげたほど強力です」レティが言った。「その棒を使ってなんでもできるんじゃないですか。まるで神の――」

「必ずしもそうじゃないんだよ、ミス・プライス。われわれは言語の自然な進化に制限されている。意味が分岐した言葉でさえ、たがいに近い関係を依然として持っている。このことが棒が影響を与える変化の大きさを制限するのだ。たとえば、棒を用いて死者を生き返らせることはできない。なぜなら、生と死が対立概念ではない言語が存在しないため、適切な適合対をいまだに見つけられていないからだ。それに加えて、棒にはほかにかなり厳しい制限がある――それがなければ、イングランドじゅうの農民という農民全員がお守りのように棒を振りかざして走り回っているだろう。それがなにか推測できるかね?」

ヴィクトワールが手を挙げた。「流暢な話し手が必要です」

「そのとおりだ」プレイフェア教授は言った。「言語はそれを理解できる人間がいないと、なんの意味も持たない。しかも、浅いレベルでの理解ではだめなのだ――農民に triacle がフランス語で

*実際の話、この適合対の軍事利用は、プレイフェア教授が言うほどには有用ではなかった。取り除きたい知識の部分を特定することが不可能であり、この適合対は敵兵に軍靴《ぐんか》の紐《ひも》の結び方を忘れさせたり、彼らの知っている片言の英語の話し方を忘れさせたりすることがしばしばだった。ウェリントン公は、あまり好印象を持たなかった。

どういう意味なのか説明するだけでは、棒は効果を発揮しないのだ。ひとつの言語で思考することができる必要がある――息をするように使えねばならない。ページに記されたほんのわずかな文字を認識できるだけではだめなのだ。これはまた、人工言語*がけっして機能しない理由でもあり、古英語のような古代の言語がその効力を失った理由でもある。そうでなければ、古英語は銀工師の夢、理想の存在になっただろう――膨大な辞書があり、語源をきわめて明瞭にたどることができるのだから、棒にはうってつけのものになるだろう、と。だが、古英語で思考する者はだれもいない。だれも息をするように古英語を使えない。オックスフォードで古典語の教育が非常に過酷なのは、ひとつにはこの理由からだ。ラテン語とギリシャ語が流暢であることは、いまでも多くの単位で必須だ。もっとも改革派は、こうした必要条件をなくすようわれわれに長年要求しているがね。だが、もしわれわれがそんなことをしたら、オックスフォードにある銀の棒の半分が機能を止めてしまうだろう」

「だからこそぼくらはここにいるんですね」とラミーは言った。「ぼくらはすでに流暢なんだから」

「だからこそ諸君はここにいる」プレイフェア教授は同意した。「プサムテク一世の子らよ。いや、海外で生まれたことによってそのような力を持つのはすばらしいことではないか？　わたしはあらたに言語を学ぶのが非常に得意だが、それでもきみのようにウルドゥー語をためらうことなく使えるようになるまで何年もかかるだろう」

「もし流暢な話し手がいなければならないのなら、銀の棒はどう機能するのでしょう？」ヴィクトワールが訊いた。「翻訳者が部屋を離れたとたんその効果が失われるのではないですか？」

「とてもいい質問だ」プレイフェア教授は最初の棒と二番目の棒を手に掲げた。そして隣同士に並べたところ、二番目の棒は明らかに最初の棒より少し長かった。「さてきみは持続時間の問題を提起した。棒の効果の持続時間にはさまざまな事柄が影響している。まず、銀の純度と量だ。この二本の棒はいずれも銀の含有量九十パーセント以上なのだ――残りは、硬貨によく使われている銅の合金だ――だが、triacle の棒は、およそ二十パーセント大きく、使用される頻度と強度にもよるが、数カ月長く効力が保つことになる」

教授は棒を下げた。「ロンドン一帯で見かけるもっと安価な棒の多くは、あまり長く効果がつづかない。ほぼ完全に純銀の棒はごく限られている。よくあるのが、木材やほかの廉価な金属を銀で薄く覆っただけのものだ。そういうのは数週間で効力切れになり、ここでわれわれがおこなっているように保守する必要がある」

「無料でですか?」ロビンが訊いた。

プレイフェア教授はほほ笑みながらうなずいた。「諸君の奨学金をなんらかの形で捻出しなければならないのだよ」

「では、棒の効果を維持するのに必要なのはそれだけなんですか?」レティが訊いた。「翻訳者に適合対の言葉を発話させるだけ?」

「それよりも少しだけ複雑なのだ」プレイフェア教授は言った。「刻んだ文字を彫り直さねばならなかったり、棒そのものを修理する必要があったりする――」

「でも、そうした業務にはいくら請求するんでしょう?」レティが食い下がった。「聞いたところでは、十二シリングですか? ちょっとした保守をするのにそんな大金を請求する必要があるんで

＊十八世紀後半、千語以上の語彙集をそろえていたビンゲンのヒルデガルト女子修道院長の神秘的な「リングア・イグノタ」や、宇宙の既知のすべての事柄を入念に分類する計画を秘めていたジョン・ウィルキンスの「真実の言語」、世界を完璧に理性的な算術表現に還元する試みだったトマス・アーカート卿の「普遍言語」のような銀工の独自言語を創造する可能性を追求する一時的なブームが起こった。これらすべては、のちにバベルで基本的な真実として受け止められることになる共通の障害にぶつかって衰えた――すなわち、言語とは、たんなる暗号以上のものであり、ほかの人間に自分の考えを表明するために用いられねばならないということである。

しょうか?」

プレイフェア教授の笑みが大きくなった。パイに親指を突き差したところを見とがめられた少年のような様子だった。「一般大衆が魔法として考えているものを実演すると、いい報酬をもらえるとは思わないかね?」

「じゃあ、かかったという経費は、まったくのでっちあげなんですか?」ロビンが訊いた。

その質問は本人が意図していたよりもきつい発言になった。だが、そこでロビンはロンドンを席巻《けん せっ》したコレラのことを思い浮かべた。銀工品は恐ろしいくらい高価なので、貧しい人々を救うのは無理だとミセス・パイパーが説明していたことを思い浮かべる。

「ああ、そうだよ」プレイフェア教授は、いまの話題がとても愉快《ゆかい》なことだと思っているように見えた。「われわれは秘密を守り、自分たちが望む条件を設定できるのだ。それがほかのだれよりも賢い存在でいることとの美点だ。さて、話を締めくくるまえに最後にひとつ」教授はテーブルの上の自分からいちばん遠いところにある、なにも彫られていない輝く一本の棒を手に取った。「警告を発しておかねばならない。諸君がけっして、けっしてだ、試してはならない適合対の一本がある。だれかそれがなにか想像がつくかね?」

「善と悪」レティが言った。

「惜しいが、外れだ」

「神の御名《みな》」ラミーが言った。

「きみはそんなに愚かじゃないと信用しているぞ。いや、これはもっと捻った問題だ」

ほかにだれも解答意見を持っていなかった。

「翻訳だよ」プレイフェア教授は言った。「単純に、翻訳自体にあたる言葉だ」

そう言いながら、教授は棒の片側にひとつの単語をすばやく刻み、四人に書き記したものを見せた――翻訳《Translate》せよ。

「動詞の translate は、個々の言語でわずかに異なる含意を有している。英語、スペイン語、フランス語の単語——translate、traducir《トラドゥシール》、traduire《トラデュイール》——は、ラテン語の translat《トラーンスラト》から派生しており、この語は「運搬する」という意味だ。だが、いったんロマンス言語を離れると、事情は異なる」教授は棒の反対側にあらたな文字の組み合わせを彫りはじめた。「たとえば、中国語の fānyì《ファンイー》（翻訳）の一番目の文字翻《ファン》は、なにかを回転させたり、ひっくり返すことを意味する一方で、二番目の文字訳《イー》は、変化や交換の含意がある。アラビア語で tarjama《タルジャマ》は、伝記と翻訳両方を意味することがある。サンスクリット語では、翻訳にあたる単語は anuvad《アニュヴァド》で、これは「発言する、あるいは、何度も繰り返して言う」を意味する。ここでの違いは、ラテン語でいう空間的移動の暗喩ではなく、時間的なものである。イボ語では、翻訳にあたる単語はふたつある——tapia《タピア》と kowa《コワ》だ——両方とも、語り、解体、再建、形の変化を可能にするよう粉々に破壊することを意味している。などなど。違いや言外の意味は無限だ。それゆえ、翻訳がまったくおなじ意味を持つ言語は存在しない」

教授は反対側に彫った文字を四人に見せた。イタリア語だった——tradurre《トラドゥーレ》。

教授の手が棒から離れた瞬間、それは震えはじめた。

驚きに目を見ひらいて彼らが見つめていると、棒はどんどん激しく震えていった。見ているのが怖かった。棒は命を宿したかのようだった。まるで解き放たれようと必死になっている、あるいは少なくとも自身を解体しようとしている、なにかの精霊に取り憑《つ》かれているかのようだった。テーブルの上で激しくがたがた音を立てている以外に音を発してはいなかったが、ロビンは心のなかで、責め苛まれたことによる悲鳴を聞いた。

「翻訳の適合対はパラドックスを作りだす」プレイフェア教授が冷静に語る一方で、棒は激しく揺れつづけ、もがきながらテーブルの上を数インチ飛びあがった。「棒はより純粋な翻訳を作りだそうとする。個々の言葉に関連している暗喩が一致するものを。だが、もちろんそんなことは不可能だ。完璧な翻訳というのはありえないからだ」

棒にヒビが入った。細い血管のように枝分かれし、裂け、幅が広がっていく。

「顕現した力は棒自体を除いて行き場がない。そのため、循環がつづいて、最終的に棒が壊れる。そして……こうなる」

棒は宙に高く飛びあがり、数百もの細かい欠片《かけら》に砕けて、テーブルや椅子や床に散らばった。ロビンの同期たちは、たじろいで、後ずさりした。プレイフェア教授は動じなかった。「試すんじゃないぞ。たとえ好奇心からでもな。この銀は」落ちた破片のひとつを教授は蹴った。「再利用できない。たとえ溶かして、再鍛造しても、これが一オンスでもまじってこしらえた棒は、効力を発揮できない。さらに悪いことには、その影響は伝染性がある。大量の銀に載せてその棒を活性化させると、それが接触しているすべての銀に広がるのだ。気をつけていないと数十ポンドの銀を簡単に無駄にしかねない」教授は彫刻刀を作業台に戻した。「理解したかね?」

四人はうなずいた。

「けっこう。けっしてこのことを忘れないように。翻訳の究極の実行可能性は、魅力的な哲学問題である——結局のところ、それはバベルの塔の話の中心に横たわっているものだ。だが、そのような理論的疑問は、教室のなかに留めておくのがいい。実験しようものなら、この建物を崩壊させかねないからね」

「アンソニーの言うとおりだった」ヴィクトワールが言った。「銀工術があるのに文学科をだれが気にするというの?」

四人は軽食堂のいつものテーブルを囲んで座り、先ほど見た力にかなりとまどっていた。講義が終了してから、銀工術についておなじ感想を繰り返していたが、それはどうでもよかった。とても斬新で、とても信じがたいものだった。塔から外に足を踏みだしたとき、世界全体が違ったもののように思えたのだ。四人は魔法使いの家に入り、魔法使いが秘薬を混ぜ、魔法をかけるのを目にしてしまった。いまは、自分たちでやってみるまでなにをしても満足しないだろう。

「ぼくの名前が聞こえたようだが？」アンソニーがロビンの真向かいの席にすっと入ってきた。彼は一同の顔を眺めまわし、訳知り顔で笑みを浮かべた。「ああ、その表情に覚えがある。プレイフェアがきょうデモンストレーションをやったんだろ？」

「あなたたちが終日やっているのがあれなの？」ヴィクトワールが昂奮まじりに訊いた。「適合対のいじくりまわし《ティンカー・ウィズ》？」

「それに近いものがある」アンソニーが答える。「鋳掛け《ティンカーリング》それ自体よりも語源辞典をひもとく作業のほうが多いんだが、いったん効果が発揮するかもしれないものを摑んだら、ほんとに楽しくなるんだぜ。いまぼくはパン屋で役に立つかもしれないと考えている対表現を研究中だ。flour（小麦粉）とflower（花）だ（どちらもおなじ発音）」

「それってたんにまったく異なる単語じゃないですか？」レティが訊いた。

「そう思うだろ」アンソニーは言った。「だけど、十三世紀のアングロ・フランス語（中世の英国で話されていたフランス語）の原語に遡ると、元々両者はおなじ単語だとわかるんだ――flowerは、たんに穀物粉のもっとも細かい部分を指す言葉だった。時が経ち、flowerとflourは、異なる対象物を表す言葉に分岐した。だけど、この棒がちゃんと機能すれば、製粉器に取り付けて、いまよりも効率よく小麦粉を製粉できるようになるはずだ」アンソニーはため息をついた。「うまくいくかどうかわからないけどね。だけど、うまくいったらヴォールツ＆ガーデンで生涯ただでスコーンを食べられると思う」

「ロイヤルティーをもらえるんですか？」ヴィクトワールが訊いた。「あなたの考えた棒の複製品を作るたびに、という意味です」

「いや、もらえない。控え目な報奨金はもらえるけど、生じる利益はすべて塔にいくんだ。だけど、適合対の台帳にぼくの名前が加えられる。これまで六組、登録されているんだ。そして大英帝国全体で目下現役で使用されている適合対は、たった千二百組ほどしかないのだから、それは人が望める最高の学問的栄誉と言えるだろう。ほかのどこかで論文を発表するよりずっといい」

「ちょっと待って」ラミーが言った。「千二百というのは少なすぎない？　つまり、適合対はローマ帝国以来ずっと使われてきたんでしょ。それなのにどうして――」

「可能なかぎりのあらゆる適合対を機能させて、国全体を銀で覆い尽くさなかったのは、どうしてなんだろう、ってか？」

「そのとおり」ラミーは言った。「あるいは、せめて、千二百以上思いついたはず」

「まあ、考えてみてくれ」アンソニーは言った。「問題は明白だ。言語はたがいに影響を与え合う。たがいに新しい意味を持ちこみ合うし、ダムからほとばしる水のように言語間の障壁に穴があればあるほど、その勢いは弱くなるんだ。ロンドンに力を与えている銀の棒の大半は、ラテン語とフランス語とドイツ語の翻訳だ。だけど、それらの棒は効力を失いつつある。言語的な流れが大陸を横切って伝わっていくにつれ――saute《ソテー》やgratin《グラタン》が英語語彙の標準になるにつれ――意味の歪みはその潜在力を失うんだ」

「ラヴェル教授も似たようなことを話してくれました」ロビンは思いだしながら言った。「ロマンス言語は時が経つにつれて収益が少なくなっていくだろうと教授は確信していたんです」

「教授の言うとおりだ」アンソニーは言った。「今世紀、あまりにも大量にほかのヨーロッパ言語が英語に翻訳されてきた。逆もまた真なり。われわれはドイツ人とその哲学者、イタリア人とその詩人への依存から脱却できないようだ。そんなわけで、ロマンス言語は、うちの学部でもっとも存続が脅《おびや》かされている部門なんだ。まるで自分たちがこの建物を所有しているふりを装いたがっているんだけどね。古典言語もこれまたどんどん先行き不安になっている。ラテン語とギリシャ語は、少しは持ちこたえるだろう。どちらかを流暢に操れるのは特権階級の専売特許だとまだ見なされているからだ。だけど、少なくともラテン語は、きみたちが考えるよりずっと口語的になりつつある。八階のどこかにマン島語とコーンウォール語の復活を研究している博士研究員《ポスドク》がいるんだが、それがうまくいくとはだれも思っていない。ゲール語も同様なんだけど、キャシーには内緒だぞ。だからこそ、きみたち三人がとても貴重なんだ」アンソニーはレティを除いて、順番にぼくらを指さした。「きみたちはまだ搾《しぼ》りつくされていない言語を知っている」

「わたしはどうなんです？」レティは憤然として訊いた。

「まあ、きみもしばらくは大丈夫だろう。フランス人はイギリスがフランス人に対抗して国民意識を発展させたからにすぎない。フランス人は迷信深い異教徒だ。われわれはプロテスタントだ。フランス人は木靴を履いているので、われわれは革靴を履く。われわれはフランス語への流入にまだ抵抗するだろう。だけど、大事なのは、植民地と半植民地なんだ――ロビンと中国、ラミーとインドだ。男子諸君《ボーイズ》、きみたちは地図に載っていない領地なんだ。だれもがこぞって争う対象なんだ」

「まるで資源みたいな言い方ですね」ラミーが言った。

「まあ、確かに。言語は金銀とまったくおなじように資源なんだ。あの文法大系書を巡って争い、死んできた」

「だけど、それはばかげてます」レティが言う。「言語はたんなる言葉であり、たんなる考え方です――言語の利用を制限することはできません」

「そうだろうか？」アンソニーが問いかけた。「北方中国語を外国人に教えた場合の公式の処罰は死刑だと知っているかい？」

レティはロビンのほうを向いた。「ほんとなの？」

「ほんとだと思う」ロビンは言った。「チャクラヴァルティ教授からおなじことを聞いた。清朝政府は、その――彼らは怖がっている。外部を怖がっているんだ」

「ほらね？」アンソニーは言った。「言語はたんに言葉を集めてできたものじゃない。世界を見る方法なんだ。文明の鍵だ。そしてそれは死をもたらす価値がある知識だ」

「言葉は物語を語る」その日の午後、塔の五階にある窓のない簡素な部屋でおこなわれた最初の講義でラヴェル教授はそう切りだした。「具体的に言えば、そうした言葉の歴史——どのように使われるようになり、その意味がどのようにこんにちの意味に変化したか——がいかなるたぐいの歴史的遺物よりも、少なくとも人々について多くを物語るのだ。たとえば、knave《ネイヴ》という言葉を例に取ろう。語源はなんだと思う?」

「トランプですよね? キングとクイーン……」レティは話しはじめたところで、循環論法になることを悟って、途中で止めた。「いえ、気にしないでください」

ラヴェル教授は首を横に振った。「古英語のcnafa《クナファ》は、少年従者あるいは若い男性の従者を示す言葉だ。これはドイツ語の同語源語であるKnabe《クナーベ》で確認できる。この語は少年を指す古い言い方だ。それゆえknaveは元々、騎士に仕える若い少年だった。だが、騎士制度が十六世紀末に崩壊し、領主が騎士よりも安くて優れている職業軍人を雇えることに気づいたとき、数百人のknaveたちは職を失うことに気づいた。それで彼らは運試しを試みる若者ならだれでもすることをやった——彼らは追い剥ぎや泥棒の仲間になり、いまではknave(ならず者)とわれわれが呼んでいる下種《げす》な悪党になり下がった。ゆえに言葉の歴史は、たんに言語の変化を表現するだけでなく、社会秩序全体の変化を表しているのだ」

ラヴェル教授は熱心な講師ではなく、天性のパフォーマーでもなかった。聴衆をまえにして居心地が悪そうに見えた。その立ち居振る舞いは堅苦しく、ぎこちなく、その口調は、感情を表に出さず、生真面目で率直だった。それでも彼の口から出るすべての言葉は完璧なタイミングで、よく考えられており、魅力的だった。

この講義のはじまるまえの数日間、ロビンは自分の後見人の講義を受けるのを恐れていた。だが、気まずくもなく、恥ずかしくもないのがわかった。ラヴェル教授は、ハムステッドで同僚をまえにしたときとまったくおなじようにロビンを扱った――よそよそしく堅苦しい態度で、その視線はロビンの顔の上をつねにさまよってけっして着地することがなかった。まるでロビンが存在している空間が目に見えないかのように。

「etymology（語源学）という言葉は、ギリシャ語のétymon《エティモン》に由来する」ラヴェル教授はつづけた。「言葉のほんとうの意味は、「真の」あるいは「実際の」という意味であるétumos《エトウモス》からきている。そのため、語源学を、ある言葉がそのルーツからどれほど離れているかをたどる練習として考えることができる。というのも、文字通りの意味でも、比喩的な意味でも、言葉は驚くほどの距離を旅するからである」教授はふいにロビンを見た。「北方中国語で大きな嵐にあたる言葉はなんだね？」

ロビンは驚いてハッとした。「えーと――fēngbào《フォンバオ》*ですか？」

「いや、もっと大きな嵐だ」

「táifēng《タイフォン》**？」

「けっこう」ラヴェル教授はヴィクトワールを指さした。「では、カリブ海につねに吹いている天候の型はなんだね？」

「タイフーンです」ヴィクトワールはそう答えると、目をパチクリさせた。「タイフォン？　タイフーン？　どうして――」

「ギリシャ・ラテン語からはじめよう」ラヴェル教授は言った。「タイフォン（ギリシャ神話では、テューポーン）は、怪物であり、ガイアとタルタロスの息子のひとりだ。百の蛇の頭を持つおぞましい生き物だ。ある時点からタイフォンは激しい風と結びつくようになる。なぜなら、後年、アラブ人が激しく風の強

＊風暴
＊＊颱風

い嵐を表現するのに tufan《トゥーファーン》という語を使いはじめたからだ。その語は、アラビア語からポルトガル語に乗り移り、探検家の船に乗って中国に運ばれたのだ」

「ですが、颱風《タイフォン》は、たんなる借用語ではありません」ロビンが言った。「中国語で確かな意味があります――颱《タイ》は、大きいという意味であり、風《フォン》は風で――」

「では、中国人が独自の意味を持つ音訳を思いついたとは思わないのかね？」ラヴェル教授は問うた。「そういうことは、しょっちゅう起こっている。音韻的な敷き写しは、しばしば意味的な敷き写しでもあることがある。言葉は広がっていくものだ。不思議なほど似通った発音をする言葉から人類の歴史の接点をたどることができる。言語は、たんなる流動的な記号の集合にすぎない――相互の対話を可能にせしめるほど安定しているが、社会力学の変化を反映できるくらい流動的なのだ。銀で言葉を呼び起こすとき、われわれはその変化する歴史を思い浮かべるのだ」

　レティが手を挙げた。「方法に関して質問があります」

「つづけたまえ」

「歴史研究はまことに結構です」レティは言った。「やらねばならないのは、遺物や文書などに目を向けることだけですから。でも、言葉そのものの歴史はどうやって研究するのでしょう？　その言葉がどこまで遠く旅をしたのか、どうやって決定するのですか？」

　ラヴェル教授はその質問にとても嬉しそうな表情を浮かべた。「読解だ」彼は言った。「ほかに近道はない。手に入るかぎりのあらゆる資料をまとめ、腰を落ち着けて謎を解く。パターンや不規則性をさがす。たとえば、古典期にはラテン語の語末のmは発音されなかったことをわれわれは知っている。ポンペイで見つかった碑文では、mが抜けている形で誤った綴りになっているからだ。これは音韻の変化を突き止めた例だ。いったんそれができると、単語がどのように変化するのか予想できるようになる。そしてその予想と一致しないなら、導きだした語源に関するわれわれの仮説がおそらくまちがっている。語源学は何世紀にもおよぶ探偵仕事であり、悪魔的にきつい仕事だ。干し草のなかから一本の針をさがすようなものだ。だが、あえて言うとすれば、われわれの特別な針は、さがす価値がとてもあるものなのだよ」

その年、英語を例に取り、一同は言語がどのように成長し、変化し、変形し、分裂し、収束するかの研究課題に取り組みはじめた。彼らは音の変化を研究した。たとえば、なぜ英語のknee《ニー》（膝）は、ドイツ語の同等語であるKnie《クニー》なら発音する黙字《もくじ》のkがついているのか。なぜラテン語、ギリシャ語、サンスクリット語の閉鎖子音《へいさしいん》はゲルマン諸語の子音と規則的な対応をしているのか。彼らはボップやグリム、ラスクを翻訳で読んだ。イシドルスの『語源論』も読んだ。彼らは意味変化や統語《とうご》変化、方言の分岐、借用に加え、一見たがいになんの関係もなさそうに見える言語間の関係を繋《つな》ぎ合わせるために使えるかもしれない再構築方法を研究した。彼らは言語を鉱山のように掘り進み、共通の遺産や歪められた意味の貴重な鉱脈をさがしもとめた。

それによって彼らの話し方も変わった。文の途中で言葉が途切れることがしょっちゅう起こった。ありふれた言い回しや格言ですら、そこに出てくる言葉の由来を考えて口をつぐまずに発することができなかった。彼らのどの会話のなかにもそうした追究の手がおよび、おたがいの発言やほかのあらゆることの意味を理解しようとするのが習い性になってしまった。* 彼らはもう世界を見るたびに数世紀分の堆積物のようにいたるところに層になっている物語や歴史を見ずにはいられなくなっていた。

＊「awkward《オークワード》（不器用な）は」ヴィクトワールがロビンを指さして言う。「古ノルド語のafugr《オウヴグル》に由来する単語で、「ひっくり返った亀のようにまちがった方向を向く」という意味」
「じゃあ、ヴィクトワールは、ヴィクトリアからじゃなく、vicious《ヴィシャス》（意地が悪い）に由来するにちがいないな。だって、きみはvice《ヴァイス》（悪）そのものだから」とロビンは言い返すのだった。

そして英語への影響は、彼らが思っているよりもずっと深く、多岐にわたっていた。chit《チット》（飲食や買物を注文してサインする請求書）は、インド中西部マハラシュトラ州の言語であるマラーティー語のchitti《チッティ》からきていた。この単語の意味は、「手紙」あるいは「ノート」である。coffee《コーヒー》は、オランダ語koffie《コフィ》とトルコ語kahveh《カーフェー》を経由して英語にたどり着いたが、元はアラビア語qahwah《カフワ》である。タビーキャット（トラ猫）は、縞《しま》模様の絹にちなんで名づけられたが、その絹の名前は原産地の地名にちなんで名づけられたものだ――「アル・アッタビヤ」という名のバグダッドの一地区に。衣服に関する基本的な言葉でさえ、いずれもどこからかきたものである。ダマスク織りは、ダマスカスで生産されている布からきた。ギンガムは、「縞模様」を意味するマレー語のgenggang《ゲンガン》からきた。キャラコはインド南西部にあるケララ州の地名カリカットからで、タフタは「輝く布」を意味するペルシャ語のtafte《タフテ》をルーツに持つんだ、とラミーがみんなに話した。しかし、すべての英語の言葉がそのように遠い、あるいは高貴な起源を持っているわけではなかった。すぐに四人は学んだのだが、語源学についておもしろいのは、なんでも言語に影響をあたえうるところだった。金を持ち、世俗的成功をおさめた人間の消費習慣から、貧しくみじめな境遇の人間のいわゆる粗野な発話にいたるまで。盗人や浮浪者や外国人の秘密言葉である下層の隠語は、bilk《ビルク》（ペテン師）、booty《ブーティ》（盗品）、bauble《ボーブル》（安ピカ物）のような一般的な単語を産むのに貢献していた。

　英語はたんにほかの言語から言葉を借用しているだけではなかった。外国の影響をあふれんばかりに詰めこんでいる、フランケンシュタインの怪物が習得した言語のようなものだった。そしてロビンは、市民が世界のどこよりも自分たちは優れていると強い自負を持っているわりに、この国が借り物抜きでアフタヌーン・ティーをやり遂げることができないのを信じがたいと思った。

　語源学に加え、その年、彼らはそれぞれもうひとつの言語を学ぶことにした。その言語を流暢に駆使できるようになるのが目的ではなく、習得過程を通して、それぞれの専門言語の理解を深めるためだった。レティとラミーは、デ・ヴリース教授とともに印欧祖語の勉強をはじめた。ヴィクトワールは、学びたいと願っていた数多くの西アフリカの言語を諮問委員会に諮《はか》ったが、バベルはそれらの言語のいずれにも適切に教育するための十分な資源を有していないという理由で、却下された。ヴィクトワールは、結局、スペイン語を学ぶことに落ち着いた――ハイチとドミニカの国境でスペイン語との接触が不可欠だ、とプレイフェア教授は主張した――だが、このことをヴィクトワールはあまり喜ばなかった。

ロビンはチャクラヴァルティ教授にサンスクリット語を学ぶことにした。教授はそもそもその言語の知識をまったく持っていないとロビンを叱責することで最初の授業をはじめた。「中国の研究者には最初からサンスクリット語を教えるべきだ。サンスクリット語は仏典を通じて中国に伝わり、仏教が中国語では容易に言い表せない何十もの概念を導入したことでまさに爆発的な言語的改新をもたらした。サンスクリット語のbhiksunī《ビクシュニー》がní《ニイ》（尼）になり、nirvana《ニルヴァーナ》がnièpán《ニエパン》（涅槃《ねはん》）になった。地獄や意識や災難のような中国語の核となる概念は、サンスクリット語に由来している。仏教を理解することなく、つまり、サンスクリット語を理解することなく、こんにちの中国語を理解することはそもそもできない。数字の書き方を知らずして掛け算を理解しようとするようなものだ」

ロビンは生まれたときから話している言語の習得順がちがうと責められるのは、少し不公平だと思ったが、調子を合わせておくことにした。「では、どこからはじめましょう？」

「文字だ」チャクラヴァルティ教授は機嫌よく答えた。「基本の構成要素に戻るのだ。ペンを取りだし、筋肉が覚えるまでこれらの文字を書き写すのだ――およそ半時間もあれば十分だろう。さあ、はじめよう」

ラテン語、翻訳理論、語源学、専門言語、そしてあらたな研究言語――ばからしいくらいに重たい授業荷重だった。特に個々の教授がほかの授業がまったく存在しないかのように課題を課したので。教授陣はまったく同情しなかった。「ドイツ語には、こういうすてきな言葉がある。Sitzfleisch《ジッフライシュ》（持久力）だ」ラミーが週四十時間以上、講読にあてなければなりませんと抗議すると、プレイフェア教授は嬉しそうに言った。「直訳すると、「座るための肉」という意味だ。つまり、「尻」だな。すなわち、ときにはただ自分の尻を下に置いて、物事を片づけることも必要だということだ」

とはいえ、彼らは楽しむ時間も見つけていた。いまではオックスフォードはある種の家のように感じられるようになっており、自分たちの行き場をそこに刻んだ。たんに容認されるだけでなく、うまくやっていける場所だ。どのコーヒーハウスがうるさく言わずに給仕するのか、どこがラミーが存在していないふりをするか、あるいはあんたは汚れているので椅子に座ってはならんといちゃもんをつけてくるか、彼らは学んだ。どのパブが嫌がらせを受けずに暗くなってから足繁く通えるかを学んだ。彼らは、合同弁論会の聴衆に交じって座り、コリン・ソーンヒルやエルトン・ペンデニスのような男子学生たちが正義と自由と平等について顔が赤くなるまで声高に弁じている様子に笑いをこらえようとして脇腹を痛くした。

ロビンはアンソニーにしつこく誘われてボート競技をはじめた。「四六時中、図書館にこもってばかりいるのはよくないぞ」アンソニーは言った。「脳を正常に働かせるには筋肉をストレッチする必要がある。血行をよくするんだ。やってみたまえ、きっと役に立つ」

たまたま、ロビンはそれにはまった。一本のオールを繰り返し水に差して引くリズミカルな緊張感のある動きがとても楽しいと気づいた。両腕がたくましくなった。どういうわけか、脚がのびた気がした。次第に猫背のひょろひょろした体形から、筋肉がついている見かけになり、毎朝、鏡を見て、深い満足感を覚えた。街のほかの部分がまだ起きておらず、周囲何マイルにもわたって聞こえてくるのは鳥のさえずりと、オールのブレードが水に沈みこむときの心地よい水しぶきの音だけのアイシス川の冷え冷えとする朝を心待ちにするようになりだした。

女性陣はボート部に潜りこもうとして失敗した。ふたりはボートを漕《こ》ぐには背丈が足りず、コックスを務めるには、かなり叫ばなければならず、男子学生のふりをするのは無理だった。だが、数週間後、ユニヴのフェンシング・チームにふたりの獰猛《どうもう》なメンバーが加わったという噂をロビンは耳にするようになった。ヴィクトワールもレティも最初、訊問に対して根も葉もないことと主張していたのだが。

「フェンシングの魅力は、その攻撃性ね」ついにヴィクトワールが白状した。「見てるとてもおもしろいわ。あの男の子たちはいつも最初はとても勢いが強いけど、やがて戦略を見失ってしまうの」

レティが同意した。「そうなったら、冷静さを保ち、ガードされていないところをちくりと刺すという簡単なことになる。必要なのはそれだけ」

冬になりアイシス川が凍結し、四人はスケートに出かけた。レティを除いて、だれもいままでスケートをしたことがなかった。スケート靴の紐をできるだけきつく結ぶ――「もっときつく」レティが言った。「足が緩まないくらいに。さもないと足首を捻挫《ねんざ》するわよ」――そしてよろよろと氷の上に立ち、ふらつくのでバランスを取ろうとしておたがいにしがみつくのだが、たいていそうなると、だれかが転んで全員が転ぶ羽目に陥るのだった。そのうちラミーが前傾姿勢を取って膝を曲げると、どんどん速くまえに進めることに気づき、三日目には、ほかの仲間のまわりをスケートで円を描けるようになり、レティですら、行く手にラミーが割りこんでくると怒ったふりをしたが、つい笑いがこぼれてしまった。

いまや四人の友情は、堅牢でいつまでもつづく性質のものになった。彼らはもはや、圧倒され、怯《おび》え、安定を求めてたがいにしがみついていた一年生ではなかった。それどころか、試練を経て結束する疲れた古参兵、なにに対してもおたがいに頼ることができる筋金入りの兵士だった。凝り性のレティは、不平不満をこぼしながらも、たとえどんなに夜遅く、あるいは朝早くなろうと、つねに翻訳の手直しをしていた。ヴィクトワールは金庫のようだった――どれほどたくさんの不平不満であってもその対象に口を滑らせることなく耳を傾けてくれるのだ。そして、ロビンは、お茶を飲みたくなったり、おもしろい話を聞きたくなったり、泣き言を聞いてくれる人が必要になったりすれば、昼夜関係なく、いつでもラミーの部屋の扉をノックできた。

その年の秋、バベルに新入生――女子はおらず、四人のあどけない顔をした男子学生だった――が姿を現したとき、彼らはほとんど関心を寄せなかった。四人は、意識したつもりはなかったが、自分たちが一年生だったときにとても羨ましかった上級生とそっくりになっていた。鼻持ちならない態度と高慢さだと彼らが受け取っていたものは、たんなる疲労困憊《こんぱい》だとわかった。学年が上の学生たちは下の学年の学生をいじめる意図など持っていなかったのだ。

四人は初年度以来、自分たちがなりたいと望んでいるものになった――超然として、聡明で、骨の髄までくたびれている存在に。彼らはみじめだった。睡眠と食事が不足し、読まねばならないものが大量にあり、オックスフォードやバベルの外の事柄とはまったく無縁になってしまった。彼らは世俗の生活を無視した。精神の生活だけを営んでいた。それを心から愛していた。

そしてロビンは、いろいろあるとはいえ、グリフィンが予言していた日がけっして訪れないよう願っていた。このバランスのなかで永遠に宙ぶらりんになって生きていけることを願っていた。というのも、いまよりも幸せだったためしがなかったからだ――多方面に手を伸ばし、目のまえの次のことにいっぱいいっぱいで、すべてがどう組み合わさるのかにまったく関心を払っていなかった。

ミカエル学期後半、ルイ＝ジャック＝マンデ・ダゲールという名のフランス人化学者が、興味深いものを持ってバベルにやってきた。これは初期写真製版法《ヘリオグラフ》の暗箱《あんばこ》だ、と彼はのたまい、むきだしの銅板と感光性化合物を用いて静止画を複製できるはずなのだが、その仕組みをうまく働かせることができないのだと言った。バブラーたちに見てもらい、なんとかして改良できないものか確かめてくれないか？

ダゲールのカメラの問題は、塔のなかで話題になった。学部はそれをコンペにした――銀工の資格を有する学生で、ダゲールの問題を解決できたものは、特許に名前を載せる権利と、確実にもたらされるであろう富の分け前を得られる。二週間、八階は静かな熱狂に包まれた。四年生と奨学金給付大学院生たちが語源辞書をめくり、光と色と画像と模倣に関する意味の正しい連結を得られるかもしれない言葉の組み合わせを見つけようとした。

ついに解決策を見いだしたのはアンソニー・リッベンだった。ダゲールと結んだ契約条件により、実際の特許を得た適合対は秘密扱いになったが、噂では、アンソニーはラテン語のimago《イマーゴー》を用いて成果を上げたらしい。この単語は「おなじ姿」あるいは「模倣」という意味に加えて、「幽霊」または「幻影」の意味もあった。ほかの噂では、アンソニーは銀の棒を溶かして、熱した水銀の煙を作るなんらかの方法を見つけたという。それがなんであれ、アンソニーは口外できなかったが、その努力に十分見合うだけの報酬を得た。

カメラは作動した。魔法のように、捕捉した対象物の正確な姿が驚くほど短時間で一枚の紙の上に複製できた。ダゲールの装置――ダゲレオタイプ、と呼ばれた――は、地元で大評判になった。だれもが自分たちの写真を撮りたがった。ダゲールとバベル学部は、塔のロビーで三日間の展示をおこない、熱心な大衆は、通りをぐるっと囲むほどの列を作って並んだ。

ロビンは翌日が期限のサンスクリットの翻訳に神経質になっていたが、レティがみんなで肖像写真を撮りにいこうとせがんだ。「わたしたちの記念の品をほしくない?」彼女は訊いた。「この瞬間を保存するの」

ロビンは肩をすくめた。「あんまり気が進まないなあ」

「でも、わたしはほしいの」レティは頑固に言った。「いまのわたしたちを正確に覚えていたいの。今年、一八三七年のわたしたちを。けっして忘れたくない」

四人はカメラのまえに集まった。レティとヴィクトワールは椅子に座り、両手を膝の上で固く結んだ。ロビンとラミーはふたりのうしろに立ち、手をどうしたらいいのかわからずにいた。女性たちの肩に置くべきだろうか？　椅子に置くべきだろうか？

「腕は体の横におろして」カメラマンが言った。「できるだけじっとして。いや――まず、もう少し近づいて――はい、いきますよ」

ロビンはほほ笑んだが、そんなに長く口を横に広げていられないと悟り、すぐに笑みを解いた。

次の日、ロビーの職員から完成した肖像写真を受け取った。

「まいったな」ヴィクトワールが言った。「ちっともわたしたちのように見えない」

だが、レティは喜んでいた。額を買いにいこうと主張する。「マントルの上に飾るつもりだけど、どう思う？」

「捨ててしまったほうがいいんじゃない」ラミーが言った。「気色悪いよ」

「そんなことないわよ」とレティ。写真を眺めて、うっとりしているようだった。まるで本物の魔法を見たかのように。「これはわたしたちよ。時間のなかで凍りつき、わたしたちが生きているかぎりけっして戻ることのない瞬間にとらえられている。すばらしいわ」

ロビンもまた、写真が変に見えると思っていた。口に出してそうは言わなかったが。全員の表情が人工的で、少し決まり悪さを覚えている仮面になっている。カメラは、四人を結びつけている帰属意識を歪め、すぼめており、彼らのあいだの目に見えない温もりや仲間意識が大げさに誇張された、無理矢理の親しさを醸《かも》しだしているように見えた。写真もまた、翻訳だ、とロビンは思った。実際より劣るものとして表れたのだ。

まさしく、坩堝に投じられた菫《すみれ》だった。

第十章

教え子の信条を守るために彼らは、古典学習という安全で優雅な愚行に教え子を閉じこめる。生粋のオックスフォードの指導教員は、指導している若者たちが道徳的・政治的真理を巡って議論し、学説を打ち立てては覆《くつがえ》し、大胆な政治的討論に興じているのを耳にしたら慄然とするだろう。教員がそこから占うのは、神への不敬と王への裏切りにほかならないだろう。

——シドニー・スミス『エッジワースの職業教育』

その年のミカエル学期の終盤、グリフィンはいつもより頻繁に姿を現すようだった。ロビンはグリフィンがどこにいっていたのだろうと不思議に思いはじめていたところだった。マラッカから戻ってきてから、ロビンの任務は一月《ひとつき》に二回から一回に減り、そしてまったくなくなっていたからだ。だが、十二月になると数日置きに、捻れた根っこ亭の外で落ち合おうというグリフィンからの指示のメモをロビンは受け取りだした。そこで市内をやたら足早に歩きまわるといういつものルーティンがはじまるのだった。たいていは計画された窃盗の前段階だった。だが、ときどき、グリフィンは心になんの予定も抱いていないようで、ただ雑談を交わしたがった。ロビンはそうした会話をとても心待ちにした。そういうときは、兄に謎めいたところが減り、人間らしさを増し、より生身の人間っぽくなるのだった。だが、ロビンが心から話し合いたいと願っている質問にグリフィンはけっして答えなかった。盗むのに協力している素材を使ってヘルメス結社はなにをするのかとか、革命は、もし実際に計画しているのなら、どの程度進んでいるのかとかいった質問に。「おれはおまえをまだ信用していないんだ」グリフィンはいつもそう答える。「まだ、新米すぎる」

　こちらこそ、あんたを信用してないよ、とロビンは思ったが、口には出さなかった。その代わり、遠回しにあれこれつついてみた。「いつからヘルメス結社は存在しているの？」

　グリフィンはおもしろがっている視線をロビンにぶつけた。「なにをやろうとしているのかわかってるぞ」

「現代に結成されたものかどうか知りたいだけさ、それとも、それとも――」

「知らん。わからん。少なくとも数十年は経っている。もしかしたら、もっとまえかもしれない。だけど、答はわからないな。ほんとに知りたいことをなぜ訊かないんだ？」

「だって、話してくれないだろ」

「試してみろ」

「よし。では、仮に結社がずいぶんむかしからあったとすれば、理解できないのは……」

「とっくにおれたちが勝っていない理由がわからない。そうだろ？」

「ちがうよ。ぼくは結社がもたらす違いが見えないだけさ」ロビンは言った。「バベルは――バベルだ。だけど、そっちはただの――」

「巨獣《ベヒモス》を少しずつ削り取っている追放された研究員の小集団だろ？」グリフィンがおぎなった。

「兄弟、言葉を濁《にご》すな、ためらうな」

「「多勢に無勢の理想主義者」と言おうとしていたんだ。だけど、そのとおり。つまり――頼むよ、グリフィン、ぼくがすることでどんな影響が与えられるのかが曖昧なうちは、信念を保つのは難しいんだ」

　グリフィンは歩調をゆるめた。しばらく黙って考えごとをしていたが、やがて口をひらいた。

「説明してみよう。銀はどこからくる？」

「グリフィン、ふざけるな――」

「いいから聞け」

「十分後に授業があるんだ」

「だけど、簡単な答じゃない。一度遅刻したくらいでクラフトはおまえを放りだしはしないさ。銀はどこからくる？」

「知らないよ。鉱山？」

グリフィンは重いため息をついた。「あいつらはおまえになにも教えていないのか？」

「グリフィン――」

「いいから、聞け。銀はむかしから出回っていた。アテネ人はアッティカで採掘していたし、ローマ人は、知ってのように、銀でなにができるか理解した途端、銀を使って帝国を拡大した。だけど、銀は国際通貨にはならなかったし、大陸をまたぐ貿易網を広げることは、ずいぶんあとになるまでできなかった。単純に銀が足りなかったからだ。その後、十六世紀になり、ハプスブルク家――最初の真に世界的な帝国だ――が、アンデス山脈で大規模な銀の鉱床を偶然発見した。スペイン人たちがそれを山から運びだした。労働の対価が正当に払われなかったのはまちがいない。現地鉱夫のおかげでな。*そして、その銀で小さな「八枚分の硬貨《ピース・オブ・エイト》」（スペイン銀貨。当時スペインで流通していたレアル硬貨の八枚分の価値があったため、この名で呼ばれた）を鋳造し、それが富をセビリアとマドリッドにもたらした。

銀はスペイン人を裕福にした――インドから捺染《なっせん》木綿布を買えるくらい裕福にし、それを使って

*これは控え目な表現。一五四五年のポトシ銀山の「発見」からほんの数十年で、この銀の街は、水銀蒸気と汚水、有毒廃棄物のなかで働く奴隷にされたアフリカ人と徴用された先住民労働者にとって死の罠になった。スペインの「山の王、諸王の羨望」は、疾病と強行軍と栄養失調と過重労働と汚染された環境で失われた死体の上に築かれたピラミッドだった（スペイン国王カルロス一世／神聖ローマ帝国皇帝カール五世が、ポトシに与えた紋章に「われは富めるポトシ、世界の宝、山の王、諸王の羨望」と記されている）。

アフリカから拘束奴隷を購入し、彼らを植民地のプランテーションで働かせたのだ。そうやってスペイン人はますます裕福になり、いく先々で死と奴隷と貧窮をもたらした。ここまでのところ、そのパターンがわかるよな？」

グリフィンは講義をしているとき、ラヴェル教授と妙に似ていた。ふたりとも、両手をとても激しく動かした。長々とした痛烈な批判を、あたかも手の動きで区切りをつけるかのように。また、ふたりともとても正確に語中音消失《ごちゅうおん》した話し方をした。加えて、ふたりともソクラテス的問答法を好んでいるのが共通していた。「そこから二百年飛ぼう。どうなった？」

ロビンはため息をついたが、付き合うことにした。「すべての銀、すべての権力が新世界からヨーロッパに流れた」

「そのとおり」グリフィンは言った。「銀はすでに流通しているところに溜《た》まっていくんだ。スペイン人が長い間リードを保ち、オランダ人とイギリス人とフランス人がおこぼれに与《あずか》っていた。さらにもう一世紀先に飛ぼう。スペインにかつての面影はない。ナポレオン戦争がフランスの力を削《そ》ぎ、いまや栄光のブリタニアがトップにいる。ヨーロッパ最大の銀の貯蔵量を誇っている。世界最高の翻訳機関がある。トラファルガーの海戦（一八〇五年、イギリス海軍がフランス・スペイン連合軍を破り、ナポレオンのイギリス上陸を阻止した）のあと、世界最強の海軍となり、この島は世界を征服する途上にあるとは思わないか？　だが、この百年間、とても奇妙なことが起こっている。議会とすべてのイギリスの貿易商社に強い頭痛を与えているものだ。それがなんなのか推測がつくか？」

「銀が品切れになりかけているんじゃないだろうな」

グリフィンはニヤッと笑った。「銀が品切れになりかけているんだ。いまそれがどこに流れているのかわかるか？」

この答をロビンは知っていた。それはひとえに夜にハムステッドの居間で長年ラヴェル教授とその友人たちが不満をこぼすのを耳にしていたからだった。「中国だ」

「中国だ。この国は東洋からの輸入品をむさぼっている。中国製の磁器や漆塗《うるしぬ》りの飾り棚や絹製品は必要なだけ手に入れられずにいる。それに茶だ。なんてことだ。毎年、中国からイングランドにどれほどの茶が輸出されているか知っているか？　少なくとも三千万ポンド分だ。イギリス人は茶を愛するあまり、万一の品不足に備えてつねに一年分の供給量を確保しておくよう議会が東インド会社に要請していたほどだ。われわれは中国産の茶に毎年数千万ポンドも費やしており、代金を銀で支払っている。

　だけど、中国はイギリスの輸出品に互恵的な嗜好《しこう》を持っていない。乾隆帝《けんりゅうてい》がマカートニー卿（ジョージ・マカートニー伯爵、一七三七〜一八〇六、初代中国特命全権公使）から、イギリス製品を紹介されたとき、皇帝がどんな反応をしたのか知ってるか？　奇妙で高価なものに朕は興味がない。中国人はわれわれが売ろうとしているものが要らないんだ。欲しいものはなんでも自前で作れる。そのため、銀は中国に流れつづけており、イギリス側には打つ手がない。需要と供給を変えることができないからだ。いずれ、翻訳の才能がある人間をどれほどたくさんイギリスが抱えていようと、それを利用するための銀の蓄えが存在しないせいで、無駄になってしまうだろう。大英帝国はおのれの欲深さの結果、崩壊するんだ。その一方、銀は新しい権力の中枢に蓄積される——これまで資源が奪われ、搾取されてきた場所に。彼らは素材を手にする。そうなると彼らに必要なのは銀工術師だけであり、銀工のあるところに才能の持ち主は向かうんだ。つねにそういうものだ。あとは大英帝国の銀を使い果たせばいいだけの話だ。歴史のサイクルが残りをすませてくれる。おまえはその速度をあげるためおれたちに協力してくれさえすればいい」

「だけど、それは……」ロビンの声が途中で切れた。反対の意思を表明しようにも適切な言葉が見つからなかったのだ。「それはひどく抽象的であり、単純化しすぎで、ありえっこない——つまり、大まかな概略だけでそんなふうに歴史を予測できるはずがないんだ」

「予測できることはごまんとあるぞ」グリフィンはロビンを横目で見た。「だけど、そこがバベルの教育の問題点じゃなかろうか。学生に言語と翻訳を教えるが、けっして歴史は教えないし、科学も教えず、国際政治も教えない。地域言語を支えている軍について、連中はおまえに話さないだろ」

「だけど、具体的にはどうなんだろう？」ロビンは食い下がった。「いま話していたことだけど――それはどういう進み方をするんだい？　世界大戦？　世界がまったく違う姿になるまでゆっくりと経済が衰退していく？」

「わからん」グリフィンは言った。「未来がどうなるかなんて、だれも正確にわかりはしない。権力のレバーを中国が握るのか、南北アメリカに移るのか、あるいはイギリスがその地位を保とうとして死に物狂いで戦うのかどうか――それを予言するのは不可能だ」

「だったら、あんたたちのやっていることに影響があるとどうしてわかるんだ？」

「すべての出会いがどう落ち着くのか予想などできない」グリフィンはきっぱり言った。「だけど、これだけはわかっている。イギリスの富は強制的な収奪に基づいている。そしてイギリスが大きくなるにつれ、ありうる選択肢はふたつしか残らない――強制の仕組みが大幅により残酷なものになるか、国が崩壊するかのどちらかだ。前者の可能性のほうが高い。だけど、最終的には後者になるかもしれない」

「しかし、それはとても不公平な戦いだよ」ロビンは力なく言った。「片方にそっちがいて、反対側には帝国全部がいる」

「帝国が避けられない運命だとおまえが思っているなら、話は別だぞ」グリフィンは言った。「だけど、そうじゃない。いまこの瞬間を考えてみろ。君主制の帝国が次々と倒れたのちの大西洋の重大危機の尻尾の先におれたちはいるだけだ。イギリスとフランスはアメリカで敗れた。すると、両国はだれの得にもならないのにたがいに戦争をしかけた。いま、われわれの目に映っているのは、新しい権力の強化であり、それはまちがいない――イギリスはベンガルを手に入れ、オランダ領ジャワとケープ植民地を手に入れた――そしてもし中国で狙っているものを手に入れたら、それによりこの貿易不均衡を覆せるなら、止めようがなくなるだろう。

でも、なにも石に書かれていないんだ《ナッシングズ・リトゥン・イン・ストーン》（「変えられないことではない」の謂い）——それを言うなら、銀に書かれていない。つまり、多くのことがそうした偶然性にかかっており、おれたちが押したり引いたりできるのは、そんな転換点なんだ。個々の選択が、どんなに小さな抵抗軍であれ、違いを生みだす。たとえば、バルバドスを見ろ。ジャマイカを見ろ。そうした反乱におれたちは銀の棒を送って——」

「奴隷の反乱は粉砕されたよ」ロビンは言った。

「だけど、奴隷制は廃止されたじゃないか」グリフィンは言った。「少なくともイギリス領では。いや、万事うまくいって、解決したと言うつもりはないし、イギリスの法制を百パーセント自分の手柄にできると言うつもりもない。奴隷制廃止主義者はそれに腹を立てるはずだ。だけど、もし一八三三年の奴隷制廃止決議は、イギリス人の倫理的感受性のおかげで通過したと思っているなら、それはまちがいだと言ってやろう。損失を吸収することができないから、あいつらはその法案を通したんだ」

グリフィンは目に見えない地図を指し示しているかのように手を振った。「そういう局面でこそ、おれたちが制御できるんだ。もしおれたちが正しいツボを押せば——帝国が耐えられないような損失をおれたちが生みだしたら——おれたちは事態を限界点まで押し進めたことになる。すると未来は流動的になり、変化が可能になる。歴史はおれたちが耐え忍ばなければならない既製品のつづれ織りではない。出口のない閉ざされた世界じゃない。おれたちは歴史を形成できる。作るんだ。ただ歴史を作るための選択をしなきゃならないだけだ」

「本気でそれを信じているんだ」ロビンは驚いて、そう言った。グリフィンの信念にロビンは驚かされた。ロビンにとって、そのような抽象的な論理は、死語と書籍の安全さに引きこもるための、現実世界から逃れるための理由だった。グリフィンにとって、それはスローガンだった。

「信じなきゃならないんだ」グリフィンは言った。「そうでなきゃ、おまえの言うとおりだ。そうでなきゃ、おれたちはなにも得られない」

その会話を交わしたあと、グリフィンはロビンがヘルメス結社を裏切りそうにないという判断を下したようだった。というのも、ロビンに割り当てられる仕事が大幅に数を増したからだ。任務の必ずしもすべてが窃盗に関わるものではなかった。グリフィンが要求するのは、さまざまな資料であることのほうが多かった——語源学の手引きや文法大系書の一部を写したもの、正字法の図表——いずれも容易に手に入り、写しを作成して、人目を引かずに返却できた。とはいえ、自分の専攻分野と無関係な資料を持ちだしつづけると疑いをかきたてられるので、それらを持ちだす際、いつどのようにするか、工夫を凝らす必要があった。一度、日本出身の上級生であるイルゼが、古高《ここう》ドイツ語の文法大系書でロビンがなにをするつもりなのか強引に訊いてきたとき、ある中国語の単語をヒッタイト起源まで遡ろうとする過程でたまたまその本を引っ張りだしたという話をしどろもどろにでっちあげなければならなかった。たとえ図書館のまったく異なる場所にいたとしても。イルゼはロビンがそれくらい間が抜けているだけだとたやすく信じてしまったようだった。

概して、グリフィンの要求は難しくなかった。ロビンが想像していたもの——そして、おそらく期待していたものよりはるかに冒険的ではなかった。型破りな行動あるいは橋の上で交わされる暗号による会話はなかった。しごくありふれていた。ヘルメス結社の大きな業績は、いかに効率的にみずからの行動を目に見えないものにするか、いかに完璧に情報をみずからの構成員からも隠すことかだ、とロビンは学んだ。もしある日グリフィンが姿を消せば、自分が想像した絵空事ではなく、ヘルメス結社が確かに存在していたことをだれかに証明しようとしても困難に陥るだろう。自分がまったく秘密結社の一員ではなく、むしろ精巧に連動して機能している大きな、退屈な官僚機構の一部だという気がしてしかたなかった。

窃盗ですら決まり切った行動になった。バベルの教授陣は、なにかが盗まれていることにまったく気がついていないようだった。ヘルメス結社が盗んでいく銀の量は、会計上の操作で隠せる程度のものだった。人文系学部の美点として、だれもが数字に大らかなんだ、とグリフィンは説明した。「プレイフェアは、だれかがチェックしなければ、銀の入った木箱ごと帳簿から消してしまうだろう」グリフィンはロビンに言った。「あの男がまともな帳簿を付けていると思うか？　せいぜい二桁の足し算ができる程度なんだぞ」

日によっては、グリフィンはヘルメス結社になにも触れず、ポート・メドー牧草地までの往復一時間を使って、オックスフォードでのロビンの生活について訊いてくることがあった――ボート競技の成績や行きつけの書店、食堂や軽食堂の料理に関する意見など。

ロビンは警戒しながら答えた。グリフィンがこの会話を議論に発展させ、プレーンなスコーンを好んでいることをブルジョアジーへの心酔の証拠にして、つっこんでくるのをロビンは待ちつづけた。だが、グリフィンはただ訊いてくるだけで、おそらくグリフィンは学生だった当時を単純に懐かしんでいるのが次第にロビンにもわかってきた。

「クリスマス時期のキャンパスが好きなんだ」ある夜、グリフィンは言った。「オックスフォードが魔法そのものにいちばん近づく季節だ」

太陽は沈んでいた。空気は心地よくひんやりしたものから骨身に染みるほど冷たいものに変わっており、市内はクリスマス・キャンドルに明るく輝き、軽やかな雪がふたりのまわりをひらひらと舞っていた。すてきな光景だった。ロビンは足取りをゆるめ、この景色を味わいたかったが、グリフィンががくがくと震えているのに気づいた。

「グリフィン、もしかして……」ロビンはためらった。相手に失礼にならぬようにどう訊ねたらいいのかわからなかったのだ。「それしかコートを持ってないの？」

グリフィンは首回りの毛を逆立てた犬のように後ずさりした。「なんでそんなことを訊く？」

「ただ――ぼくは奨学金をもらってる。もしもっと暖かいものを買いたいなら――」

「利いたふうな口を利かないでくれ」ロビンはこんな話を持ちだしたことをたちまち後悔した。グリフィンはとても意地っ張りだった。施しは受けないし、同情されることすらごめんだと思っていた。「おまえの金なんか要らない」

「好きにしてくれ」傷ついて、ロビンは言った。

ふたりは押し黙ったまま一ブロックを歩いた。やがてグリフィンが口をひらき、明らかに仲直りをしようとした。「クリスマスの予定はあるのか?」

「まず、食堂で晩餐《ばんさん》がある」

「じゃあ、ラテン語の祈りが長々とつづき、ゴムみたいな鵞鳥《がちょう》が出て、豚の残飯と区別がつかないクリスマス・プディングが出るんだ。ほんとはなにがある?」

ロビンはニヤッと笑った。「ミセス・パイパーがジェリコでパイを焼いて待っていてくれるんだ」

「ステーキ・アンド・キドニー・パイ（細切り牛肉と牛の腎臓入りパイ）だな?」

「チキンとポロ葱《ねぎ》のパイだよ。ぼくのお気に入りなんだ。それにレティのためにレモン・タルト、ラミーとヴィクトワールのためにチョコレート・ペカン・パイ――」

「ミセス・パイパーに祝福を」グリフィンは言った。「おれのときは、ミセス・ピーターハウスという名の冷淡なしわくちゃ婆《ばばあ》を教授は雇っていた。自分の命を繋ぐための料理すらできない婆さんだったよ、ああ。だけど、聞こえるところにおれがいるときはいつも、混血児についてなにか言うのを忘れなかったな。だけど、教授もそれを気に入っていなかった。だから、暇を取らせたんだろう」

左に曲がってコーンマーケットに入った。もう塔のすぐそばにきていた。グリフィンはそわそわしだした。もうすぐ別れるんだろう、とロビンは思った。

「忘れないうちに」グリフィンはコートに手を突っこみ、包装されたものを引っ張りだすと、ロビンに放った。「渡すものがある」

驚いてロビンは結んである紐を引っ張った。「工具？」

「ただのプレゼントだ。メリー・クリスマス」

ロビンが包装紙を破いたところ、現れたのは、すてきな新刊本だった。

「ディケンズが好きだと言ってただろ」グリフィンは言った。「最新の連載が本になったばかりなんだ――とっくに読んだかもしれないが、まとまっているのを気に入るかと思って」

グリフィンはロビンに『オリヴァー・ツイスト』の三巻本を買ったのだった。一瞬、ロビンは口ごもるしかできなかった――贈り物を交換しあうことになるとは思ってもみなかった。グリフィンになにも買っていなかった――だが、グリフィンは手を振って、ロビンに気にしないよう伝えた。

「かまわない。おれのほうがおまえより年上だ。おれに恥をかかさないでくれ」

グリフィンが足下でコートの裾をはためかせながらブロード・ストリートに姿を消してからやっと、この本を選んだのはグリフィンのジョークだとロビンは気づいた。

いっしょに戻ってほしい、と別れ際ロビンは言いそうになった。食堂へきてほしい。戻って、いっしょにクリスマスの晩餐を食べよう。

だが、それは不可能だった。ロビンの生活はふたつにわかれており、グリフィンは人目につかない影の世界のほうに存在していた。ロビンはグリフィンをマグパイ・レーンに連れ戻すことはけっしてできないだろう。グリフィンを友人たちに紹介することはけっしてできないだろう。陽の光のなかでグリフィンを兄さんと呼ぶことはけっしてできないだろう。

「さて」グリフィンは咳払いをした。「じゃあ、次の機会に」

「それはいつになるのかな？」

「まだわからない」グリフィンはすでに歩み去ろうとしていた。足跡を雪が埋めていく。「窓に注意してろ」

ヒラリー学期の初日、バベルの正面玄関は四人の武装警官に封鎖されていた。塔の内部の、だれかあるいはなにかと関わっているようだったが、それがなんであろうと、ロビンは震える研究員たちの群れ越しになにも見えなかった。

「なにがあったんだ？」ラミーがレティとヴィクトワールに訊いた。

「侵入者がいたらしい」ヴィクトワールが答えた。「だれかが銀を少々ちょろまかしたかったんでしょうね」

「じゃあ、なにかな、警察は盗難があってすぐに到着したのか？」ロビンが訊ねる。

「犯人は扉を通り抜けようとしてなんらかの警報装置を作動させたのね」と、レティ。「で、警察がすぐにやってきたんでしょう」

五人目と六人目の警察官が建物から現れ、泥棒と思しき男を引きずっていた。男は中年で、髪は黒、ひげを生やし、とても汚れた服を着ていた。じゃあ、ヘルメス結社じゃない、とロビンは少しほっとして思った。泥棒の顔は苦痛に歪んでおり、警察官が待っている馬車に向かって階段を引きずりおろしていくと、苦悶《くもん》の声が野次馬《やじうま》のほうへ聞こえた。三人が通ったあと、丸石敷き道路に血の痕が残っていた。

「五発ほど弾が当たったんだ」アンソニー・リッベンが四人のうしろに姿を現した。いまにも吐きそうな表情を浮かべている。「防護装置が機能したのを見るのはいいことだ、と思いたい」

ロビンがひるんだ。「防護装置があれをやったんですか？」

「塔はこの国でもっとも進んだ保安システムに守られているんだ」アンソニーは言った。「守られているのは文法大系書だけじゃない。この建物には五十万ポンド相当の銀があり、それを守るのに弱々しい教職員しかいないからね。当然ながら、扉には盗難防止措置が講じられている」

ロビンの心臓が早鐘のように鳴りだした。その音を鼓膜で感じられた。「どうやって？」

「そのための適合対をけっして話してくれないんだ。それに関しては、厳重な秘密になっている。

プレイフェアが数カ月おきに更新しているんだ。盗みを企てる人間は、それくらい多い。今回の装置のほうがかなり好きだ、と言わざるをえないな——前回の装置はアレキサンドリアが出所だと噂されている大むかしのナイフを使って、侵入者の手足に大きな穴をあけたんだ。内部のカーペットが血だらけになった。気をつければ茶色い染みがまだ見えるよ。プレイフェアがどんな言葉を使ったのか何週間も推測したんだけど、だれもそれを解けていない」

ヴィクトワールは走り去っていく馬車を目で追った。「あの男はどうなると思います？」

「ああ、たぶんオーストラリアいきの最初の船に乗せられるだろう」アンソニーは言った。「警察署にいく途中で失血死しなければね」


「いつもの回収だ」グリフィンが言った。「入って出てくる——おまえはおれたちがなかにいるのを見もしないだろう。だけど、タイミングが多少慎重を要する。だから、一晩じゅう待機していてくれ」グリフィンはロビンの肩を小突いた。「どうした？」

ロビンは目をしばたたいて、見上げた。「なにが？」

「ブルっているようだぞ」

「ぼくはただ……」ロビンは少し考えてから、思い切って口にした。「防護装置のことを知ってるんだよね？」

「なんだって？」

「けさ、侵入しようとした男を見たんだ。そして、防護装置が、ある種の銃を発射させ、男に銃弾を浴びせた——」

「まあ、当然知ってるさ」グリフィンは戸惑いを浮かべていた。「それが目新しいものだと言ってくれるなよ。バベルには優れた防護装置がある——入学した最初の週にそのことを頭に叩きこまれたんじゃないか？」

「だけど、更新しているんだ。それをぼくは言おうとしていた。いままでは泥棒が扉を通った瞬間にわかるんだ――」

「銀の棒はそんな複雑なことはできない」グリフィンは退けるように言った。「研究員と来客、研究所の部外者を区別するよう設計されているんだ。一晩自宅に何本か棒を持ち帰る必要がある翻訳者に罠が起動するとなったらどうなると思う？　あるいは、だれかがプレイフェアにあらかじめ断らずに学部に自分の妻を連れていったとしたら？　おまえは絶対に安全だよ」

「でも、どうしてあんたが知ってるんだよ？」ロビンの発言は、意図したより怒っているように聞こえた。咳払いをすると、声を低くして、怒りを露にしないように努めた。「ぼくが見たものを見てないだろうし、新しい適合対の正体を知らないだろ――」

「危険はない。ほら――心配なら、これを持っていけ」グリフィンはポケットをまさぐり、ロビンに一本の棒を放った。無形《ウウシィン》、と記されていた。インヴィジブル。ふたりがはじめて会った夜に使ったのとおなじ棒だ。

「すばやく脱出するために」グリフィンが言う。「ほんとにまずい事態になったらな。それに仕事仲間のために使う必要が出てくるかもしれないし――あの大きさの箱を街から見とがめられずに持ちだすのは難しいからな」

ロビンはその棒を内ポケットに滑りこませた。「もう少しこの件に真剣になってもいいんじゃない？」

グリフィンの唇が歪んだ。「なんだ、いまさら怖くなったのか？」

「ただ……」ロビンは少し考えたが、首を振り、口にすることにした。「なんて言うか――つまり、いつもリスクを冒しているのはぼくで、一方そっちはただ――」

「ただなんだ？」グリフィンは語気を強めて問いただした。

ロビンは危険な領域に足を踏み入れた。グリフィンが目をしばたたいている様子から、相手の痛いところに近づきすぎたのがわかった。一月まえ、ふたりの関係がもっと不安定なときなら、ロビンは話題を変えたかもしれなかった。だが、いまは沈黙を保っていられなかった。このとき、ロビンは見くびられた気がしていらだち、それとともに相手を痛めつけたいという熱い願望が込みあげた。

「なぜ自分でこの仕事をやらないの？」ロビンは訊いた。「自分でこの棒を使ったらいいじゃない？」

グリフィンは目をゆっくりとしばたたいた。それから絞りだすような口調で言った。「できないんだ。おれができないと知ってるだろ」

「どうしてできないの？」

「なぜなら、おれは中国語で夢を見ないからだ」表情も口調も変わらなかったが、それにもかかわらず人を見下したような怒りが言葉から滲《にじ》みでていた。そんなふうに話すグリフィンを見ているのは、不思議な感じがした。彼が自分たちの父親とひどく似ていたからだ。「おれは失敗に終わったおまえの前任者なんだ、わかるか。親愛なるわれらが親父は、おれをあの国から連れだすのが早すぎたんだ。音に関しては、生まれつきの耳を持っているが、それだけだ。おれの流暢さは、大部分人工的なものだ。おれには中国語で築いた記憶がない。中国語で夢を見ることがない。思いだす能力はあるし、言語のスキルもあるけれど、期待通りに銀の棒の効果を発揮させることができないんだ。なにも動いてくれないことが半分ある」喉がひくつくのが見えた。「われらが父親は、おまえには正しく対応した。読み書きが巧みになるまで放っておいたんだ。だけど、おれのことは、言葉に関係したことや、十分な記憶ができるまえに、ここに連れてきた。さらに、おれが北方中国語で話をした相手があの男だけだったんだな。当初、おれが広東語のほうがはるかに得意だったときに。そして、広東語は忘れてしまった。おれは中国語で考えないし、中国語で夢を見ないのは確実だ」

ロビンは路地にいた泥棒たちのことを思い浮かべた。彼らの姿を消そうとして必死でささやいているグリフィンのことを。もし中国語を失ってしまったら、自分はどうするんだろう？　そう考えるとまさに恐怖に心が満たされた。

「おまえは手に入れている」ロビンの様子を見ながら、グリフィンは言った。「母語がするりと逃げていくのがどんな感じかわかるだろ。おまえは間に合ったんだ。おれはだめだった」

「すまない」ロビンは言った。「知らなかった」

「謝るな」グリフィンはボソッと言った。「おれの人生を台無しにしたのはおまえじゃない」

ロビンはいまやグリフィンの目を通して、オックスフォードを見ることができた——グリフィンをけっして評価せず、彼を放逐し、軽んじることしかしなかった教育機関を。バベルを下からのぼっていこうとするグリフィンを想像する。ラヴェル教授の承認を勝ち取ろうと必死に足掻《あが》いたものの、銀の効果を継続的に発揮させることが一度もできない。ほとんど覚えていない暮らしで自分のなかにかろうじて残っている薄っぺらな中国語に手を届かせようとするのはどれほどつらい気持ちになるだろうか。それがここで自分に価値を与えてくれる唯一のものだと嫌でもわかっているうえで。

グリフィンが激怒するのも驚きではない。彼がそれほどの激しさでバベルを憎んでいるのも驚きではない。グリフィンはすべてを奪われたのだ——母語、母国、家族を。

「だから、おまえが必要なんだ、愛しの弟よ」グリフィンは手を伸ばし、ロビンの髪の毛をくしゃくしゃとした。その手つきは乱暴で、痛かった。「おまえは本物だよ。おまえは絶対必要な存在だ」

ロビンはなにも言わないほうがいいとわかっていた。

「窓に注意しといてくれ」グリフィンの目に温もりはなかった。「事態は急速に動いている。そして今回の仕事は重要なんだ」

ロビンは異論を呑みこみ、うなずいた。「わかった」

一週間後、ロビンがラヴェル教授との食事から戻ってくると、恐れていた紙片が窓の下に差しこまれていた。

今夜と書かれていた。十一時。

すでに十時四十五分だった。ロビンはたったいま吊したばかりのコートに急いで袖を通すと、ひきだしから無形《ウウシィン》の棒を引っつかんで雨のなかを駆けだした。

歩を進めながらメモの裏を見て、ほかになにか記されていないか確かめたものの、グリフィンはそれ以上の指示を書いていなかった。これは必ずしも問題ではなかった——どんな共犯者たちがこようとたんに彼らを塔に出入りさせればいいという意味だろう、とロビンは推測した——だが、指定された時間は驚くほど早かったし、深夜に塔にやってくることを正当化するためのものをなにも持ってきていないことにロビンは遅ればせながら気づいた——本も、肩かけ鞄も、傘すら持っていない。

だが、姿を現さないわけにはいかなかった。鐘が十一時を打つのと同時に、ロビンは緑地を走って横断し、扉を勢いよくひらいた。これはいままでに十数回したことにほかならなかった——ひらけゴマ、閉じよゴマ、そして邪魔にならないようにしておく。ロビンの血液がこの石壁に蓄えられているかぎり、防護装置は音を発するはずがない。

ふたりのヘルメス結社の工作員がロビンのあとをついてきており、階段をのぼって、姿を消した。ロビンはいつものように玄関ホールをぶらついて、夜勤の研究員に気をつけ、脱出時間までの時間をカウントダウンした。十一時五分、ヘルメス結社の工作員が足早に階段をおりてきた。ひとりが一組の彫金《ちようきん》工具を手にしており、もうひとりが銀の棒の入った箱を抱えていた。

「よくやった」ひとりがささやいた。「いこう」

ロビンはうなずくと、扉をあけ、彼らを外に出そうとした。一行が敷居を踏み越えた瞬間、身の毛もよだつ不協和音が空間を切り裂いた——悲鳴、咆吼《ほうこう》、なんらかの目に見えない機構の金属製ギアがきしむ音。それは脅迫であり、警告だった。古代の恐怖と現代の血を流す能力の混成物。一行の背後で扉の羽目板が動き、内部に仕込まれた暗い穴が姿を現した。

なにも言わず、ヘルメス結社の工作員は緑地に向かって駆けだした。

ロビンは逡巡し、ついていくべきかどうか決めかねていた。逃げられるかもしれなかった——罠は発する音こそ大きかったが、動きは速くはないようだった。ふと、下を見たところ、両足で大学の紋章をまともに踏んでいるのに気づいた。防護装置が足を退けたときにはじめて作動するとしたら？

確かめる方法はひとつだった。深呼吸をしてから、階段を駆けおりた。ばんっと音が聞こえ、左腕に激しい痛みを感じた。どこを撃たれたのかわからなかった。痛みは至るところからくるような気がした。たんなる傷というよりも、燃えるような苦痛が腕全体に広がっていった。火がつき、燃え広がり、手足が焼け落ちそうになる感覚だ。ロビンは走りつづけた。うしろから銃弾が宙を飛んできた。ロビンはでたらめに身を屈《かが》めたり、飛びあがったりした。銃弾を躱《かわ》す方法としてこうするのをどこかで読んだことがあったが、それが真実なのかどうか、わからなかった。さらに発射音を耳にしたが、それに伴う爆発的な痛みは感じなかった。緑地を渡り切り、左へ曲がってブロード・ストリートに入り、視界と射程距離から外れた。

すると痛みと恐怖が追いついてきた。膝が震えた。さらに二歩進んでから、壁にもたれてずるずると下がり、吐き気と闘った。頭がくらくらした。もし警察がやってきたら走って逃げることはできなかった。こんな状態では無理だ。腕から血を滴らせ、視野の隅に黒いものが迫ってくる状態では。集中しろ。ポケットのなかの銀の棒をまさぐる。左手は血で覆われ、滑りやすくなっていた。その様子を見て、また目まいに襲われた。

「無形《ウウシィン》」ロビンは必死の思いでささやき、集中しようとし、中国語で世界を想像しようとした。無力だった。形を失っていた。「不可視《インヴィジブル》」

機能しなかった。ロビンは効果を発揮させられなかった。ひどい痛みのことしか考えられず、中国語にモードを切り替えられなかった。

「おい、そこ！　きみだ――止まりなさい！」

プレイフェア教授だった。ロビンはひるみ、最悪の事態を覚悟したが、教授の顔には温かい、心配そうな笑みが浮かんでいた。「ああ、やあ、スウィフト。きみだとはわからなかった。大丈夫かね？　建物で騒動が起こっている」

「先生、ぼくは……」ロビンはなにを言えばいいのか、まったく見当がつかなかったので、適当に言葉を繋げるのがいちばんいいと判断した。「どうなんでしょう――塔の近くにはいたんですが、なにがどうなっているのかわかりません……」

「だれか見かけたか？」プレイフェア教授は訊いた。「防護装置は、侵入者を狙撃する設定になっているんだが、先日の事件があったあとで、ギアが故障してしまったようなんだ。それでも、犯人に当てた可能性はある――脚をひきずっている人間を見かけなかったかね？　痛そうにしている人間を？」

「いいえ、見ていません――警報が鳴ったとき、ぼくは緑地の手前にいました。だけど、角は曲がっていなかったんです」プレイフェア教授は共感してうなずいているのだろうか？　ロビンは自分の幸運をとても信じられなかった。「それは――泥棒が入ったんですか？」

「おそらくちがうな。心配しなくていい」プレイフェア教授は手を伸ばし、ロビンの肩を軽く叩いた。その衝撃で上半身全体をまたしても恐ろしい苦痛の波が襲ったが、ロビンは歯を食いしばり、苦悶の声を漏らさなかった。「防護装置は、ときどき過敏に反応しすぎるんだ――交換時期かもしれないな。残念だ。今回の型を気に入っていたんだが。大丈夫かね？」

ロビンはうなずき、目をしばたたき、声を平静に保とうと最大限の努力をした。「ただ、怖かっただけだと思います――つまり、先週のあれを見たあとだと……」

「ああ、そうだな。ひどいものだったろ？　でも、わたしのささやかなアイデアがうまく働いたのがわかってよかった。事前に犬を実験台にさせてすらくれなかったんだ。きみを相手に誤作動したのでないのはよかった」プレイフェア教授は高々と笑い声をあげた。「ありったけの鉛弾をきみに向けて発射したかもしれなかったんだぞ」

「そうですね」ロビンは弱々しく言った。「とても……とてもよかったです」

「大丈夫さ。ウイスキーをお湯で割って飲むんだ。ショックにはそれが効くぞ」

「はい、そうですね……いいアイデアだと思います」ロビンは背を向け、立ち去ろうとした。

「塔へ向かう途中だと言ってたんじゃなかったのかね？」プレイフェア教授が訊いた。

ロビンはその嘘の答を用意していた。「心配になったので、ラヴェル教授の講義用のレポートを事前に準備しておこうと思ったんです。でも、ちょっと怖くなってしまったんで、いまはじめたところでいいものはできない気がして、もう寝たほうがいいと思います」

「いい考えだ」プレイフェア教授はまたロビンの肩を叩いた。今回は、先ほどより力がこもっているような気がした。ロビンは目を大きく見ひらいた。「リチャードなら、怠け者めと言うだろうが、わたしにはよくわかるよ。きみたちはまだ二年生なんだ、まだ怠けられる。家に帰って眠りたまえ」

プレイフェア教授はロビンに最後の陽気なうなずきをすると、塔に向かってのんびり歩きだした。まだ警報は鳴り響いている。ロビンは深呼吸をして、足を引きずりながら歩いた。道で倒れてしまわないよう、全力であらがいながら。


ロビンはなんとかマグパイ・レーンまで戻ってきた。出血はまだ止まっていなかったが、濡れたタオルで腕を拭いてみると、銃弾は腕に撃ちこまれてはいなかったのを見て安心した。肘の上で肉を削り取っていっただけだった。傷の深さはおよそ三分の一インチ（八ミリ強）だった。血を拭《ぬぐ》い去ると傷はほっとするくらい小さいようだった。どう手当をすべきなのかわからない――針と糸が関係するのだろうと想像する――だが、この時間に大学の看護婦をさがしにいくのは、愚かしいにもほどがある。

痛みで歯を食いしばりながら、冒険小説を読んで掴んだ有益な助言を思いだそうとした。アルコール――傷を消毒するのに必要だ。棚をさがしまわって、中身が半分残っているブランデーのボトルを見つけた。ヴィクトワールからのクリスマス・ギフトだ。それを腕にふり注いだ。刺激的な痛みにうめいてから何口かあおった。次に洗濯済みのシャツを見つけ、裂いて包帯にした。その包帯を歯を使って腕に強く巻きつける――その圧力で出血を止める助けになると本で読んで知っていた。ほかになにをしたらいいのかわからなかった。傷がひとりでに閉じるのをただ待っていればいいのか？

頭がくらくらした。失血のせいで目まいがしているのだろうか、あるいはブランデーが効きはじめただけなのか？

ラミーをさがせ、ロビンは考えた。ラミーをさがすんだ、彼なら助けてくれる。

だめだ。ラミーを呼べば、彼を巻きこんでしまう。ラミーを危険に晒《さら》すくらいなら死んだほうがましだ、とロビンは思った。

ロビンは壁に寄りかかって座った。顔を屋根に向け、数回深呼吸した。今夜を乗り切らねばならない。シャツが何枚か必要だった――あとで仕立て屋にいき、洗濯物の災難に関する話をでっちあげなければならないだろう――だが、ついに出血は止まった。やっとのことで、疲れ切ってはいたが、ロビンは体を横にして眠りに落ちた。

翌日、顔をしかめながら三時間の授業を乗り切ると、ロビンは医学図書館にいき、書棚を漁《あさ》って、戦傷に関する外科便覧《びんらん》を見つけた。それからコーンマーケットにいき、針と糸を購入すると、腕の傷の縫合をするため急いで帰宅した。

蠟燭に火を灯し、その炎で針を滅菌消毒してから、何度もまごついたあげく、糸を通すことに成功した。それから座って、針の鋭い先端をむきだしの傷ついた肉の上にかざした。できなかった。針を傷に近づけては、痛みを予想し、引いてしまうのだ。ブランデーに手を伸ばし、三回ぐっとあおった。数分間待っていると、アルコールが胃にきちんと収まり、手足が心地よくほてりはじめた。ここが目的の時点だ——痛みが気にならないくらい感覚が鈍ると同時に自分の体を縫い合わせることができるくらい頭が冴《さ》えている状態。もう一度試みる。今回はずっと簡単だった。とはいえ、叫ぶのを抑えるため口にまるめた布を突っこむ必要があり、手を止めなければならなかった。ついに最後の一針を縫い終わった。どうにかして力をかき集め、糸を切り、口を使って糸を結び、血まみれの針を流しに放りこんだ。そののち、ベッドに倒れこみ、横向きに体を丸めて、ブランデーの残りを飲み干した。

グリフィンはその夜、接触してこなかった。

接触してくると期待するのが愚かしいとロビンはわかっていた。なにが起こったのか知れば、グリフィンは地下に潜っただろうし、それは当然だった。一学期丸々グリフィンから音沙汰がなくたってロビンは驚かなかっただろう。それでも圧倒的な、憤怒の黒い波が押し寄せるのを感じた。こういうことが起こるかもしれない、とグリフィンに言ったじゃないか。あいつに警告したんだ。目撃したものを正確に伝えていた。この事態は完全に避けうるものだったんだ。

グリフィンを怒鳴りつけ、そう言ってやれるというただそれだけのために少しでも早く次の接触をロビンは欲した。グリフィンは耳を傾けるべきだったのにと糾弾《きゅうだん》するために。もしグリフィンがあれほど傲慢でなければ、おそらく彼の弟は腕にがたがたの縫い目を残すことはなかっただろうに、と。だが、約束の連絡はこなかった。次の夜も、さらにその次の夜も、窓にグリフィンはメモを残さなかった。跡形もなくオックスフォードから姿を消してしまい、彼あるいはヘルメス結社と連絡を取る手段がいっさいないまま、ロビンを置き去りにした。

ロビンはグリフィンと話をできなかった。ヴィクトワールやレティやラミーに打ち明けることもできなかった。その夜、ひとりきりで、うずく腕を抱えながら空になった酒瓶を片手にみじめに泣くしかできなかった。そしてオックスフォードに到着してからはじめて、ロビンは真に孤独だと感じたのだった。

第十一章

「しかしながら奴隷であるわれら、他人の大農場で働く。われら葡萄畑を耕すも、葡萄は持ち主のもの」

——ジョン・ドライデン——彼が訳した『アエネーイス』の献辞抜粋

ヒラリー学期の残り、あるいはトリニティ学期になってもロビンはグリフィンの姿を一切見かけなかった。というか、グリフィンがいたとしても、ほぼ気づかなかった。二年目の課題は週が進むにつれ、どんどん難しくなり、自分の怒りに拘泥《こうでい》している余裕すらまずなかったのだ。

　夏が訪れた。もっとも、ただの夏ではなく、ぎゅっと凝縮された学期と言ったほうがふさわしかった。日々はミカエル学期がはじまる一週間まえの成績評価のため、必死にサンスクリット語の語彙を詰めこむことでいっぱいいっぱいだった。そして四人は三年生になった。バベルの一員として、ひたすら消耗を強いられる以外、なんら新規なことのない立場になったのだ。その年の九月、オックスフォードはその魅力を失った。黄金の日没と明るい青空は終わることのない冷気と霧に取って代わられた。とてつもない量の雨がふり、暴風が例年にないほど格別に激しく感じられた。傘が破れつづけた。靴下はつねに濡れていた。その学期のボート競技活動は中止になった*。

　それはかえって好都合だった。四人のだれももはやスポーツをする時間がなかった。バベルでの三年次は、伝統的に「シベリアの冬」として知られていた。その理由は、彼らの履修リストが発行されたときに明らかになった。四人全員第三言語とラテン語の学習をつづけることになっていた。また、ラテン語に関しては、タキトゥスが登場すれば、恐ろしく難しくなるだろうと噂されていた。また、プレイフェア教授と翻訳理論、ラヴェル教授と語源学の授業も継続となったが、毎週の授業で五ページのレポートを作成することを期待されて、それぞれの授業の作業量が倍増した。もっとも重要なのは、四人全員に指導教員が付き、いっしょに独立した研究プロジェクトを追究することだった。そのプロジェクトは、彼らの学位論文の原型として見なされる――彼らの最初の研究成果であり、もし無事に完成すれば、バベルの棚に真の学術的貢献として保管されることになる。

ラミーとヴィクトワールはたちまちそれぞれの指導教員に不満を抱いた。ラミーは、ジョゼフ・ハーディング教授に誘われ、『ペルシャ語文法大系書』の編集作業に力を貸すよう求められた。それは建前としては大いなる名誉だった。** だが、ラミーはそのようなプロジェクトになんのロマンも見いだせなかった。

「最初、イブン・ハルドゥーンの写本の翻訳を提案したんだ」ラミーは仲間に言った。「シルヴェストル・ド・サシが見つけた写本を。だけど、フランスの東洋学者たちがすでにそれに取り組んでおり、パリの連中が今学期のためにおれに貸しだしてくれるのはありえないから、とハーディング

*ミカエル学期に入って二週間経ったころ、ベイリオル学寮の新入生数名が平底船を何艘《そう》か借りだし、酔っ払って騒ぎ、チャーウェル川のまんなかで渋滞を発生させ、三艘の艀《はしけ》と一艘の屋根船の玉突き事故に発展し、損害賠償請求が莫大《ばくだい》な額になった。罰として、大学は来年まですべてのボート・レースを中止にした。

**『文法体系書』になんらかの貢献をするには、かなりの厳格さと精査が必要だった。オックスフォードは、ジョルジュ・サルマナザールという名の元客員講師にもたらされた屈辱にまだ苦しんでいた。当人は台湾《フォルモサ》出身と主張するフランス人で、自分の肌の色が青白いのは台湾人が地下に住んでいるからだと言って押し通していた。彼は完全な詐欺師だと暴かれるまで何十年も台湾の言語を講義し、本を出版していた。

は反対した。だったら、オマール・イブン・サイードを翻訳してもいいだろうか、と訊いたんだ。十年近くバベルのコレクションに入れたまま手つかずであることを考慮して、アラビア語のエッセイを英語にするのはどうだろう、と。だけど、ハーディングは、奴隷制廃止法案がすでにイングランドで可決したのだから、それは不必要だと言うんだ。信じられるか？* まるでアメリカが存在していないみたいじゃないか？ 最後にハーディングは、なにか権威がある研究をやりたいなら、『ペルシャ語文法大系書』の引用文の編集をすればいいと言い、いまはシュレーゲルを読まされているんだ。『インド人の言語と知恵について』それがどんなものか知ってるか？ シュレーゲルは、それを書いたときインドにいさえしなかったんだ。パリで全部書いたんだ。パリで、インドの「言語と知恵」に関する決定的な論文をどうやったら書ける？**

それでもラミーの憤りは、ヴィクトワールが抱えている問題と比べるとささいなものに見えた。彼女は二年間なんの問題もなくフランス語を教わってきたユーゴ・ルブラン教授と組んでいたが、いまは終わることのない欲求不満の源になっていた。

「無理なの」ヴィクトワールは言った。「わたしはクレオール語に取り組みたいんだけど、教授はそれが退化した言語だと考えていながらも、全面的に反対はしていないんだ。だけど、彼が知りたがっているのは、ヴードゥのことだけ」

「あの異教のこと？」レティが訊いた。

ヴィクトワールは刺すような視線をレティに向けた。「ええ、それでも宗教なの。教授はヴードゥのまじないや詩について訊いてくるんだ。もちろん、教授には手が届かない。なぜならクレオール語で書かれているから」

レティは困惑の表情を浮かべた。「でも、その言葉ってフランス語とおなじものじゃないの？」

「ぜんぜんちがうよ」ヴィクトワールは言った。「確かにフランス語は語彙供給言語なんだけど、クレオール語は独自の言語であり、独自の文法規則がある。フランス語とクレオール語は相互に理解しあえるものじゃない。フランス語を十年勉強してもクレオール語の詩は辞書なしには解読できないかもしれない。ルブランは辞書を持っていない——クレオール語の辞書はまだない——だから、わたしが次善の存在になる」

「で、なにが問題なんだい？」ラミーが訊いた。「とてもいいプロジェクトみたいじゃないか」

ヴィクトワールは不愉快そうだった。「なぜならルブランが翻訳したがっている原文が——どう言えばいいかな、特別な文章なの。とても大切な意味がある文章」

「とても特別で、翻訳すべきじゃない原文という意味？」レティが訊いた。

「代々伝わってきたもの」ヴィクトワールは言った。「神聖な信仰の文章で——」

「あなたの信仰ではないはず——」

「たぶんそうね」ヴィクトワールは言った。「わたしは——つまり、よくわからない。だけど、共有するためのものじゃない。何時間も白人といっしょに座って、あらゆる隠喩や、あらゆる神の名の背後にある物語を訊いてくるのを得心できると思う？　わたしの民族の信仰を通じて、銀の棒を光らせるかもしれない適合対をくすねようとしているのに」

レティは納得していないようだった。「でも、それって現実の話じゃないでしょ？」

「当然、現実よ」

＊オマール・イブン・サイードは、一八〇七年にとらえられ、奴隷にされた西アフリカ出身のイスラム学者だった。一八三一年に自伝的エッセイを著したとき、サイードはまだノース・キャロライナ州のアメリカ人政治家ジェイムズ・オーウェンの奴隷だった。サイードは生涯奴隷のままで過ごすことになる。

＊＊これはシュレーゲル作品の数多い欠点のはじまりにすぎない。彼はイスラム教を「死んだ空虚な有神論」と考えていた。また、エジプト人はインド人の子孫であると推定し、中国語とヘブライ語は屈折変化がないためドイツ語やサンスクリット語より劣っていると主張した。

「ああ、よして、ヴィクトワール」

「けっしてあなたにはわからない意味で現実なの」ヴィクトワールはどんどん昂奮してきた。「ハイチ出身の人間しか理解できない意味で。でも、ルブランが想像している意味とはちがう」

レティはため息をついた。「じゃあ、たんにそのことを教授に伝えればいいじゃない」

「そうしようとしたと思わない？」ヴィクトワールははねつけるように言った。「バベルの教授になにかを追究するのを止めるよう説得したことがある？」

「まあ、いずれにせよ」レティは、むっとして、攻撃的になり、そのせいで辛辣になった。「あなたこそヴードゥについてなにを知ってるの？　フランスで育ったんじゃなかったっけ？」

それはレティがやりかねなかったなかで最悪の返事だった。会話は死んだ。気まずい沈黙が訪れ、ヴィクトワールとレティのどちらもその沈黙を破ろうとしなかった。ロビンとラミーは視線を交わし、打つ手がなく、困惑した。なにかとてもまずい事態が起こってしまった。タブーが破られた。だが、みんな怖くて、それが正確にどんなものなのかさぐれなかった。


ロビンとレティは、こつこつやらねばならず、時間はかかったものの、自分たちのプロジェクトにまずまず満足していた。ロビンは、チャクラヴァルティ教授と、中国語へのサンスクリット語の借用語リストを完成させようと取り組み、レティはルブラン教授と、数学および工学分野でのおそらく役に立つだろうが、翻訳不可能な隠喩を見つけるため、フランス語の科学論文を苦労しながら読み進めていた。ふたりはラミーとヴィクトワールがらみの細かいことを話し合わないのがいいと学んでいた。ふたりはたがいに決まり文句を言うようにしていた——ロビンとレティはつねに「うまくいっており」、一方、ラミーとヴィクトワールは「いつものように苦労している」と。

個人的にはレティはさほど寛大ではなかった。ルブラン教授のプロジェクトは、レティとヴィクトワールのあいだのネックになっていた。ヴィクトワールはレティの共感のなさに傷つき、驚いている一方、レティはヴィクトワールがその件でひどく過敏になっていると思っていた。「ヴィクトワールは自分でこの事態を招いているのよ」レティはロビンに不満をこぼした。「たんに研究をやりさえすれば、とっても簡単なことなのに――ハイチのクレオール語で三年のプロジェクトをやった人間はいままでいなくて、文法大系書すらほぼない。あの子は最初の専門家になれる！」

レティがそうした気分のとき議論をするのは得策ではなかった――たんに聴き手に思うところをぶつけたいだけなのがありありとしていた――だが、ロビンはとにかく意見を言った。「きみが理解している以上にヴィクトワールにとって重要なことかもしれないよ」

「でも、そんなはずがない。そんなはずがないとわたしはわかってるの！　彼女は欠片も宗教心がないんだから。つまり、彼女は文明化されているの――」

ロビンは口笛を吹いた。「それは偏見にみちた表現だよ、レティ」

「わたしが言いたいことをわかっているくせに」レティは憤然として言った。「ヴィクトワールはハイチ人じゃない。彼女はフランス人なの。どうしてあんなに気難しくならなきゃならないのか、さっぱりわからない」

ミカエル学期のなかばになるとレティとヴィクトワールはたがいにほとんど話さなくなった。ふたりは何分か時間をあけて授業にやってくるようになり、長い下り道でけっして出会わないように出発時間をずらしているのだろうか、とロビンは不思議に思った。

亀裂に苦しんでいるのは、女子だけではなかった。最近の雰囲気は重苦しかった。なにかが四人全員の仲を裂いているようだった――いや、裂くというのは、たぶん強すぎる言葉だろう。というのも、彼らはほかにだれも仲間がいない人間の強さでおたがいにまだしがみついていたからだ。だが、彼らの絆《きずな》は明らかに痛みを伴う方向に歪んでしまった。依然として起きている時間はほぼずっといっしょに過ごしていたが、彼らはおたがいがいっしょにいることを恐れていた。あらゆることが意図しない侮辱や故意の攻撃になってしまった——ロビンがサンスクリット語のことで文句を言うと、実際にはそうではないのに、サンスクリット語はラミーの言語のひとつであるとハーディング教授がしつこく言いつづけている事実に鈍感であることになった。ラミーが自分とハーディング教授が研究の方向性についてついに合意に達したと喜べば、それはルブラン教授とうまくいっていないヴィクトワールに対する冷淡な言及になった。四人は自分たちの結束に慰めを見いだしてきたのだが、いまやおたがいをみずからのみじめさを思い起こさせるものとしてしか見ていなかった。

ロビンの観点からは、レティとラミーのあいだで突然なにかが不可思議にも変わってしまったというのが最悪の事態だった。ふたりのやりとりはいつもヒートアップした——ラミーはけっしてちゃかすのを止めず、レティはけっしてかっとなって反論するのを止めなかった。だが、いまやレティの言い返しは、奇妙に被害者意識を持った内容に変わっていた。彼女はごくささいな、漠然とした揶揄《やゆ》にも強く言い返した。ラミーはお返しにいわくいいがたい形で、もっと冷酷で意地の悪い言い返しをした。ロビンはそれに対してどうすればいいのかわからず、そもそもいったいなにがどうなっているのか微塵《みじん》もわからなかったが、そうしたやりとりが起こるのを見るときまって胸に奇妙な痛みを覚えるのだった。

「レティはたんにレティであるだけだ」その件をしつこく問われてラミーは言った。「彼女は注目を浴びたいんだ。癇癪《かんしゃく》を起こすのが、注目を浴びる方法だと考えている」

「彼女を怒らせることをなにかしたのかい？」ロビンは訊いた。

「ただ存在していること以外にか？　してないと思う」ラミーはその話題に飽き飽きしているようだった。「この翻訳に取りかかろうじゃないか？　万事問題ないよ、バーディー、約束する」

だが、事態は明らかにうまくいっていなかった。実際には事態は非常に奇妙なことになっていた。ラミーとレティはおたがいを我慢ならない存在と見なしているようだったが、それと同時におたがいを引き寄せていた。たがいが会話の主人公になるような形で激しく言い合わねば正常に話をすることができなかった。ラミーがコーヒーを飲みたければ、レティは紅茶を飲みたがった。ラミーが、壁に飾られた絵が美しいと思えば、レティはその絵が英国王立美術院の絵画における慣習主義偏重の最悪の例である理由を十二個並べ立てるのだった。

ロビンはそれを耐えがたいと思った。ある夜、途切れがちの眠りのなかで、レティをチャーウェル川に突き落とす突然の暴力的な夢を見た。目を覚ましてみて、自分のなかにやましさの欠片でもないかさがしてみたが、いっさい見つからなかった。レティがずぶ濡れになり、水を吐きだしているところを思うと、昼間の冷静な光のなかで考えても残忍な満足感を覚えただけだった。

三年目の見習いとしては、少なくとも気晴らしはあった。学期のあいだずっと学部の教員を手伝って銀工術の仕事をおこなえるのだ。「理論《セオリー》は、ギリシャ語の theōria《テオーリア》 に由来しており、「光景」や「見世物」を意味し、その語源から「劇場《シアター》」という語も生まれている」プレイフェア教授は、それぞれの指導教員に四人を送りだすまえに説明した。「だが、ただ作業を見ているだけでは十分ではない。諸君は自分の手を汚さねばならない。いかにして金属が歌うのか理解しなければならないのだ」

実際の作業では、この言葉は、無報酬の単調で反復的な仕事が大量にあるという意味だった。ロビンががっかりしたのは、見習いたちは八階でほとんど時間を費やせなかったことだ。そこでこそわくわくする研究のすべてがおこなわれていた。そうではなく、週に三回、チャクラヴァルティ教授のお供をして、オックスフォードじゅうを動きまわり、銀工の設置と保守点検を手伝った。ロビンは銀が輝くまで磨くやり方（酸化や曇りは、適合対効果をいちじるしく低下させる）や、刻まれた文字に元の明確さを取り戻す骨の折れる作業のためのさまざまなサイズの彫刻尖筆《せんぴつ》の選び方、特殊溶接された固定具から銀の棒を手際よく取り外し、取り付ける方法を学んだ。グリフィンが地下に潜ったのは、じつに残念だ、とロビンは思った。というのも、見習いとなって、塔の工具と原材料にほぼ無制限にアクセスできるので。深夜に泥棒たちを引き入れなくてはならないことがなくなるだろう。彫刻装置が詰まったひきだしと、なにひとつ気づかないであろう上の空の教授たちのあいだにいて、ロビンは塔から好きなものを自由にもぎ取ることができたはずだった。

「どれくらい頻繁にこれをやらないといけないんですか？」ロビンは訊いた。

「ああ、終わることはない」チャクラヴァルティ教授は言った。「こうやってうちの金を稼いでいるんだよ、わかるな。銀の棒は高値がつくが、実際に儲かるのは保守整備なんだ。だが、いまの仕事量だと、わたしとリチャードだけでは、少し厳しいのだよ。中国語学者はとても少ないからな」

その日の午後、ふたりはウォルヴァーコートにある屋敷の往診をしていた。十二カ月の保証があったにもかかわらず、裏庭に設置された銀工が機能を停止したのだ。正面の門を通るのに多少の悶着があった――ふたりがバベルの研究員であることを家政婦が納得しなかったのだ。むしろ、盗みにここにきたのではないかと疑っていた――だが、ラテン語の祈りを何種類も暗唱することを含め、身分を証明するものを色々提示した結果、ようやくなかに招き入れられた。

「月に二度はこういうことが起こる」チャクラヴァルティ教授はロビンにそう言ったものの、ずいぶん意気をそがれたように見えた。「いずれ慣れるさ。リチャード相手だと半分も悶着が起きん」*

家政婦の案内でふたりは屋敷のなかを通り、緑豊かな美しい庭にたどり着いた。さらさらと流れる蛇行した小川と無作為に並べられた大きな岩がいくつもあった。中華様式に設計された庭だ、とふたりは告げられた。ウィリアム・チェンバーズの東洋風造園設計が王立植物園であるキュー・ガーデンではじめて公開されて以降、この時代にとても人気のある様式になっていた。ロビンはこれに似たものを広東ではひとつも見た覚えがなかったが、家政婦がいなくなるまで、よく理解しているふりをしてうなずいていた。

「さて、ここの問題は明白だな」チャクラヴァルティ教授は低木の植え込みを横に押しやり、銀工が設置されている垣根の一画を露にした。「銀の棒の上で荷車を繰り返し行き来させたんだ。刻んだ文字が半分ほど擦《こす》れて消えている。それは利用者の責任だ――これは保証の対象外だな」

教授はロビンに棒を固定具から抜き取らせ、その棒をまわして、ロビンに点検させた。ひとつの側面に、庭《ガーデン》とあり、反対側には「齋」の字があった。その字は、「庭園」の意味があるが、より広い意味では、世間から隠遁《いんとん》するための「物忌《ものい》みの場所」を想起させるもので、清めの儀式、浄化、喜捨《きしゃ》、道教の懺悔《ざんげ》といった含意もあった。

「この適合対のアイデアは、オックスフォードの喧噪《けんそう》が許すよりも庭をより美しく、より静かにするというものだ。下層民を近寄らせないようにする。正直言って、効果はとても小さなものだ。あまり実験をしなかった。だが、富裕層は天井知らずで金を注ぎこむものだ」チャクラヴァルティ教授は喋りながら棒を少しずつ削った。「ふむ。これでうまくいくかどうか確かめてみよう」

教授はロビンに棒を取り付け直させると、腰を屈めて自分の手がけたものを確認した。満足して腰をのばすとズボンで両手を拭う。「起動させてみたいかね？」

「ぼくはただ――ええと、単語を言えばいいんですか？」ロビンは教授たちがおなじことをするのを何度も目にしていたが、そんなに簡単だとは想像できずにいた。だが、またしても、ロビンははじめて試してみたとき無形《ウウシィン》の棒が効果を発揮してくれたことを思いだした。

「まあ、特殊な心の状態が必要なんだ。単語を口にするんだが、それよりも大切なのは、頭のなかで同時にふたつの意味を抱くことなのだ。きみはふたつの言語世界のなかで同時に存在している。ふたつの世界を行き来することを想像するんだ。わかるかい？」

＊バベルの顧客の多くは、銀工が外国語を利用して作られているのは、すぐに信じたが、保守整備に外国生まれの研究員が関わることは信じず、チャクラヴァルティ教授はなかに通してもらうだけのために白人の四年生を自分とロビンに同行してくれるよう説得しなければならなかったことが一再ならずあった。

「わ——わかると思います」そう言ってロビンは棒に目を凝らした。「必要なのはそれだけなんですか？」

「ああ、いや、わたしはうっかり者だな。四年生になったら、きみたちが学ぶことになる、なかなか優れた発見的教授法があるんだ。それに最後まで参加してもらわねばならない理論演習がある。だが、これに関していうと、要は感覚だ」チャクラヴァルティ教授はずいぶんうんざりしているようだった。教授がこの屋敷の人間にまだかなり腹を立てていて、一刻も早く立ち去りたいと思っているのだという印象をロビンは受けた。「やってみるんだ」

「ふむ——わかりました」ロビンは棒に手を置くと、「zhāi《チャイ》（齋）。庭《ガーデン》」と言った。

ロビンは指先にかすかなこつこつという響きを感じた。すると、庭が先ほどより静かになったような気がした。ずっと静謐になる。それが自分のやったことによるのか、想像にすぎないのか、判別はつかなかったが。

「さて、うまくいったと思いたい」チャクラヴァルティ教授は工具袋を肩にかけた。わざわざ確認しようという気がないようだった。「さあ、いこう。代金の取り立てだ」

「効果を発揮させるために適合対を必ず口にしないとだめなんですか？」キャンパスに戻る途中でロビンは訊いた。「維持できないと思うんです——つまり、棒の数はあまりに多い一方で翻訳者の数はあまりに少ない」

「まあ、多くのことに左右されるな」チャクラヴァルティ教授は言った。「まず最初に、効果の性質だ。一部の棒では一時的な効果の発揮が期待される。時間的には短いが、極端な物理的効果が必要なもの——軍用棒の多くはそのように効果を発揮する。その場合、使用時に起動させねばならない。効果が長くつづかないように設計されているんだ。だけど、ほかの棒は長期的な効果を発揮する——たとえば、塔の防護装置のようにな。あるいは、船や馬車に設置されている棒だ」

「なにが棒の効果をより長くさせているんですか？」

「まず第一に、純度だ。より含有率の高い銀は長く効果を続かせ、ほかの合金の含有率が高くなればなるほど、効果の時間は短くなる。だが、精錬方法や彫刻方法でも微妙なちがいが生じる。すぐに学ぶさ」チャクラヴァルティ教授は笑みをロビンに向けた。「早くはじめたいんだな？」

「とてもわくわくしているだけです」

「そんな気持ちはやがて消えるぞ」チャクラヴァルティ教授は言った。「おなじ言葉を何度も繰り返しつぶやきながら、市内を歩きまわってみろ、すぐに魔法使いではなくオウムになった気がしはじめる」


ある日の午後、ふたりはアシュモリアン博物館を訪れた。魔法がいっさい起動しなくなった銀の棒を直すためだ。その棒の英語側は、「証明する《ヴェリファイ》」であり、中国語側は、「立証する」を意味する「參《ツァン》」の文字を使っていた。この文字は、「並べる」、「並置する」、「対比する」という意味もあった。アシュモリアンの職員は、この棒を用いて、偽物を本物と比べてきたのだが、最近、職員が賢明にも新しく収蔵品を獲得する評価をするまえに幾度かの試験運用をおこない、ことごとく失敗していたのだった。

ふたりは携帯顕微鏡で棒を注意深く点検したが、中国語の文字も英語の文字もどちらもいかなる摩滅の兆候も示していなかった。チャクラヴァルティ教授が最小の彫刻尖筆で全部の文字を調整してみても、棒は起動しなかった。

教授はため息をついた。「この棒を包んで、わたしの鞄に入れてくれないか」

ロビンは従った。「どこが悪いのでしょう？」

「共鳴連絡路が機能を止めてしまったのだ。ときおり起こることだ。とりわけ、比較的古い適合対のなかには」

「共鳴連絡路とはなんです？」

「塔と繋がっている」チャクラヴァルティ教授はすでに立ち去りはじめていた。「わたしが言っていることはいずれわかる」

バベルに戻るとチャクラヴァルティ教授はロビンを八階にある南側の区画へ連れていった。工房のいくつもの作業台のそばを通り抜ける。ロビンは南区画にこれまで入ったことがなかった。これまで八階にきたのは、防火扉内側で視野の大半を占めている工房に限られていた。だが、三組の鍵で閉められている、もう一組の扉が南区画への行く手をさえぎっていた。いま、チャクラヴァルティ教授がじゃらじゃらと鳴る鍵束でその扉をあけた。

「実際には、まだきみに見せることにはなっていないんだがね」チャクラヴァルティ教授はロビンにウインクした。「秘匿情報なんだよ。だけど、ほかに説明する方法がないから」

教授は最後の鍵を外した。ふたりはなかへ入った。

びっくり館あるいは巨大なピアノのなかに入るようなものだった。さまざまな高さと長さの大きな銀の細長い棒が床一面に屹立《きつりつ》していた。腰の高さまでのものもあれば、ロビンの背丈を超え、床から天井までのびているものもあった。それぞれの棒のあいだの空間は、触らずにひとりの人間がすばやく抜けていけるくらいはあった。むしろ教会のオルガンをロビンは思い浮かべた。木槌《きづち》を手にして一斉に叩いてみたいという奇妙な衝動を覚える。

「共鳴は経費削減のための方法なんだ」チャクラヴァルティ教授は説明した。「耐久性が求められる棒用の高カラットの銀を温存しなければならない——海軍へまわしたり、商船を守ったり、そういう用途の棒のためにな。そのため、イギリスの陸地で使う棒には、合金比率の高い銀を使っている。共鳴によって効果を発揮させつづけることができるからだ」

ロビンは驚いて、まわりに目を凝らした。「ですが、どうやって働かせているんですか？」

「バベルが中心で、イングランドじゅうの共鳴に依存している棒のすべてが末梢部だと考えるのがいちばん簡単だ。末梢部が中心から力を引きだしている」チャクラヴァルティ教授は自分のまわりを身振りで示した。それぞれの細長い棒が、とても高い周波数で振動しているように見えるのにロビンは気づいた。しかしながら、塔が不協和音に満たされて喧《やかま》しく鳴っていてしかるべきなのに、空気は動かず、静かだった。「ここにある棒は、一般的に用いられている適合対を刻まれており、全国の棒との連絡路を維持しているのだ。ほら、ここの棒から強力な力が発生しているんだ。ゆえに各地の棒は頻繁な再稼働を必要としていない」

「英国の植民地にある前哨《ぜんしょう》基地みたいに」ロビンは言った。「母国へ兵士や補給品を要求するように」

「そうだ、適切な比喩だな」

「では、ここにある細長い棒はイングランドじゅうの棒と共鳴しているんですか？」ロビンの心のなかには、目に見えない網が全国に広がり、銀工を活性化しつづけているところが浮かんだ。

「そういうわけでもない。全国にもっと小規模な共鳴センターがあるのだ――たとえばエジンバラに一箇所、ケンブリッジにも一箇所ある。効果は距離に比例して弱くなるんだ。だが、最大規模なのはオックスフォードにあるものだ――とはいえ、保守をさせるには訓練を積んだ翻訳者が必要であるように、複数のセンターを維持するのは翻訳研究所には荷が重い」

ロビンは手近の棒の一本を吟味しようと身を屈めた。上部に大きな手書き文字で書かれている適合対に加えて、理解できない文字や記号が並んでいるのを見た。「どうやってその連絡路は築かれるんです？」

「複雑な過程なんだ」チャクラヴァルティ教授は、南側の窓際にあるほっそりした棒のほうへロビンを案内した。膝をつき、鞄からアシュモリアンの棒を取りだすと、細い棒にかざした。すると、細長い棒の側面に刻まれているいくつかの文字と短い棒に刻まれている文字が対応していることにロビンは気づいた。「おなじ素材から精錬されなければならない。そして、かなりの量の語源記号の取り扱いがある――もしきみが銀工術を専攻するなら、四年になったらそういうのを全部学ぶだろう。実際には、十七世紀にプラハの錬金術師がはじめて見つけた写本に基づく、人工のアルファベットをわれわれは用いている。* バベルの外にいるだれもわれわれの制作過程を真似できないよう、そうなっているのだ。いまのところは、こうした調整はすべて結びつきの絆を深めるためだと思ってくれればいい」

「ですが、偽物の言語は棒を起動する役目を果たさないと思っていました」ロビンは言った。

「偽の言語は意味を発揮する役目を果たさない」チャクラヴァルティ教授は言った。「しかしながら、連絡機構としては、とてもよく働くのだ。基本的な数字でもやれるんだが、プレイフェアは謎めいたものにしておくのが好きなんだ。独占しておくために」

ロビンはなにも言わず立ったまま、チャクラヴァルティ教授が細い尖筆でアシュモリアンの棒の彫字《ちょうじ》を調整し、レンズで調べ、共鳴棒と対応する調整をおこなうのを眺めた。一連の過程が終わるのに約十五分かかった。やがてチャクラヴァルティ教授はアシュモリアンの棒をビロードの布に包み直し、鞄に戻すと立ちあがった。「これでうまくいくだろう。あした、博物館に戻ろう」

ロビンは周囲の細長い棒を読み、かなりのパーセンテージのものが中国語を適合対として使っている様子であることに気づいた。「先生とラヴェル教授がここの棒全部の保守をしなければならないのですか?」

「ああ、そうだ」チャクラヴァルティ教授は言った。「ほかにだれもできる人間がいない。きみが卒業すれば三人になる」

「われわれが必要なんですね」ロビンは驚いた。帝国全体の機能がほんの一握りの人間に依存していると思うと不思議な感じだった。

「われわれがとても必要なんだ」チャクラヴァルティ教授は同意した。「そして、それはいいことなんだよ、われわれの立場からすれば、必要とされるのは」

ふたりは窓際に立った。オックスフォードを眺めながら、ロビンは市全体がみごとに調律されたオルゴールのようだという印象を持った。動きつづけるには銀色の歯車に全面的に依存している。そしてもしその銀が底を尽き、共鳴棒が壊れてしまったら、オックスフォードのすべてが線路の上で急停止してしまうだろう。鐘楼は鳴らなくなり、自動馬車は道路で止まり、市民は通りで動きを止めて凍りつくのだ。中空に手足を持ちあげたまま、話の途中で口をひらいたまま。

だが、ロビンは銀が尽きてしまうとは想像できなかった。ロンドン、そしてバベルは、日に日に裕福になっていた。長持ちする銀工に動力を得た船が銀の詰まった箱を次々と運び戻してくるのだから。イギリスの侵略に抵抗できる市場は地球上に存在していなかった。ましてや極東はなおさらだった。銀の流入を中断させる可能性があるのは、唯一、世界全体の経済の崩壊だろうが、それがばかげたことである以上、銀の都市、オックスフォードの美観は永遠につづくように思われた。

一月中旬のある日、四人が塔に姿を見せたところ、上級生と大学院生たち全員がガウンの下に喪服を着ているのに気づいた。

「アンソニー・リッベンを悼んでだ」プレイフェア教授のゼミに四人がぞろぞろと入っていくと、

＊問題の写本——公共の関心の場に持ちだした錬金術師の名にちなんで「バレシュ写本」（いわゆるヴォイニッチ手稿のこと）と呼ばれている——は、魔法あるいは科学あるいは植物学と思しきものを取りあげているべラム装丁の古写本である。それは一部のラテン語の記号とまったく見慣れない記号を組み合わせたアルファベットで書かれており、このアルファベットには、大文字はなく、句読点もない。この手稿はラテン語にきわめて近いようで、事実、ラテン語の省略形が利用されているが、写本の目的と意味は、発見以来、謎のままに留まっていた。この手稿は、十八世紀なかばにバベルが獲得し、以来、大勢のバベルの研究員が翻訳しようとして失敗に終わってきた。共鳴連絡路に用いられているアルファベットは、手稿の記号に着想を得たものだが、原典の解読はいっこうに進んでいない。

教授が説明した。教授自身はライラック・ブルーのシャツを着ていた。

「アンソニーがどうしたんです？」レティが訊いた。

「そうか」プレイフェア教授の顔が強ばった。「だれもきみたちには話していないんだな」

「話すってなにを？」

「アンソニーは、夏にバルバドスに調査旅行に出向いて、行方不明になったのだ」プレイフェア教授は言った。「ブリストルへ戻ってくる予定の船が出るまえの夜に彼はいなくなった。それ以来、なんの音沙汰もない。われわれは彼が亡くなったものと考えている。八階の同僚たちはとても動揺している。今週いっぱいは喪服を着ているだろうね。ほかの期の学生や特別研究員数名も加わっている。きみたちも加わりたいならどうぞ」

午後にボートに乗りたいかどうかを話し合っているとでもいわんばかりの無頓着さで教授は言った。ロビンは教授の様子に啞然《あぜん》とした。「ですが、彼は――その、彼に家族はいないんですか？

連絡はされたんですか？」

プレイフェア教授は黒板にこの日の講義の概要を書き殴りながら答えた。「アンソニーには後見人を別にして家族はいない。ファルウェル氏には郵便で通知された。聞いたところでは、氏はたいへん動揺されていたそうだ」

「神さま」レティが言った。「なんてこと」

レティはヴィクトワールを心配そうに見た。四人のなかでヴィクトワールがアンソニーといちばん親しかった。だが、ヴィクトワールは驚くほど平然としていた。ショックを受けたわけでもなく、動揺しているでもなく、ただ漠然と不快感を覚えているようだった。それどころか、可能なかぎり早く話題が変わったらいいと願っているようだった。プレイフェア教授は喜んでそれに応じた。

「さて、本題に戻ろう」教授は言った。「先週の金曜日、ドイツ・ロマン主義派の革新について話した途中だったたね……」

バベルはアンソニーを悼まなかった。学部は追悼式をひらきすらしなかった。次にロビンが銀工術の階にあがっていったとき、見覚えのない小麦色の髪の大学院生がアンソニーの作業台を引き継いでいた。

「胸がむかむかする」レティは言った。「信じられる？　つまり、バベルの卒業生でしょ、どうして彼がここに存在していなかったかのように振る舞えるの？」

レティの悲嘆はもっと深い恐怖を隠すものだった。アンソニーがただの消耗品だったという、ロビンもおなじように感じた恐怖だ。自分たちは全員消耗品なのだ。この塔――自分たちがはじめて所属意識を抱いたこの場所――は、自分たちが生きていて、役に立つなら大切にして慈《いつく》しんでくれるが、ほんとうは、自分たちのことをまったく気にかけていないのだ。結局のところ、自分たちは、それぞれが使っている言語の容れ物にすぎないのだという恐怖だ。

だれもそのことを口に出しては言わなかった。魔法が解けてしまいかねなかった。

四人のなかで、ヴィクトワールがもっとも打ちのめされているようにロビンには思えた。彼女とアンソニーはこの数年でとても親しくなっていた。ふたりは塔のなかで一握りしかいない黒人研究員であり、ふたりとも西インド諸島生まれだった。ときおり、ふたりが軽食堂から塔に向かって歩きながら、顔を寄せ合うようにして話しているのをロビンは見たことがあった。

だが、その冬、ロビンはヴィクトワールが泣いているところを一度も見かけなかった。彼女を慰めてあげたかったが、その方法を知らなかった。特にその話題を彼女に切りだすのが不可能なことに思えただけに。アンソニーが話題に出ると、ヴィクトワールはたじろぎ、まばたきを激しくし、その話題を変えようと懸命になるのだった。

「アンソニーが奴隷だとあなたは知ってたの？」ある夜、食堂でレティが訊いた。ヴィクトワールと異なり、レティは彼についてことあるごとに話題にする気でいた。レティはアンソニーの死に取り憑かれていたものの義憤にかられているようで気まずそうだった。「あるいは、奴隷だったかもしれないと。彼の主人は奴隷制廃止が実施されたとき、彼を解放したがらなかった。そのため、彼をアメリカに連れていこうとした。彼がオックスフォードに留まれたのは、バベルがお金を払って彼の自由を買ったからよ。お金を払ったの。信じられる？」

　ロビンはヴィクトワールのほうをちらっと見たが、彼女の表情はまったく変わらなかった。

「レティ」ヴィクトワールはとても落ち着いた声で言った。「これから食事なの」

第十二章

「要は、私は臆病なあまり、正しいとわかっていることができなかった。
臆病なあまり、まちがっているとわかっていることができなかったように」
――チャールズ・ディケンズ『大いなる遺産』六章

ヒラリー学期に入ってしばらくしてから、グリフィンがふたたび姿を現した。それまでに何カ月も経っていたので、ロビンは持ち前の几帳面《きちょうめん》さを発揮して窓を確かめるのを止めており、一羽のカササギが窓敷居の下からメモをついばもうとして果たせずにいるのを見かけなかったら、メモを見過ごしてしまっただろう。

そのメモは、翌日の午後二時半に捻れた根っこ亭にくるようロビンに指示していたのだが、グリフィンは一時間近く遅れて現れた。グリフィンが到着すると、ロビンは相手のやつれた姿に驚いた。パブのなかを歩いてくるだけで疲れ果ててしまうかのようだった。席につくころには、まるでユニヴァーシティ・パークスを端から端まで走ってきたばかりであるかのように息を切らしていた。明らかに何日も服を着替えていなかった。悪臭を漂わせ、まわりからにらまれていた。少し脚を引きずって歩いており、腕をあげるたびにシャツの下に包帯がかいま見えた。

ロビンはこれにどう対処していいのかわからなかった。この会合のため痛罵《つうば》を浴びせる用意をしていたが、兄の明らかにみじめな様子を見て、その言葉が出てこなかった。そうせずに黙って座っていると、グリフィンはシェパード・パイ（仔羊または牛肉のひき肉で作るミートパイ）とエールを二杯注文した。

「今学期は、うまくいってるか？」グリフィンが訊いた。

「ああ」ロビンが答える。「いまは、その、独立したプロジェクトに取り組んでいる」

「だれと?」

ロビンはシャツの襟元を掻いた。その話題を持ちだしたことにわれながらばかばかしくなる。

「チャクラヴァルティと」

「それはよかったな」エールが届いた。グリフィンは一杯目を飲み干し、グラスを置くと、顔をしかめた。「それはすてきだ」

「同期の連中は割り当てにあまり喜んでいないけどね」

「もちろんそうだろう」グリフィンは鼻で嗤った。「バベルは、本来やるべき研究をけっしてさせないんだ。金蔵《かねぐら》を満たしてくれる研究だけをやる」

長い沈黙がおりた。ロビンはなんとなくやましい気がした。そうなってしかるべき理由がなかったにもかかわらず。それでも、不快感の虫が一秒ごとにはらわたを食い進んだ。料理がやってきた。皿に載った料理は湯気を立てるほど熱かったが、餓えた男のようにグリフィンはがつがつと食らった。実際に餓えていたのかもしれなかった。座っている席で屈みこむとグリフィンの鎖骨が見るからに痛ましいくらい浮きでていた。

「あのさ……」ロビンはどうやって訊けばいいのかわからず、咳払いをした。「グリフィン、万事――」

「すまん」グリフィンはフォークを下に置いた。「おれはただ――昨日の夜、オックスフォードに戻ってきたばかりで、くたびれているんだ」

ロビンはため息をついた。「わかった」

「とにかく、これが図書館から持ちだす必要がある本のリストだ」グリフィンは前ポケットに手を伸ばし、くしゃくしゃに丸めたメモを引っ張りだした。「アラビア語の本を見つけるのは、多少厄介かもしれない――書名を音訳しておいたので、正しい棚にたどり着けるだろうが、そこからは自分で識別してもらわないと。だけど、それがあるのがボドリアン図書館なんだ。塔じゃなく。だから、なにをしているのかだれかに怪しまれる心配はしないですむと思う」

　ロビンはメモを受け取った。「それだけ？」

「それだけだ」

「ほんとに？」ロビンはもはや憤りを抑えていられなかった。グリフィンの冷淡さは予想していたが、これほどあけすけな知らんぷりは予想外だった。同情心は消え、それとともに忍耐力も潰《つい》えた。いまや一年間くすぶりつづけた憤りが前面に駆けあがった。「本気でそう思ってるの？」

　グリフィンは警戒した目つきを向けてきた。「なにか問題か？」

「あのときのことについて話す気はないの？」ロビンは問い迫った。

「あのときって？」

「警報が鳴ったときさ。ぼくらが罠を起動させた。銃を起動させたんだ――」

「おまえは無事だった」

「ぼくは撃たれたんだ」ロビンは声を押し殺して言った。「なにがあったんだ？　だれかがヘマをやったんだ。それがぼくじゃなかったのはわかってる。ぼくはいるはずの場所にいたんだから。つまり、警報装置についてそっちが間違えていたということだ――」

「そういうことは起こる」グリフィンは肩をすくめた。「よかったのは、だれも捕まらなかったことで――」

「ぼくは腕を撃たれたんだ」

「そのように聞いている」グリフィンはテーブル越しに目を凝らした。まるでシャツの袖越しにロビンの傷を見ることができるかのように。

「ぼくは自分で縫わなければならなかった――」

「よくやったな。大学の看護婦のところにいくより賢明だ。いかなかったんだろ？」

「あんたはおかしいんじゃないか？」

「声を抑えろ」グリフィンは言った。

「抑えろだと――」

「どうしてその点に執着しているのかわからないな。おれはミスをした、おまえは逃げた、二度とそんなことは起こらない。おれたちは、おまえといっしょに行動させる人間を送りだすのを止めるつもりだ。その代わり、単独で禁制品を持ちだしてもらう――」

「問題はそこじゃない」ロビンはまた声を押し殺して言った。「あんたはぼくに怪我をさせた。そしてぼくを仲間外れにした」

「そんな大げさに言わないでくれ」グリフィンはため息をついた。「事故は起こるものだ。そしておまえは無事だ」グリフィンはいったん口をつぐんで、考えを巡らせると、それまでより静かな声で言った。「いいか、おまえの気分がましになるのならあえて言うが、少しのあいだ身を隠す必要があるときにわれわれが使っている隠れ家がセント・オールデート教会にある。教会の裏口に地下室に通じる扉があるんだ――錆《さ》びてあかないように見えるが、銀の棒が設置されているところを見つけて、起動させるための言葉を言うだけでいい。その先は教会が修復されたときに見過ごされたトンネルの入り口になっている――」

ロビンはグリフィンに向かって腕を振った。「隠れ家では、この状況を解決できない」

「次はもっとうまくやる」グリフィンは主張した。「あれはささいなミスであり、おれが悪かった。いま手直しをしている。だからだれかに盗み聞かれないうちに落ち着いてくれ」グリフィンは椅子に寄りかかった。「さて。おれは何カ月も街を離れていたので、塔でなにがあったのか聞かねばならない。効率的に話してくれるとありがたい、頼む」

ロビンはそのときグリフィンを殴ることもできた。もし人目を惹《ひ》かないなら、もしグリフィンがすでにひどく苦しんでいるのが明白でなかったのなら、そうしたはずだった。

この兄からはなにも得られない、とロビンはわかった。グリフィンは、ラヴェル教授同様、驚くほど一途《いちず》だった。もしなにか自分たちに都合の悪いことがあったら、彼らはたんにそれを認めることをしないだけだった。そして、認めさせようとどんなに試みたところで、よけいに欲求不満に陥るだけだろう。グリフィンがどんな表情を浮かべるのか見るだけのためでも、立ちあがって、立ち去りたいという衝動を一瞬抱いた。だが、そうしたところで満足は長つづきしないだろう。もし背を向けたなら、グリフィンはこちらをあざ笑ってくるだろう。もしそのまま歩いて出ていけば、ヘルメス結社との結び付きを断ってしまうことになるだけだろう。そのため、ロビンは父と兄双方を相手にしたときに自分ができる最善のことをした――自分の欲求不満を呑みこみ、あきらめてグリフィンに会話の主導権を渡すことにした。

「たいしたことは起きていない」気持ちを落ち着かせるため、息を吐いてからロビンは言った。「教授陣は最近海外出張をおこなっていない。防護装置も前回から変わっていないと思う。ああ――恐ろしいことが起きたんだ。大学院生のアンソニー・リッペンが――」

「ああ、アンソニーのことは知ってる」グリフィンはそう言って、咳払いをした。「つまり、知ってた。おれの同期だ」

「じゃあ、聞いたの？」ロビンが訊ねた。

「聞くってなにを？」

「彼が亡くなったことを」

「なんだって？　そんなことはない」グリフィンの声は奇妙なくらい平板《へいばん》なものだった。「いや、そういうつもりじゃなかった――おれが出ていくまえに彼とは知り合いだったんだ。死んだって？」

「西インド諸島からの帰りの航海で亡くなったらしい」ロビンは言った。

「恐ろしいな」グリフィンはなんの感情も示さずに言った。「ひたすら恐ろしい」

「それだけ？」ロビンは訊いた。

「おれになにを言わせたいんだ？」

「彼はあんたのクラスメートだったんだろ！」

「言いたくないんだが、その手の事故は珍しくないんだ。航海は危険だ。数年置きにだれかが行方不明になっている」

「だけど、あれは……気持ち悪いんだ。彼のための追悼式すらひらこうとしない。まるでなにも起こっていないかのように日常をつづけている。あれは……」ロビンは途中で言葉を失った。突然、ロビンは泣きたくなった。この話題を持ちだしたのがばからしくなった。自分がなにを欲していたのかわからなかった――たぶん、なんらかの確証だ。アンソニーの人生は大きな価値があり、彼はそんなに簡単に忘れてしまえるはずがないのだという確証。だが、グリフィンという人間は、慰めを求めるには最悪の相手だった。そんなことわかっていたはずだったのだが。

　グリフィンはしばらく黙っていた。窓の外を眺め、なにか考えこんでいるかのように眉間《みけん》に皺を寄せて集中していた。ロビンの話をまったく聞いていないようではなかった。やがてグリフィンは首を傾げ、口をひらいてはまた閉じ、再度ひらいた。「あのな、そういうことは驚きじゃないんだ。バベルが学生を扱うやり方、特に海外から採用した相手の場合は。おまえたちは連中にとって資産なんだ。だけど、それだけの存在なんだ。翻訳機械だ。いったんおまえたちがしくじれば、もう用済みになる」

「だけど、アンソニーはしくじったんじゃない、彼は死んだんだ」

「おなじことさ」グリフィンは立ちあがるとコートを摑んだ。「いずれにせよ、今週中にそれらの本を欲しい。どこに運ぶかに関する指示を伝えるよ」

「これで話は終わりなの？」ロビンは驚いて問いかけた。あらたな失望の波に襲われる。自分がグリフィンになにを望んでいるのかわからなかった。あるいはグリフィンがそれを与えられるかどうかも知らなかった。それでもいま以上のなにかを希望していた。

「いかなきゃいけない場所があるんだ」グリフィンは振り返らずに言った。すでに出ていこうとしていた。「窓に注意してくれ」

その年は、どういう尺度で見ても、とても悪い年だった。

なにかがオックスフォードを毒してしまい、ロビンに喜びを与えていた大学のあらゆるものを吸い取ってしまった。夜はますます寒くなり、雨はますます激しくなった。塔はもはや天国のように感じられなくなり、牢獄のようだった。課題は拷問だった。ロビンと友人たちは勉強に喜びを見いだせなかった。初年度のわくわくするような発見も、いつか四年次のいつかにやってくるかもしれない実際に銀を使って作業する満足感も感じていなかった。

上の期の学生たちは、こういうことはいつも起こっている、三年次のスランプは正常で避けがたいものである、と四人に請け合った。だが、その年は、いくつかのほかの点を鑑《かんが》みると、とりわけ悪い年に思えた。たとえば、塔への攻撃の数が驚異的に上昇した。以前は年に二、三度、バベルへの侵入未遂が起こり、いずれもそのたびにプレイフェア教授の防護装置がもたらす残酷な効果が、学生たちが扉のまわりに鈴なりになる大きな見物《みもの》になった。だが、この年の二月までに窃盗未遂事件はほぼ毎週発生しており、重傷を負った犯人を警官が丸石敷き道路の上を引きずっていく光景に学生たちは嫌気がさしはじめていた。

狙われていたのは泥棒にばかりではなかった。塔の土台は頻繁に汚されていた。たいていは小便や割れた瓶、そしてこぼれた酒類に。二度、一晩のうちに大きな曲がりくねった真っ赤な文字で落書きもされた。**悪魔の舌**《サタン》と塔の背後の壁に、**悪魔の銀**《デヴィル》と一階の窓の下に記されていた。

別の朝、ロビンと同期の面々がやってくると、緑地の上に街の人間が数十名集まり、正面扉を出入りする研究員たちに罵声を浴びせていた。四人は恐る恐る近づいた。群衆は少し恐ろしかったが、彼らのあいだを通り抜けられないほど密集はしていなかった。彼らが授業を休むくらいなら群衆に対して危険を冒すほうをいとわなかったのは、たぶん立派なことだったかもしれないし、実際のところ、嫌がらせを受けずにやり過ごせそうだったのだが、それも大柄な男がヴィクトワールのまえに進み出て、荒々しい、なにを言ってるのかわからない北部訛りでわめきだすまでのことだった。

「あなたなんか知らない」ヴィクトワールは喘ぎながら言った。「なにを言ってるのかわから――」

「くそっ！」ラミーが銃に撃たれたかのように前のめりになった。ヴィクトワールが悲鳴をあげた。ロビンの心臓が停まった。だが、それはただの卵にすぎない、とロビンは見て取った。卵はヴィクトワールを狙ったものだったが、ラミーが身を挺《てい》して彼女を守ろうとしたのだ。ヴィクトワールは両腕で顔を隠して、尻込みした。ラミーは彼女の肩に腕をまわすと、正面階段を急いでのぼらせた。

「頭がおかしいんじゃないの？」レティが叫んだ。

卵を投げつけた男はなにか理解できないことを叫び返した。あわててロビンはレティの手を摑み、彼女を引っ張って、ラミーとヴィクトワールのあとから扉を潜《くぐ》らせた。

「みんな大丈夫か？」ロビンは訊いた。

ヴィクトワールはひどく震えており、ほとんど話ができないくらいだった。「大丈夫、大丈夫――ああ、ラミー、ハンカチを持ってるから拭かせて……」

「気にすんな」ラミーは体をよじって上着を脱いだ。「もうダメだ。新しいのを買うよ」

ロビーのなかでは学生や依頼人たちが壁に鈴なりになって、窓越しに群衆を見つめていた。ロビンの第一印象は、これがヘルメス結社の仕業《しわざ》なのかという疑念だった。だが、そんなことはありえなかった――グリフィンの窃盗はとても入念に計画されたものだった。あの怒り狂った群衆よりもはるかに洗練された組織の存在をうかがわせた。

「なにが起こっているのか知ってます？」ロビンはキャシー・オニールに訊いた。

「彼らは工場労働者だと思う」キャシーは言った。「最近、ここの北にある工場のオーナーとバベルが契約を結んだそうなの。それであの人たちが仕事を奪われた」

「あの全員を？」ラミーが訊いた。「たんなる何本かの銀の棒で？」

「ああ、数百人の労働者の首を切ったんだ」話を聞きつけて、ヴィマルが言った。「どうやらすばらしい適合対らしい。プレイフェア教授が思いついたんだ。ロビーの東側全体を改装する資金を捻出できるくらいの儲けを得たんだ。あの連中を合わせただけの仕事をできるなら、それも驚きじゃないな」

「でも、それってとても気の毒じゃない？」キャシーがつぶやいた。「これからどうする気かしら」

「それってどういう意味？」ロビンが訊く。

キャシーは窓のほうを身振りで示した。「つまり、あの人たちは家族をどうやって養うんだろう？」

その点について考えすらしなかったのをロビンは恥じた。

上の階の語源学の授業で、ラヴェル教授は、明確にもっと残酷な意見を表明した。「あいつらのことを気に病むな。いつもの社会のゴミにすぎん。酔っ払いであり、北部の不平分子であり、往来で怒鳴ることよりほかに意見を表明するための手段を持たない下層民だ。もちろん、手紙ならまだましだと思うが、あいつらの半分も読み書きできるかどうか疑わしい」

「あの人たちが仕事を失ったのは、確かなんですか？」ヴィクトワールが訊いた。

「まあ、当然だな。あいつらがやっているたぐいの労働は、もはや余剰なんだ。とっくのむかしに解雇されてしかるべきだった。機織《はたお》りや糸紡《いとつむ》ぎ、糸梳《いとす》き、粗糸《そし》作りはとっくに機械化されるべきだった。それは単純に人類の進歩なのだ」

「彼らはそのことにとても憤っているようですが」ラミーが意見を述べた。

「ああ、確かに腹を立てているだろうさ」ラヴェル教授は言った。「その理由を想像するのは難《かた》くない。この十年以上にわたって銀工術がこの国にどんな役割を果たしてきたかね？　農業と工業の生産性が想像を絶するくらいに向上した。工場がとても効率的になり、四分の一の労働者でまわせるようになった。繊維産業を例に取ろう——ケイの飛杼《とびひ》、アークライトの水力紡績機、クロンプトンのミュール精紡機、カートライトの織機は、すべて銀工術を使って可能になったのだ。銀工術は、イギリスをほかのどの国より発展させ、その過程で数千人の労働者の仕事を失わせた。実際に役立つかもしれない技能を学ぶために自分たちの頭を使う代わりに、連中は、わが塔の正面階段にきて泣き言を言うほうを選んだのだ。いいかね、表で抗議をしているあの手の連中は、いまにはじまったことではない。この国には病がある」ラヴェル教授はふいに、悪意をこめた激しさで話しだした。「ラッダイトたちからはじまったのだ——進歩に適応するよりも機械を破壊したほうがましだと考えたノッティンガムに住む愚かな労働者たちだ——そしてそれ以降、イングランド全体にその運動は広がった。われわれが死んだほうがいいと思っている連中が国じゅうに存在している。こんなふうに攻撃を受けているのはバベルだけではない。いや、われわれの防護装置は大半のところより優れているので、最悪の事態をわれわれは見ていない。北部では、あの連中は放火したり、建物の所有者に石をぶつけて殺したり、工場の監督に酸を浴びせたりしている。ランカシャーでは織機を破壊するのが止まらないようだ。いや、うちの学部が殺害予告を受けたのは今回がはじめてではない。連中がオックスフォードのような遠い南部までやってきたのがはじめてなだけだ」

「殺害予告が届いているんですか？」レティが警戒心をあらわにして訊いた。

「もちろん。毎年数が増えている」

「でも、それが気にならないんですか？」

ラヴェル教授は鼻で嗤った。「気になるものか。あの連中を見て、われわれのあいだには途方もないちがいがあるのだと考えている。わたしは、知識と科学の進歩を信じているがゆえにここにいる。そしてそれを駆使してきた。あの連中は未来とともに前進するのをかたくなに拒んできたがゆえにいまのところにいるのだ。ああいう連中をわたしは恐れない。ああいう連中はわたしを笑わせるだけだ」

「一年じゅうこんな感じになるんですか？」ヴィクトワールは小声で訊ねた。「つまり、外の緑地のように」

「長くはつづかん」ラヴェル教授はヴィクトワールに請け合った。「そう、今夜には、一掃されるだろう。あの連中はこらえ性がない。腹が減ったら日没までにいなくなるだろう。あるいは酒をさがしにふらふらと離れていったらな。もしそうならなかったら、防護装置と警察がやつらを立ち退かせる」

だが、ラヴェル教授はまちがっていた。これは孤立した一握りの不満分子の仕業ではなく、彼らは一晩で姿を消しもしなかった。警察が午前中に群衆を追い払ったが、彼らは少人数ずつになって戻ってきた。週に何度も十人かそこらの男たちが姿を現し、塔に向かう研究員たちに嫌がらせをした。ある朝、ちくたくと音を立てる小包がプレイフェア教授の研究室に届けられ、建物内にいる全員が退去せざるをえなくなった。時計が爆発物に接続されていたのが判明した。幸いにも雨で小包が濡れ、導火線も濡れて使い物にならなくなっていた。

「だけど、雨がふらなかったらどうなっていた？」ラミーが訊いた。

だれもそれに対するまともな答を持っていなかった。

塔の警備は一晩で倍になった。郵便物は、オックスフォードの中間にある処理センターであらたに雇い入れた職員によって仕訳《しわけ》されるようになった。警察官が交替制のチームを組み、二十四時間、塔の入り口を警護した。プレイフェア教授は正面扉の上に銀の棒を新しく一組設置したが、いつものように教授はどんな適合対を刻んだのか、あるいは、起動したときにそれがなにをするかを明らかにすることを拒んだ。

抗議者たちは、小規模の騒ぎの兆候ではなかった。なにかがイングランド全体で起こっていた。一連の変化が生じ、その結果がどうなるか、推測することしかできなかった。オックスフォードは、イングランドのほかの大都市よりおよそ一世紀遅れたところを走りつづけていたが、長いあいだ変化から免れているふりをすることしかできなかった。外部の世界の移り変わりは、いまや無視するのが不可能になっていた。それは工場労働者だけの問題ではなかった。改革運動や社会不安、不平等がこの十年のキーワードだった。わずか六年まえにピーター・ギャスケルが作った新語である、いわゆる「銀の産業革命」の衝撃が国じゅうに伝わりはじめていた。ウィリアム・ブレイクが「暗黒の悪魔的工作機械」と名づけたたぐいの銀に動力を得た機械が職人の労働力と急速に置き換わっていったが、万人に繁栄をもたらすのではなく、景気後退を生みだし、富める者と貧しき者のあいだの格差拡大を招いた。その格差拡大は、ディズレーリ（後年、保守党党首にして首相になる）とディケンズの小説の題材にすぐにもなるだろう。地方の農業は衰退の一途をたどっており、男や女や子どもが工場で働くために都会の中心部に全員で移動し、そこでは想像を超える長時間の労働をおこない、おぞましい事故で四肢や命を失っていた。一八三四年に制定された新しい救貧法は、ほかのなによりも貧困給付金の経費を減額する目的で策定されたもので、根本的に冷酷で、懲罰的な内容だった。申請者が救貧院に移らないかぎり、経済的な援助は得られず、そうした救貧院はだれもなかで暮らしたいと思わないくらい悲惨な場所になるよう設計されていた。ラヴェル教授の言う進歩と啓蒙《けいもう》による約束された未来は、貧困と苦難をもたらしただけに思えた。まさしく、銀の産業革命で利益を得られるのは、すでに裕福な者だけのようであり、選ばれたそうした少数者は、自分たちをそうするだけの狡猾《こうかつ》さ、もしくは幸運さを持った人間だった。

　こうした流れが継続していくのは不可能だった。歴史の歯車はイングランドでは速く回転していた。世界はどんどん小さくなり、どんどん機械化が進み、どんどん不平等になりつつあり、どんな結末になるのか、あるいはバベルにとって、あるいは帝国自体にとってどんな意味があるのか、まだ不明だった。

　しかしながら、ロビンと同期の面々は、研究員がつねにおこなっていることをおこなっていた。

本に顔をうずめ、ひたすらそれぞれの研究に集中していた。抗議のデモ隊は、ロンドンから派遣された兵士が首謀者たちをニューゲート牢獄へ引っ張っていってから、最終的に雲散霧消した。研究員たちは階段をのぼって塔へ向かうたびに息を潜めるのを止めた。彼らはうじゃうじゃいる警察官たちの存在に加え、新しい本や手紙が届くのに倍の時間がかかる事実を我慢することを覚えた。彼らはオックスフォード・クロニクル紙の社説を読むのを止めた。この新しく発刊された親改革派で親急進主義派の媒体は、バベル研究員の評判を毀損《きそん》する意図があるようだった。

それでも、塔への通り道のどの街角でも売られているこの新聞の見出しを無視することはほとんどできずにいた。

バベル、国家経済への脅威?
外国の棒が何十人もの市民を救貧院に送りこんでいる
銀にノーと言おう!

心が痛くなっても不思議じゃなかった。ところが、実際には、ロビンは社会不安がどんなにひどくても、目を逸らすことに慣れてしまいさえすれば、極めて容易に耐えられることに気づいた。

ある嵐の夜、ラヴェル教授の家での夕食に向かう途中で、ロビンはウッドストック・ロードの角に座っている家族を見かけた。ブリキのマグカップを差しだし、施しを求めている。物乞いはオックスフォードの外れで見慣れた光景だったが、家族全員というのは稀《まれ》だった。ロビンが近づいていくとふたりの幼い子どもが小さく手を振った。ふたりの雨に濡れた青白い顔を見て、ロビンは罪悪感を覚えて立ち止まり、ポケットから数枚の小銭を取りだした。

「ありがとうございます」父親がぼそっと言った。「神の祝福を」

男のひげはひどくのび、着ているものはかなりぼろぼろだったが、ロビンは男に見覚えがあった

――彼は、まちがいなく、数週間まえ、塔にいく途中でひどい罵りをぶつけてきた男たちのひとりだった。男はロビンと目を合わせた。男がロビンとおなじように相手を認識したかどうかははっきりしなかった。男は口をひらいてなにか言おうとしたが、ロビンは足取りを速め、仮に男がロビンに向かってなにか言ったところで、風と雨にかき消された。

その一家のことをロビンはミセス・パイパーにもラヴェル教授にも言わなかった。彼らが象徴していたさまざまなことに拘泥したくなかった――革命への支持を告白していたとしても、平等への強い関心および平等な立場ではない人々を助けようとする強い意志はあったとしても、ロビンは真の貧困を経験したことがまったくなかった。広東で辛い目には遭ったものの、次の食事がどこから得られるのかとか、夜どこで眠るのだろうかと思ったことは一度もない。自分の家族を見て、彼らが生きていくためになにが必要なんだろうと考えたことはなかった。自分自身を哀れな孤児であるオリヴァー・ツイストと同一視していても、苦々しい自己憐憫に陥っても、イングランドに足を踏み入れてから一度たりとも腹を空かして眠ったことがないというのが事実だった。

その夜、ロビンは夕食を食べ、ミセス・パイパーのお世辞にほほ笑み、ラヴェル教授とワインの一瓶をわかちあった。学寮へはちがうルートをたどって戻った。翌月、向かう途中でおなじ迂回をするのを忘れたが、それは問題にはならなかった――そのころにはあの哀れな一家はすでに姿を消していた。

試験が迫り、ひどい一年はさらにひどくなった。バベルの研究員は二回の試験を受ける――一度は三年次の終わりに、もう一度は四年生のあいだに。これらの試験は時期をずらしておこなわれた。四年生はヒラリー学期のなかほどで試験がある一方、三年生はトリニティ学期になってはじめて試験があることになっていた。その結果、冬季休暇が終わると、塔の雰囲気は一変した。図書館と自習室は、だれかが息をするだけでもたじろぎ、小声で話をしようとするものがいれば殺意のこもった視線を向けてくる神経質な四年生で終日埋まっていた。

伝統的にバベルは試験期間の終わりに四年次の成績を公表する。その週の金曜日の正午に、塔のなか全体で鐘が三回鳴らされる。だれもが立ちあがり、急ぎ足でロビーにおりていく。そこでは午後の依頼人たちが扉の外へ追いだされているところだった。プレイフェア教授が部屋の中央にあるテーブルの上に立っていた。教授は紫の縁飾りのついた華美なガウンをまとい、ロビンが中世の挿絵でしか見たことのない巻物のたぐいを掲げ持っていた。学部の関係者以外の人間を全員追いだすと、教授は咳払いをして、唱えるような口調で言った。「次に挙げる学位候補者は、資格試験を優秀な成績で合格した。マシュー・ハウンズロー――」

奥の隅にいただれかが大きな悲鳴をあげた。

「アダム・ムアヘッド」

正面近くにいた学生が、ロビーのまんなかの床にまっすぐ座りこみ、両手で口を押さえた。

「これは非人道的だな」ラミーが小声で言った。

「残酷極まりなく、異常だ」ロビンも同意した。だが、彼は成り行きから目を背けることができなかった。まだ試験に備えてはいなかったものの、いまではすぐそばに迫っており、わがことのように恐怖を感じて心臓が激しく鼓動を拍《う》った。これはとても恐ろしいことではあったものの、同時にわくわくさせられもした。おのれが聡明であることを証明し、または証明できなかった人物をこうして公《おおやけ》の場で発表するのは。

マシューとアダムだけが優秀の評価を受けた。プレイフェア教授は良の成績者（ジェイムズ・フェアフィールド）と可の成績者（ルーク・マキャフリー）を発表したのち、非常に厳粛な声で、「次の候補者は資格試験に不合格になり、王立翻訳研究所の奨学金給付大学院生として戻ってくることも、学位を授与されることもない。フィリップ・ライト」

ライトはフランス語とドイツ語を専攻し、初年度に学部の食事会でロビンの隣に座っていた人物だった。年々、彼は痩せ、やつれていった。何日も風呂に入らず、ひげも剃《そ》っていないかのような様子で図書館のなかを絶えずこそこそ動きまわり、狼狽《ろうばい》と当惑がないまぜになったような様子で目のまえの書類の山を見つめている学生のひとりだった。

「貴君はあらゆる寛大さを享受してきた」プレイフェア教授は言った。「貴君には過分な便宜が認められてきたと思う。さて、これが貴君のここでの時間の終わりであることを認めるときだ、ライトくん」

ライトはプレイフェア教授に近づこうとしているかのような動きを示したが、ふたりの大学院生に腕を摑まれ、引き戻された。ライトは懇願しはじめ、自分の試験の解答が誤って解釈されたことや、もう一度チャンスをもらえさえすればすべてを明確にできることを訴えた。プレイフェア教授は両手をうしろにまわして落ち着いて佇《たたず》み、聞いていないふりを装った。

「なにがあったの？」ロビンはヴィマルに訊いた。

「ほんとうの語源ではなく、通俗語源説に捕まったんだ」ヴィマルは大仰に首を振った。「デマ《カナード》とカナリアを結びつけようとしたんだ。ただしカナリアは、フランス語の鴨《カナール》とは関係ないんだ――カナリア諸島からきた名前さ。ラテン語の犬《カニス》にちなんで名づけられた島々だ――」

ヴィマルの説明のつづきはロビンの耳に入らなかった。

プレイフェア教授は内ポケットからガラスの小瓶を取りだした――ライトの血が入っている瓶だ、とロビンは推測した。教授はその瓶をテーブルの上に置き、踏んづけた。ガラスが砕け、茶色い小片が床に飛び散った。ライトは咆吼をあげた。瓶の破壊が実際に彼にどんな影響を与えたのか定かではない――ロビンに判断できるかぎりではライトの手足はなんの影響も受けていないようであり、新鮮な血が流れたわけでもなかった――だが、ライトはまるで突き刺されたかのように上腹部を摑んで床に倒れ伏した。

「おぞましい」レティが戦《おのの》いて言った。

「まちがいなく中世だ」ヴィクトワールが同意した。

四人はこれまで不合格生を見たことがなかった。目を背けることができなかった。ライトを立ちあがらせ、正面扉に引きずっていき、ぞんざいに押しやって階段をおりていかせるのに三人目の大学院生が必要だった。ほかのだれもが口をぽかんとあけて見つめていた。このようなグロテスクな儀式は、現代の教育機関には似つかわしくなかった。それでもこれは完全にふさわしいものだった。オックスフォード、ひいてはバベルは、その根っこに古代の宗教組織があり、現代的洗練化はあったとしても、大学生活を構成する儀式は、いまも中世の神秘主義に基づいていた。オックスフォードは、本質的にキリスト教である英国国教会の教義を信奉しており、それは血と肉と土を意味していた。*

扉が叩きつけるように閉められた。プレイフェア教授はガウンの埃を払うと、テーブルからひょいっと飛びおり、残りの学生のほうを振り返った。

「さて、用はすんだ」教授は笑顔を浮かべた。「試験、お疲れさま。みんなおめでとう」

二日後、ロビンにグリフィンから連絡があり、大学から一時間近く歩いていかなければならない

*そしてこの試験の儀式は十八世紀後半におこなわれていたやり方と比較すると、ずいぶん穏やかなものだった。当時、四年間は、いわゆる「ドア・テスト」を受けるためのものであり、直近の受験者は成績付けが終わった朝、入り口を通るために並ばされた。合格した受験者は扉《ドア》を問題なく通過することになった。不合格の受験者は侵入者として塔に対処され、現行の防護装置が科すよう設計されている暴力的な処罰がどんなものであれ、それをこうむることになっていた。この慣習は、重傷を負わせることが期待以下の成績の者に対する処罰としては教育上ふさわしくないという根拠に基づき、ついには禁止されたのだが、プレイフェア教授はいまもそれを復活させようと毎年ロビー活動をおこなっていた。

イフリーにある居酒屋で会おうと求められた。その店は、薄暗くて騒がしい場所だった。奥に近い場所でうつむいて座っている兄を見つけるのに少しかかった。このまえ会ってからなにをしてたにせよグリフィンはちゃんと食べていない様子だった。目のまえに湯気をあげているシェパード・パイをふたつ置いて、舌を火傷《やけど》するのを恐れずに一皿目をがつがつ食らっていた。

「この場所はなんだい？」ロビンは訊いた。

「ここでときどき飯を食ってるんだ」グリフィンは言った。「料理はひどいが量は多い。大事なのは、大学のだれもここまでこないことだ。ここは近すぎるんだ――プレイフェア教授はなんて呼んでたかな？　地元民と」

グリフィンは今学期ずっとそうだったよりもひどい様子だった――明らかに消耗しており、頬がこけ、肉が削られて尖った細い芯だけになったようだった。難破船の生き残りのような雰囲気を醸しだしていた。長距離の旅をおこない、かろうじて生きのびた人間のようだ――もちろん、彼は自分がどこにいたのかロビンに話はしないだろう。うしろの椅子に吊している黒いコートは悪臭を放っていた。

「それは大丈夫なの？」ロビンはグリフィンの左腕を指さした。包帯で巻かれていたが、その下に隠れている傷がどんなものであれ、まだ傷口がひらいたままなのが明白だった。なぜならロビンが腰をおろしてから、その前腕に黒い染みがはっきりと広がっていたからだ。

「ああ」グリフィンは自分の腕に目をやった。「たいしたことはない。ただ塞がるのに時間がかかっているだけだ」

「じゃあ、たいしたことじゃないか」

「ふん」

「ひどい怪我に見えるよ」ロビンは静かに笑い、次に口から出た言葉が意図していたより辛辣に聞こえた。「縫うべきだ。ブランデーが役に立つ」

「はあ。いや、こっちには人がいる。あとで診てもらう」グリフィンは袖を引っ張って包帯を隠した。「とにかく。来週、準備しておいてもらわないと。とても難しい事情があるんだ。だから、時間や日にちはまだ決まっていないけど、大きな仕事だ――マニアック&スミスから大量に銀が入荷することになっていて、荷揚げの際に木箱を手に入れたいと狙っている。もちろん、注意を逸らすための大がかりな行動が必要だ。すばやく入手できるようおまえの部屋に爆発物をいくつか置いておく必要があるかもしれない――」

ロビンはひるんだ。「爆発物?」

「おまえが怖がりなことを忘れてたよ」グリフィンはそう言って手を振った。「大丈夫だ、実行日のまえに点火方法を教えるよ。ちゃんと設定したら、だれも傷つけやしない――」

「いやだ」ロビンは言った。「断る、以上。ぼくはごめんこうむる――そんなのばかげてる、そんなことをやるもんか」

グリフィンは片方の眉を持ちあげた。「いったい全体どこからそんな気持ちが生じたんだ?」

「ぼくは人が追放されるのを見たばかりなんだ」

「ああ」グリフィンは笑い声をあげた。「今年はだれだった?」

「ライトだ」ロビンは言った。「連中はライトの血が入った瓶を砕いたんだ。そして塔から彼を放りだし、締めだし、あらゆるものとあらゆる人から彼を切り離したんだ――」

「でも、そんなことはおまえの身には起こらない。おまえはあまりにも優秀なんだ。あるいは、おれのせいで復習ができていないのか?」

「扉をあけるのと爆発物を仕掛けるのは、大ちがいだ」

「大丈夫だよ、おれを信じてくれ――」

「いや、信じられないね」ロビンは言い放った。心臓の鼓動がとても速くなっていたが、沈黙したままでいるのはもう遅すぎた。一気に言ってしまわねばならなかった。永遠に自分の言葉を嚙みしめつづけることができなかった。「ぼくはあんたを信じていないんだ。あんたはどんどんずさんになっている」

　グリフィンの両方の眉が吊りあがった。「ずさん？」

「あんたは何週間も姿を現さなかった。現すときにはたいてい遅刻する。あんたの指示は全部線で消されたり何度も書き直されているので、なんて書いてあるのか解読するには、ほんとに熟練が必要なんだ。バベルの警備はほぼ三倍に増えているのに、それへの対処の仕方を練りあげることにあんたは興味を持っていないようだ。それに以前起こったことをあんたはまだ説明していない。あるいは防護装置に対するあらたな解決策がなんであるかを説明していない。ぼくは腕を撃たれたのに、あんたは気にしていないようだ――」

「それについてはすまないと言った」グリフィンはうんざりしたように言った。「二度と起こらない」

「だけど、なぜぼくはあんたの言うことを信じないといけないんだ？」

「なぜなら、今回のは重要だからだ」グリフィンはまえに身を乗りだした。「これがすべてを変えうるんだ。バランスを変えてしまえるんだ――」

「じゃあ、どうしてそうなるのか話せ。もっと話してくれ。ずっとぼくに黙っているなら、うまくいくものか」

「いいか、セント・オールデート教会のことは話しただろ？」グリフィンはいらだっている様子だった。「必要以上に話せないのはわかってるだろ。おまえはまだ加わって間もないんだ。リスクを理解していない――」

「リスクだって？　リスクを冒しているのはぼくだ。自分の未来全部を危険に晒しているんだ――」

「おかしいぞ」グリフィンは言った。「ヘルメス結社がおまえの未来だと思ってたんだが」

「ぼくの言わんとしていることはわかってるだろ」

「ああ、とても鮮明にわかってる」グリフィンの唇が歪んだ。そのとき、彼は自分たちの父親とそっくりに見えた。「おまえは自由に対してとても大きな恐怖心を抱いているんだ、弟よ。それがおまえに枷をはめている。おまえは植民地の住民と自分をひどく同一視していて、彼らへの脅威を自分への脅威と考えている。自分が彼らにはなりえないのをいつになったらわかるんだ？」

「話を逸らさないでくれ」ロビンは言った。「いつだって話を逸らす。自分の未来と言うとき、気楽な立場という意味じゃない。生存という意味で言ってるんだ。だから、なぜ今回の仕事が重要なのか話してくれ。なぜいまなのか？　なぜ今回の仕事なのか？」

「ロビン――」

「あんたは目に見えないもののため命を賭けろとぼくに頼んでいるんだぞ」ロビンは言い放った。「そしてぼくは理由を教えろと頼んでいるだけだ」

　グリフィンはしばらく黙っていた。店内を見まわし、テーブルを指でとんとんと叩き、やがてとても低い声で言った。「アフガニスタンだ」

「アフガニスタンでなにが起こっている？」

「ニュースを読んでないのか？　イギリス軍がアフガニスタンに侵攻しようとしている。だけど、そんなことが起こらないようにするための進行中の計画がある――そしてそれについてはほんとに話せないんだ、兄弟――」

　だが、ロビンは笑いだしていた。「アフガニスタン？　ほんとかよ？」

「そんなにおかしいか？」グリフィンは訊いた。

「口先ばかりじゃないか」ロビンはそんなことを言った自分に驚いた。そのとき、心のなかでなにかが砕けた――グリフィンを尊敬すべきだという幻想、ヘルメス結社がほんとうに重要だという幻想が崩れた。「自分が重要な人間だという気になるんだろ？　自分が世界になんらかの影響力を及ぼしているというふうに振る舞えば？　ぼくは実際に権力のレバーを握っている人間を見てきた。

連中はあんたとは似ても似つかない。連中はあわてて力をかき集める必要がない。連中はばかげた深夜の窃盗団を組織していないし、盗品を手に入れようとする乱暴な試みで年少の兄弟たちを危険に晒すこともない。連中はすでに持っているんだから」

　グリフィンの目が細くなった。「それでなにを言いたいんだ?」

「あんたはなにをしてるんだ?」ロビンは問い迫った。「実際の話、グリフィン、いったいあんたはいままでなにをやったんだ?　大英帝国はまだ立っている。バベルはまだそこにある。太陽はのぼり、イギリスはまだ世界のいたるところに爪を突きたてており、銀は終わることなく流れこみつづけている。こんなことどうでもいいんだ」

「まさか本気でそんなことを考えていないだろうな」

「ああ、ぼくはただ――」ロビンは鋭い罪悪感のうずきを感じた。たぶん、あまりにも性急に話してしまっていた。だが、その主張は正当だ、とロビンは思った。「こうした活動がなにを成し遂げたのか、ぼくには見えないだけだ。それなのにあんたはぼくにたくさんのことをあきらめろと要求している。ぼくは協力したいよ、グリフィン。だけど、生き延びたくもあるんだ」

　グリフィンはしばらく返事をしなかった。ロビンは座って相手を見つめていたが、兄が平然と最後のシェパード・パイを平らげると、どんどん不快感が増してきた。そしてグリフィンはフォークをおろし、ナプキンで口のまわりを丁寧に拭った。

「アフガニスタンで起きている奇妙なことを知ってるか?」グリフィンの声はとても柔らかくなった。「イギリス軍はイギリス人兵士で侵攻しようとしていないんだ。ベンガルとボンベイの兵士を使って侵攻しようとしている。インド兵《セポイ》にアフガン軍と戦わせるつもりなんだ。イラワディでセポイたちに戦わせ、死んでもらったのとおなじように。なぜなら、そうしたインド兵たちはおまえとおなじ論理を持っているからだ。抵抗するよりも、残忍な弾圧やなにかがあったとしても大英帝国の下僕になるほうがましだと考えている。なぜなら、そのほうが安全だからだ。そのほうが安定しており、そのほうが自分たちを生き延びさせてくれるからだ。そしてそれが連中の勝ち方なんだ、兄弟。連中はわれわれをたがいに戦わせる。われわれをばらばらに引き裂いている」

「ぼくは永久に外れるわけじゃない」ロビンはあわてて言った。「ただ――つまり、今年が終わるまで、あるいは事態が無事落ち着くまで――」

「そういうわけにはいかない」グリフィンは言った。「仲間になるか、抜けるかのどちらかだ。アフガニスタンは待ってくれない」

ロビンは震える息を吸いこんだ。「じゃあ、ぼくは抜ける」

「けっこう」グリフィンはナプキンを落として立ちあがった。「ただし口はつぐんでおけ、いいな？　さもないとおれがやってきて、未解決の問題を解決しなきゃならなくなる。おれはずさんなのは嫌いなんだ」

「だれにも言わないよ。約束する――」

「おまえの口約束なんかどうでもいい」グリフィンは言った。「だけど、おまえがどこで寝ているのか知ってる」

それに対してロビンが言えることはなにもなかった。グリフィンがはったりをかましているのではないのはわかっていたし、もしグリフィンが本気でロビンのことを信用していないなら、生きて学寮に戻ることはないだろうともわかっていた。ふたりはなにも言わずにたがいを長いあいだ見つめた。

やがてグリフィンは首を横に振ると言った。「おまえは迷子だ、兄弟。おまえは見慣れた陸地をさがして漂流している船だ。おまえがなにを求めているのか、おれにはわかる。おれもそれを求めていた。だけど、どこにも故郷はないんだ。なくなってしまったんだ」グリフィンは出口の扉に向かう途中、ロビンの横で立ち止まった。指をロビンの肩に置き、痛いくらい強く握り締めた。「だけど、これはわかってくれ、兄弟。おまえはだれの旗も掲げていない。自由に自分自身の港をさがせるんだ。しかも、流れに身を任せる以外にできることはたくさんあるんだぞ」

第三部

第十三章

山は陣痛に苦しみ、生まれるのは一匹の笑止すべき小さな鼠《ねずみ》。
――ホラーティウス『詩論』E・C・ウィッカム訳

グリフィンは有言実行を果たした。ロビンのところにあらたなメモを残すことはなかった。最初、グリフィンはしばらくのあいだむくれているだけで、やがてまた小規模な、まえより決まり切った用事を果たしてくれとせがんでくるものとロビンは思いこんでいた。だが、一週間が一カ月になり、やがて一学期丸々になった。グリフィンが多少とも恨《うら》みがましくなるのを予想していた――少なくとも咎《とが》めだてする別れの手紙を残していくといったことを。あの口論のあと数日間、ロビンは見知らぬ人間が道で自分のほうを見るたびにひるみ、ヘルメス結社が未解決案件の処理をするのが最善と判断したのだと思いこんだ。

だが、グリフィンは完全にロビンとの関係を絶った。

ロビンは良心の呵責《かしやく》を覚えないように努めた。ヘルメスはどこにもいかない。戦うべき戦闘は絶えずあるだろう。ロビンが彼らにふたたび加わる用意が整ったとき、彼らはそこにいるはずだ、とロビンは確信していた。そしてバベルの生態系のなかにしっかり身を潜めていなければ、自分がヘルメスのためにできることはなにもなかった。グリフィン自身そう言った――内部に協力者が必要だ、と。それがロビンがいまいる場所にちゃんと留まるに足る理由にはならないだろうか？

そうこうするうちに三年次の試験が近づいてきた。学年末試験は、オックスフォードできわめて重要な出来事だった。前世紀末までは、見物人に公開されていた口頭試問《ヴァイヴァ・ヴォーシ》の試練が普通だった

——ただし、一八三〇年代初期までには、口頭試問は客観的に評価するのがあまりにも難しく、あまつさえ不必要に残酷だという理由で、通常の文学士学位では、五つの筆記試験とひとつの口頭試問だけが求められるようになった。一八三六年には、口頭試問の見学は認められなくなり、街の人人は年に一度の大きな娯楽を失った。

その代わり、ロビンの同期は、各研究言語の三時間の論文試験と語源論に関する三時間の論文試験、翻訳理論に関する口頭試問、それに銀工術《ぎんこうじゅつ》の試験を受けるようにと言われた。もし言語試験あるいは各論試験のいずれかで合格しなければ、バベルに留まることはできず、もし銀工術の試験に合格しなければ、将来、八階で働くことはできなくなるのだった。*

口頭試問は、プレイフェア教授を筆頭とした三名の教授からなる評議団のまえでおこなわれることになっていた。教授は悪名高い手強《てごわ》い試験官であり、少なくとも毎年ふたりの学生が泣き崩れると噂されていた。「ボールダーダッシュとは」そんな場合、プレイフェア教授はゆっくりと間延びした話し方をするのだという。「夜も更けてほとんどの酒が切れかけてしまったときにバーテンダーが作る呪われた混合酒を指して使われている言葉だ。エールやワイン、シードル、ミルク——バーテンダーはそれらを全部いっしょくたにして、客が気にしないことを望むんだ。なぜなら、結局のところ、目的はたんに酔っ払うことだから。だが、ここはオックスフォード大学であり、真夜中を過ぎたターフ酒場ではない。われわれは酒をがぶ飲みするより少しは啓蒙《けいもう》的なものが必要なのだ。もう一度試してみる気はあるかね？」

一年次と二年次には無限にある気がした時間がいまや砂時計のなかを急速に流れ落ちていた。あとから追いつく機会はつねにあるという想定の下、川での浮かれ騒ぎのため講読を先延ばしになどもはやできなかった。試験まで五週間、四週間、ついに三週間になる。トリニティ学期が終わりに近づき、授業の最後の日は、黄金の午後で終わるはずだった。デザートとニワトコの花の濃縮ジュース、チャーウェル川での船遊び。だが、午後四時に鐘が鳴ると、四人は本をしまいこみ、クラフト教授の教室からまっすぐ塔の五階にある自習室のひとつに向かった。彼らはそこに閉じこもり、それからの十三日間、毎日、こめかみがずきずきうずくまで、辞書や翻訳した文章や語彙《ごい》リストを熟読することになる。

寛大さからか、あるいはひょっとしてサディズムからか、バベルの教授陣は、勉強の助けとして使えるよう、ひとそろいの銀の棒を試験受験者に貸し与えた。それらの棒には、英語の meticulous《メティキュラス》（「綿密な」、「細部に拘《こだわ》る」）とそのラテン語の原形である metus《メトース》（「恐怖」、「恐れ」を意味する）を用いた適合対《マッチ・ペア》が刻まれていた。meticulous の現代の用法は、ほんの数十年まえにフランスで生まれたもので、ミスを犯すことを恐れるという含意があった。この棒の効果は、使用者が仕事でミスをするたびに冷水を浴びせられたような不安をかきたてるというものだった。

ラミーはその棒を嫌い、使うのを拒んだ。「どこを間違えたのか教えてくれないじゃないか」彼は不満をこぼした。「自分でわからない理由で吐きたくなるだけだ」

「まあ、それを使えばもっと注意するようになるかもね」レティが訂正を施した彼の作文を返しながら、文句をつけた。「そのページ一枚に少なくとも十二箇所ミスがあり、一文一文が長すぎる――」

＊多くのバベル卒業生は文学科または法務科で働くのを喜んでいたが、銀工術の試験は外国出身の研究員により高い要求をした。彼らは八階以外の部門では高いポストを見つけるのが難しかった。八階では、非ヨーロッパ系言語に流暢《りゅうちょう》であることがもっとも価値があると見なされていた。グリフィンは、銀工術の試験に合格できず、法務科での継続路線を進むことを提示された。だが、ラヴェル教授は、銀工術以外はなにも価値がなく、ほかのどの部門も非創造的で、才能のない愚か者のためのものだという信念をいつも表明していた。教授の傲慢かつ苛酷な屋根の下で育てられた哀れなグリフィンはその考えに賛同していた。

「そんなに長くはない。キケロの書いたものだから」

「キケロの書いたものであることを根拠にすべての悪文の言い訳はできないわ――」

ラミーははねつけるかのように片手を振った。「それでもいいんだ、レティ、十分で仕上げたんだから」

「でも、スピードが大事なんじゃない。大事なのは正確さで――」

「たくさんやればやるほど、筆記試験に出てくる問題の出題範囲をカバーできるんだ」ラミーは言った。「そしてそれこそおれたちが本気で用意しなきゃならないことだ。試験用紙が目のまえにきたときに頭が真っ白になりたくない」

それは根拠のある不安だった。ストレスは何年もかけて学んできたさまざまなことを学生の心から消し去る特殊な能力がある。去年、四年次の試験期間中、ある受験者が自分は試験を終わらせることができないだけでなく、フランス語が流暢だと嘘をついているときっぱり言ってのけたほどの妄想状態に陥ったという噂が流れた(彼は実際にはフランス語のネイティブ・スピーカーだった)。四人とも自分たちはそういう突飛な愚行には無縁だと考えていたが、ある日、試験まで一週間と迫ったとき、レティがいきなり泣きだして、自分はまったくドイツ語がわからない、ひとつの単語すらわからない、自分はペテン師で、バベルでのキャリアのすべては偽りに基づいていたと言いだした。三人ともずいぶんあとになるまでそのわめき散らしの中身を理解できなかった。というのも、レティは全部ドイツ語で言ったからだった。

記憶障害はやってくる最初の兆候にすぎなかった。成績に関する不安で体調を崩したことはロビンはこれまで一度もなかったのだが。まず、ずきずきするしつこい頭痛が起き、次に立ちあがったり、動こうとするたび、ひっきりなしに吐き気がした。なんの警告もなく体の震《ふる》えに襲われるようになった――手の震えがひどくてペンを握るのが難しくなることが頻繁にあった。一度、筆記の模擬試験の最中、視野が一時的に消失《ブラックアウト》した。なにも考えられなくなり、ひと言も思いだせず、見ることすらできなかった。恢復《かいふく》するのに十分近くかかった。食事も食べられなくなった。神経が過剰に昂《たか》ぶったあまり、どういうわけか、一日じゅう疲れていて、しかも眠れなくなった。

やがて優れたオックスフォードの上級生たち全員と同様、ロビンは自分が正気を失いつつあるのに気づいた。研究者たちの街で孤立をつづけていることですでにもろくなっていた現実感覚が、いっそう断片的なものになった。何時間もの復習で、記号やシンボルの処理や、なにが現実でなにがそうではないという信念が阻害された。抽象的なものは事実に基づき、重要と思える一方、お粥《かゆ》や卵といった日常の物事は疑わしく思えた。日々の会話が退屈なものになり、雑談は恐怖であり、基本的な挨拶《あいさつ》の意味を把握《はあく》できなくなった。用務員によい一日《グッド・ワン》でしたかと訊《たず》ねられたとき、ロビンは優に三十秒間、なにも言わずにじっと立ったままで、「よい《グッド》」、いや、それどころか「一日《ワン》」がなにを意味するのか処理できずにいた。

「ああ、おなじだ」ロビンがそのことを話題にすると、ラミーが嬉しそうに言った。「ひどいもんだ。おれはもう基本的な会話すらできない――いま会話に出てきた言葉のほんとうの意味はなんだろうと考えつづけてしまう」

「わたしは歩いていてしょっちゅう壁にぶつかっている」ヴィクトワールが言った。「世界がまわりから消えていき、感知できるのは語彙リストだけになっている」

「わたしの場合はお茶の葉だった」レティが言った。「ずっと象形文字に見えるの。こないだ、自分がそれに注釈を付けようとしているのに気づいた――紙に書き写しはじめていたくらい」

幻を見ているのが自分だけではないと耳にしてロビンはほっとした。幻視をもっとも心配していたからだ。人物を丸ごと幻覚で見はじめていた。ソーントン書店の書架でラテン語講読課題にあがっていた詩選集をさがしていたところ、入り口近くに見慣れた人物の横顔と思《おぼ》しきものを見かけたのだ。ロビンは近づいていった。まちがいなく彼の目には映った――アンソニー・リッペンが包装紙に包まれたものに代金を払っていた。ありえないくらいぴんぴんしているように見えた。

「アンソニー――」ロビンはつい声をかけた。

アンソニーは顔を起こした。彼はロビンを見た。目を丸くする。ロビンはまえに進みはじめた。困惑していたものの、嬉しくなっていた。だが、アンソニーは書店員に数枚の硬貨を押しつけると、急いで店を出ていった。ロビンがマグダリーン・ストリートに出たときには、アンソニーの姿は見えなくなっていた。ロビンは数秒間、あたりを見まわしたのち、書店に戻り、他人とアンソニーを見誤ったというのはありうるだろうかと考えていた。だが、オックスフォードには若い黒人男性は多くなかった。つまり、アンソニーが死んだと嘘をつかれたのか――バベルの教授陣がみな、なんらかの手のこんだいたずらとしてこれまでやってきたことだ――あるいは、一切合切ロビンが妄想したのかのどちらかということだった。現在の精神状態だと、ロビンは後者の可能性が高いと思った。

四人全員がもっとも恐れていた試験は、銀工術試験だった。トリニティ学期の最終週に正式に伝えられたのは、独自の適合対を考えだし、それを試験監督官のまえで彫らねばならないというものだった。見習い期間を終えた四年次になれば、適合対の考案や、彫刻方法、効果の大きさと継続期間のための実験の正しい技術とともに、共鳴連結と話し方による発現の複雑さを学ぶことになる。だが、いまのところは、適合対の作用の基本原理を身に付けていて、どんな効果でも発揮できさえすればよかった。完璧にできる必要はなかった――というか、はじめてでうまくできたためしはなかった。だが、なにかをやらねばならなかった。自分たちが定義できないものを持っていること、言い、い、意味することに対するほかに代わるもののない本能を持っていることを証明しなければならなかった。それが翻訳者を銀工術師にするのである。

塔の大学院生から技術指導を受けるのは禁じられていたが、心優しく親切なキャシー・オニールは、ある日の午後、図書館で茫然《ぼうぜん》として、怯《おび》えた表情でいるロビンを捕まえて、適合対研究の基礎に関する色褪《いろあ》せた黄色い小冊子をこっそり手渡してくれた。

「開架に入っているものだから」キャシーは同情して言った。「わたしたちみんなが利用したの。目を通せば、大丈夫だから」

その小冊子はかなりむかしのものだった——一七九八年に書かれたもので、古風な綴《つづ》りが数多く採用されていた——だが、簡潔で容易に消化できる秘訣《ひけつ》が数多く含まれていた。最初の秘訣は、宗教に近づくな、だった。これについては膨大な数の恐怖譚《たん》によりすでに心得ていた。そもそも、オックスフォードが東洋語に興味を抱いたのは、神学からだった——ヘブライ語やアラビア語やシリア語が当初、学術研究の対象になった唯一の理由は、宗教文書の翻訳のためだった。だが、聖書は、銀に関して予想不可能で情け容赦ないことが判明した。八階の北区画にはだれもあえて近づこうとしない机が一卓ある。いまもときどき目に見えない発生源から煙があがっているからだ。そこで、ある愚かな大学院生が銀を使って神の御名《みな》を翻訳しようとした、と噂されていた。

より役に立ったのは、小冊子のふたつ目の教えで、cognates《カグネイツ》（同語源語）をさがすことに研究を集中すべし、というものだった。同語源語——異なる言語で共通の先祖があり、しばしば意味も似通っていることもある言葉《えだず》*——は、有益な適合対をさがす際の最高の手がかりである場合が多くある。それらは語源の枝図のなかで近接した枝にあるからだ。だが、同語源語の難しさは、それぞれの意味がとても近いため、翻訳においてほとんど歪《ゆが》みが生じず、その結果、棒が発生させる効果も小さくなることだった。たとえば、英語とスペイン語の chocolate（発音は、英語だと「チョコリト」、スペイン語だと「チョコラテ」）のあいだには大きな差はない。さらに言えば、同語源語をさがすにあたって、類似形異義語には用心しなければならない——同語源語に似ているようだが、まったく起源も意味も異なる語のことだ。たとえば、英語の have は、ラテン語の habere《ハベーレ》（「保持する、所有する」の意）に由来する語では

*例えば、英語の night《ナイト》とスペイン語の noche《ノーチェ》は、両方ともラテン語の nox《ノックス》に由来する。

なく、ラテン語の capere《カペレ》（「さがす」の意）に由来する。また、イタリア語の cognato《コニャート》は、期待に反して、cognate《カグネイト》の意味ではなく、「義理の兄弟」という意味だった。

類似形異義語は、意味も似通っているように見える際にことさら厄介だった。ペルシャ語の farang《ファラング》は、ヨーロッパ人を指す際に用いられていた単語だが、英語の foreign《フォーリン》の同語源語であるように見える。だが、farang は、実際には元々フランク族を指す言葉だったが、西ヨーロッパ人を含む単語に変化した。これに反し、英語の foreign は、「扉」を意味するラテン語の fores《フォレース》から派生した単語である。farang と foreign を結び付けても、成果はない*。

小冊子の三つ目の教えは、連鎖という技法の紹介だった。四人はプレイフェア教授の実演で学んだそれをなんとなく思いだした。もし適合対のふたつの単語が進化しすぎて意味がかけ離れてしまい、もっともらしい翻訳ができなくなった場合、媒介《ばいかい》するものとして第三、あるいは第四の言語を加えることができる。それらの単語を進化の時系列順に彫れば、意図した形でより正確に意味の歪みを導くことができる。別の関連技法に、意味の進化を阻害した可能性のある別の語源を特定するというものがあった。例えば、フランス語の fermer《フェルメ》（「閉じる」「鍵をかける」の意）は、ラテン語の firmāre《フィアマーレ》（「硬くする」「強化する」の意）に明らかに基づいているが、ラテン語の ferrum《フェッルム》（「鉄」の意）にも影響を受けている。だとすれば、仮説の上では、fermer と firmāre と ferrum で、「壊れない鍵」を作れるかもしれない。

こうした技法はいずれも理論上有効に思えた。とはいえ、検証するのははるかに難しかった。結局のところ、難しいのは、ふさわしい適合対をまず思いつくことだった。着想を得ようとして、四人は『現行台帳』――その年帝国全土で利用されている適合対の総合リスト――を一部持ちだし、ざっと目を通してアイデアをさがした。

「ほら」レティが最初のページにある一行を指さして、言った。「運転手のいない路面電車の走らせ方がわかった」

「どんな路面電車だって？」ラミーが訊《き》いた。

「ロンドンを走りまわっているのを見たことがないの？」レティが訊いた。「勝手に動いているけど、だれもそれを運転していないのよ」

「なんらかの内部機構があるんだと思ってた」ロビンは言った。「発動機みたいなものがきっと――」

「大型の路面電車の場合は、そうでしょうね」レティは言った。「でも、比較的小型の貨物電車はそんなに大きくない。自分で引っ張っているように見えるのに気づかなかった？」レティはそのページを昂奮《こうふん》してつついた。「線路《トラック》に銀の棒があるの。track《トラック》は、引っ張るという意味の中世オランダ語の trecken《トレッケン》と関係している――特にフランス語を媒介させた場合には。さて、ここにふたつの単語があり、どちらもわたしたちが線路《トラック》として考えているものを意味しているけど、そのうちひとつしか、「動かす力」の意味を含んでいない。結果として、線路が貨車をまえに引っ張ることになっている。これはすばらしいわ」

「ああ、そうだな」ラミーが言った。「試験中に交通の基幹構造に革命を起こすだけでいい。そうしたらおれたちは大丈夫だ」

四人は何時間でも台帳を読んでいられただろう。尽きることのないおもしろさと、驚くほど聡明《そうめい》な技術革新にあふれていた。ロビンが気づいたのだが、ラヴェル教授が考案したものが多かった。

＊類似形異義語とおなじように厄介な罠《わな》は、民間語源説である――実際には異なる語源を持つ語に民間信仰からくる語釈を割り当てた不正確な語源説のことである。例えば、handiron《ハンドアイアン》は、暖炉のなかで薪《まき》を載せるための金属製の道具を意味する。その語源は、hand と iron が独立して合わさったものと推測したいところだ。だが、handiron は、実際には、フランス語の andier《アンジエ》に由来し、それが英語では aundiren になり、最終的に handiron になった。

とくに独創的だったのは、「古い、老齢の」という意味の漢字「古《グウ》(gŭ)」と英語の old 間の翻訳だった。中国語の「古」には、「耐久性」と「力」の含意がある。まさしく、「古」は、「固い、強い、堅固」という意味を持つ漢字の「固《グウ》(gù)」のなかに含まれている。耐久性と古さという概念を結びつけることで、機械が経年劣化するのを妨げるのに役立つのだ。それどころか、使えば使うほど信頼性が増していく。

「イーヴリン・ブルックってだれ?」ラミーが台帳の終わり近くの最新記入項目をめくりながら訊いた。

「イーヴリン・ブルック?」ロビンが繰り返す。「なんだろう、聞き覚えがある」

「何者であれ、彼女は天才だよ」ラミーはあるページを指さした。「ほら、一八三三年一年だけで十二個の適合対を考案している。たいていの大学院生は、五個以上登録されていないというのに」

「ちょっと待って」レティが言った。「それってイーヴィーのこと?」

ラミーは顔をしかめた。「イーヴィー?」

「あの机よ」レティは言った。「覚えてない? わたしがまちがった椅子に座ろうとしたらプレイフェア教授に叱られたあのとき。教授はイーヴィーの机と言ったわ」

「とても特別な学生だったんじゃないかな」ヴィクトワールが言う。「それに他人に自分のものをいじられるのが好きじゃないんだ」

「だけど、あの朝以降、だれも彼女の持ち物を動かしていない」レティが言った。「気づいたんだけど、一年半も経《た》ってる。それなのに本やペンはそこに置かれたまま動いていない。だから、自分の持ち物に極度にこだわる人なのか、あるいはあの机にまったく戻ってきていないかのどちらか」

台帳をめくっていくと、後者の説の信憑《しんぴょう》性がより高まった。イーヴィーは、一八三三年から一八三四年までのあいだ、多作だった。だが、一八三五年になると彼女の研究は完全に記録から消えていた。過去五年間、一件の技術革新もなかった。四人はイーヴィー・ブルックと、学部のパーティーや食事会で会ったことが一度もなかった。彼女はいっさい講義をおこなっていないし、ゼミもひらいていなかった。イーヴリン・ブルックが何者であれ、彼女がどれほど聡明であろうと、もはやバベルにいないのは明らかだ。

「待って」ヴィクトワールが言った。「彼女が一八三三年に学部を卒業したとしたら。だとすれば、スターリング・ジョーンズの同級生だったことになる。それにアンソニーと」

そしてグリフィンと、とロビンは悟ったが、それを口に出しては言わなかった。

「たぶん彼女も海に消えたんじゃない」レティが言った。

「だとすれば呪われたクラスだな」とラミーが述べた。

室内がふいにとても寒くなった気がした。

「復習に戻りましょうか」ヴィクトワールが提案した。だれも反対しなかった。


夜遅くなり、あまりに長いあいだ本を見つめすぎて、もはや頭がまともに動かなくなった気がすると、合格させてくれるかもしれないが、ありそうもない適合対を考えだすというのを四人はゲームにした。

ロビンはある夜、jixinを使った適合対を思いついて勝った。「広東では、母親は鶏の心臓を朝食にして息子を科挙に送りだすんだ」と説明する。「なぜなら、鶏の心臓――jixin《ジィシン》――の音は、記憶を意味するjixing《ジイシン》と似ているからだ*」

「その適合対がどんな働きをする？」ラミーは鼻で嗤《わら》った。「試験用紙一面に鶏の血を撒《ま》き散らすのか？」

「あるいは、自分の心臓を鶏の心臓の大きさにするのかも？」とヴィクトワール。「想像してみて、

---

* jixin（雞心＝鶏の心臓）、jixing（記性＝記憶力）。

普通の大きさの心臓をしていたと思ったら、次の瞬間に指ぬきより小さくなり、その心臓は生きていくのに必要な血を送りだすことができず、本人は倒れてしまう——」

「まいったな、ヴィクトワール」ロビンは言った。「そいつはぞっとする」

「いえ、これは簡単よ」レティが言った。「犠牲のメタファーだわ——鍵となるのは、交換。鶏の血——つまり鶏の心臓——は、記憶力を支えてくれるもの。だから、鶏を神さまにお供えするだけで合格するの」

四人はたがいの顔を見つめた。とても遅い時間になっており、みな睡眠が足りていなかった。全員がとても怯え、かたくなな独特の狂気に、学問の世界を戦場とおなじように危険な場所だと感じさせる狂気にそのときは襲われていた。

もしレティがいますぐ鶏小屋を襲おうと提案したなら、だれもためらわずに従っていただろう。


運命の週が訪れた。四人はできるかぎりの準備を整えていた。ちゃんと課題を果たしていれば公正な試験を受けられると約束されており、四人ともちゃんと課題を果たしていた。もちろん、彼らは怯えていたが、過剰ではない自信もあった。要するに、今回の試験は、この二年半で彼らが修練してきたものを正確に測るためのものであり、それ以上でもそれ以下でもなかった。

チャクラヴァルティ教授の筆記試験がいちばん簡単なものだった。ロビンは、チャクラヴァルティ教授が作成した長さ五百字の古典中国語の文章を初見で翻訳しなければならなかった。それは桑畑で一頭の山羊《やぎ》を失う徳の高い男が、あらたな一頭を見つけるという気の利いた寓話《ぐうわ》だった。試験の終わったあとで、ロビンは、「色恋沙汰を扱った歴史」を意味するyànshǐ《イエンシー》を、もう少し穏やかな「彩り豊かな歴史」*と誤訳していたのに気づいた。後者だと文章の雰囲気を多少伝え損《そこ》ねるが、英語の「sexual（性的な）」と「colourful（カラフルな）」とのあいだの曖昧《あいまい》な差異でごまかせればいいと期待した。

クラフト教授は、キケロの著作に出てくるinterpretes《インタープレテス》の流動的な役割について記せという悪魔的に難しい小論文の題を出してきた。この場合のinterpretesは、たんなる通訳《インタープリター》ではなく、仲買人、仲介人、ときには賄賂《わいろ》を贈る人間という数多くの役割を演じている。ロビンと同期は、この文脈での言葉の使い方に関して詳細に論じるよう指示された。ロビンは、キケロにとってinter-pretesという用語が、ヘーロドトゥス（キケロの四百年前に活躍したギリシャの歴史家）のhermeneus《ヘルメネウス》（通訳）と比べて、どのように究極的に中立的価値を持っていたかについて、八ページの論考を書きあげた。ヘーロドトゥスのhermeneusのひとりは、ペルシア人の通訳をしようとしてギリシャ語を使ったため、アテネの将軍テミストクレスに殺された。ロビンは言語の適切さと誠実さに関して若干の意見を添えて、文を締めくくった。試験会場から出ていく際、自分の出来にはほんとうに不安だった——最後の一文にピリオドを打つやいなや、ロビンの心は自分が論じた内容を理解するのを止《や》めるという奇妙な策略に訴えてきたのだが、インクで書かれた文章は力強く見え、自分の答案はまずそこそこだったとわかった。

ラヴェル教授の筆記試験問題はふたつの題が出されていた。最初の題は、三ページにわたるナンセンスなアルファベット押韻《おういん》童謡（たとえば、「AはアプリコットのA、それをBear《くま》が食べた」）をそれぞれの選ぶ言語に翻訳せよというものだった。ロビンは十五分かけて漢字をローマ字順に並べようとしたあげく、あきらめ、簡単な道を進むことにした。たんにラテン語に切り替えておなじように並べた。ふたつ目の用紙には、ヒエログリフとその英語への翻訳が添えられた古代エジプトの寓話が記され、起点言語の事前知識がない状態で目標言語にその内容を伝達する困難さをできるかぎり明確にせよとの指示が書かれていた。ここでは、漢字の絵文字的性質にロビンが長《た》け

＊許容できるミス。yànshǐ《イエンシー》を漢字で表記すると、「艶史」になる。史《シー》は、「歴史」の意味。艶《イエン》は、「カラフルな」と「性的な、ロマンティックな」の両方の意味がある。

ていることが大いに役立った。表意文字の力と巧妙な視覚的含意に関する考察を思いつき、時間切れになるまでにどうにかすべて書きだすことができた。

口頭試問は思ったよりも悪くなかった。プレイフェア教授は噂通りに厳しかったが、無類のショーマンで、これみよがしの相手を見下した怒りっぽい態度は、多分にわざとらしい演出だとわかってきて、ロビンの不安は消えていった。「一八〇三年にシュレーゲルは、ドイツ語が文明世界の標準語になるのもそう遠くない、と書いている」プレイフェア教授は言った。「それについて論じたまえ」ロビンは幸いにもシュレーゲルのその小論を翻訳で読んでおり、シュレーゲルがドイツ語の独特で複雑な融通性に言及しているのを知っていた。そこからロビンは英語（シュレーゲルはおなじ小論で、英語の「単音節の簡潔さ」を非難していた）とフランス語のようなほかの西洋語を過小評価している、と論を進めた。シュレーゲルのその心情——時間切れが近づくにつれ、ロビンは急いで思いだそうとした——は、ドイツ帝国がますます支配権を強めているフランス語になんら抵抗できないことに気づいていて、その代わりとして文化および知的な覇権《ヘゲモニー》を求めている一ドイツ人の貪欲《どんよく》な議論である、と。この解答は、とりたててめざましいものでも、独自性の高いものでもなかったが、正確ではあり、プレイフェア教授はいくつか細かな点を問いただしただけでロビンを部屋から退かせた。

銀工術試験は、最後の日に予定されていた。四人は八階に三十分置きに出頭するよう指示された——レティが最初に正午に、ついでロビン、その次がラミー、最後にヴィクトワールが一時半にいくことになる。

十二時半、ロビンは塔の七つある階段をすべてのぼり、南側の奥にある窓のない部屋の外で立って待っていた。喉がとても渇いていた。五月の晴れた午後だったが、膝がどうしようもなく震えて止まらなかった。

簡単だ、とロビンは自分に言い聞かせた。たったふたつの単語――ふたつの簡単な単語を書くだけでいい、それで終わるんだ。おろおろする必要なんかない。

だが、当然ながら、恐怖というのは理性的なものではなかった。事態がまちがった方向に向かう千にひとつの可能性を想像力がかきたてていく。床に棒を落とすかもしれない。扉を通った瞬間に記憶喪失に襲われるかもしれない。あるいは、漢字の書き方を忘れるかもしれないし、英単語の綴りをまちがえてしまうかもしれない。両方とも百回は練習してきたのに。あるいは、うまく発動しないかもしれない。単純に発動しなければ、二度と八階での立場は手に入らないのだ。あまりにもすぐに終わってしまうかもしれなかった。

扉が勢いよくひらいた。レティが青い顔をして震えながら姿を現した。ロビンは試験の結果はどうだったと訊きたかったが、レティはそばをすり抜けるように過ぎていき、階段を足早におりていった。

「ロビン」チャクラヴァルティ教授が扉から頭をひょいと出した。「入りたまえ」

ロビンは深呼吸をひとつすると、まえへ足を踏みだした。

部屋から椅子や本、書棚――貴重なものや壊れそうなものはすべて――撤去されていた。部屋の隅に一卓だけ机が残されており、一本のなにも記されていない銀の棒と尖筆《せんぴつ》を除くと、その上にはなにもなかった。

「さて、ロビン」チャクラヴァルティ教授は背中に手を回して組み合わせていた。「なにを見せてくれるんだ?」

歯がかたかた鳴りすぎて、ロビンは話すことができなかった。自分がこんなにも怯えて弱々しくなるものなんだとはじめて知った。筆記試験は四人平等に震えと吐き気をわかちあったが、いざはじまってみると、ペンが羊皮紙に当たった瞬間、いつものことのように感じられた。過去三年間実践してきたすべてのことの積み重ね以上のものでも以下のものでもなかった。ところがこれはまったく異なるものだった。なにが起こるのか見当もつかなかった。

「大丈夫だ、ロビン」チャクラヴァルティ教授は優しく言った。「うまくいく。集中しなければならんぞ。きみのこれからのキャリアのなかで数え切れないくらいおこなうことにすぎない」

ロビンは深く息を吸ってから吐いた。「とても基本的なものです。これは――理論上は、つまり、比喩的に言うと、少々扱いにくいもので、うまくいくとは思えないんですが――」

「まあ、まず、理論から説明してもらい、それから実践を見てみようじゃないか」

「mingbai《ミィンバイ》（明白）」ロビンはいきなり言った。「北方中国語です。その意味は――つまり、この言葉が意味するのは、「理解する」です、いいでしょうか？　ですが、漢字にはイメージがこめられています。明《ミィン》は、「明るい」「光」「明らか」というイメージが。そして白《バイ》には、色の「白」が。それゆえ、たんに理解することや、認識することを意味するだけじゃありません――明白にするということの視覚要素が加わっているのです。光を当てて輝くという」ロビンはいったん言葉を止めて、咳払《せきばら》いをした。もうそれほど神経が尖《とが》ってはいなかった――用意してきた適合対を声に出すと、いいように聞こえたのだ。実際のところ、まずまず可能性がありそうに思えた。「ですので――ここはあまり自信がないところなんです。光がなにと関連しているのかわからないので。ですが、物を明白にする方法、物事をあらわにする方法になるはずだ、と思います」

チャクラヴァルティ教授は励ますような笑みをロビンに向けた。「さて、どんな働きをするのか、見てみよう」

ロビンは震える手で棒を手に取り、なにも記されていないなめらかな表面に尖筆の先端を当てた。尖筆に明確な線を描かせるには予想外に力をこめなければならなかった。そのことが、どういうわけか、冷静にさせてくれた――まちがってしまう可能性のある千のほかのことをしでかす代わりに圧力を一定に保つようロビンを集中させた。

ロビンは書き終えた。

「明白《ミィンバイ》」そう言うと、ロビンは棒をチャクラヴァルティ教授から見えるよう持ちあげた。そののち、棒を裏返し、「理解せよ《アンダスタンド》」と言った。

なにかが銀のなかで脈拍《う》った——なにかが命を得た。なにか力強く、大胆なものが。一陣の風。砕ける波。そして一秒の何分の一かの時間でロビンはその力の源を感じた。意味が作られる荘厳で名づけられない場所を。その場所では言葉が近似しているが、特定できない、けっして特定できないのだ。不完全にしか呼びだせない場所、だとしてもその存在を感じられる場所。棒から明るく暖かい光の球が輝き、大きさを増し、その場にいるふたりを包みこんだ。ロビンはこの光がどんな理解を示すのか指定をしていなかった。ここまでのことを計画していなかった。それでもその瞬間、ロビンは完璧にわかり、チャクラヴァルティ教授の表情から、指導教員である彼もわかったのだと知った。

「たいへんけっこうだ」チャクラヴァルティ教授が言ったのはそれだけだった。「ミルザくんを呼んでくれるかね?」

レティは塔の外でロビンを待っていた。彼女はずいぶん落ち着いていた。頰に色が戻っており、もはやうろたえて見ひらいた目ではなくなっていた。通りの先にあるベーカリーまで走って買いにいってきたにちがいなかった。両手にしわくちゃの紙袋を抱えていたからだ。

「レモン・ビスケット食べる?」ロビンが近づいていくとレティが訊いた。

腹が空いているのにロビンは気づいた。「うん、ありがと」

レティは袋をロビンに渡した。「どうだった?」

「大丈夫。望んだ効果ではなかったけど、それなりのものだった」ロビンはビスケットを口に持っていく途中でためらった。レティが失敗した場合を考えて、祝う気にも詳しく話す気にもなれなかった。

だが、レティはロビンに笑みを向けた。「おなじだ。それなりのことを起こしたかった。で、発動した。ああ、ロビン、とてもすばらしかったわ――」

「世界を書き換えたみたいだった」ロビンは言った。

「神の御手《みて》で描いたみたいだった」レティは言った。「いままで感じたことのないようなものだった」

ふたりはたがいの顔を見て相好《そうごう》を崩した。ロビンは口のなかで融《と》けていくビスケットの味を堪能《たんのう》した――これがレティのお気に入りの菓子である理由がわかった――バター味が濃く、すぐに融け、レモン風味の甘さが蜂蜜のように口のなかに広がっていく。自分たちはやってのけた。万事順調。世界は動きつづける。ほかになにも問題じゃない。なぜならやってのけたんだから。

鐘の音が一時半を告げ、扉がふたたびあいた。ラミーがにっこり笑いながら、大股に歩きだした。

「きみたちもうまくいったんだな？」ラミーは自分でビスケットを手に取った。

「どうしてわかるんだ？」ロビンが訊いた。

「なぜなら、レティがなにかを食べているからさ」ラミーはビスケットを嚙《か》みながら言った。「もしどちらかが失敗してたら、レティはこのビスケットを叩いて粉々にしてしまうはずだ」

ヴィクトワールがいちばん長くかかった。建物から姿を現したころには一時間近く経っており、しかめ面を浮かべ、いらついていた。すぐにラミーが彼女のかたわらに近づき、肩に片方の腕をまわした。「どうした？　大丈夫なのかい？」

「クレオール語とフランス語の適合対を試してやった」ヴィクトワールは言った。「それはうまく発動し、魔法のように効果を発揮したんだけど、ルブラン教授は、現行台帳に載せられないと言ったんだよ。クレオール語の適合対がクレオール語を話さない人間にどのように役に立つのか教授にはわからなかったというので。そこでわたしが、ハイチの人にはとても役に立ちますよと言ったら、教授は笑ったの」

「ああ、なんてこと」レティはヴィクトワールの肩を擦《さす》った。「ほかの適合対を試させてくれた？」

レティはまちがった質問をしてしまった。ヴィクトワールの目にいらだちが瞬間的に走るのをロビンは見たが、それは一瞬で消えた。ヴィクトワールはため息をついて、うなずいた。「ええ、フランス語と英語の適合対はあまりうまく発動しなかった。ちょっと震えすぎちゃって、字がかすれてしまったんだと思う。でも、少しの効果は発揮されたよ」

レティは同情するような声を出した。「きっと合格するわよ」

ヴィクトワールはビスケットに手を伸ばした。「あら、合格したよ」

「どうして知ってるの？」

ヴィクトワールはとまどった表情でレティを見た。「訊いたんだもの。わたしは合格だ、とルブラン教授は言ったわ。わたしたち全員合格したと教授は言ってたよ。なに、みんな知らなかったの？」

人が記憶の全部を銀に刻むことができさえすれば、とロビンは思った。これから先何年も繰り返し思い返せるように——ダゲレオタイプの冷酷な歪んだものではなく、感情と感覚を純粋に不可能なまでに抽出したものを。なぜなら、紙に記した単純なインクでは、この黄金の午後を描くのには不十分だったからだ。これまでの喧嘩《けんか》のすべてが忘れ去られ、あらゆる罪が赦《ゆる》された、気取らぬ友情の温《ぬく》もり。教室の寒さの記憶を溶かし去る陽の光、舌にしっかり残るレモンの味、四人の驚きと喜びに満ちた安堵《あんど》感を描くには。

第十四章

われらみな今宵《こよい》は夢を見る——
ほほ笑み、ため息をつき、愛し、変わるために。
ああ、心の奥底で
とても変わった仮装に身を包んでいる
——ウィンスロップ・マクワース・プリード「仮装舞踏会」

そして四人は自由の身になった。長くはつづかない——夏休みがあり、そのあとはいましがた耐え忍んだばかりの悲惨さと苦痛を倍にして繰り返すことになる。四年次の試験が待っているからだ。だが、九月ははるかかなたにある気がした。いまはまだ五月で、夏が丸ごと待ち受けている。やり方さえ思いだせれば、幸せになる以外なにもしなくていいくらいこの世には時間がたっぷりあるかのような気分がした。

ユニヴァーシティ・コレッジでは三年おきに記念舞踏会がひらかれる。この舞踏会はオックスフォードの社交生活の頂点であり、各コレッジがそれぞれのすばらしい運動場や巨大なワイン貯蔵庫《セラー》を見せびらかす機会だった。比較的裕福なコレッジは、寄付金の多さをひけらかし、比較的貧しいコレッジは名声のはしごをなんとしてもよじのぼろうとする機会だった。舞踏会は、金銭的援助を必要としている学生にはなんらかの理由があって割り当てられることのない余ったコレッジの富を全部、裕福な卒業生をもてなすための壮大な機会に投じてしまおうというものだった。富は富を引き寄せるというのがその経済的正当化であり、卒業生たちに楽しい一時《ひととき》を見せる以上に食堂の改修に寄付を集める方法はなかった。そしてそれはじつに楽しい一時だった。コレッジは毎回その楽しさと派手な見世物の記録を破ろうと競っていた。一晩じゅうワインが流れ、音楽はけっして止まらず、明け方までダンスに興じていた者たちは陽が昇ると銀のトレイに載せた朝食が運ばれてくるのを期待することができた。

レティは舞踏会のチケットを全員買うよう強く求めた。「わたしたちがまさに必要としているものなの。あの悪夢のあとなんだから多少の楽しみがあっても当然よ。わたしといっしょにロンドンにいって、ガウン用の採寸をしましょう――」

「絶対に嫌」ヴィクトワールが答える。

「どうして？　お金ならあるじゃない。エメラルドか、ひょっとしたらホワイト・シルクをまとったら、まぶしく見えるよ――」

「あそこの仕立て屋は、わたしのためにドレスを作ってくれないよ」ヴィクトワールは言った。「それにあなたのメイドのふりをしないとお店に入れてくれるはずがない」

レティは動揺したが、一瞬だけだった。ロビンはレティが表情を急いで整え直し、無理矢理笑みをこしらえるのを見た。レティはヴィクトワールに気に入られている状態に戻ったことに安堵しており、そこに留まるためならなんでもするだろう。「大丈夫、わたしのドレスを直せばいい。あなたは少し背が高いけど、裾を出してもらうわ。それにたくさん宝石を持っているから、貸すこともできる――ブライトンの実家に手紙を書いて、ママがむかし使っていたものを送ってもらえるかどうか確かめてみる。あの人はとてもすてきなピンを持っていたの――あなたの髪をわたしがアレンジするので、見てみたいな――」

「あなたにわかってもらえるとは思わない」ヴィクトワールは穏やかに、だが、きっぱりと言った。「わたしは本気で嫌なの――」

「お願い、あなたがいないと楽しくない。あなたの分のチケットも買うから」

「ああ」ヴィクトワールは言った。「止めて、あなたに借りを作りたくない――」

「おれたちの分も買ってくれよ」ラミーが言った。

レティは目を丸くして、ラミーを見た。「自分の分は、自分で買いなさい」

「どうだろう、レティ。三ポンドだろ？　高すぎる」

「銀勤《ぎんきん》をすれば」レティは言った。「一時間ですむんでしょ」

「バーディーは人が多い場所が好きじゃないんだ」ラミーは言った。

「確かに」ロビンは挑戦的に答えた。「神経質になりすぎる。息ができない」

「ばかなこと言わないで」レティがたしなめた。「舞踏会はすばらしいものなの。あんなのはほかに見たことがない。同伴者としてリンカーンがベイリオル・コレッジの舞踏会に連れていってくれたの――ああ、あそこがそっくり変貌していた。ロンドンでも見られないお芝居を観た。それに三年おきにしか、ひらかれないのよ。次のときにはわたしたちは学部生じゃない。もう一度あんな気持ちになれるならなんだってするわ」

三人はなすすべもない表情をたがいに向けた。レティの死んだ兄がこの会話にケリをつけた。レティはそれをわかっており、兄のことを話題に持ちだすのをためらわなかった。

それで、ロビンとラミーは舞踏会の裏方にまわる契約を結んだ。ユニヴァーシティ・コレッジは、チケット代を購入できないくらい貧しい学生のための入場料代わりの仕事という仕組みを考案しており、バベルの学生はとりわけ幸運に恵まれていて、飲み物の世話をしたり、コートを受け取ったりする代わりに、「銀勤」と呼ばれている交代勤務の仕事をすることができた。これはデコレーションや照明、音楽を補強するよう設定された銀の棒が、外れたり、一時的に据え付けたところから抜け落ちたりしていないか定期的に確認すること以外たいしてやることはなかったのだが、コレッジ側はそのことを知らない様子で、バベル側はわざわざそのことを伝える理由がなかった。

舞踏会の当日、ロビンとラミーはフロックコートとベストをキャンバス・バッグに押しこみ、角を曲がってつづいているチケット客受付列を通りすぎ、コレッジの裏にある厨房出入口《ちゆうぼう》にやってきた。

ユニヴァーシティ・コレッジは最高の成果を出していた。一度に見切れないほどの物量攻勢に目が疲れるほどだった――氷でこしらえた巨大なピラミッドの上に載せられた牡蠣《かき》、あらゆる種類の甘いケーキやビスケットやタルトが置かれた長テーブル、危なっかしくバランスを保っている皿に載せて配られるシャンパン・グラス、色とりどりに点滅して浮かんでいる妖精豆球《フェアリー・ライト》。コレッジのあらゆる中庭で一晩かぎりの舞台が設営され、さまざまなハープ奏者や他の楽器の演奏家、ピアニストが音楽を奏でていた。ひとりのオペラ歌手は、ホールで歌うためにイタリアから呼び寄せられたという噂があった。その歌手の発するかなりの高音の歌声が喧噪《けんそう》をついてときおり聞こえてくる気がロビンにはした。曲芸師が緑地の上を跳ね回り、捻《ねじ》った長い絹のシーツをのぼりおりし、手首や足首で銀の輪をまわしている。彼らはどことなく異国めいた衣装をまとっていた。ロビンは彼らの顔をしげしげと眺め、出身はどこだろうと思い巡らせた。奇妙きわまりなかった。目や唇は極端に東洋風の化粧をしているのだが、その化粧の下には、ロンドンの街中から引っ張ってこられたといっても不思議でない顔だちが見受けられた。

「英国国教会信者の規律なんてどこへやらだ」ラミーは言った。「これはまさにバッカス的どんちゃん騒ぎだ」

「牡蠣が品切れになると思うかい?」ロビンは訊いた。ロビンは牡蠣を試したことが一度もなかった。ラヴェル教授の胃には合わないらしく、ミセス・パイパーは一度も牡蠣を買ったことがなかった。どろっとした身とぴかぴか光る貝殻が、まずそうでもあり、とても心惹《ひ》かれるものでもあった。

「どんな味がするのか知りたいだけなんだけど」

「じゃあ、取ってきてやるよ」ラミーが言った。「ところで、あそこの照明が消えそうだぜ――ほら、消えた」

ラミーは人ごみのなかに姿を消した。ロビンははしごの上に座って、仕事をしているふりをした。内心、この仕事をありがたく思っていた。学生仲間がまわりで踊っている一方で使用人のお仕着せを着ているのは屈辱的だったが、少なくとも今夜の狂乱に徐々に慣れるにはこれはなかなか楽な方法だった。手を使ってなにかしながら隅に安全に隠れているのが気に入っていた。そうしていると舞踏会はそれほど圧倒的なものにはならなかった。それにバベルがこの舞踏会用に提供した銀の適合対がどれほど創意に満ちたものか突き止めるのは、楽しかった。ひとつは、まちがいなくラヴェル教授が考案したもので、中国語の四文字熟語である「bǎihuì qiānpā《バイホウイ・チエンパア》（百卉千葩）」とその英語の翻訳「百の草と千の花」を対にしたものだった。中国語の原語の含意は、豊かで眩《まばゆ》い無数の色を想起させるもので、薔薇《ばら》の色をより赤くし、菫《すみれ》の花をより大きくし、より鮮やかにさせた。

「牡蠣はなかった」ラミーが言った。「でも、このトリュフを使ったものを少し持ってきてやったぞ。ほんとはどういうものかわからないんだけど、みんな皿からかっさらうようにしていた」ラミーははしごの上にチョコレート・トリュフを一個差しあげると、もう一個を自分の口に放りこんだ。

「あー――うげっ。こりゃだめだ。食うなよ」

「これはなんだろう？」ロビンはそのトリュフ菓子を目のまえに掲げ持った。「この青白いどろっとした部分はチーズと考えるべきかな？」

「それ以外の可能性があると考えるとぞっとする」ラミーは言った。

「あのさ」ロビンは言った。「中国の文字にxiǎn《シエン》というのがある。*「稀《まれ》な、新鮮な、おいしい」という意味だ。だけど、「貧弱で乏しい」という意味もある」

ラミーはトリュフ菓子をナプキンに吐きだした。「なにが言いたい？」

「ときには珍しくて高価なもののほうがまずいことがある」

「イギリス人にそれを言うなよ。あの連中の味覚を全否定することになるぞ」ラミーは群衆のほうへ視線を投げた。「ああ、だれがきたかと思えば」

レティが人群れをかきわけ、ヴィクトワールをうしろに引き連れてふたりのほうにやってきた。

「これは――驚いたな」ロビンは急いではしごをおりた。「すごいじゃないか」

ロビンは本心でそう言った。ヴィクトワールとレティは見ちがえるほどだった。シャツとズボン姿のふたりを見慣れているあまり、ふたりが女性であることをときどき忘れるくらいだった。今夜、ふたりが異なる次元の創造物であることをロビンは思いだした。レティは瞳の色とおそろいの淡いブルーのふわっとした素材のドレスを着ていた。袖が途方もなく大きかった――まるでそこに羊の脚を丸ごと一本隠せそうだった――だが、それが今年の流行の装いらしく、コレッジの構内にはカラフルな膨らんだ袖がいっぱいだった。レティはほんとうに綺麗《きれい》だ、とロビンは実感した。いままでそれに一度も気がついていなかった――柔らかな豆球の光の下、レティの弓形の眉と鋭角的なあごは、冷たく柔らかみのないようには見えず、堂々としてエレガントに見えた。

「どうやってそんな髪型にしたんだい？」ラミーが訊ねた。

淡い色の巻き毛がレティの顔を縁取って、重力に逆らって跳ねていた。「髪巻き紙《カールペーパー》を使ったに決まってるわ」

「魔法を使ったってことだな」ラミーは言った。「それは自然じゃない」

レティは鼻で嗤った。「もっと女性に会いなさい」

「どこでだよ、オックスフォードの講堂でか？」

レティは笑い声をあげた。

しかしながら、真に変身を遂げていたのはヴィクトワールだった。濃いエメラルド色のドレスを

＊鮮

まとうその姿はみごとに輝いていた。彼女の袖もまた外向きに膨らんでいたが、彼女の場合は、腕を守る雲の輪っかのように比較的小さくて愛らしく見えた。髪は頭の上で優雅なお団子にまとめられ、二本の珊瑚《さんご》のピンで留められており、おなじ珊瑚のビーズが首のまわりで星座のように輝いていた。彼女は愛らしかった。本人もそれをわかっていた。ロビンの顔に浮かんだ表情に気づき、ヴィクトワールは晴れやかな満面の笑みを浮かべた。

「いい仕事をしたでしょ?」レティが自慢げにヴィクトワールの姿をしげしげと眺めた。「これできたくないと思っていたとは」

「星明かりのようだ」ロビンは言った。

ヴィクトワールは顔を赤らめた。

「やあ、こんにちは」コリン・ソーンヒルがつかつかと近づいてきた。ひどく酔っているようであった。とろんとした焦点の合わぬ目つきをしている。「バベル《バブラー》の学生がもったいなくもきてくださったのを見かけてね」

「やあ、コリン」ロビンが警戒しながら言った。

「いいパーティーだろ? あのオペラ歌手の女はちょっとピッチが高かったが、たぶん礼拝堂の音響のせいだろう——演奏をするのにふさわしい会場じゃない。響きが失われないようにするにはもっと広い場所が必要だ」ヴィクトワールのほうを見もせずにコリンは自分のワイングラスを彼女の顔のまえに差しだした。「これを片づけて、赤ワインを持ってきてくれないか?」

ヴィクトワールは驚いてまじまじとコリンを見た。「自分で取ってくれれば」

「なんだと、ここで働いてるんじゃないのか?」

「彼女は学生だよ」ラミーが口をはさんだ。「まえに会ってるぞ」

「おれが?」コリンはほんとうのところ、ひどく酔っていた。ふらふらと揺れつづけており、普段の青白い頬が深い赤みを帯びた色に変わっていた。グラスが指先に危なっかしくぶら下がり、ロビンはそれが落ちるんじゃないかと気になった。「まあ。おれにはみんなおなじに見えるんだ」

「ウエーターは黒い服を着て、トレーを持ってるわ」ヴィクトワールは辛抱強く言った。ロビンは彼女の自制心に驚いた。自分だったらコリンの手からグラスを叩き落としていただろう。「だけど、あなたは少し水を飲んだほうがよさそうね」

　コリンはヴィクトワールに向かって目を細くし、もっとよく相手を見ようとしているようだった。ロビンは緊張したが、コリンはただ笑い声をあげ、声を殺して、「この女はトレギアの版画に出てくるやつみたいだ」というような言葉をつぶやいて、*立ち去った。

「クソ野郎」ラミーが罵《ののし》った。

「わたしが給仕係に見える?」ヴィクトワールが不安そうに訊いた。「それにトレギアってなに?」

「気にしないで」ロビンがすぐに言った。「ただの――コリンの言うことなんて無視すればいい、あいつはただのうすばかだ」

「それにあなたはこの世のものとは思われないくらい綺麗よ」レティはヴィクトワールを安心させようとした。「わたしたちは力を抜かないとね、みんな――さあ」レティはラミーに腕を伸ばした。「あなたたちの勤務時間は終わったんでしょ? わたしと踊って」

　ラミーは笑い声をあげた。「絶対にいやだ」

「ちょっと」レティはラミーの両手を摑《つか》んで、踊っている人群れのほうへ引っ張った。「このワルツは難しくない。ステップを教えるから――」

「いや、ほんとに、止めてくれ」ラミーはレティの手を振りほどいた。


*ガブリエル・シア・トレギアは、ロンドンに拠点を置く版画商であり、最悪の差別主義者で、黒人が属していないとトレギアの考える社会状況に黒人が存在していることをからかう目的で〈トレギアのブラック・ジョーク集〉として知られている一連の風刺版画を一八三〇年代に発行した。

レティは腕組みをした。「あのさ、ここに座っているだけでは楽しくないわよ」

「おれたちがここに座っているのは、かろうじて許容されているからであり、あまり動きまわったりせず、あるいは大声で話したりしていないからこそ背景に溶けこむか、少なくともサービス係のふりをできているんだ。そういうふうになっているんだよ、レティ。オックスフォードの舞踏会にいる茶色い肌の人間は、ひとりでいて、だれの気分も害さないようにしているかぎり、愉快《ゆかい》な好奇心の対象でいられるんだが、きみと踊ってみろ、だれかがおれを殴ろうとするか、もっとひどい事態になりかねない」

レティはむっとした。「そんな大げさなことを言わないで」

「おれは慎重なだけだよ」

ちょうどそのとき、シャープ兄弟のひとりがふらふらとやってきて、レティに手を伸ばした。それはかなり無作法でおざなりな仕草に見えたが、レティはなにも言わず、それに応じて立ち去った。肩越しにラミーをきっと睨《にら》みつけながら、ゆっくり遠ざかっていく。

「彼女にはふさわしいよ」ラミーはつぶやく。「それにせいせいした」

ロビンはヴィクトワールのほうを向いた。「気分は大丈夫かい？」

「わからない」ヴィクトワールはとても不安そうだった。「気分は——どうなんだろう、見世物になった気持ち。晒《さら》し者になったというか。レティには裏方だと思われると言ったんだけど——」

「コリンのことは気にしないで」ロビンは言った。「あいつはまぬけだ」

ヴィクトワールは納得していない様子だった。「だけど、みんなコリンみたいじゃないの？」

「やあ、そこにいるみなさん」紫色のチョッキを着た赤毛の若者が突然姿を現した。ヴィンシー・ヴォルコムだった——ペンデニスの友人のなかでいちばん厄介なやつ、とロビンは思いだした。ロビンは口をあけて挨拶しようとしたが、ヴォルコムの目はロビンの上をまったく通りすぎた。彼はひたすらヴィクトワールを見ていた。「きみはうちのコレッジにいたっけ？」

ヴィクトワールは一瞬まわりを見まわしてから、ヴォルコムがまさに自分に話しかけているのだと気づいた。「ええ、わたしは――」

「きみはヴィクトワール？」ヴォルコムが訊いた。「ヴィクトワール・ディグラーヴ？」

「ええ」ヴィクトワールはそう言って、少し背筋を伸ばした。「どうしてわたしの名前をご存じなの？」

「まあ、きみの年にはふたりしかいないからさ」ヴォルコムは言った。「女性の翻訳者は。バベルにいるくらいなんだから聡明なはずだ。もちろんぼくらはきみたちの名前を知ってるよ」

ヴィクトワールの口が少しあいたが、なにも言わなかった。ヴォルコムがからかおうとしているのかどうか、判断しかねているようだった。

「J'ai entendu dire que tu venais de Paris《ジェ・アンタンデュ・ディール・ク・チュ・ヴネ・ドゥ・パリ》（パリ出身だと聞いてるよ）」ヴォルコムは軽く頭を下げて、挨拶をした。「Les parisiennes sont les plus belles《レ・パリジエンヌ・ソン・レ・プリュ・ベル》（パリの女性はこのうえもなく美しい）」

ヴィクトワールは驚いて、笑みを浮かべた。「Ton français est assez bon《トン・フランセ・エ・タエ・ボン》（あなたのフランス語はとてもお上手）」

ロビンはそのやりとりをまじまじと見て、感銘を受けた。ひょっとしたらヴォルコムはそれほどひどい人間ではないかもしれない――ひょっとしたら彼はペンデニスといっしょにいるときだけ、ばかなふりをしているのかもしれない。ロビンもヴォルコムがヴィクトワールをからかっているんじゃないだろうか、と一瞬思ったのだが、目に見える範囲ににやにや笑いを浮かべている彼の友人たちはいなかった。肩越しにこっそりこちらをうかがって、笑わないふりをしている者もいない。

「夏はマルセイユで過ごしているんだ」ヴォルコムは言った。「母はフランス生まれで、ぼくにフランス語を無理矢理学ばせた。通じているだろうか？」

「ちょっと母音を強調しすぎているけど」ヴィクトワールは熱心に答える。「それ以外は、悪くないです」

ヴォルコムは、感心にも、その駄目出しに腹を立てた様子がなかった。「それを聞いて嬉しいよ。踊らないかい？」

ヴィクトワールはためらいつつ手を持ちあげてから、まるでふたりの考えを訊ねているかのようにロビンとラミーに目を向けた。

「いけよ」ラミーは言った。「楽しんでこい」

ヴィクトワールがヴォルコムの手を取ると、彼は彼女を引っ張っていった。

あとに残されたのはラミーとロビンだけ。ふたりの勤務時間は終わっていた。数分まえに十一時を告げる鐘が鳴っていたのだ。ふたりとも燕尾《えんび》服に着替えた――テイラーのイード&レイヴェンスクロフトで直前に購入したまったくおなじ形の黒い服――しかし、奥の壁の安全な場所でぐずぐずしていた。ロビンは大騒ぎに入っていこうとおざなりに試みたが、すぐに恐怖にかられて引き下がった――なんとなく顔見知りの連中はみなまとまって話をする小グループのなかにおり、近づいていくロビンを完全に無視して粗野な臆病者になった気持ちにさせるか、あるいはバベルでの作業についいて訊いてくるかのどちらかだった。連中がロビンについて知っているのは、おそらくそれがすべてなんだろう。ただし、そういう機会が起こるたびにロビンは四方八方から、中国と東洋と銀工術に関する山のような質問を浴びせられた。いったん壁際のひんやりとした静けさに退却すると、ロビンはもう一度おなじことはできないくらいに怯え、消耗していた。

ラミーはつねに忠実にロビンのかたわらに留まっていた。ふたりは目のまえの成り行きを黙ってしばらく眺めた。ロビンは通りかかったウエーターのトレーから赤ワインのグラスをすばやく手に取り、ろくに味わいもせずに飲み干した。騒音と群衆に対する恐怖感を鈍らせるだけのために。

やがてラミーが訊いた。「あのさ、だれかダンスに誘う気はないの？」

「やり方がわからない」ロビンは言った。人だかりに目を凝らす。明るい色のバルーン袖を着た女子はロビンにはみなおなじで、区別がつかなかった。

「踊りの？　それとも誘い方の？」

「うーん――両方だな。だけど、確実なのは後者だ。礼儀として、まず相手を親しく知っておくほうが先決だという気がする」

「でも、おまえは十分男まえだよ」ラミーが言った。「それにバブラーだ。女子のなかには承諾する人間がいるのは確実だぞ」

ロビンの心は赤ワインのせいでぐるぐる回っていた。さもなければ、次に言う言葉を口にできなかっただろう。「そっちこそレティと踊らないのか？」

「揉《も》めごとにまきこまれたくない」

「いやいや、そんなことにはならないって」

「頼むよ、バーディー」ラミーはため息をついた。「事情はわかってるだろ」

「彼女はきみを望んでいるんだぜ」ロビンは言った。つい先ほどロビンはそのことに気づいたのだった。いまそう口に出してみると、あまりにもはっきりしているように思え、もっと早くわからなかった自分がひどく愚かな気がした。「とても強くそう思っている。だからこそ――」

「その理由がわからないのか？」

ふたりの目が合った。ロビンはうなじにちりちりとした感覚を覚えた。ふたりのあいだの空間が稲光と雷鳴が発生する瞬間のように強く帯電している気がし、ロビンはなにが起こっているのか、あるいは次になにが起こるのかわからないまま、暴風の吹きまくる崖の縁で足を滑らそうとしているかのようにとても不思議で恐ろしい気持ちを一方的に感じた。

ふいにラミーが立ちあがった。「あそこでトラブルが発生した」

中庭の向こう側で、レティとヴィクトワールが壁を背に立っており、にやにや笑っている男子学生の集団にまわりを囲まれていた。ペンデニスとヴォルコムが彼らのなかにいた。ヴィクトワールは両腕を自分の胸にまわしており、レティはとても早口でなにか喋《しゃべ》っていて、ふたりには聞き分けられなかった。

「見てきたほうがよさそうだ」ラミーが言った。

「わかった」ロビンはラミーのあとを追って、人だかりを縫っていった。

「笑い事じゃないわ」レティが刺々《とげとげ》しく言い放つ。彼女の頬は怒りで斑《まだら》になっていた。ボクサーがするように両方の拳を掲げている。口をひらくレティのその拳は震えていた。「わたしたちはショーガールじゃない。そんな要求に応じるわけが――」

「だけど、われわれはとても興味があるんだ」ペンデニスは酔っ払い、間延びした口調で言った。「ほんとに色が違っているんだろうか？　見たいんだ――そんな襟ぐりの深い服を着て、想像をかきたててくれるんだから――」

ペンデニスはレティの肩に向かって腕を伸ばした。レティは手を引くと、相手の顔面を思い切り叩いた。ペンデニスはよろめいた。怒りで獣のようにペンデニスの相貌が変わった。一歩レティに近づき、一瞬、叩き返すのではないかと見えた。レティは身をすくめた。

ロビンがふたりのあいだに駆けこんだ。「離れろ」ロビンはヴィクトワールとレティに言った。ふたりはラミーのほうに駆けていき、ラミーはふたりの手を取って、裏口の門へ引っ張っていった。

ペンデニスはロビンに向き直った。

ロビンはどうすべきか見当もつかなかった。ペンデニスのほうが背が高く、少し体重があり、たぶん力も強かったが、足下がふらついており、視線も定まっていなかった。もし喧嘩になったら、ぶざまでみっともないものになるだろう。だれもひどい怪我はしないだろう。ペンデニスを押し倒して逃げだせば、彼は我に返るかもしれない。だが、コレッジは喧嘩に関して厳密な規則があった。しかも、目撃者は大勢いる。ロビンは懲罰委員会をまえにしてペンデニスの言い分と自分がどうわたりあうことになるのか知りたくなかった。

「戦ってもいいぞ」ロビンは声を押し殺して言った。「もしそれがおまえの望みならな。だけど、マデイラ酒の入ったグラスを手にしている。服の前身頃《まえみごろ》を真っ赤にして一晩過ごしたいか？」

ペンデニスの目はワイングラスを見下ろし、すぐにロビンに戻った。

「中国人《チンク》め」とても醜い声で言う。「おまえはただの着飾った中国野郎《チンキー》だ、それがわかってるのか、スウィフト？」

ロビンは拳を握りしめた。「中国野郎ひとりに舞踏会を台無しにさせるつもりか？」

ペンデニスはせせら笑いを浮かべたが、危険が去ったのは明白だった。ロビンがおのれの自尊心を抑えさえすれば、ペンデニスが投げつけてくるのがただの言葉にすぎないと、なんの意味もない言葉だと、自分に言い聞かせさえすれば、ロビンはただ背を向け、ラミーとヴィクトワールとレティのあとを追い、コレッジから無傷で出ていけるのだった。

外に出ると、涼しい夜風が紅潮して火照った顔を心地よく癒《いや》してくれた。

「なにがあったの？」ロビンが訊いた。「あいつらはなにを言ってた？」

「なんでもない」ヴィクトワールが答えた。彼女は激しく震えていた。ロビンは上着を脱いで、彼女の肩にかけた。

「なんでもないことはない」レティがきっぱりと言った。「あのクソ男のソーンヒルがわたしたちの肌の色のちがいを話題にしだしたんだ――わたしたちの――その、生物学的理由からの。そしたらペンデニスがわたしたちに見せてみろと言いだして――」

「たいしたことじゃない」ヴィクトワールが言った。「歩こうよ」

「殺してやる」ロビンが誓った。「戻る。ぼくがあいつを殺して――」

「お願い、止めて」ヴィクトワールがロビンの腕を摑んだ。「これ以上ひどいことにしないで、お願い」

「きみのせいだ」ラミーがレティに言った。

「わたしの？　どうして――」

「おれたちはだれもきたくなかった。ヴィクトワールはひどいことになるときみに言ったのに、それでもきみはおれたちを無理矢理ここにこさせた――」

「無理矢理？」レティはふんと鼻で笑った。「十分楽しんでいたようだけど、チョコレートやトリュフで――」

「ああ、ペンデニスとあいつの徒党がおれたちのヴィクトワールに乱暴しようとするまではね――」

「あいつらはわたしにもひどいことを言ったんだから」それは議論の進め方としてはおかしく、ロビンはレティがなぜそんなことを言ってしまったのかわからなかったが、レティは語気を強めてそう言った。彼女の声は徐々に何オクターブも高くなっていった。「ああなったのは、なにも彼女が――」

「止めて！」ヴィクトワールが叫んだ。涙が顔を流れ落ちている。「もう止めて、だれかのせいじゃない、わたしたちはただ――わたしがもっとよくわかっておくべきだった。わたしたちはくるべきじゃなかった」

「ごめんなさい」レティはとても小さな声で言った。「ヴィクトワール、愛《いと》しい人、そんなつもりじゃ……」

「いいの」ヴィクトワールは首を横に振った。「あなたが謝る理由はないわ――気にしないで」ヴィクトワールは声を震わせて言った。「ねえ、とにかくここから出ない？　お願い、家に帰りたい」

「家だって？」ラミーは歩くのを止めた。「どういう意味、家って？　お祭りの夜だよ」

「頭おかしいの？　もう寝たいの」ヴィクトワールはロングドレスの裾をつまんだ。縁の部分にいたるまでは泥が付いている。「そしてこれを脱ぐつもり。このばかげた袖を外したい――」

「いいや、だめだ」ラミーはヴィクトワールをハイ・ストリートのほうへ優しく誘導した。「きみは舞踏会のためドレスアップしたんだ。舞踏会がふさわしい。だから、いこうぜ」

ラミーの計画は、バベルの屋上で夜を過ごそうというものだ、と本人が明かした――晴れた夜空の下、四人と、籠に詰めた菓子類（職員のように見えれば厨房に忍びこむのはとても簡単だった）と望遠鏡だけで。* だが、緑地の角を曲がると、一階の窓越しに明かりと動きまわっている人影が見えた。塔にだれかいるのだ。

「待って――」とレティは言いかけたが、ラミーは軽やかに階段を駆けあがり、扉を押しあけた。妖精豆球がロビー全体にふわふわと浮かんでいた。ロビーは学生と大学院生で賑《にぎ》わっていた。ロビンは彼らのなかにキャシー・オニールとヴィマル・スリニヴァサンとイルゼ出島《でじま》がいるのに気づいた。踊っている者もいれば、ワイングラス片手に談笑している者もおり、なかには八階から引っ張りおろしてきた作業台の上で頭を寄せ合い、ひとりの大学院生が銀の棒に文字を彫っているところを熱心に見つめている者たちもいた。なにかがふっと音を立て、室内に薔薇の香りが満ちた。だれもが歓声をあげた。

ようやくだれかが四人に気づいた。「三年生！」ヴィマルが声をあげ、手招きした。「どうしてこんなに時間がかかったんだ？」

「コレッジにいたんです」ラミーは言った。「プライベート・パーティーがあるなんて知らなかった」

「招待してあげればよかったのに」ミンナという名前だったような記憶がロビンにはある黒髪のド

＊十八世紀中盤、バベルの研究員は一時的に占星学の流行にはまり、星座名から役に立つ適合対を得られるかもしれないと考えた研究員のために、屋上に最新の望遠鏡を何台か設置するため発注した。それらの努力は、占星学が偽物である以上、なんら興味深いものを生みだすことはなかったが、天体観測自体は楽しいものだった。

イツ人女性が言った。話しながら彼女はその場で踊っており、頭を左側に激しく振りつづけていた。

「残酷だよ、この子たちをあのホラー・ショーにいかせるなんて」

「地獄を知るまで天国のよさはわからないものだ」と、ヴィマルは言った。「『ヨハネの黙示録』。それか『マルコによる福音書』。それかそのようななにか」

「聖書には載ってないでしょ」ミンナが言う。

「まあ」ヴィマルが無視して言った。「ぼくにはわからないな」

「あなたたちは残酷だよ」レティが言った。

「急いでくれ」ヴィマルは肩越しに声をかけた。「この子にワインを」

グラスが手渡された。ポートワインが注がれた。ほどなくするとロビンはとても心地よく酔っ払い、頭がぼーっとして、手足が浮かんでいるような感じになった。棚に寄りかかり、ヴィクトワールとワルツを踊ったことで軽く息切れしていたが、目のまえのすばらしい光景に見入っていた。ヴィマルはテーブルの上に立ち、ミンナと激しくジグを踊っていた。反対側にあるテーブルでは、年間最優秀者に贈られる高額な大学院奨学金を獲得したマシュー・ハウンズローが、銀の棒に適合対を彫っており、その棒は室内で上下に揺れて浮かんでいるピンクと紫のまばゆい光球をこしらえていた。

「イバショ」とイルゼ出島が言った。

ロビンは彼女のほうを向いた。イルゼがこれまでロビンに詰問ではなく、普通に話しかけたことはなかった。自分に話しかけているのかどうか、ロビンは自信がなかった。だが、まわりにはほかにだれもいなかった。「なんでしょう?」

「イバショ」イルゼは体を揺らしながら繰り返した。両腕を体のまえで水平に伸ばしているが、踊っているのか、曲の指揮をしているのか、ロビンには区別がつかなかった。それに関していえば、音楽がどこから流れてくるのかもまったくわからなかった。「英語にはうまく翻訳できないな。「人や物のあるところ」という意味。人が家だと感じる場所、自分が自分でいられる場所」イルゼはロビンのため空中に漢字を書いた――「居場所」――そしてロビンは中国語でその意味を把握した。住まいを表す文字。場所という文字。

そのあと数カ月、この夜のことを思い返すたびにロビンは鮮明な記憶を一握りしか呼び起こせなかった――ポートワインを三杯飲んだあと、あらゆることが心地よい霞《かすみ》になってしまった。激しいケルトの曲に合わせ、テーブルを並べた上で踊り、やたら叫んで早口で韻を踏んでばかりだったなにかの言葉遊びに興じ、脇腹が痛くなるくらい笑ったのをおぼろげに覚えていた。ラミーが部屋の隅でヴィクトワールといっしょに座り、彼女の涙が乾いて、ふたりとも笑いすぎて泣きだすまで教授たちの滑稽な物真似《ものまね》をしていたのを覚えている。「わたしは女というものを軽蔑する」ラミーはクラフト教授の辛辣《しんらつ》な一本調子の話し方を真似た。「移り気で、すぐ気が散り、総じて学究生活が求める厳しい勉学にふさわしくない」

ロビンは酒宴を眺めていると心にひとりでに込みあげてきた英語の表現を思いだした。その意味はよくわからないが、見た目や音の響きは正しいように思えた歌や詩のなかに出てきた表現だ――たぶんそれが詩というものじゃないだろうか？　音を通じての意味？　綴りを通じての意味？　たんに自分が頭のなかで思っただけなのか、あるいは行き交う人間みんなに声に出して訊いたのか思いだせなかったが、気がつくと「ライト・ファンタスティックとはなんだ？」という質問で頭のなかがいっぱいになっていた。*

そして夜も更けて、階段にレティといっしょに座り、彼女が肩に顔をうずめて激しく泣いていた

*ミルトンの詩（一六四五年）
「さあ、踊るがいい
ライト・ファンタスティックな爪先で（あえて訳すとすれば、「軽やかで繊細なステップに乗って」か）」

のも覚えていた。「彼がわたしを見てくれたらいいのに」しゃくりあげながら、レティはその言葉を繰り返した。「どうしてわたしを見てくれないの？」そしてロビンはいくらでも理由――ラミーはイングランドにいる肌の茶色い男であり、レティは海軍提督の娘だからとか、ラミーは街中で撃たれたくないからとか、ラミーはたんにきみが彼を愛しているようにはきみを愛しておらず、彼の普段の優しさと目立つ情熱をきみは特別な関心の表れだとひどく誤解しているからとか、レティは特別な関心を向けられるのに慣れており、つねにそれを期待するようになったたぐいの女性だからとか――を考えられたけれど、真実を言わないほうがいいとわかっていた。そのときレティが欲していたのは正直な助言ではなく、彼女を慰め、愛し、与えてくれる相手だった。彼女が心から欲している関心ではないなら、それに似たものを与えてくれる相手。そのため、ロビンは涙でシャツのまえを濡《ぬ》らされながら、レティが自分にめそめそするのを許し、自分でも理解していない言葉を上の空でつぶやきながら、円を描くように彼女の背中を撫《な》でてやった――ラミーはばかなんだろうか？　きみのどこが気に入らないんだ？　きみはとても魅力的だ、魅力的すぎる、アフロディーテでさえ嫉妬するだろう――まさに、カゲロウにとっくに変えられていないことを幸運だと思わないといけない、とロビンは唱えるように言った。その言葉にレティはくすくす笑いだし、泣くのを少し止めた。それはいいことだった。つまり、ロビンは自分の仕事を果たしたということだった。

ロビンは話しながら自分が消えていくすこぶる奇妙な感覚を覚えた。歴史になるくらい古いはずの物語を描く絵画の背景に溶けこむような感じだ。そしてたぶんそれは酒のせいだろうが、ロビンは自分自身の外へ漂いでるようなその感覚に魅了された。しゃくりあげるレティのすすり泣きと自分のささやきが混じり合って浮かび、冷たいステンドグラスのはまった窓に結露するのをオーニングから眺めている感覚だった。

パーティーが終わるころには、みなひどく酔っ払っていた――ただし、ラミーは疲労と笑いすぎでともかくも酔っていた――それは北に向かって遠回りをして、女性ふたりの住んでいるところまで送り届けるのにセント・ジャイルズ教会の裏にある墓地を通り抜けるのがいい考えだと思えた唯一の理由だった。ラミーは静かに祈り《ドゥアー》をつぶやき、四人は門を通ってだらだらと歩いた。たがいにぶつかりながら、笑い声をあげ、墓石のまわりを歩いていると、最初は大冒険をしているような気になった。だが、そこで雰囲気がいきなり変わってしまったように思えた。街灯の放つ温もりは小さくなった。墓石の影が長くのび、形を変え、そこにいてほしくないなにかの存在を隠しているかのようだ。ロビンは突然、背筋が凍るほどの恐怖を覚えた。墓地を通り抜けるのは違法ではなかったが、ふいに自分たちのいまの状態でこの敷地に侵入するのはひどい違反行為に思えた。

ラミーもそれを感じていた。「急ごう」

ロビンはうなずいた。彼らは墓石のあいだを縫っていく足取りを速めた。「日没直後の礼拝《マグリブ》のあとでここにいちゃだめだ」ラミーはささやいた。「母親の言うことを聴いておくべきだった――」

「ちょっと待って」ヴィクトワールが言った。「レティが動かない――レティ?」

彼らは振り返った。レティは何列かうしろに留まっていた。ひとつの墓石のまえに立っている。

「見て」レティは目を見ひらいて、指さした。「彼女だ」

「彼女って?」ラミーが訊いた。

だが、レティはひたすら見つめながら、そこに立っているだけだった。

三人はレティのいるところへ引き返し、風雨に晒された墓石のまえまできた。**イーヴリン・ブルック**、と読めた。**最愛の娘にして学者　一八一三〜一八三四**

「イーヴリン」ロビンは言った。「それって――」

「イーヴィー」レティが言う。「あの机の女性。台帳にあれほどたくさんの適合対が登録された女性。彼女は死んだんだ。ずっとまえに。五年まえに死んだのよ」

ふいに夜気が氷のようになった。ポートワインの温もりの残滓《ざんし》は笑い声とともに消えていた。いま、彼らはみな素面《しらふ》で、凍え、とても怯えていた。ヴィクトワールは肩にかけたショールを強く引きつけた。「彼女になにがあったと思う?」

「たぶんありふれたことだと思う」ラミーは陰鬱《いんうつ》な気分をかき消そうと雄々しく努めた。「たぶん病気に斃《たお》れたか、事故に遭った、あるいは過労による死か。スカーフを付けずにスケートに出かけたのかもしれない。研究に没頭するあまり、食べるのを忘れたのかもしれない」

だが、ロビンはイーヴィー・ブルックの死がありふれた病によるものではないと疑った。アンソニーの失踪は、学部にほとんどなんの痕跡も残さなかった。プレイフェア教授は近頃では、アンソニーがかつて存在していたことさえ忘れてしまった様子だった。アンソニーの死を発表した日以降、教授はアンソニーに関してひと言も発していなかった。それなのに教授は五年間もイーヴィーの机を手つかずのまま残しており、大事にしている。

イーヴリン・ブルックは特別な存在だったんだ。そしてなにか恐ろしいことがここで起こったのだ。

「家に帰りましょう」ヴィクトワールがしばらくしてささやいた。

四人は墓地にしばらくいたにちがいなかった。暗い空が徐々に淡い光を放ちはじめており、冷気が朝露に凝縮していた。舞踏会は終わった。学期最後の夜が終わり、永遠の夏へと移行した。なにも言わず、四人はたがいに手を握って、家に向かって歩いていった。

第十五章

日々を追うにつれ光が柔らかさを増し、木に成った林檎《りんご》の実がついに熟れ、
このうえもなく穏やかで幸せな日々が訪れるのだ！
——ウォルト・ホイットマン「穏やかな日々」

次の朝、ロビンが試験の成績を受け取ると（翻訳理論とラテン語が良、語源学と中国語とサンスクリット語が優）、分厚いクリーム色の厚紙に印刷された但し書きが付いていた——王立翻訳研究所の学部成績判定委員会は、貴殿の次年度学部奨学生としての在学資格継続を謹んでお伝えいたします。

書類が手元に届いてはじめて、すべてが現実のものと思えた。ロビンは合格した。全員合格したんだ。少なくともあと一年、自分たちには家がある。代金を支払われた部屋と賄《まかな》いがあり、安定した小遣いをもらえ、オックスフォードの知的財産すべてを利用できる権利がある。バベルを離れることを強制されはしない。また安心して呼吸できるようになったのだ。

六月のオックスフォードは、暑く、粘っこく、黄金色をして、美しかった。押し迫った夏休みの宿題はない——もし本人が望めば、それぞれのプロジェクトの研究をさらに進めることができたが、一般的に、トリニティ学期の終わりから次のミカエル学期がはじまるまでの数カ月は、きたる四年次にふさわしいご褒美、そして小休止であると暗黙裡《あんもくり》に認められていた。

その期間は彼らの人生のなかでこのうえもなく幸せな日々だった。熟れてはちきれそうな葡萄《ぶどう》や焼きたてのロールパン、カマンベール・チーズをサウス・パークの丘の上で食べるピクニックをし

た。チャーウェル川をボートでのぼりくだりした——ロビンとラミーはそこそこボート漕《こ》ぎがうまくなったが、女性陣は川岸へ曲がっていくのではなく、まっすぐまえへボートを進める技を習得できない様子だった。北に七マイル歩いてウッドストックへいき、ブレナムパレスを見にいったものの、入場料が法外だったため、なかには入らなかった。ロンドンからきた旅回りの一座がシェルドニアン・シアターでシェイクスピアの抜粋上演をおこなったが、否定しがたいほどひどい出来で、態度の悪い学部生たちのヤジでいっそうひどい芝居になったが、そもそもの芝居の出来にヤジは関係なかった。

六月も終わりに近づくと、どこもかしこもヴィクトリア女王の戴冠式の話題で持ちきりになった。まだキャンパスにいる学生と特別研究員の多くは、前日のロンドン行き列車に乗るため、ディドコット行きの馬車に乗ったが、オックスフォードに残る連中は眩いライトアップ・ショーを楽しめることになった。オックスフォードの貧民や浮浪者のために大晩餐会《ばんさん》がひらかれるという噂があったが、市当局は、ローストビーフとプラムプディングの豪華さに貧しい連中が昂奮状態に陥り、イルミネーションを正しく楽しむ能力を失うだろうと主張した。*それゆえ、当日の夜、貧しい人々は腹を空かせたが、少なくとも照明飾りは美しかった。ロビンとラミーとヴィクトワールはレティといっしょに冷えたシードルのマグカップを手にハイ・ストリートをそぞろ歩き、ほかのだれもが浮かべている愛国心とおなじ感覚を想像しようとした。

夏の終わり近くに四人はロンドンに週末旅行に出かけ、オックスフォードが何世紀もまえに中断し、欠いてしまっている活力と多様性を堪能した。ドルーリー・レーンに出向き、ショーを見た——芝居はあまりうまくなかったが、派手なメーキャップと純情娘役の女優のさえずるような歌声が丸三時間の上演時間のあいだ四人を魅了した。ニュー・カットの屋台を冷やかし、丸々としたストロベリーや、銅製の安っぽい飾り、外国産らしきお茶の小袋を買ったり、猿回しの猿や手風琴《てふうきん》芸人に小銭を放ったり、手招きする売春婦を避けたり、おもしろ半分で偽造銀の棒を売る露店の並びをじろじろと見たり、**ラミーを失望させたがほかの三人を満足させた「本格的インド」カレー店で食事をしたり、ダウティ・ストリートの宿泊客で混みあった一軒家の町屋で一泊したりした。ロビンとラミーはコートにくるまって床で眠り、女性陣は狭いベッドに身を寄せて眠ったが、みんなくすくす笑ったり、小声で話したりして、真夜中をとっくに過ぎるまで起きていた。

翌日、四人は市内散策に出かけ、最後にロンドン港にたどり着いた。港では船渠《せんきょ》まで歩いていき、巨大な船やその大きな白い帆、複雑にからみあうマストと綱具装置に驚嘆した。出帆する船舶の旗と会社の商標を見てその正体を突き止め、どこからきたのか、あるいはどこへいくのか考察した。ギリシャ？　カナダ？　スウェーデン？　ポルトガル？

「いまから一年したら、わたしたちはあの船のどれかに乗るのね」レティが言った。「どこへいくことになると思う？」

バベルを卒業する学生はみな、四年次の試験が終わると、料金前払い済みの長期国際航海に出発する。それらの航海は通常、バベルの事業と関連していた――卒業生たちは、ニコライ一世の宮廷で通訳を務めたり、メソポタミアの遺跡で楔形《くさびがた》文字の粘土板をさがしたり、一度など、偶然、パリ

＊その当時、オックスフォードの当局者たちは、ロンドンの当局者たちと同様、貧民は、成長した知的な大人よりもむしろ幼い子どももあるいは動物に似ていると考えていたようだ。

＊＊貴重で高価なものはすべてそうであるように、偽造および私造の銀の棒の大規模な地下市場があった。ニュー・カットでは、「駆鼠《くそ》用」や「一般的な病の治癒」や「健康で若い紳士を惹きつけるため」のお守りを買うことができた。大半が銀工術の原理の基礎的な理解を欠いたまま造られており、往々にして東洋語を真似た人工言語で書かれた複雑な呪文が関わっていた。とはいえ、なかには、通俗語源説をそれなりに的確に応用したものもたまにあった。この理由からプレイフェア教授は密売されている銀の適合対の年間調査をおこなっていた。もっとも、その調査の使い方については、極秘扱いされていた。

で外交問題に発展しかけた事件を起こしたりした——だが、それらは卒業生にとって主に単純に世界を自分の目で見る機会だったのだ。また、何年もの在学期間に触《ふ》れることのなかった外国での言語環境に浸るためでもあった。言語を理解するには実際に生活の上で使わねばならず、オックスフォードは、結局のところ、実生活の対極にあった。

自分たちのクラスは中国かインドに派遣されるだろう、とラミーは確信していた。「なにしろたくさんのことが起こっている。東インド会社は広東《カントン》で独占権を失った。それはつまり、事業の再編にあらゆる種類の翻訳者が必要になるということだ。カルカッタになることに左腕を賭けてもいい。あそこを気に入るよ——しばらくうちの家族のところに滞在すればいい。きみたちのことを家族には包み隠さず手紙で知らせているんだ。レティが熱めのお茶を飲めないことすら知っているぞ。あるいは、ひょっとしたら広東にいくことになるかもしれない——それってすてきじゃないかい、バーディー？　おまえが最後に故郷にいたのはいつだ？」

ロビンは自分が広東に戻りたいのかどうか定かではなかった。何度か検討してみたことがあるが、なんらわくわくする気持ちが起こらず、ただ混乱した、曖昧なやましい恐怖感しかなかった。かの地には自分を待っているものはなにもない。友人はおらず、家族もいない。たんにぼんやりとしか覚えていない街だった。むしろ、故郷にいくと自分がどんな反応をするのかが不安だった。忘れかけた子ども時代の世界にふたたび足を踏み入れたらどうなるのか。戻ることで万が一、立ち去れなくなったらどうする？

もっと悪いことに、万が一、なにも感じなかったとしたら？

「モーリシャスかどこかに派遣されるほうがありそうなんじゃないかな」ロビンは言った。「女性陣にフランス語を使わせてあげよう」

「モーリシャスのクレオールはハイチのクレオールとおなじだと思う？」レティがヴィクトワールに訊いた。

「おたがいに通じ合えるのか、わからないな」ヴィクトワールは言った。「もちろん、両方ともフランス語がベースにあるけど、ハイチのクレオール語はフォン語から文法要素を得ている一方、モーリシャスのクレオール語は……んー。わからないな。文法大系書が存在していないので、参考にするものがない」

「だったら、あなたが書けばいい」レティが言った。

ヴィクトワールはレティに小さな笑みを向けた。「もしかしたらね」

その夏のもっとも幸せな進展は、ヴィクトワールとレティが友人に戻ったことだった。というか、試験に合格したという知らせが届くと、三年次の奇妙で曖昧な嫌悪感は雲散霧消した。レティはもはやロビンの神経に障らなくなり、ラミーは口をあけるたびにレティにしかめっ面をされなくなった。

公正を期すために言えば、仲違《なかたが》いは解消されたと言うより、棚上げにされたのだ。喧嘩の理由に実際には向き合わず、それをストレスのせいにすることで全員納得していた。おたがいの意見の相違に直面しなければならず、決まって話題を変えるのではなく真剣に議論するときがいずれくるだろうが、当面は、夏を楽しみ、おたがいを愛しているのはどんな感じがするのかを思いだすことで満足していた。

というのも、いまは、まさしく黄金の日々の最後だったからだ。いつまでもつづくわけではないことを全員わかっており、この喜びは、あの終わりが見えない、へとへとになった夜のおかげで得られたものだとわかっているがゆえにこの夏はいっそう貴重なものに思えたのだ。まもなく四年次がはじまり、やがて卒業試験、そして仕事がやってくる。四人のだれもそのあとどんな人生が待っているのか知らなかったが、自分たちが永遠に同期の仲間のままではいられないのは、確実だった。絶対に、最終的に、みな夢見る尖塔《せんとう》の街を離れねばならないのだ。それぞれの職に就き、バベルに与えられたものすべてを返さねばならない。しかし、その未来は、漠然として恐ろしいものだったが、当面容易に無視できるものだった。現在の輝きに比べれば、とても見劣りするものだった。

一八三八年一月、発明家サミュエル・モールスがニュージャージー州モリスタウンでデモンストレーションをおこない、電気インパルスを利用して連続した短点《ドット》と長点《ダッシュ》を送ることで長距離間にメッセージを伝えることができる装置を誇示した。懐疑的な合衆国議会はワシントンDCの首都と他の都市を繋《つな》ぐ電線を敷設する資金の申請を却下し、さらに五年間も認可をもたもたと引き延ばした。だが、王立翻訳研究所の研究員たちは、モールスの装置が動くのを耳にするとすぐ海を渡り、モールスをおだててオックスフォードに数カ月におよぶ長期滞在を実現させた。その装置が適合対を必要とせず、純粋に電気だけで作動することにバベルの銀工術部門の人間は驚嘆した。そして、一八三九年七月までにバベルはイングランド初の電信線を開設し、ロンドンの外務省と繋げることができた*。

モールスの原型となる信号は、受信者が手引き書に記された単語を調べる前提に基づいて、数字しか伝えなかった。これは語彙が限定されている会話では問題なかった――列車の信号や天気予報、ある種の軍事通信など。だが、モールスが来訪してからすぐにデ・ヴリース教授とプレイフェア教授は、どんな種類のメッセージでもやりとりできる英数字まじりの信号を開発した**。これにより電信の用途の可能性は、商用および私用さらにそれ以上に拡大した。バベルがロンドンとオックスフォードを即時に連絡可能にする手段を手に入れたという噂はすぐさま広まった。たちまち顧客――主に実業家や政府の役人、ときには聖職者――がロビーにごった返し、送信する必要があるメッセージを握りしめて一ブロックを囲むように列を作った。ラヴェル教授は騒々しさに憤慨して、群衆向けの防止装置を設置したがった。だが、より冷静で、より財政に精通した考え方が勝った。プレイフェア教授が大きな利益を得られる可能性を見て、以前は倉庫として使われていたロビーの北西側を電信室に改造することを命じた。

次の難関は電信室の電信交換手確保だった。学生は無償労働力のわかりやすい供給源であり、そのためすべてのバベルの学生と大学院生はモールス信号習得を義務づけられた。これには数日しかかからなかった。モールス信号は、仮に英語同士でやりとりをするのなら、言語と記号のあいだで完璧な一対一対応をしている稀な言語だった。九月から十月になり、その秋のミカエル学期がはじまるころ、キャンパスにいる全学生は、少なくとも週に三時間の交代勤務に従事することが義務づけられた。そんなわけで、毎週日曜日の夜、九時になると、ロビンは重い足をひきずってロビーの狭い電信室に向かい、課題本の山とともに電信装置のまえに座り、針がぶーんと音を立て、動きだすのを待つのだった。

この遅番の利点は、こんな時間だと塔に滅多《めった》に電信は届かないことだった。ロンドンの事業所にいる人間はだれであれとっくに帰宅しているはずだった。ロビンがしなければならないのは、緊急の連絡が届く場合に備え、午後九時から十二時まで起きていることだった。それ以外は、なんでも好きなことをしてかまわず、通常はその時間を読書か、翌朝の授業に備えて作文の見直しにあてていた。

ときおり、ロビンは窓の外に視線を向け、中庭に目をやることで室内の薄暗い明かりで生じた目の疲れを和らげた。芝生はいつものように無人だった。日中は人の行き来が多かったハイ・ストリ

＊そうすることで、バベルとモールスは、発明家ウィリアム・クックとチャールズ・ホイートストンを大いに動揺させた。両者の独自の電信装置はわずか二年まえにグレート・ウェスタン鉄道に設置されていた。しかしながら、クックとホイートストンの電信は、あらかじめ設定された記号盤を針が移動して示す形式を利用しており、モールスの、より単純で、クリックに基づいた電信システムがおこなうような広範囲な内容伝達はほとんど不可能だった。

＊＊信じがたい学術的寛大さを発揮して、彼らはこの改善されたシステムもモールス信号と呼ぶことを認めた。

ートは、夜の遅い時間だと不気味だった。陽が沈み、淡い街灯の光や家の窓から漏れる蠟燭《ろうそく》の光だけになると、別の並行した存在であるオックスフォード、妖精の国のオックスフォードのようだった。とりわけ雲のない夜だと、オックスフォードは変貌し、人けのない街路、静まり返る石積み、尖塔と小塔は謎と冒険を約束し、人が永遠に迷ってしまいかねない抽象の世界となった。

そんな夜にロビンは司馬遷の『史記』の翻訳から顔を起こし、黒ずくめのふたつの人影がきびきびと塔に近づいてくるのを目にした。胃がきりりと痛んだ。

ふたつの影が正面玄関の階段にたどり着くと、塔のなかからの明かりがふたりの顔を照らし、ロビンは彼らがラミーとヴィクトワールであると気づいた。

ロビンはどうしたらいいのかわからず、机をまえに凍りついて座っていた。彼らはヘルメス結社の仕事でここにきている。そうにちがいない。それ以外、ふたりの格好や、こそこそした視線を説明できない。だいたい、数時間まえにラミーの部屋の床でふたりがクラフト教授のゼミの課題を終わらせるのを目にしていたので、ロビンはふたりがここになんの用事もないと知っていた。

グリフィンがふたりを採用したんだろうか？　まちがいなくそうだろうな、とロビンは後悔しながらそう思った。グリフィンはロビンを見限り、その代わりに彼の同期のほかの仲間に手を出したのだ。

もちろん、ロビンはふたりを通報する気はなかった——それは論外だ。だが、ふたりに手を貸すべきだろうか？　いや、そうしないほうがいいだろう——塔は完全に無人というわけではなかった。まだ八階には研究員がおり、もしロビンがラミーとヴィクトワールを驚かせたりしたら、望まぬ関心を惹きかねなかった。唯一の選択肢は、なにもしないことである気がした。もしロビンが気づかないふりをして、ふたりがなんであれ望んでいることに成功したなら、バベルにおける自分たちの生活のもろい均衡は崩されはしないだろう。そうすれば彼らはロビンが数年間同居してきた偽りの生活という薄いベールを維持できるだろう。結局のところ、現実は強い可塑性がある——事実は忘れ去られる可能性があり、真実は抑圧され、けっして目を凝らして見ないと決心さえすれば、錯視用のプリズムを通して見るように狭い角度からの人生しか見られない。

　ラミーとヴィクトワールは正面扉をするりと抜け、階段をのぼっていった。ロビンは翻訳に目を向け、ふたりがやっているかもしれないことを少しでも感じさせるものに耳を澄まさないようにした。十分後、おりてくる足音が聞こえた。彼らは目的のものを手に入れたのだ。すぐに扉から出ていくだろう。その瞬間が過ぎれば、平穏が戻ってくる。ロビンはこのことを、意志の力でほどかないようにしているほかのすべての不愉快な真実とともに心の奥に追いやれるだろう――

　人間のものとは思えぬ甲高い叫び声が塔を貫いた。大きな衝撃音がしたかと思うと、罵声がつづいた。ロビンは勢いよく立ちあがり、ロビーから出た。

　ラミーとヴィクトワールは玄関扉のすぐ外で罠にかかり、てかてか光る銀色の糸の網に捕らわれていた。ロビンの目のまえで糸は二重になり、三重になっていき、一秒経つごとにふたりの手首や腰、足首、喉のまわりに新しい糸が巻きついていった。ふたりの足下には少量の盗品が散らばっていた――六本の銀の棒、二冊の古書、一本の彫刻用尖筆。バベルの研究員たちが一日の終わりにいつも家に持ち帰っている品物だ。

　ただし、プレイフェア教授は防護装置をみごとに変更したようだった。ロビンが懸念していた以上の効果を達成していた――出入りする人や物の検知だけではなく、その目的が正当なものかどうかを検知できるように改造していた。

「バーディー」ラミーがはっと息を呑《の》んだ。銀色の網が首を締め付けている。目を大きく見ひらいていた。「助けてくれ――」

「じっとしてろ」ロビンは糸をぐいと引っ張った。べとべと粘ついていたが、曲げやすく、切りやすかった。ひとりで脱出するのは不可能だが、助けがあればできないことはなかった。ロビンはラミーの首と両手をまず自由にした。そののち、ふたりでヴィクトワールを網から引っ張りだした。

そうしているうちにロビンの両脚とも、糸に絡まれてしまったのだが。この網は別の犠牲者を手に入れたら先に捕らえたひとりを解放するようだった。だが、激しい糸の射出は止まっていた。警報を鳴らした適合対がなんであれ、静止したようだ。ラミーは自分の足首を網から引き抜くと、うしろに下がった。一瞬、三人は月明かりの下、戸惑いながらたがいをまじまじと見た。

「あなたもなの？」ヴィクトワールがやがて訊ねた。

「そうみたいだな」ロビンは言った。「グリフィンに寄越《よこ》されたのかい？」

「グリフィン？」ヴィクトワールが当惑の表情を浮かべた。「いえ、アンソニーが――」

「アンソニー・リッベン？」

「もちろんだ」ラミーが言う。「ほかにだれがいる？」

「だけど、彼は死んだんだろ――」

「その話はあとまわしにして」ヴィクトワールが口をはさんだ。「ほら、サイレンが――」

「畜生」ラミーが言った。「ロビン、こっちへ体を傾けろ――」

「時間がない」ロビンは言った。脚を動かすことができなかった。糸は何層にも数を増やすのを止めていた――たぶんロビンが窃盗犯ではないからだろう――だが、網はありえないくらいに濃くなっており、玄関口全体に広がっていた。もしラミーがこれ以上近づいてくれれば、ふたりとも捕まってしまうだろう。「ほっといてくれ」

ふたりは抗議の声をあげはじめた。ロビンは首を振った。「残るのはぼくでなければならない。ぼくは陰謀を企てていないし、なにが起こっているのかわかっていない――」

「明白じゃないか？」ラミーが問い迫った。「おれたちは――」

「明白ではない、だから、話さないでくれ」ロビンは声を押し殺して言った。サイレンの甲高い音は、止まなかった。まもなく警察が緑地に到着するだろう。「なにも言うな。ぼくはなにも知らない。訊問《じんもん》されたら、ぼくはそう答える。急いで逃げてくれ、頼む。なにか考えるから」

「あなたはほんとに――」ヴィクトワールがなにか言いかけた。

「いくんだ」ロビンはきっぱりと言った。

ラミーは口をひらいて、またつぐみ、盗んだ素材を拾いあげようと屈《かが》みこんだ。ヴィクトワールもそれにつづいた。ふたりは二本の銀の棒だけ、あとに残した――賢明だ、とロビンは思った。ロビンがひとり働《ばたら》きをおこない、盗品とともに姿を消した共犯者はいない、という証拠になるだろう。

やがて、ふたりは階段を駆けおり、緑地を横断して、路地に姿を消した。

「そこにいるのはだれだ？」だれかが怒鳴った。中庭の反対側の縁でランプが上下しているのをロビンは見た。彼は首を捻《ひね》り、ブロード・ストリートのほうに目を凝らし、友人たちの姿をかいま見ようとしたが、果たせなかった。ふたりは逃げおおせた。うまくいった。警察は塔だけを目がけてこようとしていた。ロビンだけを目がけて。

ロビンは震える息を吸い、光のほうへ顔を向けた。


怒号、顔に眩《まぶ》しいランプの光、両腕をがっちり摑む手。それからの数分間、ロビンはなにがあったのかほとんど把握できなかった。自分の曖昧で支離滅裂なたわごと、耳元でさまざまな命令や質問を怒鳴りつける警察官たちの耳障りな声しか意識にのぼらなかった。ロビンは取り繕った言い訳をしようとした。泥棒が網に捕らわれていたのを見て、彼らを捕まえようとしたところ逆に網に搦《から》められてしまったという話をでっちあげたが、それは口から出た途端、辻褄《つじつま》が合わず、警察は笑うだけだった。最終的にロビンは警官の手で網から外され、塔に連れ戻され、ロビーにある狭い窓のない部屋に連れていかれた。椅子が一脚あるだけのなにもない部屋だった。その部屋の扉には目の高さに小さな格子窓があり、スライド式の蓋がついていた。図書閲覧室というよりも独房に似ていた。ここに留置されるヘルメス結社の工作員は自分が最初ではないんじゃないだろうか、とロビンは思った。部屋の隅にあるかすかな茶色い染みは乾いた血かもしれない、と訝《いぶか》しむ。

「おまえはここにいるんだ」担当の警官はロビンの両手を後ろ手にまわして手錠をかけながら言った。「教授が到着するまでな」

警官たちは扉に施錠すると出ていった。彼らはどの教授がくるのか、あるいはいつ戻ってくるのか言わなかった。知らない状態がつづくのは拷問だった。ロビンは座って待った。膝をゆすり、吐き気を催すアドレナリンの波に次々と襲われて、腕がみじめなくらい震えていた。

もう終わりだ。ここから巻き返す術は絶対にない。バベルから追放されるのは、なかなかないことだった。バベルは懸命にさがしあてた才能の持ち主に多額の投資をしており、これまでのバベルの学生は、殺人を別にしてほぼあらゆる種類の犯罪を大目に見られてきた。*だが、窃盗と裏切りは追放の根拠になりうるのではなかろうか？　そしてそれからどうなる？　市の監獄の独房いきか？　ニューゲート牢獄《ろうごく》の独房？　絞首刑にされる？　あるいは、船に乗せられ、きたところに戻されるだけか？　友人もおらず、家族もいないうえ、なんの将来の見込みもない場所へ？

心のなかにひとつのイメージが浮かびあがる。もう十年近く封印してきたイメージだ――暑くて換気の悪い部屋、病気のにおい、かたわらで硬直して横たわっている母親、やつれた頬が目のまえで青く色を変える。この十年間――ハムステッド、オックスフォード、バベル――は、すべて奇蹟《きせき》的な魔法だった。だが、ロビンはそのルールを破った――呪文を破った――そしてまもなくその魔法は解け、ロビンは貧しき者、病める者、死にかけている者、死者のところへ戻るのだ。

扉が音を立ててあいた。

「ロビン」

ラヴェル教授だった。ロビンは教授の目にわずかななにかをさぐった――優しさ、失望あるいは怒りを――このあとどうなるかを予測するための手がかりを。だが、ロビンの父親が見せる表情は、これまでと同様、なにも浮かんでいない、真意を読めない仮面だった。「おはよう」

「座りたまえ」ラヴェル教授が最初にしたのは、ロビンの手錠を外すことだった。そののち、七階にある自分の研究室まで階段を使ってのぼらせ、そこでいま、まるで毎週の個別指導授業をはじめるかのようにいつもどおりにたがいに向かい合って座っていた。

「警察がまずわたしに連絡してきて、じつに運がよかったな。もしジェロームだったらどうなっていたか想像するがいい。いまごろ両脚を失っているだろう」ラヴェル教授は机の上で両手を組み合わせ、身を乗りだした。「いつからヘルメス結社のために資材をちょろまかしてきたんだ?」

ロビンは青ざめた。ラヴェル教授がこんなに直截《ちょくせつ》に訊いてくるとは予想していなかった。この質問はとても危険なものだった。ラヴェル教授はヘルメス結社のことを明らかに知っている。だが、いったいどれくらい知っているのだろう? どれくらいロビンは結社について嘘をつけるのか? ひょっとしたら教授はブラフをかましているだけかもしれないし、ひょっとしたら正しい方向に言葉を濁《にご》したらこの状況から逃れられるかもしれない。

「真実を話せ」ラヴェル教授は抑揚のない厳しい声で言った。「いまここでおまえを救うのはそれが唯一の方法だ」

「三カ月まえからです」ロビンは小さな声で言った。三カ月は三年より悪質には聞こえないが、もっともらしく聞こえるには十分な長さだった。「ことしの夏から——それだけです」

「なるほど」ラヴェル教授の声に怒りはなかった。その冷静さが教授を恐ろしいくらい読めなくさせていた。ロビンは教授が怒鳴ってくれたほうがいいと思った。

「あの、ぼくは——」

「静かに」ラヴェル教授は言った。

＊バベルの学生が過去に追放された犯行リストには、路上飲酒、喧嘩、闘鶏、食堂での食事のまえのラテン語の祈り朗唱の際に意図的に卑語を加えることなどが載っていた。

ロビンは口を固く閉じた。どうでもよかった。なにを言ったらいいのかわからなかった。この惨状から自分を抜け出させることができる説明などなかった。無実の証明などありえない。みずからの裏切りの明白な証拠と対峙《たいじ》し、結果を待つしかできなかった。だが、ラミーとヴィクトワールの名前を伏せることができれば、今回の件は自分の単独犯行だとラヴェル教授に信じこませることができれば、それで十分だろう。

「まったく」長い間《ま》をあけてからラヴェル教授は言った。「おまえが忌まわしい恩知らずだと判明するとはな」

ラヴェル教授は背もたれに寄りかかり、首を横に振った。「おまえが想像できないくらいのことをしてやったのにな。おまえは広東の港湾で働く子どもだった。母親は社会のつまはじきものだ。おまえの父親が中国人だったとしても」そのとき、ラヴェル教授の喉がひくついた。そしてそれは教授がいままでしたことのない範囲での告白に近いものだ、とロビンにはわかった。「おまえの立場は変わらぬものだっただろう。生涯、小銭を稼いで暮らす羽目になったはずだ。けっしてイングランドの海岸線を目にすることはなかっただろう。けっしてホラティウスもホメロスもトゥキュディデスも読むことはなかっただろう――それについて言うなら、けっして本を繙《ひもと》くことがなかっただろう。おまえは不潔と無知のなかで生きて死に、わたしがおまえに与えてきた数々の機会のある世界をけっして想像しなかっただろう。わたしがおまえを貧困から掬《すく》いあげてやったのだ。わたしがおまえに世界を贈ったのだ」

「先生、ぼくは――」

「よくもまあ。これまで与えられてきたあらゆるものの顔によくもまあ唾《つば》を吐けたものだ」

「先生――」

「この大学からどれほどの特権を与えられているのかわかっているのか？」ラヴェル教授の声は声量は変わらないままだったが、ひと言ひと言が長くなっていき、最初はゆっくりとした口調だったのが、やがて語尾を噛み切るように吐き捨てる口調に変わった。「子息をオックスフォードに送るのに大半の家庭がどれほど払っているのか知ってるのか？　おまえは無料で住む所と賄いを享受《きょうじゅ》している。月々の小遣いももらっている。世界最大の知識の宝庫を利用できる。自分の置かれている状況がありふれたものだと思っていたのか？」

　百の主張がロビンの頭のなかを駆け巡っていた――オックスフォードのそれらの特権は自分が要求したものではない、そもそも広東から連れ去られたのは選んだ結果ではない、大学が気前がよいからといってイギリス王室とその植民地計画に変わることのない、ゆるぎない忠誠を要求すべきではないし、それはロビンがけっして同意はしなかった特殊な形の拘束である、と。無理矢理押しつけられ、勝手に決められるまで、このような運命をロビンは望んでいなかった。選択肢があった場合、自分がどんな人生を選んだのかロビンはわからなかった――この人生なのか、あるいは広東で、自分とおなじ顔つきをしておなじ言葉を話す人々のなかで育つ人生なのか。

　だが、そんな主張になんの意味がある？　ラヴェル教授はまず共感しないだろう。重要なのは、ロビンが有罪であることだった。

「楽しかったか？」ラヴェル教授の唇が歪んだ。「スリルを感じたか？　ああ、そうにちがいないな。おまえの好きな子ども向け物語の主人公だと思いこんだのが想像できる――まぎれもないディック・ターピン（十八世紀初頭の有名な追い剝ぎ。処刑後、美化されて義賊扱いされる）だと、思ったんだろ？　おまえはいつも三文小説が好きだったからな。昼間はくたびれた学生、夜は威勢のいい盗人《ぬすっと》か？　まるで小説のようだったか、ロビン・スウィフト？」

「いいえ」ロビンは背筋を伸ばし、せめて哀れなほど怯えているような声にならないよう努めた。もし罰せられるというなら、自分の理念に忠実であったほうがましだった。「いいえ、ぼくは正しいことをしていました」

「ほぉ？　では、正しいこととはなんだ？」

「あなたが気にしないのはわかっています。でも、ぼくは気にしました。謝りはしません。なんとでもお好きなようにするが――」

「いや、ロビン。おまえがなにと戦っているのか話すんだ」ラヴェル教授は背もたれに寄りかかり、両手の指を合わせ、うなずいた。あたかもこれが試験であるかのように。あたかも真剣に耳を傾けているかのように。「さあ、話すんだ、わたしを納得させてみろ。最善を尽くせ」

「バベルが資材を蓄えているやり方は正当じゃありません」ロビンは言った。

「ああ！　正当じゃない！」

「正しくないんです」ロビンは怒ってつづけた。「利己的です。われわれの銀はすべて贅沢《ぜいたく》をするために使われ、軍に使われ、あの棒で容易に治癒できる病で人が死んでいるときにレースや武器を作るために使われています。あなたたちが自分たちの翻訳研究所で働かせるためほかの国から学生たちを徴発し、彼らの母国はその見返りをなにも受けないのは、正しいことではありません」

ロビンはこれらの主張をよく知っていた。グリフィンから聞いた話を繰り返しているのだ。自分のなかに内面化するに至った真実でもある。それでもラヴェル教授の石のような沈黙をまえにするとすべてがばからしく思えた。ロビンの声は弱々しく、安っぽい感じで、絶望的に自信なげだった。

「バベルがみずからを豊かにさせたやり方におまえがほんとうに嫌悪感を抱いているのなら」ラヴェル教授が口をひらいてつづけた。「おまえがいつもその金を喜んで受け取っているように見えるのはどうしてだ？」

ロビンはひるんだ。「そんなことはありません――ぼくはその金を欲しいと頼んだわけじゃない――」だが、それは辻褄の合わない発言だった。言葉が尻すぼみになり、頰が赤くなった。

「おまえはシャンパンを飲むだろ、ロビン。小遣いをもらっている。学校がすべて代金を払っているマグパイ・レーンの家具付きの部屋で暮らしており、ローブと仕立てられた服を着て往来を闊歩《かっぽ》しているのに、そうした金はすべて他人を犠牲にして得られたものだと主張する。それは苦にならならないのか？」

　そしてそれがすべての肝だったのではなかろうか？　ロビンは、理屈の上では、半信半疑の革命のため、多少のことについてはみずから進んであきらめようとずっとしてきた。それが自分の身を削らないかぎり、反発するのはなんの問題もなかった。そして、その矛盾に関しては、深く考えず、あるいは、綿密に調べないかぎり、問題なかった。だが、こんなふうに、これほど赤裸々な言葉で詳しく説明されると、自分は革命家にはほど遠く、まったくなんの信念も持っていないのは歴然としているようだった。

　ラヴェル教授の唇がまた歪んだ。「おまえは帝国にそれほど悩まされていないんじゃないのか？」

「正しくないんです」ロビンは繰り返した。「公正じゃない――」

「公正」ラヴェル教授はロビンの発言をなぞった。「もしおまえが糸車を発明したとする。そのとき、おまえはまだ手で糸を紡《つむ》いでいる全員に突然自分の利益を分配しなければならなくなるのか？」

「ですが、それとこれとは話がちがい――」

「そしてわれわれは自分たちの翻訳研究施設を建設する機会が十分あった世界じゅうの発展途上国に銀の棒を配らなければならないのか？　外国語を学ぶのにたいした投資は必要ない。ほかの国が自分たちの持っているものを活用できない場合、なぜそれがイギリスの問題にならねばならないのだ？」

　ロビンは返事をしようと口をひらいたが、言うべきことを思いつけなかった。どうしてこんなにも言葉を見つけるのが難しいのだろうか？　この議論にはどこかおかしいところがあるが、またしてもロビンはそれがなんなのか突き止められなかった。自由貿易、ひらかれた国境、おなじ知識の平等な入手――理屈の上ではいずれもすばらしく聞こえる。しかし、競技場がほんとうに平らなら、なぜすべての利益がイギリスに集まったのだ？　イギリス人はほかよりもはるかに賢くて勤勉だったのか？　彼らは試合を正々堂々と戦って勝っただけなのか？

「だれがおまえを勧誘したんだ？」ラヴェル教授が訊いた。「連中はあまりいい仕事をしなかったにちがいない」

　ロビンは反応しなかった。

「グリフィン・ハーレーか？」

　ロビンはひるんだ。それは告白したのも同然だった。

「当然だな。グリフィンか」ラヴェル教授はその名前を呪詛《じゅそ》のように吐き捨てた。教授は長いあいだロビンを見つめ、まるで弟のなかに兄の幽霊を見つけられるかのように彼の顔をしげしげと見た。やがて、奇妙なくらい柔らかい口調で教授は訊いた。「イーヴリン・ブルックになにがあったのか知っているのか？」

「いえ」ロビンは言った。実際には、はい、と思ったのだが――彼女の話の詳細は知らず、概略しか知らなかった。これまでに全体像はほぼ摑んでいたものの、最後のピースをはめこむのは控えていた。なぜなら、知りたくなかったからであり、それが真実であってほしくなかったからだ。

「あの子は聡明だった」ラヴェル教授は言った。「われわれが手に入れた最高の学生だった。大学の誉れであり、喜びだった。彼女を殺したのがグリフィンだと知ってたかね？」

　ロビンはたじろいだ。「いえ、そんなことは――」

「あいつはおまえに話さなかったんだな？　正直言って、それは驚きだ。嬉々《きき》として話すだろうと思っていたんだが」ラヴェル教授の目がとても暗くなった。「では、わたしがおまえの蒙《もう》を啓《ひら》いてやろう。五年まえ、イーヴィー――哀れな、罪のないイーヴィー――は、午前零時をまわっても八階で働いていた。ランプを灯《とも》していたが、ほかの照明は全部消えていたのに気づいていなかった。それがイーヴィーなのだ。仕事に熱中すると、まわりでなにが起こっていようと気にならなくなってしまうのだ。自分と研究以外なにも存在しなくなる。

　グリフィン・ハーレーが午前二時ごろ、塔に侵入した。あいつはイーヴィーを見なかった――彼女は作業場の奥にある隅で働いていた。グリフィンは自分しかいないと思った。そしてグリフィンはもっとも得意とすることを進めた――くすねること、盗むこと、貴重な写本を神のみぞ知る場所へ持ちだすために漁《あさ》ること。出入口の扉に近づいたとき、イーヴィーに見られていたことにやつは気づいた」

ラヴェル教授は黙りこんだ。ロビンはその間に戸惑ったが、教授の目が赤くなり、目元が濡れているのを見て驚いた。ロビンが教授を知るようになって何年も経つが、一度も自分の気持ちを露《あらわ》にしたことがなかったのに、そのラヴェル教授が泣いているのだ。

「あの子はなにもしなかった」教授の声はしゃがれていた。「警告を発しなかった。悲鳴もあげなかった。その機会を持たなかったのだ。イーヴリン・ブルックは、間が悪いときに間が悪い場所にいただけだ。だが、グリフィンは警察に引き渡されるのを恐れるあまり、彼女を殺した。翌朝、わたしが彼女を発見した」

ラヴェル教授は手を伸ばし、机の隅に置かれている使い古された銀の棒をとんとんと叩いた。ロビンはその棒を何度も目にしたことがあったが、ラヴェル教授はその棒を写真立てのうしろになかば隠すように裏向けて置いており、ロビンは思い切って訊ねることは一度もなかった。ラヴェル教授はその銀の棒を表に返した。「この適合対がなにをするか知ってるかね?」

ロビンは視線を下に向けた。正面側には、「爆」と記されていた。はらわたが捻れた。怖くて裏を見られない。

「bào《バオ》」ラヴェル教授は言った。「左の部首《へん》は、火を表す。そしてその隣にある部首《つくり》は、暴力や残酷さや激しい乱れを表す*。この旁《つくり》は、それだけで「抑制されぬ、荒々しい暴力性」を意味し、雷や残酷さを意味する単語にも用いられている（「暴雷」と「暴虐」のことか）。そしてグリフィンはこの文字を英語の

＊爆という漢字は、ふたつの部首――「火」と「暴」で構成されている。

burst《バースト》（「破裂」「爆発」の意）に対応させて翻訳した。英語への翻訳としては可能なかぎり穏やかなものだ。穏やかすぎてほとんど翻訳にはなっていない——そのため、その力は、その破壊力は銀のなかに捕らわれた。それはイーヴィーの胸で爆発したのだ。鳥籠をひらくように彼女の肋骨《ろっこつ》を跳ね飛ばした。そしてそのあと、やつは彼女をその場に残して立ち去った。まだ手に本を抱えたまま、書架のあいだに倒れたままにして。わたしが彼女を見つけたとき、彼女の血は床を半分覆っていた。本のどのページも真っ赤に染まっていたのだ」教授はその棒を机の上に滑らせた。「持ってみろ」

ロビンはたじろいだ。「はい？」

「手に取れ」ラヴェル教授はぴしゃりと言った。「その重さを感じろ」

ロビンは手を伸ばし、その棒を指で包んだ。指に触れるそれは恐ろしいくらい冷たかった。これまで出会ったほかのどんな棒よりも冷たく、とてつもなく重かった。確かに、この棒がだれかを殺したのだと信じることができた。閉じこめられ、怒り狂って力を溜《た》め、導火線に火のついた擲弾《てきだん》のように爆発するのを待って唸《うな》っているような気がした。

いま訊くのは的外れだとわかっていたが、訊かずにはいられなかった。「どうしてグリフィンの仕業《しわざ》だと知ってるんですか？」

「過去十年間、中国語専攻の学生はほかにいなかった」ラヴェル教授は言った。「わたしがやったと思うか？　あるいはチャクラヴァルティ教授がやったと？」

教授は嘘をついているのだろうか？　その可能性はあった——この話はあまりにもグロテスクで、ロビンはほとんど信じられなかった。グリフィンが殺人のような犯罪をできるとは信じたくなかった。

だが、そうだろうか？　グリフィンは、バベルの教職員を、敵の戦闘員であるかのように言っており、実の弟を結果を顧みることなく繰り返しその戦いに送りこみ、自分が戦っている戦争のマニ教的正義を確信するあまり、それ以外がほとんど見えなくなっていた。もしヘルメス結社を守れるのであれば、グリフィンは無防備な若い女性を殺すだろうか？

「すみません」ロビンはささやくように小さな声で答えた。「ぼくは知らなかった」

「おまえが運命を共にした相手がそれだ」ラヴェル教授は言った。「嘘つきの殺人者だ。世界解放の運動に手を貸しているとおまえは思っているのか、ロビン？　いい子ぶるんじゃない。おまえはグリフィンの誇大妄想に手を貸しているんだ。そしてそれはなんのためだ？」教授はロビンの肩をあごで差し示した。「腕に弾が当たったんだろ？」

「どうしてそれを知って――」

「プレイフェア教授はおまえがボートを漕いで腕を痛めたのかもしれないという意見だった。わたしはそんなに易々《やすやす》と騙《だま》されはしない」ラヴェル教授は机の上で両手を組み合わせ、背もたれに寄りかかった。「さて。選択はきわめて明確であるはずだ、と思う。バベルあるいはヘルメス結社だ」

ロビンは顔をしかめた。「はい？」

「バベルかヘルメス結社か？　きわめて単純だ。おまえが決めればいい」

ロビンは自分が壊れた楽器になったような気がした。たったひとつの音しか発することができない楽器。

「あの、ぼくは……」

「追放されると思っていたのか？」

「その――はい、そんなことに――」

「あいにく、バベルを出ていくのはそんなに簡単ではない。おまえはまちがった道に迷いこんだ。だが、それは悪意のある影響の結果だとわたしは信じている――おまえがとても扱えないような残酷で狡猾《こうかつ》な影響だ。確かにおまえは甘い。そして、がっかりだ。だが、おまえはまだ終わっていない。監獄や刑務所で終わる必要はない」ラヴェル教授は机を指でとんとんと叩いた。「もしおまえがわれわれに役に立つものを寄こせるのなら、とてもありがたい」

「役に立つ?」

「情報だよ、ロビン。やつらを見つけだす協力をしろ。やつらを根絶やしにする協力をするのだ」

「でも、ぼくは彼らのことをなにも知りません」ロビンは言った。「グリフィンを別にして、ほかの人たちの名前すら知らないんです」

「ほんとか」

「真実です。そうやって彼らは行動しているんです――それくらい分散しており、新しい仲間にはなにも話さないんです。万一――」ロビンはごくりと唾を飲みこんだ。「万一このようなことが起こった場合に備えて」

「実に残念だ。それはほんとうに確かなのか?」

「はい、ぼくは実際になにも――」

「言葉を濁すな、ロビン。ためらうな」

ロビンはたじろいだ。いま言われた言葉はグリフィンが使っていたのとまったくおなじだった――ロビンは思いだした。そして、グリフィンはラヴェル教授がいま言ったのとまったくおなじ口調で言った。冷たく尊大な態度で。あたかも自分がすでに議論に勝ったかのような、あたかもロビンが口にするどんな返事もばかげたものにちがいないとでも言うかのように。

そしてロビンはグリフィンのにやにや笑いをちょうどいま想像することができた。彼がなんと言うか正確にわかったのだ――もちろん、おまえは自分の快適な生活のほうを選ぶだろうさ、甘やかされたちっぽけな研究員。だが、どんな権利があってグリフィンはこっちの選択を批判できるというのだ? バベルに留まること、オックスフォードに留まることは、甘えじゃない、生存することだ。それがこの国に入るための唯一の切符であり、自分と路上生活とのあいだを隔てるものだった。

ふいにグリフィンに対する憎しみが燃えあがるのをロビンは感じた。ロビンはこんなことをなにも望んでいなかった。それなのに自分の未来――ラミーとヴィクトワールの未来――が天秤《てんびん》にかけられている。そしてグリフィンはどこにいる？　ロビンが撃たれたときにグリフィンはどこにいた？　姿をくらましていた。あの男はぼくらを使って言いつけをおこなわせ、事態がまずいことになるとぼくらを捨てたんだ。少なくとももしグリフィンが刑務所に入れられるなら、それはあの男の自業自得だ。

「忠誠心から黙っているのなら、ほかに打つ手はない」ラヴェル教授は言った。「だが、われわれはまだ協力できると考えている。おまえはまだバベルを去る心構えができているわけではないと思う。そうじゃないのか？」

ロビンは深呼吸をした。

実際のところ、ぼくはなにを白状することになる？　ヘルメス結社はぼくを見捨て、ぼくの警告を無視して、ふたりの親友を危険に晒した。彼らになんの借りもない。

このあと数日、数週間にわたって、ロビンはこれは戦略的妥協の瞬間であって、裏切りの瞬間ではない、と自分に言い聞かせようとすることになる。自分はあまり重要な情報を白状しなかった——グリフィン自身、複数の隠れ家があると言っていたのではなかったか？——そしてこのやり方でラミーとヴィクトワールは守られた、ぼくは追放されなかった、将来ヘルメス結社と協力するための連絡網はまだ残っている、と。だが、胸の悪くなる真実——これはヘルメス結社のためではなく、ラミーやヴィクトワールのためではなく、自己保身のためなのだということ——はどうしても自分に認めさせられなかった。

「セント・オールデート教会」ロビンは言った。「教会の裏口です。地下室に通じる扉は、錆《さ》びて閉ざされているように見えますが、グリフィンが鍵を持っています。そこを隠れ家として使っています」

ラヴェル教授はそれを書き取った。「どれくらい頻繁にあいつはそこにいってるんだ？」

「わかりません」

「そこになにがある?」

「わかりません」ロビンは繰り返した。「ぼくはいったことがありません。ほんとに、彼はほとんどなにも話さないんです。すみません」

ラヴェル教授はロビンに長い、冷ややかな視線を投げかけていたが、やがて態度を和らげたようだ。

「おまえがもっとうまくやれることはわかっている」教授は机に身を乗りだした。「おまえはあらゆる点でグリフィンとは異なっている。おまえは謙虚で聡明で、勉強熱心だ。あいつよりも自分の遺伝によって腐敗されていない。もしおまえといまはじめて会ったのなら、おまえが中国人であることを推測するのはとても難しいだろう。おまえには並外れた才能がある。そして才能は二度目のチャンスが与えられるに値するのだ。だが、気をつけろ、坊主」教授は扉のほうを差し示した。「三度目のチャンスはない」

ロビンは立ちあがり、手元に視線を落とした。この間ずっとイーヴィー・ブルックを殺した棒を握り締めていたことに気づいた。その棒はとても熱いと同時にとても冷たく感じられた。もしこれ以上一秒でも長く触れていたなら、それがてのひらに穴をあけるかもしれないという奇妙な恐怖に襲われた。ロビンは棒を差しだした。「これを、先生――」

「持っておけ」ラヴェル教授は言った。

「はい?」

「この五年間、毎日、その棒を見つめ、グリフィンに対して自分がどこでまちがったのだろう、と考えてきた。もしちがう育て方をしたなら、あるいはあいつの正体をもっと早く見破っていたなら、もしイーヴィーがまだ――いや、忘れてくれ」ラヴェル教授の声が厳しくなった。「いま、その棒はおまえの良心に重くのしかかっている。持っておけ、ロビン・スウィフト。つねに前ポケットに入れておくんだ。疑いはじめたらいつでも取りだし、どちらが悪党なのかその棒に気づかせてもらえ」

教授はロビンに研究室を出ていくよう合図した。ロビンはまろぶように階段をおりた。銀の棒を指でしっかり握り締め、茫然としつつも、自分の世界すべてをコースから逸脱させてしまったことを確信していた。だが、自分が正しいことをしたのかどうか、正しいこととまちがっていることがなんなのか、あるいはこれからどうなるのか、かすかな手がかりすら持ち合わせていなかった。

幕《まく》間《あい》

ラミー

ラミズ・ラフィ・ミルザはつねに聡明な少年だった。並外れた記憶力と、話す才能を持っていた。スポンジのように言語を吸収し、リズムと音に対する尋常ならざる耳を持っていた。たんに吸収したフレーズを繰り返すだけではなかった。元の話者を正確に模倣して発することができ、相手の意図している感情を乗せて自分の言葉にし、あたかも一時的に相手そのものになるかのようだった。別の人生なら、舞台に立つ運命だったであろう。単純な言葉を歌にできる、筆舌に尽くしがたい能力を持っていた。

　ラミーは聡明であり、それを発揮する機会も十分にあった。ミルザ一家はその時代の栄枯盛衰をじつに運よく切り抜けてきた。彼らはベンガル永代定額地租《ちそ》査定後に土地と財産を失ったムスリム一族の一員だったが、ミルザ家はカルカッタのベンガル・アジア協会の事務局長ホレース・ヘイマン・ウィルスンなる人物の家に使用人として雇われ、あまり裕福ではないにせよ、安定した立場を築いていた。ホレース卿《きょう》は、インドの言語と文学に強い関心を抱いており、アラビア語とペルシャ語とウルドゥー語の高い教育を受けたラミーの父親と会話するのを大きな楽しみにしていた。

　そんなわけでラミーはカルカッタの白人街に暮らすイギリス人エリート一家のなかで育った。その街は、ヨーロッパ様式で建造された前廊《ポルチコ》と柱廊《コロネード》のある屋敷と、もっぱらヨーロッパ人の常連客向け商店が並んでいた。ウィルスンはラミーの教育に早くから関心を抱き、おない年のほかの少年たちがまだ表で遊んでいたころ、ラミーはカルカッタ・モハメッド大学で聴講し、算術と神学と哲学を学んだ。アラビア語とペルシャ語とウルドゥー語は父親に学んだ。ラテン語とギリシャ語は、ウィルスンが雇った家庭教師から学んだ。英語は、まわりの世界から吸収した。

ウィルスン家では、ラミーはリトル・プロフェッサーと呼ばれていた。聖なるラミー、まばゆいラミーとも。ラミー自身は、自分が学んでいるものの目的はわからず、自分がそれを習得すると大人たちがとても喜ぶのでそうしているだけだった。ホレース卿が居間に招いた客相手にラミーはよく芸をしてみせた。トランプのカードを何枚か見せられると、ラミーは現れた順に組《スーツ》と数字を完璧に正確に言い当てるのだった。客がスペイン語あるいはイタリア語で文章の一段全部あるいは詩を読みあげると、ラミーは言われた言葉はひと言も理解しないまま、暗唱し返すことができた。イントネーションやなにもかもを再現して。

かつてラミーはそのことに誇りを抱いていた。客が感嘆の叫びをあげるのを聞くのが好きだったし、厨房へ下がるよう命じられるまえに髪の毛をくしゃくしゃされて、お菓子をてのひらに押しつけられるのも好きだった。その当時、ラミーは階級や人種を理解していなかった。すべてはゲームだと思っていた。父が部屋の隅から心配そうに眉を寄せて見ているのに気づかなかった。白人に強い印象を与えるのは、相手を怒らせるのとおなじくらい危険なことになりうるのを知らなかった。

十二歳になったある日の午後、ウィルスンの客たちが熱を帯びた議論のさなかにラミーを呼びだした。

「ラミー」ラミーに手を振った男はトレヴェリアン氏で、頻繁に訪ねてくる人間であり、大きなもみあげと、乾いた狼めいた笑みが特徴の男だった。「こっちへきたまえ」

「ああ、この子は放っておいてくれ」ホレース卿が言った。

「わたしの主張が正しいことを証明してやる」トレヴェリアン氏は片手で手招きした。「ラミー、もしよければきてくれ」

ホレース卿はラミーにいくなとは言わなかったので、ラミーは急いでトレヴェリアン氏のそばにいき、背を伸ばして立った。幼い兵士であるかのように背中で手を組む。イギリス人の訪問客はこの姿勢が大好きだとラミーは学んでいた。かわいいと思うのだ。「はい、なんでしょう?」

「英語で十まで数えあげろ」トレヴェリアン氏は言った。

ラミーはその指示に従った。トレヴェリアン氏はラミーがそれをできることを十分よく知っていた。このパフォーマンスは、出席しているほかの紳士たちに向けたものだった。

「今度はラテン語で」トレヴェリアン氏はそう告げ、ラミーがそれを達成すると、「次はギリシャ語で」と命じた。

ラミーは言われたとおりにした。満足した静かな笑い声が部屋を満たした。ラミーは運試しをしてみようと思った。「小さな数字は小さな子ども向けのものです」ラミーは完璧な英語で言った。「代数についてお話しされたいのであれば、言語を選んでください。それにも応じられます」

ほぉーという感心の笑い声。ラミーはにやっと笑い、立ったまま体を前後に揺らし、キャンディーあるいはコインをいつものように押しつけられるのを待った。

トレヴェリアン氏はほかの客のほうを向いた。「この少年と父親のことを考えてみたまえ。ふたりとも同様の能力を持ち、ふたりとも同様の背景を抱え、同様の教育を受けている。あえて言うなら、父親のほうがずっと有利な立場ではじめているが。父親の父親は、かなり裕福な商人階級に属していたと聞いているのでな。だが、運命というものは浮き沈みするものだ。生来の才能がありながら、ここにいるミルザくんは、家事使用人としての立場より上にいくことはできない。そうだろ、ミルザくん?」

ラミーはそのとき父親の顔にいままで見たことのないような奇妙な表情が浮かんだのを見た。まるでなにかを抑えこんでいるかのようだった。まるでとても苦い種を飲みこんだのに、吐きだすことができないでいるかのように。

突然、このゲームがそんなに楽しいものではなくなった気がした。ラミーは自分の才能を見せびらかすのが不安になったが、その理由を具体的に説明できなかった。

「さあ、ミルザくん」トレヴェリアン氏は言った。「きみは召使いになりたかったとは言えまい」

ミルザ氏は不安げな笑い声を漏らした。「ホレース・ウィルスン卿にお仕えするのは、大変な名誉です」

「ああ、やめてくれ——礼儀正しくするにはおよばん。われわれはみなこの男がどんな屁《へ》をするのか知ってるんだ」

ラミーはまじまじと父親を見つめた。山のように背が高いとまだ思っている男を。自分にあらゆる文字の書き方を教えてくれた男を——ローマ字、アラビア文字、ナスタアリーク体（アラビア＝ペルシャ書道の筆記体のひとつ）。礼拝《サラート》を教えてくれた男を。尊敬の意味を教えてくれた男を。自分のハーフィズ（コーランを全部暗記しているイスラム教徒に対する敬称）を。

ミルザ氏はうなずき、笑みを浮かべた。「はい。そのとおりです、トレヴェリアンさま。もちろん、あなたのお立場になれればいいのですが」

「まあ、そうだろうな」トレヴェリアン氏は言った。「ほらな、ホレース、彼らには野心があるんだ。知性を有し、当然のことながら自治の願望を持っている。*ところが、彼らにそれをさせずにいるのが、きみたちの教育方針なんだ。インドには、たんに外交的手腕のための言語がない。確かに詩や叙事詩はとてもおもしろいものだろうが、行政に関する事柄については——」

室内はふたたび喧々囂々《けんけんごうごう》の議論が沸騰した。ラミーは忘れられた。まだ報酬を期待して、ちらっとウィルスンのほうを見たが、父親に鋭い目つきでにらまれ、首を横に振られた。

ラミーは聡明な少年だった。空気になる方法を知っていた。

二年後の一八三三年、ホレース・ウィルスン卿は、オックスフォード大学のサンスクリット語学科初代学科主任に就任するため、カルカッタを発《た》った。**ミルザ夫妻は彼らの息子をウィルスンがイングランドに連れていくと申し出たとき反対しないほうがいいと心得ており、ラミーは両親が自分を手元に置いておくために戦わなかったことを恨みには思わなかった（そのころには、白人の意見を拒絶するのがどれほど危険なのか、ラミーも承知していた）。

「うちのスタッフが彼をヨークシャーで育てる」ウィルスンは説明した。「大学の休暇を利用して、わたしは彼の元を訪ねるつもりだ。それから、彼が成長した暁《あかつき》には、ユニヴァーシティ・コレッジに入学させる。チャールズ・トレヴェリアンはまちがってはいない。英語が原住民にとっては道を切り拓《ひら》く手段になるかもしれないが、研究者たちが関心を抱いている場所では、インドの言語にもまだ価値がある。英語は民政を司《つかさど》る連中には役に立つものだが、ペルシャ語やアラビア語を勉強する真の天才がわれわれには必要なのではないかね？　だれかが古代の伝統を滅びぬようにしなければならない」

ラミーの家族は波止場《はとば》で彼を見送った。荷物はあまり多くなかった。服を持っていっても成長して半年で着られなくなるだろう。

母がラミーの顔を両手ではさみ、額にキスした。「必ず手紙を書くように。月に一度――いいえ、週に一度――それからお祈りを忘れないように――」

「はい、アンマ」

妹たちがラミーの上着にしがみついた。「贈り物を送ってくれる？」彼女たちはせがんだ。「王様と会うの？」

「ああ、送るよ」ラミーは答えた。「それから、いいや、そんな気はない」

父は少しうしろに立ち、妻と子どもたちの様子を見つめ、まるであらゆることを記憶に留めようとしているかのように激しくまばたきをしていた。ようやく、乗船案内の声がすると、父は息子を胸に抱き締め、ささやいた。「アッラー・ハフィーズ。母さんに手紙を書くんだぞ」

「はい、アブゥ」

＊＊＊

そのとき、ラミーは十四歳だった。誇りの意味を理解できるくらいの年齢になっていた。ラミーはたんに覚えている以上のことをするつもりだった。というのも、あの日、居間でなぜ父親がほほ笑んだのか、いまでは理解していたからだ――弱さや屈服しているからではなく、報復を恐れているからでもなかった。父は役割を演じていたのだ。ラミーにどのように振る舞うのかを示していた。

嘘をつけ、ラミズ。それが教えだった。父親がいままで教えてきたなかでもっとも重要な教えだった。隠せ、ラミズ。世間にはやつらが望んでいるものを見せろ。やつらが見たがっている姿に自分を歪めてはめこめ、なぜなら物語を掌握することで、逆に相手を掌握できるからだ。おまえの信仰を隠せ、おまえの祈りを隠すんだ。アッラーはそれでもおまえの心をご存じだ。

そしてどんな役割をラミーは演じたか。彼は苦もなくイギリスの上流社会をうまく切り抜けた

---

*本人は知らなかったのだが、このときラミーは、ホレース・ウィルスン卿を含む、サンスクリット語やアラビア語をインド人の学生に教えるのに賛意を示している東洋学者と、トレヴェリアン氏を含む、有望なインド人学生には英語が教えられるべきだと信じている英語優先主義者とのあいだの議論の中心になっていた。

この論争は英語優先主義者の側に有利な結論がおりることになる。それを最適に表すのが、トマス・マコーレー卿の悪名高い一八三五年二月に書かれた「教育に関する覚え書き」である――「われわれは目下、われわれとわれわれが支配する数百万人とを繋ぐ通訳となりうる階級を形成するのに最善を尽くさねばならない――血と肌の色はインド人であるが、趣味嗜好《しこう》、見解、道徳、知性の上でイギリス人である人々で構成される階級を」

**ウィルスンがその立場に選任されるにあたって、ある種の論争が巻き起こった。彼はW・H・ミル師と激しい選挙戦を戦い、ミル師の支持者は、ウィルスンには八人の非嫡出子がおり、その職にふさわしくない性格の持ち主であるという噂を流した。ウィルスンの支持者は、実際のところ、非嫡出子はたった二名であるという根拠に基づいて彼を弁護した。

***「さようなら。神がおまえの守護者でありますように」

——カルカッタにはイギリス流の居酒屋やミュージックホールや劇場がたっぷりあり、ヨークシャーで目にするものは、彼が育ってきたエリート階級の小宇宙を拡大したものでしかなかった。ラミーは聴き手に合わせて訛《なま》りを強くしたり、弱くしたりした。イギリス人が自分たち民族に抱いている非現実的な観念のすべてを学び、練達の脚本家のように練りあげて、彼らに吐きだしてみせた。インド人水夫役、雑役夫役、王子役、それぞれの演じどきを心得ていた。おべっかを使うとき、阿《おもね》るときを学んだ。白人の誇りについて、白人の好奇心について論文を書くことさえできただろう。自分をどうしたら魅力的な対象にできるのかを知り、その一方で、脅威の対象とならないようにできるのかを知った。イギリス人を欺《あざむ》いて、敬意を払わせるためのこうした芸当を最高度に洗練させた。

　ラミーはそういうことが得意になりすぎて、その策略のなかでわれを失いはじめていた。まさに危険な罠だった。欺《だま》す側が自分の物語を信じ、喝采に目がくらんでいたからだった。自分が奨学金を付与された大学院生になり、成績優秀の表彰や賞を受けるところを思い描くことができた。高給取りの事務弁護士。評価の高い独立した通訳になり、ロンドンとカルカッタを船で行き来し、帰るたびに家族に富と贈り物を届けるところを。

　そしてそのことがときどきラミーを怖がらせた。自分がどれだけ簡単にオックスフォードのまわりを踊れるのか、その想像の未来がどれほど簡単に達成できるのか。外ではラミーは輝いていた。内では、詐欺師のような気がしていた。裏切り者のような気がしていた。そしてウィルスンが意図していたように自分が成し遂げうることは帝国のしもべになることしかないんだろうか、と絶望しはじめていた。というのも、反植民地主義の抵抗の道筋はあまりにも数少なく、あまりにも見込みが薄いように思えたからだ。

　しかし、それは三年生になり、アンソニー・リッペンが死から蘇《よみがえ》って姿を現し、「われわれに参加しないか?」と訊かれるまでのことだった。

そしてラミーは躊躇《ちゅうちょ》することなく相手の目を見て、「はい」と答えた。

第十六章

金儲けと金そのものが好きな国民である中国人は、地球上のどの国よりも貿易に熱心で、見知らぬ人間との商取引を強く求めているのはきわめて明らかであるようである。

――ジョン・クローファード「中国帝国と貿易」

朝がきた。ロビンは起床し、顔を洗い、授業のため着替えた。家の外でラミーに会った。ふたりともひと言も話さなかった。ふたりは黙って塔の扉まで歩き、そこでロビンは突然の不安に襲われたのだが、扉はふたりを通してくれた。ふたりは遅刻した。ふたりが席についたときクラフト教授はすでに講義をはじめていた。レティがいらいらしてふたりをにらみつけた。ヴィクトワールがロビンに向かってうなずいた。彼女の顔には感情が表れていなかった。クラフト教授はふたりを見ていないかのように講義をつづけた。これは遅刻に対する教授の恒例の対処法だった。ふたりはペンを取りだし、タキトゥスとその厄介な絶対奪格《だつかく》に関するメモを取りはじめた。

教室は日常的で感動的なくらい美しく見えた――ステンドグラスの窓から朝日が射《さ》しこみ、磨きあげられた木製の机に彩り豊かな模様を投げかけている。黒板にチョークが綺麗な線を描いている。そして古い本が立てる甘い木の香り。夢だ。これはありえない夢だった。このはかなくも愛しい世界は、有罪判決を代償にして、ロビンが留まることを許していた。

その日の午後、四人は十月十一日（明後日《あさって》）までにロンドン経由で広東に出発する準備を整えるよう郵便箱に通知を受け取った。三週間中国に滞在する予定だという——広東に二週間、澳門《マカオ》に一週間——そのあと、帰路の途中でモーリシャスに十日間立ち寄る。

諸君の目的地は温暖だが、遠洋航海は冷える可能性がある、と通知には書かれていた。分厚いコートを持参するように。

「ちょっと早いんじゃない?」レティが訊いた。「試験が終わるまで出発しないと思っていた」

「ここに理由が書いてあるだろ」ラミーが通知用紙の下部をとんとんと叩いた。「広東での特殊事情——中国語の翻訳者が不足しており、その穴をバブラーに埋めさせたいので、おれたちの航海を前倒ししたのさ」

「へー、それはわくわくするね!」レティは相好を崩した。「世界に出て、なにか成果をあげる最初の機会になる」

ロビンとラミーとヴィクトワールはたがいに視線を交わした。三人ともおなじ疑念を抱えていた——この突然の出立《しゅったつ》は日曜日の夜となんらかの結び付きがあるのだろうか。だが、それがラミーとヴィクトワールの推定無罪を意味するのか、あるいはこの航海が自分たちになにをもたらすのか、三人は知るよしもなかった。

出発まえの最終日は拷問だった。四人のなかでひとりだけ昂奮しているのはレティで、その夜、それぞれの部屋にずかずかと入ってきて、トランクの荷造りが正しくできているのか確認しようとした。「朝方の海がどれほど寒くなるかわかってないでしょ」レティはそう言って、ラミーのシャツを彼のベッドの上にきちんと畳んで積みあげた。「麻のシャツだけじゃ足りないわ、ラミー。少なくとも二枚重ねにしないと」

「頼むよ、レティシア」レティがラミーの靴下に手を伸ばすまえに彼はその手をぴしゃりと叩いた。「おれたちはみんな海の経験があるんだ」

「まあ、わたしは何度も旅行しているの」レティはラミーの言葉を無視して言った。「当然知ってるわ。それから薬を入れた小袋を持っていかないと――眠るためのチンキ剤、生姜《しょうが》――お店に駆けこむ時間があるかわからない、ロンドンでやらなきゃいけないことがたくさんあるかもしれないし――」

「小さな船で長い時間かかるんだ」ラミーがぴしゃりと言った。「十字軍じゃないんだ」

レティはぎこちなく向きを変え、ロビンのトランクを整理しようとした。ヴィクトワールはロビンとラミーに困ったような表情を向けた。三人はレティのいるまえでは自由に話せなかったので、不安をくすぶらせるしかなかった。おなじ答えられない疑問が三人全員を苦しめていた。なにが起こっているのだろう？　自分たちは許されたのか、それとも振りおろされる斧《おの》がまだ待ち受けているんだろうか？　なにも知らずに広東行きの船に乗ったあげく、向こうに着いたら捨てられるんだろうか？

もっとも重要なことは――相手には内緒で別々にヘルメス結社に勧誘されるということがどうして可能だったのか、だった。ラミーとヴィクトワールには、まだ弁解の余地があった――ふたりはヘルメス結社に入りたてだ。結社の沈黙の要求に怯えるあまり、ロビンになにも言えずにいたのかもしれない。だが、ロビンはヘルメス結社を知ってから三年になり、そのことを一度も口にしたことがなかった。ラミーにすら。心を捧《ささ》げていると公言してきた友人にこの大きな秘密を抱えつづけるという驚くべき行為を成し遂げていた。

そのことがラミーをひどく不安にさせたのでは、とロビンは疑っていた。その夜、女性陣を寄宿先に送り届けるため北へ歩いていったあと、ロビンはその話を切りだそうとしたが、ラミーは首を横に振った。「いまは止めよう、バーディー」

ロビンの心が痛んだ。「だけど、ぼくはただ説明したかったんだ――」

「だとしたら、ヴィクトワールもいるときにするべきだと思う」ラミーはそっけなく言った。「そうじゃないか？」

翌日の午後、今回の航海のあいだ一行の監督官になることになったラヴェル教授とともに四人はロンドンに向かった。その旅は、ありがたいことにロビンが三年まえオックスフォードにやってきたときの十時間におよぶ駅馬車での移動よりはるかに短かった。昨年夏、オックスフォード－パディントン駅間の鉄道がついに開通し、その開通を記念して、新しく建設されたオックスフォード駅＊のプラットフォームの下に銀の棒が設置された。そのため、わずか一時間半で到着したのだが、その間ずっとロビンはラヴェル教授と一度も目を合わさないようにしていた。

一行の乗る船の出航は明日だった。彼らはニューボンド・ストリートの宿屋に一泊することになった。レティが外出して、少しロンドンを探索しようと強く主張したため、四人はカラブー王女を自称する人間の室内ショーを見にいくことになった。カラブー王女はバベルの学生のあいだで悪名高い存在だった。元々靴直し職人の娘だったのだが、自分は異国のジャヴァス島の王家出身だと口八丁手八丁で多くの人間に信じこませた。だが、それはいまから十年近くまえの話で、カラブー王女はノース・デヴォン出身のメアリー・ウィルコックスであると正体を暴かれ、彼女のショー――奇妙な飛び跳ねる踊りと、でっちあげた言語をいくつかひどく強調して喋ること、アッラー・タッラーと彼女が呼んでいる神への祈り（ここでラミーが鼻に皺《しわ》を寄せた）から構成されたもので、お

＊銀の力を用いた蒸気機関の発明後、イギリスの鉄道の激増がきわめて短期間で達成された。リヴァプール－マンチェスター間三十五マイルを結ぶ路線が一八三〇年に開通した。汎用鉄道としては最初の路線だった。それ以降、七千マイル近い鉄道がイングランド全土に敷設された。オックスフォードとロンドンを結ぶ路線は、もっと早くに開通することができたのだが、オックスフォードの教授連が、首都の誘惑に容易に出入りできるようになれば、自分たちに託された若くて繊細な紳士に道徳的荒廃をもたらすという理由で、四年近く開通を遅らせたのだった。また、騒音もその理由だった。

もしろいというよりも哀れを催すような代物だった。その見世物は彼らの嗜好にはまったく合わなかった。くたびれ、口数も少なくなり、早々に退散して宿屋に戻った。

翌朝、一行は東インド会社が所有する快速帆船《クリッパー》、メロペ号に乗船し、一路広東を目指した。クリッパーは速度重視で建造された船だった。傷みやすい商品を可能なかぎり早く運ばねばならなかったからであり、航海を速めるための最先端の銀の棒が備え付けられていた。ロビンは、四カ月近くかかった十年まえの広東からロンドンへのはじめての船旅をおぼろげに覚えていた。クリッパーはその航海をたった六週間で終わらせることができた。

「わくわくしない?」メロペ号がテムズ川を抜けてロンドン港を出て開水域に出ると、レティがロビンに訊いた。

ロビンはよくわからなかった。船に乗ったときから変な感じはしていた。その違和感に具体的な名前をつけることはできなかったが。自分が戻ろうとしているのが現実のように思えなかった。十年まえ、ロンドンに向かって出帆したときは、ぞくぞくしたものだった。大洋の反対側にある世界のことを夢見て、頭がくらくらしていた。今回、なにが待ち受けているかわかっている、とロビンは思った。それが怖かった。恐怖に満ちた予感とともに故郷への帰還を思い描いていた――人ごみのなかに自分の母親がいるのを認識できない恐怖とでも言おうか。目にするものを認識できるのだろうか? 全部覚えているだろうか? それと同時に、広東をふたたび目にするという見込みは、あまりにも突然で、信じがたく思えた。到着するころには、広東は地球上から綺麗になくなってしまっているだろうという奇妙な確信を抱いていることにロビンは気づいた。

それよりも恐ろしいのは、いったん到着したら、そのまま残らされるという可能性だった。ラヴェルは嘘をついたのであり、この船旅自体が、ロビンをイングランドから追いだすため仕組まれたのだ、と。ロビンはオックスフォードから追放され、知っているすべてのものから永遠に追い払われるのだ、と。

その一方、耐え忍ばねばならない六週間があった。初手から苦しいものであることがわかった。ラミーとヴィクトワールは歩く死者のようになっており、青い顔をして、ちょっとした物音にもびくつき、飛びあがり、純粋な恐怖の表情と思しきものを浮かべずには、ごく簡単な雑談ですら交わすことができずにいた。だが、ラヴェル教授が少なくともふたりの関与を疑っているのは確実だ、とロビンは思った。やましさがふたりの顔の全面に浮かびあがっていた。では、どれくらいバベルは知っているのだろう？　どれくらいヘルメス結社は知っているのだろう？　そしてグリフィンの隠れ家はどうなったんだろう？

ロビンはなによりもラミーとヴィクトワールといろんなことについて話し合いたかったが、その機会は一度も持てなかった。レティがつねにいたのだ。夜になり、それぞれの船室に引きこもっても、レティに疑念を抱かせずにヴィクトワールが船室を抜けて、男性陣に加わる機会はなかった。万事正常であるというふりをする以外選択肢はなかったが、そうするのが恐怖だった。彼らはみなよそよそしく、落ち着きを失い、いらいらしていた。自分たちのキャリアのもっともわくわくする一章であるはずのものに熱狂の気持ちをだれもかきたてられなかった。そして、ほかのどんなことについても会話を交わすことができなかった。よく口にしていた古いジョークや瑣末な議論がなかなか簡単には思い浮かばず、仮に浮かんだとしても、重たく、無理矢理絞りだしたもののように聞こえた。強引かつ饒舌《じょうぜつ》で無頓着なレティが、三人全員をいらだたせたが、そのいらだちを隠そうとした。というのも、それはレティのせいではないからだ。けれども、十数回、レティに広東の料理をどう思うか訊かれて、ついきつい言葉をぶつけてしまった。

ようやくなにかが起こっていることをレティは察知した。三日目の夜、ラヴェル教授が食堂を出ていくと、レティは料理にフォークを突き刺し、問いかけた。「みんなどうしたの？」

ラミーはレティを生気のない表情で見た。「なにを言ってるのかわからない」

「わからないふりをしないで」レティは吐き捨てた。「みんな変だよ、振る舞いが。食事に手をつけないし、ちゃんと勉強していない――基本会話本に手をつけてさえいないじゃない、ラミー。ロビンより中国語の発音を上手に真似できると何カ月もまえから言ってたのに、おかしい――」

「わたしたちは船酔いしているの」ヴィクトワールが出し抜けに言った。「わかる？　わたしたちのだれもあなたみたいに地中海を航海してまわって夏を過ごすような育ち方をしていないの」

「ロンドンでも船酔いしていたと言いたいわけ？」レティはこばかにしたように訊いた。

「いや、たんにきみの声に飽き飽きしたんだ」ラミーは敵意をこめて言った。

レティはうろたえた。

ロビンは椅子を押しやり、立ちあがった。「新鮮な空気を吸ってくる」

ヴィクトワールがロビンに声をかけたが、ロビンは聞こえないふりをした。ヴィクトワールとラミーにレティを押しつけたことをロビンは気まずく思った。潰滅的な事態から逃げだしたからだ。だが、もうその食卓にいるのが耐えられなくなっていた。体がとても熱く、動揺していた。まるで千もの蟻《あり》に服の下で動きまわられているような感じだ。逃げだし、歩きまわり、動かなければ、確実に感情が爆発しただろう。

船室の外に出ると、気温は低く、急速に暗くなりつつあった。甲板《かんぱん》にはラヴェル教授だけがいて、舳《へ》先《さき》近辺で煙草《たばこ》を吸っていた。教授の姿を目にして、ロビンはすぐに踵《きびす》を返そうとしかけた――捕まったあとの朝から挨拶を別にして、おたがいひと言も喋っていなかった――だが、ラヴェル教授のほうもすでにロビンを目にしていた。教授はパイプをおろし、ロビンを手招いた。心臓をどきどきさせながら、ロビンは近づいた。

「おまえが前回この航海をしたときのことを覚えている」ラヴェル教授は黒くうねる波に向かってうなずいた。「おまえはとても小さかった」

ロビンはどう応じたらいいのかわからなかった。たんに相手を見つめ、教授が先をつづけるのを待った。とても驚いたことに、ラヴェル教授は腕を伸ばし、ロビンの肩に手を置いた。だが、その仕草はぎこちなく、無理矢理な感じがあった――手の角度がおかしく、肩にかける圧力は強すぎた。ふたりは緊張し、戸惑いながら佇《たたず》んだ。フラッシュが焚《た》かれるまで姿勢を崩さずにいるダゲレオタイプをまえにした役者のように。

「わたしは新規まき直しというものを信じている」ラヴェル教授は言った。その言葉を予行演習していたようだった。肩に置かれた手とおなじように堅苦しく、ぎこちない感じだった。「わたしが言わんとしているのは、ロビン、おまえにはとても才能がある、ということだ。おまえを失うのは惜しい」

「ありがとうございます」ロビンにはそれしか言えなかった。というのも、この話がどこへいくのか、まだわからなかったからだ。

ラヴェル教授は咳払いをし、パイプを少し振り回してから口をひらいた。あたかも自分自身の言葉を胸から引っ張りだそうとするかのように。「とにかく、心から言いたいのは――たぶんまえに言っておくべきだったのは――おまえの気持ちはわかる、ということだ……わたしに失望しているおまえの気持ちは」

ロビンは目をしばたたいた。「はい?」

「おまえの置かれている状況にもっと共感すべきだった」ラヴェル教授は大洋に視線を戻した。「ロビンの目を見て話すのを難しいと思っている様子だった。「自分の生まれた国の外で育ち、すべてを捨て去り、新しい環境に適応することに。そこでは、本来必要だったであろう世話と愛情より少ないものしか受けてこなかったのは、確かだ……。そうしたことはグリフィンにもおなじように影響を与えた。二度目の機会にわたしが最初よりうまくやれたとは言えない。お粗末な判断はおまえ自身の責任だが、わたしにも責任の一端はあると言わざるをえない」

教授は再度咳払いをした。「われわれは再スタートを切りたいと思っている。おまえにとっては汚点のない経歴を、わたしとしてはよりよき後見人になるというあらたな約束を。この数日のことは起こらなかったことにしよう。ヘルメス結社とグリフィンのことは忘れよう。未来のことだけを考えるのだ。おまえがバベルで成し遂げるであろう栄光に満ちた、輝かしい未来だけを考えよう。これでおたがいさまにならないか？」

ロビンは瞬間的に唖然《あぜん》とした。正直な話、これはあまり大きな譲歩ではなかった。ラヴェル教授が謝罪したのは、ときどきややもするとよそよそしいことに関してだけだった。ロビンを息子として認めることを拒んでいることに対する謝罪はなかった。ロビンの母をみすみす死なせたことに対する謝罪はなかった。

それでもかつてなかったことだがロビンの気持ちを比較的はっきりと認めてくれた。メロペ号に乗ってからはじめて、ロビンは自分が息をできる気になった。

「わかりました」ロビンはそうつぶやいた。それ以外に言えることがなかったからだ。

「では、けっこう」ラヴェル教授はロビンの肩を軽く叩いた。あまりにもぎこちない仕草だったので、ロビンは身をすくめた。教授はロビンのそばを離れ、階段に向かった。「おやすみ」

ロビンは波のほうに向き直った。もう一度深呼吸をして、目を瞑《つむ》る。もしほんとうにこの一週間を消し去ることができるならどんな気持ちになるのか想像しようとする。うきうきした気分になっただろうか？　水平線を眺め、訓練を積んで目指してきた未来に飛びこんでいく。そしてなんという刺激的な未来だろう――成功裡に終わる広東旅行、とても厳しい四年次、卒業して外務省に入省するか、塔で給費研究員になる。広東や澳門や北京《ペキン》への航海を繰り返す。王室のために翻訳する、長く、輝かしいキャリアを積む。イングランドには有能な中国学者がきわめて限られている。ロビンは数多くの最初を経験する人間になりえた。とても広い分野で名を成すことができるだろう。

それを望んではいけないのか？　そのことに気持ちを昂ぶらせてはいけないのか？

ロビンはまだそれを手に入れることができた。ラヴェル教授がロビンに伝えようとしてきたのがそれだった――歴史は影響を受けやすい、重要なのは現在の決断だった。自分たちはグリフィンとヘルメス結社を、触れていない過去の奥底に埋めることができた――彼らを裏切る必要すらなく、たんに無視するだけでいいだろう――言及しないままにしておいたほうがいいと同意したほかのあらゆることを埋めたのとおなじように。
ロビンは目をひらき、うねる波のかなたを見つめ、やがて焦点を合わせられなくなった。なにも見えていないようになった。嬉しいと思えないにせよ、せめて満足しているのだと自分に言い聞かせようとした。

航海に出て一週間が経ったころ、ロビンとラミーとヴィクトワールは、自分たちだけになった瞬間を手に入れた。朝の散歩の途中で、レティが胃がむかむかすると言って、船室に戻ったのだ。ヴィクトワールが気乗りしない様子で付き添いを申し出たが、レティは手を振って断った――彼女は相変わらず三人全員に不満を抱えており、明らかにひとりになりたがっていた。

「さてと」レティがいなくなるとすぐ、ヴィクトワールはロビンとラミーに近づいた。レティの不在によって生じた隙間を埋め、三人は風を寄せ付けないサイロのように、まっすぐ背を伸ばして立った。「いったい全体――」

三人は一斉に話しだした。

「どうしてだれも――」

「どう思う、ラヴェルは――」

「最初はいつなの――」

三人は黙った。ヴィクトワールがまた話をはじめようとした。「で、だれに勧誘されたの?」彼女はロビンに訊いた。「アンソニーのはずがないよね。もしそうだったら、彼はわたしたちに話したはずだから」

「だけど、アンソニーは――」

「いや、彼はぴんぴんしているぜ」ラミーが言う。「国外で死んだということに偽装したんだ。だけど、質問に答えてくれ、バーディー」

「グリフィンだ」ロビンは言った。それを明かしたことにまだびびっていた。「まえに話しただろ。グリフィン・ラヴェルだ」

「それってだれ？」ヴィクトワールが訊ねるのと同時にラミーが言った。「ラヴェルだって？」

「元バベルの学生。たぶん、彼も――つまり、自分はぼくの母親違いの兄弟だと言ってた。ぼくに似ているし、ぼくらはラヴェルが――つまり、ぼくらの父親だと考えている――」ロビンはつかえつかえ言った。漢字の「布」は、「布地」と「関係する、伝える」の両方の意味がある。真実は、つづれ織りの布に刺繍《ししゅう》され、その中身を示すために広げられる。だが、ロビンは、やっと友人たちに打ち明ける気になったものの、どこから話していいのかわからなかった。ロビンが示したイメージは、支離滅裂で混乱したものであり、どれほどそのややこしさについて話したところで、歪んでいた。「グリフィンは数年まえにバベルを離れ、地下に潜ったんだ。イーヴィー・ブルックが死んだすぐあとで――えーっと、グリフィンがイーヴィー・ブルックを殺したんだと思う」

「なんてこと」ヴィクトワールが言った。「ほんとなの？　なぜ？」

「グリフィンがヘルメス結社の仕事をしているところをイーヴィーが目撃したから」ロビンは言った。「ラヴェル教授から聞くまでぼくは知らなかったんだ」

「教授の言葉を信じるのか？」ラミーが訊いた。

「うん」ロビンは言った。「ああ、グリフィンならやるだろうと思う――グリフィンというのは、絶対にそういうことをやるたぐいの人間なんだ……」ロビンは首を横に振った。「いいかい、大切なのは、ラヴェルはぼくが単独で行動していると思っているということなんだ。教授はきみたちのどちらかと話をしたのか？」

「わたしは話していない」ヴィクトワールが答える。

「おれもだ」ラミーが言った。「だれもおれたちには近づいてきていない」

「そりゃよかった！」ロビンは声を張りあげた。「そうじゃないかい？」

気まずい沈黙がおりた。ラミーとヴィクトワールはロビンが予想していたほどほっとしている様子にはあまり見えなかった。

「そりゃよかっただと？」やがてラミーは言った。「言わなきゃならないのはそれだけか？」

「どういう意味だ？」ロビンは訊いた。

「おれがどういう意味で言ってると思う？」ラミーが問いかけた。「話を逸《そ》らすな。おまえはいつからヘルメス結社に加わっているんだ？」

正直に話す以外なかった。「バベルに入ってから。最初の週から」

「冗談だろ？」

ヴィクトワールがラミーの腕に触れた。「ラミー、止めて――」

「きみが頭にきていないなんて言わないでくれ」ラミーがヴィクトワールに言い放った。「三年だぞ。三年間、自分がなにをたくらんでいたのか一度もおれたちに話さなかったんだぞ」

「ちょっと待ってくれ」ロビンが言った。「ぼくに腹を立てているのか？」

「上出来だ、バーディー、よく気づいた」

「理解できない――ラミー、ぼくがなにかまちがったことをしたのか？」

ヴィクトワールはため息をつき、海面に目をやった。ラミーはロビンを厳しくにらみつけると、吐きだすように言った。「なぜおれにいっしょにやろうと訊かなかったんだ？」

ロビンはラミーの憤りにショックを受けた。「本気で言ってるのか？」

「おまえは何年もまえにグリフィンと知り合った」ラミーは言った。「何年もだぞ。それなのにそれについておれたちに話そうと一度も思わなかったのか？　おれたちが仲間になると一度も思わなかったのか？」

　ロビンはそれがどれほど不公平な糾弾《きゅうだん》か信じられない思いがした。「だけど、そっちも一度もぼくに話してくれなかったじゃないか――」

「話したかったさ」ラミーは言った。

「話すつもりだったの」ヴィクトワールが言った。「アンソニーに頼んだし、何度も口を滑らせそうになった――アンソニーは話しちゃいけないと言いつづけたんだけど、自分たちの判断であなたに打ち明けようと決心した。あの日曜日に話すつもりだった――」

「だけど、おまえはグリフィンに訊ねすらしなかったんだろ？」ラミーは問い迫った。「三年だぞ。まったく、バーディー」

「ぼくはきみたちを守ろうとしたんだ」ロビンは困り切って言った。

　ラミーは一笑に付した。「なにから？　おれたちが入りたかったまさにその共同体からか？」

「きみたちをリスクに晒したくなかったんだ――」

「なぜそれを自分で決めさせてくれなかった？」

「なぜならきみがイエスと答えるのがわかっていたからだ」ロビンは言った。「なぜならきみはその場で連中に加わり、バベルで得たあらゆるものを放棄しただろうから。努力して手に入れてきたものすべてを――」

「おれが手に入れようとしてきたすべては、このためにあるんだ！」ラミーは叫んだ。「なんだ、おまえはおれがバベルにきたのは、女王陛下のための翻訳者になりたいからだと思っているのか？　バーディー、この国でおれはそれを憎んでいるんだ。やつらがおれを見る様子を憎んでいる。やつらのワイン・パーティーで見世物になった動物のように扱われるのを憎んでいる。オックスフォードにいる自分の存在がまさに自分の人種と宗教への裏切りであると知っているのが嫌だ。なぜならおれはトマス・マコーレー卿が創造したがっていた人物の階級になりかけているから。この地に着いたときからヘルメス結社のような機会をずっと待っていたんだ――」

「でも、まさにそこが問題なんだ」ロビンは言った。「まさしくそこがきみにとってあまりにもリスクが高い理由なんだ――」

「だけど、おまえにとってのリスクじゃないだろ?」

「ああ」ロビンはふいに腹が立ってきて答えた。「そうじゃなかった」

ロビンがその理由を言う必要はなかった。父親が教授であり、適切な光加減と角度で見れば白人として通用しうるロビンは、ラミーとヴィクトワールにはない形で守られていた。もしラミーもしくはヴィクトワールがあの夜、警察に相対することになれば、ふたりがこの船に乗ることはなかっただろうし、鉄格子の向こうに入るか、もっと悪い運命が待ち受けていただろう。

ラミーの喉がひくついた。「ロビン、このばか」

「簡単なことではなかったのはわかる」ヴィクトワールが勇敢にも仲裁しようとして、言った。「彼らは秘密厳守の方針だったじゃない、覚えているでしょ――」

「ああ、だけど、おれたちは肝胆相照《かんたんあいて》らす仲だと思っていた」ラミーはロビンをにらみつけた。

「あるいは、少なくともおれはそうだと思っていた」

「ヘルメス結社は、ずさんなんだ」ロビンは主張した。「ぼくの警告を無視してきたし、工作員を危険に晒してきた。一年目で退学させられることになってもいっさい助けてくれなかっただろう――」

「おれなら気をつけていたはずだ」ラミーはばかにしたように言った。「おまえとはちがう。おれは自分の影に怯えたりはしない――」

「でも、きみは注意深くない」ロビンは憤慨して、言った。いまや彼らは侮辱を投げつけあっていた。そしていまや率直になっていた。「捕まっていたじゃないか。きみは衝動的なんだ。考えなしだ――だれかにプライドを傷つけられた途端、われを忘れてしまう――」

「じゃあ、ヴィクトワールはどうなんだ?」

「ヴィクトワールは……」ロビンの言葉は尻すぼみになった。ヴィクトワールに関しては弁解の余地がなかった。ヴィクトワールにヘルメス結社のことを話さなかったのは、彼女が失うものが多すぎると推測したからだが、それを口に出して指摘するのは、あるいはその論理を正当化するのは、よくないことだった。

　ヴィクトワールはロビンがなにを言おうとしているのかわかった。相手の懇願するような視線とヴィクトワールは目を合わさなかった。

「アンソニーがいてくれてよかった」というのがヴィクトワールの言えたことだった。

「もうひとつ質問がある」出し抜けにラミーが言った。ラミーは本気で、心から怒っている、とロビンにはわかった。これはたんなるラミーらしい情熱の発露ではなかった。これはたぶん取り返しのつかないことだった。「おとがめなしですませてもらうためになにを言ったんだ?　なにを白状した?」

　ロビンはラミーをまえにして嘘をつけなかった。できれば嘘をつきたかった。真実を告げるのが心から怖かった。そしてそれを聞いたとき、どんな顔でラミーがこちらを見るのか怖かったが、隠すことはできないものだった。嘘をつけばロビンの心は引き裂かれてしまうだろう。「教授は情報をほしがった」

「それで?」

「ぼくは教授に情報を伝えた」

　ヴィクトワールは口元に手を当てた。「全部?」

「知っていることだけだ」ロビンは言った。「それは多くない。グリフィンがそうするように気をつけていた――ぼくは彼のために持ちだした本を使って彼がなにをするのかすら知らなかったんだ。ぼくがラヴェルに言ったのは、セント・オールデート教会に隠れ家があるということだけだ」

正直に打ち明けたのは、なんの役にも立たなかった。ヴィクトワールは仔犬《こいぬ》を蹴った人間を見るような目つきでロビンをまだ見ていた。

「気でも狂ったんじゃないのか？」ラミーが訊いた。

「問題なかった」ロビンは言い張る。「グリフィンは一度もそこにいったことはない、と本人が言ってた――それに捕まっていないのは賭けてもいい。あの男は信じられないくらい猜疑心《さいぎしん》が強いんだ。いまごろとっくに国外に出ているはずだ」

ラミーは驚いて首を横に振った。「だけど、おまえが彼らを裏切ったことに変わりはない」

その紀弾はとんでもなく不公平だ、とロビンは思った。ぼくがきみたちを救ったんだぞ――被害を最小限に留めるため考えうる唯一の手段を取ったんだ――ヘルメス結社がこれまでぼくにしてくれたことよりずっとましなことをした。なぜいま糺弾されているんだ？「ぼくはただきみたちを救おうとしただけだ――」

ラミーは動じなかった。「おまえは自分自身を救おうとしたんだ」

「いいか」ロビンはぴしゃりと言った。「ぼくには家族がいない。ぼくには契約書と後見人と、もう死んでしまって、まだベッドの上で腐っているかもしれないくらいしか知らない親戚たちと住んでいた広東の家しかない。そこが船で向かっている故郷だ。きみにはカルカッタがある。バベルを抜きにするとぼくにはなにもない」

ラミーは腕組みをし、あごを引いて、固い決心を示した。

ヴィクトワールはロビンに同情的な視線を送ったものの、彼をかばうような言葉はなにも言わなかった。

「ぼくは裏切り者じゃない」ロビンは懇願するように言った。「ただ生き延びようとしているだけなんだ」

「生き延びるのはそれほど難しいことじゃない、バーディー」ラミーの目はとても険しいものだった。「だけど、そうしているときにもなんらかの尊厳を保たなければならないんだ」

　残りの航海は明らかに悲惨なものだった。ラミーは言いたいことを全部言ったようだった。彼とロビンは相部屋の船室で絶望的なほど不快な沈黙をつづけたますべての時間を過ごした。食事の時間もたいして変わりはなかった。ヴィクトワールは礼儀正しいものの、よそよそしかった。レティのまえではヴィクトワールが言えることはほとんどなく、それ以外の時間にロビンをさがそうとはしなかった。また、レティはいまも三人全員に腹を立てており、雑談はほぼ不可能だった。

　ほかにひとりでも同行者がいれば事態はましになったかもしれないが、商船に乗っている乗客は彼らだけであり、船員たちはオックスフォードの学者たちの世話をする以外になんの関心もない様子だった。船員にとって、学者たちは望まぬ、タイミングの悪い重荷でしかなかった。ロビンは日日の大半を甲板の上でひとりでいるか、船室でひとりでいるかして過ごした。ほかの環境であれば、この航海は、海上環境という独特の言語学の場を精査する魅力的な機会になったはずだった。外国の船員と外国の目的地によってもたらされた必然的な多言語使用環境と高度な船舶用語が融合していた。船で肉が提供されない日《バニアン・デー》とはなんぞや？　マーリンとはなんぞや？　錨《いかり》は鎖の先端に付けられているのか、末端に付けられているのか？　通常ならロビンは喜んで突き止めようとしただろう。だが、不機嫌でいることに忙しく、相手を救おうとした過程で友人を失った事と次第に、まだとまどい、腹を立てていた。

　哀れなるかな、レティが四人のなかでもっとも混乱していた。ほかの三人は少なくとも敵意の原因を理解していた。レティはなにが起こっているのかを知る手がかりを摑んでいなかった。彼女はこの場における唯一の無関係の人間であり、十字砲火に不当に巻きこまれていた。彼女にわかっていたのは、事態がおかしく、険悪になっているということだけであり、理由を突き止めようとしていらだっていた。ほかの人間であれば、親友たちにつまはじきにされていることで腹を立て、引きこもり、不機嫌になったかもしれない。だが、レティはいつものように頑固であり、力任せに問題解決をはかることにした。「なにがあったの？」という質問にだれも具体的な回答を寄越さずにいるので、レティはひとりずつ問い詰め、熱心すぎる親切心を発揮して彼らの秘密をこじ開けることに決めたのだ。

だが、これはレティの意図していたのと逆効果を生んだ。レティが部屋に入ってくるたびにラミーが出ていくようになった。レティのルームメートであるヴィクトワールは逃げようがなく、げっそり疲れ切った様子で朝食に現れるようになった。レティが塩をまわしてほしいと頼むとヴィクトワールは自分で取ったらいいじゃないときつい口調で言い返し、レティは傷ついてたじろぐのだった。

それでもひるまずに、レティは三人のだれかひとりといっしょになるたびに驚くほど個人的な話題を口にするようになった。治療する必要があるところを見つけるために、いちばん痛い箇所を確かめようとして歯をつつく歯科医のように。

「並大抵のことじゃないわ」ある日、レティはロビンに言った。「あなたと彼は」

ロビンは最初ラミーの話をしているのだと思って、体を硬くした。「よくわからないな――なにが言いたいのかな？」

「あまりにもはっきりしているもの」レティは言った。「つまり、あなたはとても彼に似ているの。だれもがわかるし、そうではないとだれも疑っていないわ」

レティが言っているのはラヴェル教授のことだ、とロビンは悟った。ラミーのことではない。とてもほっとして、気がつくとレティと会話をしていた。「奇妙な取り決めなんだ」ロビンは認めた。「それに慣れてしまっていて、なぜそうじゃないのか疑問に思うのを止めてしまったんだ」

「どうして教授はあなたを正式に認知しないの？」レティは訊いた。「彼の家族のせいだと思う？彼の妻のせい？」

「かもしれないな」ロビンは言った。「でも、実際の話、ぼくは気にしていないんだ。正直言って、教授がぼくの父親だと宣言したら、どうしたらいいのかわからなくなるだろう。ラヴェルの家の人間になりたいのか、わからない」

「でも、死ぬほど辛《つら》くならない？」

「どうしてそう思うのかな？」

「あの、うちの父が——」そう言いかけて、いったん言葉を切り、レティはとりすましてこほんと咳をした。「つまり、みんな知ってるでしょ。うちの父はわたしに話しかけようとしないの。リンカーンがあんなことになってから、父はわたしの目を見ようとしないし、話しかけもしない……それがどんなものか少しはわかる、と言いたかっただけ。それだけよ」

「可哀想《かわいそう》に、レティ」ロビンは相手の手を軽く叩き、すぐにそうしたことでやましさを覚えた。その態度があまりにも偽善ぽく思えたからだ。

だが、レティはその仕草を額面通りに受け取った。彼女も親しげな触れ合いに餓《う》えていたにちがいなかった。友人がまだ自分を好いてくれているという印を欲していた。「わたしがここにいる、いつでも頼ってほしい、と言いたかっただけ」レティは両手でロビンの片方の手を包んだ。「こう言ってずうずうしすぎなければいいんだけど、でも、わたしは気づいてしまったの。教授のあなたへの態度が変わってしまったことを。まえとはちがっていることを。あの人はあなたの目を見ようとしていないし、あなたに直接話しかけようとしていない。なにがあったのか知らないけど、それは正しいことじゃない。教授のあなたへの仕打ちはとても不当よ。だからもしあなたが話をしたいなら、バーディー、わたしがここにいると知っておいて」

レティはロビンをバーディーと呼んだことは一度もなかった。それはラミーの呼び方だぞ、とロビンは言いそうになったが、それは絶対に最悪の返答になるだろうと悟った。親切でいようと自分に言い聞かせる。結局のところ、レティは自分なりに慰めようとしているだけなのだ。レティは身勝手で横柄な人間だったが、気にはしてくれていたのだ。

「ありがとう」ロビンはレティの指をぎゅっと握り締め、詳しく述べなくとも、この態度で会話を終えられるよう願った。「感謝する」

少なくとも気を紛らわせるための仕事があった。異なる言語を専攻する同期の学生全員をおなじ卒業航海に送りだすというバベルの慣習は、イギリスの貿易会社の力の及ぶ範囲とコネクションを証明するものだった。植民地貿易はその鉤爪《かぎづめ》を世界じゅうの数十ヵ国、およびさまざまな言語を話す、その労働力や消費者や生産者にのばしていた。航海のあいだ、ラミーはウルドゥー語とベンガル語を話すインド人水夫のための翻訳を頼まれることがよくあった。ラミーのベンガル語がせいぜい初級レベルであっても関係なかった。レティとヴィクトワールは、次のモーリシャスへの航海向けの積み荷目録に目を通し、中国から盗みだしたフランス人宣教師とフランスの貿易会社の手紙を翻訳するという仕事を割り当てられた——ナポレオン戦争は終わっていたが、帝国間の競い合いは終わっていなかった。

ラヴェル教授は、毎日午後の二時から五時までラミーとレティとヴィクトワールに北方中国語を個人指導した。広東に入港するまでに三人が流暢になるとはだれも期待していなかったが、基本的な挨拶や道案内、普通名詞を理解するくらいの語彙を強制的に叩きこむのが目的だった。ごく短期間でまったくあらたな言語を学ぶというのは、教育学的に大きな利益をもたらす、とラヴェル教授は主張していた——無理矢理心を拡張し、迅速な関連を築き、不慣れな言語構造をすでに知っている言語構造と対比させるのは。

「中国語はひどい」授業の終わったある夜、ヴィクトワールはロビンに文句を言った。「動詞の活用はない、時制はない、格変化もない——どうやって文の意味がわかるの？　それに四声《しせい》の話をしないでね。わたしはたんに聞き取れない。わたしにあまり音感がないからかもしれないけど、ほんとにちがいがわからないの。あれはデタラメなんじゃないかという気がしはじめてきた」

「大丈夫だよ」ロビンはヴィクトワールを安心させた。彼女が自分に話しかけてくれたことがとても嬉しかった。三週間が経ち、ラミーはやっと基本的な礼儀を交わしてくれるようになったが、ヴィクトワールは——相変わらず一定の距離をあけて近づけさせずにいるけれども——友人のようにロビンに話しかけてくれるくらい許してくれたのだ。「どのみち広東では北方中国語は話されていない。実際に動きまわるには広東語が必要なんだ」

「で、ラヴェルは広東語を話せないの？」

「ああ」ロビンは言った。「話せない。だから、ぼくを必要としているんだ」

夜になるとラヴェル教授は今回の広東での任務の目的について一行に事前にレクチャーした。四人はいくつかの民間貿易会社のために交渉の協力をすることになる。とりわけ、ジャーディン・マセソン商会がそのなかでもっとも重要な会社だった。これは思ったよりも難しい仕事になるだろう。というのも、清朝《しんちょう》政府との貿易関係は、前世紀末から相互の誤解と不信感が渦巻いているからだった。中国側は、外国の影響を警戒して、イギリス側をほかの国の貿易業者とともに広東と澳門に閉じこめておきたがった。だが、イギリスの商人は自由貿易を欲した——自由貿易港、島の先にある市場へのアクセス、阿片《あへん》のような特定輸入品制限の撤廃。

イギリスの貿易権利を広げようとするこれまでの三度の交渉の試みは、絶望的な失敗に終わっていた。一七九三年、マカートニー外交使節団は、ジョージ・マカートニー卿が乾隆帝《けんりゅうてい》に叩頭《こうとう》の礼をおこなうことを拒否し、空手で帰ることになり、世界じゅうで笑い物になった。一八一六年のアマースト外交使節団も、ウィリアム・アマースト卿が嘉慶帝《かけいてい》におなじように叩頭の礼を拒んで、結果として北京に入ることを拒まれた。もちろん、一八三四年の潰滅的なネーピア事件もある。無意味な大砲の応酬でクライマックスを迎え、ウィリアム・ネーピア卿は澳門で熱病による不名誉な死を迎えた。

今回は四度目の使節団になる。「今回は、事情が異なるものになるだろう」ラヴェル教授は言い切った。「なぜならついにバベルの翻訳者たちが対話を先導するよう求められたからだ。文化的な伝達ミスによる大失敗はもう起こらない」

「以前に教授に相談することはなかったんですか?」レティが訊いた。「だとすれば、とても驚きです」

「われわれに協力を求めてはならないとどれほど頻繁に貿易商が考えているかを知れば驚くぞ」ラヴェル教授は言った。「彼らはだれもが自然とイギリス人のように話し、振る舞うのを学ぶべきだと想定しがちなのだ。仮に広東の新聞が誇張して報道せずとも、その態度で現地人の敵意をかきたてるというあっぱれな仕事をやってくれたものだ。あまり好意的ではない現地人と会う覚悟をしておくように」

一行はみな中国で目にするであろうたぐいの緊張をよくわかっていた。最近のロンドンの新聞で広東に関する報道をますます見かけるようになっており、その大半の記事は、野蛮な現地の蛮族たちの手によってイギリス商人たちが被《こうむ》っているさまざまな恥辱を伝えていた。タイムズ紙によれば、中国軍が商人を脅し、自宅と工場から彼らを追放しようとし、自前の報道機関で商人たちに関する侮辱的な記事を書かせているという。

貿易商たちはもっとデリケートな対応ができたはずだが、そのような緊張の高まりは本質的に中国側の責任である、とラヴェル教授は強く主張した。

「問題は、中国人が自分たちの国が世界でもっとも優れた国であると確信していることなのだ」教授は言った。「公文書で彼らはヨーロッパ人を表現するためにyí《イィ》(夷)という語をかたくなに使ってくる。われわれは繰り返しもっと敬意をこめた文字を使うよう要請してきたのだが。「夷」は、野蛮人を指す呼称なのだ。そして連中はその態度をすべての貿易交渉や法的交渉に持ちこんでくる。連中は自分たちの法以外の法を認めず、外国との貿易を機会ではなく、対処しなければならない厄介な侵略行為だと認識しているのだ」

「では、暴力の行使に賛成するんですか？」レティが訊いた。

「連中にはそれが最良の策かもしれない」ラヴェル教授は驚くほどの激しさで言った。「連中に思い知らせるのはいいことだ。中国は遅れた満州の征服者に支配された半野蛮国であり、営利事業と進歩に無理矢理口をあけさせるのは、連中にとっていいことになるだろう。いや、多少の揺さぶりに反対するつもりはない。ときには泣いている子どもは叩いて黙らせる必要がある」

そこでラミーはロビンを横目で見たが、ロビンは顔を背けた。これ以上なにを言うことがあろうか？


ようやく六週間が経った。ラヴェル教授はある夜の食事どきに、翌日の昼までに広東に入港できるだろう、と四人に告げた。下船に先立ち、ヴィクトワールとレティは胸に布をきつく巻きつけ、上級生になってから長く伸ばしてきた髪の毛を耳の上で短く切るよう求められた。

「中国人は広東に外国人女性が入ることを厳格に禁じているんだ」ラヴェル教授は説明した。「貿易商たちが家族を連れてくるのを嫌っている。定住するように思えるからだ」

「でも、実際にそんなことは強制できないはずです」レティが抗議した。「貿易商の妻はどうなんです？　それにメイドは？」

「当地の在留外国人は地元の召使いを雇っており、細君は澳門に残しているんだ。こうした法を執行するのに彼らはきわめて真剣なのだ。このあいだ、あるイギリス人が広東に妻を連れてこようとしたところ――ウィリアム・ベインズという名前だったかな――地元当局がその妻を追いだすため兵隊を送りこむぞと脅してきた。* とにかく、きみたちのためなんだ。中国人の女性の扱いはとてもひどい。騎士道精神という概念を持っていない。彼らは自分たちの女性を低く見ており、なかには家から外出するのを認めていない場合もある。きみたちは若い男性だと思われたほうが都合がいいのだ。中国社会がきわめて後進的で不公平のままであることを知るだろう」

「実際にどんなふうなんだろうね」ヴィクトワールは帽子を受け取りながら、皮肉な口調で言った。

翌朝、四人は日の出の時間を甲板の上で過ごし、舳先周辺をうろついて、ときどき手すりから身を乗りだした。あたかも数インチ前に出たことで、この船が高速で接近していると航海科学が主張している場所を見られるかのように。分厚い夜明けの霧がやっと晴れて、青空が覗《のぞ》き、地平線の向こうに緑と灰色の細長い線が現れた。ゆっくりとその線の細部が明らかになっていった。まるで夢が現実のものとなるかのように。ぼやけた色彩が沿岸になり、中華帝国が世界と出会っている小さな点に泊まっている大量の船の向こうに建物のシルエットが浮かびあがった。

十年ぶりにロビンは自分が母国の海岸を見ているのに気づいた。

「なにを考えている？」ラミーが静かにロビンに訊いた。

それは数週間ぶりにふたりが直接話す機会だった。休戦ではなかった——ラミーは相変わらず相手の目を見るのを拒んでいた。だが、契機だった。いろいろとあったとはいえ、ラミーがまだ気にかけていることを渋々ながら認めるものであり、それに対してロビンはありがたいと思った。

「夜明けを表す漢字のことを考えていた」ロビンは正直に答えた。故郷に戻ってきたという事態の重大さに浸っていられなかった。言語という身近な気晴らしに集中しないかぎり、自分の思考はあちこち飛び散って、抑制を失ってしまいかねなかった。「dàn《ダン》。こんな形だ」ロビンは中空にその文字を描いた——「旦」。「上にある部首は、太陽を表す——rì《リー》」ロビンは、「日」と描いた。「それにその下には、線がある。とても単純だからこそ実に美しいと考えていたんだ。ほら、これはもっとも直接的なピクトグラフィーの使い方だ。なぜなら、夜明けとは、水平線からちょうど太陽が昇

＊ベインズは中国人に妻を逮捕させないため、イギリス商館の正面に大砲を設置させることになり、その状態は非常に刺激的なもので、夫人がついに平和裡に説得されて立ち去るまで二週間つづいた。

ってきたところなんだから」

第十七章

われらの血を知らぬ海岸とはなんぞや？
Quae caret ora cruore nostro?《クワイエ・カレト・オーラ・クルオーレ・ノストロー》
——ホラティウス「頌歌《しょうか》」

一年まえ、コリンとシャープ兄弟が談話室で大声で話し合っているのを耳にしたロビンは、有名な梅阿芳《メイ・アーファン》を見るため、週末にひとりでロンドンに出かけたことがあった。「中国の貴婦人」と宣伝されていたメイ・アーファンは、一組のアメリカ人貿易商に中国から連れてこられていた。彼らは当初海外で入手した商品を披露するのに東洋の婦人を利用しようと期待していたのだが、すぐに東部沿岸地帯では彼女自身を展示することで大金を稼げると気づいたのだった。今回は、彼女の初のイングランド巡業だった。

ロビンはメイ・アーファンも広東出身だとなにかで読んで知っていた。故国を共有する人をかいま見、ひょっとしたら一瞬でも面識を得られる以上のことを期待していたかは自分でも定かではなかった。切符を買って、「中国の応接室」として宣伝されていた派手な舞台上の部屋に入場を認められた。適当に置かれた陶磁器や、中国絵画の稚拙な模倣画、安っぽい提灯《ちょうちん》で照らされ、むせかえるほどの量の金と赤のダマスク織りで飾られた部屋だった。中国の貴婦人自身は、部屋の正面にある椅子に座っていた。青い絹のボタン付きシャツを着て、目立つように麻紐《あさひも》で縛られた足を目のまえの小さなクッションに乗せていた。とても小柄なようだった。切符売場で渡された小冊子には、彼女が二十代そこらと記されていたが、十二歳といっても十分通るくらいだろう。

その部屋は大方男性の客がすし詰めになって、やかましかった。ゆっくりと貴婦人が手を伸ばし、足の縛《いまし》めを解こうとすると客は静かになった。

彼女の足の話も小冊子で説明されていた。多くの若い中国人女性同様、メイ・アーファンの足は、彼女が幼いときに折り曲げ、縛られて、大きくなるのを制限され、変形して不自然なアーチを描くようになっており、それによってよちよちと、不安定な足取りでしか歩けなくなっていた。彼女が舞台を歩きまわると、ロビンのまわりの男たちがまえに押し寄せ、もっと近くで見ようとした。だが、ロビンにはその魅力がわからなかった。その足の姿はエロティックでもなければ、魅惑的でもなく、むしろ親しみを阻害しているように思えた。その場に立ち、彼女を見ていると、まるで彼女が目のまえでズボンを引きおろしたかのような決まり悪さをロビンは感じた。

メイ・アーファンは椅子に戻った。ふいに彼女の目がロビンの目をしっかりとらえた。室内をざっと見渡して、ロビンの顔に同族感を覚えたかのようだった。頰を赤くして、ロビンは目を逸らした。彼女が歌いはじめると――聞き覚えがなく、理解できない軽やかで忘れがたいメロディーだった――ロビンはごった返した客をかき分け、その部屋をあとにした。

グリフィンを別にして、ロビンはそれ以降ほかの中国人を見かけたことはなかった。

内陸に向かって船が進んでいるなか、ロビンはレティがこちらの顔を見てから港湾労働者の顔を見、まるで両者を比較しているかのような態度をつづけているのに気づいた。ひょっとしたら、どれほどロビンが中国人っぽい顔立ちなのか正確に判断しようとしているのかもしれなかった。あるいは、ロビンが大きな感情的カタルシスを味わっているのか確かめようとしているのかもしれなかった。だが、なにもロビンの胸には去来しなかった。甲板に立ち、もう少しで久方ぶりに母国におり立とうとしているいま、ロビンが感じているのは、空虚感だけだった。

一行はhuángpǔ《ホアンプゥ》（黄埔《コウホ》）に投錨《とうびょう》し、上陸した。そこで小型の船に乗り換えて、広東の河岸地域を遡《さかのぼ》る旅をつづけた。そこでは街は騒音の奔流に呑みこまれていた。銅鑼《どら》がひっきりなしに打ち鳴らされ、爆竹が鳴り、川をのぼりくだりする船の船頭たちが大声を張りあげていた。耐えがたいほど喧《やかま》しかった。ロビンはこんな騒音が子どものころにあった記憶がなかった。広東がはるかに賑やかになったのか、あるいは成長して、自分の耳がこうした音に慣れなくなったのか。

　一行は牡驢尖《ジャッカス》埠頭《ふとう》で上陸した。そこでジャーディン・マセソン商会の渉外係であるベイリス氏と落ち合った。ベイリス氏は背が低く、立派な服装をした男で、黒い、抜け目のなさそうな目をして、驚くほど生き生きと話した。「格好のタイミングでやってきたね」ラヴェル教授の手を握って上下に振り、次にロビン、最後にラミーと同様に握手しながらベイリス氏は言った。女性陣を彼は無視した。「ここはひどいもんだ――中国人は日に日に大胆になっているぞ。あいつらは供給網を破壊したんだ――つい先日、港にある快速船の一艘《いっそう》を爆弾で粉々にしおった。神のおかげで、だれも乗っていなかった――もしこんなことがつづくようなら、断固たる処置が取られて貿易が不可能になる」

「ヨーロッパの密輸船はどうなってる?」歩きながらラヴェル教授が訊いた。

「あれは次善の策だったが、ごく短期間しかつづかなかった。そのあと総督が部下に一軒一軒家宅捜索をおこなわせはじめた。街じゅうが震えあがった。麻薬の名前を言っただけで大の男が震えあがるんだ。みんな皇帝が派遣したあの新任の欽差《きんさ》大臣、つまり特命全権大臣のせいだ。林則徐《りんそくじょ》(Lin Zéxú《リン・ヅァシュィ》)。すぐに会うことになるだろう。われわれが交渉しなければならない相手がそいつだ」

ベイリス氏は歩きながら口早に話し、ロビンは彼がけっして息を切らさないのに驚いた。「で、やつがやってきて、中国に持ちこまれたすべての阿片の即時引渡しを要求した。それがこないだの三月のことだ。もちろん、われわれはノーと言った。すると、やつは交易を差し止め、われわれが法に従う用意が整うまで商館を離れてはならないと言ってきたんだ。想像できるかね? われわれを軍に包囲させたんだぞ」

「包囲？」ラヴェル教授は少し不安げに繰り返した。

「ああ、まあ、実際にはそれほどひどいものじゃなかった。中国人職員が家に帰ってしまい、それは大変だったけどね――自分で洗濯をしなきゃならず、悲惨だった――だが、それ以外は総じてわれわれの意気は軒昂《けんこう》だった。実を言うと、唯一の害は、食べすぎと運動不足だった」ベイリス氏は短い、悪意のある笑いをあげた。「あれが終わって嬉しかったよ。いまは好きなように外を歩きまわれるし、なんの害もない。だが、罰は必要だぞ、リチャード。こんなことをして罰せられずにすまされないことを学んでもらわねば。あー――さあ、着いた、紳士淑女諸君、ここが諸君の自宅とおなじ雰囲気を味わえる場所だ」

南西の郊外を通りすぎ、十三の建物が一列に並んでいるところにやってきた。いずれの建物も明らかに西洋風の設計で、奥まったベランダ、新古典主義の装飾、ヨーロッパ各国旗が備わっていた。ほかの広東の街並みとまったく調和していない感じで、まるでどこかの巨人がフランスやイングランドの土地の一角を掬いあげ、街の端にどさりと落としたかのようだった。これらの建物が商館《ファクトリー》である、とベイリス氏は説明した。名前の由来は、製造の中心であるからではなく、貿易代理人《ファクター》の住居であるからだった。商人や宣教師や政府の役人や兵士が、交易の季節になるとここに暮らすのだった。

「すてきだろ？」ベイリス氏は言った。「まるで古いゴミの山の上に一握りのダイヤモンドが載っているみたいだ」

一行は新英国館に滞在することになっていた。ベイリス氏の案内で、一行は地上階の倉庫をさっさと通り抜け、休憩室と食堂を通って、上の階の客室にたどり着いた。蔵書の充実した図書室とルーフトップ・テラスが数カ所あり、川岸に面した庭すらある、とベイリス氏は指摘した。

「さて、連中は外国人居留地に外国人を閉じこめる施策をとても厳密に実施しているので、勝手に探索に出かけないでくれたまえ」ベイリス氏は警告した。「商館のなかに留まってくれ。帝国館

（オーストリア帝国の商館）――三番目の商館だ――の角でマークウィック・レーン商会が必要なあらゆる種類のヨーロッパ製品を売っている。もっとも、海図以外の本はあまり多く商《あきな》っていないが。また、花船は厳しく立入りを禁じられているから、気をつけて。もしなんらかの交際相手が必要なら、夜に訪ねるのに適したずっと大人しい気質の女たちの手配を、われわれの商人の友人ができるのだが――必要ないかね？」

　ラミーの耳が真っ赤に染まった。「ぼくらは大丈夫です」

　ベイリス氏は喉を鳴らして笑った。「好きにするといい。この廊下のすぐ先が諸君の滞在するところだ」

　ロビンとラミーの部屋はとても陰気だった。元々ダークグリーンに塗られていたにちがいない壁は、いまではほぼ黒くなっていた。女性陣の部屋も、暗く、かなり狭かった。シングル・ベッドと壁のあいだにはほとんど歩けるスペースがなかった。窓もなかった。とても彼女たちが二週間も暮らしていけるとはロビンには思えなかった。

「厳密に言うと、ここは倉庫なんだが、紳士諸君と近すぎるところにきみたちを置いておけないからな」ベイリス氏は少なくとも申し訳なさそうに聞こえる努力はした。「理解してもらいたい」

「もちろんです」レティは自分のトランクをその部屋に押しこみながら言った。「お世話いただいてありがとうございます」

　荷物をおろしてから、四人は食堂に集まった。そこには少なくとも二十五人は座れるとても大きなテーブルが一卓備わっていた。テーブル中央の頭上には、木枠に帆布を張って作られた巨大な扇が吊されていた。食事中休むことなくずっと苦力《クーリー》が紐を弛《ゆる》めたり、引っ張ったりして動かしつづけるものだった。ロビンはそれが気になってしかたなかった――その下僕と目が合うたびに奇妙な罪悪感を覚えるのだ――だが、商館のほかの住人は苦力を目に入らないものとしている様子だった。

その夜の夕食は、ロビンがこれまで経験したなかでもっともおぞましく、不快な出来事のひとつだった。食卓についている男たちは、ジャーディン・マセソン商会の従業員とほかの商会――マニアック商会やJ・スコット商会、ロビンがすぐに名前を忘れてしまったその他の商会――からきた大勢の代表者たちだった。彼らは全員白人男性で、ベイリス氏とそっくりおなじたぐいに見えた――うわべは魅力的で、話し好きな男たちに見えたが、清潔感のある服装にもかかわらず、どことなく不潔な雰囲気を醸《かも》しだしていた。商売人たちのほかに、カール・ギュツラフ師というドイツ生まれの宣教師がいた。中国人の魂《たましい》を改宗させることより、海運会社の通訳をもっぱらにしている男だ。ギュツラフ師は一行に誇らしげに、自分は中国における実用知識普及会*の構成員であり、目下、自由貿易という西欧の難しい概念を中国人に教えるため、中国語雑誌に記事を連載しているのだ、と言った。

「きみがわれわれと働いてくれるのを喜んでいる」コース料理の最初の一品――ほとんど味のしない生姜スープ――が給仕されると、ベイリス氏がロビンに言った。「英語で完全なひとつの文章にまとめることができる優れた中国語翻訳者を見つけるのはたいへんに難しいのだよ。西洋で訓練を受けた翻訳者のほうがずっといい。木曜日の欽差大臣との会見でわたしの通訳をしてもらうよ」

「ぼくがですか？」ロビンは面食らった。「なぜぼくが？」これは正当な質問だ、とロビンは思った。これまで本格的に通訳をした経験が一度もなく、広東のもっとも高位の権力者との会見にロビンが選ばれるのは奇妙に思えた。「ギュツラフ師でよろしいのでは？　あるいは、ラヴェル教授では？」

「なぜなら、われわれは白人《コーカソイド》だからだ」ラヴェル教授は顔をしかめて言った。「それゆえに、われわれは蛮人なのだ」

「そして当然ながら連中は蛮人と話をしようとしない」ベイリス氏は言った。

「だが、カールはかなり中国人っぽいけどな」ラヴェル教授が言った。「きみに一部東洋の血が混じっていると連中はまだ思っているんじゃないのか？」

「aìhànzhě《アイハンヂョア》（愛漢者）と自己紹介したときだけさ」**ギュツラフ師は言った。「林大臣はその肩書きに興味を示さないと思うがな」

商社の男たちはみなくつくつと笑ったが、ロビンはなにがそんなにおかしいのかわからなかった。このやりとり全体の裏には、ある種の独善性があった。集団の連帯感、ほかの集団には理解できないむかしからつづく冗談を共有している感じとでも言おうか。ハムステッドでのラヴェル教授の集まりをロビンは思いだした。あのときも、なんの冗談かわからなかったし、男たちがなにに満足しているかもわからなかった。

だれもスープをあまり飲んでいなかった。召使いたちが皿を片づけ、メインの料理とデザートを同時に運んできた。メインの料理は、ポテトと、灰色のなにかのソースで覆われた塊《かたまり》だった――ビーフなのかポークなのか、ロビンにはわからなかった。デザートはさらに謎めいていた。スポンジに少し似ているけばけばしいオレンジ色のなにかだった。


---

*この会は、一八三四年十一月に設立され、「知識大砲」の配備を通して、清帝国が西洋の貿易商や宣教師に、より開放的になるよう誘導することを目的として組織された。教育という贈り物を通じて貧民の意識を寛大にも向上させ、政治的急進主義に向かうことを思い留まらせたロンドン協会に触発されて生まれたものである。

**まさにギュツラフ師は「愛漢者」という名で通っていることがよくあった。これは、直訳すれば、「中国人を愛している者」という意味になる。このあだ名は皮肉なものではなかった。ギュツラフは自身を中国人民の擁護者であると本気で見なしており、書簡のなかで、彼らのことを不幸にしてたまたま「サタンの奴隷」の境遇に陥っている親切で友好的で開放的で知的好奇心の強い人々であると言及していた。そのような態度と阿片貿易を支持することが両立しえたところが興味深い矛盾である。

「これはなに？」ラミーがデザートをつつきながら、訊いた。

ヴィクトワールがそれをフォークで薄く切って、確かめてみた。「べとべとしたタフィー・プディングだと思う」

「オレンジだよ」ロビンが言った。

「焼いてある」レティが親指を舐《な》めて言った。「それに人参も入っているかな？」

ほかの客たちがまたしてもくつくつと笑った。

「厨房の職員は全員チャンコロなんだ」ベイリス氏が説明した。「連中は一度もイングランドにいったことがない。われわれは好みの料理がどういうものなのか、絶えず説明しているんだが、もちろん連中にはそれがどんな味なのか、どうやって作るのかわからないんだ。だが、こうやって作ってみせようとするのを見るのが滑稽でね。アフタヌーン・ティーはましだよ。連中は甘いご馳走《ちそう》という肝心なところを理解しているし、牛乳を供給するために自前のイギリス産乳牛をここで飼っているんだ」

「理解できません」ロビンは言った。「広東料理を作らせればいいだけでは？」

「なぜなら、イギリス料理は故郷を思わせるもののひとつだからだ」ギュツラフ師が言った。「はるか遠くの旅路では、人は肉体的な快適さを与えてくれるものをありがたがる」

「でも、ゴミみたいな味がしますよ」ラミーが言った。

「そしてこれ以上にイギリス的なものがありえようか」ギュツラフ師は灰色の肉を力強くカットした。

「とにかく」ベイリス氏が言う。「欽差大臣は、いっしょに仕事をするのは悪魔めいて難しい人物だろう。噂では、彼はとても厳格で、極端に堅苦しいそうだ。広東は腐敗溜《だ》まりであり、西洋の貿易商は全員、政府を欺こうとしている極悪非道な悪漢だと考えている」

「それに関しては、鋭いな」そう言ってギュツラフ師は、自己満足の笑い声を漏らした。

「やつらがわれわれを見くびっているほうがいい」ベイリス氏は同意した。「さて、ロビン・スウイフト、現下の問題は、阿片を持ちこまないという誓約書だ。中国の法律では、阿片の密輸に対してすべての外国船舶がその責任を負うことになっている。この禁令は以前なら書類の上だけのものだった。われわれはわが方の船を——なんと呼んだらいいかな？——外洋投錨地に停泊させていた。lingding《リィンディン》（伶仃）や jinxingmén《ジンシィンメン》（金星門）のようなところにな。そこでわれわれは現地の共同事業者に転売するための積み荷を振り分けていた。だが、それが林欽差大臣の下、すべて変わってしまったのだ。いま言ったように彼が着任し、大改革をもたらした。エリオット大佐は——善人だが、肝心なところで臆病者だ——大事にならないよう、われわれが所有していた阿片をすべて没収させたのだ」そこでベイリス氏は物理的に痛みを感じているかのように自分の胸《チェスト》をぎゅっとつかんだ。「二万箱《チェスト》以上だぞ。それがどれほどの価値があるのか知っているかね？ 二百五十万ポンド近い。言うなれば、イギリスの財産の不当な押収だ。まちがいなく戦争の口実になる。エリオット大佐はわれわれが餓えて暴力に晒されるのから救ったと考えているが、あの男はただわれわれの権利を踏みにじれることを中国人に示しただけだ」ベイリス氏はロビンにフォークを突きつけた。「そこで、きみの力が必要なのだ。今回の交渉でわれわれがなにを望んでいるのか、リチャードから教えてもらっただろうね？」

「提案の草稿は読みました」ロビンは言った。「ですが、優先順序に少し困惑しています……」

「たとえば？」

「そうですね、阿片に関する最後通牒《つうちょう》は少し極端だと思います」ロビンは言った。「もう少し小刻みな交渉にできない理由がわかりません。つまり、ほかの輸出品に関しては確実にまだ交渉できるはずです——」

「ほかの輸出品などない」ベイリス氏は言った。「なにも重要なものはない」

「中国側の指摘のほうがかなりいいところをついているように見えます」ロビンは困惑して言った。

「あのような危険な麻薬であることを考えると」

「ばかなことを言うんじゃない」ベイリス氏は大きな、わざとらしい笑みを浮かべた。「阿片吸引はわたしが知るかぎりではもっとも安全でもっとも紳士的な娯楽だ」

それはあからさまな嘘であり、ロビンは驚いて相手の顔を凝視した。「中国側の覚書では、自国を害するかつてないほどひどい悪行のひとつと呼んでいます」

「ああ、阿片はそれほど有害なものじゃないぞ」ギュツラフ師が言った。「実際、イギリスではずっとアヘンチンキとして処方されている。か弱き老婦人が眠るために毎晩それを使っているのだ。煙草やブランデーと大差ない悪徳だよ。わたしの信者にもそれを勧めていることがあるくらいだ」

「ですが、パイプで吸引するのは、はるかにずっと強力なんじゃないでしょうか？」ラミーが口をはさんだ。「ここで問題になっているのは、睡眠導入剤のようなものではないと思われます」

「その主張は見当外れだ」ベイリス氏は、少しばかりじれったげに言った。「要するに、国家間の自由貿易が問題になっている。われわれはみな自由主義者ではないかね？　商品を持つ者とそれを購入したいと思っている者のあいだに制限があってはならない。それが公平ということだ」

「変わった弁明ですね」ラミーは言った。「美徳で悪徳を正当化するのは」

ベイリス氏はあざ笑った。「ああ、清国皇帝は悪徳なぞ気にしていないぞ。あの男は銀を出し惜しみしている、それだけだ。だが、貿易はギブ・アンド・テイクで成立するものなのに、現状は当方が赤字なのだ。あの中国人どもが欲しているものをわれわれは持っていない。どうやら阿片を除いてはな。連中はあの代物を十分に手に入れることができずにいる。連中は阿片のためならなんでも払う。そしてもしわたしが自分の好きなようにするとしたら、この国のすべての男と女と子どもがまともに考えることができなくなるまで阿片の煙をくゆらせるだろう」

ベイリス氏はテーブルに片手を叩きつけて、締めくくった。その音は、彼が意図していたよりも大きくなったのか、銃声のように鳴り響いた。ヴィクトワールとレティは縮みあがった。ラミーは驚いて返事ができなかった。

「でも、それは残酷ですね」ロビンが言った。「それは――とてつもなく残酷だ」

「だが、やつらの自由な選択ではないかね？」ベイリス氏は言った。「商取引をとやかく言うことはできんぞ。中国人は不潔で怠け者で簡単に中毒になる。それに劣等種族の悪癖のせいでイングランドを非難することはできまい。金儲けができるところでは」

「ベイリスさん」ロビンの指が不思議な、切迫したエネルギーで熱くなった。自分が逃げだしたいのか、この男を殴りたいのか、わからなかった。「ベイリスさん、ぼくは中国人です」

ベイリス氏はこのときばかりは黙りこんだ。彼の目はロビンの顔をさまよい、相手の相貌にいまの発言の真意をさぐろうとしているかのようだった。やがて、ロビンがとても驚いたことに、ベイリス氏は呵《か》々大笑《かたいしょう》した。

「いや、きみはちがうよ」ベイリス氏は椅子に背をもたれ、胸のまえで両手を組み合わせ、ばか笑いした。「なんてこった。これは抱腹絶倒ものだ。いや、きみはそのはずがない」

ラヴェル教授はなにも言わなかった。


翻訳作業は翌日さっそくはじまった。外国語が得意な人間は広東ではつねに大きな需要があり、彼らが姿を現すたびにあちこちから引っ張りだこになった。西洋の貿易商は、清朝政府に認可された中国人の語学に長《た》けた人間を使うのを嫌っていた。彼らの言語能力が標準以下である場合が多かったからだ。

「英語はもちろん」ベイリス氏はラヴェル教授に不平を言った。「彼らの半分は北方中国語ですら満足に使えない。それではこちらの利益を代弁してくれるものと信用することはできない。彼らがほんとうのことを話していないときにはいつだってわかる――アラビア数字でそこに書かれているのにわたしの目のまえで関税率に関して嘘をつく男を使ったことがある」

貿易商社は、中国語に堪能な西洋人を雇うことがたまにあったが、そういう才能がある人間はなかなか見つけられなかった。公的には、中国語を外国人に教えるのは、死刑に相当する犯罪だった。いまでは、中国国境では多少抜け道が多くなっていて、この法律を遵守させるのは不可能だったものの、優れた翻訳者が暇な時間のほとんどないギュツラフ師のような宣教師であることがしばしばあった。結果的にロビンやラヴェル教授のような人士は、体重とおなじ重さの金相当の価値があった。ラミーとレティとヴィクトワールは、哀れなことに、商館から商館へ行き来して、終日、銀工の保守点検をやらされることになったが、ロビンとラヴェル教授の日程は、朝八時からはじまる打合せでぎっしり埋まった。

　朝食後すぐ、ロビンはベイリス氏に同行して港にいき、中国人の税官吏と積荷目録の照査をおこなった。税関は自分たちの翻訳者を用意していた。ひ弱な体つきの眼鏡をかけている孟《モン》という男で、英単語をゆっくりと臆病なくらい慎重に発音していた。あたかも少しでも発音まちがいをすることを恐れているかのようだった。

「いまから在庫の確認をおこないます」孟はロビンに言った。その敬意をこめた、尻上がりの発声は、まるで質問をしているかのように聞こえた。ロビンは彼が自分に許可を求めているのかどうかわからなかった。

「あー――はい」ロビンは咳払いをすると、自分にできるかぎりはっきりと北方中国語で言った。

「すすめてください」

　孟は在庫リストの読みあげを開始し、商品がどの箱に収められているのかベイリス氏が確認できるよう、品目ごとにいちいち顔を起こした。「百二十五ポンド分の銅。七十八ポンド分の天然の朝鮮人参。二十四箱分のべ……beetle《ビートル》――」

「ビンロウジ《ビートル・ナッツ》だ」とベイリス氏は訂正した。

「Betel《ベテル》?」

「知ってるだろ、betel《ビートル》だ」ベイリス氏は言った。「あるいは、言い換えれば、areca《アリカ》の実だ。噛む嗜好品の」彼は自分のあごを指さし、その行為を真似てみせた。「わからんのか？」

　孟は、まだ当惑して、ロビンのほうを見て助けを求めた。ロビンはすばやく中国語に翻訳し、孟はうなずいた。「ビンロウジですね」（ビンロウジのBetel nutsと甲虫のbeetleは発音がおなじだが、スペルが異なるので、孟は混乱した）

「ああ、もうたくさんだ」ベイリス氏は言い放った。「ロビンにやらせろ――きみはこのリストを全部翻訳できるな、ロビン？　そうすれば大幅な時間節約になる。こいつらは処置なしだ、言っただろ、こいつら全員――国全部がだ。英語をまともに話せる人間がただのひとりもいない」

　孟はその言葉を完璧に理解しているようだった。彼はロビンに刺すような視線を投げかけ、ロビンは積荷目録に目を落とし、相手の視線を避けた。

　午前中いっぱいそんな感じで進んだ――ベイリス氏は次々と中国の代理業者と会い、その全員に対して信じられないほど無礼な態度で挑み、まるで自分の発言だけでなく話す相手へのひどい軽蔑意識さえも翻訳するのを期待しているかのようにロビンを見た。

　昼食休憩を取るころにはロビンはひどい頭痛を発症して頭がずきずきしていた。これ以上ベイリス氏といっしょにいるのは耐えられなかった。英国館に戻った夕食のときでも小休止はなかった。食事のあいだずっとベイリス氏は税関吏の愚かな主張を詳しく説明し、自分がなにを言ったかをまくしたてた。それを通訳していたロビンは自分の口で中国人を打擲《ちょうちゃく》している気がした。ラミーとヴィクトワールとレティはとても困惑した表情を浮かべていた。ロビンはほとんど話さなかった。ロビンは、食事を大急ぎで――今回は風味に欠けるものの、米の上にビーフを載せた料理で、まだ我慢できる代物だった――食べると、また出かけてくる、と告げた。

「どこにいくのかね？」ベイリス氏が訊いた。

「街を見てきたいんです」いらだちを抱えているせいで、ロビンは大胆になっていた。「きょうの仕事は終わりましたよね？」

「外国人は市内に入ることを認められていないぞ」ベイリス氏が言った。

「ぼくは外国人ではありません。ここで生まれたんです」

ベイリス氏は言い返す言葉を持っていなかった。ロビンは相手の沈黙を承認と受け取った。コートをさっと手に取り、扉に向かって歩いていく。

ラミーが急いであとを追ってきた。「おれもいっしょにいってかまわないだろ？」

頼むよ、とロビンは言いかけたが、ためらった。「きみが市内に入れるかどうか、わからない」

ロビンはヴィクトワールとレティがこちらを見ているのに気づいた。レティはいまにも立ちあがろうとしていたが、ヴィクトワールが彼女の肩に手を置いた。

「大丈夫さ」ラミーはそう言って、コートに袖を通した。「いっしょにいくよ」

ふたりは正面扉を出て、広東十三行《サーティーン・ファクトリーズ》の端から端まで歩いていった。外国人居留地を横断して、広東の郊外に入っても、だれもふたりを止めなかった。だれもふたりの腕を摑んで、おまえたちの所属している場所に戻れと言い聞かせにかからなかった。ラミーの顔ですら、格別になにか言われることはなかった。インド人水夫は広東では見慣れた姿であり、白人の外国人よりも関心を持たれることは少なかった。奇妙なことだが、イングランドでのふたりの抱えている状況とまったく正反対だった。

ロビンが先に立ち、適当に広東の下町の通りを歩いていく。自分がなにをさがしているのかロビンはわからなかった。子ども時代によくいった場所か？　見覚えのある目印になる建物か？　心のなかになんの目的地もなかった。カタルシスをもたらしてくれるだろうと思っている場所はない。ただひたすら感じているのは、心の奥底からの切迫感、太陽が沈まないうちにできるだけ数多くの地域を歩きまわらねばならないという気持ちだった。

「故郷にいるという感じかい？」ラミーが訊いた。軽く、なんの思惑もない質問になるよう細心の注意を払って。

「これっぽっちも感じない」ロビンは言った。心の奥でひどく混乱していた。「ここは——ここはなんなのかよくわからない」

広東はロビンが立ち去ったときからその様相を激しく変えていた。ロビンが物心ついたときからつづいていた波止場の建設は、爆発的に拡大して、新しい建造物からなるまったく異なる複合施設になっていた——倉庫、会社事務所、宿屋、料理店、茶房。だが、ほかになにをロビンは期待していたのか？　広東はむかしからずっと変化をつづけるダイナミックな街で、海が運んでくるものを吸収し、消化して、独自の雑種性を醸しだしていた。過去に根を張ったままでいるかもしれないと想定できるはずもなかった。

それでも、この変貌は裏切りのような気がした。まるでこの街は故郷へ戻る可能性のあるすべての道を閉ざしてしまったかのようだ。

「むかしはどこに住んでいたんだい？」ラミーがあいかわらず注意深い、優しい口調で訊いた。ロビンがいまにもこぼれ落ちそうな感情の籠を抱えているかのように。

「貧民街のひとつさ」ロビンはあたりを見まわした。「ここからそう遠くないところだったと思う」

「そこにいきたいかい？」

ロビンはあの殺風景で息苦しい家のことを思い浮かべた。下痢と腐敗した死体の悪臭。この世のなかで、もう一度訪れたいと最後まで思わない場所だ。だが、見てみないのはもっとよくない気がした。「見つけられるかわからない。でも、さがしてみよう」

最終的にロビンはむかしの家にたどり着く方法を見つけた——通りを通っていくのではない。そこはまったく見慣れぬものに変わっていた。歩きまわり、波止場や川、沈む夕日のあいだの距離に既視感を覚える形で見つけたのだ。そう、ここが家があったはずの場所だった——川岸地域の曲がり具合と、反対側の堤にある人力車置き場を思いだした。

「ここなのか？」ラミーが訊く。「どこもお店があるばかりだ」

その通りはロビンが覚えているなににも似ていなかった。一家の家はこの惑星の表面から消え失せていた。どこに基礎があったのかすらわからなかった――目のまえにある茶房の下だったかもしれず、その左側にある会社事務所の下かもしれず、派手な赤いペンキで「花煙館《ホアイエングアン》」と記されている看板のついた、通りの端近くにある装飾過多な店の下かもしれなかった。その店は阿片窟だった。

ロビンはその店に向かって歩いていった。

「どこにいく気だ？」ラミーが急いで追いついてくる。「あれはなんだい？」

「すべての阿片が行き着く場所さ。彼らはここに阿片を吸いにくるんだ」ロビンは突然耐えがたい好奇心に襲われた。視線は店の正面を動きまわり、その細部を記憶に留めようとした――大きな紙製提灯、漆塗《うるしぬ》りの外装、顔に化粧を施し、ロング・スカートをはいて、店の正面で手招きをしている若い女性たち。彼女たちはロビンにほほ笑みかけ、ロビンが近づいてくると、踊り子のように腕を差しのべた。

「こんにちは、旦那さん」彼女たちは広東語で甘い声を発した。「遊んでいかない？」

「なんてこった」ラミーは言った。「ここから離れよう」

「ちょっと待った」ロビンは、知りたいという名状しがたい激しく捻れた欲望にかられるのを感じた。どれほど痛むのか確かめるためだけに、傷をつついてみたくなるのと同様の激しい衝動だった。

「ちょっと見てまわりたいだけだ」

店のなかに入ると、臭気が壁のようにぶつかってきた。鼻につき、病的で、砂糖のように甘ったるく、嫌悪感を覚えると同時に心惹かれるにおいだった。

「いらっしゃいませ」女給がロビンの腕のすぐそばに突然現れた。ロビンが浮かべた表情を見て、大きくほほ笑む。「はじめてのお越しですか？」

「ぼくはなにも――」いきなり言葉に詰まった。ロビンは広東語を知っているのに、急に話せなくなってしまった。

「試してごらんになりたい？」女給はパイプをロビンに差しだした。すでに火が点《つ》いている。火壺《ひつぼ》は柔らかく燃える阿片で光っており、その先端から細い煙が立ちのぼっていた。「最初の一服は、無料ですよ、旦那さん」

「この人はなにを言ってるんだ？」ラミーが訊いた。「バーディー、それに触るんじゃない」

「ほら、みなさんとっても楽しんでいるでしょ」女給は応接間をぐるっと身振りで示した。「一服味わってみませんか？」

阿片窟は男たちでいっぱいだった。ロビンはそれまで気づいていなかった。室内はとても暗かったのだが、いまになって少なくとも一ダースの阿片吸引者が裸も同然のさまざまな状態で低いカウチにだらんと寝そべっているのが見えた。何人かは膝の上に若い女を乗せて愛撫《あいぶ》しており、無気力に博奕《ばくち》に興じている者もおり、ひとりで人事不省《じんじふせい》に陥っている者もいた。口を半分あけ、目を半分閉じ、なにもない空間をじっと見つめていた。

おまえのおじは、あの阿片窟から抜けだせなかった。目のまえの光景が十年間頭に浮かんでこなかった言葉を引きだした。ロビンが子どものころ絶えず母がため息まじりにこぼしていた言葉を。うちはむかし金持ちだったんだよ。いまのわたしたちをご覧。

むかし手入れをしていた庭や、身につけていた上等の服のことを母が苦々しく思い返しているところをロビンは思い浮かべた。こんなふうにおじが阿片窟で一族の財産を浪費してしまうまえの話だ。若くて必死だった母が、金を約束してくれた外国人の男のために懸命に尽くしているところをロビンは想像した。相手の男は母を利用し、虐待し、自分たちのあいだに生まれた子どもを、つまり彼女の子どもを、彼女自身は話せない言語で育てるようにとのわけのわからない指示とイギリス人のメイドを残して去っていった。ロビンは貧困から生みだされる選択によって生まれた。貧困はここから生みだされたのだ。

「ぐぅっとお吸いになって、旦那さん？」

自分がなにをしているのか理解するまえにパイプが口のなかにあった――ロビンが吸いこんでいると、女給はさらに笑みを大きくして、ロビンのわからない言葉を口にしていたが、一瞬でなにもかも甘く、頭がくらくらし、愛しくて恐ろしくなった。ロビンは咳《せ》きこみ、さらにもう一度勢いよく吸いこんだ。こいつがどれほど依存性が強いのか確かめねばならない。ほんとうにほかのすべてを犠牲にさせるほどのものなのかどうか。

「もういい」ラミーがロビンの腕を摑んだ。「もう十分だ、いこう」

ふたりは市内をさっさと歩いて戻った。今回はラミーが先導した。ロビンはひと言も喋らなかった。あの数回の阿片吸引がどれくらい自分に影響を与えたのか、ロビンには判断がつかなかった。自分の症状はたんなる想像の産物かどうかわからなかった。かつて、好奇心から、ド・クゥインシーの『阿片常用者の告白』にぱらぱらと目を通したことがあった。そこでは阿片の効果を、あらゆる能力に「静謐《せいひつ》さと均衡」を伝え、人の感情の抑制を「大いに活性化」し、「心の拡張」をもたらすと記されていた。だが、ロビンはそうしたことをなにも感じなかった。自分自身の状態を表現するのに使おうと思う唯一の言葉は、「なにかおかしい」だった。かすかに吐き気がし、頭がくらくらし、心臓の鼓動がとても速くなり、肉体は恐ろしくゆっくりと動いた。

「大丈夫か？」しばらくしてラミーが訊いた。

「溺れている気分だ」ロビンはもぐもぐと言った。

「いや、溺れていないよ」ラミーは言った。「たんに異常に昂奮しているだけだ。商館に戻ろう。水をたっぷり飲めばいい――」

「洋貨《ヤンホウオ》と呼ばれていた」ロビンは言った。「そう、あの女給は阿片のことをそう呼んでいたんだ。洋《ヤン》は、「外国の」という意味で、貨《ホウオ》は、「品物」という意味だ。洋貨《ヤンホウオ》は、「外国製品」という意味だ。彼らはここにあるあらゆるものをそう呼んでいる。洋《ヤン》人。洋《ヤン》商館。洋惑《ヤンホウオ》――外国製品への執着、阿片への執着だ。そしてそれはぼくなんだ。あえて言う。ぼくは外国人《ヤン》だ」

ふたりは橋の上で立ち止まった。その下を漁師と三板《サンパン》（中国の艀）が行き交っている。その物音、離れてから長い時間が経ち、聞き取るのに集中を要するようになった言葉の耳障りな音に、ロビンは両手を耳に押し当て、音がもたらす風景を遮断したくなった。本来なら故郷を感じさせるはずなのに、そう感じない音がもたらす風景を。

「話さずにいたことを謝るよ」ロビンは言った。「ヘルメス結社のことを」

ラミーはため息をついた。「バーディー、いまはその話をするのにふさわしいときじゃない」

「話しておくべきだったんだ」ロビンは食い下がった。「言うべきだったけど、言わなかった。なぜならどういうわけかまだ頭のなかですべてが分裂していて、いっしょに考え合わせられないからなんだ。わからなかったから……ただ——どうしてわからなかったのかわからないんだ」

ラミーは長いあいだ黙ってロビンを見ていたが、すぐそばに近寄り、いっしょに水面を眺めた。

「あのさ」ラミーは静かに言った。「おれの後見人のホレース・ウィルスン卿は、自分が投資しているケシ畑のひとつにおれを連れていったことがある。ウェスト・ベンガルのね。その話をおまえにしたことはなかったと思う。そこではケシが大量に栽培されているんだ——ベンガル、ビハール、パトナで。ホレース卿はそうしたプランテーションのひとつの株を所有していた。とても誇らしげだった。これが植民地貿易の未来だと考えていたんだ。野良作業をしている人たちと握手をさせられた。いつか、この子がおまえたちの監督官になるかもしれない、と卿は彼らに言った。ケシがすべてを変えるんだ、と彼は言った。これが貿易赤字を解消するんだ、と。そのとき見たものを一生忘れないと思う」ラミーは橋に両肘をついてため息を漏らした。「何列も何列も花が咲いていた。花の大海原だ。鮮やかな深紅で、まるでその畑自体が血を流しているかのように不気味だった。それが農村地帯全面で栽培されているんだ。それから梱包《こんぽう》され、カルカッタに運ばれ、そこで民間の商人に引き渡され、彼らがここにまっすぐ持ちこむ。ここでもっとも人気の阿片のブランドは、パトナとマルワーと呼ばれている。両方ともインドの地域名だ。おれの故郷からおまえの故郷にまっすぐ運ばれてくるんだよ、バーディー。おかしくないか？」ラミーは横目でロビンを見た。「イギリス人は、おまえの故郷に麻薬を送りこむためにおれの故郷を麻薬軍事国家に変えようとしている。そうやってこの大英帝国はおれたちを結びつけているんだ」

そのときロビンは心のなかで巨大な蜘蛛《くも》の巣を見た。インドからイギリスに綿が、インドから中国に阿片が、銀が中国でお茶と陶磁器になり、すべてがイギリスに還流する。とても抽象的に聞こえる――需要と取引と価値のたんなるカテゴリー分けにすぎない――が、実際はそうではない。自分が住んでいる網と自分の生活様式が求める搾取に気づき、植民地労働と植民地の苦悩の亡霊がそのすべての上にぬっと現れているのを目にすれば。

「胸くそ悪い」ロビンはささやいた。「胸くそ悪い。ひどすぎる……」

「だけど、たんなる交易なんだ」ラミーは言った。「だれもが利益を得る。だれもが利益を得るんだ。たとえたったひとつの国が大量の利益を得ているとしても。継続的な利益獲得――それが彼らの主張している論理じゃないか？　じゃあ、なぜ、おれたちは逃げだそうとするのか？　要は、バーディー、おまえがわからない理由をおれは理解していると思う。ほぼだれもわかっていない」

自由貿易。それがイギリス側のいつもの論法だ――自由貿易、自由競争、だれにとっても公平な競争の場。ただし、一度もそんなふうになったことはないのではないか？　「自由貿易」のほんとうの意味は、イギリスの帝国的支配だった。海上アクセスを保障するための海軍力の大増強に依存する貿易のなにが自由なのだ？　いったいいつからたんなる貿易会社が戦争を引き起こし、税を課し、民事と刑事の法を司ることができるようになったのか？

グリフィンが怒るのももっともだ、とロビンは思ったが、それに関してなんでもできると考えるのはまちがいだった。そうした貿易網は石に刻まれているほど強固なものだ。なにをしてもその取り決めを針路から外すことはできない。あまりにもたくさんの私的利害とあまりにもたくさんの金が関わっている。その行き先を見ることはできるが、それに関してどうにかする力を持っている人人が私腹を肥やし、もっとも被害を受ける人々はなんの力も持っていないのだ。

「忘れるのは容易《たやす》い」ロビンは言った。「つまり、砂上の楼閣なんだ——オックスフォードにいるとき、塔のなかにいるときは、たんなる言葉にすぎない、たんなる概念にすぎないのだから。だけど、世界はぼくが思っていたよりもはるかにずっと大きくて——」

「おれたちが思っていたのとおなじくらいの大きさだ」ラミーが言った。「たんにおれたちが残りの部分が重要であることを忘れていただけだ。目のまえにあるものを見るのを拒むのがとても上手になってしまったんだ」

「だけど、ぼくは見てしまった」ロビンは言った。「あるいは、少なくともまえよりは少しだけわかるようになった。それがぼくを引き裂いているんだ、ラミー。そしてぼくはその理由を理解すらしていない。まるで——まるで——」

まるでなんだ？　まるでほんとうに恐ろしいものを見てしまったかのように？　まるで西インド諸島の奴隷プランテーションの残酷さの極致を見てしまったか、あるいはインドの餓死した死体や、完全に避けられる飢饉《ききん》の犠牲者や、新世界の虐殺された先住民を見てしまったかのように？　ロビンが実際に目にしたのは、ひとつの阿片窟だけだった——だが、あれは、おぞましく疑う余地のない残りのものの提喩《ていゆ》として、十分に機能していた。

ロビンは橋の欄干にのぼり、もしここを乗り越えたらどんな気がするだろう、と思った。

「飛びおりる気かい、バーディー？」ラミーは訊いた。

「気分的には……」ロビンは深呼吸をした。「気分的には、ぼくらに生きていていい権利があるようには感じない」

ラミーはとても冷静な口調で言った。「本気でそう思ってるのかい？」

「いや、ぼくは、ただ……」ロビンはぎゅっと目をつぶった。思考が非常に混乱していた。いま考えていることをどう伝えたらいいのかわからなかった。把握できるのは、記憶と、一通り言及したことだけだった。『ガリバー旅行記』を読んだことはあるかい？　ぼくはここに住んでいたときにずっと読んでいた——あまりに何度も読んだので、中身をほぼ暗記してしまった。そのなかにガリバーが馬に支配されている土地にやってくる章がある。馬は自分たちのことをフーイナムと称しており、そこでは人間はヤフーと呼ばれる野蛮で頭の悪い奴隷になっている。立場が入れ替わっているわけだ。そしてガリバーはフーイナムの主人と暮らすことに慣れて、フーイナムが優れていることを確信するようになり、故郷に戻ったとき、仲間の人間に恐怖を覚える。彼らをうすのろと思うんだ。彼らがまわりにいることに耐えられなくなる。そしてそれがこの……それが……」ロビンは橋の上で前後に体を揺らした。どんなに必死に息をしても、十分な空気を吸えないような気がした。

「なにを言おうとしているのかわかるかい？」

「わかる」ラミーは優しく言った。「だけど、それに関して大げさな振る舞いをしたところで、だれかがおれたちをなにか助けてくれるわけじゃない。だから、おりるんだ、バーディー、そして水を飲みにいこう」


　翌朝、ロビンはベイリス氏に同行して、欽差大臣林則徐との閲見に臨むため、都心の政庁に赴《おもむ》いた。

「この林という輩《やから》は、ほかの連中より賢い」歩きながらベイリス氏は言った。「まったく買収できない。東南部では、Lin Qingtian《リン・チインテイエン》*と呼ばれているんだ——天のように澄み渡り、賄賂を受け付けない人士である、と」

　ロビンはなにも言わなかった。広東での自分の義務の残りを、必要とされる最低限のことしかしないでやり過ごそうと決めており、それにはベイリス氏の人種差別的痛罵《つうば》を助長することは含まれていなかった。

ベイリス氏はロビンの様子に気づいている節はなかった。「さて、気を引き締めなければならんぞ。中国人は悪魔のように狡猾だ——生まれつき二枚舌なんだ。いつも裏では反対のことを思っていても表では逆のことを言う。出し抜かれぬように気をつけたまえ」

「油断しません」ロビンは短く答えた。

ベイリス氏の説明では、林大臣は身長九フィート、炎を放射できる目とトリックスターの角を持っていると想像するところだった。実際に会ってみると、大臣は平均的身長と体格をした、温厚で穏やかな顔立ちの男性だった。その容姿は目を別にするとまったくこれと言って特徴のないものだった。目だけは並外れて炯々《けいけい》として、洞察力に長けているように見えた。大臣は自前の通訳を伴っていた。若い中国人男性で、ウィリアム・ボテロと名乗った。ロビンが驚いたことに、彼はアメリカ合衆国で英語を学んだという。

「ようこそ、ベイリスさん」と林大臣が言うと、ウィリアムがすらすらと英語に翻訳した。「わたしと分かち合いたいいくつかのお考えがあると伺いました」

「問題は、ご存じのように、阿片貿易です」ベイリス氏は言う。「ジャーディン氏とマセソン氏の代理人が妨害されることなく広東沿岸で合法的に阿片を販売できれば、彼我《ひが》双方の利益になるというのが両氏の見解です。本年初頭に両氏の貿易代理人たちが被った冷淡な処遇に対する公的な謝罪を両氏は望んでいます。また、数カ月まえに没収された二万箱の阿片をわれわれに返却していただくか、あるいはせめてその市場価値に相当する金銭的補償をしていただかねば正当とは言えますまい」

ロビンがベイリス氏の要求項目をすらすらと伝えるのを最初の数分間、林大臣はまばたきしながら、じっと聴いていた。ロビンはやかましく横柄なベイリス氏の口調を伝えようとはせず、できる

＊晴天《チインテイエン》 qíngtiān。晴《チイン》は、「澄んでいること」を意味し、天《テイエン》は、「空」または「天」を意味する。

だけ平板で感情を排した形で内容を伝えた。それでもロビンの耳は恥ずかしさのあまり赤くなった。これは対話ではなく説教だ。頭の悪い子どもに聞かせるたぐいのものだった。

ベイリス氏は林大臣の反応のなさに戸惑う様子はなかった。自分の言葉に沈黙しか返ってこないと、彼はたんに先をつづけた――「ジャーディン、マセソン両氏は、自国政府の排他的貿易方針が中国人に利益をもたらしていないことを清国皇帝は理解しなければならないという意見も持っています。実際のところ、貴国の国民自体が貿易障壁に腹を立てており、自分たちの利益を代表していないと考えています。彼らはむしろ外国人と自由に付き合いたいと思っています。そうすることで富を築く機会を得られるからです。つまり、自由貿易は国家繁栄の秘訣なのです――そして信じていただきたいのですが、貴国の国民はアダム・スミスを少し読むことでそれができるのです」

ようやく林大臣が口をひらいた。「われわれはそれを知っている」ウィリアム・ボテロがすばやく翻訳する。奇妙な会話だった。四人の人間を通しておこなっている会話なのに、だれも耳を傾けている相手に向かって直接話していないのだ。「いまの発言は、ジャーディン、マセソン両氏からのたくさんの手紙に書かれていた文言とまったくおなじものではないかな、どうだろう？ なにか新しいことを話しにお越しになったのか？」

ロビンは期待をこめてベイリス氏を見た。ベイリス氏は一瞬たじろいだ。「あの――いいえ、ですが、直接お目にかかって繰り返すことが――」

林大臣は後ろ手に手を組むと、訊いた。「ベイリスさん、あなたの故国では、阿片が厳重に禁止されているというのはほんとうですか？」大臣はいったん口を閉じ、ウィリアムに翻訳させた。「まあ、そうです」ベイリス氏は答えた。「ですが、問題は貿易であり、イギリス国内の禁止事項ではありません――」

「そして」林大臣はつづけた。「貴国の市民への阿片使用に対する処罰は、あなたたちが阿片が人類にとっていかに危険なものであるか十分承知していることを証明しているのではないですか？

われわれはここでお訊きしなければなりません。中国は、その国土から有害な品物を送りだしたことがありましょうや？　われわれは、有益なもの以外のものを、貴国が大きな需要を持っている以外のものを、これまで貴国にお売りしたことがありましょうや？　阿片貿易は、事実上、われわれにとってよいものである、というのがあなたの言いたいことですか？」

「この議論は」ベイリス氏は食い下がった。「経済に関するものです。かつてある提督がわたしの船を接収し、阿片がないか捜索したことがあります。わたしが提督に阿片はない、清国皇帝の定めた法に従っていますと説明したところ、提督はがっかりだと口にされました。おわかりですか、提督は卸売価格で阿片を買い取り、自分で転売しようと思っていたんです。このことは中国人がこの貿易でたくさんの利益を得ることを証明して――」

「あなたはだれが阿片を吸うのかという問題にあいかわらず答えていない」林大臣が言った。

ベイリス氏は大げさなため息をついた。「ロビン、この男に言ってやれ――」

「ヴィクトリア女王に書き送った内容を何度でも繰り返すつもりだ」林大臣は言った。「われらが中華帝国と交易を願いでるものは、陛下の定められた法に従わねばならない。そして今般施行されることになる陛下の新しい法では、中国に販売目的で阿片を持ちこむ外国人はだれであれ、打ち首になり、船に乗っているすべての財産は没収されることになる」

「だが、そんなことはできない」ベイリス氏は怒鳴るように言った。「あなたが話題にしているのはイギリス市民だ。それはイギリスの資産である」

「彼らが犯罪者になることを選んだ場合はその限りではない」ここでウィリアム・ボテロは、林大臣の冷ややかな軽蔑を、片方の眉をわずかにあげるところまで正確に写して再現した。ロビンは感銘を受けた。

「いや、よろしいですか」ベイリス氏は言った。「イギリス人には貴国の司法権は及びません、大臣。あなたたちには実質的な権利はなにもない」

「あなたが自分たちの利益はつねにわれわれの法に優先すると信じているのはわかっている」林大臣は言った。「それでもわれわれは中国領土のなかに立っているのだ。そして、あなたに、あなたのご主人たちに念押しするが、われわれは自分たちが適切と思う形でわれわれの法を執行する」

「であるなら、われわれはわれわれが適切と思う形でわれわれの市民を守らねばなりませんぞ」

ロビンはベイリス氏がいま口にした言葉に驚いて、翻訳するのを忘れた。気まずい沈黙がおりた。やがてウィリアム・ボテロが、ベイリス氏の言葉の意味を中国語で林大臣にささやいた。

林大臣はまったく平然としていた。「それは脅迫だろうか、ベイリスさん？」

ベイリス氏は口をひらいたが、考え直したようで、口を閉じた。いかにいらだっていようと、口頭で中国人を叱りつけるのが好きではあっても、政府の後ろ盾がなければ、宣戦布告をするわけにはいかなかった。

四人はおたがいを黙って見つめた。

すると出し抜けに林大臣がロビンに向かってうなずき、「あなたの助手と個人的な会話をしてみたい」

「彼と？　この男は会社に関わるなんの権限も持っていません」ロビンはベイリス氏に成り代わって自動的に翻訳した。「彼はただの通訳です」

「くだけた会話をしたいというだけだ」林大臣は言った。

「わたしは――ですが、この男はわたしの名代《みょうだい》として話すことを許されていません」

「それをさせるつもりはない。実際のところ、おたがいに言うべきことは言ったと思いますがな」

林大臣は言った。「そうではありませんか？」

ロビンはベイリス氏の受けたショックが怒りに変わるところを見て単純におもしろがっている自分に気づいた。ベイリス氏のしどろもどろの抗議を翻訳することを考えたが、そのいずれも首尾一貫していないのが明らかになると、黙っていることにした。結局、ベイリス氏は、ほかに打つ手がないことから、部屋から連れだされるに任せるしかなかった。

「おまえもだ」林大臣はウィリアム・ボテロにもそう告げ、通訳はなにも言わずに命に従った。

そしてふたりきりになった。林大臣はロビンを長いあいだ黙って見ていた。ロビンはまばたきをし、目を合わせることができずにいた。自分がさぐられている感じがして、そのことがおのれの力不足と絶望的なくらいの気まずさを感じさせた。

「名はなんという？」林大臣が静かに訊ねた。

「ロビン・スウィフトです」そう言ってロビンはまたまばたきをし、困惑した。英語圏の名前は中国語でおこなわれる会話にそぐわないように思えた。もうひとつの名前、最初の名前は、使わなくなって久しく、それを口にすることが念頭にのぼってこなかった。

「つまり――」だが、ロビンは恥ずかしさのあまり、つづけられなかった。

林大臣の視線はゆるがず、好奇心がこもっていた。「出身はどこだ？」

「実を申しますと、ここです」ロビンは簡単な質問にほっとして答えた。「ですが、とても幼いころに離れました。それ以来、長いあいだ帰ってきていませんでした」

「おもしろいな。なぜ去った？」

「母がコレラで亡くなり、オックスフォードの教授がわたしの後見人になりました」

「では、おまえは彼らの学校に籍を置いているのだな？　翻訳研究所か？」

「はい。わたしがイングランドに向かって当地を離れたのもそれが理由でした。生涯をかけて翻訳者になる勉強をしてきました」

「じつに尊敬に値する職業だ」林大臣は言った。「わが国の人間の多くは、蛮族の言葉を学ぶことを見下している。だが、わたしがここで権力を握ってからはかなりの数の翻訳計画を認可した。蛮族を抑えるためには蛮族を知らねばならん、そう思わんか？」

この男のなにかがロビンに率直に話さざるをえないと思わせた。「それはむしろ彼らがあなたがたに対して示している態度です」

ほっとしたことに、林大臣は笑い声をあげた。それでロビンは大胆になった。「ひとつお伺いしていいですか？」

「かまわぬ」

「なぜあなたがたは彼らを夷《イイ》と呼ぶのでしょう？　彼らがそれを嫌っているのをご存じのはずなのに」

「だが、それはたんに「外国の」という意味でしかないぞ」林大臣は言った。「その語の言外の意味をあげつらったのは彼らのほうだ。自分たちで侮辱を受けたことにしている」

「では、洋《ヤン》と言ったほうが簡単ではないですか？」

「他人に侵入を許したうえで、自国語でどんな意味があるのかまで教えてやるのか？　われわれには侮蔑したいときに使う言葉がある。guǐ《グウィ》*があまり浸透していないのを幸運に思うべきだ」

ロビンは喉を鳴らして笑った。「まさしく」

「さて、わたしには気楽に話してもらいたい」林大臣は言った。「この件で交渉することになにか意味があるのだろうか？　もしわれわれが面子《メンツ》を捨て、膝を屈したなら――それで事態がなんであれおさまるものだろうか？」

ロビンはそうだと答えたかった。はい、もちろんです、まだ交渉の余地はありますと主張できればいいと願った――イギリスと中国は、ともに理性的で見識のある人々に率いられた国家であるので、戦闘に訴えることなく妥協点を見いだすことが必ずできる、と。だが、それは真実ではない、とロビンはわかっていた。ベイリスとジャーディンとマセソンには中国人と妥協する意思がないことを知っていた。妥協するには、相手側が同等の道徳的立場に値するという認識が必要だった。だが、イギリス人にとって、中国人は獣とおなじである、とロビンは学んで知っていた。

「いいえ」ロビンは言った。「彼らは欲しているものを欲し、それ以下のもので手を打つつもりはありません。彼らはあなたを、あるいはあなたの政府を尊敬していません。いずれにせよ、あなたたちは解決するための障害物なのです」

「がっかりだな。権利と尊厳を口にするわりには」

「そうした原則は彼らが人間だと思っている相手にのみ適用されるのだと思います」

林大臣はうなずいた。彼はなにかを決心したようだった。その相貌が決意によって固まった。

「では、無駄口を叩く必要はないわけだな?」

林大臣がロビンに背を向けてはじめて、ロビンは自分が立ち去るよう求められたことに気づいた。どうしていいのかわからず、ロビンはおずおずと形ばかりのお辞儀をすると、その部屋をあとにした。廊下でベイリス氏が待っていて、不機嫌そうな表情を浮かべていた。

「なにかあったか?」召使いたちに案内され、玄関ホールを出ていく途中でベイリス氏は訊いた。

「なにもありません」ロビンは言った。少し目まいがしていた。謁見はあまりに急に終わったので、どう解釈したらいいのかロビンはわからなかった。翻訳の手順に集中し、ベイリス氏の発言の正確な意味を一字一句伝えていて、会話の風向きが変わったことを把握するのに失敗した。なにか重大なことがたったいま起こったのだと感じていたが、それがなんなのか、そのなかの自分の役割がなんなのか、定かではなかった。頭のなかで今回の交渉を何度も再現し、自分が致命的なミスを犯したのかどうか検討した。だが、とても丁重なものだった。すでに書類の上で確かめられた立場を繰り返しただけではなかったか?「この問題は解決したと見なしていたようでした」

ベイリス氏は英国館に戻ると二階の執務室に急いであがっていき、ロビンをロビーにひとり残し

＊guǐ（鬼）は、「幽霊」あるいは「悪鬼」を意味しうる言葉であり、この文脈では、「外国の悪鬼」と翻訳するのがきわめて一般的である。

た。ロビンはどうすればいいのかわからなかった。午後はずっと通訳をするため外出することになっていたが、ベイリス氏は別れ際になんらかの指示をすることなく姿を消した。ロビンはしばらくロビーで待っていたが、やがて居間に向かった。ベイリス氏がまだロビンに用があるときに備えて、公共の場に留まっていたほうがいいだろうと思ったのだ。ラミーとレティとヴィクトワールがテーブルを囲んで、トランプをしていた。

ロビンはラミーの隣の空いている席に座った。「磨く銀はもうないのかい？」

「早くに片づいたよ」ラミーはロビンに手札を配った。「正直言って、言葉が話せないとここではちょっと退屈なんだ。認められるなら、あとで花地河岸庭園を見にいくため船旅をしようかと考えていたんだ。欽差大臣との打合せはどうだった？」

「変だった」ロビンは言った。「進展はなかった。大臣はぼくにとても興味を抱いたみたいだったけど」

「中国人の通訳がなぜ敵のために働いているのか、わけがわからなかったからだろ？」

「かもな」ロビンは言った。悪い予感が拭《ぬぐ》えない。まるで嵐が到来するのを見つめ、空が割れるのを待っているかのようだった。居間の雰囲気は、やたら明るくて、異様に静かなようだった。「みんなはどうだった？　なにかもっとおもしろい仕事をもらえると思う？」

「可能性は低いわ」ヴィクトワールがあくびをした。「わたしたちは見捨てられた子どもなの。ママとパパは経済活動に忙しくて、わたしたちの相手をしている暇がない」

「なに、あれ」突然、レティが立ちあがった。彼女の目は見ひらかれ、恐怖を感じて窓に釘づけになっていた。その窓を彼女は指さしていた。「見て――一体全体――」

大きな炎が向こう岸で燃えあがっていた。だが、窓辺に駆け寄ってみると、火は制御されていた。立ちのぼる炎と煙のせいで、大惨事に見えているだけだった。ロビンが目を凝らすと、火元は限られているのがわかった。浅瀬に押しあげられていた太鼓腹の貨物船に積まれていた山積みの箱が燃えていた。数秒後、その中身のにおいが漂ってきた――胸が悪くなるほど甘ったるい香りが風に運ばれて、岸を越え、英国館の窓に入ってきた。

　阿片だ。林大臣は阿片を燃やしている。

「ロビン」ラヴェル教授が部屋に駆けこんできた。すぐあとにベイリス氏がつづく。ふたりとも怒り狂っている様子だった。ラヴェル教授の顔はとくにロビンが一度も見たことのない憤怒《ふんぬ》に歪んでいた。「おまえはなにをした？」

「ぼくが――なにを？」ロビンはラヴェル教授から窓に目をやり、当惑した。「わけがわかりません――」

「なにを言ったんだ？」ラヴェル教授は繰り返し、ロビンの襟首を掴んで揺さぶった。「いったいあいつになにを言ったんだ？」

　図書室でのあの日以来、ラヴェル教授に手をかけられるのははじめてだった。ロビンはラヴェル教授が今度はなにをするのかわからなかった――その目に浮かんでいる表情は獣めいていて、まったく見覚えのないものだった。頼む、とロビンは激しく思った。頼むから、ぼくを傷つけてくれ、殴ってくれ、そうしたらみんなわかるから。そうしたらなんの疑問もなくなるだろうから。だが、魔法ははじまったときとおなじようにすぐに解けた。ラヴェル教授はロビンから手を離し、われに返ったかのように目をしばたたいた。一歩後ずさると、上着のまえから埃《ほこり》を払った。

　両者のまわりではラミーとヴィクトワールが体を強《こわ》ばらせて立っており、ふたりとも、いまにもロビンと教授のあいだに飛びこもうと身構えていた。

「すまなかった、わたしはたんに――」ラヴェル教授は咳払いをした。「荷物をまとめて、外で落ち合おう。きみたち全員だ。ヘラス号が湾で待っている」

「でも、次に澳門に向かうんじゃなかったんですか？」レティが訊いた。「わたしたちが受けた通知には――」

「状況が変わった」ラヴェル教授はぶっきらぼうに言った。「イングランドに戻る早めの船を予約した。さあ、いってくれ」

第十八章

やつらが正気に返るまえにさらなる大規模な武力示威が必要にならないというのは、期待のかけすぎだった。
――ジェイムズ・マセソン――ジョン・パーヴィスへの手紙

ヘラス号は珠江湾《しゅこう》をみごとなほどの早さで出発した。乗船してから十五分も経たぬうちにロープが切られ、錨が引きあげられ、帆が広げられた。街全体を包みこんでいるような立ちのぼる煙に追われ、一行は港を出た。

追加の五名の乗客の部屋と賄いを任されることが乗船まで知らされていなかった乗組員は、素っ気なく、むっとしていた。ヘラス号は旅客船ではなく、船室はすでに混み合っていた。ラミーとロビンは船員たちとともに共同の寝床で寝るように言われたが、女性陣は客室をあてがわれた。そこを唯一の民間人乗客とわかちあうことになった――ジェミマ・スマイスという名の女性で、アメリカ出身の宣教師だったが、中国本土に潜入しようとして川の浅瀬を渡って広東の郊外に入ろうとしたところで捕まったのだった。

「この騒ぎはなんなのかご存じ？」スマイスは食堂で背中を丸めて一同が座っていると、しつこく訊いてきた。「事故かしら、それとも中国人がわざとやったのかしら？　戦争がいまからはじまるとお思い？」その最後の質問を一定の間隔をあけて彼女は昂奮まじりにしつこく訊きつづけた。自分たちにはわかりませんと彼らは腹を立てながら答えた。ついに彼女は話題を変えて、一行が広東でなにをやってきたのか、英国館でどうやって日々を過ごしたのか、訊いてきた。「あの屋根の下には、ほんの少ししか聖職者がいないのでしょ？　日曜礼拝はどうしてたのかしら？」彼女は穿鑿《せんさく》するようにラミーに訊いた。「あなたは日曜礼拝にいくのよね？」

「当然ですよ」ラミーは躊躇せずに答えた。「強制されているのでいきます。いつなんどきでも可能であれば小声でアッラーに許しを乞うていますから」

「この人は冗談を言ってるんです」怖気《おぞけ》立ったミス・スマイスがラミーの改宗にとりかかるまえにレティがあわてて言った。「もちろん、彼はキリスト教徒です――わたしたちは全員、オックスフォード大学の入学許可申請で英国聖公会大綱三十九条に同意しなければなりません」*

「あなたたちに会えてとても嬉しいわ」ミス・スマイスは心から言った。「故郷に帰ったら福音を広げていただけるかしら？」

「故郷はオックスフォードです」ラミーは無邪気に目をしばたたいた。神よ助けたまえ、ロビンは思った。ラミーはキレたぞ。「オックスフォードには異教徒がたくさんいるという意味でしょうか？　なんてことでしょう。だれも彼らに伝道しなかったんでしょうか？」

　ようやくミス・スマイスは四人にうんざりして、祈りを捧げるためか、あるいはなんであれ宣教師がすることのため、甲板にあがっていった。ロビンとレティとラミーとヴィクトワールはテーブルのまわりに背を丸めて集まり、罰せられるのを待っているわんぱくな学童のようにそわそわしていた。ラヴェル教授はどこにも姿が見えなかった。乗船したとたん、彼は船長に話をするためいなくなったのだ。依然として、だれも彼らになにが起こっているのか、あるいは次になにが起こるのか話してくれなかった。

「あなたは大臣にいったいなにを言ったの？」ヴィクトワールが静かに訊いた。

「真実を」ロビンは答えた。「ぼくが彼に言ったのは真実だけだ」

「だけど、なにかが彼の逆鱗《げきりん》に触れたにちがいない――」

　ラヴェル教授が戸口に姿を現した。四人は黙りこんだ。

「ロビン」教授は言った。「ちょっと話をしよう」

教授はロビンの返事を待たずに背を向け、通路を通っていった。渋々、ロビンは立ちあがった。ラミーがロビンの腕に触れた。「大丈夫か?」

「大丈夫さ」どれほど心臓の鼓動が速くなっているのか、あるいはどれほどやかましく血管が耳のなかでどくどく言っているのか、彼らにはわからないでいてほしいとロビンは願った。ラヴェル教授のあとをついていきたくなかった。隠れて、時間を稼ぎたかった。食堂の隅に座って腕のなかに顔を埋《うず》めたかった。だが、この対決は長い時間をかけて実現したものだった。ロビンが逮捕された朝に成立したつかのまの休戦はけっして持続可能なものではなかった。ふたりはあまりにも長いあいだ自身に嘘をついてきた。ロビンとその父親は。この問題は永遠に埋もれたまま、隠されたまま、意図的に無視されたままではいられないのだ。遅かれ早かれ、顕在化しなければならなかった。

「知りたいのだが」ロビンが教授の船室にようやくたどり着くと、ラヴェル教授は机の向こうに座っていて、辞書をのんびりめくっていた。「港で燃えた箱の価値を知っているのか?」

ロビンは船室のなかに歩を進め、扉を閉めた。膝ががくがく震えている。十一歳に戻ってしまう

＊これは事実であるが、ラミーが同意したのは、そうしないと入学許可を得られなかったであろうという理由からである。

宗教は四人のあいだでつねに議論の的になっていた。彼らはみな大学から日曜礼拝に出席することを義務づけられていたが、レティとヴィクトワールだけが進んで出席していた。当然ながら、ラミーはずっと憤慨していたし、ロビンは筋金入りの無神論者であるラヴェル教授に育てられていた。「キリスト教は野蛮だ」というのがラヴェル教授の意見だった。「だれかがやりたい放題するための粉飾であり、自虐的で、抑圧を公言する、血なまぐさい迷信的な儀式にすぎない。大学が強制するなら教会にいきたまえ。だが、声を潜めて暗唱する練習の機会として利用するのだ」

可能性があった。時の経つのを忘れて小説を読んでいた現場を押さえられ、差し迫る打擲に身を縮めていたころに。だが、ロビンはもはや子どもではなかった。声がわななくのを懸命に抑えようとする。「先生、大臣になにがあったのかわかりませんが、それはちがうのです――」

「二百万ポンド以上だ」ラヴェル教授は言った。「ベイリス氏が言ってただろ。二百万ポンド以上、その多くはウィリアム・ジャーディンとジェイムズ・マセソンが個人的な責任を負っている」

「大臣は決心してたんです」ロビンは言った。「われわれと会うまえに決心していたんです。ぼくが言えることはなにもありませんでした――」

「おまえの仕事は難しいものではなかった。ハロルド・ベイリスの代弁者になることだ。友好的な顔を中国人に見せることだ。物事を円滑にすることだ。おまえのここでの優先すべきことを明白にしてあったと思っていたのだが、ちがうのか？　いったいなにを林大臣に言ったんだ？」

「ぼくがなにをしたとあなたが考えているのか、わかりません」ロビンはいらいらして答えた。「ですが、波止場で起こったことはぼくのせいじゃありません」

「阿片を廃棄すべきだと提言したのか？」

「もちろん言ってません」

「ほかになにかジャーディンとマセソンに関してあの男にほのめかしたのか？　ひょっとして、なんらかの形でハロルドの権限を超える発言をしたのか？　おのれの行動になにも不適当なことはなかったと確信しているのか？」

「ぼくは言われたことをしました」ロビンは強く主張した。「たしかにベイリス氏を好きではありません、ですが、会社を代表して発言しているかぎりにおいては――」

「ロビン、いまだけは、言いたいことをできるだけ簡潔に言うようにしてくれ」ラヴェル教授は言った。「正直に。おまえがいまなにをしようとしていても、それは恥ずかしいことだ」

「ぼくは――じゃあ、わかりました」ロビンは腕組みをした。謝るようなことはなにもなかった。

これ以上隠すものもなかった。ラミーとヴィクトワールは安全だ。自分には失うものはなにもない。もう頭を下げるのはたくさんだ、黙っているのはごめんだ。「いいでしょう。おたがいに腹を割って話しましょう。ぼくはジャーディン・マセソン商会が広東でおこなっていることに賛同していません。まちがっています、胸くそ悪い――」

ラヴェル教授は首を横に振った。「なんということだ、ただの市場にすぎん。子どもじみたことを言うな」

「主権国家です」

「迷信と古代の遺物のぬかるみにはまった国だ。法の支配がなく、ありとあらゆる面で西洋にどうしようもなく後れを取っている。なかば野蛮で、矯正しがたいほど遅れた愚か者どもの国だ――」

「人々の国です」ロビンが言い放つ。「あなたたちが毒を盛り、あなたたちがその人生を台無しにしている人々の国です。そしてもしぼくがその企みを手助けしつづけるかどうかと問われるなら、答はノーです――ぼくは二度と広東に戻りません。貿易業者のためにも、少しでも阿片に関係しているどんなことのためにも戻る気はないです。ぼくはバベルで研究をおこないます。翻訳をします。ですが、それ以外のことをするつもりはありません。あなたはぼくにそれ以外のことをさせられません」

言い終わるとロビンは息がとても荒くなっていた。ラヴェル教授の表情は変わらなかった。彼はロビンを長いあいだ見つめていた。まぶたを半分閉じ、まるでピアノであるかのように机を指で叩いていた。

「なにが驚きかわかるか？」教授の声がとても柔らかなものになっていた。「人がどれほど恩知らずになれるかだ」

またしてもこの論法だ。ロビンはなにかを蹴ってやりたいところだった。いつだってこれだ、まるでロビンの忠誠心を、頼んだわけでもなく、受け取る選択をしたわけでもない権利によって枷《かせ》をはめられているかのように束縛する論法だ。校内でシャンパンを飲んだからといって、オックスフォードに一生分の借りがあることになるのか？　かつてその嘘を信じたからといってバベルに忠誠を尽くさねばならないのか？

「それはぼくのためのものじゃなかったじゃないですか」ロビンは言った。「ぼくはそれが欲しいと頼んだわけじゃない。みんなあなたのためです。あなたが中国人の生徒が欲しかったから、あなたが中国語が堪能な人間を欲しかったからだ――」

「では、おまえはわたしに憤っているんだな？」ラヴェル教授は訊いた。「おまえに人生を与えてやったことで？　おまえが夢に見ることができなかったはずの機会をおまえに与えてやったことで？」教授はあざ笑った。「そうだ、ロビン、わたしはおまえを故郷から連れてきた。不潔な環境と病気と餓えから離して。おまえはなにを望んでいる？　謝罪か？」

ぼくが望んでいるものは、ラヴェル教授が自分のしたことを認めることだ、とロビンは思った。これが、このやり方全体が異常なものであることを認めることだ。子どもたちは実験台にされ、生まれもった血で判断され、王室と国に仕えるため故郷の地から掠《さら》ってこられるための家畜ではないことを認めることだ。ロビンは話す辞書以上のものであり、ロビンの故国は太った黄金の鵞鳥《がちょう》以上のものであることを認めることだ。だが、これらをラヴェル教授はけっして認めないだろうとロビンはわかっていた。ふたりのあいだに真実が埋もれているのは、それが苦痛をもたらすからではなく、不都合だから、ラヴェル教授がたんにそれに取り組むことを拒んでいるからだった。

いまや、ロビンが父親の目にはひとりの人間として映っていないことが、けっして映りようがないことが、明らかになった。いや、人間であるためにはヨーロッパ人の純血性が必要なのだ。ラヴェル教授と同等であるための人種的立場が必要だった。ちびディックとフィリッパは人間だった。ロビン・スウィフトは資産なのだ。そして資産は自分たちがとても待遇がいいことに果てしなく感謝すべきなのだ。

ここには解決策はありえなかった。だが、少なくともロビンはあることに関して真実を知るつもりだった。

「あなたにとってぼくの母親はなんだったんです？」ロビンは訊いた。

その質問は、少なくともほんの一瞬であったとしても、教授を動揺させたように見えた。「いまはおまえの母親について話し合うためにここにいるんじゃない」

「あなたが母を殺したんです。そして彼女を埋葬するつもりさえなかった」

「ばかなことを言うな。あの女を殺したのはアジア・コレラだ――」

「あなたは母が亡くなるまえに二週間澳門にいた。ミセス・パイパーから聞きました。あなたはあの伝染病が広がっているのを知っていた。あなたは自分が母を救えただろうと知っていたんだ――」

「ばかげたことを、ロビン、あの女はただのチャンコロにすぎん」

「ですが、ぼくもただのチャンコロですよ、教授。しかも、彼女の息子だ」ロビンは叫びだしたい激しい衝動を覚えた。それを無理矢理押し殺す。傷ついたところで父親から同情を得ることはけっしてできない。だが、ひょっとしたら、怒りなら恐怖を起こさせるかもしれなかった。「その部分をぼくから洗い流せたと思ってたんですか？」

ロビンは頭のなかで同時にふたつの真実を抱えているのがとても得意になっていた。イギリス人であり、イギリス人でないこと。ラヴェル教授は自分の父親であり、父親でないこと。中国人は愚かで遅れた人々であることと、自分もそのひとりであること。自分はバベルを憎んでおり、なおかつバベルに抱かれたまま永遠に暮らしていきたいと願っていること。それらの真実のカミソリの刃の上でロビンは何年も踊ってきた。生存の手段としてそこに留まってきた。やり過ごす方法として。真実を毅然として吟味するのは、その矛盾のせいで自分が壊れてしまいかねないのが怖くて、どちらの側も完全には受け入れられずにきた。

だが、もうこんなふうにつづけることはできなかった。分裂した人間として生きていけなかった。

ロビンの精神は絶えず真実を消しては、また消し直すことを繰り返してきた。心の奥底に大きなプレッシャーを感じていた。二重であることを止めないかぎり、文字通り爆発してしまいそうな気がしていた。選択しないかぎり。

「考えていたんですか？」ロビンは言った。「イングランドで十分な時間があれば、ぼくがあなたのようになるだろうと？」

　ラヴェル教授は首を傾《かし》げた。「いいか、わたしはかつて子孫を得ることは、それ自体ある種の翻訳だと思っていた。とりわけ、両親が大きく異なる種に属する場合には。最終的になにが出てくるのか興味津々だ」話しながら教授の顔が奇妙奇天烈《きてれつ》な変貌を遂げた。目がどんどん大きくなり、恐ろしいほど醜く膨らんだ。尊大な冷笑がいっそう目立つようになり、唇がめくれあがって歯がむきだしになった。嫌悪感を強調した表情として、ひょっとしたら意図的なものかもしれなかったが、ロビンには、まるで礼儀正しさの仮面が剝《は》ぎ取られたかのように思えた。これまで父親がまとっていたなかでもっとも醜い表情だった。「おまえの兄弟のときのような失敗を犯さずにおまえを育てたいと願っていた。おまえにずっと文明化された倫理観を注入したかったのだ。Quo semel est《クオー・セメル・エスト・》 imbuta recens, servabit odorem testa diu《インブータ・レケーンス・セルワービト・オドーレム・テスタ・ディウー》、*という具合にな。おまえをもっと高尚な樽に育てられるかもしれないと願っていた。だが、どれほど教育を受けたところで、その根底にある元々の人種からの成長の余地はない、そうだな？」

「あなたは怪物だ」ロビンは驚いて言った。

「わたしにはこんなことをしている時間はない」ラヴェル教授は辞書をぴしゃりと閉じた。「おまえを広東に連れてきたのがまちがった考えだったのは明らかだ。自分がどれほど幸運であるのかを気づかせられるかもしれないと期待していたんだが、結果的におまえを混乱させただけだったな」

「ぼくは混乱していません――」

「戻ったらバベルでのおまえの立場を再評価する」ラヴェル教授は扉を指し示した。「いまのところは、おまえは時間をとって考えごとをするべきだと思う。残りの人生をニューゲート牢獄で過ごすことを想像してみろ、ロビン。刑務所の監房のなかでなら、商業の悪徳を好きなだけ非難できるぞ。そのほうがいいのか？」

ロビンは両手を拳に固めた。「ぼくの母親の名前を言ってみろ」

ラヴェル教授の眉がぴくぴくと動いた。再度扉を指し示す。「話は以上だ」

「彼女の名前を言ってみろ、この臆病者が」

「**ロビン**」

それは警告だった。ここで父は一線を引いたのだ。これまでロビンがやったことはまだ許されるかもしれなかった。もしロビンが引き下がったのなら。もしロビンが謝罪をし、権威に屈し、繊細で無知な贅沢品に戻りさえすれば。

だが、ロビンはあまりに長いあいだ膝を屈してきた。そして金塗りの檻《おり》は、檻であることに変わりなかった。

ロビンはまえに進み出た。「父さん、**彼女の名前を言ってみろ**」

ラヴェル教授は椅子をうしろに押しやり、立ちあがった。

anger《アンガー》という単語の語源は、肉体的な苦痛と密接に結びついている。angerは、まず、「苦痛」を意味する、古ノルド語のangr《アングル》が元で、次に「苦しい、残酷な、狭い」状態を意味する、古英語のenge《エンゲ》に、そして「首を絞めること、激しい苦悩、苦痛」を意味する、ラテン語のangor《アンゴル》に由来する。「怒り《アンガー》」は、首を絞める技だった。「怒り」は人に力を与えない。胸に乗っかり、あばら骨を締め付け、罠に落ち、息が苦しくなり、ほかに取る手がないと感じさせる。「怒り」はくすぶり、

＊ホラティウス、腐敗を避けるための青年の教育に関して。「樽は最初に満たしたものの風味を長く保つ」

やがて爆発する。「怒り」は締め付けであり、その結果起こるrage《レイジ》（激怒）は、息をしようとする必死の試みなのだ。

　そしてrageは、もちろん、狂気に由来する。*

　あとになって、ラヴェル教授はこちらの目になにかを見たのではないか、とロビンはよく思うことがあった。息子が持っていることを知らなかった炎を。そしてそれがロビンに行動を起こさせたのではないか、と――おのれの言語実験が自由意志を発達させたことを驚愕《きょうがく》まじりに認識しつつ。自分がやったことを正当防衛だと正当化しようと必死になるものの、そのような正当化は自分がほとんど思いだせない細部に依拠するものであり、その細部は父親を冷酷に殺したわけではないと自分を納得させるためにでっちあげたものなのかどうか、定かではなかった。

　ロビンはどちらが先に動いたのか繰り返し自身に問いかけるのだったが、それが最後の日々まで自分を責め苛《さいな》むことになる。というのも、ほんとうにわからなかったからだ。

　ロビンがわかっているのはこういうことだ――

　ラヴェル教授はいきなり立ちあがった。手がポケットにのびる。そしてロビンは、教授の動きを真似たか、あるいは刺激されたかして、おなじ行動をとった。上着の前ポケットに手を伸ばす。そこにはイーヴリン・ブルックを殺した銀の棒が入っていた。その棒がなにをするのか想像していなかった――その点については確信がある。ロビンは適合対を口にした。その瞬間を描くため、その重大さを表現するため頭に浮かんだのはそれが唯一の言葉だったからだ。ラヴェル教授の火かき棒が何度もあばらを打擲し、自分は図書室の床にうずくまって身を丸め、あまりに驚き、あまりに混乱して泣き声すらあげられなかったときのことを思いだした。ロビンは、グリフィンのことを思い浮かべた。哀れなグリフィン。ロビンより幼い年齢でイングランドに連れてこられ、母国語を十分に思いだせないせいでぼろぼろにされて、放りだされた。阿片窟の無気力な男たちのことを思い浮かべた。母のことを思い浮かべた。

ロビンは銀の棒が父の胸をどのように引き裂くことになるのか考えていなかった。もちろん、ロビンの一部は、それをわかっていたはずだ。なぜなら言葉は本気で使った場合にのみ銀の棒を起動させるからだ。たんに音を発するだけではなんの効果もない。そして心のなかでその文字を見て、輝く銀に刻まれた溝を見、その単語とその翻訳された単語を口に出したとき、ロビンはそれがなにをするか考えたはずだった。

bào《バオ》——爆発すること、もはや閉じこめておけないものが弾けでること。

だが、ラヴェル教授が床に倒れるまで、頭がくらくらするような血の塩《しょ》っぱいにおいが宙に満ちるまで、ロビンは自分がなにをしたのかわからなかった。

ロビンはひざまずいた。「先生？」

ラヴェル教授は動かなかった。

「父《ファーザー》さん？」ロビンはラヴェル教授の肩を摑んだ。温かく濡れた血が指のあいだをこぼれ落ちた。止まりそうにない。あたり一面血だらけだった。廃墟《はいきょ》と化した胸から無限の噴水が噴きだしていた。

「diē《ディエ》（父さん）？」

なにが自分にその言葉を言わせたのかわからなかった。父親にあたる中国語を。ひょっとしたらその言葉がラヴェル教授に衝撃を与え、そのショックだけで生き返らせるかもしれない、ふたりが一度も名前を与えなかったものの名前を呼ぶことで父親の魂を肉体に戻すことができるかもしれない、と考えたのかもしれなかった。だが、ラヴェル教授はぐったりとして、死んでしまっていた。たとえどれほど激しくロビンが教授を揺さぶっても、血は溢《あふ》れるのを止めない様子だった。

「diē《ディエ》」ロビンはふたたび言った。すると笑い声が喉から漏れた——ヒステリックに抑えようもなく溢れたのだ。父親を表す中国語のローマ字表記が、英語で死《die》を表すのとおなじ文字であることが

*ラテン語の rabere《ラベレ》 が語源——「怒鳴る、狂気に陥る」の意。

あまりにも適切で、とてもおかしくなったからだ。そしてラヴェル教授はきわめて明確に、疑問の余地なく死んでいた。後戻りはできない。もはやごまかしようがなかった。

「ロビン？」

だれかが扉を叩いていた。ぼうっとして、なにも考えずにロビンは立ちあがり、扉の掛け金を外した。ラミーとレティとヴィクトワールが口々に叫びながら、まろぶようになかに入ってきた――「ああ、ロビン、あなたは――」「なにが起こってる――」「叫び声が聞こえたので、てっきり――」

そして彼らは死体と血を目にした。レティはくぐもった悲鳴をあげた。ヴィクトワールは両手をいきなり自分の口元に持っていった。ラミーは何度か目をしばたたき、それからとても柔らかな声で、「ああ」と言った。

レティが消え入りそうな声で訊いた。「彼は……？」

「うん」ロビンはささやいた。

船室は静まり返った。ロビンの耳はがんがん鳴っていた。両手を自分の頭に持っていき、すぐに下げた。両手が真っ赤で血が滴《したた》っていたからだ。

「なにがあったの……？」ヴィクトワールが思いきったように訊ねた。

「口論をした」ロビンはなんとかその言葉を絞りだした。いまや息をするのが苦しかった。黒いものが視野の端に押し寄せてくる。膝に力がまるで入らなくなり、座りこみたくなった。ただし床は広がりつづける血の海で濡れている。「口論をして、そして……」

「見ちゃだめだ」ラミーが指示した。

だれも従わなかった。彼らはみなその場に立ち尽くし、ラヴェル教授の動かない姿に目を釘付けにしていた。ラミーは教授のかたわらに膝をつき、二本の指を教授の首にあてた。長い時が過ぎる。ラミーは声を殺して祈りの言葉をささやいた――「インナー・リッラーヒ・ワ・インナ・イライヒ・ラージウーン（「真にわれらはアッラーのもの、アッラーの御許にわれら帰らん」）」――そして、両手をラヴェル教授のまぶたの上に持っていき、押し下げて閉ざした。

ラミーはとてもゆっくりと息を吐くと、しばらく両手を膝に押し当ててから、立ちあがった。

「さあ、どうする?」

訳者紹介

1958年北海道生まれ。大阪外国語大学デンマーク語科卒。訳書にマクドナルド『火星夜想曲』、コナリー『復活の歩み　リンカーン弁護士』、プリースト『夢幻諸島から』、ケン・リュウ『紙の動物園』他多数。

[海外文学セレクション]

バベル　オックスフォード翻訳家革命秘史　上

2025年2月14日　初版
2025年4月11日　3版

著者――R・F・クァン
訳者――古沢嘉通（ふるさわ・よしみち）
発行者――渋谷健太郎
発行所――（株）東京創元社
〒162-0814　東京都新宿区新小川町1-5
電話　03-3268-8231（代）
URL　https://www.tsogen.co.jp
装画――影山徹
装丁――岩郷重力＋W.I
組版――キャップス
印刷――萩原印刷
製本――加藤製本

ISBN 978-4-488-01691-3 C0097

SELECTION

The Starless Sea
Erin Morgenstern

地下図書館の海

エリン・モーゲンスターン

市田 泉 訳【海外文学セレクション】四六判上製

ようこそ、あらゆる物語が集う迷宮へ。
ドラゴン賞ファンタジー部門受賞作

図書館で出会った著者名のない、謎めいた本。それはどこことも知れない地下にある、物語で満ちた迷宮への鍵だった――『夜のサーカス』の著者が贈る、珠玉の本格ファンタジー。

SELECTION

Kevin Brockmeier

THE GHOST VARIATIONS

One Hundred Stories

いろいろな幽霊

ケヴィン・ブロックマイヤー

市田 泉 訳 【海外文学セレクション】四六判上製

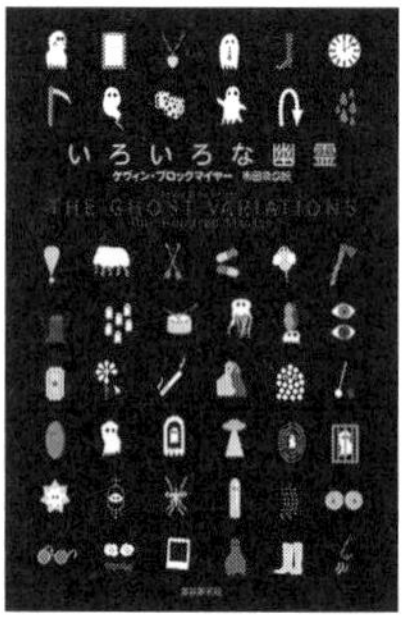

いつか幽霊になるあなたのための
ふしぎな物語を集めた短編集。

失恋した瞬間を繰り返す幽霊、方向音痴の幽霊、雨となって降り注ぐ幽霊……カルヴィーノ賞作家が贈る、時に切なく、時におかしく、時にちょっぴり怖い幽霊たちの物語が100編。

世界幻想文学大賞作家が贈る、ふしぎなSF物語

NEOM ■ Lavie Tidhar

ロボットの夢の都市

ラヴィ・ティドハー
茂木 健 訳　カバーイラスト＝緒賀岳志

◉

太陽系を巻き込んだ大戦争から数百年。
宇宙への脱出を夢見るジャンク掘りの少年、
ひとつの街のような移動隊商宿で旅する少年、
そして砂漠の巨大都市の片隅で
古びた見慣れぬロボットと出会った女性。
彼らの運命がひとつにより合わさるとき、
かつて一夜にしてひとつの都市を
滅ぼしたことのある戦闘ロボットが、
長い眠りから目覚めて……
世界幻想文学大賞作家が贈る、
どこか懐かしい未来の、ふしぎなSF物語。

四六判仮フランス装

創元海外SF叢書

デビュー長編にしてネビュラ賞など4冠

A Master of Djinn■P. Djèlí Clark

精霊を統べる者

P・ジェリ・クラーク

鍛治靖子 訳　カバーイラスト＝緒賀岳志

◉

20世紀初頭、ジン（精霊）の魔法と科学の融合により
大発展した魔都カイロ。
そこへ40年前に姿を消した伝説の魔術師を名乗る怪人が現れ、
彼を崇拝する人々を焼き尽くした。
エジプト魔術省の女性エージェント・ファトマは、
恋人の女性シティ、新人パートナーのハディアらと共に
捜査に乗り出す。
ネビュラ賞、ローカス賞、イグナイト賞、
コンプトン・クルック賞の４冠に輝いた新鋭の第一長編！

四六判仮フランス装

創元海外SF叢書

創元SF文庫総解説
東京創元社編集部・編